JN248504

ジョルジュ・バタイユ

行動の論理と文学

石川 学――［著］

東京大学出版会

本書は，第 7 回東京大学南原繁記念出版賞を受けて刊行された．
This volume is the seventh recipient of the University of Tokyo
Nambara Shigeru Publication Prize.

Georges Bataille :
la logique de l'action et la littérature
Manabu ISHIKAWA
University of Tokyo Press, 2018
ISBN978–4–13–016036–0

ジョルジュ・バタイユ／目次

凡例

○ガリマール社（Éditions Gallimard）のジョルジュ・バタイユ全集（*Œuvres complètes*）を参照するにあたっては、全体での初出時を除き、略号 O. C. を用いてタイトルを表記し、書誌情報は巻号、出版年、該当ページの記載とした（出版社所在地と出版社の記載は省略した）。

○フランス語以外の外国語著作の引用は、原則として既存の日本語訳に拠ったが、一部フランス語訳からの拙訳に拠る箇所がある。また、フランス語の引用文中に他言語の文章がフランス語訳で参照されている場合は、全体を拙訳した。

○引用文において、原文がイタリックで強調されている箇所は、傍点強調で示した。大文字始まりの語は、通常そうした表記がなされるもの（Dieu など）を除き、**太字強調**で示した。語句全体が大文字で示されている場合は、章題等の表記を除き、当該語句を〈 〉で囲んだ。引用文内での中略の指示には、［…］を用いた。［ ］は、引用者による補足の指示にも併せて使用した。引用文内で原著者が中略を行っている場合には、（…）で示した。

○日本語文内に他言語原文を記載する場合には、（ ）で囲んだ。

序論

1　本書の背景

本書は、ジョルジュ・バタイユ（Georges Bataille）（一八九七―一九六二年）の生涯にわたる思索の歩みを、「行動」と「文学」というふたつの主題の相関に着目しながら検討したものである。内容に立ち入る前に、本書が執筆された背景を簡潔に記しておきたい。

従来、この作家の思想は、理性による統御を免れる盲目的情動の起こりや、人間が理性的主体としてのありようから転落し、脱自に至る経験を、純粋に称揚するものとして受け取られてきた。「私は哲学者ではなく聖人であり、おそらくは狂人だ」という『瞑想の方法』（一九四七年）の一文が[1]、あたかもバタイユの全思想を端的に表すフレーズであるかのように、人口に膾炙していることからも窺われるように、この作家の思想の本質を、理性的なものの否定と非理性的なものの肯定という単純な構図に結局のところは還元してしまうようなありきたりの解釈が、フランス本国の学術研究の場においてさえ、ごく最近まで主流をなしていたのである。バタイユの散文フィクションを『小説と物語』（二〇〇四年）のタイトルでまとめた、ガリマール社の「プレイヤッド叢書」版の編者であるジャン＝フランソワ・ルエットが、二〇〇九年の時点で「バタイユ研究の現状」に関して指摘しているように、「バタイユについての批評的ディスクールとは、バタイユのテクストの難所を模倣し、反復すること」だと見なすかのような、「バタイユ愛好会」

的な研究・言論環境が影響力を持ち続けてきたのであり[2]、その結果、合理的なものに敵対し、その価値を貶めているかのようなバタイユのイメージが、現在に至るまで保守されてきてしまったのである。刮目すべき貴重な研究があることは追って示したいが、ともあれ、こうした言論環境にあっては、バタイユの著作をいっぽうで明確に特徴づけている、学知（科学と哲学）への精緻な依拠という側面は、事実としては認められ、しばしばその意義を強調されはするものの、焦点を絞られるのは、えてして、学知からの「逸脱」やその「濫用」といった様相ばかりであり、学知を用いることにバタイユ自身がときとして表明する違和感ばかりであった。さらに言えば、第二次世界大戦以後のバタイユの主要な問題関心をなす文学の主題を（バタイユはこれを、シャルル・ボードレールの詩篇に依りながら、「セイレーンの歌」という神秘的イメージで語ってもいる[3]）、学知をめぐる思索と関連づけて分析する研究は手薄だった。こうしたバタイユ受容の現状を前にして、本書がなそうとするのは、バタイユが敢えて学知を通じて理解し、表現しようとした非合理的な事象と、そうした理解・表現自体の合理的なプロセスとを切り離さず、また、この作家において一見相互の関わりを持たないような複数の営為を結びつけて捉え、そうした仕方で思想の全体像を浮かび上がらせることである。このような立場から、本書は、非合理的な経験の意味を了解し、さらにはそれを意図的に引き起こすことを目論むこの作家の、学知に基づくアプローチと論理鍊成のありようを全生涯にわたって検証し、もって、非合理なものの純粋な擁護者という従来のバタイユ像を新たにすることを目指して著された。

2　主題と概要

バタイユにおける行動の主題を考えるとき、この作家が実際に主導した政治・社会的実践の重要性を考慮に入れないわけにはいかない。対立関係にあったアンドレ・ブルトンと和解して立ち上げた政治組織「コントル＝アタック」（一九三五―三六年）での、反ブルジョワ資本主義・反ファシズムの運動や、ファシストたちの「軍隊の帝国」に対抗するべく、「悲劇の帝国」による権力奪取を訴えかけた、「社会学研究会」（一九三七―三九年）での言論活動などが念頭に浮かんでくる。これらの実践はいずれも、ブルジョワジーとファシストたちという既存の支配的権力を打倒し、政治・社会秩序の刷新を実現する目論見と結ばれていた。そのなかでは、そうした打倒のための現実行動へとひとを心底から促すような、情動の解放の必要性が強く主張された。民衆の持つ「情動の昂揚と熱狂」に対する渇望に応えるという、ファシズムが用いた「武器」の応用をしきりに主張し[4]、「規律のとれた民兵たちの自由な上昇運動」を称揚するようなバタイユの姿勢は[5]、シュルレアリストたちから「純粋にファシスト的」という意味での「超＝ファシスト」との非難を蒙り[6]、「コントル＝アタック」を瓦解へと導く。「悲劇の帝国は、陰鬱で意気消沈した世界の所業ではありません。［…］帝国は、死を愛するほどに噴出的な生を送る者たちに属することになるでしょう」などといった言辞は、「社会学研究会」の名に反する非科学的な態度だとして、最も近しい同志たちの離反を招く[7]。このように、バタイユによる行動の主張は、非理性的な情動や力の賛美と結びつくものであり、既成権力の打倒という行動の目的に収まらない危うさが、結果として、行動の求心力を弱めたことは否定できないのである。

だが、その一方で看過できないのは、バタイユが上記のような行動の主張の妥当性を、一貫して、学知を用いて論理化することに拘泥している事実である。そもそも、こうした拘泥は、政治・社会的実践の枠組みを越えて、第二次世界大戦以前のバタイユの思想活動を根底から規定しているものだ。美醜の価値ヒエラルキーの逆転を、醜悪な動物から均整の取れた形態の動物の派生という、「古生物学者たちが承認している」とされる事象への依拠によって必然化しようとした、『ドキュマン』（一九二九―三一年）時代の論考「アカデミックな馬」（一九二九年）を起点として[8]、論理の筋道は洗練されていく。「抽象概念ではなく、心理学的ないし社会学的事実に直接立脚した」ジークムント・フロイトの精神分析学と[9]、一度は棄却したヘーゲル哲学を参照することから「低い唯物論（le bas matérialisme）」が組み立てられ、観念的価値の支配下で貶められている存在の物質性を肯定する運動に、抑圧された生を解放する契機が割り当てられる[10]。そして、これらふたつの学は、リュシアン・レヴィ＝ブリュルやエミール・デュルケム、マルセル・モースらのフランス社会学と合わせて、バタイユ独自の「異質学（hétérologie）」を錬成するのに不可欠なものとして応用される。「人間の生の解放を追い求め続ける深い転覆の動き」である[11]、ファシズム打倒の行動を成功に導く鍵となるのは、そうした「異質学」の実践を通じて、「牽引と反発の社会的運動に関する認識の体系」を築き上げることだと主張されるのである[12]。雑誌『アセファル』（一九三六―三九年）掲載の論考では、ナチ・ドイツによるニーチェ思想の横領を告発するために、エマニュエル・レヴィナスをはじめとした哲学の成果が幅広く動員され[13]、それらの成果を踏まえつつ、ニーチェ的な時間観念の共有に基づく「悲劇」の実践へとファシストたちを誘うような、集団的行動の可能性が模索される[14]。そして、「社会学研究会」では、ファシズム権力に取って代わる権力を行使するべき、聖性の共同体（「悲劇の帝国」）の方法論が、社会学を筆頭に、精神分析学、また、アレクサンドル・コジェーヴの影響下で再解釈されたヘーゲル哲学といった学知に求められていくのである[15]。

以上に概観したような、学知に立脚した行動へのアプローチにおいては、既成の秩序を覆す行動へとひとを促す情動の発現を歴史的必然として示し出す論理の彫琢が、その時々の見地から行われている。いわば、対象を打倒するための武器となる論理の精錬である。そのなかでの学知の用いられ方は、取って付けたようなものではない。なすべき行動の必然性を、学知によって立証することで、そうした必然性の認識が幅広く共有され、多数の結集を導くことが可能になる。この点にこそ、行動が現実の力を構成するアスペクトが存しているのであり、その力が大きくなるほどに、既存の社会のみならず、既存の実存を変革する道が拓かれるのだ。学知による論理化を通した認識の共有、すなわち、ヘーゲル的な意味での「承認」の拡大が[16]、変革に向けた行動が成就する鍵なのである。したがって、情動に基づく行動の実践を、そのための緻密な論理の練り上げと本質的に結びつけて捉えることが、学知から出発して行動の遂行を目指すこの時期のバタイユの思想本質を理解するにあたり、欠かせない営為なのである。

続けて、第二次世界大戦以降のバタイユにおける行動への思索に目を向けてみることにしよう。「悲劇の帝国」の目論見が、「軍隊の帝国」による暴力的侵略を前に、いささかの現実力も行使せずに瓦解した事実は、武器としての行動の論理を失効させずにはいない。一見すると、行動の主題は、思想の前面からは引き下がる。その代わりに、「内的経験」という、「ひとが通常神秘的経験と呼ぶ、脱自と法悦［…］の状態」の方法的探求が[17]、実存の変革に向けた内面的な試みとして、「無神学（athéologie）」の名のもとにまとまった思索を形作り、戦後バタイユの知的実践の一翼を担っていく。重要なことは、このような展開とともに、戦前において行動の必然性を論理化するのに用いられた、精神分析学、社会学、また、ヘーゲル哲学を除く現象学に対する根本的な距離が示されることである。バタイユにおける学知の意義は、まさしく、行動への寄与の有無によって測られているのである。これらの諸学が相対化されるなかで、行動の論理を作りなす学として、今や排他的な重要性を付して提起されるのが、かつての論文「消費の観念」（一九三三年）に端緒が示されながらも戦前にはかたちを取ることのなかった、「全般経済学（économie générale）」である。『呪われた部分』（一九四九年）に最大の結実を見るこの学が果たそうとするのは、米ソの破局的世界戦争の勃発が現実味を帯びるなかで、その起因であると考えられるエネルギーの膨大な蓄積を戦争によらずして解消するための、いわば、防具をなす行動の論理の精錬である。この論理が不可欠なものとして要請する、アメリカによる富の全世界的贈与という無償の行動に、世界規模で社会と実存を変革する、平和裡に果たされる唯一の可能性が展望されるのである。

戦後バタイユの思想を読み解くうえでさらに興味深いのは、行動の論理が武器から防具へと役割を変えるのと並行して、文学の主題の重要性が拡大していくことである。「詩のたいへんな不能ぶり」「隷属した高貴さ、間抜けな観念主義」を論難した姿勢に顕著なように[18]、戦前のバタイユは現実から乖離した文学を批判し、わずかな例外を除いて正面から考察することはなかった。だが、戦後のバタイユにとって、文学は「主体の内奥性」を直接的に感得する「好運」を担った言語実践であり[19]、内的経験の方法的探求をなす無神学の企図と結びつく仕方で積極的に論じられていく。

この主題の拡大は、一面では、行動を手段として社会と実存を変革することに対する、バタイユの希望の揺らぎを浮かび上がらせるようにも思われる。とはいえ、文学は実際には、行動が織りなす歴史の現在に、「深い無関心を、非歴史的な判断の『無感動』を導入する」ための比類のない手立てなのだ。[20] それは、現実世界の行動が、防具としての論理が結論する平和裡の変革にではなく、米ソの破局的戦争に突き進んでいるかに見える歴史状況の只中で、行動とは無縁な意識をひとに開示する。それを通じてひとは、行動がもはや不要になった世界における、純粋に内面的で、なおかつ、全人類が巻き込まれうる実存変革の様相を、ひとときのものではあれ、予見することが可能になるのだ。このようにして、文学は行動の歴史の内側で、行動に欠落を穿つ。そのかぎりで、文学という行動の欠落は、まさに行動に対して意味を持つのであり、防具としての論理が実現される先にバタイユが見据える、行動の終焉を予示するものである。現実世界を支配している行動の権利を前にして、「文学は自らの有罪を認めなければならなかった」のだが、[21] 有罪という立場を真摯に担うことによって、文学は行動に、ついにはおのれが断罪しているものの意味を直視させるに至るのである。

バタイユにおける行動の問題は、たんに行動の問題ではなく、学知から行動への移行の問題である。そして、バタイユにおける文学の問題は、たんに文学の問題ではなく、学知と結ばれた行動の背面をなす問題、すなわち、行動から人間を解放することとの問題である。バタイユは、社会学研究会時代の論考「魔法使いの弟子」（一九三八年）のなかで、人間の実存が、「科学の人間（l'homme de la science）」、「虚構の人間（l'homme de la fiction）」、「行動の人間（l'homme de l'action）」という三通りのあり方に分離している現代世界の状況を批判し、実存の「全体性（totalité）」を回復する必要性を強く語っていた。[22] こうしたバタイユの希求は戦後、「内的経験」、また「主体の内奥性」をめぐる思索のうちに、綿々と引き継がれていく。行動の論理と文学の主題とをひとつなぎに検証することは、実存の「全体性」の回復をめぐるバタイユの長き思索の全般に軸を通すということなのである。そして、こうした目論見をなすのが、本書のねらいである。

3 本書の構成

本書は三章構成である。

第一章「武器としての論理」では、第二次世界大戦以前のバタイユによる、学知を用いた行動の論理の練り上げの様態に光を当てることを試みる。はじめに、『ドキュマン』誌を舞台にバタイユが展開する反観念主義と、観念主義に対抗するべく提起される「低い唯物論」における、高＝低の価値逆転の論理を、自然科学的な世界認識と、独自の仕方で理解されたヘーゲル哲学との連繫に着目しながら検討する。続いて、『社会批評』誌（一九三一―三四年）に上梓された論考「ヘーゲル弁証法の基礎の批判」（一九三二年）に示される、ニコライ・ハルトマンのヘーゲル解釈と精神分析学とを接合させる理路を検証し、労働者革命に際しての「力」の行使を弁証法的必然として提起しようとするバタイユの論理を明るみに出す。そののち、同じく『社会批評』誌に上梓された後続の論考「ファシズムの心理構造」（一九三三―三四年）を分析し、民衆の情動をファシズム打倒の行動に向かわせる方法の科学的探求である、「異質学」の具体的内実を精査する。政治組織「コントル＝アタック」におけるシュルレアリストたちとの協同が、時をおかずに瓦解する経緯を追い、彼らの眼に「超＝ファシスト」と映った要素と同時的に存在する、行動の前提としての知的理解に対するバタイユの拘泥を明示する。ファシズムによるニーチェ思想の横領を批判し、その正確な読解を対峙させようとするなかで紡がれる、ファシズム権力の源泉に対する新たな理解と、ファシズム打倒に向けた新たな行動の方法論を、『アセファル』誌を舞台に俎上に載せる。「社会学研究会」時代のニーチェ思想とヘーゲル哲学を接合させる試みを、コジェーヴのヘーゲル解釈からの影響を考慮しながら検証し、「承認」をめぐる行動の論理が提起される経緯を明らかにしたのち、そうした論理と聖社会学の知見の一体化を通して、ファシズム権力を覆す「悲劇の帝国」の建設が主張される理路を追う。

第二章「防具としての論理」では、第二次世界大戦を経たバタイユの問題意識の変化と、それに伴う、学知と行動とのつながりに関する思索の変遷を考察する。まず、章全体の導入として、『ニーチェについて』(一九四五年)のなかの、バタイユ個人の神経症経験についての記述に着目する。それを起点に、生じたカタストロフィーを意志的に引き受け、新たなるカタストロフィーを回避するという、戦後バタイユの基底をなす問題意識を析出する。以上を踏まえ、存在変革を目指す科学としての精神分析学がなぜ不十分だと判断されるに至るのかを、行動への寄与という論点を視野に入れつつ浮かび上がらせる。さらに、聖性の共同体の方法論をなすはずの社会学の意義が相対化され、「内的経験」の方法を考究する「無神学」にその地位が代わられることを明示し、そうした推移と、戦後バタイユの根本的認識である、「神話の不在」の認識との関わりを探る。内的経験のなかで垣間見られる「主体の内奥性」に言語を通じて肉薄する手段として、哲学に対する科学の優位が結論される理路を検証し、かつ、ヘーゲル哲学が他の哲学一般とは別に、思想の基礎に位置づけられることを確認する。最後に、『呪われた部分』(一九四九年)における、「全般経済学」の視座に基づく人類史の理解と、そこから導かれる、なすべき行動の必然性を、ヘーゲル哲学との論理の連繫を意識しながら追い、そうした行動に付与される歴史的意味を総括する。

第三章「文学と無力への意志」では、バタイユが文学のいかなる側面に行動との逆説的な繋合を見て取るのかを分析する。第一に、バタイユが文学を正面から論じた最初期の論考である、『内的経験』(一九四三年)のマルセル・プルースト論に着目し、内的経験=「交流」を言葉で表象する可能性が、文学の持つ「供犠」としての性格に見極められていく過程を明らかにする。続いて、『内的経験』でバタイユ自身が行う、「推論的言述(discours)」を用いた内的経験の表象に、プルーストの文学性=「ポエジー」を自ら体現しようとする企図が読み取れることを論証したうえで、ポエジーを推論的言述と結びつける要素がそれぞれの「無力」に見出されることを、後年の論考「ヘーゲル、死と供犠」

（一九五五年）の記述を手がかりに導き出す。そして、推論的言述と行動との本質的一体性に注目しながら、文学と行動とのありうる繫合を展望する。そうした見地から、『ニーチェについて』で更新されたプルースト理解に目を配り、プルーストの描く「無意志的回想」の経験が、神の不在との合一という「無神学」的な経験と重ねられる経緯を検証するとともに、そういった経験に付与される歴史的意味を浮かび上がらせる。それをもとに、文学の描き出す非歴史的な経験の特異な歴史性、さらには、文学と歴史＝行動とが持つ特異な一体性についての見解を、『エロティシズムの歴史』（一九五〇―五一年執筆。生前未公表）の分析を通じて明らかにする。最後に、行動を前にした文学の権利の不在、世界戦争に突き進むかのような歴史を前にした文学の権利の不在が、行動と歴史に対して唯一行使しうる「死ぬ権利」へと置き換えられ、もって、文学が現実世界に力を及ぼす通路が開かれる過程を、『文学と悪』（一九五七年）を主な対象として解明する。

第一章　武器としての論理

第一章では、『ドキュマン』（一九二九―三一年）から「社会学研究会」（一九三七―三九年）までの時期を範囲として、バタイユが学知の成果を応用しつつ、行動の論理をいかに精錬したかを明らかにすることを試みる。この時期のバタイユはつねに、現実的な支配力を持つ対象について、その支配の妥当性を有効に論駁する理路を探し求めるなかで、自らの思索を彫琢していたと言うことができる。立ち向かうべき対象は、シュルレアリスムの観念主義から、ブルジョワ資本主義、そしてファシズムへと中心を移していく。この過程において、バタイユが一貫して拘泥しているのは、それらの支配を転覆しようとする情動が人間に生まれる必然性を、様々な学知を利用して立証することであった。盲目的情動の発生や、それに基づく力の行使は、学問的な知性の対極に位置する事態のはずである。だが、そうした事態を、学知を用い、論理的な必然として示し出すことによって、既存の支配的価値や権力を、行動を通じて現実に転覆し、世界の様相と人間の実存の様相とをともに変革することが目指されたのである。この希望は、対象に立ち向かう「武器」として作り上げた論理が、戦争を前にした無力によって、完全な沈黙へと追い込まれるときに、根本的な再考を迫られることになるだろう。ここに至る過程を検証することが、本書の最初の課題である。まずは、雑誌『ドキュマン』における、観念主義の転覆に向かう論理のありようを探ることから論述をはじめよう。

第一節　「逆転」への序章――『ドキュマン』誌時代の反観念主義

一九二九年四月、「学説、考古学、美術、民族誌学（Doctrines, Archéologie, Beaux-Arts et Ethnographie）」をテーマとする学術誌として創刊された、『ドキュマン』誌（*Documents*）（一九二九―三一年）の事務局長に着任したバタイユは、創刊の企図に背いて、この雑誌をシュルレアリスムの美学に対する反論の舞台とすることに注力した。(1) 同年二月に届けられたシュルレアリスム・シンポジウムへの招待状に、「観念主義のくそったれどもが多すぎる」という文言を返したバタイユは、[2]この雑誌に反シュルレアリスムの言説を結集するのと同時に、[3]自らその「観念主義（idéalisme）」に対して論理的反駁を行うことを欲したのである。[4]約二年間の刊行期間中、バタイユは一貫して、人間が観念的なものに反発する心理を抱くことを必然として示し出す理路を構築しようと試みる。その過程では、詩や文学の現実から乖離した審美的性質が幾度となく断罪され、その際にあげつらわれているものがシュルレアリスムであることはしばしば明白である。[5]にもかかわらず、シュルレアリスムの観念主義が直接の考察対象として取り上げられることはなく、問題となるのはつねに、現実から乖離した観念全般と、観念化の作用を正当化する、観念主義的思索全般なのである。なかでも、そうした観念主義的思索の典型をなすものとしてヘーゲル哲学が名指しされ、さらに、ヘーゲル哲学への論理的な反駁が自然法則についての科学的認識を手段に行われていることを、まずは確認しよう。

『ドキュマン』第四号（一九二九年九月）掲載の論考「人間の姿」においてバタイユは、「体系の欠如もまたひとつの体系だが、それは最も感じの良い体系なのだ」というトリスタン・ツァラの科白を、「ヘーゲルの汎論理主義（panlogisme de Hegel）」として非難する。ツァラの科白は、ヘーゲル的な「対立物の一致の原理（principe de l'*identité des contraires*）」に符合しているのであり、[6]「ヘーゲルから借用されたこの逆説は、自然を理性的秩序のうちに入り込ませることを目的としており、矛盾的な現れの各々を論理的に演繹可能なものにするので、結果として理性は、もはや衝撃を持って考えつくべき何ものをも有さないことになる」[7]。自然的に生起する不整合な現実を論理的関係に置き換え、自身のうちに整合的に取り込むヘーゲル的な体系は、「要するに観念＝イデア（idée）」であり、[8]自然を人間理性の秩序に従属させる手だてに他ならないのである。そのような手だての錯誤を明らかにするべくバタイユが強調するのが、「現代科学」によって「宇宙の原初状態（ならびにその帰結として継起したあらゆる状態）」が「本質的に非蓋然的なものとして」示し出されたという事実である。[9]「演説者の鼻に蝿が止まること」といった卑近な例に見て取られる非蓋然性は、論理的に判断されるものである「矛盾（contradiction）」とは異なり、いかなる論理にも還元され得ないため[10]、体系の構築に寄与することがない。「ヘーゲルにとってはたんに『自然の不出来（imperfections de la nature）』に結びつけられるべき偶然的な現れ」に過ぎなかったそうした非蓋然性は[11]、今では、宇宙の全歴史に通底する「科学的宇宙の非蓋然的特性」として、人間の各々の個体の出現、「自我の出現」を、「蝿の出現」と同列に位置づけてしまうのである。[12]このようにして、自然を人間化する術策であるヘーゲル的な汎論理主義＝観念主義は、人間を含み込む自然総体の本質的非蓋然性を認識する科学知を拠り所として、その破綻を宣告される。自然の本質となった「自然の不出来」が、自然の一部である人間の存在と活動とを、根底から規定するものと見なされるのである。

　以上のように、『ドキュマン』におけるバタイユの反観念主義は、人間による観念化の運動自体を包含する、自然の運動の普遍的原理に依拠する仕方で展開される。人間と蝿とを同列に扱う主張は、『シュルレアリスム第二宣言』（一九三〇年）におけるアンドレ・ブルトンの、「[…]バタイユ氏は蝿が好きだ。我々はそうではない」という揶揄を被ることにもなる。[13]そこでブルトンがさらに踏み込んで、バタイユの「論証」への拘泥を俎上に載せ、その点に、「体系」との意図せざる親和性を見て取っていることは重要である。

> バタイユ氏にとっての不幸とは、彼が論証しているということだ。なるほど、彼は、「鼻に蝿が止まった」人間として論証しているのであり、そのことは、彼を生者よりもむしろ死者に近づけているのだが、それでも彼は論証しているのだ。彼のうちでまだ完全にはたがの外れていない、ちょっとした機械仕掛けを用いて、バタイユ氏は自分の強迫観念を共有させようと努めている。まさにそのことゆえに、なんと言おうとバタイユ氏は、いかなる体系にも野獣のごとく敵対すると主張することはできないのだ。[14]

こうした指摘はまさに、観念や論理が不整合な現実から離反している事実をあくまで論理的に証し立てようとする、バタイユの根本的な姿勢に光を当てるものである。バタイユの観念主義批判、汎論理主義批判は、論理という「機械仕掛け」を用いて行われるのであり、そうした反観念主義、反汎論理主義の論理を組み立てるために、科学知への訴えかけが必要とされるのである。

論証の筋道としてさらに特徴的なのは、観念化の運動を経て、観念に対して反発する人間心理が生成することを、人間が自然に属するかぎりで運命づけられている必然的な帰結として科学的に提示しようとする方向性である。創刊号に掲載された論考「アカデミックな馬」では、均整の取れた高貴な形態を持つ動物として古代アテネにおいて「イデア＝観念（idée）」の最も完成された表現と見なされていた馬を、ギリシア人たちが洗練された姿で貨幣に表現したのに対し、それを模倣した貨幣を鋳造したガリア人たちが、馬をグロテスクな怪物に歪めて形作ったことが指摘され、イデア＝観念に対する積極的な逸脱の意志がそこに読み取られる。そのうえで、「鈍重な厚皮動物」から馬が派生し、「醜悪な類人猿」から人類が派生したという、「古生物学者たちが承認している」のだとされる自然事象と事態が関連づけられるのである。(15) 「自然はたえず、それら［対立する二つの辞項］のうち一方への暴力的な敵対において振る舞うのであり、おのれ自身に対する不断の反抗として表現されなくてはならない」のであって、(16)「人間の生に特有であるかに見えるあらゆる逆転（renversements）は、こうした交互に繰り返される反抗の一様相でしかないだろう」(17)。つまり、イデア的＝観念的な馬の造形に対してガリア人たちが抱いた逸脱の意志は、「おのれ自身に対する不断の反抗」という自然の一般法則の人間における現れに他ならないのである。(18) 続く第二号（二九年五月）の「批評辞典」（« Dictionnaire critique »）の項目に執筆されたテクスト「建築」では、高位聖職者や行政官などといった、「社会の理想的存在（être idéal de la société）」が自身を表現する場所である、「建築的構造物（compositions architecturales）」（大聖堂や宮殿がその典型である）への考察がなされる。バタイユによれば、そうした構造物が有する数学的構成は、「生物学の領域では猿の形態から人間の形態への移行［…］によって意味を与えられる、地上の形態の発達の完成」である。(19)「猿と巨大建造物の中間段階（intermédiaire）」にある人間による、こうした形態の完成は、しかしながら、建造物が「主人」として「隷属した群衆」に押し付ける「賛嘆」や「驚き」、「命令」と「強制」に対する反発の契機となる。(20) 以後、「建築の徒刑囚」であることを免れようと、「獣的な怪物性」を目指そうとする動きが人間に生じるのであり[21]、バタイユはそれが、「アカデミックな構成の消失」によって特徴づけられる「ここ半世紀あまりの絵画の段階的変容」の意味するものだと主張するのである[22]。建築物の構造が洗練されることで引き起こされる、構造そのものへの反発と異形への志向とは、猿（「醜悪な類人猿」）から派生した人間が形態の完成を経て帯びるに至る、「獣的な」形象への逆転的な立ち戻りの志向として位置づけられる。ここでも、「おのれ自身に対する不断の反抗」である自然が、人間心理のそうした推移の要因と見なされるのである。

第三号（一九二九年六月）掲載の論考「花言葉」では、「自然現象に道徳的な意味を割り当てなければ説明不可能な事実」についての考察が提示される[23]。ここで新たに導入されるのが、低みから高みを目指す全般的運動としての自然の理解であり、そうした理解の前提となる、高低の二極から捉えられる空間のイメージである。野原や森林の光景が「心の平穏、精神の気高さ、正義と公正という偉大な観念」を最大限に呼び覚ますのは、植物の取るに足らない部分がときとして「真の建築的秩序」を顕示するからであり、「地表から天を目指す巨大な運動」、「低みから高みへの全般的な衝動」という、「植物の本性［自然（nature）］の決定的な調和」が現れ出ているからである[24]。その一方で、「植物の目に見える部分の完全な対極部」である根は、「醜悪」で「粘つき」ながら「地中をのたくっている」[25]。こうした事実から帰結されるのは、「低い」「下劣な（*bas*）」という語の持つ異論の余地のない道徳的意味が、根の意味についてのそうした系統立った理解と結びついていること」である。「悪いものは、運動の次元においては、高みから低みへの運動によって必然的に表現される」のである[26]。地表から上昇する植物の生命活動が、「建築的な」上部と「醜悪な」下部という、形態の特質に対する人間の感覚を通して、善悪という道徳的な価値判断を空間的に規定しているのであり、「気高さ（élévation）」や「下劣」といった語のレヴェルにも現れる道徳的なヒエラルキーは、自然空間の客観性によって基礎づけられていることになるのだ。

あらためて思い起こすべきは、建築的構造への反発から生じる獣的形象への立ち戻りの志向が、自然によって規定された、人間心理の必然的推移であると見なされていることである。植物界を事例にして述べられた、空間の高低と形態の美醜、道徳上の善悪という三区分の一致が動物界にも当てはまるならば、形態をめぐる志向の逆転はすなわち、空間における低さの探求、道徳における悪の探求につながるものであるはずである。このことを確認するために、まずは第六号（一九二九年一一月）所収の論考「足の親指」の論旨に目を向けてみよう。「足の親指は、人間の身体のうちで最も人間的な部分である。身体の他のいかなる部位も、類人猿［…］が持つ同じ部位からこれほど異なることはないのだから」という主張で始められるこの論考は、[27] 樹上から地表に降り立った人類が、「環境のうちに木のごとく直立し、その屹立が正確であるだけにいっそう美しい」と論評する。[28] 植物をモデルとして語られるこうした人間にとって、足は、上述のような形状の人間性に加え、「屹立に堅固な土台を与える（donner une assise ferme à cette érection）」という、人間固有の特質の基底という意味での人間性をも有することになる。だが、まさにそのことによって、足には、人間のうちなる最も低い部位という価値が生じてしまう。「［…］人間は、軽やかな、つまり、天上と天上の事物とに向かって高められた頭を持つので、おのれの足が泥のなかにあることを口実に、それをひどい侮辱のように見なすのである」[29]。直立歩行がもたらした、頭と足との高低の分離は、各々の部位に対する善悪の価値判断の分離を人間にもたらすのである。重要なのは、バタイユにおいて、こうした上下の序列の確立があくまで、そうした序列の逆転へとひとを誘う契機として読み取られるものだということである。以下の引用を参照してみよう。

> 身体の内側では、血液が上から下へ流れる量と、下から上へ流れる量は同じなのに、上昇するものが支持されて、人間の生は上昇であると誤って見なされている。世界全体が地下の地獄と完全に純白な天上とに分たれている、というのは消し難い考えであり、泥と暗闇が悪の原理をなし、光と天界が善の原理をなすのだ。［…］人間の生は、実際には、下劣さから理想へ、そして理想から下劣さへ、という往復運動の起こりを目撃するという熱狂を伴うものである。足ほどに低劣な器官に対して易々と

ぶちまけられる熱狂を。[30]

このように、血液の循環という生理学的事象と重ね合わせながら、善悪の原理をめぐる「下劣さから理想へ」の上昇運動と、「理想から下劣さへ」の下降運動の連続性が主張されるにあたり、後者の事例としてこの論考で具体的に考察されるのは、足指のフェティシズムである。足指が「天上と天上の事物とに向かって高められた頭を持つ」人間に対して及ぼしうる魅惑は、「優雅で正確な形態」、すなわち、理想的な形態を好むことに現れる「高尚な切望（aspiration élevée）」に合致するものではなく、足の「低さ（*bassesse*）」そのもの、「最も不格好な足」の性質の現れである「醜さ」と「悪臭」によって惹起させられるものである。[31] 高みに到達するなかで必然的に生み出される低みが、高みにある人間のうちにそれでもなお残存し続けているという事実が、反転した魅惑を生み出すのだ。このことが際立つ事例として、たとえば王妃のような「他の誰よりも理想的で清麗な（plus *idéal*, plus éthéré qu'aucun autre）」存在の足に触れたいという欲望は、そうした至上の存在が、形態の実際の如何によらず、「兵隊の湯気立つ足と大差ない」足を備えていることとの「冒瀆的な魅力」によるものなのである。[32] こういった「光と理想的な美とがもたらす魅惑と根本から対立する魅惑」は、まさしく「光と理想的な美がもたらす魅惑」を存立条件としながら、その対極に生じるのであり、「［こうした往復運動］が激しければ激しいほど、魅惑は強烈なものとなる」[33]。直立歩行という生物学的進化に端を発した、高み＝人間性（美と善）の探求は、下劣なものの探求へと不可避的に移行するのであり、足指のフェティシズムという身体的な欲望の発生は、そうした道理の証左なのだ。

『ドキュマン』二年次第一号（一九三〇年）掲載の論考「低い唯物論とグノーシス主義」[34]は、バタイユが観念主義の超克をなす思想として、独自の「低い唯物論（le bas matérialisme）」の具体的提示を行った重要なテクストである。観念論に対置される思想としての唯物論については、前年第三号の「批評辞典」シリーズの短文「唯物論」ですでに主題化されていた。ここでは、既存の唯物論者たちが、物質（matière）を最上位の価値に位置づけることで、結局高次の観念に置き換えている状況が批判された。そうした観念化を回避するために、「抽象概念ではなく、心理学的ないし社会学的事実に直接立脚した」ジークムント・フロイトの著作にとりわけ依拠しながら、「あらゆる観念主義を排除した、生のままの現象の直接的解釈」をなす唯物論を構築する必要性が説かれたのである。[35]「低い唯物論とグノーシス主義」では、そういった唯物論の主題がさらに、観念主義から反観念主義への移行を自然の運動が規定するという、バタイユ固有の論点と結びつけられる。この論考は、現代の唯物論を、初期キリスト教時代のグノーシス派の信仰と類比的に考察し、観念主義の支配下で物質への志向が生じる「心理的プロセス（processus psychologique）」[36]に時代を超えた一貫性があることを浮かび上がらせようとするのである。論旨の展開でまず興味深いのは、「人間の姿」で観念主義の典型として断罪された、ヘーゲル哲学に対する観点に変化が見られることである。題材の具体的分析に先立ち、バタイユは、「今日までその展開のなかで体系的抽象化を免れてきた論理的唯物論の唯一の形式」である「弁証法的唯物論」が、「ヘーゲル哲学の形式のもとでの絶対的観念論（idéalisme absolu sous sa forme hégélienne）」を出発点にしていることを指摘しつつ、次のように補足する。「おそらくこの方法を再び持ち出す必要はないだろう。必然的に唯物論は、実際的な領域における射程がどのようなものであれ、なによりもまず、観念論の、とどのつまりは哲学全体の土台そのものの執拗な否定なのだから」[37]。ここで、「体系的抽象化」から自由であるという「弁証法的唯物論」に対する積極的な評価が、観念論＝ヘーゲル哲学という起源の「執拗な否定（la négation obstinée）」であるためとされていることを、ヘーゲル哲学をあらためて全面的に棄却したものと受け取ってはならない。「否定」は、ヘーゲル哲学と「弁証法的唯物論」の双方において、弁証法的揚棄の契機であり、したがって、否定される当のものが弁証法運動の作用因なのである。このことに鑑みれば、ヘーゲル的な「絶対的観念論」は、「弁証法的唯物論」が成立するための必要条件と見なされているのであり、そうした含意なしに「否定」という術語が用いられているとは考えられないのである。[38] 実際、続く部分でバタイユは、ヘーゲル哲学の由来を、「形而上学が二元論的で最も怪物的な宇宙発生論と結びつき、それゆえ驚くほどに貶められることがあり得た時代に、とりわけグノーシス派によって発展させられた考え」に見て取りながら、[39] その反観念論的な出自に言及する。そして、高低の逆転に関するバタイユ自身の観点を、次のように、ヘーゲル哲学における思考構築の運動から引き出してくるのである。

> ヘーゲルの教説は何よりもまず、類を見ない極めて完成された還元の体系なので、グノーシス主義においては本質的なものである低い要素が、還元され骨抜きになった状態でしか見出されないことは明らかである。
> にもかかわらず、ヘーゲルにおいては、それらの要素が思考のなかで果たす役割が破壊の役割であり続けていて、さらには同時に、破壊が思考の形成に不可欠なものとして与えられている。それゆえ、ヘーゲル的な観念論が弁証法的唯物論に取って代わられたときには（それは、諸々の価値の完全な逆転によって果たされたのであり、思考の担っていた役割が物質に与えられたのである）、物質は抽象ではなく、矛盾の源だったのだ。[40]

冒頭の指摘は、「人間の姿」におけるヘーゲルの「汎論理主義」批判と同じ主旨のものであることがただちに理解できる。そこでバタイユは、「矛盾的な現れの各々を論理的に演繹可能なものにする」ヘーゲル的な原理に抗して、「還元不可能な仕方で論理的矛盾の観念に対立する、非蓋然性の観念」を主張していたのである。[41] しかしながら、「ヘーゲルにとってはたんに『自然の不出来』に結びつけられるべき偶然的な現れ[42]」であった非蓋然的要素をヘーゲルに正面から対置させた一年前の姿勢に反して、ヘーゲル哲学的な思考形成の過程のなかでの「低い要素」の働きが、還元された（すなわち体系に取り込まれた）様態においてではあれ、認められていることは重要である。このことが示すのは、高低の逆転についての視座に基づく反観念論の主張を、ヘーゲル哲学との一定の連続性のもとで行おうとするに至った方向性の転換である。ここで「低い要素」の「役割」だと述べられている「破壊」とは、それが「思考の形成に不可欠なものとして与えられている」かぎりで、弁証法運動の原動力である否定の作用と重ねて捉えることが可能である。すでに見たように、「弁証法的唯物論」は、その起源であるヘーゲル的な「絶対的観念論」の徹底的否定であると捉えられている。そうした否定の具体的な様相は、「物質」による「思考」の役割の獲得として説明される。この事態を表現するのに当てられた「逆転（renversement）」という語は、『ドキュマン』第一号所収の「アカデミックな馬」では、「おのれ自身に対する不断の反抗」である自然が人間になさしめる、既成の観念的価値への反発の運動を指すのに用いられた語であった[43]。バタイユ自身の主張であるこうした価値逆転のプロセスが、かつては「汎論理主義」的な還元装置であるとして棄却された「矛盾」の破壊作用への新たな着目を通して[44]、バタイユ自身の高低の空間意識とつながれた仕方で、唯物論による観念論の「否定」というヘーゲル的なプロセスに重ね合わせられているのである[45]。

ヘーゲル哲学における「破壊」のモチーフの源泉であり、現代の唯物論に先行して観念論の「否定」を実践したとバタイユが考えるグノーシス主義についての具体的分析のなかでは、この思想運動が持つ、既存の観念論の支配に対する反発という位置づけが強調される。

グノーシス主義は、実際には、［…］ギリシア・ローマ的な思考体系に最も不純な種を導き入れたのであり、エジプトの伝統、ペルシアの二元論、ユダヤ＝東洋の異端をいたるところで借用しながら、既成の知的秩序に一番合致しない要素を導入したのである。グノーシス主義は、それにおのれ自身の夢想を付け加え、いくばくかの怪物的な強迫観念を無頓着に表明した。信仰の実践において、ギリシアもしくはカルデア＝アッシリアの呪術や占星術が有する最も低劣な（したがって不安をそそる）形態を厭うことがなかった[46]［…］。

知的に秩序づけられたギリシア・ローマの思考体系に対して投げかけられる、物心両面での「怪物性」と「低劣さ」への志向（バタイユはこの論考の参考資料として、鴨の頭を持つ執政官、二つの動物の頭を戴く無頭の神等々の図像が彫刻された石版の写真を掲載している）は、その「怪物性」と「低劣さ」を既成の思考体系からの逸脱によって引き出してくるかぎりで、既成の思考体系から意味を生み出され、またそれに対して意味を持つものである。そして、それらの性質は、次のように、物質性と結びつけられる。

実のところ、グノーシス主義のライトモチーフのようなものとして、自律した不易な実存を持つ能動的な原理、という物質についての理解を挙げることができる。その実存とは闇の実存（光の欠如ではなく、この欠如が明るみに出す怪物的な執政官たちであろう）であり、悪の実存（善の欠如ではなく、ひとつの創造行為であろう）である。こうした物質の理解は、根底から一元論的で、物質と悪を上位の原理の堕落と見なす傾向が支配的だったギリシア精神の原理そのものと完全に両立不可能であった。(47)

ここで、物質が有する「自律した不易な実存（son existence éternelle autonome）」である「闇」と「悪」とは、その「自律」性にもかかわらず、あくまで「光」と「善」との対比において生じるものである。それらが「怪物的な執政官」や「創造行為」として実存できるのは、「根底から一元論的」で「物質と悪を上位の原理の堕落と見なす」ギリシア精神に、そうした「堕落」の価値を二元論的に対置することによってなのであり、既成の秩序における「欠如」＝低劣さを、まさに「欠如」＝低劣さとして対抗的に実体化することを通じてなのである。それゆえ、「還元不可能であるはずの低劣さ（*bassesse*）に対する冥《くら》き決意」であるグノーシス主義は、「支配を振るう観念論に対する恥知らずな反抗（*révolte*）」という意味を持つのである。(48) このようにして示し出された、グノーシス主義の反観念論に基づく物質への志向は、次の引用部で、明確に唯物論へと、正確には、バタイユ独自の思索である「低い唯物論」へとつなぎ合わせられる。

［…］グノーシス主義は、その心理的なプロセスにおいて、現代の唯物論とさして異なるものではない。私が言わんとしているのは、存在論を含まない唯物論、物質が物自体とならないような唯物論である。なぜなら、第一に重要なのは、自分自身を、またそれとともに自らの理性を、より高尚な何ものにも、私がそれである存在とこの存在を武装させる理性とに見せかけの権威を与えるような何ものにも従属させないということだからである。存在とその理性とは、実際、より低いもの、どのような権

威の猿真似にも決して役立ち得ないものにしか従属し得ないのだ。それゆえ、まさに物質と呼ぶべきものに対し、それが私と観念＝イデアの外部に実在するがゆえに、私は全面的に従属しており、その意味で私は、自分の理性が自分の言ったことの限界となるのを認めない。そのように振る舞えば、理性によって限界づけられた物質は、ただちに上位の原理としての価値を帯びるだろうからだ［…］。低い物質は、人間の観念的な切望の外にあって無縁であり、こうした切望から生じる巨大な存在論的機械に還元されるままになるのを拒否する。(49)

物質を「物自体」として抽象化する、「存在論」的な唯物論を拒絶することは、理性による物質の「限界づけ」＝囲い込み、すなわち観念化を通じて物質を高次の価値に還元するのを拒絶することと一体のものである。そうした姿勢に抗して、バタイユは、「どのような権威の猿真似にも決して役立ち得ないもの」、「人間の観念的な切望の外にあって無縁」なものである低い物質に対し、人間存在とその理性とが従属していることを主張するのである。あたかも、植物の麗しい繁茂が、暗い地中に張りめぐらされた粘つく根の存在なしには成り立たない点で、それに従属しているように、観念化の運動の主体である理性を備えた人間は、泥にまみれて人間の屹立を支える足を象徴的なイメージとする、観念化の運動の土台である自らの物質性に従属しているのである。明らかなのは、こうした主張が、高次の観念への従属、「より高尚」で「見せかけの権威を与える」ものへの従属から関係の逆転が生じることを言い述べていることである。「ヘーゲル的な観念論」から「弁証法的唯物論」への移行が、「思考の担っていた役割」が物質に与えられるという「諸々の価値の完全な逆転」によって果たされたと言われるとき(50)、それが意味しているのは、存在が高次の観念への従属から低次の物質への従属へと、従属対象の高低を逆転させることなのだ。こうした主張は、観念論の支配のなかで貶められている低い物質を「矛盾」として、つまり、観念の一元論に埋没させられない対抗的な価値として浮かび上がらせる視座を要請する。バタイユの展開する「低い唯物論」とは、グノーシス主義に見られるような、観念論への二元論的な「反抗（révolte）」の振舞いを、ヘーゲル的な「矛盾」についての意識を拠り所にして、弁証法的な

「否定」＝逆転のモメントとして位置づけ直し、そうした動きに弁証法運動が持つ必然性を付与するための論理手段なのである[51]。

事実、バタイユは観念と物質との価値の逆転を、ここでも人為を越えた必然として提起しようとする。すでに確認したように、『ドキュマン』の以前の論考では、観念に反発する人間心理の由来が「おのれ自身に対する不断の反抗」である自然に求められ、とりわけ、空間的な上昇運動の進展に伴って下部（「醜」や「悪」の意味を与えられる部分）の魅惑が生起することが繰り返し言及されてきた。「低い唯物論とグノーシス主義」において、物質への観点とともに新たに導入された、唯物論による観念論の弁証法的否定という理路には、あらためて自然法則の必然性を割り当てる試みがなされることになる。翌第二号（一九三〇年）に掲載された論考「自然の逸脱」では、生物界における奇形の発生が論じられ、それらが種（espèces）に対して示す「変則と矛盾（des anomalies et des contradictions）」とが考察されるのだが、「矛盾」という用語の使用から推測されるように、ここでは、奇形が種に対して持つ弁証法的な関係が想定されるのである。「仮に形態の弁証法が問題となりうるならば、こうした逸脱を何にも増して考慮に入れる必要があることは明らかである。逸脱は大抵の場合、自然に反するものと規定されるのだが、にもかかわらず、自然がその原因であることに異論の余地はない」[52]。注意すべきは、「形態の弁証法」が、種の規則性という調和をもたらすものとしてではなく、種の規則性と、それからの逸脱である奇形とのあいだに作用するものとして想定されていることである。続く部分でバタイユは、イギリスの遺伝学者・統計学者フランシス・ゴルトンが作成した複数のアメリカ人学生の合成写真に、各人の平均を越えた均整美があることを認めたゲオルク・トロウの観察を引き合いに出す。そして、奇形と種との関係を、「おのおのの個の形態」と「必然的に美しいものであるプラトン的イデア」との関係、また、「共通尺度」との関係に敷衍したうえで[53]、「奇形はかくして、幾何学的規則性の対極に弁証法的に位置づけられるだろう[54]［…］」と結論する。「自然に反する」かに見える奇形、「自然の逸脱」と貶められる、物質としての奇形を生み出すものがまた自然に他ならない以上、奇形が種の規則性とのあいだにきたす「矛盾」は、規則と逸脱双方の起源である自然総体の運動によって、「形態の弁証法」を作動させることへと定められているのだ。さらには、それぞれの個体すべてが「ある程度は（à quelque degré）奇形」として、「幾何学的規則性」とのあいだの弁証法的関係を運命づけられている。[55]「低い物質」たる奇形＝個を通じた観念的な調和の瓦解が、「形態の弁証法」の名のもとに、またしても自然法則の一般性を与えられるのである。

「アカデミックな馬」に端を発した、観念主義による支配の転倒に向かう人間心理のプロセスを必然として示す理路の探索は、人間を内に含む自然の法則性への一貫した依拠のもとで、さらには、観念論哲学の中核とされたヘーゲル哲学にそうした転倒の論拠を見出す仕方で、「自然の弁証法」と形容するべき思想装置をバタイユに獲得させた。[56]人間的現実における価値の逆転を、生物学的事象の推移と同一の次元で扱おうとするバタイユの議論が、種と奇形の弁証法の主張に顕著であるように、客観的な検証可能性からの跳躍を伴うものであったことは否定できない。にもかかわらず、バタイユの企図が、既成秩序の転倒が不可避であるという見通しに論理的整合性を付与する目論見の徹底にあり、さらには、そうした目論見を通して、秩序を転倒するための現実行動へと知的認識の主体を情動的に駆り立てる方途が探られていたことは特筆に値する。『ドキュマン』第一年次第七号（一九二九年一二月）に掲載された論考「痛ましき遊戯」では、現実行動を導くにあたり、知が欠くべからざる役割を持つことが次のように宣言されている。

> 知的絶望が辿り着くのは無気力でも幻想でもなく、暴力である。それゆえ、いくばくかの研究を断念することは問題外である。重要なのは、どうすればひとが憤怒を振るわせられるのかを知ることだけだ。狂人のように牢獄の周りをぐるぐる回っていればいいのか、それとも牢獄を打ち倒したいのか［逆転させたいのか（renverser）］。[57]

「牢獄」の打倒を導く知が「知的絶望」であらざるを得ないのは、一方で、そうした「牢獄」を生み出したものが知に他ならないからである。「知性の偉大な建造物は、とどのつまりは牢獄である。それゆえ執拗に打ち倒されるのだ[58]」。かくして今度は、知の建造物の偉大さが、その高さが知に対し、空間秩序の逆転に向けた行動を要求するのだ。既出のテクスト「建築」のなかで、バスティーユ牢獄の奪取が「自分たちの正真正銘の主人である大建造物に対する民衆の敵意」によって説明されていたことを指摘しておこう[59]。建造物の構成が「地上の形態の発達の完成」として、理想的なものの体現と見なされていたことに鑑みるなら、知の建造物である「牢獄」が意味するものとは、理想や観念を支配的な価値に位置づけ、物質を低さのうちに貶める思考体系であると言えよう。「痛ましき遊戯」では、このことは次のように示される。

観念＝イデアは人間の上に、馬の上の馬具と同じ、相手を卑しめる権力を及ぼしている。〔…〕まやかしを別にすれば、人間の生はいつでも、程度の差はあれ、教練中に命を受ける兵士のイメージにそぐわしい。突如として動乱が生じ、おびただしい民衆の錯乱、騒擾、甚大な革命的殺戮によって、避け難い埋め合わせの規模がどれほどかが露わになる[60]。

観念の支配に対するこうした全面的な反発の動きが「革命」のイメージによって語られるのは、たんなる比喩のレヴェルに留まるわけではない。『ドキュマン』で作り上げられた自然の弁証法の観点は、さらなる理路の精錬を経て、労働者革命の必然性を語る言説へと趣を改めていくことになる。それが明確になるのが、『社会批評』誌に参加して以降の論考群である。

第二節　『社会批評』誌の時代(1)――「ヘーゲル弁証法の基礎の批判」

一九三一年一月の『ドキュマン』誌の廃刊ののち、バタイユはボリス・スヴァーリンの創刊した雑誌『社会批評』

(*La critique sociale*)誌(一九三一—三四年)に執筆者として参加する。[61] スヴァーリンは、一九二〇年一二月のフランス共産党結党後間もなく党指導委員会委員に選出され、翌一九二一年五月よりモスクワに滞在し、コミンテルンの上級委員としてソヴィエト連邦の政策決定に参画するなど、ソヴィエト共産主義体制の中枢を経験した人物であった。彼は、一九二四年一月のレーニンの死去後、スターリン派によるトロツキー排斥の動きを根拠のないものとして徹底的に告発したために党を除名され、以後パリで独自の言論活動を行っていた。当時のフランス左翼知識人のあいだで高名を博していたこの人物の主宰になる研究サークル「民主共産主義サークル」(Le Cercle communiste démocratique)[62] に、バタイユは友人のミシェル・レリスやレイモン・クノーらとともに一九三一年に加入し、サークルのメンバーを主要な執筆者とする雑誌『社会批評』に第三号(一九三一年一〇月)から寄稿するようになる。本書がまず着目したいのは、同誌第五号(一九三二年三月)に掲載されたクノーとの共著論文「ヘーゲル弁証法の基礎の批判」である。[63] 基本的にバタイユ一人が執筆を担ったこの論考が主眼とするのは、ヘーゲル弁証法を現実に根ざした運動として、より端的には、階級闘争の運動として展開させていく可能性の探求である。[64]「今日、弁証法を実験に基づいて新たに裏づけることが不可欠となった。そして、弁証法の作用がまさにそれ特有の発展領域、つまり階級闘争の直接的領域においてのみ生じうるのはなぜか、ということが、一般的見解の観察を欠いた抽象論においてではなく、経験において了解されるに至るだろう」。[65]『ドキュマン』時代に、もっぱら観念主義支配の転倒の必然性を語る論理として構築されてきた唯物論の主題が、ここでは本来の意味での「弁証法的唯物論」の主題として、すなわち、ブルジョワ支配の転倒の必然性を語る階級闘争の論理として正面から考察されるに至ったのである。しかしながら、この論文でのバタイユの企図は、階級の逆転を、物質への人間の従属を根拠に正当化することではなく、それを「自然の弁証法」の作用によって必然化することでもない。そうした「低い唯物論」の枠組みに則る代わりに、バタイユが新たに試みるのは、「絶対的観念論」として、すなわち「否定」の対象として存在を要請されていたヘーゲル哲学のうちに、人間の経験に合致する、現実世界の一般法則をなす弁証法の存在を選り分けることである。

論考は、一九三一年出版の『形而上学倫理誌』（*Revue de métaphysique et de morale*）のヘーゲル没後一〇〇周年記念特集に収められた、ニコライ・ハルトマンの「ヘーゲルと現実の弁証法の問題」を主要な参照文献としている。バタイユはまず、ハルトマンによるヘーゲル弁証法解釈の特性を、マルクス＝エンゲルスによるそれとの比較において、次のように説明する。

> N・ハルトマンは、ヘーゲルの哲学において展開させられた様々な弁証法的主題を代わる代わる検証し、それらを原理と形式の双方に関して比較することを試みた。そのようにして彼は、経験によって裏づけられる、現実に根ざしている主題と、言葉のうえでの価値しか持たない主題とを弁別しようとするのである。〔…〕マルクスとエンゲルスにとって弁証法は、ヘーゲルにとってと同様に、いまだ根本的現実の一般法則である。自然ないし物質が論理に取って代わってはいるが、世界はそれでもなお、その全体が反定立による発展（développement antithétique）に委ねられている。ハルトマンにとってはもはや、弁証法的理路の意義を個々の事例のなかで方法的に検証することしか重要ではない。そして、たんに普遍性が問題とならないだけではなく、自然がはじめから、他のいかなる領域にもまして、禁止分野のごとくに見なされているのである。ハルトマンによって裏づけられた弁証法的主題は、『論理学』や『自然哲学』からではなく、『法哲学』や『歴史哲学』、『精神現象学』から取り入れられたものだ。そして、彼が自らの見解を根拠づけるのに用いた第一の例は、大麦の粒や地層の形成とはいささかの関係もない。それは、階級闘争それ自体、ヘーゲル的な「主人と従僕」の主題である。弁証法を現実に根づかせようとする現代の一哲学者が直接参照するのは、このように、マルクス主義的経験なのである[66]。

「反定立による発展」という弁証法の運動は、マルクス＝エンゲルスにおいて、その作用する場を論理から「自然ないし物質」へと移したものの、「根本的現実の一般法則（*loi générale*）」と見なされ、世界全体の活動の推移を普遍的に規定するものと捉えられている。それに対してハルトマンは、「大麦の粒」や「地層の形成」といった、自然の事物や事象に見出されうる弁証法的生成を、「言葉のうえでの価値しか持たない主題」として考察の対象から除外する。その代わりに、「経験によって裏づけられる、現実に根ざしている主題」として、階級闘争という形態で現実に展開されていると考えられる、「主人と従僕」の主題の特権性を引き出してくるというのである。弁証法運動の現実性の由来を、自然＝物質から人間の経験へと移し替えるハルトマンの議論が、マルクス＝エンゲルスのみならず、高次の観念と低次の物質の価値逆転を自然法則の一般性によって基礎づけようとした『ドキュマン』時代のバタイユの姿勢に対する否定を含むものであることは明確である。にもかかわらず、バタイユはそれをヘーゲル弁証法の「真の肯定的批判（une véritable critique positive）」として受容したうえで、(67) 階級闘争をめぐる自らの思索に応用しようと試みるのである。マルクスとそれまでの自分自身とに抗して、「マルクス主義的経験」の弁証法的特性を検証していくバタイユの思索はどのように進むのか。

バタイユは、上記引用部に付け加えて、「『主人と従僕』の弁証法の影響力は（刑罰の弁証法のそれに比べて）あまり知られていないようだが、現代におけるその有効性は、発揮されればはるかに大きなものである。階級闘争についてのマルクス主義の理論がそこからもたらされたことを想起してみればよい」というハルトマンの言葉を引用するもの(68)の、この哲学者による「主人と従僕の弁証法」解釈がこの論考で具体的に検討されることはない。実際には、ハルトマンにおける主従の弁証法理解は、マルクス主義的な階級闘争の理論には還元できない広がりを有している。バタイユがそれに「階級闘争の直接的領域」で作動する弁証法の「実験に基づく新たな裏づけ」を見出すのは、特定の関心に基づく読みがなされているからだと想定できるのである。その様相を浮かび上がらせるために、まずは、ハルトマンによる主従の弁証法理解を明確にすることにしよう。

ハルトマンの分析は、ヘーゲルが『精神現象学』で記述した、対他関係における自己意識の生成過程としての主人と従僕の弁証法に光を当てるものではない。ふたつの自己意識が互いに相手の承認を求めて生死を賭けた闘争を行い、その敗者たる従僕が、勝者である主人のために行う労働、すなわち、物を否定しつつ形を整える行動を通じて死の恐怖を乗り越え、自立的意識の真理を獲得する（主人が物を純粋に消費することしかなさず、結果として非自立的な意識のままにとどまるのに対して）[69]、そうした展開そのものは問題とならない。ハルトマンが注目するのは、「主人」と「従僕」、「支配」と「隷属」に関わる権力関係の不安定さであり、その葛藤的な性格である。主人は従僕に労働を任せることによって、物に対する直接的な権力を放棄しているのであり、他方、従僕はそうした権力を自らのものとする。主が僕の労働を必要とする以上、このような権力関係の逆転は不可避である。従僕は従僕でありつつ「主人の主人（le maître du maître）」に、主人は主人でありつつ「従僕の従僕（le serviteur du serviteur）」になるのであり、「従僕こそが真に権力を有している」[70]。ハルトマンによれば、こうした主人と従僕の相克の関係こそが、「葛藤（conflit）」として、人間存在の現実において生きられている関係に他ならない。

ここで問題となっている物事は、それ自体のうちに葛藤を含んでおり、我々が――いかなる形態のもとであろうと――おのれの実存の具体において主人ないしは従僕であるかぎりで、従僕としての性質と主人としての性質が対立しあう現実の葛藤を自分自身の生の宿命において「経験する」かぎりでそうなのである。我々がそれを「経験する」のは、理論的なやり方で、観察者や審判のようにしてではない。おのれの苦い経験を通じて関係は安定性の欠如を露わにし、そうした関係自体を抹消するような「弁証法的」運動を完遂するのである[71]。

ここで、存在が主人ないし従僕としてある形態の具体的事例は挙げられていない。ともあれ、ハルトマンが主張するのは、上位の存在と下位の存在との対立がもたらす不安定な揺らぎこそが現実の経験を構築するのであり、固定化された対立関係そのものを破壊する弁証法運動の契機になるということである。こうした主従の弁証法は、主たる個と僕たる個とのあいだにのみ成立するようなものではない。引用部に明らかなように、主と僕との葛藤はそれ自体、各々の個が自らにおいて、おのれ自身のものとして生きる「苦い経験」である。そして、階級闘争をめぐるマルクス主義的な経験とは、そうした葛藤の一例でしかない。主従の弁証法は、マルクス主義理論を通じて、「経済的かつ政治的な生の現代における変容を深く決定づけた」[72]けれども、その射程はそもそも、弁証法全体の射程の一部なのである。

絶対的な支配と隷属は、ある不安定な関係を構築し、その関係はおのずと自らを抹消し、他の関係へと変容させていく。同じ不安定性が、既成の法秩序に反する行動を性格づけている。ある既存の全体を犯しながら、そうした行動は、この全体を秩序づけている内的な力を自分自身へと差し向け、その強制力に屈するのである。[…]同じことが弁証法全般についても当てはまる。[…]精神の生、法律的な生や経済的生の領域、芸術、宗教、歴史の領域で展開される弁証法はみな、現実の弁証法であると大まかに考えられるべきである。[73]

ふたつのものの不安定な関係が葛藤において別の関係へと変位することこそ、ハルトマンにとって、現実に生きられる人間的経験なのであり、その運動の総体が弁証法と定義されるのである。主従の弁証法がその唯一無二の様態であるわけではないのである。

こうして見てくると、バタイユがハルトマンにおける主従の弁証法理解をマルクス主義と一義的に結びつけていることのみならず、現実の弁証法の焦点を主従の弁証法に絞っていること自体がすでに作為的であることが分かる。このような作為を通してハルトマンを参照するのにはいかなる意図があるのか、再びバタイユの主張に立ち戻って検討してみることにしよう。

弁証法の作用が「階級闘争の直接的領域においてのみ生じうる」と言明したのち、バタイユの考察はエンゲルスへと向かう。『反デューリング論』をはじめとした著作では、自然科学ならびに数学が、自然に内在する弁証法を確認する知として総括を試みられているのだが、それら諸科学の現実の進展によって、そうした目論見が裏切られていく過程が説明される。[74] 自然の領域（「大麦の粒」や「地層の形成」）に弁証法の作用を見て取ることの不可能性が、エンゲルスの目論見の失敗というかたちで具体的に検証されるのである。すでに述べたように、こうした立場は、幾何学的規則性に対して奇形を弁証法的に位置づけるような、バタイユ自身の自然の弁証法論の放棄をしるしづけるものである。続けてバタイユは、「ヘーゲルの仕事を構成している数々の弁証法的発展の各々をかわるがわる対象とし、そうした発展のうち、生きられる経験（expérience vécue）を作りなすものと、死肉の瘤であるものとを区別することを前提的な目的とした」ハルトマンの分析を、「ヘーゲルの哲学に組み込まれなかった事象」にまで適用する必要性を主張する。[75] そして、そのような実践の可能例として挙げられるのが、精神分析学における父と息子の主題の考察である。

> たとえば、いかなる辞項の対立も、順次、子ども、青年、大人、老人となっていく一人の人間の生物学的発展を説明することはできない。それに対して、同じ人間の心理的発展を精神分析学の見地から検討するなら、人間ははじめ、自らの衝動に父が対置する禁止によって限界づけられている、と言うことができる。このような不安定な立場においては、人間は無意識に父の死を願うようになる。同時に、父の権能に逆らった仕方で向けられる願望は、息子の人格そのものにも反響を及ぼし、死を願ったことの反動的なショックとして、自身の去勢を求めようとする。多くの場合、息子のこうした否定性は、生の現実の性格全体を表現するものでは到底ない。生は、数々の矛盾した様相を同時に呈すからである。だが、この否定性こそ、息子が父の地位に取って代わることを必然のように定めるのであり、それは、その時まで彼を性格づけていた否定性そのものを破壊することによってのみ果たされうるのである。
>
> 　この主題の重要性は、それが各々の人間によって生きられる経験を構成するという事実に拠っている。この主題によって、弁証法的発展の諸辞項は、現実の実存の要素となる。[76]

子どもから老人へと至る人間の生物学的な過程、純粋に自然的な過程を弁証法によって説明することはできない。だが、こうした過程の一部を精神分析学の視座に基づき解釈した場合、父による衝動の禁止の解除に向けた「弁証法的発展」の事例として理解することが可能である。父による衝動の禁止は息子に、父の死の願望と、それについての自己処罰である去勢願望とを発生させるのだが、こうした否定的願望への捕らわれこそが、否定的願望そのものを破壊するという仕方で、禁止を乗り越えるための条件となる。人間の心理的な成熟は、父による禁止＝否定に対する破壊＝否定の行使の過程、すなわち「否定の否定」の過程として、弁証法のプロセスを構成するのである。この論考でバタイユは、エンゲルスが当初、「否定の否定」を自然の弁証法的発展の本質的法則のひとつに据えながら、やがてそうした観点を完全に放棄するに至ったことを指摘したうえで、「『否定の否定』がなければ、弁証法は社会的領域への実践的価値を失う」と述べている。[77] バタイユにとって、「否定の否定」はまさしく、「各々の人間によって生きられる」、人間の「現実の実存」が関わりを持つ弁証法運動の特性をなすモメントなのである。こうした主張は一見すると、支配と隷従の葛藤による関係変容を説明する、ハルトマン的な主従の弁証法論に結びつくようにも思われる。だが、ハルトマンにとって弁証法は、それが上位の存在と下位の存在とのあいだに否定の関係を想定するかぎり、現実的な葛藤をではなく、論理的矛盾を媒介にした思弁上のものに過ぎない。「矛盾は、本質からして思考と概念の領域に属している」と述べたのち、ハルトマンは次のように言及する。

> 生と現実のなかでの矛盾ときわめて不適切に呼ばれているものは、矛盾などではまったくなく、実際のところ、葛藤である。[…]それ[葛藤]は、いかなる点においても矛盾とは似ていない。なぜなら、葛藤は決してAと非＝Aを、肯定的な辞項に否定的辞項を対峙させることがないからである。葛藤が肯定的なものにつねに対立させるのは、むしろ、まさに肯定的なものである。[78]

主従の弁証法に則して言えば、従僕は、主人によって物の享受を禁止された非＝主人として主人に対峙するのではない。従僕は、労働を通じて獲得した、物に対する権力を通じて積極的に主人に対峙するのであり、この点にこそ「現実の反発のダイナミズム（dynamisme de la répulsion réelle）[79]」が存しているとハルトマンは考える。主従の関係の決定的変容を、関係をなす両者の自律性に由来する上下関係の不安定性の帰結と捉えるハルトマンに対し、バタイユは、「否定の否定」のモチーフをあくまで維持することで、主人による従僕の否定という上下関係の固定をそうした関係の転換の条件に据えようとするのである。現実の弁証法をめぐり、論理的「矛盾」への依拠を徹底しようとするこうした姿勢は何を意味するのだろうか。

バタイユは、「現実の弁証法を導入するのにふさわしいはずの方向性を示す」ための論点整理を行うなかで、前述の父と息子の主題に関連して、以下のように述べている。

父と息子の主題は、自然に対して真に断絶を露わにしている領域にとって、自然がかけ離れたものとなってはいなかった事実を明らかにしうる。確かに、精神分析学が説明する現象は、結局のところ欲動に還元されるのであり、そうした欲動の目的は心理学用語で表現されるのだが、その源泉は身体的な性質を備えている。物質と精神の二元論が問題なのではない。弁証法的探究の対象となるのは、自然の最も複雑な生産物のみであるということだ。［…］自然の研究や純然たる理論の仕事に直接土台を置くのではなく、先の例が示しているような、生きられる経験に根ざしている思考の方法、思考する存在の構造そのものによって要請されているような思考の方法が、少なくともある程度、自然の理解に適用される余地がないかどうかをなお知らなくてはならない[80]［…］。

父による禁止を解除する弁証法は、人間に固有な「欲動」の作用として、人間心理の解析に特化した心理学用語を用いて説明される精神的事象であるが、それが人間の身体を通じて生きられる経験であるかぎりで、自然一般に該当する弁証法へと連絡する素地を残している。こうした「生きられる経験」の身体性に依拠する仕方で、バタイユは、エンゲルスによる裏づけが失敗したかに見える、自然の弁証法の普遍的妥当性を、「葛藤」という弁証法運動の人間的現実性のみを強調していたハルトマンを黙殺しながら、エンゲルスの目論見を引き継ぐかたちで回復させることを試みるのである。そして、そうした「生きられる経験」の枢要な事例だと見なされるのが、「経験によって裏づけられる、現実に根ざしている主題」としてハルトマンが提起したとバタイユの主張する、階級闘争の事例である。

> 実践面に立ち戻ると、自然科学に根ざした方法と、生きられる経験という歴史的な起源を承認している弁証法とのあいだにただちに現れる違いに由来する、最後の問題が提起されなくてはならない。[…] 全体的に見て、マルクス主義的な歴史の構想についての根本的な弁証法的主題がこの後者の範疇に属しており、その深い独自性と同時に実践的な重要性はまさに、それらの主題が力ないしは否定の行動に絶えず訴えかけること、目的のようなものではなく、歴史的発展によって要請される手段のようなものに絶えず訴えかけることを戦術に取り入れている、という事実にあることは容易に示せるだろう。弁証法のこうした特性の研究は、明らかに、このような訴えかけこそがマルクス主義の柔軟さと力強さの決め手となり、それを改良主義的解決に根底から対立させ、現代のプロレタリアートの生けるイデオロギーとなさしめているだけに、より一層重要である。プロレタリアートは今日、ブルジョワジーによって否定的実存へと運命づけられ、新たな社会の基盤を今からさっそく作り上げる革命的活動へと運命づけられているのだ。(81)

階級闘争をめぐるマルクス主義的な歴史観が実践的な効力を持ちうるのは、それがプロレタリアートによるブルジョワ支配の打破といった目的自体を弁証法的必然として提起するからではない。そうではなく、ブルジョワジーに対する「力（forces）」の行使、「否定」の行使といった、目的達成のための手段を、弁証法の「歴史的起源」である「生きられる経験」との結びつきにおいて、すなわち、上位の存在からの「否定の否定」に向かう身体的な経験との結びつきにおいて、「歴史的発展」が要請する事態として必然化するからである。自然の弁証法の一般性を客観的に画定しようとする自然科学が実践的な有効性を持たないのに対し、マルクス主義は、ブルジョワジーによる否定（「否定的実存」への運命づけ）に対する否定の行使として「革命的活動」を理論化するものであるかぎりで、プロレタリアートの「生けるイデオロギー（idéologie vivante）」でありうるのだ。明らかなように、こうした主張は、上下関係の固定からその逆転を導く、バタイユの考える主従の弁証法の必然性に依拠している。空間的なヒエラルキーの確立をその転倒の条件とする理路は、『ドキュマン』時代の「低い唯物論」が観念と物質との関係をめぐって構築した理路と共通のものだが、主従の弁証法は、もはや人間が自然の一部であることによって必然化されるのではない。「言葉のうえの価値しか持たない」自然の弁証法に替わる、主従の弁証法の一般性を確証するのは、「否定の否定」という人間によって「生きられる経験」である。重要なのは、プロレタリアートによるブルジョワジーの打倒に向けた行動という「歴史的な事象、人間的な事象が、「生きられる経験」であるという意義づけを通して、自然的必然へと置き換えられることである。人間世界の弁証法を自然の弁証法が規定するのではなく、人間世界の弁証法が、身体性を媒介とすることで、自然の弁証法と規定し直されるのであり、そのようにして、自然法則の必然性が発明されるのだ。「生きられる経験」に依拠した主従の弁証法論は、自然そのものではなく、人間的自然に依拠したヒエラルキー逆転の正当化の試みなのである。

『社会批評』において前面に現れたマルクス主義的な階級闘争への問題意識のなかで、『ドキュマン』時代に構築した上下の空間秩序の逆転に係る弁証法モデルは、「否定の否定」という現象の普遍性を根拠として、自然法則と歴史法則とが重なる論理を編み上げるに至った。この論理を用いて示し出された革命運動の宿命的性格は、しかし、全体主義の世界的な闊歩によって、疑義にさらされざるを得なくなる。こうした政治的現実の推移のなかでの行動の論理のさらなる歩みに、続く節では光を当てることとする。

第三節　『社会批評』誌の時代(2)——全体主義と対決するための理論構築の試み

一九三三年九月に『社会批評』第九号に発表された論考「国家の問題」のなかで、バタイユは、労働運動と国家の関係の同時代状況に関して次のように述べている。

> ［…］労働運動そのものは、国家に対する戦いと結びついている。労働者の意識は、旧来的な権威が解体するのに応じて成長した。革命についての最低限の希望が、国家の消滅として描き出された。だが、それとは逆に、現今の世界が目の当たりにしているのは革命的な力の消滅であり、同時に、あらゆる活発な力は今日、全体主義国家の形態を取ったのである。この強制の世界に目を覚ました革命的な意識は、かくして、歴史的な観点から、自分自身を無意味な存在だと考えるに至った。ヘーゲルの古い言い回しを用いるなら、革命的な意識は、引き裂かれた意識に、不幸な意識になったのである。[82]

強権機構としての国家の消滅を歴史の進展の最終段階に見据えるマルクス主義の政治闘争が、一方でスターリニズムのソヴィエトに帰結しており、他方でファシズムのイタリアに引き続く、ナチズムのドイツの誕生を防ぎ得ずに終わった世界の現況は、「かつて被搾取者を隷従させたなかで最も強権的な主人[83]」である全体主義国家に対する革命運動の敗北を決定的にしるしづけていた。それは、国家の消滅からの退行であるのと同時に、否定＝強制に対する否定の行使という、「生きられる経験」に根ざした主従の弁証法が定めるプロレタリアートの歴史的「運命」からの退行であり、いまだ残存する革命への志向を歴史的に無意味化してしまう局面だったのである。バタイユはそうした「革命的な意識」の状況を、『精神現象学』の「自己意識」の項目におけるヘーゲルの術語を用いて、「引き裂かれた意識」「不幸な意識」と言い表している。バタイユによれば、「革命的な意識」が陥っている「引き裂き」と「不幸」とは、実際には歴史の誤った進展によってもたらされたものではなく、「革命的な意識」の本性が歴史的に顕在化したものである。「この意識［革命的な意識］は［…］、本性そのものからして引き裂かれた意識であり、受け入れ難い実存についての意識である。［…］それは、絶望的状況の現実化や、そうした状況への怖れに対して向けられるのと同じく、おのれ自身の必然性に対しても向けられる[84]」。そもそも、ヘーゲルの言う「不幸な意識」とは、不動で自己同一的な普遍的意志と、不安定で混乱した個別的意志とを自らのうちにともに意識し、かつ、自己がそうした矛盾にさらされていることをも意識する存在のことである。それは、おのれの個別的主観性や満足を自己放棄することによって、個と普遍の統一を意識するに至り、「個の意識でありながらすべての物に絶対的に即応している、という意識の確信」であるところの「理性」へと高まるのだとされる。(85) バタイユはここで、ヘーゲル的な自己意識が理性へと発展するにあたっての個別性と普遍性との相克を、革命への意志とその全面的な抑圧との相克、さらには、既成の実存を受け入れ難いものと見なす、革命への意志そのものに本質的に内在する相克に重ね合わせるのである。バタイユの企図は、個と普遍の分裂の知覚が両者の統一の契機となる「不幸な意識」の論理に則って、全体主義の時勢が「革命的な意識」に強いる（つまりは可能にする）自らの本質的相克の知覚を、そうした相克が解消される契機へと転化することにある。

だが今日、革命的な感情が意識の不幸以外の出口をもはや持たないとしても、革命的な感情はそこに、最初の女のもとに帰るようにして立ち戻るのである。不幸のなかでだけ、それは痛みあふれる強度を再び見出すのであり、この強度がなければ、反抗する労働者たちの革命に対する心底からの決意は、神もなく主人もなくは、その徹底的な荒々しさを失ってしまう。［…］［…］人間の数多くの征服が、悲惨な、あるいは絶望的な状況のおかげで果たされたことはまず確かだ。絶望は、現実的な事柄においてさえ、最も強い推進力を持つ情動の振舞いなのである。［…］［…］ただ「絶望の暴力」だけが、国家という根本的問題に注意を集中させる——今すぐにもそうすることが必要だ——のに十分なだけの偉大さを備えている。［…］社会的困難は、信条によって解決されるのではなく、力によって解決されるのだ。(86)

「国家に対する戦い」の進展ののちに辿り着いた、全体主義による圧殺のなかで、「歴史的な観点」における革命への志向の意味が無に還ること。こうした絶望の極まりにおいてこそ、革命への志向は、まさしく「受け入れ難い実存への意識」としての最初の強度を取り戻すのであり、革命的意識の歴史的な意味喪失が、その歴史的な意味回復の契機なのだ。ここでバタイユは、ヘーゲルが「不幸な意識」による普遍的意志と個別的意志との統一を、単一の意識内での自己分裂の統合、すなわち本来的な再統一という意味で、自己への回帰の経験として提起したのをなぞっている。[87]ヘーゲルにとってそうした回帰は、自己意識の理性への高まりをしるしづけるものだが、バタイユにとってそれは、許容不可能な現実を否定する「絶望の暴力」の行使に向けた情動面での推進力を革命行動の主体に生み出す契機である。このようにして、全体主義国家に対する非理性的な力の行使が、自己意識の理性への発展過程という歴史の論理を通して必然化されるのである。

上記の論考に端を発し、バタイユは、全体主義に対する考察を自らの主要な責務として引き受けていくことになる。それを特徴づけているのはつねに、全体主義と対決する行動にひとを駆り立てるための正確な方法を追求しようとする姿勢である。「現代のプロレタリアートの生けるイデオロギー」というマルクス主義への全幅の信頼をもはや取り下げ、「今となっては、マルクスと社会主義全体とに同時に向けられたあきれるほどの独特の信頼が、感情的に正当化されたのであって、科学的にではなかったことを認めないようないかなる解釈も捨て去る必要があるだろう」と語るバタイユが模索するのは[88]、比類なき圧制国家に対する抵抗運動へとひとを正しく導くための「科学的」な理論を構築し、それを自らの行動の論理に取り入れることなのだ。その成果がまとまったかたちではじめて示されるのが、『社会批評』第一〇号および第一一号所収の論考「ファシズムの心理構造」（一九三三年一一月／一九三四年三月）である。

この論考においてバタイユは、全体主義の克服に向かう行動の心理的必然性を探求する見地から、ファシズムが人間心理に対して及ぼす魅惑の所在を分析することを試みている。そのための手段として導入されるのが、「同質性（homogénéité）」と「異質性（hétérogénéité）」の観念である。前者に関してバタイユは、「同質性はここで、諸要素の共約性と、この共約性についての意識である」と定義し、「人間的な諸関係は、個々人のあいだや区分が明確な状況のあいだに存在しうる同一性についての意識を基礎とする、固定的な規則への単純化によって維持可能なものである」との説明を加える。[89]バタイユにとって、こうした同質性の社会的基盤は生産活動にあり、「同質的な社会とは生産的な社会のことであり、つまりは有用な社会のことである」との指摘がなされる[90]。ここで着目したいのは、バタイユが同質的な意識の形態としての科学の性質を強調していることである。「社会的同質性の最も完成された、最もよくそれを表現している形態は、科学と技術である。科学によって根拠づけられた諸法則は、同化され測定可能となった世界のさまざまな要素のあいだに、同一性の関係を構築する」[91]。さらに、社会的同質性と対象の認識に係る同質性とのこうした通底は、異質的なもの（同質性に還元されないもの）に対する排除の構造において、次のように見出される。

> 異質的という語それ自体が、同化不可能な要素が問題となっていることを示しており、この不可能性は、根底において社会的同化に関わるものであるのと同時に、科学的な同化にも関わっている。これら二種類の同化は、単一の構造を持つ。科学は諸現象の同質性を打ち立てることを目的としているのであり、それは、ある意味では同質性の卓越した機能のひとつなのである。それゆえ、同質性によって排除される異質的な要素は、科学的な関心の領域からも同じく排除される。そもそもからして、科学は異質的な要素をそのようなものとして認識することができないのだ。還元不可能な事実――たとえば社会秩序にとっての犯罪者と同じような、同質性と相容れない性質を備えた事実――の存在を認めざるを得なくなると、科学は機能面での満足をすべて奪われてしまう[92]［…］。

社会の同質化機能と科学の同質化機能とが同根のものである以上、社会にとって異質的な事柄は、科学にとっても同質化不可能であり、ゆえに科学はそれを対象とせず、さらには、対象として見出すことができない。もしその異質性を感知するとなれば、科学は、自らの機能が及ばない事柄を前にした不能を味わわざるを得ないのである。しかしながら、科学が社会的同質性そのものの機能としておのれ自身を明らかにしていくかぎり、それはやがて、異質的なものの存在を感知せざるを得なくなるとバタイユは考える。

> 同質性とそのあり方の研究は、［…］異質性についての根本的研究へと至らしめる。そもそも、前者は後者の第一部に相当する

のであり、それは、同質的でないものとして定義される異質性の、そうした最初の規定が、排除によって異質性を画定している同質性についての知識を前提とするからである。[93]

本性からして同質性の探究である科学は、同質性に関する知を構築することを通じて、その外部に位置するものである異質性に目を向けるべく、いわば歴史的に定められているのである。同質性の意識たる科学は、異質的なものを前にした不能を意識する「不幸な意識」とならずにはいられないのであり、こうした分裂の感覚が、同質的な意識による異質的なものの探究の契機となるのだ。

すでに見たように、この論考でバタイユは、同質性を「諸要素の共約性と、この共約性についての意識」と定義し、かつそれが異質的なものに対する排除の構造を持つことを指摘している。同質性の構造は、とりもなおさず、人間の意識の問題として考察されるのだが、ここで直接取り上げられるのは、ヘーゲル哲学における意識ではなく、精神分析学における、無意識に対置されるものとしての意識である。

> 異質的な要素が意識の同質的な領域の外側に排除されるということは、そのような仕方で、無意識として〔精神分析学によって〕説明される要素の排除のことをはっきりと想起させる。無意識は、検閲によって、意識的な自我から排除されるのである。実存の無意識的な様相の開示を妨げる困難は、異質的な様相の認識を妨げる困難と同じ次元のものである。[…]無意識は、異質的なものの一面として考えられなくてはならないだろう。[94]

ここで重要なのは、同質的な意識と異質的な要素の関係が、精神分析学における意識と無意識の関係とパラレルであるということ以上に、無意識が異質的な事柄の一部としてそれに組み入れられていることである。バタイユは、一九三一年三月に『社会批評』第五号に発表した論考「クラフト＝エビングについて」のなかで、精神分析学の成し遂げた科学的な寄与のいくつかを「暗黙裏に革命的（implicitement révolutionnaires）」であると評したうえで、次のように述べている。

科学に携わるのであって、護教論に携わるのではない者にとっては、根本的な不一致こそがいっそう驚くべきものである。フロイトの理論を導入することは、その点で、いかなる形式においても、壊されたり破断させられたりせずには進み得ない活動である。それは、解体作業を前にしてたじろぐことのない人々によってしか、真摯にはなされ得ないのだ。(95)

無意識に対して意識的な光を当てた精神分析学の「革命的」性格は、フロイト理論の不断の解体構築を通じて徹底されなくてはならないのであり、既成の知の問い直しを怖れないそうした正確化への志向に、精神分析学のあるべき科学的意義が見出されていたのである。意識と同質性、無意識と異質性が本質的に連絡していることに鑑みるなら、バタイユ自身による異質的なものの考究、すなわち、「異質学」と呼ばれる営みは、(96)異質的なものについての同質的な科学という立場を、正確化＝自己解体の継続を通して追求していく試みであると言うことができるだろう。事実、バタイユは論考の冒頭において、分析の方法（méthode）についての考察の欠如を嘆くという仕方で、かえって方法への拘りを示すとともに、(97)実際に採用した「心理学的方法（la méthode psychologique）」が「あらゆる抽象化への訴えかけを排除」したものだと自負してもみせるのである。(98)バタイユはまた、異質性についての認識の構造に関して次のように主張する。「同質的な現実についての認識の構造が科学の構造である一方、あるがままの異質的な現実についての認識の構造が、未開人たちの神秘主義的な思考や、夢のなかの表象において見出されることは容易に確認できる。それは、無意識の構造と同一のものである」。(99)無意識＝異質的な現実と科学との断絶をあらためて喚起するこうした主張には、同時にすぐれて学問的な脚註が付されており、未開人の思考に関してはリュシアン・レヴィ＝ブリュルの『未開心性』とエルンスト・カッシーラーの『神話的思考』、無意識に関してはフロイトの当時の仏訳『夢科学』（*La science des rêves*）を参照する旨が記されている。(100)バタイユの目論見は、フロイトの著作の題名が示しているような、無意識の作用についての意識的な科学という引き裂かれたあり方を、異質学の形式において徹底することなのである。[101] その先に目指されるものが何なのかを明らかにするために、バタイユによる異質性の具体的分析に目を移していくことにしよう。

バタイユがこの論考で異質的な要素の事例として挙げるのは、ファシズムの指導者と最下層民という、一見して上下の極をなす社会的序列に位置するふたつの存在である。バタイユは第一に、「同質的社会本来の平板さ（platitude inhérente à la société *homogène*）」を体現している民主制下の政治家に対立する、ヒトラーやムッソリーニの「まったくの他者（*tout autres*）」としての性格に言及し、次のように述べる。[102]「［…］彼らを人々の上に、党の上に、さらには法の上にさえ位置づけている力を意識しないではいられない。この力は、物事の規則的な流れを、平穏だが退屈で、自分自身を支えることのできない同質性を打ち破るのである[103]［…］」。社会の同質性を上に向けて逸脱する仕方で異質的なこうしたファシズム指導者たちに対して、最下層民の異質性を特徴づけるのは、当然ながら、正反対の方向への逸脱である。「まったく別の資格において、異質的な存在として同じく説明することができるのが、最も低い社会階層の者たちであり、彼らは広く人々の嫌悪を招き、いかなる場合でも人間の集団によって同化され得ない」[104]。続いてバタイユは、インドにおける「不可触民（*intouchables*）」の不可触性が聖なる事物への接触の禁止によるのと同等の禁止によって生み出されているという解釈等を例に取りながら、最下層民に付与されうるそうしたある種の聖性を、異質性の観念を軸として、ファシズム指導者が支持者たちのうちで持ちうる聖性と一体のものとして説明づけ、以下のように主張する。

［…］そのような醜悪な形態が聖なるものの性質と相容れるという事実を明らかにしたことは、まさしく、聖なるものの領域の認識において、また同時に、異質的な領域の認識において達成された決定的な進歩である。［…］これらの「聖なるものの」形態は、清浄な階級と不浄な階級という、対立するふたつの階級に振り分けられなくてはならない［…］。聖なる貧窮——不浄で不

可触な——の主題は、ふたつの極端な形態の対立によって特徴づけられる分野の否定的な極をまさに形作っている。ある意味では、栄光と零落、高次で命令的な（優越した）形態と悲惨な（劣等の）形態とのあいだに、対立物の一致（identité des contraires）があるのだ。こうした対立は、異質的な世界の全体を二分しており、異質性のすでにはっきりしている性格のうちに本質的な要素として付け加わるものだ。(105)

上下の対立する逸脱が、逸脱それ自体の生み出す聖性によってひとつに統べられること。そうした一致に差し向けられた対立が、「異質的な世界の全体を二分」する、異質性の本質そのものであること。このような「対立物の一致」の観点は、バタイユにとって、何よりもヘーゲル哲学の観点に他ならない。かつて、『ドキュマン』誌所収の「人間の姿」においては、自然を理性的秩序に還元する目論見としてヘーゲル哲学を批判する立場から、「体系の欠如もひとつの体系だ」というツァラの科白が、「対立物の一致の原理（principe de *l'identité des contraires*）」に即した「ヘーゲルの汎論理主義」として棄却されたのだった。(106) まったく同じ原理をバタイユが自らの異質学の中心原理に据えたことは、「低い唯物論とグノーシス主義」以降のヘーゲル哲学に対する一連の態度変更の、バタイユ思想にとっての本質性を証し立てている。下層階級における聖性の発現という、「異質的な領域についての認識」における「決定的進歩」を引き金にして得られたこの観点は、異質的なものをめぐる研究のさらなる進展をしるしづけるものである。そこから明らかになるのは、論考「国家の問題」において言及された、「あらゆる活発な力」が「全体主義国家の形態」を取るに至った現状の、ファシズムの場合の理由の所在である。バタイユは、伝統的な王権を軍事的権力と宗教的権力の統合として分析し、ファシズム権力を王権の延長線上に位置づけながらも、その無二の特性を、上下の階級という「対立物の一致」の論理を用いて次のように描き出す。

社会主義とは根底から異なり、ファシズムは、諸階級の統合として特徴づけられる。諸階級が自分たちの一体性を意識して体制に加わったからではなく、それぞれの階級を表現する諸々の要素が、政権獲得へと至った根底からの参画運動において体現されたからである。ここでは、〔…〕搾取された諸階級を体現する要素が情動的なプロセスの全体に取り込まれたのは、もっぱら彼らに固有な本性の否定を通じてであった〔…〕。下層から上層へと（de bas en haut）様々な社会集団をかき混ぜるこのプロセスは、リーダーが形成されるまさにその過程で図式が成立したに違いない、根本的なプロセスであると理解されなくてはならない。リーダーは、自らの根底からの重要な価値を、プロレタリアートの遺棄と貧困の状況を生きたという事実から引き出しているのである。だが、〔…〕悲惨な実存に固有な情動的価値は、ひたすらその対立物へと移し変えられ、変容させられるのだ。(107)

ファシズムの権力モデルは、リーダー個人の権力獲得モデルに依拠している。リーダーは、自らの経験した労働者階級の政治的・経済的悲嘆という「情動的な価値」をアピールすることで、労働者階級に対し、自らの権力への上昇を階級全体の権力への上昇と心理的に一体化させることによって支持を獲得する。さきの引用部の言葉で言えば、「零落」を知るという事実そのものをその対立的な価値である「栄光」へと転換するのであり、こうした上下の対立物の一致を目指す「情動的なプロセス」に、リーダーの権力獲得を通じて諸階級全体を巻き込むことがファシズム権力の本質なのだ。このようにして果たされる階級統合は、現実のものであるというよりも心理的なものであり、それゆえ「ファシズムの一体性は、それ固有の心理構造のうちに見出されるのであって、その土台をなすところの経済状況のうちにではない」と言われる。(108) こういった仕方で労働者階級を心理的に取り込むことで、「全体主義国家」は「あらゆる活発な力」をほしいままにするに至ったのである。

バタイユの考えでは、労働者階級が、革命を志向する「転覆の牽引力（attraction subversive）」の圏内から、ファシズム的な「強権の牽引力（attraction impérative）」の圏内に入り込むのは、民主制下では避け難いことである。上位の強権的異質性（王）が同質的な社会の維持と深く結ばれ、下位の虐げられた異質性と分離している王政国家とは異なり、王室を廃した民主制国家では強権的異質性の力が縮減されているため、被搾取階級が強権的形態の転覆ではなく、その徹底のうちに社会変革と熱狂の可能性を見出すことがあるからである。[109] 同質的な社会が解体の危機に瀕した際に巻き起こる、こうしたふたつの動きの拮抗においては、旧来の支配階級や中流階級であるブルジョワ、小ブルジョワが強権的形態の支持にまわり、自らの影響力を拡大させる。結果、「社会を解き放つ転覆（subversion libératrice de la société）」としての労働者革命の可能性は失われてしまうのである。[110]

　しかしながら、こうしたファシズムの力の所在と革命運動の無力さとを確認したのち、バタイユは、ファシズムへの抵抗可能性を、異質的な心理構造に関する科学知そのもののうちに見て取ろうとする。論考の最終部で、バタイユは次のように主張するのである。

> ［…］すでに利用されているのとは異なる牽引の力、ファシズムが王制の要求と異なるのと同じくらい、現今の共産主義、さらには過去の共産主義とさえ異なるそうした牽引の力を構想することは、少なくともまだ不正確な表現としてであれば、今もって可能である。まさに、このような可能性のひとつとして、上部構造を駆けめぐる社会の情動的な反応を予測できるようにする——おそらくは、ある程度までそれを利用できるようにさえする——認識の体系を発展させる必要がある。［…］牽引と反発の社会的運動に関する認識の体系は、最も飾り気のない仕方で、ひとつの武器として現れる。そのとき、広範な動乱が、ファシズムを共産主義に、というのは正確ではなく、強大な命令的形態を、人間の生の解放を追い求め続ける深い転覆の動きに対決させるのだ。[111]

バタイユが拘泥している「転覆（subversion）」とは、文字通り、「低いものが高くなり、高いものが低くなる」事態のことである。[112] ファシズムは「下層から上層へと様々な社会集団をかき混ぜる」素振りによって、被搾取階級に「牽引の力」を行使するが、その体制のなかで被搾取階級は結局低さのうちに留められたままである。ファシズム権力の打倒が可能になるのは、政治システムに関する転覆の動きにとどまらない、下から上への一致を目指す全般的な心理運動からなる「情動的な反応」を、すなわち、「人間の生の解放を追い求め続ける深い転覆の動き」を体制に対して差し向けるときなのである。そして、その実現のためには、「牽引」と「反発」についての人間の心理構造のさらなる研究に基づいて、「転覆」の情動へとひとを駆り立てるための正しい方策を見出すような、「武器」としての「認識の体系」を築き上げなければならない。異質的な情動の動きをめぐる、同質的な科学知の徹底した正確化こそ、情動の正しい予測と操作を通じて、知の作用には還元できない異質的なものの力を作動させる契機となるのだ。知的認識から力の行使へのこうした移りゆきを導くことこそ、反ファシズムの心理構造を探るバタイユの異質学の根本的な目的なのである。

この論考が既成の階級秩序の「転覆」を志す情動に着目していることには、空間的な価値秩序の「逆転（renversement）」を弁証法的必然として提起しようとする『ドキュマン』以来の問題意識の継続を、とりわけ、人間心理において「生きられる経験」をそうした必然性の根拠に据えた、「ヘーゲル弁証法の基礎の批判」からの連続性を読み取ることは難しくない。[113] バタイユ思想全般に共通する「根本的図式」として「『逆転』の図式（schème du « renversement »）」が存在することを指摘したエマニュエル・ティブルーは、[114] バタイユにおいてそうした「逆転」が企てられる対象を、「科学と哲学の根本的価値論（l'axiologie fondamentale de la science et de la philosophie）」、また、「普遍的知解可能性の原理として捉えられた、理性の価値論（l'axiologie de la raison, considérée comme principe d'intelligibilité universel）」であるとし、次のように、「転覆」をその主題のうちに包含させている。

科学と哲学とが立脚している価値論を逆転し、とはいえ、それらの成果や、より一般に、それらふたつの道を必ず経由する、知ることへの欲求を放棄はせずに、バタイユは絶えず、ふたつの推論的言述［ディスクール］を理性的認識の彼岸へと向かい合わせることによって異議にさらし（*contester*）（これは『内的経験』の鍵語のひとつである）、転覆する（*subvertir*）ことを目指している。その意味で、バタイユはつねに、科学的知識や哲学的知識を用い、それに反して思考するのだ。科学に関しては、たとえば、フランス社会学派由来の資料を動員しながら、科学によって同化不可能な要素を第一に指し示すものである「異質的」

という語を明記する、といったように[115]。

引用末尾での異質学についての言及は「ファシズムの心理構造」を念頭に置いたものだが[116]、renversement の一形態である subvertir についての理解が、階級秩序の転覆というバタイユの論考の本旨とは別に、ここではもっぱら、推論的言述の自己反駁の運動に向けられていることは興味深い[117]。こうした観点は、「ファシズムの心理構造」の内容と接合させて解釈するならば、同質的な科学から異質学への移行というバタイユの知的実践そのものに「転覆」の情動の現れを見て取るものであり、したがって、『ドキュマン』時代の観念論と「低い唯物論」とのあいだの「否定」に類似した関係を科学と異質学のあいだにも認めるものだ[118]。事実、ティブルーは続く部分で、バタイユ的な「逆転」が有する、理性に対する「否定」というありように焦点を絞るのだが、そこで強調されるのは、そうした「否定」の持つ肯定的な側面である。

> バタイユ的な逆転においては、否定的なものと共約不可能なものの「否定神学的な」固有語法がいわばその第一の契機をなすのであり、それは、理性から権威を取り上げる純粋に否定的で根底から批判的な契機である。この第一の契機の彼方に、肯定的な様相のもとでの逆転が存在する。それは逆転そのもの、[…] 裏返すこととしての逆転であり、否定的なものの裏側を正しく見分け、たんなる否定を裏返しにするのである。この逆転の本質は、まさしく次のようなものだ。すなわち、「理性からすれば意義ある内容が不在の場所に」、感性からすると有意義な内容を有効化するのである[119]。

理性的な価値の否定を感性的な価値の肯定に結びつけるこうした議論において見落とされてはならないのは、そうした肯定がはじめから肯定としてあることはできず、あくまで「否定の裏返し」として、つまり、「否定の否定」としてあるかぎりで肯定たり得るということである。裏返しが表の存在を前提する以上、感性的な価値の肯定は、理性的な価値の否定を前提とし、さらに本書にとって重要なことに、理性的な価値の否定は、理性的な価値の定立を前提としているのである。同質的なものの領域を画定する科学が、そうした領域の外部に位置する異質的なものを浮かび上がらせるがゆえに、科学が異質学にとって「第一部」としてまさしく前提されていたことを思い起こすのがよいだろう。異質学は、「逆転」し「転覆」する対象としての同質的な科学や哲学を利用する必要があるばかりではなく、それらなしには本性からして成立し得ないのであり、この点にこそ、異質学の「転覆」的性格が、すなわち、従属的存在による上位の存在の逆転としての性格が存していると考えることができるのである。このように、「転覆」や「逆転」といった術語がつねに、上位の存在と下位の存在の空間的なヒエラルキーに関して用いられるものであることをあらためて銘記しておこう。「ファシズムの心理構造」における実際の文脈に戻れば、上下の階級の絶対的分離という現状＝前提から発して、それを「転覆」するための行動を導く理路を探索することがバタイユのねらいだったのであり、社会に関する空間的な認識の枠組みの維持が、『ドキュマン』以来の「逆転」に係る主題の継続に帰結していると言えるのである。

結局のところバタイユは、「人間の生の解放を追い求め続ける深い転覆の動き」の導き手となる「認識の体系」を具体化できないまま、現実の政治行動に身を投じていくことになる。次節では、バタイユの主導により結成され、実践面での成果を残さないまま内部対立のために一年もたたずして瓦解した行動組織「コントル＝アタック」に参画するなかでの、行動をめぐるバタイユの思索の足取りを検証する。

第四節　「コントル＝アタック」と「超＝ファシズム」

一九三四年三月の『社会批評』の終刊と、同年末の「民主共産主義サークル」の解散ののち、バタイユは革命運動の現実の遂行に向けて、共通の政治的意志を持つ知識人たちを結集する可能性を模索するようになる。ブルトンとの長年にわたる対立関係を解消し、シュルレアリストたちとの協同のもと、「コントル＝アタック［反攻］」と称する行動組織の結成が準備され、一九三五年一〇月七日には、「『コントル＝アタック』、革命的知識人闘争同盟」（« CONTRE-ATTAQUE » Union de lutte des intellectuels révolutionnaires）と題した結成宣言書が一三名の署名を付されて公表された。[120] その冒頭において、「国民や祖国の観念に利するように革命を把捉しようとする［…］あらゆる傾向」への敵意と、「資本主義権力とその策謀的機構を打ち倒す」決意とが述べられていることから明らかなように、[121] 組織の一義的な目的は、国家の枠組みを越えて、資本主義体制を全面的に打倒することである。「我々全員が主人として振舞い、資本主義の奴隷どもを物理的に殲滅するべき時が来たのだ」というアジテーションには、[122] 階級の逆転に向かう動きの必然性を主従の弁証法から導き出そうとした、「ヘーゲル弁証法の基礎の批判」におけるバタイユの議論の反映を見て取ることもできるだろう。「コントル＝アタック」が志す革命運動の矛先は、資本主義的な階級秩序を制度的に規定する、民主主義政体そのものへと向けられる。「専制政体の瓦解」にのみ有効であった労働運動の「伝統的戦術」に代わり、「民主政体との闘争（lutte contre les régimes démocratiques）」に有効な「一新された戦術」を導入する必要が述べられる。[123] スキャンダラスでありうるのは、そうした戦術として、「ファシズムの作り出した武器」の応用が次のように説かれることである。

我々は、ナショナリスト的な反動が他の国々で、労働者の社会が作り出した政治的武器を使いこなす術を編み出したことを見て知っている。今度は我々がファシズムの作り出した武器を利用しようではないか。ファシズムは、情動の昂揚と熱狂とに対する人々の心底からの渇望に乗じたのだ。だが、人々の普遍的利益に奉仕するはずの昂揚は、社会保存や祖国のエゴイスト的利益に服従したナショナリストたちの昂揚よりも、はるかに重大で、粉砕的で、それとまったく別の偉大さを備えているに違いないことを我々は断言する。[124]

ミシェル・シュリヤが指摘するように、「コントル＝アタック」が結成された当時、ファシズムは「民主主義から監督権を奪った唯一の『革命』」であり、「方角を見失い信仰に飢えた民衆に、集団的な神話を提供する」という無二の力を有していた。そのことでファシズムは、「あらゆる労働運動に対する異論の余地なき優位を誇示」していたのである。[125]「コントル＝アタック」は、革命運動の無力さを克服するために、民主制の打倒を唯一実現したファシズムの「武器」である、大衆の情動に対する訴えかけを自らの手段として横領することを提案する。それはあくまで、権力奪取の手段に限ったファシズムの模倣であり、資本主義体制全般の打破に向かう「人々の普遍的利益に奉仕するはずの昂揚」と、「社会保存や祖国のエゴイスト的利益に服従したナショナリストたちの昂揚」との能力的かつ価値的な差異が強調される。とはいえ、そうした主張において、ファシスト的な昂揚に、限定が付されてであれ、一定の価値が認められているようにも受け取れることには、組織の反民主主義的立場が一貫して明確であるだけに、ファシズムに対する態度に関して疑念を招く可能性がないとは言えなかった。このことは何よりも、グループの内部において、その主張が持ちうるファシズム的要素への懸念を解消しがたい仕方で生じさせていく。

一九三五年一一月に配布された、「『コントル＝アタック』手帖」と題された会報の出版予告パンフレットには、バタイユが執筆予定の著作として「街頭の人民戦線」（« Le Front Populaire dans la rue »）が挙げられている。[126]その紹介文は、既存の人民戦線を革命的権力の奪取を目指した組織として機能させるために、[127]「それを街頭において勢いづける内的な運動を解き放つ」ことを通じて「戦闘の人民戦線」へと変容させる必要性を説いている。「全革命勢力は、白熱したるつぼのなかで混ざり合うべく呼びかけられているように思われる」という言表は、[128]革命という目的と街頭における民衆の熱狂という手段との本質的連絡を指摘する点で、「ファシズムの心理構造」で示された、「転覆」の情動をもとにファシズム政体の打倒を目指す姿勢を引き継ぐものだと言える。だが、今やそうした手段が、限定的な仕方ではあれ、ファシズム自体の利用した「武器」と見なされていることも確かなのである。バタイユとジャン・ベルニエが執筆予定とされる小論「革命か戦争か」（« La Révolution ou la Guerre »）の紹介文では、この小論が「対外政策」

の問題を扱うものであることと、「我々の行動を、今日一九一四年の戦争の再来を企てているすべての者たち、ファシズムに対する闘争という口実のもとで、新たな民主主義陣営による十字軍を企てているすべての者たちと根底から対立させる」性質のものであることが言明される[129]。「民主主義陣営」を道理なき侵略者の一群と位置づけ、ファシズムとの対決の意志をも非難の俎上に載せるこうした言辞が、ファシズムの「武器」の横領を訴える一連の主張と相俟って、民主主義に対するファシズムの擁護として受け取られる余地を一切持たないものであったと評価することは、やはり難しいのである。

一九三六年三月には、「労働者諸君、君たちは裏切られた」と題したビラが、一四人の署名入りで配布される。「ドイツ・ナショナリズムの小児的錯乱とも、フランス・ナショナリズムの耄碌した錯乱とも何ひとつ分ち持たない」ことを強調し[130]、「どれであれ、ひとつの国家に我々を縛りつけようとする形式的つながり」への軽蔑のもと、「今日サローからもヒトラーからも、そしてトレーズからもラ・ロックからも裏切られた共同体に属している」ことを言い立てるこのビラは[131]、国家の枠組みから解かれた者たちの連帯を「共同体」として実体的に示している点で、従来にない主張を含むものである。そして、これらの文言はすべてバタイユ一人が作成したものであり、そのうえ他のメンバーの署名は、バタイユによって当人の許可なく付け加えられたものであった[132]。こうしたバタイユの専行は、グループ内のシュルレアリストたちを憤慨させ、翌四月にグループは解体を迎えることになる[133]。五月には『コントル＝アタック手帖』第一号が公刊されるが、これにはバタイユの論考三本のみしか収録されず、グループの終焉を事実上しるしづけた[134]。公刊後、シュルレアリストたちは連名で、「コントル＝アタック」との絶縁状を発表するが、そのなかでグループに対して（つまりバタイユに対して）与えられた批判が、後々までバタイユのこの時期の言動を否定的に論じるのに言及されることとなる、「超＝ファシスト（sur-fasciste）」という批判である。この語は元来、バタイユに近しい立場でグループに参加していたジャン・ドトリーの造語であり、「ファシズムを乗り越えたもの（fascisme surmonté）」を表す意で用いられた言葉なのだという。[135] ドトリーは、一九三六年三月に「フランス軍の砲火のもとで」という題名のビラを作成した。そのなかには、「我々はこの紙屑に、外交当局の奴隷的文体に反対する。会議机の周りで書かれた文書は、人々をしぶしぶながらに結びつけるだけである。我々はそんなものより、**何はともあれ**、ヒトラーの反外交的な粗暴さのほうをよしとする。実際、こちらのほうが、外交官や政治屋たちの冗漫な煽動よりも平和的である」という文言があった。[136] このビラにバタイユたちが署名をしたことが、「純粋にファシスト的」という意味で理解されるべき、「超＝ファシスト」との形容を招く所以となったという。[137] あらためて「コントル＝アタック」の主張に目を向けてみれば、バタイユの強い影響下で執筆されたと覚しい、連署された、あるいは無署名のテクストの数々が言い述べる民衆の情動に対する訴えかけの必要性は、『コントル＝アタック手帖』第一号に掲載されたバタイユの単著論文においても同一の論旨をそのまま見出すことができる。冒頭の論文「街頭の人民戦線」は、出版予告文に示されていた「闘いの人民戦線」という問題意識のもと、街頭での直接行動を通じた権力奪取の必要を説いているが、そのなかでは、「人間の集団に力の激発を起こさせ、彼らを貧困と屠殺場にしか導く術を持たない連中の支配から救い出すような、そうした情動」への最大の関心が語られている。[138] 第二の論文「現実の革命に向けて」では、「〈敵によって作り出された武器を我がものとする術を知らなくてはならない〉」という命題から出発し、「［ブルジョワ民主政体］の打倒を望む者たちに唯一開かれた道」であるとして、「被搾取者をいっそう縛りつけるために鍛錬された［ファシズムの］武器を、彼らの解放に向けて役立てる術を知らねばならない」ことが強調される。[139] かてて加えて、同時期に配布が計画されたテクスト「民兵についてのアンケート」では、「食うか食われるかという、ふたつの選択肢しか残さない」ファシズムに対抗するべく、民兵の組織化が訴えられ、「規律のとれた民兵たちの自由な上昇運動」が称揚されさえする。[140] こうしたなかでは、ファシズム的な権力奪取の手段に対して筋金入りの傾倒をしていると指弾されたとしても、ゆえなき誤解として済ますことは困難であった。かくして、シュルレアリストたちによるバタイユの「超＝ファシズム」批判は、ときに一定の信憑性とともに受容され、他方、バタイユ自身が自らの親ファシスト的な危うさを察知し、政治行動から身を退いたとする弁護が提起されるという歴史的経緯を生むことになるのである[141]。

バタイユとファシズムとの関係をめぐって度重なり提起される疑惑の根を断ち切ろうと、クリストフ・ビダンは、「『超ファシズム』に決着をつけるために」（一九九六年）と題した論考を上梓する。「バタイユのいわゆる『超ファシズム』なるものは実在しない。だが、『超ファシズム』は実在する。吹聴者たちの密やかなファシズム（sous-fascisme）こそがそうだ」という新たな論告が断罪するのは、「吹聴者」とファシズムとに共通するとされる、理論性の欠如である[142]。他方でバタイユの目論見は、ファシズムの没理論に対する本質的抵抗として総括されることになる。「バタイユにとって、ファシズムは明確な理論を有さないがゆえにこそ実在しているのであり、限界を有さないように装うがゆえに、効能性に組み込まれうる『非理性的な牽引の』力を持つのである。それとは逆に、試論や小説によってファシズムの理論を書くことが、ファシズムを一掃するための最良の手段であると彼には思われたのだ[143]」。当の「コントル＝アタック」でのバタイユの言行をほとんど分析対象としていないこの論考の指摘は、それでもなお、バタイユの政治行動の基底に存した、ファシズムの欺瞞を暴露する企図の思想性を浮かび上がらせる。バタイユによるファシズムの武器の応用の主張がつねに、対象について正確に理解する必要性を強調していたことに鑑みるなら[144]、ビダンが見て取るような、理論を書くことへのバタイユの拘泥は、ファシズムという解答の安易さを告発し、「効能性」に還元されない「非理性的な牽引の力」を全面的に解き放つための、あるべき認識を提示する目論見と結びつくものではないだろうか。

引用したように、「街頭の人民戦線」では、「人間の集団に力の激発を起こさせる情動」への強い関心が述べられているのだが、そこでもそうした関心が、真正な「力」、真正な「情動」とは何かを明らかにする知への要請と結ばれていることは重要である。当該の言及に引き続く部分を参照してみよう。

しかし我々は、我々が街頭の自然発生的な反応に、そのように盲目的に身を委ねてしまう者たちだと思って欲しいわけではない。[…] 我々には、事実についての見識や方法的理解がしばしば決定的な役割を果たすことをあきらめるいかなる理由も見当たらない。我々はただ、知性を、いわゆる政治的状況の分析やそこから生じる論理的演繹などによりも、生の直接的な理解に役立てたいのだ。(145)

街頭を満たす集団に発生するエネルギーの「盲目」性から距離を取る、「生の直接的な理解を目指す」知性の実践がどのようなものか、バタイユがこの論文で明示することはないが、続けてバタイユが行う「クロワ・ドゥ・フー［火の十字団］」についての考察に、そうした実践の試みを看取することが可能である。

クロワ・ドゥ・フーとは、大概が、退屈している者たちである。[…] 現代世界において民衆の阿片となるのはおそらく、宗教よりもむしろ、甘受された退屈である。このような世界は、退屈に対して少なくとも見せかけの出口を提示する人間たちの意のままになる、ということを知っておかなくてならない。[…] 欠くべからざる行動の原理となるはずの綱領はどのようなものかを知ろうと気にかけている者たちに、君たちが取り乱している世界は退屈に運命づけられている、と答えることは、彼らにとっては場違いで、まったく馬鹿げたことにさえ思えるかもしれない。(146)

一九三四年二月六日の右翼騒擾事件で勢力を誇示した「クロワ・ドゥ・フー」は、当時フランスにおけるファシズムの脅威の代表格と見なされており、バタイユもまたこうした見方を共有している。(147)「退屈」に沈む生が、「退屈」を免れさせるような指導者の言葉に、その「綱領」に容易に従属してしまうことの認識は、「街頭の自然発生的な反応」に「盲目的に身を委ねる」ことが、実際には、人為的操作の自然な受入れでしかない事実を得心させる。そうしたファシズムの詐術を客観化するために、「知ること」の必要性が幾度となく強調されるのである。だが、「運命」と化した「退屈」を脱するための誠実な手だてなどありうるのか。ファシズムの欺瞞を暴く知性は果たして、ファシズムとは別の真正な解決策を提示しうるのか。バタイユは次のように言葉を続ける。

我々は、力は陰気でつまらない労働への要求から行動する人々のものではなく、それとは逆に、退屈に疲弊した世界を退屈から解き放つだろう人々のものであることを信じている。

我々は、正確な答えを要する問いに対しては正確な答えを出すことを旨とするが、一番重要なことは他にあると断言する。

我々は、人民大衆が権力の意識を持つのに貢献しなくてはならない。力は駆け引きからよりも、集団的昂揚からもたらされると我々は確信しているのであり、集団的昂揚は、理性にではなく、大衆の情念に触れる言葉からのみ到来しうるのである。

我々は、遠からず大衆が団結する術を知り、この団結のうちに、人々を至る所で牽引する焼けつくような温度を、人民による仮借なき支配の土台となるはずの焼けつくような温度を皆で見出す術を知ることを期待したい。(148)


「生の直接的な理解」にあてられる知性の役割を語った先の引用部と同様に、全文が一人称複数の主語 nous で書き始められるこの一節は、あたかも「コントル＝アタック」のあるべき「綱領」を指し示しているかのようである。(149) そしてここでは、「正確さ」への要請は、没理性的な「大衆の情念に触れる言葉」への要請に場を譲っているようにも思われる。知への意志と、力への意志と、バタイユにおいていずれの「綱領」が優位に立つのか。このように問うかぎり、ファシズムか反ファシズムか、という論争的な二者択一が迫られ続けるだろう。見るべきはむしろ、集団的昂揚がもたらす力の意義を知的な把握や理性の外に位置づける言説それ自体が持つ知的性格である。「世界」の変容を導く力が、ファシズムの解決策の欺瞞を排除したのちに、「綱領」や「陰気でつまらない労働」への従属を排除したのちにはじめて自然的に解き放たれるのであるからには、力の真の意義が開かれるのはファシズムの本性を理解した先である。「正確な答え」の他にある「一番重要なこと」は、「正確な答え」なしには探し得ず、「理性にではなく、大衆の情念に触れる言葉」を発するために、何が大衆の情念に触れるのかを知らなくてはならないのだ。したがって、ここにあるのは知と力の対立ではなく、力を正しく昂揚のうちに見出すための、知への依拠である。引用の最終段落で用いられる savoir（「〜を知る」）の準助動詞としての用法（「〜できる、〜する術を知る」）は、能力を表す一般的表現であるとはいえ、ここでは、知によって力の開示を先導しようとするバタイユの姿勢を文字通りに反映していると考えることができるだろう。こうした姿勢こそが、「ファシズムの心理構造」で、「牽引と反発の社会的運動に関する認識の体系」がファシズムに対する「最も飾り気のないひとつの武器」になることを訴えて以来の、バタイユの行動をめぐる主張を一貫して特徴づけているのである。ファシズムの「武器」の応用もまた、そうした姿勢から帰結したものなのである。『コントル＝アタック手帖』の三論文によってこの組織の終幕を飾ったのち、バタイユは自ら雑誌『アセファル』(*Acéphale*)（一九三六—三九年）を創刊し、執筆活動の舞台をそれに移す。次節では、『アセファル』掲載論考におけるバタイユのファシズム論の新しく生じる展開に目を向けることとしたい。

第五節　空間から時間へ——雑誌『アセファル』におけるファシズム論の新展開

『アセファル』第一号（一九三六年六月）の巻頭の小篇「聖なる結託」のなかで、バタイユは、「文明人たちの世界とその光を捨て去るべき時である。理性を備え、教養深くあろうとするにはもう遅すぎる——それがひとを魅力なき生へと至らしめたのだ」と宣言する。人間の生は、「世界に対して、頭として、理性として役目を果たすのにうんざりしてしまった」のであり、そうした「隷属」から自由になるために、「囚人が牢獄から逃げ出すように」自らの「頭」から逃げ出すことが主張される。[150] 雑誌の名そのもの（「アセファル＝無頭」）に直接の反映を見る、[151] 理性に縛られた生を解放する訴えの一方で、バタイユは、独仏の学術文献の引用と註とに満ちた論考「ニーチェとファシストたち」を、ニーチェ特集にあてられた同誌第二号（一九三七年一月）に発表する。ナチスの思想家たちによるニーチェ思想の横領に論理的な反駁を試みているこの論考において、本書の観点からまず興味深いのは、ニーチェ思想と、左右双方を含む政治それ自体との根本的な相容れなさが、次のように強調されている点である。

ニーチェの思考の運動そのものが、現今の政治が持ちうる様々な基礎の瓦解をもたらすものである。右翼は自身の行動を過去への情動的愛着のうえに基礎づける。左翼は合理的原則のうえに基礎づける。ところが、過去への愛着と合理的原則（社会的な正義と平等）とは、等しくニーチェが拒絶したものである。したがって、どちらの方向にもニーチェの教えを利用することは不可能なはずなのだ[152]。

ここで左翼の側に向けられている合理主義批判は、「聖なる結託」におけるアセファルの賛美に直結するものだが、右翼（とりわけドイツのファシストたち）の政治行動の基礎として、「過去への情動的愛着」が挙げられていることは注目に値する。「ファシズムの心理構造」では、ファシズム権力が上下の階級の統合を見かけ上実現する点に、下層階級の情動に及ぼす影響力の源泉が見出されていた。ここでは、そうした空間的な解釈格子が表面化しない代わりに、「過去」という時間に関わる情動の存在が、ファシズムの本質的な要素として言挙げされるのである。バタイユは、ナチ体制のイデオローグであるアルフレート・ボイムラーによる、「過去への激しい感情（un sentiment aigu du *passé*）」に結ばれたものとしての「神話（mythe）」の理解に触れながら、「ナショナリズムが過去への隷属をもたらすことは自明である」と断じ、あらゆる隷属を拒絶するニーチェとの相容れなさを際立たせてみせる[153]。そのうえで、一九三四年一一月に『エスプリ』誌に発表されたエマニュエル・レヴィナスの論考「ヒトラー主義哲学に関する若干の考察」（« Quelques réflexions sur la philosophie de l'hitlérisme »）を持続的に参照する。この論考のなかでレヴィナスは、「血の神秘的な声、身体が謎に満ちた運搬手段をなす、遺伝と過去との呼び声」という「繋縛（enchaînement）」を人間の本質へと転化するところに「ヒトラー主義哲学」の根本的特性をみとめ、さらに、ニーチェの「力への意志」に、そうした人種主義を「拡張（expansion）」という仕方で（つまりは戦争、征服という仕方で）「普遍化（universalisation）」する術策を見て取っている。バタイユは当該の部分を長く引用し、「ヒトラー主義哲学」に関するレヴィナスの指摘の正当性を高く評価しながらも、むしろその指摘は人種主義とニーチェとの両立不可能性を明るみに出すものであるとして、次のように言明する。

> 血の共同性と過去への繫縛とは、その結びつきにおいて、大いなる誇りとともに「祖国なき者」の身分を主張していた人間［ニーチェ］の視座からありうるかぎりかけ離れたものである。そして、ニーチェを理解することは、負けず劣らず大いなる誇りとともに主張されていたもうひとつの身分、すなわち〈未来の子〉の身分の持つ深いパラドクスにすべての取り分を与えることのない人々には閉ざされていると見なされなければならない。［…］未来が、未来の未知の驚異が、ニーチェの祝祭の唯一の対象なのだ。［…］過去に縛りつけられた愛国的吝嗇とは逆に、未来に対する自己の積極的で無償の贈与こそが、否認されることを求めたツァラトゥストラの人格のうちに、ニーチェのすぐれて偉大なイメージを見定めることを可能にする唯一のものだ。［…］他の者たちの眼差しが父親たちの国に、祖国に釘付けにされているときに、ツァラトゥストラは〈自分の子どもたちの国〉を見ていたのだ。[154]

「祖国なき者たち（sans patrie）」は、『悦ばしき知識』第三七七節に表れる主題である。そこでニーチェは、「未来の子であるわれわれ、そのわれわれが、どうしてこの現代に安らうことなどできようぞ。この脆くなり崩れかけた過渡時代においてさえなおも家郷にある思いをさせるような一切の理想に対し、われわれは嫌悪を覚える。［…］われわれは何ものをも『保守』しない、われわれはまたどんな過去にも帰ろうなどとは思わない［…］」と述べている。[155] こうした言述が、人種主義に見出されうる「過去への繫縛」の対極にあることは容易に感得できるが、[156] さらに注目すべきは、「祖国なき者」が持つ「未来の子」という身分の「深いパラドクス」を直視することがニーチェ理解の鍵だとされていることである。この「パラドクス」は、現在の自分が、すでにある過去にではなく、いまだない「未来の未知の驚異」において決定されること、そのかぎりで、自己が過去から解き放たれ、「未来に対する積極的で無償の贈与」に捧げられることにある。バタイユは、そうしたパラドクスのうちにある存在を、『ツァラトゥストラはこう語った』第二部の「文明の国」の章の言葉を用いて、「〈自分の子どもたちの国〉」を見る者とも言い表す。これとの対比において示されるのが、「父親たちの国（pays de leurs pères）」である「祖国（patrie）」に縛りつけられたファシストたちである。[157]顧みて興味深いのは、『社会批評』時代のバタイユが、父親を子どもの衝動に対して禁止＝否定を課す存在、そのことを通じて子どもにその否定の否定をなすように定める存在として、「生きられる経験を構成する」弁証法的発展の説明に取り上げていたことである。[158]こうした「否定の否定」の論点は、上下関係のなかでその「転覆」に向けた情動の動きを必然として示す、ヘーゲル哲学に依拠した理路に見られたものだ。バタイユは、そのような空間的な上下関係をなす父と子の関係をここで、過去と未来という時間の関係に置き換えたうえで、「繋縛」と自由、ファシズムとニーチェをそれぞれに対応させるのである。バタイユがヘーゲルに代わってニーチェを新たな参照軸としながらファシズム批判の文脈で時間の観念を導入するのには、どのような企図があるのだろうか。バタイユは、同じく『アセファル』第二号に掲載された、「ヘラクレイトス」という題名のニーチェのテクストの仏訳（『ギリシア人の悲劇時代の哲学』の短い抜粋）に寄せた紹介文のなかで、ニーチェ的な時間の特性を次のように記述する。

ヘラクレイトスが「あらゆるスペクタクルのなかで最も偉大なものの幕を取り払った」——破壊者としての時間の作用のことだ——とすれば、ニーチェの瞑想と情熱をなしたのもまさしくそのスペクタクルであり、その只中で、永劫回帰についての恐怖に満ち溢れたヴィジョンが彼に現れたに違いないのである。「どの瞬間も、先立つ瞬間を、自分の父を殺すことでしか存在しない」、「あらゆる現実の全面的な移ろいやすさとは、恐ろしく、気を動転させる表象である。その作用は、地震のなかで堅固な大地への信頼を失ってしまった者が持つ印象と似ている」。すべてのスペクタクルのなかで最も偉大なもの、すべての祝祭のなかで最も偉大なものは、神の死である。「我々は絶え間なく墜落しているのではないか？　後ろに、横に、前に、あらゆる方向に？」。ニーチェはのちにこう叫ぶだろう、彼が「神の死」と呼んだ法悦（ravissement）を味わうときに。ファシストの兵舎のはるか彼方で…。[159]

鉤括弧に入っているのはニーチェのテクストからの引用部分である。ヘラクレイトスが主張した永遠の生成としての時間は、存在が固着することを許さず、それを絶えず押し流していくがゆえに、「破壊者としての時間の作用」を果たす。その流れのなかでは、あらゆる瞬間は、自らに先立つ父たる過去を殺害して成り立つ存在であり、また、子たる未来に殺害される存在である。バタイユからすれば、ニーチェの永劫回帰のヴィジョンは、万事の反復を通して存在の定立不可能性を永劫にわたって保証するものなのであり、それゆえに「破壊者としての時間の作用」そのもののヴィジョンなのだ。既存の価値の全面的な喪失としての「神の死」のヴィジョンの根底にあるのもまた、そうした時間の観念なのである。そして、それは同時に、ニーチェの「未来の子」というあり方を可能にするものでもある。『アセファル』第二号掲載の「諸命題」と題した論考の冒頭部分でバタイユは、「ニーチェが五〇年後に理解されたいと願ったとき、それがたんに知的な意味においてだけだったということはあり得ない。〔…〕このことは、率直に、我が身を投じる意識（la conscience de s'engager）とともに言われたのだ。価値の逆転のなかで、根本から決定的な仕方で起こること、それは悲劇そのものである」と書いている(160)。既存の価値の喪失と逆転をもたらす時間の運動の只中にあることの引き受けは、今ある自らの存在と価値とが解体され、未知のものとなることとの引き受けである。そうした「恐怖に満ち溢れたヴィジョン」の「悲劇」こそ、同時に、「未来に対する自己の積極的で無償の贈与」を通して、過去から解き放たれた自由がもたらす「法悦」という至上の情動的経験へと結びつくのである。まさに、「ニーチェの哲学は悲劇と爆発の哲学」であり、「どのような政治家でも排除するはずのもの」なのだ(161)。

　実のところ、バタイユがニーチェの時間観念への依拠を通して果たそうとするのは、既存の価値への「繋縛」を進んで断ち切ることによる、悲劇的な自由のなかでの法悦の追求である(162)。バタイユは「アセファル」の観念を、次のように、ニーチェ的な時間と結びつける。

　超人とアセファルとは、生の強制的な目的であり、その爆発的な自由であるところの時間の立場と等しい、そうした閃光によって結ばれている。いずれの場合においても、時間は脱自（extase）の対象であり、続いて大事なことに、時間はスールレイのヴィジョンのなかの「永劫回帰」として、あるいは「カタストロフィー」（供犠）として、またあるいは「時間＝爆発」として姿を現すのである。[163]

ここで時間がカタストロフィー＝供犠と同一視されていることは重要である。時間と結びつけられてあることは、既存の価値からたんに自由であることではなく、既存の価値を死に至らしめることであり、したがって、アセファルもまた、たんなる無頭の存在ではなく、自ら頭を切り落とす存在でなければならないのだ。それは、「『実存する』ために、承認された真理の繋縛を断ち切る必要性」にさらされているのであり[164]、さらにまた、「アセファルは神話的には、破壊に捧げられた主権、神の死を表現する」以上[165]、既存の価値体系における至高の審級の抹消へも差し向けられているのである。こうした思索の先に、「過去への繋縛」に拠って立つ最たる強権国家であるファシズムとの対決の問題が、スペイン戦争の激化と時を同じくするかたちで、あらためて取り上げられることになる。

『アセファル』第三・第四号合併号（一九三七年七月）掲載の論考「ニーチェ的クロニック」でバタイユは、ふたたびファシズムとニーチェの両立不可能性を論じるが、そこで新たに提示されるのが「失われた世界へのノスタルジー（nostalgie d'un monde perdu）」という論点である。バタイユによれば、文明の発展とは、人々を強固に凝集させる諸々の価値が失われていく過程であり、伝統的な慣習の衰退と、社会を犠牲にする仕方での個人の発展によって、「生き生きとした共同性の形象」から次第に「悲劇的な要素」が、すなわち、「脱自の恍惚（ivresse extatique）にまで高まるような、全面的な宗教感情を惹起する力」が喪失されていく。[166] 既成の組織は社会的凝集が維持されることを必要とするので、「強制を用いて、政治という名を与えられた術策や裏取引、歪曲を発展させる」のだが、その結果、人間が自分たちの周りに見出すのは「偽物の空虚な世界」でしかなくなってしまう。[167] こうしたなかで、「失われた世界」に存在したと見なされる凝集に対する「ノスタルジー」が人々のあいだに広まっていく。これこそがファシズムの起源をなすものである。「各々の存在が自分自身にあるよりも悲劇的に緊迫している何かを見出す、そうした共同性に対するノスタルジーが残り続けるかぎり、そのかぎりで、失われた世界を回復しようとする気遣い、ファシズムの生成に役割を果たしたこの気遣いは、軍事的な規律と、魅惑できないものすべてを怒りとともに打ち壊す粗暴さから与えられる限られた鎮静とにしか結びつかない」[168]。他方、ニーチェもまたこうした「失われた世界に対する共通の強迫観念（hantise commune du monde perdu）」を有していたのだが、その思想において「力が運動に与えられ、それゆえに［…］過去から引きはがされ、未来の黙示録的形態のうちに投げ込まれている」ことがファシズムとの区別を徹底的なものにしていると強調される[169]。そのうえでバタイユは、過去に縛られたファシスト的な共同性に抗して、カタストロフィーとしての時間のうちにある、「悲劇」としての実存の意識に立脚した共同性を構築する可能性を探ろうとする。「人々の結合の目的は、特定の行動にはない。そうではなく、実存そのもの、〈実存、すなわち悲劇〉にある」[170]。そして、こうした「結合」を表現する特権的な例に挙げられるのが、一九三七年四月から五月にかけてパリで公演されていたセルヴァンテスの演劇『ヌマンシア』である[171]。バタイユは、この作品の「悲劇における偉大な点」が、「街全体が死に入り込んでいく」のに観客を立ち会わせることにあると述べたうえで、「共同の生の現実は――つまり、人間実存の現実は――夜の恐怖の共有、死が広めるそうした類いの脱自的痙攣（crispation extatique）の共有に懸かっている[172]［…］」と指摘する。既存の自己を解体する、脱自の経験のもとでの共同性の創出は、自己の決定的な解体に他ならない、死の恐怖を共有することでなされるのであり、そうした死の恐怖を既存の共同体の全滅というかたちで全面的なものとして描きだすことが、『ヌマンシア』の「悲劇」の卓越性なのである。さらにバタイユは、現実のスペインにおける反ファシズム運動を『ヌマンシア』と比較し、「拒否によってのみ結びつけられた人間たちの幅広い分離」であり、「あらゆる偉大さ」を欠いていると批判する[173]。それに対してバタイユが主張するのは、『ヌマンシア』によって描き出された死の共同性をファシストたちに対して見せつけることである。「［…］悲劇は政治の世界に次のことを明示する。身を投じられた戦いが意味を持ち、有効なものとなるのは、不幸なファシストたちが、自らの眼前に荒々しい否定以外のものを見てしまうかぎりなのだ。つまり、ヌマンシアがイメージをなす、心の共同性を」(174)。そして、その先に展望されるのが、ファシストたち自身をそうした「悲劇」へと誘うことである。

〈リーダーが打ち立てる独裁的な統一に、悲劇の執拗なイメージによって結びついた、リーダーなき共同性が対立する〉。生は、人々が結集することを要求するが、人々は、リーダーによるか、悲劇によってしか結集しない。〈頭なき〉人間の共同性を探し求めることは、悲劇を探し求めることである。リーダーを死に至らしめることは、それ自体が悲劇である。それは悲劇が要求し続けるものなのだ。人間的現実の様相を変えるはずの真理が、以下に始まる。〈共同的な実存に執拗な価値を与える感情的な要素、それは死だ〉(175)。

『ヌマンシア』に範を取るような、死のスペクタクルを通して結集する悲劇的な共同性を、ファシストの独裁的共同性に対して差し向けること。そうした「心の共同性」の可能性、「執拗な価値」を持つ感情の共同性の可能性を示すことは、ファシストたちを、至高の審級たるリーダー＝頭の殺害という、最大の「悲劇」へと導くための手段となる。ニーチェ的な時間の観念の受入れに基づく、死の恐怖のなかでの脱自的情動の広範な氾濫こそ、バタイユがファシズムの自壊をもたらすための「武器」として提示するものなのである(176)。

振り返れば、上下の空間的に突出した階級に異質的なものの現れをみとめ、それらの一致に向かう情動の動きに必然を見る論理により、ファシズムの偽りの階級統合に抗する、下から上への全面的な「転覆」を通じた一致を導こうとするのが、『社会批評』時代の対ファシズムの姿勢であった。『アセファル』で新たに追求されるのは、過去を回復する作為を権力の起源とするファシズムを、流れ去る時間の必然性に依拠しながら、死＝時間のもたらす悲劇的感情を共有することで生まれる共同性へと誘うことである。バタイユが獲得するに至った「リーダーなき共同性」への観点が、成員の実際の供犠をまで発案したという、宗教儀礼に基づく秘密結社であるもうひとつの「アセファル」（一九三七―三九年）の試みに結ばれていることは想像に難くない[177]。そして、こうした「夜の恐怖」の共同性、理性の光の当たらない共同性を探求するための条件として、非理性的なものが持つ「生の本質」としての性格を明るみに出す、不断の知的な問い直しがなされていたことはあらためて銘記しておく必要がある。「承認された真理の繋縛を断ち切る必要性」を説くなかで、バタイユは次のように述べていたのである。

人間の生にとって本質的なものは、まさしく、突然の恐怖の対象であること、生は、笑いのなかでより下劣なものが訪れることによって、歓喜の頂点へと導かれること。こうした奇妙なことごとが、大地のうえで人間性をめぐって起こる物事を、死に至る闘いという条件のうちに位置づける。つまり、「実存する」ために、承認された真理の繋縛を断ち切る必要性のうちに位置づける。［…］闘いはつねに、何よりも骨の折れる企てであった。ニーチェの教えの筋道だった理解を前にしてたじろぐことが不可能となるのは、こうした意味においてである[178]。

「ニーチェの教えの筋道だった理解を前にしてたじろぐこと（reculer devant une compréhension conséquente de l'enseignement de Nietzsche）」のあり得なさの主張には、五年ほど前、バタイユがフロイト理論の導入を「解体作業を前にしてたじろぐことのない人々（gens qui ne reculeraient pas devant un travail de démolition）」によってしか真摯に担われ得ないと述べたときと同一の[179]、既存の知的理解の解体をも厭わない正確化への決意が現れ出ている。恐怖が法悦に直結するような異質的な世界をめぐる知の痛みに満ちた更新こそ、「承認された真理の繋縛を断ち切る」ことを通した自由への近接なのであり、その営み自体、「未来の子」というニーチェ的な生の正確な理解に基づく実践なのである。こうした知ることへの志向ゆえに、ふたつの「アセファル」の試みは、同時期にバタイユが主宰した、失われた聖性の学的探求を志す「社会学研究会（Le Collège de sociologie）」（一九三七―三九年）の試みと一体のものであると考えられるのである。次節と次々節では、「社会学研究会」関連資料を主たる検討対象として、第二次世界大戦勃発によって同研究会が活動を終えるまでの、学知の活用に基づく行動の論理のさらなる展開を究明する。

第六節　「社会学研究会」の活動(1)――社会学の歴史的意味

バタイユがのちに、「この『秘密結社』［『アセファル』］のいわば外的な活動であった(180)」と回顧することになる「社会学研究会」は、一九三七年の早い時期に構想され、『アセファル』第三号・第四号合併号（一九三七年七月）掲載の「社会学研究会の設立に関する声明」と題した六名の署名入りの文書で結成が表明された。以来、同年一一月から一九三九年七月まで、参加者の研究発表を主体とした活動が行われることになる(181)。研究会の運営を主導していたのは、バタイユとミシェル・レリス、ロジェ・カイヨワの三名であり、そのうちバタイユとカイヨワは研究活動においても中心的な役割を果たしていた。結成の動機として述べられるのは、「作業［社会構造の研究］が明るみに出す諸々の表象の、必然的に伝染的で行動主義的な（*activiste*）性質」に対応するために、「この方向に可能なかぎり遠くまで探求を継続しようと志す者たちのあいだに、ひとつの精神的共同体を発展させるべきである」という認識である(182)。その共同体は、「通常学者たちを結びつけているのとは部分的に異なり、研究領域とそこに次第に明らかになる諸規定とが持つ有毒な性質そのものへと関連づけられた精神的共同体である」とも述べられている(183)。研究会は、「企図する活動の厳密な目的」を「聖社会学（*sociologie sacrée*）」であるとし、「個人の心理の執拗な根本的傾向と、社会的組織を司り、その革新を要求する指導構造との結節点を明らかにする」研究の遂行を標榜した(184)。ページの下部に付された註に、「研究会の活動は、まずは週に一度の講演というかたちでの理論教育を内容とする」とあることから窺われるように(185)、講演者の研究内容を知的に共有することを出発点としながら、対象の持つ「伝染的で行動主義的な性質」に共通して突き動かされ、「共同の行動（l'action en commun）」へと導かれるような、[186] 集団的行動の基盤をなす「精神的共同体」の建設が目指されていたのである。[187]

聖なるものの社会学に対するバタイユの関心は、短い期間で表面化してきたものではない。たとえば「ファシズムの心理構造」では、独自の異質学の見地から「醜悪な形態」と「聖なるものの性質」という上下の極の「対立物の一致」が論じられており、エミール・デュルケムやレヴィ＝ブリュル、アンリ・ユベールとマルセル・モースらの研究への目配りが行き届いたこの論考が、[188] 異質学の有効性のひとつの根拠を「フランス社会学」との連続性に置いていたことをただちに指摘できる。[189] だが、「社会学研究会」時代のバタイユの社会学に対する観点は、ニーチェ的な時間観、すなわち、先立つ瞬間を殺害する運動であるとともに永遠の循環運動でもあるような、そうした時間観と結びつけられている点で新しいものである。前節で論及した、『アセファル』第三・第四号合併号（「社会学研究会の設立に関する声明」掲載号）所収の「ニーチェ的クロニック」では、ニーチェの歴史理解と社会学による歴史理解との連関が、次のように語られているのである。

ニーチェは自分を反キリストと見なし、彼が生きている時代を歴史の頂点だと考えていたが、それと同時に、諸事物の循環的な流れについても思い描いていた。だが、ニーチェにとってはある意味で、ソクラテスとキリスト教が破壊してしまった世界への回帰が存在していたのだ（『アセファル』一月号三一ページのレーヴィットの著作の書評を参照）。

歴史に対する循環的な理解がオカルト主義とシュペングラーによって名を落としてしまったのは遺憾なことだ。けれどもそれは、単純明快な原理に基づいて打ち立てられるや否や、現実のかたちをとることができるだろう。それは、〈歴史についての社会学的解釈〉に必然的に結びつくだろう。社会学的とはつまり、経済的物質主義からも、精神的観念主義からも、等しくかけ離れているということである。[190]

文中で言及されている書評は、『アセファル』第二号（一九三七年一月）に掲載された、ピエール・クロソウスキーによるカール・レーヴィット『同じものの永劫回帰についてのニーチェの哲学』（一九三五年）の書評である。レーヴィット＝クロソウスキーは、ニーチェ哲学の本質的特徴が「前ソクラテス的基準」によって判断されるべきものであるとし、「古代の賢者たちの格言調の言葉遣いにおける、真実と虚構の始源的一体性を記憶に蘇らせた」点に、そうした特徴を集約させる。[191] そして、永劫回帰の受入れを、「ニーチェにおける神話的古代の回復」の意志と結びつける。[192]「二千年にわたって築き上げられた迷宮」であるキリスト教から抜け出る道を模索するなかで獲得された、「キリスト教を侵犯することによって〔…〕、人類はギリシア＝ローマの退廃を逆方向にやり直し、ギリシアの悲劇時代に戻る」という信念が、ニーチェ思想の中核として抽出されるのである。[193] バタイユの言葉でいう、「歴史に対する循環的な理解」としての永劫回帰の観念は、キリスト教という今ある過去（繋縛する過去）から脱却し、失われた悲劇時代のギリシアへ回帰することを可能にする、虚構的であると同時に現実への訴求力を持つ思弁装置なのだ。バタイユは、こうしたレーヴィット＝クロソウスキーの解釈を踏襲したうえで、同様の回帰の手段として社会学を併置しようとする。そのような論旨は、「経済的物質主義」と「精神的観念主義」という既成の知的枠組みへの繋縛を断ち切る手段を社会学に求めるばかりではない。そこに示唆されているのは、ファシズムとニーチェとが等しく意欲したはずの「失われた世界の回復」、すなわち、「各々の存在が自分自身にあるよりも悲劇的に緊迫している何かを見出す、そうした共同性」の回復を、[194] まさに、悲劇としての時間の回復というニーチェ的な方向性において実現する手段として社会学を用いようとする企図なのである。

一九三八年四月に『ムズュール』（*Mesures*）誌上に発表された論考「オベリスク」では、現実の世界史の展開が、悲劇時代への回帰に向かう流れとして考察されている。それによれば、古代エジプトにおけるピラミッドの建設は、「時間の流れを止めようとする」企てであり、それゆえに比類のない労力に値するものであった。[195] ファラオが体現する「際限なく存在しようとする意志」が、「おのれを輝かしい生気に満ちた大建造物として地上に打ち立てることを目指した」のであり、ファラオの死、つまり、時間の顕在化による社会の動揺に際しては、「ピラミッドが王＝神を太陽神ラーの傍らで天空の永遠性へと加わらしめ、そのようにして実存は、自らが承認していた人物〔王〕の人格のうちに、おのれの揺るぎなき十全性を再び見出した」のである。(197) こうした考察に引き続き、バタイユは、同じく古代エジプトでラーの象徴として制作されたものであるオベリスク（尖頭記念柱）が、一九世紀は七月王政下のパリ（コンコルド広場）に建立されたことに触れ、その間の歴史を、「時間の有毒な運動に対して最も安定した進入除けの数々を備えつけ終えるまでに人間に必要だった〔…〕長い期間」と定義する。(198)「今日から先もなお、最も後代まで残るものであるピラミッド」(199) と、「〈ピラミッドに応答する〉」ものであるオベリスクによって、古代エジプトから近代ヨーロッパに至る長大な歴史が、「不易の石を流れと炎のヘラクレイトス的世界に終わりなく対置させ続ける」(200) 過程の展開として総括されるのである。(201) しかしながら、「ついに、人間の止むことなき執拗さが、『時間の感覚』とそれがもたらす恥ずべき不安とを共通の実存から放逐するに至った」現代においては、(202)「人間の渇望は、もはやかつてのように、力強く荘厳な進入除けの石柱には向けられず、それとは逆に、打ち立てられた平穏からひとを救い出すものを待ち焦がれる」(203)。「人間がかつて恐怖を介して生きたものが今また生きられるとき、誇りと栄誉を介さずにはいない」のである。(204) 歴史が価値の構築から構築された価値の逆転に向かう流れとして弁証法的に定義されるのは、『ドキュマン』以来一貫したものであり、こうした時間の魅惑の生成はまさしく、「記号の逆転（renversement des signes）」という言葉で表現される。(205) 着目すべきは、ここで、「初期ギリシア」に「闘い（combat）」と「喪失（perte）」をもたらす時間への志向が存在し、「人間と暴力とが一致する可能性がすでに開示されていた」と述べられることである。(206) かくして、「ギリシア人の悲劇時代」への回帰に対するニーチェ的な観点が、逆転する歴史に対するバタイユ自身の観点と重ね合わせられることになる。バタイユは、古代ギリシアにおけるヘラクレイトス的な時間観と、ニーチェにおけるその受容、とりわけ、「神の死」のイメージへのその反映にあらためて言及したのち、次のように述べる。「〔…〕神の死の旋風は、すべての事物を過去から引きはがすのだが、そのなかで、ニーチェの眼差しをひどく痛ましいほどに悲劇時代のギリシアにつなぎとめた、あの『失われた世界へのノスタルジー』が再び見出されるのである[207]。絶対的な価値の喪失である「神の死」がもたらすとされる「失われた世界へのノスタルジー」を、失われた神へのノスタルジーと混同してはならない。それは、神以前に存在した「悲劇時代のギリシア」へのノスタルジー、神の死に帰着する時間の運動に「悲劇」という至高の価値を与えた古代ギリシアへのノスタルジーなのである。過去との徹底的な断絶を意識することではじめて、断絶の価値を至高なものとして生きた時代への憧憬が生じるのだ。「［…］古代世界への道を逆さまに辿りながら、こちら側の世界は、［…］原始ギリシアの率直さを悲劇的に解き放つことを根底から熱望している[208]」。こうして、永劫回帰の認識そのものの歴史的性格が、クロソウスキーの語彙と密接に結びついた表現を通じて示される。さらに興味深いことは、そうした歴史性が、ヘーゲル的な「精神の歩み（démarche de l'esprit）[209]」としての歴史的時間と関連づけられることである。バタイユは、ヘーゲルが時間の運動に「存在ないし神といった至上権（souveraineté）の特徴をなす求心的構造」を与えたことを指摘し、他方で、「時間は形作られた中心の各々を解体させるので、遠心的なものとして認識されることは不可避である」と主張する[210]。時間の遠心性の認識が、中心の解体の認識を通して得られるとするなら、遠心性の認識を可能にするのは、「求心的な構造」を持つものとしての時間の認識以外ではない。まさに、「時間の自由はヘーゲルの重い歩みを経る」のである[211]。こうした逆転の展開は、ニーチェとヘーゲルという思想家個人の関係に投影されて、次のように語られる。

> ［…］ニーチェのヘーゲルに対する関係は、貝殻を割った鳥と、運良くその中身を吸い出していた鳥の関係に等しい。そして、破砕が起こる最も重要な瞬間は、ニーチェ自身が用いている言葉を通してのみ描写できるものである。
> 「自分の感情の激しさに私は震え、同時に笑い出す…。私はあまりにも泣きすぎていたのだ…。それは感動の涙ではなく、歓喜の涙だった…。私は森を、シルヴァプラーナの湖のほとりを歩き回っていた。私はピラミッドの形をしてそびえ立つ岩山の

巨大な塊のそばで立ち止まった。それはスールレイから遠くなかった…」[212]。

バタイユはニーチェの引用に注釈を加えていないのだが、ここで、永劫回帰の確信がピラミッド型の岩山の傍らでもたらされたことに、古代エジプトから近代ヨーロッパに至る「時間除け」の完成を経たのちの、歴史的な遡行のモメントが見て取られていることは明らかである[213]。永劫回帰の観念は、ピラミッドに体現される非時間性の価値を逆転するものとして、その傍らで、それを契機にして得られなくてはならないのだ。ニーチェは、至上権を構築する運動というヘーゲル的な時間観念が反転的に示し出す、至上権の「破砕」の可能性に到達したのである。言い方を変えれば、停止に向かって進むヘーゲル的な時間観の失墜としてではなしに、永劫回帰の観念を失われた時間＝悲劇の回復という意味で受容することは不可能なのである。

バタイユにとって、「歴史に対する循環的な理解」が「歴史についての社会学的解釈」と結びつくものであることを想起しよう。永劫回帰の観念によって取り戻される時間＝悲劇が社会学の探求対象でもあり、かつ、前者がヘーゲル的な時間の固着化の運動＝歴史をその破綻ということにおいて要請するのであれば、社会学による時間＝悲劇の回復もまた、ヘーゲル的な時間の失墜との関連で考えられるべき事態であるだろう。実のところ、こうした論点は、「オベリスク」の上梓に先駆けてバタイユのなかで形成されていたことが窺われる。その要因と言えるのが、一九三七年一二月四日の「社会学研究会」第二回講演会における、アレクサンドル・コジェーヴの「ヘーゲル的諸見解」(« Les conceptions hégéliennes ») と題した発表から受けた影響である。この発表の原稿は残されておらず、『精神現象学』のなかの「歴史の終焉」の主題が現実の歴史との関係で論じられたということ以外の詳細は不明である[214]。発表の二日後にバタイユはコジェーヴ宛に手紙をしたためており、そこでは「歴史の終焉」に対してヘーゲル＝コジェーヴとは異なった事態の到来可能性が主張されている[215]。そうした主張が根底から依拠しているのが、手紙の冒頭で提起される、

「使い途のない否定性（négativité sans emploi）」の観念である。

私は、今から歴史が終焉するということを（真実味のある仮説として）認めます（結末については別ですが）。とはいえ、物事を違った仕方で思い描いているのです［…］。もし行動が（「する」ということが）――ヘーゲルの言うように――否定性であるならば、「もうすることが何もない」人間の否定性は消滅するのか、それとも「使い途のない否定性」の状態で残り続けるのか、という問いが提起されます。個人的には、一方に断定せざるを得ません。私自身がまさしく、その「使い途のない否定性」なのですから。［…］私の生は――もしくはその挫折は、よりはっきり言えば、私の生という開いた傷口は――それだけで、ヘーゲルの閉じた体系に対する反証となるのではないでしょうか。[216]

ヘーゲルにおいて歴史は、所与を否定する行動を通じて存在を開示してゆく歴史である。[217] 存在の開示の完成、すなわち、自己と世界に対する真なる認識（「学（Science）」）の成立をもって、否定すべき所与と否定の行動の可能性が消滅し、歴史が終焉して、精神（「存在の開示された全体性」）のもとで「個別的自我」（「歴史的な個人」）が内面化される。[218] だが、仮に行動の推進力であった否定性そのものが残存するのであれば、歴史はその「開いた傷口」のために、内面化された不動の体系として閉じられ得ないのではないか。歴史の終焉が現実の可能性として述べられていることから明らかなように、バタイユのこうした反論は、ただ論理上のものにとどまらず、「使い途のない否定性」の社会的な現れの様態を考察することへと結ばれている。

大抵の場合、無力な否定性は芸術作品になります。こうした変貌は、普段なら現実的な帰結を生み出しますが、歴史の完了（あるいはそれが完了するという考え）のあとに続く状況にきちんと対応するものではありません。芸術作品は、身をかわしながら対応するのであり、時間稼ぎをしているという意味ではいかなる特定の状況にも対応していないのであって、ことに、終わりの状況への対応は最も不得手とします。もう身をかわすことができないのですから（真実の時が来てしまったのです）。［…］けれども、行動を顧みない否定性が芸術作品において自らを表現するという事実――これには異論の余地がないでしょう――は、それでもやはり、私に残されている可能性に関して言えば意味深いものです。そのことが示しているのは、否定性が客体化されうるということです。そもそも、この事実は芸術に限った話ではありません。悲劇以上に、また絵画以上に、宗教は否定性を観想の対象としています。しかしながら、芸術作品においても、宗教感情の領域においても、否定性が重大な生反応を刺激するものとして実存の作用のうちに入り込むときにさえ、否定性は「そのようなものとして承認される」ことはありません。それどころか、否定性は取り消しのプロセスへと引き込まれるのです(この点で、モースのような社会学者による事実解釈が私にとって大変重要なものとなります)。つまり、過去においてなされたような否定性の客体化と、終焉においても可能な客体化のあいだには根本的な相違があるのです。実のところ、「使い途のない否定性」の人間は、おのれ自身に他ならない問いに対する答えを芸術作品に見出すことができないので、自ら「承認された否定性」の人間になるしかないのです。[219]

「使い途のない否定性」(「無力な否定性」や「行動を顧みない否定性」)とも言われる)が、その使い途のなさにもかかわらず、芸術作品として「客体化」されるという事実は、否定性がもっぱら「使い途のない否定性」となる歴史の終焉に際して、未知なる客体化作用が発現する事態を想定させる。通常時における「使い途のない否定性」が、自らを「そのようなものとして承認」させるに至らない点で、つまり、他者に対してその存在意義を認知させるに至らない点で「身をかわし」続けるとしても、[220]歴史の終焉においては行動に向かう否定性が存在しなくなるために、そうした責任回避は不可能になる。バタイユはこのような論拠に基づき、歴史の終焉を(あるいは「それが完了［終焉］するという考え」を、つまりはそうした考えがすでに得られている現在を)、「使い途のない否定性」が自身の使い途のないものとしての性質を他者に承認させる機会と見なす。そうした仕方で、人間と社会の、これ以上不可能なはずの変容が生じる可能性を提起するのである。そして、通常時における、「使い途のない否定性」を抹消しようとするプロセスの解釈に関して社会学的知見の重要性が述べられることから窺い知れるのは、有用な行動が織りなす歴史のなかで抑圧される否定性に光を当てる手段としての社会学の有効性であり、そうした否定性を承認に向けて開示する手段としての社会学の有効性である。そして、バタイユはまさしく、「承認された否定性の人間」を成立させる手段を、次のように、科学に見出すのである。

［…］科学は、それが人間の否定性を――とりわけ歪んだ聖性を――対象とするかぎりで、意識化のプロセス以外ではないものの中間項となります。それゆえ、「使い途のない否定性」の人間は、肉体の破壊やエロティックな猥褻性、笑い・身体的興奮・恐怖・涙の対象などといった感情的な価値に満ち溢れた表象を機能させます。それらの表象は彼を攪乱しますが、それと同時に彼は、それらの表象を熟視する妨げとなっていた遮蔽物をはぎ取り、あらゆる不動なものに抗する時間の猛威のなかに客観的に位置づけるのです。そのとき彼は、もはやすることが何もない世界に彼を引き入れたのが、おのれの不運ではなく好運であり、彼が意志に反してなってしまったものが、今や、他者たちによる承認へと自らを差し向けるということを理解します。彼が「承認された否定性」の人間でありうるのは、自分自身をそのようなものとして承認させるかぎりだからです。そのようにして彼は、行動の見地からはもう何も生み出されない世界のうちで、再び「なすべき」何かを見出します。そして、彼が「なす」べきこととは、なすことから解放された実存の部分に満足を与えることなのです。問題となるのはまさしく、余暇の利用です。[221]

さきの引用部に引き続き、文中でたんに否定性と呼ばれているものは、すべて「使い途のない否定性」の意で理解しなくてはならない。「肉体の破壊」や「エロティックな猥褻性」等々に「歪んだ聖性」が見て取られることへの着目は、「ファシズムの心理構造」における、「醜悪な形態」が有する聖性への着目と連絡するものだが[222]、ここではそうした聖性が、有用な行動に結びつかない否定性の現れとして考察されている。「取り消しのプロセス」にさらされるそのような否定性は、通常の意識にとっては「歪んだ」ものとして嫌悪される以外には認識不可能であり、それゆえ客観的な科学知を通じた抑圧の解除が、「意識化のプロセス」の導入が不可欠なのだ。このように、精神分析学との近接性が顕著な聖社会学により、[223]「遮蔽物」を取り払った表象の全面的な把捉が可能になるのだが、これは、それらの表象を「あらゆる不動なものに抗する時間の猛威のなかに客観的に位置づける」ことであるという。聖社会学は、「使い途のない否定性」を「取り消しのプロセス」へと送り返すことで成立してきた既存の価値秩序がなすべき行動の可能性を消失させ、さらなる認識の発展可能性をなくし、完成した体系として閉じられたそのあとに、「使い途のない否定性」を客観化＝客体化して、認識の対象として浮かび上がらせる。そのようにして、もはや「不動」となった体系の不動性を反証するのである。言い換えれば、聖社会学は、不動の体系を構築しようとする歴史の運動、求心的な時間の運動と関わりながら、その運動の失墜を明かすという仕方で、存在を遠心的な時間の「猛威」のうちに開示するのであり、そのかぎりで、ピラミッドからピラミッドの解体を導く知であるということができるだろう。こうして聖社会学とニーチェ思想とは、歴史の終焉における「『使い途のない否定性』の人間」の知性をいわば先取りするものとして通底することになる。そして、この人間は、自らがそうである「使い途のない否定性」を、あるいは、「なすことから解放された実存の部分」を他者に承認させるという、最終的な「行動」の責務を負う。広範な承認がなければ、否定性は再び「取り消しのプロセス」のうちで抹消され、そのようなものとして存立することができないからである。だが、この人間が被る「抵抗」は、「彼に先立つ行動の人間」が被った抵抗よりも小さいわけではない。完成した価値体系から逸脱するものを（とりわけ「歪んだ聖性」を）承認させようとする以上、「彼は、罪全般を美徳全般にあまねく作り変えてしまう」。それゆえ、社会においてまずは「完全に避けられる」という抵抗を被り、さらに、「十分な数の人間」による承認が進むにつれて、「何かを排除しなければならない」という危機感に基づく「積極的な抵抗（résistance positive）」を被ることになるのだ。[224]

闘いに存在しうるふたつの局面で勝利を収めないと、おのれが確実に滅ぼされることを彼は知っています。まずはじめに、避けられるという抵抗の段階では、孤独のなかで精神の崩壊に陥る危険があり、それには元から有効な手だてがまったくないのです［…］。第二段階に入ってようやく身体的破壊が問題となりますが、どちらの場合でも、ひとりの個人が「承認された否定性」の人間となる以上、他者たちに勝利を収めなければ、彼は消滅します。彼の作動させる力が、はじめは回避の力より、その後は反発の力より大きなものでなければ、彼は消え去るのです。(225)

歴史の終焉（の思考）ののちに生じる「使い途のない否定性」の承認に向け、最後の「行動」に、最後の「生死を賭けた闘争」に打って出る主体が、「孤独」から「排除」までを勝ち抜き、「回避」に引き続き「反発」を凌駕する力を手に入れるためには、承認する者たちの「数」を増員していく以外に手だてはないだろう。想起するべきは、「社会学研究会の設立に関する声明」で設立を宣言された、「研究領域とそこに次第に明らかになる諸規定とが持つ有毒な性質そのものへと関連づけられた精神的共同体」が、「作業［社会構造の研究］が明るみに出す諸々の表象の、必然的に伝染的で行動主義的な（*activiste*）性質」に対応するものだと述べられていたことである。「社会学研究会」は、抑圧された聖性の認識を共有することによる成員の精神的結合であるのと同時に、そうした認識の承認を拡大するための行動組織であることをも肯われていたのだ。その行動が目指すのは、（あるいはコジェーヴの発表以後、事後的に明確化されたのであれ）歴史の終焉を経たあとの抑圧的価値体系の全面的な疑問への投入を、つまり、「時間除け」が完成したあとの「時間除け」の破砕による時間の回復を先取りして実現することだったと言えるのである。

第七節　「社会学研究会」の活動(2)——「悲劇の帝国」の建設に向けて

それでは、精神の歴史的な歩みの終局として意味づけられた、聖社会学の知見に基づく時間の開示（再開示）は、現実の歴史においてはいかなる出来事を構成するのか。バタイユにとって、「社会学研究会」の行動は、現実の世界において具体的に何を成し遂げようとするものなのか。このことを明らかにするために目を向けたいのが、一九三八年七月に『NRF』誌に掲載された論考「魔法使いの弟子」(« L'apprenti sorcier »)」である。レリスの「日常生活における聖なるもの(« Le sacré dans la vie quotidienne »)」、カイヨワの「冬の風(« Le vent d'hiver »)」と合わせて、「社会学研究会のために(« Pour un Collège de Sociologie »)の総題のもとで発表されたこの論考は、「社会学研究会」の「マニフェスト」としての価値を持つものである。[226] ここで興味深いのは、社会学の現実世界における役割が検討されるにあたり、まず、現代を生きる人間の実存の状況が問題とされることである。論考冒頭の次の引用部を参照してみよう。

> 活動の大部分を有用な財物の生産に縛られて、決定的な変化が起こるような気配もない。人間は、労働の軛をもはや超えてはならない限界だと見なすことに慣れきってしまっている。にもかかわらず、かくも空虚な実存の不条理は、なおも奴隷にこう促すのだ。芸術、政治、科学の言いつけどおりに存在し、言いつけどおりに信じ、そうしておのれの生産を全うせよ、と。[227]

生産社会における労働の主体という、社会的有用性によって一義的に規定された実存のありようは、そうした社会のうちで「芸術、政治、科学」が果たす指導的役割によって、その疎外を補完されている。こうした論旨は、「芸術家、政治屋、学者たちは、人間をあざむく仕事を引き受けている。実存を支配している連中は、ほとんど決まって、自分自身をあざむくのが一番うまい連中であり、それゆえ他者たちをあざむくのも一番うまいというわけだ」という非難に発展する。[228] 続いて行われる、「科学の人間(l'homme de la science)」、「虚構の人間(l'homme de la fiction)」、「行動の人間(l'homme de l'action)」の考察において主眼となるのは、これら三者に共通する、「分離した実存(l'existence dissociée)」という存在様態の批判である。[229] 学者は、「認識の欲望とは関わりのない人間的な関心をすべて排除する」がゆえに、おのれの行為から「全体性を断念」する。[230] 芸術家は、「不安な運命が彼らに生み出させたものから、本物の世界を作り出すことを断念」する。[231] そして行動の人間は、「〈行動〉を可能にするため」に、「自分の夢を科学によって記述されるスケールに縮尺する」という「断念」を迫られる。[232]「役割と引き換えに実存を断念するというのが、彼ら［学者・政治屋・芸術家］各々の署名した条件」だということになるのである。[233] こうした批判から把握できるのは、研究内容の共有を軸とした「行動主義的」な共同体であり、その行動の目的を、通常は芸術作品によって客体化される「使い途のない否定性」を承認させることに置くはずの「社会学研究会」が、自らを構成する研究・行動・芸術という三つの社会的営為それ自体をねらいとしたものではないという事実である。このことは、論考のタイトルに付された註のなかで、社会学と「純粋科学」との差異が次のように強調されることにも現れている。

> 実のところ、純粋科学が分離の現象であるかぎり、社会学そのものが純粋科学の批判となるのは避け難いことである。社会的事実だけが実存の全体性を表現するのだとして、科学が断片的な活動でしかない以上、社会的事実を検討する科学は、その対象に到達することができない［…］。したがって社会学的な科学はおそらく、自然の分離された様相に関わる諸学とは異なった条件を必要としている。[234]

社会学は、社会的事実が表現する「実存の全体性」に肉迫することを目指すのであれば、「断片的な活動」である純粋科学に対立する、それ自体「全体的」な活動でなければならない。それゆえ、その担い手には、学者、芸術家、政治家という「分離した実存」、「三つの断片に砕かれた実存[235]」を統合することでのみ可能になるような、全体的な認識の探求が求められているのである。つまり、社会学的な認識は、それを獲得する主体の「分離した実存」というあり方からの変容を要請するものなのだ。そして、この論考でのバタイユの目論見もまた、そうした主体の変容の経験を考察することに向けられてゆく。

バタイユは、「機能への隷従によってまだ破壊されていない、率直で力強い実存［…］は、行動したり、描写したり、測定したりといった個別の企てに従うのを止めたかぎりでのみ存在できる」として、[236] 分離した三つの営為から実存が解放される機会に光を当てようとする。そして、「充ち満ちた実存（l'existence pleine）」が現代において作為なく維持される唯一の状況として、次のように、恋愛の関係を提起するのである。

ばらばらになったこの世界のなかで、〈愛しい存在（L'ÊTRE AIMÉ）〉は、生の熱気へとひとを連れ戻す効力をなくさずにいた唯一の力となった。もしこの世界を、互いに求め合う存在たちの痙攣的な運動が絶えず駆けめぐっていなかったなら、もし世界が、「そばにいないと苦しい」ひとの顔立ちによって輝きを帯びていなかったなら、世界は、それが生み出す者たちにとって嘲弄のように映ることだろう。人間の実存はそこでは、記憶か、「未開の（sauvages）」国々の映画の状態で存在することだろう。虚構は、怒りを込めて除外しなければならない。一個の存在がおのれの奥底に持つ、失われたもの、悲劇的なもの、あの「目の眩むような驚異」には、もうベッドの上でしか出会えないのだ。[237]

「分離した実存」にとって、人間の全体的な実存は、「記憶か『未開の』国々の映画」として、つまり、内面化され生気を失った過去か、[238] 文明化以前の生の外的表象としてしかもはや感得されることはない。必要なのは、現実とのつながりを欠いた外的表象＝「虚構」を除外し、「おのれの奥底に持つ」失われた過去の記憶を生き生きと再現前させることである。その導きの糸となるのが、恋愛における「愛しい存在」＝パートナーとの結合なのだ。そうして取り戻される実存は、「ベッドの上」ないしは「寝室」という実在の場において、その確かな現実性を与えられる。「一人の女の不意の現れは、夢の混乱した世界の出来事のようにも思われる。だが、相手を我がものとすることで、裸で快楽に沈んだ夢の形象は、寝室という強固に現実的な世界のうちに投げ入れられるのだ」[239]。この現実性は、芸術の「虚構」性にはっきりと対立するとともに、政治行動の断片性に妨げられない「真実」性を持つとバタイユは考える。

それゆえ、行動の人間による夢の断念と、その実践的意志とだけが、現実に力を及ぼす唯一の方法であるわけではない。恋人たちの世界は、政治の世界に劣らず、真実のものである。それは実存の全体性を取り込んでさえおり、これは政治にはなし得ないことなのだ。そしてその性質は、実践的行動の断片的で空虚な世界のものではなく、卑屈にも矮小化を受け入れてしまう以前の人間的な生に属するものなのである。(240)

全体的な実存の観点からすれば、人間の人間性が存在するのは、「分離した実存」にとって「未開」だと映る生のなかにである。それは、分離という「矮小化」を被る以前の生の特質なのである。恋愛における世界の開示は、現実との関わりを断念する芸術＝虚構という断片化、また、夢を断念する行動（政治）という断片化を逆に辿る統合の動きであり、「沈黙の奥底においてさえひとつになる」恋人たちが「脱自（extase）」の合一のなかで成し遂げる(241)、失われた夢の現実化なのである。さらにまたこれは、科学による実存の断片化を遡る認識の経験でもあるという。「幸運な行動は『夢と相通じたもの』であり、ベッドのまさにそのうえで、生の秘密が認識に対して開示される。そして認識とは、科学が――芸術や実践的行動と同様に――実存に断片的な意味を与えるおそれがもうなくなった、この保護された空間のなかで、人間の運命を脱自とともに発見することなのである」(242)。通常対立するはずの夢に結びつく行動である恋愛において与えられる認識が、科学、また芸術や政治行動の断片性を免れる、つまりは全体的な認識であるとするなら、それはまさしく、社会学が目指すものである「実存の全体性」の認識と重なるものである。バタイユの企図は、恋愛において恋人たちに私的に開示されるこうした認識をより広範に社会化し、承認させることなのであり、そのために恋愛の「真実」性の由来が、すなわち、他者との関わりにおいて生じる現実としての社会性の由来が検証されることになるのである。

　バタイユによれば、恋愛が「恋人たちの世界」という独自の現実を構築するのは、出会いの偶然性が運命的なものとして双方に等しく引き受けられることによる。

> 愛しい存在の選択を決定づけるのは、［…］一連の偶然ということに尽きる。たんなる巡り合わせの数々が出会いを準備し、一人の男が結ばれていると、ときとして、死んでしまうほどに結ばれていると感じる運命の女の形象を作りなすのだ。［…］意志の符合が、偶然の形象の符合に劣らず、人間的世界の誕生には不可欠である。恋人たちの意志の合致だけが［…］、まだ形の定まらない符合の生きた現実を創り出すのである[243]［…］。

偶然によって引き起こされる運命の感覚を持ち合うことで生じる「形象の符合」、ただし、「まだ形の定まらない符合」は、相互の「意志の符合」、「意志の合致」によってはじめて「人間的世界」としての社会性を獲得し、「生きた現実」となる。重要なのは、意志を超越したものである運命を意志の交感を通じて現実化するこうした営みに、「神話（mythe）」の作用が見て取られることである。「生は賭けられる。運命の企図が実現するのだ。夢のなかの形象でしかなかったものが、神話になる」[244]。こうした言及に続いて展開されるのが、恋愛において取り戻される「充ち満ちた実存（l'existence pleine）」がより幅広い集団によって分有されるような宗教共同体を現代に再興する可能性の検討である。

> 神話は、芸術や科学や政治では満足できない者の手に今でも委ねられている。愛は、それだけでひとつの世界を作り上げるが、その世界を取り巻くものには手をつけない。［…］神話だけが、ひとつひとつの試練によって打ちのめされてしまった者に、人々の結集する共同体へと拡大する充溢（plénitude）の残像を思い出させるのだ。［…］神話は、実存を「沸点にまで」至らしめる。それは、実存に悲劇の情動を伝え、実存の聖なる内奥を手の届くものにするのである。［…］神話は、祝祭の騒乱のなかで民衆が顕示する意志の合致によって生きた人間的現実とならなければ、虚構だろう。神話はおそらく作り話だが、民衆がそれを踊り、それを作動させ、またそれが民衆の生き生きとした真実をなすことに鑑みれば、虚構の対極に位置するものなのである[245]。

失われた「実存の全体性」は、このようにして、失われた祝祭の共同体として具象化される。念頭に置かれているのは、儀礼からなる[246]、「過去」ないし「『遅れた人たち』の文明」における共同体であり、神話は「実存の全体性を表現する」ものでありつつ、「人間の古い家へのこの回帰」という歴史性を与えられる[247]。神話によって結集する共同体は、恋愛の場合と同様に、分離した実存の解体を伴うかぎりで、「ニーチェ的クロニック」で示された、死の共有によって生じる悲劇的共同体とつながるものだが、その特質は、民衆の「意志の合致」を拠り所にした、「作り話」の「真実」への移りゆきにある。集団によって生きられることで生じる、虚構のこうした真実性とは、ニーチェが回復を志したという、「古代の賢者たちの格言調の言葉遣いにおける、真実と虚構の始源的一体性」と重なるものに他ならないだろう。ニーチェにとって永劫回帰は、まさにそうした「神話的古代の回復（récupération de l'antiquité *mythique*）」の意志と結びつくものだったのである[248]。現代に神話を再生することとは、芸術＝虚構（「作り話」）に割り当てられた実存の断片を、認識＝真実に割り当てられた実存と結びつく仕方で取り戻すことなのだ。だが、ニーチェにおいて神話の回復は、啓示的な経験のなかで個人的に行われたがゆえに、集団の同意を通じて現実を形成するという局面を経てはいない。つまり、ニーチェの経験においては、行動に（世界の変容に）割り当てられた実存が取り残されたままだと言える。虚構から出発しつつ、意志の合致に基づく共同の行動ののちに、「充溢」の認識を可能にするものとして、神話は、芸術、政治、科学という三つの営為を統合する役割を果たすものなのである。してみれば、神話の回復とは三営為への断片化を歴史的に遡行することであり、つまりは、「歴史をめぐる循環的な理解」の科学的様態であり、「実存の全体性」を開示する手段であるところの社会学の実践そのものだということになるだろう。そして、神話をそのようなものとして機能させるために、神話の構築に係る科学的な「厳格さ」が要請されるのである。バタイユは神話の創出を、論考のタイトルである「魔法使いの弟子」の仕事として、以下のように描き出す。

> 「魔法使いの弟子」が第一に出会う要請は、芸術の困難な道を歩めば出会っただろう要請と異なるものではない。［…］ただ、神話学的創意の要請は、より厳格なものだということである。それは、浅薄な見解が主張するような、集団的創意の不明瞭な能力に帰着するものではない。逆にそれは、聖なるものに固有の厳格さをもって、意図的に整えられた部分が取り除かれることのなかったような形象には、いかなる価値も認めないだろう。そもそも、「魔法使いの弟子」は、徹頭徹尾、この厳格さに慣れ

なくてはならない。[249]

見よう見まねで師の魔法を用い、その効果を制御できずに窮地に陥る「魔法使いの弟子」のモチーフは、[250] カイヨワによれば、「有毒で荒廃をもたらす［…］聖性を再創造する意図をほとんど隠さなかった」バタイユに対してコジェーヴが向けた揶揄から得られたものである。「自分で止め具を外した聖性に惑乱させられてしまう」ことを貶めるコジェーヴの言辞を、バタイユはまさしく、自らの企図に即したものとして進んで採用したのだ。[251] しかしながら、「神話学的創意の要請」の「厳格さ」は、聖性に惑乱させられ、翻弄されるがために、適切に止め具を外すことを要求する。神話という失われた虚構が新たに真実として生きられるためには、その虚構は、聖性についての正確な理解に基づいて創作されなくてはならないのだ（「試みるべき経験の方法的描写」ともバタイユは言う[252]）。そのかぎりで、神話を通じて「実存の全体性」が開示される経験の真実性は、科学的認識の真実性を前提としているのであり、この点に「社会学研究会」が「まずは［…］理論教育を内容とする」べき必然的理由が存していると考えられる。魔法（呪術）は科学と対立する営為だが、それを現代において取り戻そうとする「弟子」にとっては、魔法の考古学が不可欠なのだ。[253] そして、「社会学研究会」は、科学的認識に支えられた、真実としての虚構を行動へと移すことで、本来の目的に到達する。

彼［魔法使いの弟子］が突き進んでいく領域においては、エロティシズムの激情が秘密を必要とするのと同じように、彼の奇妙な歩みも秘密を必要とする［…］。「秘密結社」こそが、まさに、こうした歩みが作りなす社会的現実の名である。しかし、この物語風の表現を、慣用通り、「陰謀の結社」という月並みな意味で理解してはならない。なぜなら、秘密が関わるのは、魅惑する実存を構成する現実にであって、国家の安全を害する何らかの行動にではないからだ。神話は、分断した社会の動きのない凡俗さから守られた儀礼的行為のなかで生まれるが、それがものにする荒々しい活力は、失われた全体性への回帰のほかに目的を持たない。たとえ反響が決定的なものであり、世界の様相を変化させるとしても（諸党派の行動は、反論し合う言葉の流砂のなかに失われていくのだが）、その政治的反響は、実存の帰結でしかあり得ない。このような諸企図の曖昧さは、絶望の逆説的時代に必要な方向性の意表を突く新しさを表しているだけである。[254]

ここで、神話を通じて明らかになる「秘密」は、実存の「失われた全体性」とも名指されている。その認識を共有することで成り立つ「秘密結社」は、反国家的行動の意志を共有することで成り立つ「陰謀の結社」とは異なり、認識の共有それ自体、すなわち、「失われた全体性への回帰」という純粋に実存的な目的をしか持たない。だが、通常の社会において秘密であるものに「社会的現実」を付与するというそのあり方は、結社に対して行動的な要素を、「政治的反響」をもたらさずにはおかない。結社は、「実存の全体性」が失われている世界の只中で、「実存の全体性」を承認するよう、それを自ら具象化して他者たちの眼前に差し向けるのであり、そうした仕方で「世界の様相」の変化を担うのである。集団によって実存を回復する企図が否応なく併せ持つこうした行動的性格は、「諸企図の曖昧さ」によるものとして、つまりは結社の企図の一部であるとされ、さらには、「絶望の逆説的時代」に対応する「意表を突く新しさ」として結社の活動の前面にまで押し出される。このことは、「失われた全体性への回帰」という過去への遡行が、現代の歴史的課題に対する応答と見なされていることを示唆している。

あらためて述べるまでもなく、「魔法使いの弟子」が上梓された一九三八年七月には、ヨーロッパの政治状況は比類のない緊迫のうちにあった。同年三月のオーストリア併合を経て、ナチ・ドイツはチェコスロヴァキア領ズデーテンの割譲への段取りを着実に進めていた。イギリス、フランスの戦争回避政策は、九月のミュンヘン会談におけるドイツの要求の承認に帰結し、結果としてその領土拡張への意志をいっそう助長することになるだろう。軍事的脅威の急速な拡大に直面するなかで執筆された上記の論考が当代に見出す「絶望」には、そうした状況への危機意識が圧倒的に含まれている。

オーストリア併合の六日後、三月一九日に「社会学研究会」でバタイユが行った「友愛団体、修道会、秘密結社、教会」という題目の発表は、[255]「魔法使いの弟子」で提起されるものと等しい「秘密結社」についての考察を行っており、同論考と相互補完的に読み解くことのできる内容を持つ。発表ではとりわけ、軍事力が支配する現代世界において「秘密結社」が果たす社会的役割に論点が絞られている。ここでバタイユは、「ニーチェ的クロニック」で導入したファシスト国家と悲劇的共同体とを対立させる図式を、近代ヨーロッパの歴史的推移を説明するために再導入する。バタイユによれば、「一方にある、宗教の世界、悲劇と内的葛藤の世界と、他方にある、悲劇の精神に根本から敵対し、絶えず攻撃性を外部へと吐き出す――葛藤を外化する――軍事的世界との［…］対立」が歴史を構成してきたのであり、[256]当代の軍事的世界＝ファシズムの優位を覆すために、それに悲劇の精神を対置する必要性が次のように主張される。

> 軍隊の帝国には、別のもうひとつの帝国を対決させるしかないと思います。ところで、軍隊の帝国以外には、悲劇の帝国しかほかに帝国はありません［…］悲劇の精神は、人々を現実に支配することができます。それは、人々に沈黙を強い、沈黙に追いやる力を有しています。実際には、悲劇こそが現実の帝国支配を振るうのです。なぜなら、悲劇だけが自由の帝国を建設することができるはずだからであり、軍隊は、それ単独では長く存在することができないからです。別の言い方をすれば、軍事力はおのれが人間に奉仕するために存在していることを容易に自覚できますが、自らのうちに悲劇を宿した人間だけが、軍事力にその隷属的性格を認めさせる力を持つのです。[257]

このように、奉仕する対象（端的にはファシズムの指導者）への役割のもとでしか存在できない軍事力の対他的な従属性に比した、悲劇の自己目的的な「自由」こそが、悲劇的共同体の軍事国家を凌駕する現実的権力（「帝国支配」）の所以であるとされるのだが、こうした主旨は、次のような言葉でいっそう明確化される。「悲劇の人間が居続けるだけで、［軍隊の］がさつ者はその者を十分に承認することでしょう。前者が実存そのものであるのに対し、後者が使用可能な力、奉仕するべき実存を探し求める力でしかないかぎりは[258]」。したがって、軍事支配から悲劇の支配への移行は、目的によって分離した実存が全体的実存を承認することによる歴史的段階の進展だということになる。しかしながら、そうした承認は、努力なくして達成されるものではない。というのも、悲劇の精神を特徴づける自由は、「おのれを人間存在の深遠なる現実として承認させるという気遣い」にも縛られることがなく、それから離れてしまうからである[259]。「これらの個人［悲劇を内包する個人］は、自分たちが属している現実の帝国を承認させるという気遣いを放棄してしまえば、その完全性がおのれから逃れ去ってしまうという事実を必ずしも意識していません。彼らの輝きと引き裂きが少しずつ文学になり、くだらぬ喜劇になってしまうということをです[260]」。すなわち、「実存そのもの」である「悲劇の人間」の権力を承認させるための行動がなされなければ、それは現実的な影響力を失い、たんなる虚構（「文学」＝「喜劇」）へと還元されてしまうのである。したがって、「悲劇の帝国」の到来には、全体的実存の承認をめぐる「生死を賭けた闘争」が不可避であるということになる。そして、そうした闘争の担い手となるものが、次のように、「秘密結社」に他ならないのである。

> もし荒々しく清新で、足先から頭まで不作法で、隷属的な構成を能くしない宗教組織が存在していれば、武装した祖国という金銭的必要性が見え見えのイメージのほかにも愛すべきものが、生きるに値するものが、死ぬに値するものがあるのだということを人間は学ぶ――そして忘れずにいる――ことがまだできるはずです！ そして、そうした組織が、私たちがすでに入り込んでしまったと覚しい爆弾の嵐を止める力がまったくないにしても、それが世界に存在するということを〈人間〉の軍隊に対する将来的な勝利の証として見なすことは、今から可能なはずなのです！
> ［…］選択的共同体（les communautés électives）は、ただたんに、社会学が研究対象とする組織の一形態であるわけではありません。それはまた、自分たちの権力を他人に認めさせる必要性を感じた者たちに与えられた手段でもあるのです。［…］悲劇の人間が属する帝国は、選択的共同体を手段にして実現されるのであり、さらに言えば、それによってしか実現されないのです[261]。

戦争の明確な予感のなかで提起される、軍事的にはまったく無力な、悲劇のもとに結集する「選択的共同体」、つまり、各人の意志の合致に基づく共同体は、それでもなお、自らの存在を他者たちに認識させ、それを「学び」「忘れずにいる」ようにさせることで、人間の実存の「軍隊に対する将来的な勝利」、すなわち、現実世界における権力的凌駕の予兆となりうるものである。バタイユはこの発表でも、「秘密結社」の「純粋に実存的」な性格、「それ自身のために実存する現実」という性格を強調し[262]、「実存するためにではなく、行動するために形成される秘密結社」である「陰謀の結社」との差異を際立たせる[263]。とはいえ、「秘密結社」が「実存の全体性」を社会化（結社化）するものである以上、それは必然的に、他者たちの承認を求める行動に行き着くか、あるいは承認の不在のなかで消滅するかしかない。したがって、「秘密結社」には、「自分たちの権力を他人に認めさせる」行動を通じて「悲劇の帝国」となることを目指す以外に道はないのだ[264]。そのようにして将来に展望される、「軍隊の帝国」からの権力奪取は、発表の終末部において、次のように、ギリシアの悲劇的世界の再現と結びつけられる。

> 最後に、カイヨワが「秘密結社」について言っていることを繰り返しておくことにします。秘密結社は、生の規則の噴出的な違反から生じる聖なるもの、ほかのものを消費し、おのれを消費する聖なるものに結びついています。同時に、悲劇はディオニュソス的な友愛団体から生まれ、悲劇の世界はディオニュソスの巫女たちの世界であることも思い返してください。カイヨワはまた、「秘密結社」の目的のひとつは、集団的脱自と絶頂のなかでの死であるとも言っています。悲劇の帝国は、陰鬱で意気消沈した世界の所業ではありません。権力は饒舌家たちの手に握られはしないことは明らかです。[…]帝国は、死を愛するほどに噴出的な生を送る者たちに属することになるでしょう。私は、こうしたことが耳障りなのをまったく知らないわけではありません。社会学の発表が踏まえるべき限界から逸脱してしまったことは分かっています。しかし、率直に言わせていただければ、そのような限界は私には恣意的なものに思えます。社会学の領域は、生の主要な決定がなされる領域であり、実際には唯一の領域です。そうした決定が退けられるなら、萎縮がもたらされるだけなのです[265]。

古代ヘレニズム・ローマ世界に幅広く存在したディオニュソス信仰は、マイナス（複数形マイナデス）というディオニュソスを崇拝する狂乱した女の神話を持ち、ティアソスと呼ばれた主に女性からなる信徒団では、酩酊や供犠や痙攣的な舞踏といったオルギアがディオニュソスに捧げられていた[266]。そうしたオルギアの演劇的な発展形態とされるディテュランボス（酒神讃歌）の合唱隊に、アリストテレスは悲劇の起源を見出したのだったが[267]、バタイユにとっては、「集団的脱自と絶頂のなかでの死」の実践そのものである、「ディオニュソスの巫女たち」＝マイナデスのオルギアこそがその起源なのである。現代において彼女たちの世界を承認させることは、「神話的古代」としての「悲劇時代のギリシア」への回帰であるばかりか、悲劇的神話世界への回帰を意味するものとなる[268]。こうした回帰を果たすことこそ、「軍隊の帝国」による支配という実存の圧殺の拡がりに抗いながら、「秘密結社」が、つまりは「社会学研究会」、そして「アセファル」が辿り着くべき実存と世界の変革なのだ。このような実践の呼びかけが、客観的な科学としての「社会学の発表が踏まえるべき限界から逸脱している」ことは明白である。だが、そのような逸脱によって、「死を愛するほどに噴出的な生を送る」という「生の主要な決定」を導くことで、社会学は、ファシズム支配に直面している現代世界が要請する実存的役割と歴史的役割とに等しく応答するものとなるのであり、「社会学研究会」は、その実現のための媒体でなければならない。シャルル・フィカが指摘するように、「研究会（Collège）」の名は、語源に遡って、「団体、友愛団体」、さらには、「威厳と聖なる役割とを備えた人物たちの集合体」の意で理解しなくてはならないのだ[269]。

ニーチェにおいて永劫回帰がキリスト教という「迷宮」からの脱出を可能にしたように、悲劇への回帰は、「軍隊の帝国」、さきの引用部の言葉でいう、「武装した祖国」という「父親たちの国」からの解放を可能にする。こうした血縁に代表される過去からの自由が、成員の合意に拠る「選択的共同体」という結社のあり方には体現されている。「社会学研究会」が志す回帰は、過去から解き放たれた「自分の子どもたちの国」への回帰、「未来の未知の驚異」への回帰として[270]、歴史の終焉以後の歴史を先取りするものとなる。それは、「軍隊の帝国」が歴史的に獲得するに至った「至上権」を、「あらゆる不動なものに抗する時間の猛威」のうちに位置づけるのだ。このようにして、「歴史に対する循環的な理解」と一体となった「歴史についての社会学的解釈」は、「ヘーゲルの重い歩み」を経たのちの、ファシズム国家という最大のピラミッドの破砕へと結びつけられるのである[271]。

「社会学研究会」の最後の会合は、一九三九年七月四日となった。この日はバタイユのほか、カイヨワとレリスも発表を行う予定だったが、結局発表者はバタイユ一人であった。レリスは、「社会学研究会」を名乗りながら社会学の科学的方法を逸脱するバタイユの姿勢に根本的な疑義を抱いて発言を取りやめ、カイヨワは、バタイユの「神秘主義」への傾倒に対する反目を理由のひとつとして、アルゼンチン旅行に出発してしまっていたのである[272]。こうした「研究会」存続の危機に際して、バタイユは討議を通じた合意の可能性を模索していたが、それは適わなかった。同年九月三日に勃発した第二次世界大戦が参加者たちにもたらした状況により、活動の継続が不可能になってしまったのである。「悲劇の帝国」の実現を目指した「社会学研究会」は、ついには「軍隊の帝国」の支配のもとで解体を迎えることになった。それはまた、結社「アセファル」の活動の終焉をも意味していた[273]。自らの選択的共同体の目論見すべてが無に帰したなかでのバタイユの精神的状況を、ふたつの活動の参加者であった岡本太郎は次のように伝えている。

パリの知識層の多くは召集され、疎開し、めちゃめちゃに寸断された。われわれは非常事態が終わったとき、再び別の新しい形で結集するつもりだった。だが戦況はまったく意外な方向に発展していった。しかも急速度で。

ドイツ軍がパリに殺到する数日前である。私はついにフランスにとどまることを断念して、バタイユに別れを告げに行った。仲間はすべて離散してしまい、当時パリ国立図書館に勤めていた彼と私だけがのこっていた。最後の一人である私が帰国することをつげると、彼はグッと両手を握りしめ、前につき出し、天上の一角をにらみつけた。「こんなことで、決して挫折させられはしない。いまに見給え。再びわれわれの意志は結集され、熱情のボイラーは爆発するだろう！」

孤独な彼の両眼は血の色をしていた[274]。

聖なるものをめぐる知を共有し、築き上げた神話をともに生き、悲劇の権力を他者の承認へと差し向けるための母体である秘密結社の活動が水泡に帰したことは、再結集への叶わぬ願いを口走りながら最後の友を見送らざるを得ないほどの孤独にバタイユを至らしめた。そのなかで継続された内面の思考が行動の論理をめぐっていかなる変化を示していくかを、本書は次章で考察する。

第二章　防具としての論理

第二章では、第二次世界大戦の勃発と翌年のフランスの降伏によって、「悲劇の帝国」による支配という希望が現実にいかなる意味も持たなくなったのちに、バタイユの学知をめぐる思索がどういった変遷を辿り、新たな行動の論理がどのように練り上げられていくのかを浮かび上がらせることを課題とする。ドイツ軍占領下の北フランスにあって、一九四一年のモーリス・ブランショとの出会いと、彼を中心的な参加者として開かれた「ソクラテス研究会」(一九四一年秋から一九四三年三月。会の内容については註で後述)という幸福な例外に恵まれたものの、友人たちの共同体に外的な形式を与えることができずにしまったバタイユは、フランス解放時の戦闘に際しては、強迫的な死の恐怖を経験する。四年を超える戦争と占領のなかで、共同体の不可能性の現実に直面し、意識によって制御し得ない無意識の性質に苛まれたことで、聖社会学と精神分析学に対する観点は必然的に変化を被らざるを得ないだろう。さらに、戦後のフランスを席巻する実存主義は、ヘーゲル哲学に対するバタイユの持続的な関心と相俟って、個と普遍、内奥性と外的事物といった新しい問題設定を明確化するための原動力をこの作家に与えるだろう。そして、以上のような学知をめぐる思索の展開は、すでに生じてしまった戦争の悲惨をいかにして引き受けるのか、そして、その引き受けをもとに、次なる終末的な世界戦争をいかにして回避するかという、行動に関わる倫理的な問いと結びついてあるだろう。本章は、こうした戦後の問題意識の進展に深く関わっていると思われる、ある戦時の経験の思想的インパクトを検証することから始めたい。

第一節　戦争と神経症――第二次世界大戦後の思索へのイントロダクション

一九四五年に公刊された著作『ニーチェについて』の第三部は、「日記(一九四四年二―八月)」と題されている。ドイツ占領下のフランスで、連合国による反攻作戦が激しさを増し、現実が確実に変化していく状況のもとでの思考の推移が表されているこの作品には(1)、そうした状況がバタイユに惹起した、個人的な「神経症（névrose）」の経験についての次のような記述が見られる。

> 鈍い騒音がかつてないほど激しい。あとに続くのは爆弾と対空砲火の轟音だ。わずか数キロメートルのところのようだ。ほんの二分で、すべてが終わった。空虚が再び始まるが、それはかつてないほど灰色で、ぼやけている。
>
> ［…］
>
> 私の不安はもう一人の不安と重なっていて、我々は二人、実在しない戦闘機に追いかけられている。
>
> 実在しない？
>
> 神経症の重い姿が我々にしつこくつきまとう。
>
> そのうえ同じくらい重い、しかし真実の姿の予兆をなしている。
>
> ［…］
>
> 不安と、神経症と闘うこと！（サイレンが、今まさに、空を引き裂く。私は耳を澄ます。飛行機の爆音は、私にとって病的な恐怖の前触れとなっている。）何よりも私を凍りつかせること。六年前、神経症が、私のそばで、ひとを殺した。絶望しながらも、私は闘った、不安などなく、生が一番強いと信じていた。はじめは生が勝ったが、神経症は立ち戻り、そして死が私の家に入ってきたのだ。
>
> ［…］
>
> 神経症は、現在に対する過去の憎悪である。それは死者たちに語らせるのだ(2)。

引用文中、バタイユが自らの不安を重ね合わせている相手は、前後の文脈でKと呼ばれている、当時の恋人で後に妻となるディアンヌ・コチュベイ・ドゥ・ボーアルネ（Diane Kotchoubey de Beauharnais）であるように読むことができる(3)。上空から迫り来る戦闘機がもたらす死の恐怖は、イメージとして（「実在しない」ものとして）執拗に回帰し、二人を苦しめる。このような「神経症」的な不安は、しかし、ただ目下の戦争がもたらす恐怖にのみ起因するのではない。バタイユにとってそれは、彼が目撃した六年前の死の記憶に結びついている。「苦悩、恐怖、悲嘆、錯乱、オルギア、熱狂、そして死を日々の糧として分かち合った」恋人コレット・ペニョ[4]、通称ロールがバタイユの自宅で闘病の末に他界したのは、一九三八年一一月のことであった。彼女の死は結核の悪化が原因であり、したがって、神経症が「殺した」という記述は、直接的には事実ではない[5]。むしろこの記述は、ロールの死ののちのバタイユの生の歩みに当てられたものとして理解できるように思われる。ロールの死の記憶に抗して生を送ろうとするバタイユに（「私は闘った」）、それは、現実の戦闘機に重なった「実在しない」戦闘機として「立ち戻り」、再び彼の家に入り込んできたのである。「もう一人の不安」は、現実においてはコチュベイの不安であり、回帰する記憶においては、死を前にしたロールの不安でもあるだろう[6]。「実在しない」という言葉は、かつて実在しただろう恐怖に差し向けられているがゆえに、すぐさま留保を付けられざるを得ない（「実在しない？・」）。戦争は、死せるロールに再び「語らせ」たのであり、そのことで、バタイユの抱え込んだ神経症をあからさまにしたのである。事実はともあれ、このテクストはこうした解釈を可能にするものである[7]。

『ニーチェについて』のさきの引用部が含まれている日記のなかには、神経症一般について、次のような考察が見られる。

> 私が神経症にこだわるのは、それが我々に、自分自身を乗り越えるように強いるからである。そうでなければ、我々は壊れてしまう。その点に、神経症の人間性が存しているのであり、神話や詩、あるいは演劇が輝かせるのは、この人間性である。神経症は、我々を英雄に、聖人にするのであり、さもなければ病人にするのだ。英雄性や聖性において、神経症的な要素は過去を表現しており、過去は、そのなかでは生が「不可能」になる限界（拘束）のようなものとして作用する。過去が重くのしかかっている人間は、病的な執着のために現在にたやすく移行することが禁じられ、決まった道を通って現在へ近づくことがもはやできない。このことによってこそ、彼は過去から逃れるのであり、かたや、ある人間は、過去に執着せず、それでもなお

過去によって導かれ、制限されたままになっている。神経症者には、ひとつの出口しかない。彼は賭けなくてはならないのだ。彼において、生は停止している。彼の生は、見取り図のなかの決められた流れに沿って進むことができない。[8] それは、自分のために新たな道を切り拓き、自分自身にとっても、他の人々の生にとっても新しい世界を創造するのである。

通常の人間は、現在時において過去による拘束を受けていることを意識しないがゆえに、過去から脱却する契機を得られず、生を過去の制限下に意図せずして置き続ける。それに対して神経症者は、「過去への病的な執着」を通して、現在が過去によって限界づけられていることを明確に意識するために、そうした拘束を断ち切る意識的な決断としての「賭け」を、ほかに手立てのない不可避の選択可能性として見出すことができるのである。実際にはあらゆる人間が過去に否応なくとらわれている以上、神経症者の「賭け」は、人間全般にとって、所与としての自己の乗り越えという「人間性」が達成される瞬間を意味している。したがって神経症者は、「神話や詩、あるいは演劇」の主人公に比肩するような「人間性」の特権的な体現者であり、「英雄」もしくは「聖人」として、自らに対してだけでなく他者たちに対しても、人間の新しい生の可能性を開示する存在たり得るのである。問題となっているのは、存在を過去から自由にすることであり、戦前以来の観点に引きつけるなら、流れ去る時間のなかに自らを積極的に投入することであって、事実、引用部に続く箇所には以下のような言及が見られる。「不安に出口を与えることが私にできないだろうか。おのれを賭け、好運の英雄に、いやむしろ、自由の英雄になることができないだろうか。好運は我々において時間の（過去への憎悪の）形態である。時間とは自由である[9]」。したがって、神経症者に託される「賭け」は、かつて「社会学研究会」の目論見の核心に存した、流れ去る時間の回復を果たす「悲劇」の役割と結びつくものとなる。注意しておくべきは、「過去への繋縛」に拠って立つファシストの「軍隊の帝国」に対置される「悲劇の帝国」が、選択的共同体の実践を通して、血縁や祖国といった、個人の意志とは別の次元で選択の余地なく存在する過去から自由を獲得する試みであったのに対し、神経症者が自由になろうとする過去は、個人の生のなかでの否定的な経験だということである。それゆえ、その「賭け」が世界創造として他者たちに開かれた意味を持つのだとしても、「賭け」の行為自体は本質的に個人的な営みである。「おのれ」という一介の主体に過ぎないものを、他者たちにとっての「自由の英雄」へと変貌させるにはいかなる形式がありうるのだろうか。『ニーチェについて』では神経症の主題がこれ以上論及されることはないが、バタイユがそうした「賭け」の実践を見出しているように思われるのが、ニーチェにおける「永劫回帰」の観念を受諾する経験である。

> ある自発的な運動によって〔…〕、永劫回帰の観念は、受動的な恐怖に永遠の時間という誇張を付け加える。〔…〕
> 誰にとっても、回帰の観念は効果がない。それは、それ自体では恐怖感を与えない。もし恐怖感が存在していたなら増幅させることがありうるが、存在していなかったなら…。ましてや脱自を引き起こすことなどできはしない。というのも、我々は神秘的な状態に近づく前に、何らかの仕方で、虚無の深淵におのれを開かなくてはならないからである。それは、どの信仰の祈禱師もが、我々自身の運動によってなすように促していることである。我々自身は努力を行うことが必要だが、ニーチェにおいては、病気と、それがもたらした生の様式がまず最初に仕事をなしたのである。彼のなかでは、回帰の無限の反響はひとつの意味を持っていた。所与の恐怖の無限の受け入れ、無限の受け入れというよりも、いかなる努力も先立っていない受け入れという意味である。
> 努力がないということ！
> ニーチェの描き出した法悦の状態…、晴れやかな身軽さ、途方もない自由の瞬間、「最も高められた」状態に固有のそうした道化者の気分…。この不敬虔な内在性は、苦痛の贈り物ではないだろうか。[10]

ここではもはや、「永劫回帰」の観念それ自体に、万物を解体する時間の回復という意味が無条件に見て取られることはない。ニーチェにとってそれが自己解体的な「脱自」を導くほどの「恐怖感」を生み出すものであり得たのは、「病気」のもたらす「所与の恐怖」が永劫にわたって反復することを約束するものとして、そうした恐怖に拍車を掛ける役割を果たしたからである。[11] 苦痛への恐怖によって引き起こされる、「虚無の深淵」への存在の投入は、それが受動的であるがゆえに、つまり、意識的に求められた事態ではないゆえに、「重々しく緊迫した法悦」をもたらすことはない。[12] だが、恐怖に「永遠の時間という誇張」が「自発的な運動」によって付け加えられるとき、つまり、永遠に繰り返されるはずのものとして敢えて望まれるとき、「努力」なしに、すなわち、目的に従属することなく到達される、過去からの自由の経験という意味が生じるのであり、そうして「晴れやか」で「身軽」な法悦が訪れるのである。実のところ、『ニーチェについて』では、序言においてすでに、「永劫回帰の観念」を「逆転」させる必要性が次のように説かれていた。

> 私は、[…]永劫回帰の観念を逆転させることが必要だと思っている。ひとを引き裂くのは、無限の反復が約束されていることではなく、回帰の内在性において捉えられた諸瞬間が、突如として目的のように現れてくることなのである。瞬間があらゆる体系から手段として見なされ、そのように割り当てられていることを忘れてはならない。どの道徳もこう言う。「あなたの生の各瞬間が動機づけられてあるようにしなさい」。回帰は瞬間を無動機にし、生を目的から解放し、そのようにしてまず、生を廃墟に変えるのだ。[…]回帰は、各瞬間が以後、無動機になってしまった人間の砂漠である。[13]

この主張の基底にあるのは、「ヘラクレイトス——ニーチェのテクスト」で示されていた、万事の反復によって存在が永遠に定立不可能であることを保証する、そうした永劫回帰の理解であるだろう。目的の達成に向かう求心的な流れのなかの生が必ず未完成に終わるという認識は、生の各瞬間が相互に有する目的的な連続性を無意味なものにし、それまでに築かれていた生を「廃墟」へと解体する。こうした父殺しの時間の遠心性の現れこそが、「未来に対する自己の積極的で無償の贈与」という存在のあり方を可能にするのであり、右の引用部に即して言えば、生の各瞬間それ自体を目的と見なすことが可能になるのである。そして、永劫回帰がこのように、「無限の反復」を約束することから瞬間の自由を導き出す観念として機能し得たのは、『ニーチェについて』の新しい視座からすれば、それが、苦痛という引き裂きの過去が反復されるのを受諾することで、自らを積極的な自己解体への意志とする手立てになったからである。そのような仕方で、自己を限界づけている過去から「途方もない自由」を獲得することが可能となったのだ。永劫回帰はまさしく、「過去が重くのしかかっている人間」が、その事実を拠り所として過去からの自由を実現するための観念装置なのであり、それゆえ、バタイユの言う神経症者の「賭け」の比類なき実践形式だったと言えるのである。[14]

よく知られているように、過去によって拘束された生を病的な状態と見なす観点は、ニーチェのうちにすでにある。ニーチェは、近代文化ならびに近代人の特徴のひとつとして「記憶への拘泥」という「病気」を挙げ、それに対して「忘却」することの「健康」を強調していたのである。[15] ポール＝ローラン・アスーンによるなら、近代の特性である「ルサンチマン」は、ニーチェにおいて「記憶の過剰発達（surdéveloppement de la *mémoire*）」によってしるしづけられるものである。それは、精神病理学的に解釈するならば、フロイトの神経症論、とりわけ『ヒステリー研究』（ヨーゼフ・ブロイアーとの共著。一八九五年）で提示される、「除反応（abréaction）」の過程が阻害されることに起因した情動の再現を伴う記憶の立ち現れと、構造的な親近性があるとされる。[16] バタイユの解釈の独自性は、ニーチェが近代社会に見出した病弊に関する治癒の道筋を、ニーチェ個人による病の積極的引き受けのうちに見て取ったことにある。過去に縛られた日常的な生を解放するために、主体の断絶をもたらす非日常的な過去を自発的に再現するという手順は、二千年来のキリスト教の桎梏から自由を得るために、古代ギリシアの「悲劇」を現代に再現するという手順と同様の観点に支えられている。だが、ここで主眼に置かれているのはもはや、古代ギリシア世界のような、現実から消え去ってしまった過去へと回帰することではなく、現実に経験された災厄へと立ち戻り、それを直視することなのである。こうした論点が新たに顕在化してきたことには、本節の冒頭で確認したバタイユ個人の「神経症」経験、さらにはより広範な戦争経験の影響があるように思われる。一九四七年一月・二月に『クリティック』[17] 誌第八号・第九号に掲載された論考「広島の住民たちの物語について」のなかでバタイユは、「永劫回帰」をあらためて、「あらゆる希望の廃滅」がもたらす「無限の苦悩」から瞬間における生の「歓喜」を創出するという「賭け」の実践として描き出すことになる。ここでそうした「無限の苦悩」のヴィジョンとして語られるのは、原子爆弾投下後の広島のイメージである。

> もし瞬間が休みなく、私の前で、むしろ私のなかで、賽が転がるように、その度ごとに永遠を転落に導くとすれば——救済がなく、世界の合理化された未来も、世界がすべての起こりうることへと開かれているのを変えられないとすれば——、空気を満たす風か光のごとく、恐怖に、つまりは明日への気遣いにいかなる居場所も残さないこの叫び以上に重要なものは何もない。だが、もしもそうなら、もし私自身のうちに歓喜である果てしない苦悩が、いや、無限の苦悩である歓喜がはっきりと現れるなら、もし「私の居場所を決めるこの歓喜以上に重要なものは何もない」と私が言い、言わなければならないとすれば、私の断言によって、私はただちに、感性が最も厳しい試練に遭遇する地点へと位置づけられることになる。ところで、この地点は、今では、十字架上のキリストの神秘的な筋立てによって天空へと高められるあの苦悩でも、また、仏教徒のつましい死骸の山でもあり得ず、むしろ、こう言ってよければ、広島の比類のないおぞましさである。〔…〕至高の感性の人間はもはや、不幸を正面から見つめ、間髪を入れずに「是が非でもそれを消し去ろう」などと言いはしない。そうではなく、「それを生きよう」とまず言うのだ。最悪の段階にある生を瞬間において高めよう、と。[18]

広島の極限的な不幸を擬似的に反復し、その「比類のないおぞましさ」を過去から自由になった瞬間的な生の「歓喜」へと結びつける営為は、広島に代表される未曾有の戦苦を肯定することとはまったく異なる。「私は、瞬間がそれを支配し、それを酔わせるかぎりでしか持続する人類は美しくないし、素晴らしくないと言うだろうが、瞬間が消え去る閃光へと隈なく捧げる、そうした持続の価値を認めないつもりはまったくない。〔…〕この世界の無力は活動の優位によるものだが、世界の無力とその最終的な表現である原子爆弾とは、結局、明らかに憎むべきものなのだ[19]」。ここで「活動」とは、「一社会がそれによっておのれの明日を確かにしなければならないと考えている活動」のことである。[20]原子爆弾がもたらした破局は、持続を目指すそうした活動（兵器は勝利による自国の持続をねらうものである）の帰結に他ならず、つまりは目的に従属した生の帰結に他ならないのである。このような認識に基づき、バタイユは、「軍事的解決は、［…］富の確かさだけがそれを遠ざけることができる」という確信のもと[21]、「瞬間の倫理」、すなわち、「『私は存在する。この瞬間、私は存在する。そして私はこの瞬間を何物にも従属させたくない』、あるいは、『富は天上と同様に地上において濫費されることになる』と告げる倫理」の誕生を切願するに至る[22]。これらの言表は、後に詳述するバタイユの「全般経済学」的観点の内実を表すものとして重要である。持続を目指す活動が原子爆弾という瞬間における比類なき破壊に行き着いた歴史的状況のなかで、その悲惨に自己を内面的に投影することは、瞬間の生を高い強度で感得するための特別な手立てでありうる。だが、それと同時に、戦争による破壊の悲惨によらずして瞬間の生を現実世界に成り立たせるさせるために、持続的な「活動」の所産である富を瞬間的な濫費に供するという行動に基づく解決への希望と、そうした行動を導く「倫理」を構築する希望が表明されずにはいないのである。この点に、第二次世界大戦を経たバタイユの思索の素地を見て取ることができるだろう。実存の回復という戦前以来の主題を「賭け」や「瞬間」などといった新たな術語と観念を用いて引き継ぎながら、その実現のためにバタイユが提起する方法は、外的な行動の次元から内的な思念の次元へと主軸を移したようにも思われる。にもかかわらず、そうした実存の内的な探索は、行動による世界変革を通じた全面的な実存回復の目論見と確かに結ばれてあるのである。

　こうした結びつきの様相を浮かび上がらせるには、まず、戦前までの「武器」としての行動の論理をバタイユがどのように捉え直し、評価を下していくのかを跡づけることが必要となる。そのために本書は、そうした「武器」としての論理の彫琢に用いられてきた学知に対する戦後バタイユの新たな思索を俎上に載せることとする。次節では、神経症の治療を本来の目的とする科学であった精神分析学についてのバタイユの視座の変容を、戦前の問題意識との関係を考慮しながら検討していくこととしたい。

第二節　精神分析学への不満

元来、バタイユの精神分析学との関わりを考察する際には、理論的側面のみならず、実践的側面、つまり、疾患の治療という側面でのインパクトの大きさを考慮しないわけにはいかない。「彼の文書の荒々しさと、広範に見られる強迫観念」を危惧する友人の忠告に反感を覚えながらも耳を傾け、バタイユがアドリアン・ボレル医師による精神分析治療を受けたのは、一九二六年から二七年にかけてのことであった[23]。この治療については、バタイユ自身が後年のマドレーヌ・シャプサルとの対談のなかで、「私をまったくの病的な存在から［…］前よりは生きる力を持った人間へと変えたのです」と回顧しており[24]、小説作品『眼球譚』(*Histoire de l'œil*)（一九二八年）を執筆する直接的な推進力になるなど[25]、バタイユの実際の生を変化させるのに大きな役割を果たしたことが知られている。バタイユは自らの経験を通して、たんなる科学知にとどまらない、存在の変革をも射程に入れる精神分析学の可能性を認識したのである。この経験は、「異質学」の理論的形式に則りながら「人間の生の解放を追い求め続ける深い転覆の動き」を導く手段を探るといった[26]、知的認識を手立てとして生の様態の本質的改変を図ろうとするバタイユの志向のひとつの端緒をなすとも言えるだろう[27]。精神分析学に対する早くからの持続的な関心は、第二次世界大戦を期に現れてくる、過去に囚われた生からの「賭け」を準備するものという神経症についての理解とどのように交叉していくのだろうか。このことを明らかにする一助として、一九四八年五月に『クリティック』誌第二四号に発表された書評「精神分析」を読解していくことにしよう。

このテクストは、戦後のバタイユが精神分析学を直接の主題として論じた数少ないテクストのうちのひとつである。題材として扱われているのは、ジャン＝クロード・フィユーの『無意識』(*L'inconscient*)（一九四七年）とフェリシアン・シャライユの『フロイト』(*Freud*)(一九四八年)だが、これらの著作への言及は限定的であり、フロイト理論一般の画期的性格と限界についての考察が論考の中心をなしている。論述を始めるにあたり、バタイユは「今日では、[…] フロイトの新発見は、総体としては異論の余地がない」という判断を示したうえで[28]、それが明らかにしたという事柄を以下のように列挙する。

> 我々がそうあるところのもの、我々の思考、感情と振る舞いが決定されるのを、意識はほとんど捉えられないということ。その決定は、意識と爆発状態にある暴力的衝動の一秩序全体との相反によって変更されるのであり、性欲がそうした衝動の最もはっきりした様相であること。決定は、そういった環境のなかで、神話や芸術、夢や神経症に見て取られるような、幾分神秘的な形態を取るに至ること。それらの形態の方法的分析は、好ましいケースでは、深いところでの決定を意識の領野に導き入れ、我々がそうあるところのものを再度変更することができるのである[29]。

「我々がそうあるところのもの」の決定は意識化がなされず、さらには、意識では制御し得ない改変を被る。それを踏まえるところから出発して、精神分析学は、そうした決定が現れている形態を「方法的分析(analyse méthodique)」を通じて意識化する試みによって、「我々がそうあるところのもの」を意識的に再改変する道筋をときとして切り開くのである。引用部に続く段落でバタイユは、「精神分析は、ある新しい現実、ひとを憤慨させる、意識から逃れてきた現実を開示することで、迅速にして根本的な変化の可能性をもたらすのである」と言明する[30]。無意識的なものを意識化することによるこうした存在変革の可能性として具体的に念頭に置かれているのは、次のように、神経症の治療行為である。

> 精神分析はまさしく、病人を治癒させようという配慮から生まれたものだ。それは神経症者に病的な行動の原因となる事実を知らしめるのであり、病的な行動は、それ自体無意識的なものである抑圧の帰結、また、社会や家族が構成する様々な力に対

して幼年期を通じて葛藤状態にあった衝動の帰結なのである。葛藤の偶発的な原因が消失し、病人が自分自身に対する十全な意識を獲得することによって、消失した環境において身についた無意識の習慣（習慣化した反応）の意のままにならずに済む。これが、今日一般的な（とりわけアメリカ合衆国においてだが）神経症の精神分析治療の実践である。(31)

無意識に対する意識的なアプローチという、同質的な科学にとって「革命的」なこの学知の性質に戦前以来向けられていたバタイユの関心は、(32)このようにして、『ニーチェについて』で自らの経験を通して語られた、神経症者が果たす過去からの跳躍＝「賭け」の主題に、精神分析学固有の解釈格子（「抑圧」や「葛藤」や「衝動」）に則る仕方で結びつけられるのである。

しかしながら、この書評は、神経症の治療手段としての精神分析学の有効性に根本的な疑義を呈している点で目を引く。「個人療法の面でさえ、フロイトの方法は期待された結果をつねにもたらしたわけではなかった」との指摘に続き、バタイユは、神経症の治療不可能性に言及しさえするのである。

［…］患者は、恐怖に脅かされて振る舞う習慣が身に付くもととなった光景を生き直すことが必要である。原光景はそもそも、意識の記録作用と相容れない性格を持っていた。そして、葛藤の原因は、その解消が試みられているときにも機能し続けている。ところで、爆発状態にある暴力的衝動を意識的活動との全般的な葛藤状態に置かないような類いの人間の生は、原則として存在しない。それは、おそらく治療不可能なものだ。(33)

意識化を免れる葛藤の原因（原光景）を意識化することが治療の鍵でありながら、そうした意識化をねらう意識そのものが葛藤の原因の影響下で成り立っている以上、治療は患者にとって、対象として分離できないものの対象化という本質的困難をあらかじめ刻印されていることになる。バタイユは、「意識への移行は非常に特異な性質を持つ作業である」ことを強調する。(34)意識外の事象を意識によって客体的に把捉するという精神分析の既存の治療モデルは、そうした特異性に対応できていないのである。

バタイユからすれば、このような精神分析の機能不全は、何よりもその科学的欠陥に由来する。「フロイトの発見が相対的に不確かなのは、分析の方法面に関してではない。フロイトは、最も全般的なことに関わる問いを明確に提起しなかったのだ。この留保は、〔…〕無意識によって限界づけられている意識の性質に関して理論的に考察する際には最も重大である。意識も無意識も十分に深い研究の対象ではなかったのだ」[35]。こうした基礎的な欠陥の端的な表れを書評の対象であるフィユーの著作に見出しながら、バタイユはこう指摘する。

結局、人間の本性の基底は、見せかけの弱い光によって開示されるにとどまり、成果にまとまりはない。治療法についての決定的な問い、すなわち、分析が突如として効力を持つようになる瞬間の、意識と無意識との綜合(synthèse du conscient et de l'inconscient)についての問いは、暗がりに取り残されたままだ[36]。

「迅速にして根本的な変化の可能性」として提起されていた治療が、ここでは「瞬間」的に果たされるはずのものとまで述べられていることが、「綜合」という言葉の唐突さとともに際立っている。ドミニク・ルコックは、当該箇所を引用しつつ、「突然の失神の指標」である「不可能なものの可能性」を現実化しないような分析理論はバタイユにとって何ものでもない、と主張する。そして、「意識と無意識との綜合」が起こる治療の瞬間をそうした可能性の実現、すなわち失神の瞬間として、「内的経験(l'expérience intérieure)」に位置づけるのである[37]。著作『内的経験』(一九四三年)全体の主題をなすこの経験をバタイユは、「ひとが通常神秘的経験と呼ぶ、脱自と法悦〔…〕の状態」であるとし[38]、「存在するという事実について一人の人間が知っていることを、熱狂と不安のなかで疑問に(試練に)投じること」とも定義している[39]。それは「トランスに至るまで生きられるもの」であり[40]、個別的な主体の意識喪失の経験なのである。およそ相容れないものに見える、分析治療と意識喪失=失神を伴う内的経験とをリンクさせるルコックの見解は、しかし、上記書評の最終部に目を遣るならば、意味のあるものとなる。そこでバタイユは、無意識を意識に対してまったく異質なメカニズムとして説明することの奇妙さを批判しつつ[41]、次のように述べている。

このような物の見方は、おそらく、意識と無意識との綜合——決定的にして不可能な——に至らしめる術を持たないであろう。そうした綜合が、「あるもの」の最後の可能性であるだろうに[42]。

「あるもの（ce qui est）」という用語は戦後のバタイユの著作に頻出するものであり、何らかの既成の知に還元することが不可能な、それゆえ、あらゆる形容の可能性が排除されているような、あるがままの存在を指し示すのに使われる表現である[43]。本書の文脈において参考となるのは、ほぼ同時期に上梓された論考「実存主義から経済学の優位へ」（『クリティック』第一九号・第二一号、一九四七年一二月・一九四八年二月）のなかで、「あるもの」の現れがまさしく、「内的経験」の只中で主体が直面する状況として、以下のように語られていることである。

「私は何も知らない、まったく何も。私はあるもの（*ce qui est*）を認識できない。私は迷い込んだままだ、あるものを既知のものに結びつけられないまま、未知のなかに」。『内的経験』は、全体がこうした状況の表現である[44]。

あらためて想起されるのは、書評「精神分析」において、精神分析の意義が「我々がそうあるところのもの（ce que nous sommes）」の決定が意識の埒外にあることを明らかにし、その決定の意識化を通じて「そうあるところのもの」を「再度変更する」可能性を生み出した点に見出されていたことである。「意識と無意識との綜合」とは、たしかに、「我々（nous）」という既存の人称の制約を解除して、人称を持たない「あるもの（ce qui est）」の未知性に存在を立ち会わせる、「内的経験」の可能性として提示されているように思われる。『ニーチェについて』の記述と関連づけて考えるなら、治療はまた、「過去が重くのしかかっている」存在を、そうした過去の生き直し＝意識化を媒介にして、自由への跳躍である「賭け」へと踏み切らせる、「瞬間」の自律の経験である。そして、そうした「瞬間」への到達の道筋こそ、精神分析学が結局は「暗がりに取り残した」ままのものなのだ。

　前節で検討した、神経症に対する特異な観点の成立を経て、無意識の意識化による治療の実践という精神分析（学）の基幹をなす営為への根本的な不信が表明されるに至ったことは、『ドキュマン』以来この作家が精神分析学への依拠を一貫してきた事実に鑑みるなら、バタイユ思想の変遷を証し立てる重要なメルクマールとなるものである。「社会学研究会」時代のバタイユが、無意識に対するアプローチ手段としての精神分析学の特権性を、他の学問、とりわけ現象学との比較において強調していたことをここで見ておくのも、そうした変遷の幅の大きさを理解するうえで有用であろう。一九三八年二月五日の「牽引力と反発力Ⅱ　社会構造」と題された発表のなかで、バタイユは次のように述べていたのである。

［…］現象学的な方法だけで、つまり、表向きに生きられたものの描写だけで、ひとを深く狼狽させるものを見つけ出すと主張するのは幾分馬鹿げているでしょう。［…］私の試みは、無意識的であったものの開示が可能であることを前提としており、定義上、無意識は、現象学的な描写にとっては望むべくもないものなのです。そこに近づくのは科学的次元の方法によってのみ可能でした。その方法はよく知られています。未開民族の社会学と精神分析学とがそれです［…］。

　それでもやはり、私が自分の試みの本質的な目的として語った、人間自身による人間の承認が、現象学的な次元でしか起こりえないということ、つまり、生きられる経験が最終的に存在しないなら承認は生じないということは事実です。これは、精神分析学の経験のまさに内側で解決策をすでに見出されている問題の再来です。神経症者に病的行動を引き起こしているコンプレックスを説明するだけでは不十分であり、それらを感じ取れるようにしてやることも必要だというのは周知の事実です。つまり、精神分析学は単独で、私が画定しようとした困難のすべてをすでに事実上解決したはずなのです。すなわち、無意識から意識への移行という困難をです。(45)

現象学が「意識の経験の学」[46]である以上、無意識を把捉の対象とすることが本性上不可能である一方、精神分析学には、科学的なアプローチを通して、「無意識から意識への移行」という治療の「生きられる経験」を惹起する権能が認められていたのである。それゆえに、精神分析学は、嫌悪を誘う聖性の魅惑という無意識的事象を人間の本質として「承認」させることをねらいとする「聖社会学」のひとつのモデルであり得たのだ。[47] しかしながら、書評「精神分析」においては、「無意識から意識への移行」というかつて評価された効能の基本的な達成されなさが、正面からあげつらわれるに至ったのである。

興味深いことに、こうした事態の推移と並行して表立ってくるのが、内的経験にひとを誘う手段となる論理としてのヘーゲル現象学の優位性である。バタイユの新たなヘーゲル理解の射程を理解するために、まずは、『内的経験』でヘーゲルに対して呈される次のような批判に眼を向けてみよう。

> 想像するに、ヘーゲルは極限に触れたのだ。彼はまだ若く、気が狂ってしまうと思った。彼が体系を練り上げたのは、そこから逃げ出すためだったとさえ私は考えている（どのような類いの征服も、おそらくは、脅威から逃げ出す人間の所業である）。結局、ヘーゲルは充足をものにして、極限に背を向ける。懇願は彼のなかで死んだのだ。〔…〕ヘーゲルは生きながらにして救済を得て、懇願を殺し、自分を損なった。後に残った彼は、スコップの柄、一人の近代人でしかなかった。だが、自分を損なう前に、おそらく彼は極限に触れたのであり、懇願を知ったのだ。記憶が彼を垣間見られた深淵に連れ戻すが、それは深淵を無効化するためだ！　体系とは無効化である。[48]

ヘーゲルが私信に記した狂気への不安に対するバタイユの着目は、日の浅いものではない。[49] さきの「社会学研究会」における発表のなかでバタイユは、「現象学は無意識に辿り着けないという原則」に反して、ヘーゲル個人の思索においては「無意識から意識への移行」がなされたことを推定し、その根拠を、「人間の独自性の基礎は否定性、すなわち破壊的な作用である」という「真理」へのヘーゲルの怯えと狂気に陥ることへの不安に見出していたのである。[50]『内的経験』の論旨に結びつけて考えるなら、ヘーゲルは、破壊作用としての「否定性」を認識するという「無意識から意識への移行」に際して「深淵」を目撃し、その恐怖を超克するために「体系」を築き上げたのだ。けれども、重要なのは、ヘーゲル的な「体系」の完成から再び「深淵」が開かれる理路をバタイユが強調して提示することである。同じく『内的経験』のなかでバタイユは、絶対的に真なる自己認識に到達した思惟であるヘーゲルの「絶対知（das absolute Wissen / le savoir absolu）」の観念を[51]、内的経験の自己喪失のなかでおのれと客体との区別を喪失してしまう主体の謂いである「非＝知（non-savoir）」のモチーフとして受容する[52]。「円環的なものである絶対知は、決定的な非＝知である」という宣言のもと[53]、完全であるはずの絶対知が、その完全性にもかかわらず、自らに還元できない「認識不可能なもの」の存在を感知し、全能の神の失墜にも比すべき極限的な内的経験に投入される可能性が構想される。そしてさらに、思考のうえでそれを模倣することが説かれるのである。

もし私が絶対知を「模倣する」とすると、私は否応なく、自分自身が神となってここにある（体系のなかでは、神においてすら、絶対知を超えていく認識は存在し得ない）。〔…〕だが、そのようにして、伝染や模倣劇によるかのように、私のうちにヘーゲルの円環運動を完成させるとすると、到達された限界の向こう側に、もはや未知なるものではなく、認識不可能なものを私は定義することになる。理性の不十分さのゆえでなく、本性からして認識不可能なものをである〔…〕。かくして、私が神であり、世界にヘーゲルの確信を持って（陰と懐疑とを打ち消して）存在し、すべてを知り、認識が完了するためになぜ人間が、自我の無数の個別性が、歴史が生み出されなければならなかったのかをさえ知るとすると、まさにこの瞬間、人間の実存――神的になった……――を闇の最奥へと永久に入り込ませてしまう問いが形作られる。私の知っていることはなぜ存在しなければならないのか、なぜそれは必然なのか、という問いである。この問いには極度の裂傷が隠れていて――はじめは姿を現さない――、そのあまりの深さゆえに、ただ脱自の沈黙だけがそれに応じるのだ[54]。

確かに、述べられているのは、ヘーゲル個人が垣間見た「深淵」そのものの再開示であるわけではない。ことはヘーゲルの手を離れ、完了した認識が否応なく追い込まれる、知識の必然性をめぐるアポリアとして普遍化されている。ヘーゲルにおいて「体系とは無効化」であったとしても、体系それ自体の性質が、体系の外部に「認識不可能なもの」という「極度の裂傷」を措定してしまい、それを意識に開示せずにはおかないのである。こうした仕方での絶対的な引き裂きの経験が、「意識の経験の学」の結末となるのである。(55)

「意識と無意識との綜合」を通じて内的経験を実現する手段としての精神分析学に対する不満は、このように、「認識不可能なもの」の意識化を通じて内的経験を実現する手段としてのヘーゲル現象学に対するいっそうの傾斜によって補われている。「社会学研究会」での用語法に則るなら、「無意識から意識への移行」を導く学知のヒエラルキーがかつてとは入れ替わったのである。精神分析学が社会学とともに、「使い途のない否定性」を「承認」し、また「承認」させるための「科学的次元の方法」であった以上、その科学性が不十分だと判定されたことの帰結は、ただ、内的経験の手段たり得ないという個人の次元での帰結にとどまるものではないだろう。「ひとを深く狼狽させるもの」に対する認識を共有することで成り立つ精神的結合と、それに基づく集団的行動の実現可能性が前提から崩れることになるのである。注意しておくべきは、もう一方の、ヘーゲル現象学への依拠の文脈において提起されるのが絶対知の「模倣」であり、それとの演劇的な自己同一化だということである。(56)バタイユにおける演劇の主題は、雑誌『アセファル』での『ヌマンシア』への着目以来表面化しており、当時の中心的な検討対象であった神話の主題と結びつくものだったと言える。だが今では、虚構を集団によって現実に生き、そこから生の横溢を引き出してくる手段としての劇ではなく、個人の内面的な意識において生きられる劇が問題とされるのである。バタイユの思索のなかで、集団的行動を通じて実存と世界の変革を目指す経路が明確に縮小していることが、精神分析学とヘーゲル現象学をめぐる評価の反転からは読み取れるのである。

戦争を経過したのちに露わとなった、精神分析学に対する根本的な留保は、実のところ、精神分析学固有の主題領域において孤立して生じたわけではない。本書は次節で、無意識や否定性への肉薄手段として精神分析学との本質的相関のもとに置かれ、「実存の全体性」を取り戻す行動のための学としてその意義を肯定されていた社会学に対して抱かれることになるバタイユの深い留保の内実を検証する。

第三節　社会学から無神学へ

一九四六年六月に『クリティック』誌創刊号に発表された論考「社会学の倫理的意味」は、ジュール・モヌロの『社会的事実はものではない』(*Les faits sociaux ne sont pas des choses*)(一九四五年)を直接の題材としたテクストである。だが、その主眼は、「二大戦間期の状況から生まれた性向」である「『社会学的』性向」の「倫理的意味(le sens moral)」を論述の時点から遡って考察し、そうした「倫理的な起源(ses origines morales)」との関係でモヌロの直近の著作を捉えることにある。(57)「二大戦間期に壮年に達した世代が社会という問題に取り組んだのは、注目すべき状況においてだった」という書き出しに続いて、まず提示されるのは、(58)先行する世代から「あらゆる価値が個に関係づけられたヒューマニズム文化の遺産」を引き継いだこの世代に特有の思想的展開である。この世代は、個を絶対化する視座から発して、社会を「その必要性すら疑わしい」ほどのある種の「必要悪」と見なし、「社会機構を崩壊させるための闘争」である「革命」へと動機づけられるのだが、身を投じた現実の革命運動の只中で、集団的な目的のために個を断念せざるを得ないという「予想外の、非常に重苦しくさえある経験」を通過することになるのである。(59)優先すべき価値をめぐるこうした捻れの認識が進むのと並行して、一方では「個人主義的文化の諸可能性の枯渇」が進行する。(60)それを受けて、芸術の分野では「孤立した一人の個の洗練」としての「詩」の観念が失われるのであり、この事態に関して、「詩的なテクストを、夢が開示する要素と同様の、人々が共通して持つ要素の表現」としたシュルレアリスムの決定的役割が指摘される。(61) そのうえで、「集団的創作」によって成り立つ「原始芸術」や「神話」に対する関心が高まるなかで、「社会学や民族誌学、なかでも、宗教的活動や神話を、社会という個人に優越した集団的存在の顕現と定義するデュルケム理論」への注目が拡大していったとして、(62) そうした動きの内実が次のように説明される。

デュルケムが死んで長らく経ってから、シュルレアリスム出身の若い作家たち——カイヨワ、レリス、モヌロ——がマルセル・モースの講義に出席し始めたのだが、モースの優れた教育内容は、学派の設立者のそれにはっきりと忠実なものだった。[…]個人主義によって解体されている社会からの遊離感と、個人の範囲に可能性が限定されたことから生じる不満とがそこには［出席者たちの漠然とした傾向には］混ざり合っていた。[…]これらの若い作家たちは、社会が凝集力の秘密を失ってしまったこと、詩的熱狂の曖昧で、困難で、不毛な努力が目指していたものはまさしくそれにあったということを、程度の差はあれ、明瞭に感じ取っていたのである。ときには、もう絶望することはなく、秘密を取り戻すのも今では馬鹿げた可能性ではないと思えたこともあった。この探求は何より大事なことだと思われたし、ただそれだけが、芸術のなよなよとした魅力といかさまとでは割に合わない努力に足るものだと感じられたのだった。(63)

名を挙げた作家たちの思索や主観を内省的に語っているかのような記述である。繰り返すまでもなく、この三者、とりわけカイヨワとレリスは、「社会学研究会」をバタイユとともに牽引した同志であり、遡ればバタイユもまた、国立古文書学校の同窓で親友であったアルフレッド・メトローに感化され、一九二五年にモースの講義に出席していたのである。(64) シュルレアリスムとの関わり方の違いを別にすれば、右の記述は、バタイユ自身がかつて「性向」として彼らと共有していた思索や主観を表すものとして了解して差し支えないだろう。社会学的な探求を通して社会の凝集力の「秘密」を取り戻す可能性を垣間見た過去が、しかし、あくまでバタイユ自身のものとしてではなく語られるのは、この論考の執筆時点で、「若い作家たち」の当時の企てとバタイユの企てとの齟齬が明瞭に意識されているからである。そうした齟齬は、以下のように示される。

おそらく彼らは、純粋な知識の不毛さが［…］芸術の無力さを引き継ぐのではないかと自問はしたのだが、厳密性の要求と知的な誠実さが妨げとなり、思考は行為を生み出すべきだという、他のひとたちにとってはより強い要求が彼らにあっては抑えられたのだ。最も希少な価値を作り出す社会に対するこの気遣い、社会学研究に向けられたこの関心の動きは実際、活動に行き着くことはなかったし、今日それについて語ることができるにしても、社会的な生の現状に由来する不足の感情を、ノスタルジーをもたらす以上ではない。事実、科学的知識の制約された次元では、重大な帰結がそこから導かれるというのは疑わしい。(65)

思い起こされるのは、「軍隊の帝国」に対抗する「悲劇の帝国」の建設を訴えるなかで、「ディオニュソスの巫女たちの世界」の再現を主張するといった「社会学の発表が踏まえるべき限界からの逸脱」を厭わないバタイユの姿勢が、(66)ひいては、科学性からの逸脱を問題視するレリスや、バタイユの「神秘主義」を論難するカイヨワとの距離を埋めがたいものにしたことである。(67)「社会学の領域は、生の主要な決定がなされる領域であり、実際には唯一の領域です。そうした決定が退けられるなら、萎縮がもたらされるだけなのです」というバタイユの訴えに対置されるであろう、(68)「デュルケムやモースやロベール・エルツといった人たちが築き上げた社会学を引き合いに出すのであれば、その方法を厳密に適用するのは当たり前のことだ。そうしないのなら、曖昧な点をいっさい残さないために、『社会学者』を自称するのを我々はやめるべきだ」というレリスの批判に代表されるような(69)「厳密性の要求と知的な誠実さ」は、七年の時を経て、社会の「凝集力の秘密」を再発見するための「行為」や「活動」を動機づけず、それゆえ「重大な帰結」を欠いた事実をあらためてバタイユから反批判されることとなったのである。バタイユ自身が共有していたはずの「社会学的性向」が、社会の探究にあたって科学的厳密性を優先し、行動上の不能から抜け出せなかった理由は、次のように、凝集力を持つ社会を現実に回復しようとする企図が不在であったことに求められる。

社会的紐帯が我々の最も遠い憧憬を——それは宗教の名のもとに現れてくるのだが——かき立て、また、我々がそうした憧憬に社会的紐帯を形成することでしか応えられないというのが事実なら［…］、二次的な共同体の可能性は、必然的に、我々のうちの誰にとっても決定的な問題である。実際上の帰属だけでは我々は充足できない。というのも、それは、我々の選択に則った、我々にとって最も重要なものに基づく他者関係を基礎づけるわけではないからだ。我々が全体において存在するのは我々の外でだけ、結集がもたらす人間的充溢のなかでだけなのだが、我々は結集しながらも、我々の内奥の要求に応えているのでなければ全体において存在しないのだ。［…］これらの真理の自覚が、社会学に対して新たに起こった関心のうちで、根本的なものだったのである。しかしながら、「社会学的性向」は、ごく一般的に共有されている気遣いに正確な研究という性格を与えることとしかしなかった。[70]

ここで、「二次的な共同体（communautés secondes）」の二次性は、モヌロの用語に即して「実際上の帰属（appartenance de fait）」と述べられる、既存の社会の基礎をなす「血縁と地縁の共同体」の一次性（現実性）に比して与えられている[71]。明らかなように、こうした区別は、血縁と地縁、すなわち過去に拠って立つ「祖国」と、各人の意志の合致に基づく「選択的共同体」というかつての区別を反復するものだ。したがってそれは、「武装した祖国」であるファシズム国家、すなわち「軍隊の帝国」と、悲劇の精神によって自発的に結集する「悲劇の帝国」との区別[72]、あるいは、「父親たちの国」と「自分の子どもたちの国」との区別に通じるものである[73]。「全体において存在する」ことへの「最も遠い憧憬」、つまり、古代世界では宗教儀礼を介して現実に生きられたであろう「全体的実存」への憧憬は、選択的結集のなかでの各人の主体的な脱自（「内奥の要求」に基づく、「外」の「充溢」への没入）を契機とした「社会的紐帯」の形成によってしか充足させられない。社会の凝集力の「秘密」は、「秘密結社」における結集のなかでしか与えられないのだ。こうした「真理の自覚」が若い世代の社会学に対する関心の由来であったのだとすれば、彼らの活動が純粋な知的探求に終始し、結集に向けた行動の要素を度外視したことは、そうした関心の由来の否認、活動の「倫理的起源」の否認に他ならないことになるだろう。そしてバタイユは、まさにそうした否認の帰結である、社会学研究における「意味」の欠落をモヌロの著作に認めざるを得ないのである。

取り上げられているのは他ならぬ科学的著作であり、方法論の著作であるという先入観は、正当なようにも思える。だが、題名が示す通り、著者は、社会的事実がものとは見なされ得ず、重要なひとつの意味を誰にとっても避けがたく持つのであり、とりわけ社会学者にとってはそうだ、ということを明らかにしようとしているのである。それゆえ、社会学者であるモヌロが、彼の提示するカテゴリーが自分の生きた環境のなかで帯びた意味を明確にしなかったことは遺憾である[74]。

イタリックで表記される「意味（*sens*）」の語が指示しているのは、この論考のタイトルである「社会学の倫理的意味」だと了解できる。結局のところ、「社会学的性向」の最新の業績も、自らの起源に存した、「行動と感情に関わるもの（論理的、知的の対義語）」としての社会学の「倫理的（moral）」意味をすくい上げずにしまったのである[75]。

二つの大戦の狭間に成熟を迎えた世代が持つ「社会学的性向」に見て取られたこうした欠陥は、バタイユの思考のなかで、社会学全般の本質的な困難へと結びつけられていくことになる。一九五〇年一一月に『クリティック』第四二号に発表された論考「社会学」では[76]、その冒頭において、社会学の効用と科学的特性とが次のように強調される。

もし我々が認識を求めるなら、そして、自分自身の意識よりも、世界についての客観的な科学を優先させるなら、社会学ほど興味深いものはない。［…］もし我々が、社会の全体は部分の総和以上のものであることを認めるなら、社会学は、我々が自分自身に対して持つ理解を拡大するに違いないのだ。我々は、一人一人が我々を超克するこの全体から生まれた存在であり、この全体において自分自身を超克し、この全体によって、制限されたおのれの実存以上のものとなるのである[77]［…］。

社会と個とのこうした関係については、さきに挙げた論考「社会学の倫理的意味」のなかで、デュルケムの社会学説の「核心」であるとしてすでに簡潔な描出がなされていた[78]。バタイユは、その際にも行った指摘をそのまま引き継ぎ、社会の全体を個々人の総和「それ以上のもの（un plus）」とする紐帯を「聖なるもの（le sacré）」に見出すデュルケム理論の特質に言及する[79]。そのうえで、新たな内容として、現代社会を（あるいはより広く、古代以外の社会を）対象とする社会学が否応なく抱え込む障害を指し示し、さらには、社会学が存立する可能性に関して再考を促しさえするのである。以下の引用を参照してみよう。

> デュルケムが社会学研究に与えた推進力が、刮目すべき豊饒さを備えていたことは、どうでもよいことではない。同様に、この豊饒さが、古代社会学研究の領域において最大であったことも、どうでもよいことではない（私はなかでも、マルセル・グラネとマルセル・モースの名を挙げたい）。間違いなく、それ以上のものは、明確に意識されている目的の合理的なねらいによって制度が過度に変質させられることのなかった社会の研究に根本から頼らずしては、十全に研究され得ないのである。どのような社会学の困難も、一方では、研究対象が流動的で、不断に変化することに原因があり、もう一方では、規定通りに真正な原始的事実が存在しないことに原因がある。社会学は可能なのか、とまず自問してみるべきでさえある。科学は変化を研究できるが、それは変化が同じ仕方で繰り返される場合だけであり、あるいは、変化が多様でも、恒常的に作用しているファクターを抜き出して捉える場合だけなのである。[80]

「聖なるもの」を媒介にした紐帯の形成とは質の異なる、合理的目的が制度に取り込まれている社会に関しては、社会的紐帯＝「それ以上のもの」を探究する科学である社会学は、対象にじかに肉薄することができない。「原始的事実（faits primitifs）」の解明に効力を発揮する社会学が、そうした「原始的」性質からの移行、ないしはその不在に対応できないのであれば、古代以後の社会を扱う社会学の科学的正当性は問いに付されざるを得ないのである。バタイユがその代わりに目を向けるのは、合理的目的によって変質させられることのなかった「普遍的な制度（institutions universelles）」の研究であり、「供犠や至高性、祝祭等々といった、聖なるものに等しく関わる制度がそれに当たる」と述べられる[81]。そして、論考の最終部では、そういった研究が既存の社会学研究との比較において、次のように展望されるのである。

> [...]この「それ以上のもの」は、力とは何の共通点をも持たないし、人間たちが深いところから一体化するのは、労働や骨の

折れる研究によって結集する場合ではなく、自らのうちなるこの至高な部分に身を従える場合だということは容易に把握できる。この部分は、何ものへも従属せず、純然たる無私であって、人間たちを解体の縁へと立たしめるのだ。

> あらゆるものを検討しながら何ひとつ把捉していない、現代の――あるいは旧来の――社会学の混沌とした一群から、社会活動の多様な様相を無差別に扱う研究とはこれほどにも異なるひとつの研究を切り離すのがよいだろう。おそらく、その研究は別の名を与えられてしかるべきでさえあるだろう、その特異な性格を思い起こさせるような名を。というのも、それは抑揚のない――あるいは純粋に政治的な――社会学研究からというより、神学の延長線上に現れてくるはずだからだが、あたかも化学が錬金術と異なるように、それは神学と異なるだろう[82]。

「社会活動の多様な様相を無差別に扱う」これまでの社会学研究は、「骨の折れる」ばかりの研究で、人々の本質的な結集とは無縁であった。バタイユの考える「普遍的な制度」の研究は、聖性の探究を行いながら、その成果を「それ以上のもの」のなかでの諸存在の脱自的一体化へと寄与させるはずの研究である。かつては、「聖／社会学（sociologie sacrée）」という二語のつながりにおいて社会学に託されていたこの目論見は、今や、神学との連続性のうちに構想されるのである。引用部に先立ってバタイユは、「聖なるものから吉凶の神々へ、そして最後に、神学の道徳的な神へと至る、弁証法運動の発現」があることに触れ[83]、「普遍的な制度」の普遍性に関わるものである聖性の形態それ自体が歴史的展開を持つこと（その要因は、「論理的運動の結果ではないという本質を持つものをつねに解釈し、ねらった結果と結びつけ、利用し、利用することで変質させる、言葉の効果」であるとされる[84]）を想定する。神として現れる聖性を理論的に考察するものが神学であるとするなら、そのさらに先にある学とは、絶対的超越である神自体の先にある、内在的に生きられるものとしての聖性を考究する学であると考えることができるだろう。すでに指摘したように、バタイユは『内的経験』において、「存在するという事実について一人の人間が知っていることを、熱狂と不安のなかで疑問に（試練に）投じること」と定義される内的経験を、ヘーゲルの絶対知の観念を媒介にして、すべてを知るはずの神が認識不可能なものを前にして自らの存立の根拠を失い、主体を喪失する経験になぞらえていた。そして、この経験はまた、「ひとが通常神秘的経験と呼ぶ、脱自と法悦〔…〕の状態」であり[85]、神との内在的合一という神秘神学的な経験をモデルとした、しかし、もはや「未知なるもの」となり、「不在」となった神との一体化の経験として提起されてもいたのである[86]。バタイユからすれば、そうした「未知なるもの」との融合（そのとき主体は「非＝知」となる[87]）のモメントこそが、むしろ、神秘主義的な経験を真正な「内的経験」になしうる要素なのだ[88]。神学が、神秘神学やバタイユの見地からは、神の学問的探究を通じて神との合一を図るものであるとすれば、その「延長線上」に現れる学は、神の不在を探究する学、すなわち「無神学」として[89]、学的探究の帰結に神の不在との一体化を射程に収めるものでなくてはならないだろう。ところで、神学が、神として、超越性として現れる聖性を対象とする一方、「無神学」は、神の不在として、内在性として現れる聖性を扱うはずのものである。そして、内在的な聖性とは、「魔法使いの弟子」が回復を目指した、神話をともに生きるなかで解放される古代の聖性に他ならないのである[90]。神学から「無神学」への移行とは、「聖なるものから〔…〕神学の道徳的な神へと至る、弁証法運動」を逆に辿る、始源への歴史的な回帰の運動でもあるのだ。このことは、論考「社会学」において、次のような言葉で示唆されている。「弁証法においては、実際、言語は言語ならざるものと衝突し、その運動は中断され、その領域は制限される。言語は否定されるままとなり、解体されるままとなる。／本質的に、聖なるものは、死の沈黙への回帰である[91]〔…〕」。かくして、言語によって「聖なるもの」を神へと彫琢した弁証法運動は、言語ならざる「沈黙」としての「聖なるもの」を最終的に取り戻す。それはまさしく、超越性（神、さらには、主体として定立した個）の死において果たされる、超越性以前の内在性（神の不在、また、主体の不在）への回帰なのであり、さらには、言語の死において果たされる、言語以前への回帰でもある。「聖なるもの」をめぐるこうした自壊の各側面を担うことが、神学の先にある「無神学」の役割である。その達成には、「錬金術」の先にある「化学」のごとき科学性が、つまりは言語の洗練が要請されさえするのである。

右に確認されたような、社会学から「無神学」へのバタイユの志向の移りゆきにあっては、「社会的紐帯」の根幹をなすところの「聖なるもの」に到達するための手段が、かつての「祝祭の騒乱のなかで民衆が顕示する意志の合致」といった[92]、集団的行動の只中での没我的な高揚ではなくなっている。神の不在との合一に加え、エロティシズム的経験において垣間見られる主／客の対立関係の一時的な解消も「内的経験」の主要な様相とされるのだが[93]、こちらにおいても問題となるのは一者と一者との関係である。一者と集団との関係が考慮されなくなるわけではないが[94]、少なくとも、集団的行動を通した聖性の回復の現実的可能性が議論の俎上に載せられることはなくなるのである。前節で見た、精神分析学からヘーゲル現象学への志向の移りゆきと一体となって現れる、こうした傾向には、第二次世界大戦を経たバタイユの神話をめぐる観点の変容が等しく関わっていると言うことができるだろう。一九四七年に公刊されたシュルレアリスム国際展覧会カタログ『一九四七年におけるシュルレアリスム』（*Le surréalisme en 1947*）に所収の短文「神話の不在」のなかで、バタイユは以下のように語っている。

　この時代が生み出している精神は、必然的に枯渇する。そして、全身を張り詰めながら、精神はこの枯渇を欲しているのである。神話と神話の可能性は解体する。残るのはただ、広大な、愛された、悲惨な空虚だけである。神話の不在はおそらくこの地表であり、私の足下で確固としているが、おそらくは、じきにこの地表も崩れ去る。

　神の不在はもはや、閉幕ではない。それは、無限なるものの開幕である。神の不在は神よりも偉大であり、それは神以上に神的である（だから私はもう**自己**ではなく、**自己**の不在である。私はこのごまかしを待ち望んでいたのであり、そして今、限りなく私は陽気だ）。

［…］

　信仰の決定的な不在は、揺るぎない信仰である。神話なき宇宙が宇宙——それは事物たちの虚無に帰す——の廃墟だという事実は、我々から宇宙を奪い取りながら、この宇宙の奪取を宇宙の啓示と等しいものにする。神話的宇宙を消し去ることで、我々が宇宙を失ってしまったとしても、宇宙自体が神話の死に、啓示する喪失の行動を結びつける。そして今日、神話は死に、あるいは死にゆくのだから、それを通して我々は、それが生きているとき以上に開けた視界を手にしている。[…]「夜もまたひとつの太陽である」、そして、神話の不在もまたひとつの神話である。最も冷徹で、最も純粋で、唯一真なる神話である。[95]

神や自己といった超越性の不在に超越性を凌駕する神性を見出す思索は、『内的経験』から引き継がれているものである。そうした思索はここで、神話の不可能性の認識、より正確には、神話の可能性に自ら幕を引いたことの認識と不可分に結ばれている。神話を通じた結集の試みは終わり、それが再開し得ないものとなったことの最終確認がなされたのだ。[96] こうした、「広大な、愛された、悲惨な空虚」としての神話喪失の認識は、しかし、神話の喪失を、唯一可能な、最後の神話として機能させる道筋を開くものである。神話に基づく結集の現実的な可能性をいわば供犠に付すことで、その現実における不在＝死に立ち会ったという意識の共有をもとに結集することが可能になるわけだ。[97] こうした「神話の不在の神話」への見通しには、かつてジャン＝ポール・サルトルがバタイユたちの企てに向けた「神話の神話」という揶揄に対する、新たな時代状況のもとでの迂回した応答を読み取ることもできるだろう。[98] 現実において何らのかたちを取らない対象への意識が現実の結集を組織することはなく、したがってその結集は内的なものにとどまらざるを得ない。「コントル＝アタック」から「アセファル」、また「社会学研究会」までの、世界に現実の場を持ち、力を行使することを目指す選択的共同体が決定的に瓦解したことに伴って、[99] バタイユの希望は「不在の共同体」へ、[100] あるいは「否定的共同体、すなわち、共同体を持たない者たちの共同体」へと移りゆくのであり、[101] この過程が、「悲劇の帝国」による支配を確立するための手段に他ならなかった社会学の相対化と軌を一にするのである。集団的行動を通じた熱狂のなかでの、実存と世界の直接的な変革への通路が、こうしてついに、扉を閉じられるのである。

第四節　哲学から科学へ――実存主義と経済学

一九四八年一一月に『クリティック』第三一号に掲載された論考「言語の悪意」において、バタイユは、レイモン・クノーの詩作品を論じるなかで、次のように述べている。

> 思考の豊かさは、詩の豊かさの先に生きながらえることはできない。というのも、詩は、知的情報の正当な単純さを解体するからだ。詩は、より深い真理へと進んでいくのである。そこでは、事物はもはや使用価値を持たない。各々が、欲望または嫌悪の、哄笑または恐怖の対象としてあるのだ。ある意味では、この点にこそ、精神分析学（リビドーについて語る）、社会学（聖なるものについて語る）、そして現象学（実存について語る）が我々に教示する内容があるのだが、これらの学問は、各々の語を判明に区切られた対象に当てはめるという次元でそれを述べている。実のところ、諸学がリビドーについて、聖なるものについて、実存について語ろうとする執拗さほど悲しいことはない。諸学は重々しく文章を調整し、しばしば歪曲と大袈裟な囁きに身を尽くさなければならないのであって、それらには詩の風の運動と炎の音とが欠けているのだ(102)。

意味情報には還元できない「真理」を伝達する言語手段としての詩に対する特権的な評価は、戦後バタイユの思索を次第に色濃く特徴づけていくことになる。この主題を本書は次章で考察する。今ここで注目したいのは、かつて論文「ファシズムの心理構造」で「異質学」を展開するにあたり、その試みがつながりを持つことを明示されていた三学問の(103)、真理伝達に関する「悲しい」ほどの至らなさが指摘されている点である。前節までに精神分析学と社会学に対するバタイユの観点の変容を確認したのに引き続いて、本節では、現象学に対して行われた評価の変更を検証していくこととする。ただし、ここで問題となるのは、もっぱらマルティン・ハイデッガーの現象学と、それに後続する実存主義の哲学であり、ヘーゲルの精神現象学への依拠はかたちを変えて継続される。先取りして述べれば、現象学と実存主義の至らなさを踏まえることから、「全般経済学」という新しい科学への要請が生じていく。ヘーゲル哲学との密接な連関のなかに置かれるこの「全般経済学」に、行動を通じて実存を全面的に変革する最後の可能性が託されるのである。

　繰り返し見たように、『内的経験』においてバタイユは、ヘーゲルの「絶対知」の模倣を主体が「非＝知」へと転落する決定的契機として捉え、「内的経験」の極限的な状況として提起した(104)。絶対知が神になぞらえられていたことから明らかなように、上記の経験が指し示すのは、個別的な主体が普遍的主体（『内的経験』ではそれは「全一者（tout）」とも呼ばれる）と同一化し、神的認識の普遍性を体現しようとする目論見の果てに生じる全面的な自己喪失である。そのような手順を踏むことによって、神的認識の超越的な主体として定立される普遍性ではなく、「非＝知」の内在的な、主／客の対立の解消から生じる普遍性が垣間見られるのである(105)。ところで、バタイユは「実存主義から経済学の優位へ」のなかで、ヘーゲルが抱いたという狂気への不安に再び言及し、それにセーレン・キルケゴールと同様の「絶対理念を前にした主観性の拒絶」を(106)、つまり、個を否定する普遍を前にした個別性の抵抗を見て取っている(107)。そして、『内的経験』と異なり、ここでの論点として特徴的なのは、ヘーゲルの現象学がそうした否定的なものへの恐れから逃げ出すための体系構築の試みとして、すなわち、知の形成発展を通じた普遍的な認識のなかへの安住の試みとしてではなく、個を否定し破壊する普遍化の運動の完遂を導くものとして提起されていることである(108)。ヘーゲルによる「永遠なる理念の受け入れ」に「個の感情の強烈さ」を対置した「実存者」キルケゴールに対し(109)、「普遍的なものの要請が外部から与えられたのではない」点で、ヘーゲルは異質である(110)。「問題となっていたのは、いっそう深刻なことに、非人称であると同時に内的な必然性、ただし、それが課されている精神に内在し、ふたつが厳密に連接して逃げ道を残さない必然性である。キルケゴールには、理屈をこねたり、他者の理屈を巧みにかわしたりする（きちんと理解しないでいる）余裕があった。ヘーゲルは、おのれ自身の理性に従うか——あるいは理性を失うかしかなかった(111)」。普遍となることを受諾して自己を否定するか、それを拒絶して狂気に陥るかという選択肢を自己自身のうちなる不可避の要請として課されたヘーゲルは、この前者の道を歩むのだが、それをバタイユは以下のように描き出す。

> 『精神現象学』を読むか、老年のヘーゲルの肖像を眺めるかすれば、すべての可能性がひとつになる、完了ということの凍てつくような印象にとらわれずにはいない。この現象学は、知的な構築物ではなく、世界のなかへの主体性の現れと抹消なのであって、引き裂き、努力、労働、誤謬、転落、反抗の壮大な連続であり、それらが主体性を、力を尽きさせる一連の叙事詩のうちで、主体の個別性から客体の普遍性へと、普遍者としての自己意識へと導くのである。[…]『精神現象学』の厳しい真理は、精神は歴史と同じものであり、その緊張と休息は現世を舞台とした容赦なき闘争の遠い結果以上のものではない、ということである。そして、その波乱に満ちた誕生において問題となるのは[…]、個(他の誰も代わりに死ぬことができないという理由のために、当人が有する不安を通して、死によって個別化されているもの)の定立であるのと同時に、不安が個別性へと釘付けにしている個を普遍的なものに還元することなのである。だが、この心を和らげる還元は、緩やかに進む英知の結果ではいささかもない。それはひとを躓かせ、息を詰まらせる破壊なのだ、理性がそれを説明し、要請しているのにもかかわらず。老ヘーゲルの顔立ちに現れる荒廃した和らぎは、見る者を打ちのめし、かつ落ち着かせるのだが、それは始まりをなす不可能性の忘却ではまったくなく、むしろその似姿である。すなわち、死と完了の似姿である。[112]

ヘーゲル個人の生は、『精神現象学』の「真理」と一体的に捉えられるのだが、それは、「始まりをなす不可能性」、つまり、死の不安を媒介にした個の定立という事態から発して、個の否定=死を受け入れ、起源をなす「不可能性」を体現する(その「似姿」となる)ことによって普遍性に到達するという比類のない過程である。バタイユは、アルチュール・ランボーとフィンセント・ファン・ゴッホという、「あまりの緊迫ゆえに、生きながらえることのできない精神」[113]、さらには、キルケゴールをも含めた、「消え行くことを条件に、実存を強烈に表現する者たち」が、個別性への徹底した拘泥にもかかわらず、なおも普遍性を有することを指摘する。そして、そのような普遍性が彼ら自身においてではなく、「感情の強烈さが約束するところの作者の破壊」を通して、彼らの著書や伝記を読む者において達成されるとし[114]、個の破壊＝否定から発して普遍性に至る経路が他者たちを媒介とすることで確保されると主張する。そして、ヘーゲルを拒絶したキルケゴールが帯びる普遍性は、その普遍性の由来に光を当てることで、かえって、一人の個人のうちで普遍性の要請を実現したヘーゲルの卓越性を浮かび上がらせる。それゆえ、「ヘーゲルはおそらく、キルケゴールなしには最後まで理解され得ない」のである。[115] 本節の主題との関連で着目すべきは、上記のような個と普遍との関係の問いを提起したことに実存主義哲学の意味が割り当てられることである。ただし、バタイユがここで正面から考察の俎上に載せるのは、「実存者について語りながら人間たち全般について語る、ハイデッガーやヤスパースやサルトル」の実存主義ではなく、[116]「実存者」であるキルケゴールを「世に知らしめ、哲学史のなかに正確に位置づけた、学者然とした実存主義」ではない。[117] そうではなく、かつてファシズム批判に際してその概念を深いところから借り受けた、エマニュエル・レヴィナスによる新著『実存から実存者へ』（*De l'existence à l'existant*）（一九四七年）である。[118]

バタイユは、ハイデッガーによる「死に向かう存在（Sein zum Tode）」としての実存の提示をレヴィナスが批判し、「出口のない、応答のない夜」への恐怖、「死の不可能性」に対する恐怖を、「仮借ない実存」としてそれに対置することに注目する。[119] レヴィナスは、そのような「夜」のうちにある実存が、事物と自己の消滅にさらされながらも、「誰のものでもない、重苦しい雰囲気のようにして」、「普遍的なものとして」残存し続けることを述べ、そうした「存在の非人称で、名を持たず、しかし鎮めがたい『消尽』」を「ある（*il y a*）」と名づけるのである。[120] バタイユは「ある」について、「それは主体でもなく、客体でもない。客体と主体に対して、それは、実存（全般としての、普遍的な）が実存者たちに（個別的存在たちに、固有の諸事物に）対立するようにして対立する。そこではいわば、あるという状況において、実存者は実存のうちに溶け込んでいるのである」と解説する。[121] 実存が普遍的存在に対応し、実存者が個別的存在に対応するのであるからには、実存者が実存に溶け込む「ある」という状況は、個の普遍への還元という「老ヘーゲル」が到達した「荒廃した和らぎ」の境地、さらには、絶対知の模倣から生じる「内的経験」の只中の主体（であったもの）の状況と重なるものである。(122) 事実、バタイユは続く箇所で、ブランショ『謎の男トマ』の数ページを「ある」の描写であると指摘するレヴィナスに関して、同じ数ページを「内的経験」における「あるもの（ce qui est）」の描写であると見なす自身の観点との親和性から、「レヴィナスの思想は、[…]ブランショのそれとも私のそれとも異なるものではない」と表明するのである。(123) しかしながら、バタイユが浮かび上がらせようとするのは、三者の思考の一致ということ以上に、同じものを語ろうとする三者の（まずはブランショとレヴィナスの）方法上の相違である。(124) バタイユは、自身とレヴィナスとが等しく参照した『謎の男トマ』の一節をあらためて引用したのちに、次のように述べる。

レヴィナスは、ブランショの文学的テクストにおいては純粋な実存の叫びであるものを、形式的な一般化を通して（別様に言えば、推論的言述（*discours*）を通して）、ひとつの対象として定義しているのだ。レヴィナスが遵守している原理（実存主義哲学の原理）は、彼の歩みを未完のままにとどめる。彼は一般化しているのだが（その結果、ひとつの対象として考察しているのだが）、それでもやはり、個別性に、内奥に、主観的なものに結びつけられている。その結果、彼は、自分が体験している生をこの一般化に巻き込まざるを得ず、それをひとつの知識として、対象が判明に認識されるのとおなじ仕方で体験せざるを得なかったのである。こうして実存主義の哲学は、科学以上に徹底して、我々を事物へと変化させる。科学のほうは、少なくとも内奥性を元のままにしておくのだ。科学者は、望むのであれば、分別のないこととはいえ、おのれの内奥性が外的現象としての意味を持ち、またそうした現象の結果であるかのように世界についての考察を行うことができる。しかし、彼が外的に認識することに生き様を概ねとどめておき、内奥性については放置するのであれば、実質的にそれを消去しているにせよ、少なくともそれを変質させることはあり得ない。実存主義者がためらいながらもほとんどそうしているように、認識の推論的投影に内奥性を組み入れることはあり得ないのだ。(125)

冒頭でブランショの「文学的テクスト」に見て取られている「純粋な実存の叫び」とは、個が普遍に還元される過程を語るヘーゲルの「非人間的な哲学」に対してキルケゴールが挙げたという、「窒息させられた実存の叫び」に通じるものである[126]。レヴィナスがそれを表現するために行う「形式的な一般化」、ないし、「推論的言述」（「哲学の言語」とも言われる）[127]の使用は、そうした「叫び」を発する個別性や内奥性、主観性を論述の対象とするがゆえに（これこそが、「不変の本質の探究」である旧来の哲学に対する、実存主義の革新性だったのだが）[128]、かえってそれらに推論的認識の対象としての客体性を、すなわち、一般的で平板な知解可能性を定着させ、実存者を「事物」へと変化させてしまう。これが、実存者の主体を客体として取り扱う「実存主義の哲学」が抱えた根本的欠陥なのである。その一方、主体の内奥性をはじめから外的に認識することを目指す「科学」であれば、内奥性の客観的な把握を成し遂げたとしても、それを、認識の「推論的＝論証的（discursif）」な作用に巻き込み、「変質」させることがない。内奥性は、科学が扱う対象のうちにある、科学が扱えない性質として確保されることになるのだ。バタイユによれば、実存主義哲学に対する科学のこうした優位は、レヴィナス自身の「ある」の記述にも認められるものである。バタイユが注目するのは、レヴィナスが、「フランス社会学から借用した〔…〕客観的資料」である「レヴィ＝ブリュルの『神秘的融即』」を、「主体の不在と結びついた客体の不在の範例」として、「ある」の観念を洗練するために利用していることであり、それを承けて[129]、次のように指摘する。

> こうした視座からすれば、あるが主体の不在であると同時に客体の不在であることは、何ら問題ではないことになる。我々があるを明確に認識できるのは外側からだけであり、その形式的な効果の恒常性においてのみなのだ、認識が自らの望み通り、共通で、伝達可能なものである以上は[130]。

バタイユの観点からすれば、「正確に言って、レヴィナスの小著が導入する問いとは、言葉にし得ない（*ineffable*）経験の伝達という問い」なのであり[131]、「詩的な感情の流露や、客観的形式の設定は、双方ともに内奥性に到達する力を持つが、一方から他方への滑りゆきには力はない」[132]。実存主義、ないし「思想の無力は、これらの滑りゆきの不毛さのうちに生じる」のであって、「どちらの分野においても同じことだが、科学と詩とは、衰えも妥協も容認しない」のだ[133]。このようにして、主体の内奥性――バタイユ自身もそれを表現しようと志すところのもの――を伝達しようとする実存哲学の、科学と詩とのあいだで揺れる方法的な欠陥が結論されるのである[134]。

「実存主義から経済学の優位へ」というタイトルが示す通り、バタイユがこの論考で試みるのは、右のような実存主義の難点を明示したのちに、内奥性の考察と伝達を実現する科学として新たに期待される「経済学（économie）」の素描を提示することである。その一方で、内奥性に到達する手段としての詩の重要性が繰り返し強調されていることにも配意しないわけにはいかない。この論考では、詩について子細な定義は与えられないのだが、レヴィナスが「ある」の観念を「存在の『物質性』」の分析を通じて導入していることに言及するなかで[135]、以下のように簡潔な説明が加えられる。

> レヴィナスから見れば、現代絵画においては対象についての関心が消し去られ、知的な解釈と関わりのない、形と色に対する直截な感覚が強調されることで、対象の「物質性」が露出させられているのである〔…〕。芸術は、レヴィナスによれば、世界から（活動の領域から、と言ってよいだろう）形式を引き剝がすのであり、世界とは、各々の対象が明確に定義されたひとつの意味を帯びる場所である〔…〕。言い方を変えれば、我々が事物を見るとき、ひとつひとつは観念を表しているのであって、我々が見ているのはその物質性ではなく、観念を表現する事物である。ところが、芸術――それは詩なのだが――は、事物の意味を破壊し、事物を凝固させ、自らの流儀に則って、それを元の沈黙へと送り返す。芸術が開示するのは事物の物質性であり、「物質はあるの事実そのものである」[136]。

芸術＝詩は、事物を超越的な意味＝観念から解き放ち、「ある」に他ならない物質性を露出させる営為である。このような理解は、論考の後半部で、芸術＝詩の特異な時間性に対する着目に基づき、次のように敷衍される。

芸術は、「世界から対象を引き剝がす［原文ママ］」のだが、その理由はまさに、世界内では対象が未来のなかでしか意味を持たないのに対し、芸術の意味は現在時にあるからである。ここにある対象（一枚の紙）が対象としての性質を持つのは、その実存を今のこの瞬間の彼方に、それが備えているあらゆる可能性（それが持つだろう用途）に向かうものとして考えるかぎりである。もし私が自分の関心を現在の瞬間に限定するなら、この瞬間は、あるもの（芸術が開示するとレヴィナスが言うもの）の理解不能な物質性へと移りゆき、不分明な無辺への目覚めのうちに溶解する。この暗闇のなかに私自身も溶解する［…］。詩は、孤立した存在から主体や客体としての立場を奪い取るのであり、生の現在時における激烈な消尽である。(137)

未来時の用途に役立つものというあり方が事物の対象性（客体性）を規定するのだとすれば、現在の瞬間において捉えられ、用途から切り離された事物はもはや、役割的な意味を持つ客体としては定立されず、純粋な「あるもの（ce qui est）」に還元されて、その物質性をさらけ出す。それは同時に、客体を客体として定立していた主体の定立が破れ、物質性が露わになる契機でもある。孤立した主／客の対立が不分明になるなかでの、未来への先延ばしを廃した存在の「激烈な消尽（consumation intense）」を導くことに、バタイユは、芸術＝詩の最大の意義を見出しているのである。

主題を戻せば、「（主体の）内奥性に到達する力を持つ」形式として詩と併置される科学は、必然的に、右のような現在時の瞬間における個別的存在の物質性への崩れ落ちを、つまり、実存者の「ある」＝「あるもの」＝実存への崩れ落ちを客観的な見地から考究するものでなければならないだろう。事実、バタイユは、「経済学」のテーマを導入するにあたり、「経済は瞬間に正確な意味を付与するのであり、この意味にはいかなる内的なものの見方も異を唱えることができない。経済はまさしく、人間の実存が科学に対して呈する主要な様相である」と宣言するのである。(138) 前述のように、戦後のバタイユは、「意識と無意識との綜合」が果たされる神経症治療の「瞬間」に、過去によって規定された「我々がそうあるところのもの」から解き放たれ、「あるもの」の開示がなされる「最後の可能性」を認めていた。そうした「綜合」に辿り着けないことが、精神分析学の科学的な欠陥なのである。そしてここでは、経済学が、「あるもの」が現れる「瞬間」に対しての別様なアプローチ方法として提起されている。経済学は、フロイト理論のなかでは「十分に深い研究の対象ではなかった」とされる、意識と無意識という解釈格子の代わりに、[139]「内的なものの見方」である実存主義哲学から借り受けた、「内奥性」という観念を導入する。そのうえで、「瞬間」に正確な意味を付与するという科学としての役割を果たし、実存主義哲学に対する優位を発揮するのである。経済学によってはじめて、内的に生きられる経験に外的な意味を読み取ることが可能になるのだ。バタイユは、レヴィナスが「ある」の時間性を考察しながら、「瞬間が存在のなかに闖入し、存在の永遠性そのもののようなあの不眠が終わるのには、ひとつの主体が定立されることが必要だろう」と述べ、[140]個別的な実存者を瞬間の担い手として提起していることに触れる。そして、その場合、「瞬間は『ひとつのまとまりからなる』のではなく、それとは逆に『分節化』されており、出来事のうちで過去を現在に結びつけるのだ」と指摘する。[141]バタイユからすれば、レヴィナスにかぎらず、哲学者たちは「それぞれがレストランで料理でも選ぶように、体系との親和性に応じてある種の瞬間を選択する」に過ぎないのであり、[142]それに対して「科学のアプローチはより困難が少なく、着手された最新の問いを精錬するのに不可欠である」と主張される。[143]そうして、「瞬間の経済的な意味は、レヴィナスが拘っているような主体の引き受けに対応するようなものではまったくない。それは逆に、あるの感情に対応するものである」という重大な結論が予示され、[144]実存主義に対する経済学の優位をしるしづける核心の提示が試みられていくのである。

　バタイユはまず、「経済学は、生産され消費される諸対象の行程を辿るものである」という前提を示してから、[145]既存の経済学の難点を、時間の観念との関係において次のように提示する。

> 人間の活動は、相対立するふたつの項目の消費を別々に発展させた。生産的な消費（大半の動物において未発達なもの）と非生産的な消費とをである。前者は、獲得の手段である（獲得自体は目的ではなく、後者の、非生産的消費の手段である）。これら

> の働きが時間のなかで帯びる意味を考察するなら、生産的消費、つまり、経済的観点から言うところの獲得の意味が、未来との関係において与えられることは明らかである。それに対し、非生産的消費の意味は、現在の瞬間において与えられる。逆に、次のように言うこともできる。経済学が未来を考察する場合、意味のある唯一の活動は、生産的消費（労働や、労働の生産に必要なかくかくの消費）であり、非生産的消費は無意味で、反＝意味でさえある［…］。［…］実際、経済学は、決して現在を考察することがない。まさにこのために、経済を研究する学はこれほどに不完全なのである。だが、仮に私が、経済学者たちの意に逆らって現在を考察しだすや否や、無意味なのは生産的消費のほうで、非生産的なものだけが価値を持つことになる。[146]

ここで、「獲得」と「消費」はそれぞれ、エネルギーの獲得と消費を意味している。[147] 労働が「生産的消費」に分類されるのはそのためである。現在時におけるエネルギーの消費が獲得としての意味を持つには、未来時における、現在時において失われるエネルギー以上の享受（非生産的消費）の可能性がつねに想定されていなくてはならない。したがって、獲得の観点から築かれた経済学にとっては、意味のある時間はただ未来だけということになる。他方、現在時を考察対象とする経済学がありうるとすれば、こちらにとっては、未来時での享受に向けたエネルギー消費には何の意味もなく、ただ現在時における享受だけが価値を持つものとなる。引用の最後の一文で「私」という一人称が前面に出ることからも明らかなように、こうした現在時の経済学の設立をバタイユ自身が構想しているのである。目論まれているのは、既存の経済学の視座を完全に逆転することであり、新しい経済学が肉薄しようとする現在時における享受が持つ価値は、主体の存在様態との関わりにおいて、以下のように提起される。

> ［…］主体は、生産物の個人的な享受につながることを期待された活動の外部には定立され得ない。だが、あらゆる非生産的消費は、主体にこの運動をいったん放棄するように要求する。主体は自らを否定するのだが、それは逆説的な仕方で、所有を意に介さず、利得を望まずに消費するかぎりにおいてである。レヴィナスの用語法を借りるなら、その時から主体は実存として振る舞うのであり、実存者としてではない。[148]

瞬間への着目をもとに、「ある」から主体が定立する道筋を浮かび上がらせようとした『実存から実存者へ』のレヴィナスとは逆に、現在時の瞬間における非生産的消費に実存者から実存への移行を、すなわち、個別的存在の普遍的存在への溶解という「内的経験＝交流」の契機を探り当てることが、バタイユの経済学の企図なのである[149]。そして、論考はその最終部で、経済学による実存哲学の「埋葬」を、このように宣告する。

> ［…］経済学の全般的な観点（la perspective *générale*）は、ひとつの中心に基づいて構築されるのだが、その中心とは、知の主体、より正確に言えば、主体の内奥性（l'*intimité* du sujet）なのである。言い方を変えれば、全般経済学（l'économie générale）は、現在の瞬間を考察せずにはいられないのであり、構築された観点のあらゆる道筋は、この点に収束する。それゆえ、全般経済学は、内面性の哲学の発展以前には成立し得なかっただろうが、それははじめから、この哲学を埋葬しなければならないのだ。［…］実存の哲学は主体性を定立したが、それが興味に値するのは、この定立が定立された主体の崩壊に否応なくつながるかぎりである。［…］客体的な道は、決定的な変化を導き入れる。認識の作用への隷属――哲学によって、裸の実存を認識された実存に置き換えること――が、内奥性が関わり合いになるまさにその瞬間に、取り除かれるのだ。この方法は、瞬間を認識するのが不可能であることを原則としており、瞬間は内奥性と同一視されている。外部が認識に与えられるのは、諸事物が持続するものであることによってのみだからである。このようにして、全般経済学は、瞬間を感得する好運を開かれたままに残す。詩や法悦は、認識が失墜し、除去されることを前提としており、こうしたことが起こるのは不安のなかでである。それが詩の至高性（*la souveraineté de la poésie*）なのだ。同時にまた、詩への憎悪でもある――詩は到達不可能なものではないからである[150]。

経済学は、主体の内奥性（それは「瞬間」であり、主体のうちなる主体の解消の場である）を認識の対象に据えた先駆けである「内面性の哲学」、すなわち実存主義（あるいは「現象学（実存について語る）」）の成果なしにはあり得ない。しかしながら、主体の定立の先に主体の崩壊までを、つまりは内奥性への回帰までを捉えようとするその「全般性」

ゆえに[151]、主体の定立に役割をとどめる実存主義を葬らずにはいないのだ。経済学は、内奥性を認識の対象として一般化してしまうという哲学の変質作用（推論的言述（discours）と呼ばれる哲学全体の語りの性質に由来する）を及ぼすことのない客観的描写を通じて、内奥性の認識不可能性を提示する。そうして、認識し得ないものとして理解された内奥性へ移行する「好運」を主体に残すのである。この「好運」が果たされるか否かは、言葉の作用としては、詩に役割が引き継がれるのである。

逆説的なことだが、経済学によってなされる内奥性の認識不可能性の提示は、『内的経験』で描述された、ヘーゲル哲学を媒介とする「認識不可能なもの（inconnaissable）」の提示と重なり合う。実際、バタイユはこの論考で、ヘーゲル哲学と科学との近接性を次のように指摘するのである。「認識には全般的なものしかなく、全般的な認識には二つの道しかない。ヘーゲル的な、可能なすべての思考を統一する道と、個々の問題で正確なアプローチを行う科学の道である。〔…〕全体的な認識は（弁証法的なものであれ、科学的なものであれ）、全体的な夜でもあるのだ[152]」。意識から絶対知へと至る精神のすべての歩みを記述したヘーゲルの『精神現象学』は、その全般性ゆえに、一般の「現象学（実存について語る）」とは明確に区別される。それは、認識の外部に「夜」を映し出すものとして、通る道は異なりながらも、全般経済学と行き先を同じくするのである。第三章で詳述するが、バタイユにとって『精神現象学』は、推論的言述という哲学の特質をその限界が露出するまでに徹底することで、推論的言述の外部を予見させるものなのだ。そのような仕方で、ヘーゲル哲学と全般経済学とは、最後に詩への橋渡しを行う言述として連関させられるのである。詩もまた言葉であり、それへの到達可能性は、詩に委ねられた「好運」の至高な隔絶性を裏切るものでもあるだけに、「憎悪」を生まずにはおかないのだが、この考察も第三章での課題である。本書は続けて、今や科学的言述の可能性を独占的に体現するものとなった全般経済学の具体的な様相を検証することとする。実のところ、全般経済学による「全体的な認識」への知的道程は、内奥性（実存）を回復するための行動の必然性を示し出すものである。神話を通じて

「実存の全体性」を回復する希望が断たれてしまったのちの、行動に対するバタイユの最後の希望のありようを明るみに出すことが、第二章を締めくくる仕事となる。

第五節　世界戦争と自己意識――全般経済学の実践

バタイユの全般経済学の最大の結実は、『呪われた部分――全般経済学の試み　第一巻〈消尽〉』（*La part maudite. Essai d'économie générale I LA CONSUMATION*）（一九四九年）である。バタイユはこれに、第二巻『エロティシズムの歴史』（*L'histoire de l'érotisme*）、第三巻『至高性』（*La souveraineté*）を加え、『呪われた部分』の総題のもとで出版する計画を立てていた。両巻とも、大部分が書き進められながら公刊には至らなかったが、没後、いずれもタデ・クロソウスキーの校訂を経て、ガリマール全集版に収録された[153]。第一巻では、獲得やそれに結びつく生産的消費から、非生産的消費、ないしは「消尽」へと展開する経済活動の「全般的」性格が考察される。第二巻、第三巻では、そうした性格が各々の書題に示された主題との関わりで具体的に検討される。とりわけ『至高性』には、第一巻の成果を直接的に引き継ぐ内容も見られる。本節では、バタイユが第一巻のなかで全般経済学的分析を通じて明るみに出す、経済行動をめぐる人類史的な結論と、そうした結論に対処するとされる、あるべき知的意識の様態に論点を絞って検証していくこととしたい。

だが、この検証に先立って、第二次世界大戦以後に前面化してくる全般経済学的視座の先駆けとも見なしうる、『社会批評』誌時代の論考「消費の観念」（« La notion de dépense »）（第七号所収。一九三三年一月）の内容に触れておくことが有益だろう。『呪われた部分』第一巻（以後、慣例に従い、生前唯一公刊されたこの巻を『呪われた部分』と呼ぶ）が一九六七年に再版された際に併録されたことにも現れているように[154]、両著作の論述のつながりは明白である。「消費の観念」では、「生の保存と生産活動の継続に必要な［…］最小限のものの使用」であるような消費と、「少なくとも原初の条件下では、目的をそれ自身のうちに持っている」活動が表現する「いわば非生産的消費」との区別がすでに存在する。そして、「非生産的消費」は、「喪失に力点が置かれるという［…］事実を特徴とする点で統一をなしており、喪失ができるかぎり大きいほど活動は真の意味を帯びる」のだという、そうした「喪失の原理」の検討が試みられている。(155) この論考は、「実存主義から経済学への優位へ」(156)で主体の内奥性に肉薄する方法として提起された全般経済学の基礎的観念である、生産的消費と非生産的消費との区別をすでに遜色ない仕方で提示しているだけでなく、『呪われた部分』で示される、「富の『消費』（『消尽』）が生産と比べて第一の目的をなす『全般経済』の原理」をも先取りしているように思われるのである。(157) 実際、バタイユは「消費の観念」のあるヴァリアントにおいて、「消費の観念は、人間への全般的な牽引力（attractions humaines générales）がいかなる生産的目的とも無縁に認められる、そうした多様なプロセスの理解に不可欠なだけではない。それはまた、経済学の基礎に位置づけられなくてはならないものだ」と記しており(158)、「全般的（général）」という語に後年の意味合いが明確に与えられているとは言えないにせよ、非生産的消費に魅惑される人間の歩みを中心対象に据えた経済学の構想がこの時点で抱かれていることは確かなのである。併せて銘記するべきは、この論考に、事物の意味を解体し、生の現在時における消尽に結びつくという、「実存主義から経済学の優位へ」で提示される詩の理解の端緒をなすものが見られるということである。以下の引用を参照してみよう。

詩という言葉は、喪失状態を表現する、最も堕落しておらず、最も知性化されていない形式に与えられるなら、消費の同義語と見なすことができる。それは実際、最も正確な仕方で、喪失を手段とした創造を意味しているのである。したがってその意味は、供犠の意味と近しいものだ。［…］この要素［詩の後々まで残る要素］を我がものとする、稀な人間たちにとっては、詩的消費の帰結は象徴的なものに留まらなくなる。そのようにして、一定程度、象徴の機能がそれを引き受ける者の生そのものを巻き込んでしまうのである。(159)

詩による象徴的な消費が詩人の生の現実的な消費へと帰結するという指摘は、戦前のバタイユには珍しい。シュルレアリスムを念頭に、「詩のたいへんな不能ぶり」「隷属した高貴さ、間抜けな観念主義」を論難した『ドキュマン』以降[160]、「芸術」の担い手を「不安な運命が彼らに生み出させたものから、本物の世界を作り出すことを断念」したと非難する「社会学研究会」までに共通する[161]、詩の現実乖離を非難する姿勢とは様子を異にする[162]。第二次世界大戦以前には必ずしも活かされることのなかった射程が、そこには含まれていると言うことができるのである。

しかしながら、こうした先見性を踏まえたうえでなお、「消費の観念」を全般経済学の考察にあてられた戦後の著作群と区別しなければならない大きな理由が存在する。「消費の観念」の思索は、壮大な社会的消費としての階級闘争と労働者革命とに向けた行動が発生する必然性を照らし出そうとするものなのである。「消費する諸階級によって行使される権力［…］を維持するために、貧民はあらゆる社会活動から排除された。そして、貧困者たちが権力のサイクルに復帰するには、それを占拠している諸階級の革命的破壊、すなわち、血塗られた、いっさいの制限なき社会的消費を行う以外に手段はない」という宣言のもとに、バタイユは考察を展開する[163]。北西部アメリカの先住民における競争的贈与の儀礼であるポトラッチに対してモースが『贈与論』（一九二五年）で行った検討に依拠しながら[164]、通常は財力に帰因させられる「権力」「栄光」「名声」の基盤が「失える力（pouvoir de perdre）」に見て取られる[165]。そのうえで、富裕な階級にとっては社会機能上の義務に他ならないそうした消費を現代のブルジョワジーが拒絶し、消費を自身のためのみに行いつつ他の階級にはそれを隠蔽している状況があげつらわれる。そして、この状況が民衆の意識を、ブルジョワに抗し、「消費の原則」を深く維持しようとする方向に向かわせることが主張されるのである[166]。バタイユによれば、こうした階級闘争の構成要素は、すでにポトラッチのうちに存在する。富者が貧者から集めた富を消費することで社会的地位を高めようとするこの行為は、貧者の喪失を消費し、零落に貶める行為であり、消費は社会的機能でありながらも、上下の社会階級の分離に直結している[167]。現代のブルジョワもまた、労働者たちをそうした零落に運命づけることで成立している上位階級に他ならないのである。[168] このような階級対立は、「『強者をその権勢の高みから突き落とし、貧者たちを嘉する』」キリスト教の神への信仰によって引き受けられたのだが、[169] そうした対立のしのぎ方は「屈従」でしかなく、「最も重い酩酊」であり、非搾取階級の明晰さが高まるとともに、上位階級への「憎しみにはどのような限界を設けることも考えられなくなる」。[170] その先に、貧者の喪失によって成り立つブルジョワの限定的な消費を全面的に解き放つ、労働者革命の可能性が次のように展望されるのである。

［…］一八世紀前にはキリスト教徒たちの宗教的脱自が、今日では労働運動が作りなしている全般的動乱は、一方の階級が他方の階級によって排除されていることを利用するように社会に強制する、決定的な推進力としても表現されなくてはならない。その結果、可能なかぎり悲劇的で自由な消費の様式が実現され、同時に、伝統的形態がそれと比べてどうでもよくなってしまうほどに人間的な、聖なるものの形態が導入されるのである。こうした運動の屈光性こそ、労働者革命の完全な人間的価値を説明するのであり、革命は、単純な生命体を太陽へ導く力と同じくらい強制的な力によって、自らにひとを引きつけることができるのである。[171]

労働者革命は、上下の階級が分離しているという現状を利用しつつそれを転覆するという、「ヘーゲル弁証法の基礎の批判」で精錬された「否定の否定」に基づく主従の弁証法の理路から出発して提起されるのであり、まさしくその理路の発明物である、人間によって生きられる経験の自然的必然性（生命体の太陽光への屈性のごとき、上昇の必然性）を付与されて論じられている。その比類なき社会的消費としての性格と、究極的に人間的な聖なるものの立ち現れとしての性格とは、そうした自然的必然性を説明しようとする文脈から切り離し得ないのである。

「消費の観念」のこういった論旨の特質は、「ヘーゲル弁証法の基礎の批判」の九ヶ月後にして、ナチ・ドイツの成立直前、「国家の問題」の八ヶ月前という、バタイユの問題意識の中心が労働者革命の実現に向けた論理の探索にいまだ関わっていた状況を明確に反映したものである。[172] 本章で見てきたような、第二次世界大戦以後のバタイユの思索の様々な変遷は、「消費の観念」をめぐる理解にはどのように現れてくるだろうか。このことを探るべく、『呪われた部分』の具体的検討に入ることにしよう。とはいえ、全集版で一五〇ページを超えるこの著作の大半が割かれている歴史的考察の細部に逐次立ち入ることは、ここでの任ではない。そうした考察を通してバタイユが引き出してくる経済法則と、その法則が現代世界にもたらす帰結、さらには、そうした帰結への対処の道筋として示されるものに光を当てることを試みよう。はじめに、やや長い引用だが、バタイユが「経済の全般法則（la loi générale de l'économie）」を提示しながら、産業社会の現況を解説している部分を以下に取り出してみることにする。

全体的に見ると、つねに、ひとつの社会は自らの存続に必要である以上の生産を行い、余剰分を処分する。余剰分の使用法こそが、まさに、社会を決定づけるのである。過剰生産物は騒乱の原因であり、構造の変化の原因、全歴史の原因なのだ。だが、捌け口はひとつだけではなく、その最も一般的なものは成長である。そして、成長はそれ自体いくつもの形態を持ち、その各々がいずれは何らかの限界に行き当たる。人口の成長が妨げられれば、それは軍事的になり、他の社会の征服に出ることを余儀なくされる。軍事的限界が到達されると、過剰生産物は、宗教の奢侈的な形態を、それに由来する娯楽や見世物、あるいは個人的奢侈を捌け口にする。

絶えることなく、歴史は成長の停止と再開とを繰り返す。平衡状態があり、そこでは奢侈的な生が増大するとともに、好戦的な活動が減少し、余剰分に最も人間的な捌け口が与えられる。しかし、この状態が社会を少しずつ解体させ、それを不均衡へと差し戻す。そうすると、何らかの新たな成長運動が、許容しうる唯一の解決策として姿を現す。この危機の状況においては、社会はできるかぎり早く、自らの力を成長させる余地のある企てに身を投じる。このとき社会は、自らの道徳法則を改変する用意ができている。社会は、新しい目的のために過剰生産物を処分するのだが、この目的は突如として、他の捌け口すべてを排除するのである。イスラームは、戦争行為に利するように、あらゆる濫費的な生の形態を断罪した。〔…〕奢侈のあらゆる形態に対して繰り返される非難――はじめはプロテスタントの、続いて革命主義者の――が、技術の進歩と結びついた産業発展の可能性に重なった。過剰生産物の大部分が、近代においては、資本主義的蓄積に充てられた。イスラームは、すぐにその限界に達した。今度は産業の発展が、おのれの限界を予感し始めている。イスラームは、自身が征服した世界の均衡形態へと難なく立ち戻った。逆に、産業経済は、常軌を逸した興奮状態に巻き込まれている。それは、成長を強いられているように見えるのだが、すでに成長の可能性は欠落しているのだ。(173)

ここでその語は用いられていないが、問題となっているのは過剰生産物の「消費」である。バタイユの考えでは、人間を含む地球上の生命体はみな、生命維持に必要である以上のエネルギーを身に受けるのであり、過剰エネルギーを自らの成長に充てる限界に到達したとき、そのエネルギーを何らかの仕方で消費することが避けられない。(174)その不可避性は、「生命体の全般的な滲出(浪費)運動」という言葉で表現される。(175)バタイユは、こうした個々の生命体の生成に対して過剰エネルギーが及ぼす影響を、社会の生成に対して過剰生産物が及ぼす影響にそのままの仕方で見出すのである。そして、生命体のレヴェルでは、熱エネルギーの過剰が滲出＝発汗(exsudation)を通して消費されなくてはならないように、社会の成長に振り分けることができなくなった過剰生産物は、まずは軍事的拡張によって(それはさらなる成長を可能にする空間の獲得をもたらし、他方で争いによる損失は、限られた空間内での余剰の減少を導く(176))、続いて、宗教儀礼とそれをモデルにした娯楽や奢侈によって消費されずにはいられないのである。こうした「全般法則」から顧みれば、現代の産業社会が置かれた状況は危機的である。それは、プロテスタンティズムと革命運動を通過するなかで、余剰分を奢侈によって消費する可能性を道徳的に封印し、もっぱら蓄積に充てることで成長を重ねてきたのだが、今や、成長の可能性の喪失が現実化してきているのである。「何らかの新たな成長運動が、許容しうる唯一の解決策として姿を現す」はずである一方で、宗教的・個人的奢侈という解決策が封じられているのであれば、「他の捌け口すべてを排除する」新たな解決策とは軍事的拡張に他ならないことになる。実際、バタイユは、二度の世界大戦を産業活動の発展と発展の限界への到達とに帰因させたうえで、次なる戦争の切迫に警鐘を鳴らしつつ、それを回避する手段を探る必要を強く訴えるのである。

近年の発展は、産業活動の飛躍的成長の帰結である。はじめは、生産性の高いこの運動は、余剰分の大半を吸収することで戦争行為を抑制した。近代産業の拡大は、一八一五年から一九一四年までの相対的に平和な時代をもたらした。生産力が発展し、資産を増大させ、同時に、先進国における人口の急速な増加を可能にした［…］。けれども、成長は技術的革新によって可能になったのだが、ついには困難なものとなった。それ自体が、増大する余剰分の生み出し手となっていたのである。［…］この過剰こそが、両大戦が滲出したものだったのだ。両大戦の途轍もない激しさを生み出したのは、過剰の大きさだったのである。したがって、消費するべき過剰エネルギーについての全般法則は、（経済のあまりに狭い意図を超えて）経済を超越する運動の結果として考察されると、一連の出来事の総体を悲劇的に照らし出すのと同時に、誰にも否定し得ない重大性を帯びることになる。我々は、すでに差し迫っている戦争から逃れたいという希望を表明することはできる。だが、その目的のためには、困難に陥っている産業的成長の合理的拡大なり、いかにしても蓄積され得ないエネルギーを浪費する非生産的活動なりに、過剰生産の捌け口を求めなければならない。このことが提起する問題は数多く、力を尽きさせるほど複雑である。しかし、それらが必要としている現実的な解決策を実行するのが容易でないように思えても、その重要性に異論の余地はないのだ。(177)

しかしながら、産業経済がさらに発展する可能性が見えない現状において、戦争を回避する唯一の方策であるはずの非生産的活動＝奢侈が、発展への志向と結びつく道徳的見地から非難にさらされている以上、過剰エネルギーの必要な消費は、必然的に忌まわしいものとしてしか存在していない。

現在の情勢においては、富をその機能へ、贈与へ、代償なき浪費へと送り返そうとする根本的運動が、よってたかって鈍らされている。［…］

　富の消尽が我々に要求する運動についてのこうした二重の歪曲には、呪いの印象が結びつく。怪物的な形態を身にまとった戦争の拒絶と、奢侈的な浪費の拒絶とが起こり、後者の伝統的形態は、以後、不正を意味するものとなる。富の余剰がかつてなく大きくなっているこの時に、それはついに、いつも何らかの仕方で帯びていた、呪われた部分としての意味を我々の眼前にさらけ出すに至ったのだ。(178)

こうして、著作の表題をなす観念が、富の消尽に古来見て取られてきた性質が顕現した現代との関係において明らかにされる。バタイユが見据えるのは、そうした消尽の呪いを解除する手立てとしての全般経済学の役割である。バタイユはあらかじめ、実行されなければ戦争に帰結するはずの問題の解決策を、富の過剰を抱え込むアメリカから貧困国インドへ代償なき富の譲渡を行うことなどを手段とした「生活水準の世界的上昇」に見定める[179]。そして、そのような、内容が明確に定まりながらも遂行が困難な解決策の実施を促すために全般経済学が果たしうる寄与を、次のように描き出す。

〔…〕全般経済学が第一に明示するのは、この世界の一触即発的性格であり、現代の世界は爆発寸前の緊張の極みに達している。人間の生には、はっきりと呪いがのしかかっているのだ、眼の眩む運動を食い止める力を持たない以上は。
このような呪いを取り除くことができるかどうかは、人間次第であり、ひたすら人間次第だということを、ためらわずに原則として認めなければならない。だが、呪いを作り上げた運動が明確に意識のなかに現れてこなければ、その除去は果たされないだろう。この点に関し、切迫した破局の打開策として、「生活水準の上昇」しか提案すべきものを持たないというのは、随分と期待外れなことだろう。〔…〕
けれども、この解決策の弱さと効力とを等しく検討してみれば、その漠然とした性質ゆえに唯一非常に広範に受け入れ可能なものとなっているこの解決策が、明晰な意識を働かせようとする努力から一見遠ざかるように見えれば見えるほど、それをいっそう促し、かき立てるということがただちに明らかになる。〔…〕確かに、全般経済学の論述は、公務への介入につながるものだ。だが、何よりも先に、いっそう深くそれがねらいをつけるのは、意識であり、それが整備するのは、そもそもからして自己意識なのであって、人間は自己意識をことの最後に、その歴史的形態の連鎖を明確に見通すなかで実現するだろう[180]。

消尽の呪いの歴史的経緯を意識化することで、呪いの解除への道筋が開けるという期待は、一見して、無意識に沈む抑圧を意識化することでその解除を図る、精神分析学への叶わぬ期待と通じるものである。呪いを生み出したのが人間自身に他ならない以上、その過程の意識化は、おのれに対する明晰な意識の獲得として、確かに自己意識を整備するものであるだろう。だが、明示されていないとはいえ、「自己意識（la conscience de soi）」という語に込められているヘーゲル的な含意をここでは正しく踏まえなくてはならないだろう。[181]『精神現象学』のヘーゲルにとって、「自己確信の真理」それ自体をなすはずのものである自己意識（Selbstbewusstsein）は、[182]自己に対する確信を客観的に確証された真理とするために、同じく自己意識としてある他の存在を屈服させ、他の自己意識に、自立した存在として進んで自己を否定させることを必要とする。[183]「自己意識は他の自己意識のうちでしかおのれの満足に到達しえない」のであって、[184]「自己意識とは承認されたものとしてしか存在しない」のである。[185]かくして、自己意識は、おのれの対象としてのあり方を否定し、つまりは生ある者としての生命への執着を否定し、他による承認を求めて生死を賭けた闘争に打って出る。[186]この闘争に勝利を収め、「純粋な自己意識」となった自己意識である「主人」と、「純粋に自立はせず他と関係する意識」、すなわち、「物の形をとって存在する意識」である「奴隷」という、[187]支配的意識と隷属的意識とが織りなす相互的な関わり合いこそが、「主人と奴隷の弁証法」として以後の歴史の運動を規定するものと見なされるのである。[188]すでに部分的に言及しているように、両者の関わり合いにおいては、主人は奴隷に労働を命じ、その成果として作りなされた物を純粋に消費し、欲望を満足させるのみであって、自己意識の自立性を奴隷にいわば依存している。それに対し、奴隷は、物を否定しつつ形を整え、持続の場に提起する労働という行為を通じて、自らが主人に隷属する理由となった死の恐怖を否定し、自らをも持続の場に位置づける。そのようにして奴隷は、自立した存在としてのかつての自己を意識化し、それに立ち返るのである。[189]バタイユは、ヘーゲル＝コジェーヴが提示するこの運動を、はじめは上下の階級の転覆に向かう行動を必然化するために、続けて、「使い途のない否定性」を承認させる行動の必然性を導くために、自らの論理に取り込んだのであった。それは、第二次世界大戦以後になると、「自己意識の歴史における決定的契機」であり、「人間の継起するすべての可能性を決定づけ、限界づけているこの運動を把握しなかったならば、誰も自己について何ひとつ知りはしないのだ」とまで評されることになる。[190] 全般経済学の文脈に戻れば、想起されるのは、「実存主義から経済学の優位へ」のなかで、労働が未来時における獲得の手段である「生産的消費」に分類され、それと対比される、現在時の瞬間における消尽という「非生産的消費」に、主体の内奥性を回復する契機が見出されていたことである。[191] そこでの議論に『呪われた部分』の記述を結びつけて考えるなら、現代における消尽の呪いの蔓延と、世界における労働の歴史的な発生とを切り離して捉えることはできないだろう。「呪いを作り上げた運動」である歴史を意識化し、呪いを解除することが自己意識の獲得であるというなら、あたかもヘーゲルにおいて、奴隷の意識が労働を通じて自立した自己意識を再発見すると見なされたように、バタイユの言う意識は、労働が発生する以前の、未来に従属しない自立した自己意識を取り戻す主体として構想されているのではないだろうか。そして、バタイユはまさしく、奴隷制度における奴隷の事物化と、それによって封じられた主体と主体との「内奥の融即(participation intime)」を復活させる手段として供犠の役割を論じ、[192] これらの事柄を現代に至る歴史的展開のうちに次のように位置づけてみせるのである。

だが、「あるもの」が事物の次元に還元されるのは、奴隷制度には限られない。奴隷制度は廃止されたが、我々は人間が事物へ貶められる社会生活の様相を身をもって知っているし、また、こうした貶めは奴隷制度を待つまでもなかったことを知らねばならない。世界に労働がもたらされたときから、内奥性や欲望の激しさ、その自由な爆発が道理に叶った繋縛に取って代わられて、現在の瞬間の真理がもはや意味を持たず、作業の将来的な結果が重んじられるようになったのだ。最初の労働が事物の世界を基礎づけたのであり、それに幅広く対応しているのが古代人たちの世俗世界である。事物の世界が定立されて以来、人間は、自らこの世界の事物のひとつとなったのであって、少なくとも、労働している時間にはそうである。この零落からこそ、あらゆる時代の人間は逃れようとしたのだ。奇怪な神話や残酷な儀礼のうちで、人間は当初から、失われた内奥性を求めていたのである。[193]

レヴィナスの「ある」との同一性を肯われた「あるもの」は、瞬間において一切の用途から切り離されてある存在である。事物の用途としての意味が、それを用いる主体の個別的主体性と、用いられる事物の客体性との弁別を生み出したのであるから、「あるもの」の現れは、既存の主体にとっては、客体との「内奥の融即」を導くものとなる。この状態をバタイユは、「主体の内奥性」、あるいは「実存」という言葉で表現していたのだった。[194] 右の引用部で述べられているのは、このように、既にある主体と客体が「あるもの」へ移りゆくのとは逆方向の、「あるもの」から事物の役割的な対象性が（つまりは同時に主体の個別性が）生じてくる流れについてであり、バタイユはその起源を古代世界における労働の発生に見て取っている。爾来、奴隷制度という顕在的な事例にかぎらず、世界と人間とはともに、労働による事物化に遍くさらされているのであり、同時に、事物としてのあり方から自由になり、「失われた内奥性」を回復することへの願望を人間は抱き続けてきたのであって、神話や儀礼、より一般に、宗教とはそれを回復するための実践に他ならないのである。[195] プルーストを模倣したであろう、「失われた内奥性を求めて（à la recherche d'une intimité perdue）」という表現には、言葉遊びの意図のみならず、プルーストの文学作品と本質的に共通する企図であるという理解が反映されているように思われるが、この問題については次章で考察する。今見るべきは、「失われた内奥性」のこうした探求と、ファシズムとニーチェとに等しく持たれたという「失われた世界へのノスタルジー」との関連である。「ニーチェ的クロニック」（一九三七年七月）で取り上げられたこの論点は、文明の発展と軌を一にした、伝統的慣習の衰退と個人的価値の拡充により、失われた世界に存在したと見なされる「悲劇的な要素」である、集団の脱自的凝集に対するノスタルジーが生じることを指摘するものであった。そうした凝集を、ファシズムは過去に縛られた共同体の構築を通じて、ニーチェは未知なる未来への存在の投入を通じて回復しようとする点に、両者の決定的な差異が見出されていたのである。[196] 同様のノスタルジーは、現代世界に神話を取り戻す「魔法使いの弟子」の試みを通じて、悲劇によって結集する宗教共同体を築き上げようとしたバタイユ自身のかつての実践にも明らかであり、『呪われた部分』の文脈に位置づければ、そうした実践の宗教性はまさしく、「失われた内奥性」の探求を本質としている。だが、さきの引用部に即して考えるなら、労働が人間の事物化の起源であり、さらに、労働が主人と奴隷の弁証法によって規定される人間の歴史の作用因である以上、「失われた内奥性」の探求とはもはや、歴史の進展とともに失われた凝集の探求であるというよりもむしろ、失われた歴史以前の生の探求であるということになるだろう。実際、バタイユは『呪われた部分』の別の箇所でこのように記している。

> 動物の漠とした内奥性が世界の壮大な流れとほとんど区別されなかった時代を私は愛惜するかもしれないが、そうしてしまえば、実際に失われてしまった力が明らかになるとはいえ、私にとってもっと重要なものを理解していないことになる。人間は、動物性を捨て去ることで世界を失ったのだとしても、それでもやはり、世界を失ったという意識となったのであって、この意識はある意味では、動物が意識することのなかった所有以上のものなのである。要するに、彼は人間なのであって、それが私にとって唯一重要であり、動物がそうではあり得ないところのものなのである(197)。

世界と分離していない内奥性を喪失することは、それ自体が動物から人間への移行をしるしづけるものであり、それについての意識は人間性の定義そのものである。そうしたあり方ゆえに、かえって、内奥性を失われたものとして浮かび上がらせ、探求の対象とすることが可能になるのである。言い方を変えれば、内奥性を内奥性として探求できるのは、その欠落を意識する人間だけなのである。そして、そのための手段となるのが、労働が支配する世界においては抑圧されている、現在時における富の消尽である。

> […]主体とは、労働を強いられないかぎりで、消尽である。私がもはや、「あるだろうもの」を気にかけず、「あるもの」を気にかけるとすれば、何かを残しておくべきいかなる理由があり得ようか。私はただちに、自分の持つ財産のすべてを手当たり次第に瞬間的な消尽に捧げることができる。この無益な消尽は私の気に入るものであり、ただちに明日への気遣いは取り除かれる。そして、もし私がこのように際限のない消費を行うなら、私は同胞たちに、私の内奥がそうであるものをさらけ出すこ

とになる。消尽とは、分離した存在が交流するための道筋なのだ[198]。

労働を強いられることで生じた主／客の分離、すなわち内奥性の喪失は、しかし、「無益な消尽」を「気に入る」、「私」という個別的主体が生まれる端緒でもある。労働する主体による富の蓄積こそ、無益な消尽の魅惑を同じ主体に及ぼすのだ。用途と無縁になるなかで、存在の内奥性は、あくまで「私」の内奥性として現れる。そして、「私」とは「分離した存在」であるがゆえに、「同胞」と見なしうる他者たちとのあいだに、その分離を打ち消す仕方で「交流」が導かれるのである。内奥性は、いわば、労働によって内奥性を喪失した主体自身が喪失されるときに、垣間見られるはずなのだ。こうした喪失の喪失に対する視座の存在を窺わせるものとして、「実存主義から経済学の優位へ」には次のような文言が見られる。「非生産的な価値がたんなる否定のように映るのは、ただ皮相な眼差しにとってだけである。それは事実、否定なのだが、すでに与えられた否定の否定なのだ。この価値は、すでになされた現在の瞬間の否定を否定するのである[199]」。労働の織りなす「現在の瞬間の否定」の歴史こそが、消尽を、そうした歴史そのものの否定による歴史以前の主体への回帰として意義づけるのである。それゆえ、「ことの最後に、その歴史的形態の連鎖を明確に見通すなかで」実現される「自己意識」とは、破局的戦争とは別の仕方で、富の消尽をこそ失われた内奥性の回復として成し遂げる、歴史の終焉に際した主体の意識なのである。そして、歴史以前の主体に対するアプローチのこうした歴史性こそが、「生活水準の世界的上昇」という物質的条件の充実に、唯一平和的な消尽の可能性を見て取るバタイユの思索の流れと重なり合うのである。

　消尽の歴史的な形態を、アステカ族の供犠と戦争を嚆矢として、アメリカ北西部先住民のポトラッチ、イスラームの軍事的征服と、チベットの国家仏教までを検討したのち、『呪われた部分』におけるバタイユの眼差しは近代産業社会に向けられる。マックス・ヴェーバー『プロテスタンティズムの倫理と資本主義の精神』（一九〇四―〇五年）の考察を、獲得と消尽をめぐる自らの論点に接合しようとするバタイユは[200]、「中世経済と資本主義経済とを区別するもの、それは、大半において前者が静的であり、余剰財産を非生産的な消尽に捧げたのに対し、後者は蓄積し、生産機構の動的な成長を引き起こしたことである」としながら[201]、移行の主たる要因を、「社会が余剰財産の使用に対して与える認可」だという宗教の領野での[202]、カトリックからプロテスタントへのヘゲモニーの変遷にみとめている。「施しや宗教共同体、乞食修道士、祝祭や巡礼」といった「中世的な実践」を「手段」として「功徳が取得できる」とする既成の観念に異を唱え[203]、「費用のかさむ経済体制」を「福音書に記された、富と奢侈への敵対の原則」をもとに断罪したマルティン・ルターの教義は[204]、「富の即時使用の効果の象徴」であったローマ教会を頂点とする[205]「財力の強烈な消尽の体系」の「完全な否定」であった[206]。そして、続くカルヴァン主義は、「ルターが行った価値の逆転を、ある意味ではその極限的帰結に導いた」のである[207]。

カルヴァンは、教会が自らのものにしようとした、神的な美のそうした人間的形態を否定するだけにはとどまらなかった。人間の可能性を有用な営為に限定することで、彼が神を称える手段として人間に提起したのは、おのれ自身の栄光の否定であった。カルヴァン主義的な営為の真の聖性とは、聖性の放棄——現世において栄華の光明をまとうあらゆる生の放棄——のうちに存するものだったのだ。神の聖化が、このようにして、人間の生の脱聖化と結びついた[208]。

彼岸的価値と此岸的価値とのこうした完全な分離が、ヴェーバーの指摘する、資本主義の精神的基軸としてのカルヴァン主義を規定するのであり、そうした特質の帰結として、「聖なる世界、非生産的消尽の世界」が「破壊」され、「地上」が「生産の人間に、ブルジョワに委ねられた」近代産業社会が成立することになる[209]。それは確かに、「商品の——物の——優位と自律性のうえに打ち立てられた」社会であり、「資本主義社会は概して、人間的なものを物へと（商品へと）還元する」のであるから、労働の発生以来昂じてきた人間の事物化が到達したひとつの極致である。だが、バタイユが新しく強調するのは、その起源であるカルヴァン主義に、「本質的なもの——恐れさせ、戦きのなかでの法悦をもたらすもの——を活動の世界の外部に、事物たちの世界の外部に位置づけようとする正反対の意図」が存在していた事実である。[210] ここでは、「自分自身を見つけ出し、いつも奇妙なまでに失われている内奥性を回復しようという、人間がつねに持った欲望」に応じるものであった宗教一般が、[211] しかしながら、「内奥性の外的な形態」という「矛盾した答え」をしか返さないという「勘違い」が指摘される（「聖杯を摑んだと思っても、我々は物を摑んでいるだけなのであり、両の手に残るのは一個の鍋でしかない…」）。[212] そのうえで、「我々が善を探し求めるとしても、ただ物だけが活動の原動力であって、探求というものがつねに我々を活動に巻き込むものであるからには、企図しうるのは物の探求だけなのだ」という踏み込んだ判断が示される。[213] こうした観点からすれば、聖なる世界と事物たちの世界とを截然と区別するカルヴァン主義は、事物たちの世界における聖性＝内奥性の空位ゆえに、それへの到達可能性を唯一手つかずに残していることになるのだ。

ローマ教会に対するプロテスタントの非難は（実のところ、それは徳行を通じた活動の探求への非難である）、不可解な気の咎めの結果ではない。その最終的な（間接の）帰結は、事物たちの秩序においてなされうることを、それ以上を目指さずに、ただひたすらなすよう人間に仕向けるのだが、これこそまさに、唯一正しい解決法なのである。人間が最後にはおのれを再び見出さなければならないとすれば、人間は、おのれをおのれ自身から遠ざけた道を辿って、空しくそれを探し求めるのだ。[214]

かくして、労働を通じた、労働以前の自己意識の探求としてはっきりと抽出されるカルヴァン主義の正しさは、とはいえ、物の世界と内奥の世界の分断ゆえに、必然的に「空しい」ものであらざるを得ない。バタイユは、「人間は経済の問題を解決することなしにおのれの真理を再び見出すことはできない」という考えをもっともなものだとしながらも、こうした「必要条件」をそれだけで「十分」であると取り違えてしまう可能性を指摘する。[215] そのうえで、この問題を、歴史の完了に際して（自己）意識が抱えることになる問題が歴史のなかで先触れされたものとして、次のように浮かび上がらせる。

私は、物質的問題を解決すれば十分であるという主張が、まずは最も受け入れ可能なものであることを断言する。だが、生の問題を解決する鍵が与えられるのは、次の点においてである。人間にとって重要なのは、たんにひとつの物として存在することではなく、至高に存在することなのだ。ゆえに、物質的要求への十分な応答が必然的にその問題の解決に帰結するとしても、解決とこの応答とは根底から別なもののままであって、にもかかわらず、ときにそれらは混同されるのである。

以上のことから、資本主義に帰結するカルヴァン主義について、それはひとつの根本的問題を予告していると言いたい。この問題は次のようなものだ。探求することで、人間は何らかの仕方で行動に巻き込まれるのだが、行動は、人間をおのれ自身から遠ざける当のものである。それなのに、人間はどのようにして、おのれを見つける――再び見出す――ことができるのか？

ひとを狼狽させる一問題をめぐり、現代において立ち位置の違いがあることは、いま歴史のなかで問われているものを意識化するのと同時に、我々に提起されている完了を意識化するための一助となる。(216)

思い返すべきは、この著作の序盤において、戦争によらずして過剰な富を消尽するための唯一の解決策が「生活水準の世界的上昇」であるのを明らかにすることに、自己意識の実現を目指す全般経済学の役割が結ばれていたことである。自己意識の実現が、労働の歴史を迂回した、歴史以前の生への立ち戻りであるからには、そうした意識とは歴史の完了における意識に他ならないのだが、労働が失わせた内奥性の探求を労働を通じてなすことの根本的な相反性は、歴史の完了を待つまでもなく、中世経済から近代資本主義経済への移行をもたらしたカルヴァン主義のうちにすでに明確に現れていたのである。そして、近代に顕現した問題への対処の違いが生み出した「現代における立ち位置の違い」へと歴史的分析を広げることで、バタイユ自身、人間が最終的な自覚へと至るための方途を探っていくことになる。そうした立ち位置の違いとは、ブルジョワ資本主義とマルクス主義（共産主義）とのあいだにみとめられるものである。

　バタイユの考えでは、マルクス主義は、カルヴァン主義になおも残った「直接におのれを探そうとする人間の傾向」、そうした「感性的行動の愚」を取り払った、行動と内奥との分離の徹底である。[217] マルクスは、「事物たちのうちに含まれている可能性の果てまで行くことによって（事物たちの要求に留保なく従い、個別的利益の支配を『事物たちの支配』に置き換え、人間を物へと還元する運動をその最終的帰結へと導くことによって）、決然と諸事物を人間に還元し、自由に自己を処分するよう人間を追い込むことを望んだ」のであり、[218] 目指されているのは、「物との完璧な自己一致」による、物への従属からの自由である。[219] かたや、ブルジョワ資本主義にあっては、カルヴァン主義を貫く、「神の肯定」と表裏をなす「自己否定」の精神が「いわば近寄りがたい理想」であり、「［物への］隷属の原則がひとたび認められれば、事物たちの世界は［…］自立的に発展可能で、不在の神についてそれ以上考えずともよかった」ために、物の支配は次第に、「（成長以外に目的のない、成長への）純粋権力への意志」に応じるものとなっていく。[220] ブルジョワジーが作り上げた「混乱した世界」にあっては、「その本質は物でありつつも、人間の還元が神を前にした自己の無化ともはや結ばれていないので、成長の眠りのうちに入り込まなかったものはみな、彼岸の探求が放棄されたのを見て苦しんだ」。[221] けれども、目的のない、物のそうした全般的支配ゆえに、「挫折したあらゆる夢が自由に使用可能なものとして残った」のである。[222]「ゴシック式の鐘楼が建ち並ぶどこかの死都」などといった、「社会の中世的形態が今日、『失われた内奥性』を喚起する力を有している」のはそのためである。[223] このような、「失墜ののちにもたやすく生き残った過去の誘惑」を身に受け、現代への「ロマンティックな抗議」を意のままに行いながら、結局ブルジョワ世界の人間は、「ひとつの物でしかないことを甘受して」いるに過ぎないのである。[224] そうしたあり方に対して、人間の事物化を徹底するさきに事物性からの解放を見据えるマルクス主義は、「カルヴァン主義的な粗描の完成である以上に、資本主義の批判であり、事物たちを締まりなく、偶然――そして私的利益――以外に何の目的もなく、何の決まりもなしに解き放ったとそれを非難する」[225]。他方でブルジョワたちは、マルクス主義(共産主義)の活動家について、「解放活動が[…]自身を物へ完全に還元するのを事もなげに受け入れる」様子を見て、自分たちこそ「個人の事物への還元を免れる自由を人間たちのために守っているという感情」を抱くに至る[226]。ここにきて、両者の関係は先鋭的な対立とならざるを得ない。その世界的なレヴェルでの顕在化が、アメリカを中心とした西側諸国と、ソヴィエト連邦を中心とした東側諸国との、新たな世界戦争含みの現今における対立なのである。

「一九四九年には、共産主義は幽霊であることを止めている。それは国家であり、軍隊(飛び抜けて地上最強の)であって、組織化された運動に裏打ちされ、個人的利益のあらゆる形態の仮借ない否定によって、一枚岩の凝集のうちに維持されている。そして、動揺させられているのは、ヨーロッパだけではなく、アジアもである。軍事的・産業的な優位にもかかわらず、アメリカもまた、身をこわばらせ、偏狭な個人主義の名においてそれが表明する憤りは、激しい恐怖を隠すことができずにいる。今日、ソヴィエトへの恐れは、共産主義を奉じないすべてのものに付きまとい、希望を奪っている」[227]。資本主義諸国に対してソヴィエトが及ぼすこれほどまでの脅威は、その政治・経済・軍事面での勢力の拡大のみならず、それを可能にしているところの、「個人的利益のあらゆる形態の仮借ない否定」に基づく「一枚岩の凝集」に由来する。「アンシャン・レジームのフランスとほとんど変わらず、蓄積することができない一階級によって支配されていた」「ツァーリ制の一九一七年のロシア」における革命闘争は[228]、「非生産的浪費を終わらせ、国の設備に財産を割り当てる」ことに向かう他はなく、「蓄積に資するよう、そうした非生産的消費を減らさざるを得なかった」[229]。さらに、「第一次五カ年計画初頭の、一九二九年より現在のかたちを取ったロシア経済」は、「余剰資産のほとんどすべてを生産手段の生産に捧げる」ものであり[230]、「最大の生産量を目指して個人の意志を縮減する、ひとつの巨大装置が整備された」のである[231]。その規模のいっそうの拡大が進むなか、世界には「分裂と憎悪とが[…]できあがってしまっており、それらが予告するのは、どうやら戦争である。それも、鎮めようのない、必然的に歴史上で最も残酷で、最も高くつく戦争である」[232]。このようにして、個人の事物化を徹底し、体制を挙げて生産の増大を志向するソヴィエト諸国と、「個人の事物への還元を免れる自由を人間たちのために守っている」というブルジョワ的な感情を有し、さらには、その経済が「かつて世界に存在したなかで最大の爆発的総量」に達したアメリカとの破局的戦争の未来が、経済学の見地から帰結されてしまう[233]。そうした危機を目前にしてバタイユが提起するのは、「飛行機や、爆弾や、その他の軍事装備のかたちで富を大殺戮するという助けなしでは長く繁栄しそうに思われない」アメリカによる、「血の流れない営為に捧げられる同規模の大殺戮[234]」、すなわち、「主導権を持つものに、戦争のそれに匹敵する犠牲を強いるような、広範な経済競争」の端緒を開くはずの[235]、マーシャル・プランの実行である。バタイユによれば、「ヨーロッパ諸国の合衆国に対する会計収支の赤字を改善する」ことをねらいとするこの計画は[236]、「現在の軋轢に完全な様相を与える」ものなのだ。

> それは、原則としては、ふたつの軍事力のヘゲモニー闘争ではなく、ふたつの経済的方法の闘争である。マーシャル・プランは、余剰分の組織化を、スターリンの諸プランが図る蓄積に対置するのだ。[…]対立し合う力が経済的に異質であれば、経済的組織化の面での競争に入らざるを得ない。[…]
> ふたつにひとつなのだ。いまだ設備の不十分な世界の諸部分がソヴィエトのプランによって産業化されていくか、アメリカの余剰分がそれらの設備を賄うか。(だが、この二番目の成功、すなわち実行が、真の希望を残していることは疑う余地がない[237])。

世界における富の欠如を、ソヴィエトの、個の抹消に基づく生産によってではなく、アメリカの余剰によって補塡することの主張は、著作の序盤で示された、切迫する戦争を回避する手段を「生活水準の世界的上昇」に見て取る主張に合致するものである。そして、視点を変えれば、アメリカをそのような贈与的消尽へと差し向けうるのは、いや増す対ソ戦争の危険性への恐れ以外ではあり得ない[238]。その意味で、「ソヴィエトなしには、それが固執している緊張政策なしには、資本主義社会は麻痺を確実には避けられない」[239]。「ソヴィエトによって世界に維持されている緊張の意味、真理、決定的な価値に気が付かなければ、自己意識を我がものにしようとしても、いずれにせよ無駄」なのだ[240]。「経済の運動が、生産されたエネルギーの余分に戦争以外の排出口を与える」ことによる、「人類の問題の全般的解決」[241]は、こうして、著作の最終部に至って、ソヴィエトの脅威を契機とした自己意識の実現として提起されるのである。とはいえ、バタイユ自身も認めるように、「まったく外的なこれらの決定に、自己意識の（充溢した還元不可能な至高性に存在が回帰することの）真理ほどにも内奥的な真理を結びつけるのは、おそらく逆説的」であるのだが[242]、そうした「逆説」的状況は、実際には「自己意識の出発点であり、基点であって、完了ではない」[243]。そして、目指されるべき「完了」は、以下のようなものとして示される。

[…] 成長は、それが純然たる消費に帰着する瞬間との関係で位置づけられなくてはならない。だが、これはまさに困難な移行である。意識は実際には、何らかの獲得の対象を、何らかの物を把捉しようとするのであり、純然たる消費の無を把捉しようとするのではないという意味で、その移行に対立するのである。意識が何らかの物についての意識であるのを止める瞬間に到達することが重要だ。言い方を変えれば、成長が（何らかの物の獲得が）消費に帰着する瞬間の決定的な意味の意識化こそ、まさしく自己意識、すなわち、もはや対象を何ひとつ持たない意識なのである。

この完了は、明晰さが行きわたっている場合には、生活水準の高度な調整の安定と結びつくのだが、それは社会的実存の整頓という価値を持つ。この整頓は、ある意味では、動物から人間への移行に匹敵するものだろう（もっとも、より正確には、その最後の行為だろう）。こうしたものの見方においては、あたかも最後の目的が定められているかのように、すべてが生じる。すべてが最後には整頓され、与えられた役割に応じる。手探りでトルーマンは、今日、締めくくりの――そして秘密の――フィナーレの準備をしているのだろう。

だが、これは明らかに見せかけである。より開かれた精神は、時代遅れの目的論の代わりに、ただ沈黙だけが裏切らない真理を見分けるのだ[244]。

著作の最終部にあたるこの引用箇所で述べられているのは、自己意識の内奥性と、「生活水準の世界的上昇」という外的状況との対応のあり方である。意識が必然的に、獲得の対象に対する意識としてあるかぎりで、そうした対象が消費される喪失の（「無」の）瞬間を、まさしく「物」から「無」への移行という「決定的な意味」のうちに意識化するに至るとき、意識は、消えた対象の先に対象ならざる内奥性を意識する自己意識へと変容する。こういった内的な事態は、外的世界の状況としては、富の贈与が各方面に行きわたり、社会的に存在するあらゆる実存が「整頓」を済まされた事態に適合している。端的に言って、引用箇所でなされている説明は必ずしも明確ではない。この点に関しては、「軍事的解決は、〔…〕富の確かさだけがそれを遠ざけることができる」という確信のもとで「瞬間の倫理」の提唱がなされた「広島の住民たちの物語について」（一九四七年一月・二月）のなかで、そうした「倫理」の問題との関わりで早くも、アメリカによる富の世界的な贈与の必要性が語られている以下の箇所を参照することが有用である。

> かくして、アメリカの活動の正常で必然的な運動は、対応する見返りなしに、全世界の設備へと楽々と到達するに違いない。〔…〕この段階で、しかしゆっくりと、活動の領野の完全な逆転が行われる。明日への気遣いが今後、明日への気遣いの唯一の根拠となるのだ。活動というものが一般に、その起源によって、この気遣いのうえに成り立っているかぎりでのみ、我々は明日への気遣いの指図を受けるのであり、もはや、資産が足りないからというわけではなくなるのである。精神がこういった気遣いから解放されるのならば、肉体もただちにそれから解放されるだろう。〔…〕未来の優位から瞬間の優位への移行である。[245]

アメリカの余剰が分配されることによる経済の全世界的な充足は、富のさらなる蓄積を目的とする「明日への気遣い」が以後も存在するべき理由を消失させるがゆえに、人間の「精神」に続いて「肉体」を、つまりはその「活動」を、「未来の優位」から「瞬間の優位」に向かうものへと「逆転」させる契機となる。こうした仕方で、「生活水準の高度な調整」という経済的な施策の先に、動物から人間への移行が起こって以降の、「未来の優位」の刻印を受けた労働の歴史における「最後の行為」である、自己意識の内奥性への回帰が展望されるのだ。そして、そうした回帰は、労働の歴史が、また富の再配分が目指すべき対象という意味での目的ではなく、「対象を何ひとつ持たない意識」そのものの現れとして、「沈黙」によってのみ表される「真理」なのである。言葉にし得ない自己意識のこうした「真理」を、全般経済学は、「世界の一触即発的性格」の明示を通じて、「ことの最後に実現」することを目指したのだ。(246)

失われた内奥性の回復という実存的な主題が徹頭徹尾、米ソの新たな世界戦争を回避するための外的次元での行動の方策の探求と結ばれている、この『呪われた部分』という著作が、ジャン・ピエルが指摘するように、「消費の観念」とは別様の仕方で、「状況的（circonstanciels）と形容しうる様相」によって彩られていることは明白である。(247) ピエルが言及しているマーシャル・プランや朝鮮戦争（一九五〇年六月二五日開戦）前夜の冷戦状況に加え、おそらくバタイユが何よりも危惧していたのは、ソヴィエトの原子爆弾開発によって、来たるべき戦争が字義通り、終末的なものとなることであった。バタイユは、ヴィクトル・クラフチェンコが当時の世評に反するソヴィエトの原爆開発の技術的可能性を証言した「驚くべき申告」に言及し、(248) 米ソ戦争について、「見たところおそらく、世界帝国は、決定的武器の唯一の保持者のものとなるだろう」としながらも、「時間稼ぎがロシアにとって有利に働くのは明らかであり、少なくともありそうなことだ」と述懐するのである。(249) それと同時に、「軍縮など到底不可能なので、その効果は想像しようもない」として、「この断固とした意志［ソヴィエトの革命的意志］によって、戦争の脅威と対立陣営の軍備とが維持される」ことに基づく「力学的平和」を、経済における代替戦争という問題解決の条件と位置づけていることには、(250) いわゆる核抑止論との表面上の類似を指摘することもあるいは可能だろう。だが、重要なのは、バタイユのそうした論理が、内奥性＝自己意識の探求という、実存をめぐる内面の課題から発して構築されたものであるとともに、すでに生じた悲惨を内的に生き直すことを通した、外的行動の変革への希求として提起されていることである。広島の不幸を生きることから「瞬間の倫理」を導く「至高の感性の人間」を論じるなかで、バタイユは次のように述べていたのである。「実のところ、至高の感性の人間は、原子爆弾の誕生と無縁ではない。その度外れは、科学の度外れに、つまりは理性の度外れに応じているのだ」[251]。科学的叡智の極みが瞬間における都市の殲滅に帰結した事実の認識こそが、「理性の上に位置する」ものとしての「至高の感性」の存在を要請するのである[252]。別様に言えば、理性の破滅的性格を跡づけることなしには、人間を「酔わせる」ものとして瞬間を求めることは果たされ得ないのである[253]。「『富は天上と同様に地上において濫費されることになる』と告げる倫理」を意識的に追求することは、現実の歴史に即して証明することから、富の消尽に向けて社会がその意志に反し、破滅に運命づけられている事実を科学的に結論し、そうして、科学的合理性が廃棄される内奥の瞬間の探求をなした意志的な行動が必要であることを科学的に結論し[254]、そうして、科学的合理性が廃棄される内奥の瞬間の探求をなすものとなる。それは、目的論の失効をもたらす「真理」を目的論的に開示する試みとして[255]、対象を持つ意識から自己意識への移行という精神の歴史に対応させられるのである。

本章では、大戦中の経験を機に顕在化した神経症の主題への着目を起点として、戦争を境としたバタイユの学知をめぐる思索の新たな展開を、行動への視座との関わりのなかで読み解いてきた。精神分析学と社会学に対して根本的な齟齬感が生まれ、それと並行してヘーゲル現象学へのさらなる依拠が生じ、また、無神学を創設する希望が深められていくことには、かつて「実存の全体性」と呼ばれ、のちに「主体の内奥性」と呼ばれるものを回復するための実践を、集団の結集とその行動から、個人で果たされる「内的経験」へと移す、戦後バタイユの中心的な方向性を指摘することができる。だが、「内面性の哲学」である実存主義を引き継いだ全般経済学の問題系においては、内奥性の回復という実存的な課題が、現実の歴史のなかでなすべき行動への問いと明確に結びつけられる。大戦以前の、支配的権力を打ち倒す革命を道理として示すような「武器」をなす行動の論理に代わり、破局的戦争を回避するための経済政策の遂行を導く、いわば「防具」をなす行動の論理を精錬することが、そうした実存の課題の成就と結びつけられるに至ったのである。

ドゥニ・オリエが伝えるレリスの言によれば、バタイユは『呪われた部分』の業績にノーベル平和賞が授与される可能性をいたって真剣に考えていたという[256]。この逸話がかりに奇異の感覚をもたらすとすれば、その奇異さはおそらく、バタイユの行動の論理の本質に由来するものである。明快な分析と破綻のない論理によって示し出される壮大な行動の必然性が、少なくとも事後的には現実の帰結とかけ離れており、現実的効力を目指す論理の総体が、むしろ現実感のない虚構のように浮き上がって見えるのである。行動（労働）が失わせた内奥性を行動によって取り戻すという企図が要請する、歴史における「最後の行為」というモメントの壮大さが、獲得と消費の価値の全面的逆転に行き着く解決策の手の届かなさには確かに関わっている。

行動から内奥への道のこうした歩み難さの一方で、個人的な内的経験をめぐる考察は、戦後のバタイユの思索のなかで重みを増していく。不在の神との合一や、エロティシズム、恋愛といった主題に多くの紙幅が割かれ、そこでは、認識の失墜を伴う内奥の経験をいかにして他者に伝達し、生きさせることが可能なのかという言述の方法の問いが先鋭化する。それとともに前面に現れてくるのが、内奥性へ直接的に移行する「好運」を委ねられる、文学＝詩の主題である。戦後のバタイユにとって、行動の論理化を通じた内奥性の回復の可能性に結ばれているのが全般経済学であり、他方、文学ははっきりと、言語そのものを通じた内奥性の回復の道である。その主題が拡大していくことは、一見すると、バタイユにおける行動への諦念の拡がりや、内面世界へのさらなる沈滞を示し出すようにも思える。だが、実際には、バタイユは文学に、個人的な経験を共有へと開き、社会化し、歴史に挿入する手立てを探るのであり、そうした要請の強固さゆえに、言述の方法の問いが深刻に引き受けられるのである。そのようにして、行動から内奥へではなく、いわば、内奥から行動への経路を開拓する希望が文学に託されていくのだ。内的経験の言語表象をめぐるバタイユ自身の方法の問いが、こうした文学と歴史の問いに結びついていく過程を、本書は最終章で明らかにする。

第三章　文学と無力への意志

第三章では、第二次世界大戦後のバタイユが全般経済学による行動の論理化と並行してめぐらせた、文学についての思索の様態を、全般経済学的な問題意識との連関のなかで検討することを試みる。『ドキュマン』時代のシュルレアリスム批判に際して、「詩のたいへんな不能ぶり」「隷属した高貴さ、間抜けな観念主義」を論難した姿勢に顕著なように[1]、戦前のバタイユは、現実から乖離した文学を一貫して批判し[2]、あるいは考察の俎上に載せずにきた。その虚構性が評価されるのは、もっぱら行動と直接に結びつくかぎりにおいてであり、ファシストたちをリーダーの殺害に誘うような演劇性を含み持ち、あるいは、「悲劇の帝国」の基礎をなす選択的共同体に生きた現実を与える神話的機能を行使する場合であった。虚構はまさに、文学としてではなく、神話としてのみ意義を持ち得たのであり、大戦を経て得られた「神話の不在」の認識は、そうした見解の根本的変更を避けがたいものとするだろう。虚構を現実に生きる可能性が失われてしまったあとに、科学的知見が蓋然的なものとして示し出すに至った破局的戦争の未来を前にして、「不能＝無力（impuissant, impuissance）」な文学がなぜ、正当な検討対象となり得たのか。このことを明らかにするには、まず、バタイユ自身による「内的経験」の表象と、文学＝詩とがどのような位相で結びつくのかを浮かび上がらせる必要がある。実のところ、このふたつの結びつきには、文学の無力と行動の無力とが重なり合い、さらにはまた、文学の無力が無の力と重なり合うもととなる地点が潜んでいる。これらの考察を成し遂げたとき、バタイユにおける文学の主題が、行動の主題との対比においてのみ十全に理解される所以が明示されるだろう。こうした視座のもとに、まずは著作『内的経験』における、内的経験の表象をめぐるバタイユの問題意識に光を当てることとする。

第一節　経験の語りと詩(1)――ふたつの供犠をめぐって

『内的経験』におけるバタイユの語りを際立たせているのは、「内的経験」の特性についての記述がつねに、経験を記述することの困難の表明、あるいは、記述行為そのものが経験を変質させて伝達することへの不満の表明を伴うことである。まとまった主張がなされている部分を以下に引用する。

> 私はこう考えることもできただろう。価値、権威、それは脱自である、と。内的経験は脱自であり、脱自とは、思うに交流であって、私が語った自己自身への圧縮に対立する、と。私はそのようにして知り、発見したかもしれない［…］。だが、我々が脱自に達するのは、知への異議提起によってなのだ。［…］
>
> 裸の、応答のない懇願の状態のなかで、それでも私は次のことに気づく。この状態は、逃げ口上から逃げ出したことの結果なのだ。それゆえ、個別の認識はそのまま残り続けながらも、ただ地表が、認識の基礎が崩れ去り、私は沈みゆくなかで、人間の唯一の真理がついに垣間見られた、それは、応答のない懇願であるということだ、と把捉するのである。
>
> ［…］だが［…］、熱意や最大の注意力があったとしても、確信の最終段階に達したとしても、だからといって、裸になれるわけではない。というのも、裸や沈没や懇願とは、第一に、他の観念に付け加わっている観念であるからだ。逃げ口上から逃げ出すことに結ばれているとしても、それら自体、認識の領域を広げるものなのだから、それらもまた、逃げ口上の立場に追い込まれる。こうしたことが、我々における、推論的言述の機能なのだ。この困難は、次のように表現される。沈黙という語もまた音であり、語ることはそれ自体、認識しようと考えることであって、もはや認識しないためには、もはや語ってはならないはずなのだ。［…］語は、逃走にしか役に立たないが、私が逃げるのを止めたとき、私を逃走に連れ戻す。私の両目は開かれたのだ、それは本当だ、だが、そんなことは言うべきでなかったのかもしれない、獣のように立ちすくんだままでいるべきだったのかもしれない。私は語ろうと望んだ、そして、あたかも言葉たちが千の眠りの重さを運んでくるかのように、そっと、見えないかのように、私の両目は閉じられた[3]。

既存の知を異議にさらすことによって果たされる脱自的交流である内的経験は、認識の手段をなす「逃げ口上」、すなわち、対象の直接的な現れから主体をそらすものである、語＝観念の軛から自由になる経験でもある。それを、「価値」「権威」「脱自」として、「裸」「沈没」「懇願」として、つまり、観念から免れていることを意味する観念として言い表すことは、必然的に、言い表された対象を認識の糧とし、既存の知へと還元することに他ならない。だとすれば、言い表された「裸」「沈没」「懇願」は、もはや、「裸」「沈没」「懇願」そのものとしての価値を有さないことになるだろう。バタイユは、言語のこうした還元作用をここで、「推論的言述（discours）」の機能に見て取っている。すでに見たように、「推論的言述」とは、後年の論考「実存主義から経済学の優位へ」で、哲学的言語の特性として明示されることになるものである。ただし、その機能はいま、ことさらに科学的言語との対比においてではなく[4]、「語ること」全般の問題として、「沈黙という語」を持つ言語の使用全般の問題として取り上げられており、あげつらわれているのは、「語の権力からの解放」[5]の経験とも見なされる内的経験を言語を用いて伝達することの根源的な不可能性である。にもかかわらず、バタイユは言葉を捨て、「獣のように立ちすくんだままでいる」ことを選択しない。それどころか、経験の意味を正確に伝達することへの固執こそ、『内的経験』の語りをもう一方で特徴づけるものなのである。そのことが明確になるのが、次の引用部である。

私は失敗する、何を書いてみたところで。というのも、私は、意味の正確さに、起こりうることの無限の――桁外れの――豊かさを結びつけなくてはならないだろうからだ。このダナイデスの苦役が私には課せられている。［…］おそらく、極限には一人が辿り着けば十分だ。ただ、自分とその他の人たち――彼を避ける人たち――とのあいだに、彼は一本の紐帯を残しておかなくてはならない。そうでなければ、彼は一介の奇異な存在でしかなく、起こりうることの極限ではなくなってしまうだろう。[6]

バタイユは、内的経験という「起こりうることの無限の豊かさ」、「極限」に到達した者として、それを「正確な意味」において語るという、底に穴の開いた甕を満たす努力にも似た実りのない苦役を運命づけられている。彼が他者たちに対して差しのべることのできる唯一の紐帯は、言葉をおいてほかにはないのである。というよりもむしろ、言語という紐帯が存在しているからこそ、経験の意味が他者たちに共有され、それによって、「起こりうることの極限」という価値が生じる可能性が開かれるのであって、つまり、言語の軛を免れる経験が持つ「交流」という様相は、それが言語を通じて他者たちに伝達されることによってはじめて生み出されるのである。バタイユは、内的経験を実現するにあたり、読者、さらには、推論的言述そのものが不可欠であることを以下のように表明する。

> 第三者、同胞、私に働きかける読者、それは推論的言述だ。さらに言おう。読者とは推論的言述だ、私において語るのは読者であり、読者が私において、彼に差し向けられた推論的言述を生き生きしたものに保つのだ。そしておそらく、推論的言述とは企てである。だが、それは何よりもまず、この他なるもの、すなわち読者、私を愛し、そしてすでに私を忘れ（私を殺し）、しかし、その現存の執拗さがなければ私は何もできず、内的経験を得ることもできないような、読者なのだ。[7]

「行動にかかずらわされた実存様式」であり、「実存のもっとあとへの延期」であるところの、「企て（projet）[8]」を構成するものである推論的言述は、行動とのそうしたつながりにおいて、「企てとしては存在し得ないという本性」を持つ内的経験の「反対物」であるはずのものだ。[9]しかし、それはまた、作者にとって、自らに内在する読者との共有領域なのであり、「私」の発する読者の言葉であるがゆえに、「生き生きとしたもの」となり得る。推論的言述を用いて記述すること自体が、作者と読者との「交流」の本質的な一様式なのであって、その存在こそが、内的経験の実現可能性を保証するものなのである。

こうした観点からすれば、著作『内的経験』のエクリチュールを規定しているかに思われる、記述の順序の錯綜や、「全体の同質性」の不在[10]、論述の意図的な中断や[11]、断章形式での唐突な主観の表明といった[12]、「企ての観念への敵対」として正当化される文章統制上の混乱は、必ずしも、推論的言述を用いる主体を賭けに投じようとする意図が直接に現れたものとして理解してよいとはかぎらない。[13]確かにバタイユは、「内的経験の表現は、何らかの仕方でその運動に応じるものでなければならず、整然と実行できる、言葉による乾いた翻訳であってはならない」と述べている。[14]だが、その一方で、内的経験を「語たちの、すなわち企ての権力を廃止する、否定的な企て」、「企てによって企ての領域から脱すること」とも定義する。[15] そうして、「詩的倒錯という例外を除き、本質的に企てである言語を通じて、全面的に企てである人間」が内的経験に到達するためには、企て＝推論的言述を手段としつつ、企て＝推論的言述を否定するという手順を踏むほかはないことを進んで受け入れるのである。[16] してみれば、作者と読者の「交流」が生じる所以であり、同時にその機能の廃滅が「交流」＝内的経験につながるものである推論的言述を用いて、いかにそうした経験を伝達するか、というエクリチュールの方法をめぐる問いが意識されるのは避けがたいことだろう。バタイユは、この問題に踏み込んで、詩、ないし言語の「詩的倒錯」を手段として経験を伝達しようとする目論見を次のように批判する。

> 人間について、言葉のかたちを取らなかったものは、何も知ることはできないのであり、その一方、詩への熱中は、語の翻訳不可能な連続を頂点にする。極限があるのは別のところだ。それは、伝達されなければ、全面的には到達されないのだ（人間は複数であり、孤独は空虚、無価値、嘘である）。[17]

こうした指摘から窺われるように、言語の推論性＝論証性をかき乱す奔放な記述などという、他者に理解可能性を与えない孤立した解決策によって簡単に乗り越えられてしまうことのない、内的経験の意味を伝達するという矛盾的な「ダナイデスの苦役」をまさしく深刻な「苦役」として引き受ける事態をこそ、バタイユは志向するのである。内的経験とその伝達の目論見は、行動が失わせているものを行動を通じて回復するという、全般経済学の目論見が歴史的な次元で有している自己背反性を、個人的な企ての次元で有しているのである。

推論的言述を通して経験を記述することへのバタイユのこのような拘泥は、推論的言述を体現する形式である哲学の言語による主体の内奥性の記述を内奥性の事物への還元として棄却し、科学的言述の客観性をそれに対置した、「実存主義から経済学の優位へ」の立場とは対照をなすかにも思える。だが、後者の立場で問題視される、内奥性の事物への還元は、すでに『内的経験』において、「沈黙という語もまた音である」という定式に象徴的に表されているように、バタイユの「苦役」の中核をなす特質として明確に意識されている。推論的言述の評価をめぐる表面上の変遷は、本書の見地からすれば、経験の表象に関するバタイユの思索の根本的変化をしるしづけるものとは必ずしも言えない。というのも、『内的経験』においてバタイユが追求するのは、一般に哲学の言語に体現されながらも、その一般的な還元作用から離れてしまうような、推論的言述の特異な活用であるからだ。注目すべきは、通常の推論的言述に見て取られるのと同様の困難が、推論性からの逸脱（「倒錯」）によって特徴づけられるはずの詩の言語にも見て取られるということである。バタイユは、強い言葉で詩を断罪する。詩は、経験に至ることを自ら意志する姿勢と対立する「詩的無気力」「受動的態度」であり、詩人は語によって「強姦」されていると述べられる。[18]この不穏当な表現から読み取れるのは、言語を絶する経験を直接的に探し求める行いの積極性と比較して、言葉を受け入れ、言葉を利用して、経験を文学的に「作り話」として表現することで満足しようとする詩の貧弱さへの譴責である。しかしながら、すでに指摘したとおり、内的経験は言葉を通じて伝達されなければ「交流」としての意味を持ち得ないのであって、言語への受動性は、経験の条件に他ならないのである。したがって、バタイユが詩に対して向けるこうした批判は、同時に、推論的言述を通じて経験を伝達しようとする自らの企図への批判ともならざるを得ないのだ。だが、それゆえに、見方を変えるなら、バタイユが詩に認める肯定的側面が存在すれば、そこには、著作『内的経験』での自らの言語実践に対するバタイユ自身の肯定的な見通しが反映されていると考えることができるのである。

事実、バタイユにとって詩は、一方では「語の翻訳不可能な連続」として、他方では言葉への従属の一例として、単純に棄却されるべきものではまったくなかった。それはまた、「到達し得ない未知なるものへの欲望」のなかで辿り着かれる、「他者たちとともに自分自身を異議に投じる」「熱狂的な異議提起」でもあったのだ。[19]バタイユが詩に見出す肯定的な可能性は、『内的経験』において、「詩およびマルセル・プルーストに関する脱線」と題された一章で重点的に考察されている。そして、プルーストの『失われた時を求めて』のポエジーについての評価は、バタイユ自身が選択した、内的経験を推論的言述によって表現するという企てについての評価と直結しているように思われるのである。以下、本節では、プルーストを扱うこの小論の分析を通じて、経験の記述と伝達に関するバタイユの方法意識のありようを探っていくこととしたい。

はじめに、論の冒頭部で与えられている、詩全般に対する以下の定義を確認しよう。

> 詩について、私は今から、それは語が生贄になる供犠だ、ということを言うつもりだ。語を我々は利用し、有用な行為の道具としている。もし言語が我々において、全面的に隷従的なものでしかあり得ないなら、我々は人間的なものを何ひとつ持たないことになるだろう。我々はまた、語が人間と事物とのあいだに導入する有効な関係なしではやっていけない。だが、我々は錯乱のなかで、語をそうした関係から引き剝がすのである。
> ［…］詩は、既知のものから未知のものへと導く。それは、少年や少女ができないことを、バターの馬を導入することができる。詩は、そのようにして、認識不可能なものの前にひとを置くのである。おそらく、私が語を口にするや否や、馬やバターの馴染み深いイメージが姿を現す。しかし、そのイメージが駆り立てられるのは、死ぬためにだけなのだ。その点で、詩とは供犠である［…］[20]。

ここでバタイユは、対象を認識するための道具であるという言語の隷従的性格を否定する運動を詩に見て取っている。「バター」と「馬」といった各々の語自体は、既知の対象を指し示すものだが、それらが結びつくことで生まれるイメージは未知のものであり、認識の対象とはなりえない。そのかぎりで、詩において語は、それが表現する対象との一体性を喪失し、「死」に至るのである。こうした詩の特質が敢えて、語の「供犠」であると述べられていることには注意が必要である。前章の最終節で見たように、論考「消費の観念」において、詩は先駆的に、「消費の同義語」「喪失を手段とした創造」だと語られ、「その意味は、供犠の意味と近しい」と主張されていた[21]。同論考に修正が施されたあるヴァリアントのなかでは、この主張は次のように明確化されている。「その意味は、供犠という語の意味と近しいのだが、ここで問題となるのはもはや、動物ないし人間の生を現実に喪失することではなく、実際的な事物の秩序を破壊するイメージの連合によって表現される喪失である。この消費の帰結は確かに、純粋に象徴的なものには留まらなくなる」[22]。有用なものの獲得を目指す「事物の秩序」にとって、認識の道具とならず、それをかき乱す詩的イメージの「喪失」という性格は転覆的であり、「自分たちの意図によって、幾ばくかの財を、破壊的な力が猛威を振るう危険地帯へと入り込ませる」人身供犠の場合と同様に[23]、効果を象徴の（語の）枠を超えて現実の主体へと及ぼさずにはいない。「消費の観念」の公刊された版では、「そのようにして、一定程度、象徴の機能がそれを引き受ける者の生そのものを巻き込んでしまうのである」という指摘が続けられていたのである[24]。この箇所で直接念頭に置かれているのは、「喪失を手段とした創造」の担い手である詩人の生だろうが、『内的経験』の文脈に立ち戻るなら、詩の「熱狂的な異議提起のなかで、私は他者たちとともに自分自身を異議に投じるだろう」と述べられていたことが想起される[25]。詩は、他者たちと分け持たれた推論的言述の供犠であるがために、推論的言述そのものである自己と他者とを等しく異議に投じる、熱狂的な「交流」の経験と目されうるのである[26]。

しかしながら、こうした詩への評価は、あいだを置かず、詩の限界を明るみに出すことによって留保を付けられる。そして、その限界とはまさしく、推論的言述を通じて経験の描写を試みるバタイユ自身を拘束している、対象を認識に還元するという言語の作用である。

> 詩的なイメージは、それが既知のものから未知のものへと導くとしても、そのイメージに具体的なかたちを与える既知のものに結びつけられており、詩的なイメージが既知のものを引き裂き、この引き裂きの中で生を引き裂いたところで、既知のもの

において自らを保っているのである。その結果、詩とは、ほとんど全面的に失権した詩であるということになる。それは確かに、隷従的な領域からは身を引き離したイメージ（高貴なもの、荘厳なものという意味で、詩的な）の享受だが、未知のものへの接近という内的な荒廃への道は拒まれている。深く荒廃したイメージでさえ、所有の領域である。もはや廃墟しか所有しないというのは不幸なことだが、それは、もはや何も所有しないということではない。一方の手が差し出すものを、もう一方の手が放さない、ということなのだ。(27)

たとえば、「バターの馬」というイメージの未知性ないし認識不可能性は、それが「バター」と「馬」という語の推論的には成立し得ない結合であり、既知の客体を表象する通常の言語使用からの逸脱であることに拠っている。つまり、そのような仕方で、逸脱すべきものである語と客体との一致に存在意義を依存している。こうした詩の「全面的な失権」は、詩が語によって構成される以上は不可避な事態であり、それをバタイユは別の箇所で、語による詩人の「強姦」と表現していたのである。ここではさらに進んで、詩の「深く荒廃したイメージ」が「所有」の対象になると指摘されていることが重要である。引用部に先立ち、バタイユは、「呪われた詩人でさえ、自分が表現し、それによって人類の遺産を豊かにするところの、イメージの揺れ動く世界を所有しようと躍起になる」と述べている。(28)ひとたび未知なるものとして表現され、既知性の縛りを解かれたイメージが、なおも認識の作用によって、既知の世界に押しとどめられずにはいないのであれば、詩とは未知のイメージを定着し、「所有」へと、すなわち「獲得」へと送り返す術策でしかないだろう。その成果は、喪失の経験を見事に獲得したものとして、文学史の財産目録に収められるものとなってしまうのである。

このように、語に対する受動性と、表現した未知を知へ還元するという、言語の性質そのものに由来する困難を自らの論述と詩とに等しく見出すのと並行して、バタイユの思索は『失われた時を求めて』のポエジーの考察に向けられる。バタイユはこの散文作品を、語の供犠、あるいは「たんなる語の全燔祭（le simple holocauste de mots）」という詩の「狭い形式」にとらわれない、「より広範で、より茫漠とした地平」を有する作品として、「現代の千夜一夜物語である」と評価する。[29] バタイユが第一に取り上げるのは、この作品固有の時間の観念である。次の引用を参照しよう。

アルベルティーヌについて、それはおそらくアルベールだったのだが、プルーストは、彼女が「**時**の偉大な女神であるかのよう」だったと言いさえした（『囚われの女』、Ⅱ、二五〇）。彼が言わんとしていたのは、思うに、どう手を尽くそうとも、彼女が彼にとって近寄ることのできないもの、未知の存在であり続け、今にも彼から逃げ去ってしまいそうだった、ということではないだろうか。だが彼は、是が非でもアルベルティーヌを閉じ込め、所有し、「認識」しようと望んでいた。望んでいたというだけではあまりにも言葉足らずだ。欲望があまりにも強く、過剰であったために、彼は、喪失の保証者にすらなってしまったのである。満足させられれば、欲望は死んだだろう。彼女が未知の存在でなくなれば、プルーストは認識しようと渇望しなくなり、愛さなくなっただろう。[30]

引用部でバタイユは、『囚われの女』における語り手のアルベルティーヌに対する愛情の源泉を、[31] 彼女の未知の部分、すなわち、現在の彼女からは窺い知れない過去を認識したいという欲望に見て取っている。この欲望は、充足させられないかぎりで、彼女への愛情をいっそうかき立てるのだが、語り手における欲望の「過剰」が愛する対象の「喪失」にまで行き着かざるを得ないというのは、いかなる事情によるのだろうか。バタイユは、プルーストが『囚われの女』のなかで、「能うかぎり私に知られたアルベルティーヌ」、「すっかり私のものとなり、未知の手を離れた存在そのままの現れであるアルベルティーヌ」を把捉したと言い述べている場面をまずは引用する。[32] そのうえで、認識をめぐるそうした「精根尽きさせる努力が徒労であることが明らかになった」場面として、同じく『囚われの女』のなかの、「執拗な、残酷で、出口のないやり方で私を過去の探求へと誘い込む彼女は、むしろ、**時**の偉大な女神であるかのようだった」という、先述の科白につながる部分を長く抜き出してくる。[33] そのようにして、対象を完全に認識しようとする欲望が、結果として、対象を完全に認識することの不可能性を露わにするに至る点に、プルースト作品の特性を抽出する。そして、こうした対象の認識不可能性が、物語内で、アルベルティーヌの「喪失」、つまり、『囚われの女』末尾における、彼女の失踪という仕方で表現されていると読解するのである。「所有し、認識しようという強迫観念が、『囚われの女』でプルーストが描いたほどに、解体を導くものであることは稀」であり、「これほどまでの、崩壊をもたらす明晰さと結ばれてあることは稀」なのだ[34]。語り手の認識への欲望を生み出し、かつその成就を決定的に妨げるのは、アルベルティーヌを一人の個を超越した「**時**の偉大な女神」となすところの時間の運動、現在と過去の分離をもたらす時間の運動である。プルースト作品は、過去と現在を断絶させる時間を描き出すことによって、既知の言語を通じて未知なるものを表現する、詩の比類のない形式たり得ているのである[35]。バタイユは次のように述べている。

> 空しく認識された事物が、しかしながら、時のむき出しの餌食である以上、それらは未知なるものの暗闇に返されるのだ。時間がそれらを変質させ、無化するだけではない［…］、それらにおいて、時間は悪であり、それらを高みから支配し、破砕し、否定する、認識不可能なものそれ自体である［…］。そして、プルーストの作品が時間をつなぎ止め、認識しようとする努力であるかぎりで――別様に言えば、作者の欲望に従って、詩でなくなっているかぎりで――、私は自分が縁遠いと感じる[36]。

存在の定立を許さない、破壊する時間の観念は、『アセファル』以降の、ヘラクレイトス＝ニーチェの時間観の影響下にあるバタイユの思索に通底するものだ。成立した認識をも無に帰す、「認識不可能なものそれ自体」としての時間を表現することの詩的な性格がこのように強調されながら、他方で、対象を認識しようとするプルーストの欲望が直接表れている作品の部分は詩的ではないと明示されている点は、着目に値する。というのも、こうした欠陥は、アルベルティーヌを把捉した確信を語る『囚われの女』の記述だけではなく、無意志的回想の経験に際して過去の記憶の把捉を語る、『失われた時を求めて』の記述全般に関わるはずのものだからである。バタイユはこう指摘する。

愛する存在を前にしてプルーストを引き裂いた明晰さは、しかし、まったく同じくらい大きな不安を抱えながらも、逃げ去る「印象」を把握し、永久に囚われの身にしたと信じたときには、彼には欠けてしまったことだろう。彼は把捉不可能なものを把捉したと言わないだろうか？[37]

ここで引き合いに出されているのは、『見出された時』のなかで語り手が、「フォークやハンマーの音」「敷石の不揃い」といった出来事の不意の知覚が過去と現在との照応の感覚を導き、それをもって、「純粋状態にある少しの時間」を「手に入れ、切り離し、固定する」ことが可能になったと述べている部分である。[38]バタイユは、無意志的回想における、そうした準備されたものでない過去の記憶の知覚を「再認（reconnaissance）」と呼び、「認識（connaissance）」との対比において、以下のように説明する。

［…］再認は、推論的ではない——そして何も破壊しない——のだが、プルーストの所有への意志に十分な鎮静をもたらしたのだ。この鎮静は、認識のそれに類似しているが、認識のほうは、推論的で、破壊するものだ。

認識と再認とのこの対立は、そのうえ、知性と記憶との対立でもある。そして、一方が未来に向かって開かれ、たとえ分析の対象が過去である場合にもそうなのだとすると、つまり、知性とは企ての能力以上の何ものでもなく、したがって時間の否定でしかないとすると、もう一方は、過去と現在との融合に本質があるので、記憶とは我々において、時間そのものである。[39]

引用の後半部に示されているように、バタイユは、「再認」されるものである記憶が「時間そのもの」としての性格を持つこと、さきの言葉で言えば、「認識不可能なものそれ自体」としての性格を持つことを認めている。その理由は、記憶が「過去と現在との融合」、すなわち、過去と現在とを分離する時間こそが垣間見させる、それらの一致の経験だからである。他方、そうした時間を「手に入れ、切り離し、固定」しようとするプルーストの目論見は、過去を未来時に予定される不動の認識の対象とすることで、「実存のもっとあとへの延期」[40]という「時間の否定」をなすものに他ならないのである。「こうして、『純粋状態にある時間』は、続くページで、『時間の秩序から解放』される。これこそ、時間という計り知れない未知のものが〔…〕、記憶において、その反対物である認識と混同されるという、記憶のだまし絵だ(41)」。バタイユは、こうしたプルーストの誤りを、次のように、「印象」を描き出そうとする作品の「詩」であることの困難として浮かび上がらせようとする。

だが、記憶に帰着させられる「印象」には、詩的なイメージの場合と同様に、本質からして逃げていくものを把捉する可能性に由来する、ある曖昧さが残っている。〔…〕最も内的な――そして何よりもひとを滅ぼす――詩のイメージ、すなわち「印象」について、プルーストは、「その結果、不揃いな敷石のうえで、私は我を忘れたままでいた」であるとか、「もし現在の場がすぐさま勝利者とならなかったら、私は気を失っていただろう」だとか、「それらの印象は（…）私たちの意志を、（…）眠りにつく瞬間に言葉にし得ぬ幻影を前にしてしばしば感じるのにも似た不確かさのもたらす眩暈のうちに、（…）よろめかしむるのだ」などと言うことができたのだが、そうした詩的イメージ、ないし「印象」は、所有者の感情を、たとえそれを越え出るときにさえ残している。すべてを自分に結び付ける「私」は、執拗に存続するのだ(42)。

問題とされているのは、「印象」を認識しようとするプルースト個人の欲望であるのと同時に、認識から逃れゆくものを言葉によって定着し、把捉の対象として認識に差し出してしまう詩の営為全般である。プルーストによる「印象」の描写は、忘我（脱自）や失神、「眩暈」のなかで揺らめく「私」が、それでもなお、あくまで残存し続けるがゆえに、「最も内的」で「何よりもひとを滅ぼす」未知なるものの現れの経験であるべき「印象」の描写たり得ていない。だとすれば、そこに表面化しているのは、未知なるものを言葉で表現しようとする詩の本質的困難であり、さらには、内的経験を言葉で表現しようとするバタイユ自身の試みの本質的困難でもある。こうして一見すると、経験を表象する方法をめぐる問いは、言語を用いることそれ自体が抱え持つアポリアという出発点に逆戻りしてしまったかに思える。しかしながら、思い返せば、この「現代の千夜一夜物語」においては、愛する対象を認識しようとする欲望の過剰が

「囚われの女」を「時の偉大な女神」へと置き換え、決定的な認識不可能性へと送り返してしまうことが指摘されていた。「逃げ去る女」の認識から逃げ去る未知性が、「囚われ」に先立たれ、その「囚われ」の及ばなさを通じてしか開示されないのであれば、対象を認識することへの徹底した拘りなしには、認識から離れてゆくものを表現する可能性も生じ得ないだろう。そして、プルーストのポエジーには、「印象」を主題とした、こうした段階的移行の実現が見て取られることになるのである。

バタイユは、「『印象』のなかの近接不可能な部分は、[…]『見出された時』の注釈よりも、『花咲く乙女たちのかげに』(II、一八―二二)の次の数ページからいっそう引き立ってくる」として、[43]語り手がバルベックの近郊で、ヴィルパリジ夫人と同乗した馬車のなかから認めた三本の木に過去の記憶との強い照応を感じながらも、その記憶を取り戻すことができずにしまった絶望を描写した箇所を長々と引いている。「友を失くしたか、自分が死んでしまったあとのように、死者に知らぬふりをしたか、神を否認したあとのように、私は悲しかった」という一節で引用を締めくくるバタイユは、[44]「充足の不在(l'absence de satisfaction)は、作品最終部の勝利の感情(le sentiment de triomphe)よりも深いものではないだろうか」という簡潔な指摘を付け加える。[45]そのようにして、一個の存在の決定的欠落のイメージで語られる「充足の不在」が、『失われた時を求めて』最終部の『見出された時』における、時を「手に入れ、切り離し、固定する」ことによる「時間の秩序から解放」を歌い上げる記述に対置されるのである。かくして、「印象」の本質は、過去と現在の一致を通じて時間の停止を導くことにではなく、そうした一致がまさに、過去と現在との断絶を、つまりは時間そのものを示し出すことに見て取られる。[46]そしてバタイユは、時からの解放という「勝利の感情」の欺瞞(「だまし絵」)を指摘したばかりの『見出された時』もまた、『花咲く乙女たちのかげに』の前述の箇所と同様に、「充足の不在」によって決定的に特徴づけられることを、以下のように主張するのである。

最終的な充足の不在は、束の間与えられる満足以上に、この作品のバネでもあれば、存在理由でもあったのだと私は思いさえする。最終巻には、生と死とのあいだに――再び見出された、「時間から解放された」諸印象と、ゲルマント家のサロンで、この同じ時間の受動的な犠牲者たちの一群を表現する老いさらばえた人々とのあいだに――均衡のようなものがある。明白な意図は、見出された時の勝利をそれだけ際立たせる、ということだった。だが、しばしばより強力な運動が、そうした意図を超えてしまう。この運動は、作品全体からはみ出し、その拡散した統一性を保証しているのだ。ゲルマント家のサロンで再び見出された亡霊たちは、長い年月を経て色気を失い、老いさらばえて、もはや、内側を侵食され、触れれば粉々に砕けてしまう物のごとき有様だった。若き日においてさえ、彼らは、損なわれた姿でしか決して現れることはなかったのであり、作者の陰険な策謀の犠牲者だった――それは共感を込めて謀られている分だけ、より内奥から彼らを退廃させるものだったのだ。［…］ポエジーは、元の姿に戻す災禍でしかない。それは、侵食する時間に、うぬぼれた遅鈍が取り上げるものを返してやり、整頓された世界の見せかけを取り払ってしまうのだ。(47)

「印象」において見出された時を固着し、所有しようとするプルーストの意志は、結局のところ、不断に過ぎ去る時間の運動に呑み込まれてしまう。時間を超えて存在しているかに思えるゲルマント家のサロンに現れるのは、取り返しのつかない時間の流れの象徴であるかのような、老いさらばえた老人たちの姿なのだ。作品世界に通底しているそうした時間の流れは、現実世界のあらゆる存在が投げ込まれている時間の流れに他ならないのであり、ゆえに、「作品全体からはみ出し」た仕方で、それに幅広い統一を与えている。プルーストのポエジーは、「見出された時の勝利」という「うぬぼれた遅鈍」を失効させてしまうことによって、「元の姿」であるこうした「侵食する時間」を表現している点に存しているのである。それは、時を見出すことによる「勝利の感情」が不可能であることを示し出す。バタイユからすれば、こうした「充足の不在」が『見出された時』において、まさしく「最終的な充足の不在」として作品全体の命運を決定づけることが、『失われた時を求めて』のそれまでの物語の原動力、すなわち「バネ」であり、「存在理由」なのである。逆説的だが、このことは、プルーストがポエジーに反して、「見出された時の勝利」を追い求めるために作品を執筆することを要請する。

だがプルーストは、勝利の感情がなければ、書く理由がなくなってしまったことだろう…。彼が『見出された時』のなかで長々と語っているのは、無意志的回想の無限の反響、印象の無限の反響のようなものと見なされた、書くという行為であった…。(48)

「無意志的回想」ないし「印象」の経験において再現された、失われた時を定着するために作品が書かれるのであれば、書くという行為は、それらの経験自体の「無限の反響」である。そうした自覚のもと、『見出された時』における語り手の関心は、経験を書く行為自体へと意識的に向けられる。同書の結末部分に示される、接近する死に脅えながらも、人間を時のなかに占める存在として作品のうちに描き出すことへの語り手の確信は(49)、書くことに対する作者の意識が辿り着いた、「勝利の感情」の極致であると言うことができるだろう。しかしながら、バタイユはそれに「最終的な充足の不在」を、すなわち、時を定着しようとする目論見の決定的失敗を見て取り、これをもって、「侵食する時間」を描き出すポエジーの成功を嘉するのである(50)。してみれば、作者の企図の失敗がもたらすポエジーのこの成功とは、書くことが終わりを迎え、作品が完成するときにはじめて明らかになるものだろう。作品の執筆が「勝利の感情」の探求であるからには、「最終的な充足の不在」とは、探求が終わり、勝利が得られ、作品が完成するその瞬間に、書かれたものが作者の企図を裏切り、「作品全体からはみ出す」時の流れを作品の「統一性」として出現させることによって、定まるはずなのである。バタイユは、こうした事態を「作品による作者の殺害」と言い表し(51)、次のように語っている。

作者が苦痛に打ちひしがれながら、「私たちの身体がばらばらになっていくのにまかせよう」と言いつつ、その苦痛に身を委ねてしまうことなしには書かなかったであろう、この『失われた時を求めて』は、そもそもからして、「まかせよう」という言葉自体が作りなす河口へと流れ込んでいく大河でないとしたら、何だというのか。そして、河口が開かれる沖合とは、死である。つまり、作品とは、たんに作者を墓へと運ぶものだったのではなく、作者が死ぬ、その方式だったのだ。それは死の床で書かれた…。作者自身、自分が一行ごとに少しずつ死んでいく身であることを、我々に見抜いて欲しいと思っていたのだ。(52)

引用文中でバタイユが参照しているのは、『見出された時』のなかで語り手が、作者の抱える悲嘆や苦悩が作品をより優れたものにすることを述懐している場面である。そこでプルーストは、悲嘆のもたらす「肉体の苦痛」が作者の身体をばらばらにし、そこから作品を補完し確固なものとする「新たな小片」が生まれると書く。(53) バタイユはこの記述から、作者の死＝作品の完成という帰結を導くのである。「一行ごとに」という表現から明らかなように、ここでそうした死＝完成への歩みは、刻々と過ぎ去っていく現実の時間の流れの只中に置かれている。『見出された時』の最終部で示される、死を予感するなかでの作品執筆への語り手の決意は、執筆行為をまさしく、死に至る過程にそのまま重ね合わせることで、物語世界の枠組みを越えて、『失われた時を求めて』を完成させようとするプルーストの死を予告するものとなる。(54) 時を定着する試みの先に、時の流れがもたらす死の訪れが不可避である以上、作品の完成とは作者の試みの決定的な挫折であり、流れゆく時間の現前以外ではない。このようにして、物語における「勝利の感情」は、そのまま
のかたちで、完成された物語の「最終的な充足の不在」を構成するのであり、こうした移りゆきこそが、真実の時間を表現するというポエジーの機能なのだ。その意味で、『失われた時を求めて』は、「たんなる語の全燔祭」とは次元の異なる、作品による作者の供犠のスペクタクルなのである。(55)

「私がマルセル・プルーストについて長々と語ろうと思ったのは、彼が、おそらく限定されたものではあれ、ひとつの内的経験を味わい（だがそれは、多くの雑然とした軽薄さ、幸福な無頓着によって、どれほど魅力的なものとなっていることか）、その経験が教義の足枷から解き放たれていたからである。彼の忘れ方、苦しみ方に対して友情を、至高な共犯の感情を付け加えよう。さらに言えば、彼の作品の詩的運動は、その欠点がどんなものであろうと、詩が『極

限』に触れるための道を辿っているのである［…］[56]」。プルーストの描き出した「無意志的回想」や「印象」の経験がバタイユの提起する内的経験のひとつであり、かつ、プルーストのポエジーが経験を表現する至上の道筋を歩んでいると述べられる以上、バタイユがプルーストのエクリチュールに見て取る詩的特質を、内的経験を表現しようとする自分自身のエクリチュールに応用しようとした可能性を検証することは有効であろう。著作『内的経験』を統辞法の乱脈さや意味伝達の放棄に結びつけるかぎり明らかにならない、これらふたつの作品の関係は、作者の供犠という視点を導入することによって、様相を変化させるのである。次節では、この検証から出発して、バタイユにおける内的経験の表象と詩との関わりの本質性を、より深く探っていくことを試みたい。

第二節　経験の語りと詩(2)——それぞれの無力に向けて

実のところ、『内的経験』のエクリチュールがバタイユの理解する『失われた時を求めて』のエクリチュールと密接に関連づけられるものであることは、バタイユ自身の言葉によって明示されているのである。以下、『内的経験』の「序言」でバタイユが、この作品の執筆行為に関して言及している部分を引用する。

この書物は、ある絶望の物語である。この世界は人間に、ひとつの解くべき謎のようなものとして与えられている。私の生はみな——私の重々しい瞑想ばかりではなく、奇矯で放埒な諸瞬間もまた——この謎を解くことに費やされた。私は実際に問題を解決してきたし、その新しさと広がりは私を熱狂させたのだった。知られざる土地に入り込み、誰一人目にしたことのなかったものを私は見た。これほど陶酔的なこともない。笑いと理性、恐怖と光とが、互いに浸透可能になった…。私が知らないものは何もなく、私が熱狂しないものも何もなかった。不可思議な狂女のように、死が絶えず、起こりうることの扉を開き、また閉じていた。この迷路のなかで、私は意のままに道に迷い、法悦に身を任せることができたのだが、また、意のままに進むべき道を見極め、知の足取りに正確な通路をこしらえてやることもできたのである。[…]私はそのことで、勝利の感情（*un sentiment de triomphe*）を味わった。おそらくは不当で、早まったものだっただろうか？……そうは思えない。私は即座に、重荷のように訪れてきたものに気がついた。私の神経を揺り動かしたのは、仕事をやり終えてしまったということだった。私が知らないでいたのは取るに足らない点であり、もはや解くべき謎はなかった！　すべてが崩れ落ちた！　ある見覚えのない謎を前にして私は目覚め、ただちにそれが解き得ぬものであることを知った。この謎はあまりに峻厳でさえあって、私をひどく打ちひしがれた無力のうちに取り残したので、私は、神が存在するならばそうなるだろう仕方で、この謎を身に受けたのだった。(57)

バタイユ自身の実人生の歩みとして語られている以上のような展開は、同時に、『内的経験』という書物そのものの展開に、それが内包する「ある絶望の物語」の展開に重ね合わせられている。重要なのは、そうした「絶望」、すなわち、解き得ない「謎」を前にした絶対的な無力が、「内的経験」を知的に了解し、記述の俎上に載せることの不可能性としてもたらされるのではなく、そうした目論見が成し遂げられたあとに、突如として訪れてくるものだとされていることである。引用部では、「笑い」や「恐怖」、「熱狂」や「法悦」といった言葉で部分的に表現される、知性的な把握にとって「謎」として現れる内的経験を、「理性」や「光」という言葉で表現される、知性的な把握と通底させる企図が達成されたことが強調されている。バタイユはそのことに「勝利の感情」を禁じ得なかったのだが、そののちに、内的経験それ自体の「謎」とは別種の、解き得ない「謎」の到来に直面し、未知なるものを前にした神の経験になぞらえるべき圧倒的な無力を味わうことになったのだ。こうした展開を『内的経験』のエクリチュールの実際の展開、つまり、「絶望の物語」としての展開に当てはめてみるならば、『見出された時』最終部でのプルーストを形容するのと同じ、「勝利の感情」という言葉でバタイユが自身を特徴づけていることに着目しないわけにはいかない。内的経験を意のままに表現するに至ったバタイユが味わう無力は、全知の神が解決し得ないものを前にして味わうはずの感覚と等しいとされるのだが、こうした全知と全知を逃れるものとの関係は、非＝知に転落する主体としての絶対知の理解のうちにそのまま見て取ることのできるものである。本書第二章第二節で参照したように、『内的経験』のなかでバタイユは、「円環的なものである絶対知は、決定的な非＝知である」という宣言のもと、絶対知を模倣することが行き着く神の失墜の擬似経験を次のように語っている。

> もし私が絶対知を「模倣する」とすると、私は否応なく、自分自身が神となってここにある（体系のなかでは、神においてすら、絶対知を超えていく認識は存在し得ない）。［…］だが、そのようにして、伝染や模倣劇によるかのように、私のうちにヘーゲルの円環運動を完成させるとすると、到達された限界の向こう側に、もはや未知なるものではなく、認識不可能なものを私は定義することになる。理性の不十分さのゆえでなく、本性からして認識不可能なものをである［…］。かくして、私が神であり、世界にヘーゲルの確信を持って（陰と懐疑とを打ち消して）存在し、すべてを知り、認識が完了するためになぜ人間が、自我の無数の個別性が、歴史が生み出されなければならなかったのかをさえ知るとすると、まさにこの瞬間、人間の実存――神的になった……――を闇の最奥へと永久に入り込ませてしまう問いが形作られる。私の知っていることはなぜ存在しなければならないのか、なぜそれは必然なのか、という問いである。この問いには極度の裂傷が隠れていて――はじめは姿を現さない――、そのあまりの深さゆえに、ただ脱自の沈黙だけがそれに応じるのだ。[58]

このような、認識を完成させ、神となることによって、認識不可能なものを自身の知の外部に定義してしまい、そうした究極の「問い」の現れに接して「闇の最奥」へと引きずり込まれてしまう実存のイメージが、「序言」においてはバタイユ自身の実存に重ねられるのであり、さらにはその執筆行為が、「勝利の感情」から「最終的な充足の不在」へと移りゆくプルーストの詩的エクリチュールの過程（その先に展望されるのは「作品による作者の殺害」である）に重ねられるのである。このことから浮かび上がるのは、バタイユにとって『内的経験』という著作が、推論的言述を駆使して内的経験を記述することを通じ、推論的言述によっては本質的に表現され得ない絶対的な「謎」としての内的経験を読者に察知させることをねらいとしていた可能性である。内的経験を表象しようとする作者の企図の失敗、言い換えれば、作者の作者としての死を通して、内的経験が持つ、言語では表象不可能なものとしての価値を開示することが試みられていた可能性である。

こうした見地に基づいて、ちょうどバタイユが『失われた時を求めて』の最終部に着目したのと同じように、『内的経験』の最終部におけるバタイユの記述の意匠に着目していくことにしよう。最終部以前の文章が、たとえ錯綜や分断があるにせよ、原則として出来事の記述と思考内容の表明とから構成されているのに対し、最終部は唐突にも、二篇のフィクショナルな詩作品から構成されている。ここで言う詩とは、語の連結によって未知なるイメージを作り出す、「語が生け贄になる供犠」としての詩のことである。バタイユは「序言」のなかで、第五部にあたるこの部を、「刑苦」(*Supplice*)と題された第二部と並んで、「必然的に書かれた――その分だけ私の生に応答する――ただふたつの部」であるとし、それら以外の部については、「書物を編むという称賛すべき配慮」に従って書いたものとして意義を自ら皮肉っている[59]。そして、書物を編むという配慮からは外れた必然性を有するはずの二詩篇が、敢えて書物の最終部に位置づけられていることのうちには、おのずから、書物を編むことへの配慮が働いているはずである。「内的経験の表現は、何らかの仕方でその運動に応じるものでなければならない」のであれば[60]、作品の終わりと、最終的な解き得ぬ「謎」の現れとは、対応していなくてはならないはずなのである。

この部のタイトルは、「マニブス・ダテ・リリア・プレニス」(MANIBUS DATE LILIA PLENIS)というもので、「手一杯の百合の花を与えよ」を意味するラテン語である[61]。第一の詩は「グロリア・イン・エクスケルシス・ミヒ[いと高きにおいて我に栄光あれ]」(GLORIA IN EXCELSIS MIHI)、第二の詩は「神」(DIEU)と題されており、前者はミサの賛美歌「グロリア・イン・エクスケルシス・デオ[いと高きにおいて神に栄光あれ]」(GLORIA IN EXCELSIS DEO)のパロディーとなっている。両篇には、とりわけ死を媒介とした、神と自己の同一化のモチーフを見て取ることができる。「マニブス・ダテ・リリア・プレニス」では、天空の高みで天使の礼賛を受ける「私」が「さまよう蟻」であるとされ、それが石に押しつぶされて死んだのち、「砂漠」「夜」「無辺」「獣」「星」といった言葉で語られ直されていく。本書にとって興味深いのは、このような死せる自己についてのイメージの推移を経て、最終の第四連で、詩という表現形態そのものについての次のような描出がなされることである。

詩
勇敢ではない
だが甘美さ
歓喜の耳
雌羊の声がわめく
その先へ行けその先へ
消えた松明。(62)

一行目の「詩（Poèmes）」という語が複数形で綴られていることからは、シルヴァン・サンティも指摘するように、それが詩一般を指すのではなく、バタイユがこの作品でここまで書き連ねてきた三連の詩篇を指示していることを窺わせる。(63) これらの行に意味を読み取ることで明らかになるのは、甘美で耳を喜ばせるが、力を欠いている詩にとどまることなしに、「松明」の光が消えた地点、つまり、知の明晰さが及ばない地点へと歩みを進める必要性の訴えである。したがって、この詩においては、死による解体と拡散、主体の変容のうちにある自己が描写されるのに加えて、未知のイメージを既知の言葉に依存して作り出す詩の脆弱さを乗り越えていく渇望が描かれているのだと言えよう。であるならば、本来、この作品をもって、『内的経験』という書物は完結させられるべきではなかっただろうか。言葉によって未知なるものを作り出す詩の彼方にあるものは、バタイユにとって、もはや言葉ではいかにしても表現できない闇であるはずだからである。にもかかわらず、さらにもう一つの詩が、語の連結が続けられる。最後の一連からなる詩「神」の全文を参照してみよう。

熱い手の遊びで
私は死ぬお前は死ぬ
彼はどこに
私はどこに
笑いはなく
私は死んだ
死んだ死んだ
インクの夜のなかで
矢が射られた
彼に向かって。(64)

「熱い手の遊び」と訳出した la main chaude とは、一人がしゃがんだもう一人の膝のあいだに頭を屈め、うしろに回した手をほかの仲間に触れてもらい、触ったのが誰であるかを当てる遊びのことである。(65)詩のタイトルが示唆するように、ここで「彼」と呼ばれているのは神であるだろう。ここでも自己の死と神の死(「矢が射られた」)のモチーフが引き続き並置されているのだが、注目すべきは、それらの死の訪れる場が「インクの夜」のイメージによって語られていることである。この点に関し、サンティは次のような指摘を行っている。

詩の最終部に現れるインクは、換喩によって、我々にエクリチュールを指示する。インクの夜のなかで死ぬ神とは、黒いインクによって、エクリチュールによって死ぬ神なのであり、エクリチュールは傷つけ、傷口からインクと夜の黒い血が流れ出るのに任せて殺してしまうのである。『内的経験』の最後に、バタイユはこうして、以前には敢えて定式化したことが一度もなく、ただ詩のエクリチュールだけが彼に伝達したであろう秘密を我々に明かしているように思われる。すなわち、詩は、神を供犠に付すことができる、それは、「死んだ／死んだ死んだ」ままに打ち捨てて、ひとをついには粉砕する亀裂を見つけることができる、という秘密をである。(66)

本書の観点からすると、サンティのこうした指摘は、この詩を前作の「グロリア・イン・エクスケルシス・ミヒ」との連続性において読む場合により重要なものとなるだろう。詩がその脆弱性において失効することが告げられたあとに、なお書かれなくてはならないもの、すなわち、詩の彼方にある「松明」の消えた地点での、「彼＝神」と「私」との死を通じた一体化とは、書かれた言葉が過剰であることがもたらす「インクの夜」において表現されるのではないだろうか。繰り返し見たように、個別的主体は「絶対知」を「模倣」し、その完全なる認識を思考のなかで体現することで、解き得ぬ謎を前にした神の全面的な失墜を経験するのであり、この失墜は、『内的経験』において記述を尽くしたバタイユ自身に訪れたものとしても描き出されていた。そうした経験とは、「お前」との「熱い手の遊び」を継続したのちに、言い換えれば、読者との書く行為を通じた手探りの絶えざるやりとりののちに、はじめて辿り着かれるものなのではないだろうか。意味伝達を機能とする推論的言述の努力を尽くし、内的経験についてすべてを語ったという確信が「勝利の感情」とともに得られるのを契機として、語られた経験と経験それ自体とのまったき質的差異が、はじめて逃げ場のない仕方で現出するに至り、完成した推論的言述の主体である作者を、経験の根源的語り得なさに直面させるなかで抹消する。「神」となった「私」のこうした死が、「作品」というスペクタクルにおいて、言葉を通じて読者へと伝達されるのであれば、推論的言述によって語り得ない経験は、そのときにようやく、語り得ないものとして真に伝達されることになるだろう。このような認識に基づくエクリチュールの実践を、『内的経験』という著作の総体に見て取ることができるように思われる。推論的言述が表現対象を隙間なく埋め尽くす、そうした言語の過剰の闇が、言葉では言い表せない言語の不在の闇との区別を失う地点を、最終部の詩がしるしづけているのである。[67]

以上の分析を立脚点として、ここからは、戦後のバタイユの思索における推論的言述と詩との関係の様相を、より広範に考察してみることにしよう。本書第二章第四節で見たように、『内的経験』のおよそ五年後に上梓される「実存主義から経済学の優位へ」では、推論的言述という「哲学の言語」による「主体の内奥性」の語りが、認識の対象としての客体性を付与することで、それを事物へと還元してしまうことが主張される。他方、科学の言語は、客観的描写を通じて内奥性(「瞬間」)を外面的に記述し、それを認識不可能なものとして扱いながら、「瞬間を感得する好運を開かれたままに残す」点で優れており、そうした「好運」の実現自体は、「生の現在時における激烈な消尽」である詩へと託される。[68] こういった議論のなかで、ヘーゲル哲学は、通常の哲学的言説とは異なり、「可能なすべての思考を統一する道」であって、「個々の問題で正確なアプローチを行う科学の道」と併せて、「全体的な夜」に他ならない「全体的な認識」への到達手段であるという理解が示される。[69] 認識の完成に認識の失墜の契機を見て取るこうした図式は、明らかに、『内的経験』における、絶対知の非=知への転落の図式にそのまま当てはまるものである。『内的経験』では、こうした図式がバタイユ自身のエクリチュールの展開に重ね合わせられ、さらに、推論的言述に則る記述から詩への移行という著作の構成に具現化されていることに鑑みるなら、ヘーゲル的に徹底された推論的言述がバタイユ思想において持つ重要性の所在を、詩との関わりにおいていっそう明確化することが求められると言えよう。こうした観点から、より後年の論考「ヘーゲル、死と供犠」(『ドゥカリオン』第五号所収、一九五五年一〇月)の枢要な部分に目を向けてみることにしよう。ここでバタイユは、ヘーゲルが「死に耐え、死のうちに自らを保つ生」を「**精神**の生」と規定し、「おのれを絶対的引き裂きのうちに見出すこと」を精神による「自らの真理」の獲得の要件として示した『精神現象学』序文の一節を、「ヘーゲル理解にとってだけではなく、あらゆる意味で『最大の重要性』を備えた[…]見事なテクスト」と評価しつつ引用する。[70] そして、「無力な美は悟性を憎む、なぜなら、悟性が美に要求するのは、美のなし得ないことだからである」という一文から、推論的言述と詩との根本的な対立をめぐる論点を引き出してくるのである。一方で、「人間の悟性（つまりは言語、推論的言述）は、**全体**からその構成要素を分離する力を持った」のであり、「それらの分離は、**自然**に対する人間の**否定性**を前提とするもの」である。「悟性の分離する**行動**」において、「分離を前提とし、また、分離する推論的言述を通じて、分離された存在としての意識を持つことを前提とする、唯一の真なる死」が発見される[71]。ところで、そうした「**悟性**の**否定性**」は、「行動することができず、無力な、夢想の純粋な美」と対立する。「夢想の美は、周囲のものからいまだ何ひとつ分離されていない世界の側にあり」、「人間的な死の所業を制止しつつそれを保つことを求める、**悟性**の要請に応えることはできない」[72]。「美は至高なものであり、それ自体が目的」なのであって、「世界を変え、自らも自らとは別のものになる**悟性**の活動的な否定性に身を屈することはあり得ない」のである[73]。このような、分離し行動する悟性と、全体的で無力な美との対比を明らかにしたうえで、バタイユは、「絶対的な引き裂き」のうちに自らを保つ「精神的な生」を実現するためには、実際の死が生を不可能にする終焉である以上、おのれが死に至ることなくその「驚くべき魔術」を意識化する機会が与えられなくてはならないと指摘する[74]。そうした理路から、「供犠」の必要性が[75]、「スペクタクル」と「表象」の必要性が肯われるのである[76]。そして、「［…］至高で、真正なものであるかぎり、悲劇にせよ喜劇にせよ、スペクタクルの心に付きまとう呪術を**人間**のうちに存続させる」ものである「文学」もまた[77]、供犠に類似した「死の虚構」に含まれることが述べられる[78]。かくして、悟性が要請する、「絶対的引き裂き」としての死のもとへの停留と、「至高なものであり、それ自体が目的」をなす美とがつながる経路が築かれるのであり、スペクタクルが実際の終焉をもたらさずに開示する死の否定性を、悟性によって意識化することが問題となる。だが、バタイユの考えでは、悟性の要請に適うものである供犠＝スペクタクルは、悟性が持つ意識化の能力に他ならない推論的言述によって意味づけされることで、それ本来のものではない目的へと結びつけられ、結果、至高な美との連繫を断たれてしまうのである。

［…］**人間**の知性は、推論的思考は、隷属的労働の働きに応じて発展した。ただ、聖なる言葉、詩的で、無力な美の次元に限定された言葉だけが、完全な至高性を露わにする力を保ったのだ。それゆえ、供犠が、至高に、自律的に存在するための方式でありうるのは、意味を表す推論的言述がそれに意味を与えることがないかぎりにおいてなのである。推論的言述が意味を与えてしまえば、至高なものが隷属の言葉を通してもたらされてしまう。［…］神話はこの儀式と結びついており、当初は詩の無力な美を有したのだが、供犠をめぐる推論的言述は次第に、卑俗で利害にとらわれた解釈へと変化していった。詩の次元で素朴に想像されていた効果、たとえば神を鎮めるだとか、存在の清らかさなどといったものから出発して、意味を表す推論的言述は、雨の恵みであったり、都市の幸福であったりを、この作業の目的に据えてしまったのだ(79)。

このような、「供犠を目的の状態からたんなる手段の状態へと還元した意味の変容」のなかで(80)、利害に関わる意味を付与されてしまった供犠が、死の真の否定性を人間の意識に開示する力を持たないことは明らかである。にもかかわらず、ヘーゲルにおいては、否定性をあくまで悟性＝推論的言述を通じて意識化するのでなければ、「精神の生」は果たされようがないのである。バタイユは、ヘーゲルが抱え込んだ本質的な困難を次のように言い表している。

賢者［ヘーゲル］の側に結果として最低限要求されているのは、推論的言述が彼の至高性を、それに適するものではあり得ず、それを萎縮させる枠組みのうちに取り込むことではなく、正反対のことなのである。つまり、ヘーゲルの姿勢のなかの至高性が、推論的言述が開示する運動——**賢者**の精神において、彼自身の開示と決して切り離せない、そうした運動——から生じてくることなのである。してみれば、それは十全に至高であることはできない。**賢者**は実際、至高性を、推論的言述の完成を前提とする**英知**の目的に従属させてしまわずにはいられないからである。ただ**英知**だけが、存在の十全な自律に、至高性になるだろう…。そうなるのは、少なくとも、至高性を探し求めれば得られるとしての話である。実際には、もし私が至高性を探し求めるなら、私は至高な仕方で＝存在することを企てる。だが、至高な仕方で＝存在する企ては、隷従的な存在を前提とするものなのだ！［…］至高性は、［…］意味に溢れている（「精神が自らの真理を得るのは」とヘーゲルは言う。ただし強調したのは私である。「おのれを絶対的引き裂きのうちに見出すことによってである」）。だが、この意味は不幸なものだ。それは、死の君臨する場所に留まることから**賢者**が引き出した啓示を限界づけ、貧しくしたところのものだからである。彼は至高性を重荷のように（comme un poids）受け入れ、それを手放してしまった…。[81]

「絶対的引き裂き」のもとに留まることから死の真の否定性の「啓示」を引き出した**賢者**＝ヘーゲルが、存在の十全な自律性＝至高性を、そうした「啓示」の経験そのものにおいてではなく、推論的言述が開示する意味の把握を通じて得られる（「自らの真理を得る」）ものだと見なすかぎりで、存在の至高性は、推論的言述の至上な完成態である「**英知**（Sagesse）」が追求する目的に置換されてしまう。目的の追求＝企てが未来時における目的に生を隷属させる行いである以上は、そのようにして目指される至高性はもはや、至高なあり方とは一致し得ないのである。死への停留のなかで「啓示」された存在の至高性は、推論的言述を通して意味へと置き換えるのでなければ、ヘーゲルには担うに重すぎたのだ。こうした論旨は、『内的経験』で描出された、極限に触れ、そこから逃げ出すために体系を練り上げたというヘーゲルのイメージを跡づけるものである。[82] それはさらに、『有罪者』（一九四四年）に記される、「しばしば、ヘーゲルは私には明証性だと思えるが、明証性とは支えるに重いものなのだ」という科白に直接呼応するものでもある。[83]
しかしながら、指摘された限界は、いったい、推論的言述を用いて内的経験を記述しようとするバタイユ自身の限界と何が異なるだろうか。バタイユ自身、『内的経験』の序言で次のように述べていたのではなかったか。「私は即座に、重荷のように（*comme un poids*）訪れてきたものに気がついた」。[84] バタイユはこの「重荷」を、推論的言述から詩への移行を通じて担おうとしたのだが、それは、言葉の過剰の闇が言葉の不在の闇に合流する地点を探ることによってであり、作者を作者としての死に導く、推論的言述の完成＝無力を示し出すことによってだった。ところで、「ヘーゲル、死と供犠」の右の引用部が含まれている一節には、「推論的言述から出発して至高性に到達できない賢者の無力（*impuissance*）」という小題が付されている。[85] 英知が実現された折に決定的に明らかになるだろう、こうした「無力」

は、「人間的な死の所業を制止しつつそれを保つことを求める、**悟性**の要請」に対する悟性自身の無力として、同じ要請に応えられずに「悟性を憎む」、美＝詩の無力（la *beauté impuissante*）に合流してしまうと言うことができるのではないだろうか。バタイユは続く箇所で以下のようにまとめている。

> 私の考えでは、私が行った比較から浮かび上がってくるのは、むしろ、ヘーゲルの歩みの並外れた正確さである。彼が失敗したからといって、それを誤りの結果だなどと言うことはできない。［…］ヘーゲルの「失敗」については、それを遍きものとして、意味の真正で重々しい運動に由来するものとして語らなくてはならないのだ。
> 　事実、人間はいつでも、真正な至高性を追い求めている（à la poursuite d'une souveraineté authentique）。この至高性を、おそらく人間は当初、ある意味で保有していたのだが、意識的な仕方ではなかったことに疑いの余地はないので、ある意味では保有していなかったのだし、それは逃れ去ってしまったのだ（elle lui échappait）。自分から永久に逃げてしまったものを（ce qui se dérobait toujours à lui）、人間は色々な仕方で追い求めて（poursuivit）いくことになる。肝心なのは、ひとはそれに意識的に到達することも、それを探す（chercher）こともできない、ということだ。探求（recherche）は、それを遠ざけてしまうからである。けれども、こうした両義的な仕方でしか、我々には何ものも与えられはしないと言えよう。(86)

「推論的言述から出発して至高性に到達できない賢者の無力」は、「意味の真正で重々しい運動に由来するもの」であり、その「失敗」への歩みの卓越した正確性を通じて、「真正な至高性」の「真正さ」を窺わせてもいる。意識から逃れ去る至高性を意識的に探求するという目論見の「両義性」は、『失われた時を求めて』でのプルーストの目論見を連想させるいくつもの語彙を用いて語られるなかで、「推論的言述の完成」という「失敗」を手立てとした、推論的言述の主体の抹消＝供犠としての、ポエジーの可能性に結びつけられるのである。バタイユにとって、「文学とは、ポエジーでなければ何ものでもない」(87)のであれば、推論的言述の極限に位置するそうした可能性とは、あるべき文学の可能性だということになるだろう。(88)そして、推論的言述が「悟性の分離する行動」の能力であり、至高性の「探求」をなす能力であるからには、文学の無力とはまた、行動による至高性の探求が行き着く無力に重なるものでもある。「探求することで、人間は何らかの仕方で行動に巻き込まれるのだが、行動は、人間をおのれ自身から遠ざける当のものである。それなのに、人間はどのようにして、おのれを見つける――再び見出す――ことができるのか？」[89]この問いを「根本的問題」として提起しながら、『呪われた部分』が導き出した解答は、行動の存在理由を失わせるための最後の行動の遂行というものだった。あたかも、内的経験が「語たちの、すなわち企ての権力を廃止する、否定的な企て」と言われたように[90]。行動は、自らの成功としては、決して至高性に到達できない。至高性が垣間見られるとすれば、自らの失効においてでしかない。だが、文学が行動のそうした最終的な無力に通じているなら、行動が文学のうちに自らへの裏切りを見て取ったとしても、おかしくはないだろう。「無力な美」が「悟性」を憎むばかりではない。行動が文学を憎んだとしても不思議はないだろう。実際、行動の歴史とは、行動と文学の軋轢の歴史でもあり、内奥性の回復を求めるふたつの営為の現実におけるこうした相容れなさに、バタイユの眼差しはますます向けられていくことになるのだ。

この考察の前段階として、次節では、バタイユが文学に割り当てる歴史的意味を具体的な様相のもとに明らかにすることを試みたい。前述のように、文学が行動の歴史との本質的な相関のうちにあるのは、それが推論的言述のヘーゲル的な歩みの「失敗」と結びついているためである。そして、「ヘーゲル、死と供犠」では、「人間学（anthropologie）」と称されたヘーゲル哲学に対して次のような特徴づけがなされてもいた。「もちろん、この人間学は、**人間**を近代科学の流儀で検討するのではなく、全体の只中にあって分離することのできない運動のようなものとして検討するのである。ある意味では、それはむしろ神学なのであって、そこでは人間が神の地位を占めていたのだろう[91]」。神の認識である絶対知が非＝知へと転落するバタイユの思索にあっては、推論的言述が作りなすそうした「人間学」は、神学ではなく、無神学として展開されるはずである。本書は続けて、神学の後を継ぐ無神学が有する歴史的意味とのつながりを視野に収めながら、バタイユの文学観に対する新たなアプローチを行う。

第三節　文学と無神学――その歴史的意味

『内的経験』の約二年後に出版された『ニーチェについて』のなかでバタイユは、恋人たちの交流について論じながら、再び『失われた時を求めて』への言及を行う。以下に挙げる数行は、恋人たちの交流を、過去と現在の融合というプルースト的な記憶の経験と結びつけ、それらふたつの交流が、いずれも断絶を通して成立することを示し出そうとするものである。

『失われた時』という特異な物語にあっては、生はゆっくりと崩れゆき、甲斐のないままに（把捉できないままに）解体するのだが、にもかかわらず、生が解消される目玉のような点を把捉しているのであり、この物語は、嗚咽の真実を備えているように私には思われるのである。

嗚咽が意味しているのは、破られた交流である。交流が――内奥の交流の幸せが――死や別離、不和によって破られるとき、私は自分のなかで、引き裂きのうちに、嗚咽のより馴染みのない喜びが広がっていくのを感じる。とはいえ、この嗚咽の喜びは、先立つ喜びとは大いに異なっている。確固とした交流においては、魅力は習慣によって打ち消されているのだ。嗚咽のなかの魅力とは、コンセントから電気プラグを引き抜いたときに生じる火花のようなものだ。まさしく交流が断ち切られるがゆえに、我々はそれを悲劇的な仕方で、涙を流しながら享受するのである。

逃げ去ってしまったはずのものを、記憶のなかでは守ったのだとプルーストは考えた。記憶は、現在時の存在が遮っていたものを露わにするが、ただしそれは、ほんの一時に過ぎない。確かなのは、ある意味で、人間の嗚咽には永遠の後味があるということだ。(92)

「死や別離、不和」といった事柄が、直接の原因がどのようなものであれ、つまるところは流れ去る時間の運動において与えられる以上、交流の断絶によって開示される「嗚咽の真実」もまた、『内的経験』のプルースト論において強調された、取り返しのつかない時間の破壊作用が顕現させる現実である。交流は、それらの悲痛な出来事によって断ち切られることで、習慣と化すことによる強度の喪失を免れ、断絶を定められてしまった経験という悲劇的な「魅力」を身にまとうのである。したがって、時間のもたらす「引き裂き」こそ、一時のものでしかない交流を、いわば事後的な仕方で「享受」することを可能にするのであり、そうした「享受」の事後性において、時間性から解き放たれた「永遠」の、ただし、過ぎ去ってしまった「後味」が感覚されうるのである。このように理解された、『失われた時を求めて』が描く交流と、現実の恋愛における交流とのつながりは、次のように敷衍される。

　私の欲望は今日、ある点に向けられている。この対象は、客観的な真実性を持たず、それでいて、想像するかぎり最も破壊的なものなのだが、私はそれを、愛しい存在の微笑に、その清らかさに重ね合わせる。この清らかさには、どのような抱擁も辿り着けないだろう（それはまさしく、所有する瞬間に逃げていくものなのだ）。欲望に引き裂かれるなかでこそ、私は、そこにある欲望された存在の彼方にこの点を見たのであり（*j'ai vu*）、その甘美さは絶望とともに与えられるのだ。

　この対象を、私は再認したのだった。私はずっと以前から、この対象を待ち望んでいたのである。我々が愛しい存在を再認するのは、それが待ち望んでいた存在であり、空虚を埋めてくれる（それがいなければ宇宙はもう理解できない）という応答の印象においてなのだ。だが、私が腕に抱いているこの女は、私から逃げていく。期待への応答という印象は、確信に変わってしまっていて、抱擁のうちにそれを再び見出そうとしても無駄なのだ。ただ不在だけが、喪失の感情を通して、それに到達し続ける。

　［…］今日私には、プルーストが無意識的回想について語りながら、そうした対象の忠実な描写を行ったように思われる。

　この対象は、脱自のなかで、ただし、穏やかな明晰さのなかで知覚されるのだが、いくらかの点で、愛しい存在とは異なっている。愛しい存在のうちで、既視感（*déjà vu*）の引き裂くような、ただし、内奥的で把捉不可能な印象を残したものが、この対象である。[93]

ここでは、『内的経験』において、推論的で「時間の否定」である「認識」ならびに「知性」と対照され、「過去と現在との融合」を本質とするゆえに「時間そのもの」である「記憶」と結びつけられた、「再認（reconnaissance, reconnaître）」についての論点が、恋愛の主題との関わりのなかで再提示されている。無意志的回想が、現在時におけ る何らかの存在との不意の出会いをきっかけに過去の出来事を想起する経験であるのと同様に、恋愛は、ある存在との出会いを契機に、おのれの記憶に内在しながらも長いあいだ意識に浮かぶことのなかった欲望の対象をその存在のうちに再び見出す経験として描述されるのである。そして、無意志的回想が、「内奥的で把捉不可能な印象」（たとえば、『花咲く乙女たちのかげに』における、三本の木のもたらした印象）にひとを巻き込むのと同じく、恋愛における想起の対象である「点」は、「抱擁」を通じて把捉し、「所有」しようとすれば、逃げ去ってしまう。それは、「欲望に引き裂かれるなかで」のみ、現実の相手からは切り離されて、一時のあいだ見て取られた（vu）のであって、その親しみの言い知れなさは、正確にフロイト的な意味で「既視感」（déjà vu）と表現され、[94] 把捉不可能な印象をもたらす無意志的回想の経験と比べ合わせられるのである。繰り返し強調される、「点」のいわば「逃げ去る女」としての性格は（「それはまさしく、所有する瞬間に逃げていくものなのだ」／「私が腕に抱いているこの女は、私から逃げていく」）、「点」に「時の女神」アルベルティーヌが持つ至高な未知性をまとわせるはずのものだ。ただ、引用部では、対象を所有＝認識することの不可能性というよりもむしろ、所有の可能性自体に逃亡を引き起こす性質が看取されていることは注目に値する。見出された対象が、待ち望まれていた存在であるとしても、そうした印象が「確信」へと変わってしまえば、交流の「魅力」は「習慣」によって打ち消されてしまうだろう。「愛しい存在」そのひとが残るとしても、「点」は逃げ去ってしまうだろう。しかしながら、そうして失われた交流もまた、「喪失の感情」を通して、持続し得ない至高の交流として、「不在」のうちに維持されうるのである。時間がもたらす「永遠の後味」は、「死」や「別離」、「不和」による交流の断絶のみならず、対象の所有による交流の断絶からも生じうるのであり、無意志的回想においても恋愛においても、問題となるのはつねに、逃げ去るものを逃げ去るものとして把捉する意識なのだ(95)。

右のバタイユの記述には、交流の経験の訪れそのものをめぐる論点と、訪れた経験の把捉不可能性をいかにして維持するかという、経験の認識をめぐる論点とが混在している。後者の論点こそが、経験の表象を企てる推論的言述と、詩＝文学の方法の問いに直接関わってくるものである。そして、この点についてのプルーストのエクリチュールの卓越性は、訪れた経験に対して一般に、あるいは、歴史的に取られてきた態度との比較において、具体的に論じられることになる。バタイユは、「『見出された時』は、他の人々が無限のなかに位置づけたものを、一杯の紅茶という境界のなかに落ち込ませたのだが、その手管——おそらく意識的な——は何と見事なことか」と評したのち、そこで問題となっているものが「超越性」であることを主張し、それを「無限」のなかに位置づけてきたという、プルーストに先立つ歴史的な経緯を次のように説明する。

> 超越性の印象を——存在のかくかくの部分に関して——与えるものは何かというと、我々がその印象を、虚無を媒介にして知覚するという事実なのである。我々は、虚無の裂け目を通してのみ、我々がそうであるところの個別的存在の彼方に近接する。虚無は我々を打ちのめし、圧倒するのであり、我々は、闇のなかに見分けるものに、我々を支配する権力を与えたくなるのだ(96)。その結果、最も人間的な瞬間のひとつとして、失墜の彼方に知覚された対象を我々の尺度に還元する、ということが起こる。

存在の個別性が「失墜」するなかで知覚される「虚無」を、「権力」として実体化したものである「超越性」とは、神のことである。続く部分で、「その〔神の〕経験は人間的な仕方で実在している。その物語は馴染み深いものだ」と補足される(97)。想起すべきは、バタイユの「内的経験」が、神秘家的な神との合一の経験をモデルとした、神の不在との合一の経験であり、繰り返すように、自ら神となった主体が失墜する経験としても提起されていることである。『ニーチェについて』では、「私はもはや、内的経験（あるいは神秘的経験）ではなく、串刺し刑という言葉を用いたい」という前置きから出発して、[98]プルーストの描く経験がそうした「串刺し刑」の範例として、人間による神の創造を逆に辿る運動のうちに、以下のように示し出される。

一杯の紅茶をあるがままのものとして——神の（超越性の）、つまらないもの（直接的なもの、内在性）への落下として——捉えるや否や、それは串刺し刑となる。

［…］

［…］至福の瞬間は、神的感覚の状態と言われる状態（états dits *théopathiques*）の、乱れのない透明性に応じるものである。そうした把捉不可能な透明性の状態においては、精神は不活化し、極度に明晰で、自由なものとなる。宇宙がたやすく精神を通り抜けてゆく。対象が精神に、「既視感の、内奥的で把捉不可能な印象」のなかで、力強く与えられる。

既視感のこうした印象（あらゆる方向に透過してゆくが、理解不可能であるという印象）が、私の考えでは、神的感覚の状態を定義するのである。

［…］

神秘家（信者）にとって、神は、おそらく消え散っている。神秘家自身が神なのだ。

［…］この状態［神的感覚］は、それだけで喜劇的なものの極限なのだが、それは、この状態が無限の消散であり、努力なき自由であり、あらゆる事物を落下の運動に追い込むからである。[99]

「内的経験」に加えて「神秘的経験」という語の使用が回避されながらも、プルースト的経験が関連づけられているのは、「神秘家」の経験における「神的感覚の状態」である。[100]それは、「神」として実体化されていた「虚無」が、「一杯の紅茶」という具体物（「つまらないもの」「直接的なもの」）を通して、主体の「内在性」へと解体的に広がってゆく

「落下」の状況であり、「神」以前に把捉不可能な対象として知覚された、「虚無」の再現なのである。こうした再現性が、経験における「既視感」の、ただし、「内奥的で把捉不可能な印象」の所以なのだ。それはあくまで、崩れゆく「神」との一体化を経て果たされる「神的感覚の状態」であり、「神」とともに超越的な主体を、さらには、「あらゆる事物」を解体へと巻き込むものである。経験をこのように抽出することは、若干の揶揄を込めながらも、バタイユが「超キリスト教（*hyperchristianisme*）」と呼ぶ目論見に結ばれている。[101] キリスト教が神＝超越性を構築した歴史に基づきつつ、その歴史のもとに成り立つ価値を失墜させることで、キリスト教に先立つ「虚無」の内奥性へと回帰することが主張されているのである。神学のあとに来るものである、こうした無神学の実践は[102]、クロソウスキーが「キリスト教を侵犯することによって［…］、人類はギリシア＝ローマの退廃を逆方向にやり直し、ギリシアの悲劇時代に戻る」という信念によってしるしづけたニーチェ思想（それは、神の死に際した全存在の「墜落」を語っていた[103]）を、「歴史に対する循環的な理解」として自ら受容した、『アセファル』時代の実践と通底している。[104]『ニーチェについて』では、「神的感覚」もまた、すでにあるものを引き受けることに関する努力のなさにおいて（「努力なき自由」）、ニーチェの永劫回帰の経験とのつながりを意識されているのである。[105] だが、ここで取り戻すことが希求されているのは、ギリシアの悲劇的時間であるというよりも、『呪われた部分』で「失われた内奥性」と表現されることになるのと同等の、存在の連続性である。バタイユは、『ニーチェについて』のさきの引用部に引き続いて、「虚無」を「未知なるもの」と言い換えたのち[106]、「結局、未知のままであるものは、同時に、私が再認するものなのである。それは、宙づりになった確信の瞬間における私自身、愛しい存在の、スプーンの音の、あるいは空虚の見かけのもとにある私自身なのである」として[107]、「既視感の、内奥的で把捉不可能な印象」のなかで与えられる対象と、自己自身との弁別不可能性を指摘する。そして、「あらゆる存在は、突き詰めれば、ひとつの存在でしかない」という踏み込んだ言明を行い[108]、恋愛における個の交流が、諸存在を統べるそうした単一の存在との関係において、以下のように意味づけられるのである。

> 好運が、既視の感情に混ざり合う。
> 好運の対象となるのは、純然たる一なる存在ではなく、分離した存在であり、分離した存在は、自らが持つ分離を否定する力を好運にのみ、分離した存在としての自身に落ちてくる好運にのみ負っている。だが、この否定は、愛しい存在との偶然の出会いを前提としている。否定は、他者を前にしてのみ、他者のうちに同じような好運を前提することによってのみ、現実のものとなる。
> 愛は、好運が行う、一なる存在のこうした否定である。それは、ある意味で分離を際立たせ、選ばれた者にしか取り除かないのだ。
> [...]
> 愛において、好運は第一に、愛する者が愛しい存在のうちに探し求めるもののことである。だが、好運は、二人の偶然の出会いにも与えられる。二人を結びつける愛は、ある意味では、一なる存在への回帰の祝祭なのである。愛は、それと同時に、しかし最高度に相反する性格を持っている。自律のなかで、賭けによる乗り越えのなかで、宙づりになってあるという性格である。[109]

恋愛が成立するのは、「一なる存在」としてあった時分の「私自身」を対象のうちに感覚するという「既視の感情」を、「偶然の出会い」のなかで相互に持ち合うことによってである。そうした「好運」は、分離した個にのみ訪れる、分離を否定する契機であるのと同時に、自分とは異なる特定の他者を必要とするという点では分離を際立たせるがゆえに、「一なる存在」の否定でもある。恋愛は、個の分離によって失われた「一なる存在への回帰の祝祭」でありつつ、まさに「祝祭」として、通常の俗なる時間のなかでは「宙づり」になった可能性であり続けるものなのだ。思い返せば、論考「魔法使いの弟子」では、「恋人たちの世界」は「卑屈にも矮小化を受け入れてしまう以前の人間的な生」に属するものとされ、特定の対象を選択するという偶然から出発した「意志の合致」に「生きた現実」を創出する力が認められ、そうした創出の力に「神話」の名が与えられていた。『ニーチェについて』での議論は、「魔法使いの弟子」での議論との連続性と懸隔とをともに示し出すものだ。[110]「魔法使いの弟子」で神話に見て取られた、芸術（虚構）、科学（認識）、政治（行動）の三営為に分離した実存を再統合する力には、愛の「それだけでひとつの世界を作り上げるが、その世界を取り巻くものには手をつけない」という限界を越えて、「祝祭の騒乱のなかで民衆が顕示する意志の合致によって生きた人間的現実となる」希望が託されていた。[111]その希望こそが、バタイユにとって、「社会学研究会」の活動を根底から規定するものだったのである。『ニーチェについて』では、諸個人の意志の合致に基づく世界変容に関して、恋人たちの共同体から民衆の共同体へと規模を拡大していくねらいがただたんに示されないばかりではない。「一なる存在への回帰の祝祭」という恋愛の性格は、現実世界において「宙づり」なままに留まり、その「既視感」という経験の特質は、無意志的回想との同一性を通じて、『失われた時を求めて』という文学作品が（虚構が）明るみに出す「嗚咽の真実」へと結ばれ、そのことで、行動に関する無力が示唆されてもいるのである。他方で着目するべきなのは、労働による事物化によって内奥性が喪失され、世界と分離した主体が成立するのと軌を一にして、「奇怪な神話や残酷な儀礼」といった、「世俗世界」の価値から逸脱する営為を手段とした「失われた内奥性」の探求が始まることを指摘する『呪われた部分』の議論との関連である。[112]『呪われた部分』では、「宗教」の名のもとに括られる行動的次元での内奥性の探求の歴史的な帰結として、マーシャル・プランの遂行による「生活水準の世界的上昇」を契機とした、富の全世界的な消尽が導かれる。「未来の優位」の刻印を受けた労働の歴史における「最後の行為」による、自己意識の内奥性への回帰が展望されるのである。[113]かたや、『ニーチェについて』が描述する「一なる存在への回帰の祝祭」は、行動的な意味を持たない個人的営為に留まりながらも、個の分離に先立つ存在の連続性への持続しない立ち返りとして、神以前の「虚無」への回帰という歴史的な意味を有し、つまりは、労働に先立つ「あるもの」の内奥性への回帰という歴史性を事実上有しているのである。そして、行動から乖離し、歴史と関わりを持たない交流が持つこうした歴史性こそ、恋愛の、さらには、文学が描く交流の本質的意味として析出させられていくことになるのだが、これを明らかにするためには検討する著作を改めなくてはならない。

一九五〇年から五一年にかけて執筆された『エロティシズムの歴史』のなかで、バタイユは、恋愛を主題とする文学が抱える根本的困難を指摘するのと同時に、そうした文学の人間的な必要性を強調する。ここで問題とされるのもまた、次のように、現実世界における恋愛の持続不可能性である。

個人的な愛と持続との両立不可能性は、しごく全般的なものなので、愛の特権的な領域とは、虚構なのである。愛は文学を必要としないけれども［…］、文学は、自らに固有な可能性の豊かさに、個人的な愛が担ってはいるが実現できない可能性の豊かさを結びつけずにはいられない。そもそも、我々にとって、自分たちが生きている愛に伝説の愛を加味することと以上に意味のある事柄などほとんどない。我々はそのようにして、愛と宇宙とが等しいことを意識するに至るのである。そのようにしてこそ、愛は我々のうちにその限りなき道のりを描き出し、愛によって変容させられるならば我々がそうなる、狭隘な現実世界から切り離されたこの宇宙の意味を、神話を通して明確化するに至るのである。

だが、意識に対して、愛のもっとも手の届かない意味を指し示すのと同時に、文学は、愛を可能なかぎり歴史のうちに組み入れ、我々自身のこの非歴史的な部分を、歴史というほどけゆく構築物の強大な機械仕掛けに差し込まれた一部品にしてしまう。［…］

［…］個人的な愛が歴史のうちにこうして挿話的に入り込むことから、一方における歴史的出来事の意味と、他方における、抱擁が生み出す宇宙のなかでの恋人たちの消失の意味との両立不可能な性格が決定的に明らかになってくる。出来事の側では、推論的言述の必要が、諸々の価値を限定された目的との関係で説明する言い回しの必要が生じる。宇宙の側では、秘密と沈黙が重きをなす［…］。(114)

愛は、現実においては持続によって、つまり、対象の所有による習慣化によって破られずにはいないがゆえに、その実現が委ねられるのは文学という虚構の場である。文学が描き出す「伝説の愛」に自己投影し、同一化することを通してはじめてひとは、自らの生きる愛が生み出しているはずの、目的性の桎梏から解き放たれた世界、恋人たちだけのものでありつつ制限なき「宇宙」の広がりを有する世界の、そのようなものとしての「意味」を意識化することが可能になるのである。バタイユはここで、文学を手段とした恋人たちによる世界創造に、あらためて「神話」の力を看取しているが、言及されるのはやはり、「魔法使いの弟子」でのように、神話を通じて恋人たちの「宇宙」のさきに、現実に場を持つ社会的共同体を作り上げる企図ではもはやない。それどころか、文学という社会的営為が歴史化の作用を持ち、描かれた愛に労働の（行動の）歴史における「限定された目的」との関係で意味を持つことを要請するために、歴史的世界からの「消失」を本質とする恋愛の非歴史的性格を歪めてしまうことへの危惧が示されさえするのである。神話世界の非歴史性＝非行動性を擁護するこうした姿勢には、行動を目的とした社会的共同体を凝集させる神話が不在となったこと自体を神話とする、現実に場所を持たない内奥の共同体への志向の表れを想定できるように思われるが[115]、論証には段階を踏まねばならない。今確認しておくべきは、文学化された愛における「推論的言述」の目的論的饒舌と、「秘密」ないしは「沈黙」の価値との対立という図式が、「ヘーゲル、死と供犠」で提示されることになる、供犠や神話に利害的説明を与える推論的言述と、「詩の無力な美」を有する供犠や神話そのものとの対立という図式に等しいものだということである[116]。「聖なる言葉、詩的で、無力な美の次元に限定された言葉」が表現するものに「推論的言述が意味を与えてしまう」ことによる、「至高なものが隷属の言葉を通してもたらされる」プロセスが[117]、バタイユからすれば、歴史の展開の主要な一側面を構成するのだと言えるだろう。そうした視座に拠りながらも、『エロティシズムの歴史』では、文学によって真正な愛が意識に開示されること、あるいは、表題が示すように、真正なエロティシズムが意識に開示されることの意義が、それらの真正さを貶めるはずの行動の歴史との関係で、考察を深められるのである。

バタイユの眼差しがことさらに向けられるのは、D・A・F・ドゥ・サドの諸作品である。ブランショが『ロートレアモンとサド』（*Lautréamont et Sade*）（一九四九年）で行った分析を受け入れつつ、バタイユは、「パートナーの利益と命を最大限の無関心さで否定することが、サドの思想の根本的特徴である」としたうえで(118)、その文学的価値を以下のように主張する。

> […]エロティシズムは、それが原理をなすところの死の運動を、全面的に魂の一致へと転じるならば、部分的に自己矛盾する。性的活動は、[…]深い所において、ひとつの妥協なのである[…]。魂の一致という制限から切り離されてはじめて、性的活動は、おのれの基底をなす要求を自由にさらけ出すのだ。自分を同胞たちにつなぐ紐帯を絶対的に否定する力を、少なくとも書きながらにして持つ人間が誰一人いなかったとすれば、我々はサドの作品を手にしていないだろう。[…]
>
> […]人間たちが互いに価値を持つということを否定した彼の決意なくしては、サドの作品は想像だにできないものだ。言い方を変えれば、エロティックな刺激の本当の性質は、文学のなかでしか、あり得ない世界のキャラクターや場面を作動させるなかでしか開示され得ないのだ。それをしなければ、そうした性質はいまだ知られていないだろうし、純粋にエロティックな反応は、愛情のヴェールに覆われたままで、承認され得なかっただろう。というのも、愛は通常、交流されるからであり、その名自体が、愛を他者の実存へと結びつけたからである。その結果、愛は大抵甘く味付けされ、激しさを失っているのだ(119)。

サドの作品は、同胞たちとの愛情を根幹とした通常の交流を全面的に否定することでエロティックな刺激が昂進されうる事実を描き出し、もって、破滅に至る「死の運動」である、バタイユが捉えるところのエロティシズムの原理を意識化させるに至っている。そのような原理は、性的活動をパートナーに対する愛情の極まりとして、パートナーとの心身の一致を求める活動として捉えるかぎり、意識の領野に浮かび上がらないものなのだ。そして、「自分を同胞たちにつなぐ紐帯を絶対的に否定する」ことが現実においては不可能である以上、そうした真実の、「本当の性質」の開示は、文学の虚構性に、その「あり得なさ」に拠らずしては果たされ得ないのである(120)。このような主張は、文学の描き出す交流（ここでは交流の否定による交流）の非歴史性が、当の文学によって歴史化されることの認識的な意味合いに対する着目を暗黙裏に含んでいる。すなわち、文学によるエロティシズムの開示は、自己意識の完成に向けた認識の歩みに寄与するものなのである。興味深いのは、バタイユにとって、認識の進展と行動の進展の双方によってしるしづけられるそうした（ヘーゲル的な）歴史は、同時に、性的活動を自然的所与として否定することで成立している歴史に他ならないということである。バタイユは、人間の性的活動が純粋に自然的なものとしてある時代、嫌悪の対象として抑圧される時代、最後に、そうした抑圧が解除され、欲望の対象として全面的に肯定される時代という、三段階の歴史を経ることを主張する。現代はこの第二段階に位置するとされるのだが、そこから第三段階への移行は次のように展望される。

> 実際、自然は、反抗の精神が所与として拒絶したのだったのだが、そのようなものとして現れるのを止めるや否や、それを拒絶した精神自体が、自然を以後、もはや所与とは見なさなくなる［…］。その反対物、すなわち禁止をこそ、今や精神は所与と見なすのだ。禁止とは、精神が当初、おのれの自然への従属を否定するために、自ら膝を屈したものだというのに。一見すると、この「同盟関係の逆転」はおそらく筋を追いがたいものだろうが、エロティシズムの根本的な二面性は、否定と回帰という二重の運動の全体を捉えなければ、理解ができないのである。運動の第一の側面が拒絶であることは見た通りだ。全体が展開されるには、吐き気を催すまでに否定され、曖昧な価値をとどめていたものが、欲望をそそるものとして呼び戻される瞬間を待たねばならない。［…］それ「否認されたのちに欲望される自然」は、呪いによって変容した自然であり、精神がそれに到達するのは、今や、ただ、拒絶、不服従、反抗の新たな運動によってなのだ。(121)

性的活動をめぐる禁止とその解除を、所与としての自然と精神との関わりが構成する歴史と結びつけるこうした議論は、明確にヘーゲル的な歴史の観念を下敷きにしたものであり、とりわけコジェーヴによる以下の記述とのつながりが顕著である。「**歴史**の終焉における**人間**の消滅は、したがって、宇宙の破局ではない。自然の**世界**は、はるか以前からの形のままにとどまる。したがって、それは生物学的な破局でもない。**人間**は、**自然**、ないし、所与の**存在**と調和した動物として、生を保ち続ける。消滅するのは、本来の意味での**人間**、所与を否定する**行動**と**誤謬**であり、あるいはより一般に、**客体**と対立する**主体**である」[122]。所与としての自然を否定する行動の終焉である、歴史の終焉は、ヘーゲル＝コジェーヴにとって、人間が自然ならびに所与の存在と調和して生きる、そのかぎりでは動物的な生への回帰のモメントである。それに対し、バタイユは歴史の終焉を、動物的生に穏やかに立ち戻るのではなく、自然の否定＝禁止を新たな所与と見なして否定し、否定＝禁止という「呪い」をまとっていたおぞましい自然を欲望の対象として新しく取り戻す契機に位置づけるのである。ここに至って、「否定」と、否定の否定による「回帰」というふたつの運動の完遂を通して、エロティシズムの全体的な認識が可能になるのである。バタイユの言うこの「決定的契機（**ce moment crucial**）」[123]との連関において、前述のサド作品の意義をあらためて考察してみることにしよう。バタイユは、サドが愛情に基づく交流の全面的な否定を「無感動（**apathie**）」という言葉で形容していることにブランショとともに着目し[124]、そうした姿勢に、キリスト教道徳を否定することによる歴史の遡行を通じた、キリスト教以前の人間の力の回復を見て取っている。

> ［…］真なる人間は、自分がたった一人であることを知っており、そうであることを受け入れる。彼のうちにある、一七世紀にわたる卑屈さから受け継がれてきたもの、自分以外の他者たちに結びつくもののいっさいを、彼は否定する。たとえば、哀れみや、感謝や、愛といった感情を、彼は破壊する。そうした破壊を通して彼は、これらの衰弱させる衝動に捧げなければならなかったかもしれないあらゆる力を取り戻すのであり、より重要なことに、この破壊作業から、ある真なるエネルギーの端緒を引き出すのである。――実際、よく理解しなくてはならないが、無感動は、ただたんに「寄生的な」情動を破壊するだけではなく、いかなる自発的な情念にも対立するという本質を持つのである[125]。

通常の交流を支配する、「哀れみや、感謝や、愛」といった、他者に結びつく「感情」の容赦のない破壊は、そうした破壊自体に「情念」的な動機を持たないところまで徹底されなくては、真に破壊的なものとはなり得ない。「情念がエネルギーとなるためには、情念は圧縮されなくてはならない」のであって[126]、「『感性に関わる部分を無感覚にするなかで犯される』犯罪」こそが、「自らのうちでいっさいを破壊することで膨大な力を蓄えた魂のなす行為」として、賞賛に値する。[127] それ自体のほかにいかなる理由も持たない、キリスト教によって規定された他者との結合のこうしたまったき否定を、バタイユは最終的に、キリスト教神秘家の経験との類縁性のうちに位置づけようとする。

> 類い稀な激しさをもって、サドは神の観念に対立している。実を言えば、サドの体系と神学者たちの体系との唯一の違いは、以下の点にある。孤立した存在の否定を、いかなる神学も、外見を別にすれば、負けず劣らず厳然と成し遂げているのだが、サドにあっては、その否定のうえに何ひとつ、実存するものも、慰めになるものも、世界の内在性でさえも、何ひとつ取っておかれないのである。この否定が頂点にあり、それですべてなのだ。[…]
> やはり奇妙なのは、宇宙の無感動な至高性へのこうした移行がもはや、否定に限界がないということによってしか、神秘家たちの限界づけられた否定と異ならないという事実である。神的感覚と同様に、サドの無感動は、法悦や感覚的な喜びを軽蔑するように要求したのであり、至上の放蕩者も至上の神秘家も、それらには等しく無関心なままである。[128]

こうした仕方で、神秘家たちによる、「孤立した存在の否定」を通した「神的感覚」の探求は、サドによる、「孤立した存在」である他者の「否定」を通した「無感動」の探求と結びつけられてしまう。「神的感覚」が、合一するべき神（「実存」し、「慰める」もの）の超越性をいまだ残している点で、その「否定」が限界づけられたものである一方、「無感動」は、他者の否定の先に、自己の情念の満足は言うに及ばず、他者とともに自己が不在となることで現れるであろう「世界の内在性」（超越性の欠落として、超越性との対比において与えられるもの）をも意に介さない点で、超越性の純然たる抹消である。こうした「神的感覚（théopathie）」から「無感動（apathie）」への最後の跳躍において、神学（théologie）から無神学（athéologie）への移りゆきが、神との合一から神以前の「虚無」との合一への移りゆきが果たされるのだと考えてよいだろう。[129] そして、「こういった類いの完成は、神話的形式においてしか決して考えられることはなかった」と述べられるからには、[130] 無神学の可能性はまさしく、現代における「神話的形式」である、文学の可能性に依拠するものなのである。サドの作品はかくして、キリスト教以前の主体であり、労働によって事物化する以前の主体でもある「失われた内奥性」への回帰、完成した自己意識が果たすべきそうした歴史的回帰を、エロティシズムに関わる非歴史的な経験のうちに描き出し、かつ、それを文学という形式を通じて歴史のなかに挿入していることになる。だが、先ほどの議論に戻れば、サドの時代から変わらず現代が位置しているエロティシズムの歴史的状況にあっては、サド作品が開示しているであろうエロティシズム的真実は、いまだ否定の対象に他ならず、したがって、その否定の否定としての性質が、歴史の終焉におけるように十全に意識化されることはあり得ないはずである。現代におけるエロティシズムへのこうした意識と、歴史の終焉における意識との関係を、バタイユは『エロティシズムの歴史』の「エピローグ」で次のように示し出す。

> エロティシズムはいずれにせよ、［…］本来の意味での歴史、軍事的あるいは政治的な歴史の余白に位置している。［…］我々は、エロティシズムを歴史の余白において知ったのだが、もし歴史がついに終わるとすれば、完了に達しさえするとすれば、エロティシズムはもはや、歴史の余白にはないだろう。したがってそれは、マイナーな真実（vérité mineure）としてあるのを止めるだろう、この真実の重要性は今日、これまでの長い期間と変わらず、歴史を構成する出来事によって失効させられているのだが。エロティシズムは光を全面に受け、意識のうちにはっきりと現れるだろう。確かに、歴史が終わりうるという考えはショッキングだが、私はそれを、ひとつの仮説のようなものとして提起できる。歴史は、私の考える意味では、権利と生活水準の格差が是正されれば、終わりを迎えるだろう。そうしたことが、エロティックな活動という形態によって表現される、非歴史的な実存様式の条件なのである。必然的に仮説に基づくこうした観点からすれば、エロティックな真実に対する意識は、歴史の終焉を先取りしている。この意識は、現代に深い無関心を、非歴史的な判断の「無感動」を導入する。この判断は、留保なく闘争に政治参加している人たちが持つ観点とはかけ離れた観点に結ばれている。[131]

歴史の終焉を「権利と生活水準の格差の是正」と重ねる論旨は、『呪われた部分』全体を貫く論旨と明らかに連続している。実際、バタイユがここで問題としているのはやはり、米ソの破局的な戦争なしにエネルギーの過剰を消尽することであって[132]、続く箇所では、「勝利の得られるのが廃墟のうえであることは避けがたく、それは、勝利した陣営がいかなる無知に拠っていたかを永劫に示し出すものとなろう。人間たちの変遷が終わり、決定的勝利という甚だしい愚鈍を免れるなら、歴史は到達しうる唯一の終焉を、…尻切れとんぼの終焉を持つことになるだろう」と述べられる[133]。歴史の終焉は、「本来の意味での歴史、軍事的あるいは政治的な歴史」の「余白」、すなわち、行動の歴史の「余白」に位置するエロティシズムの、「マイナーな真実」としての性格がついに全面的に意識化されるモメントである。それは、一方の陣営の勝利が証し立てる「無知」ゆえに、歴史をいっそうの「変遷」に――さらなる認識の展開に――巻き込む事態とは無縁の、「本来の意味での歴史」からすれば「尻切れとんぼ」な非歴史的結末に至るモメントであり、そのような仕方で、自己意識の「失われた内奥性」への回帰が生じるモメントなのである。バタイユは、こうしたエロティシズムの真実についての意識をまさしく、ヘーゲルの「賢者」の完成された知を指し示す「英知（sagesse）」という言葉で言い表している[134]。そして、そうした「英知」の「先取り」たる、現代においていまだ「歴史の余白」に位置する知が導入する、「非歴史的な判断の『無感動』」とは、たんなるレトリックの域を越えて、サド作品をひとつの頂点とするエロティシズムの（あるいはより広く、愛の）文学によってもたらされたものに他ならない。「個人的な愛と持続との両立不可能性は、しごく全般的なものなので、愛の特権的な領域とは、虚構」であり[135]、「エロティックな刺激の本当の性質は、文学のなかでしか、あり得ない世界のキャラクターや場面を作動させるなかでしか開示され得ない」のだ[136]。しかしながら、さきの引用部は同時に、先取りされた「英知」の儚さを、「マイナー」としての立場をかえって際立たせてもいる。それが予見している歴史の終焉すら、「必然的に仮説に基づく」ものであり、その可能性自体が、歴史＝物語のいまだ果たされざる結構に依存しているのである。「エピローグ」は以下のような科白で閉じられる。「我々は休息を求めているのではない。もしも世界が頑として破裂することに拘るならば、我々はその権利を認める唯一の者たちとなるだろう、それと同時に、空しく語ったという権利をおのれに与えもするのだが[137]」。「英知」の実現よりもはるかに現実味を帯びた、破局的戦争の未来が到来すれば、文学による「マイナーな真実」の密かな告白も、その歴史的意義を語るバタイユの言述も、無力で空しい語りに終わるのだが、バタイユはそれに「権利」という名を付さずにはいない。本書は最後に、行動を前にした無力さの権利としての文学に対するバタイユの思索を総括することを試みる。

第四節　権利の不在から死ぬ権利へ

バタイユは、最も後期の著作のひとつである『文学と悪』（一九五七年）の「序言」のなかで、文学と行動の関係について、次のように書いている[138]。

> 文学とは潔白なものではなく、さらには、有罪なものだと、結局は自分をそのようなものだと認めなければならなかった。権利を持っているのは行動だけだ。文学とは、[…]ついに再び見出された少年時代なのである。だが、少年時代が支配をするならば、それに真実があるだろうか？　行動の必然性を前にして際立つのは、カフカの誠実さであり、彼はおのれにいかなる権利も認めなかった。[…]結局は、文学は自らの有罪を認めなくてはならなかったのだ[139]。

内容以前に押さえるべきは、これらの記述における、現在時制と半過去形との混在である。現在時制で提起される事実の主張は、半過去で叙述される過去の出来事を根拠としており（ふたつの「結局は（à la fin）」がそれを示している）、そうした根拠となる出来事をなすのがフランツ・カフカ（一八八三―一九二四年）の事例なのである。したがって、少なくともここで述べられている論点に関し、『文学と悪』は、厳密に年代順の検討を行うわけではないものの、カフカをひとつの決着点とする、文学をめぐる歴史的考察としての側面を持つことを念頭に置かなければならない。そのうえで内容に目を向ければ、唯一「権利」を有するものである「行動」の世界における文学のありようは、「ついに再び見出された少年時代（l'enfance enfin retrouvée）」という、馴染み深いプルースト的な語彙を用いて表現されている。それは「少年時代」そのものではなく、長じたのちに取り戻される「少年時代」であり、行動する大人たちの世界の只中で主張しうる権利を持たないゆえに、大人のなす営為としての「有罪」性を認めざるを得ないところに追い込まれるのである。カフカにおける文学のそうした局面を捉えることが、本書の最終的な課題ともなるのだが、そのための準備として、本節は、イギリスの詩人ウィリアム・ブレイク（一七五七―一八二七年）についてのバタイユの論述を精査することを起点としたい。その目的は、カフカが認めることになる権利の不在が、前節の最後に確認した、「空しく語ったという権利」を持つものとしての文学の観念とつなぎ合わされていく過程に光を当てることにある。

　バタイユは論考の序盤で、詩人の真正性と子どもらしさとの結びつきを、ブレイクに仮託した仕方で以下のように弁じている。

> 詩人の生が理性と全般的に合致をするならば、詩の真正性に背くことになるだろう。少なくとも、還元不可能な性格が、至高な暴力が作品から取り去られてしまうだろうし、それらがなければ詩は損なわれるのだ。真正な詩人は、世界のなかではまるで子どものようなものだ。ブレイクや子どものように、はっきりとした良識に恵まれることがあり得ても、事業の運営などは任せられないだろう。いつまでも、詩人は世界のなかでは未成年［マイナー（mineur）］なのだ。[140]

詩人が作品を通じて表現する、理性的な配慮に搦めとられない「至高な暴力」は、「事業の運営」などといった、未来時における獲得への意志とは無縁な自由自在さとして、子どもの振る舞いの自由自在さと比べ合わせられる。それは、世界内で成人の権利を有さない「マイナー」な所作でしかなく、したがって、歴史のうちでのエロティシズムへの意識と同等の「余白」に位置づけられるものでしかない。このように、エロティシズムと詩＝文学全般（エロティシズムを題材とするものに限らない）とが行動に対して同一の位相にあるという観点から興味深いのは、ブレイクの思索のうちに、行動の価値基準と対立し、さらには行動を凌駕する価値を構成する詩の観念が存在したという指摘がなされることである。ブレイクは、「すべての宗教はひとつである」（一七八八年）という箴言集において、「［…］あらゆる**国民**の**宗教**も、各**国民**に固有な**詩的天性**の受容のあり方から派生してくるものである。（…）すべての人間が（かぎりなく多様だとはいえ）同類であるのと同じように、すべての**宗教**もまたそうである。そして、**宗教**に類似しているものすべてと同様に、**宗教**にはひとつの源しかない。真なる人間、すなわち**詩的天性**がその源である」として[141]、多様な宗教の共通の源泉に、人間の普遍的本質たる詩の能力を当てはめている。バタイユは、ブレイクのこの記述を承けて、次のように述べる。

> この世界は実際、事物たちに還元されるものではなく、事物たちは我々に無縁であり、同時に我々に従属している。この世界は、労働の世俗的で、散文的で、魅力を欠いた世界ではない［…］。詩は、事物たちの限界を否定し、破壊するのだが、それだけが我々を、世界の限界の不在へと返してやる力を持つのだ。要するに、世界が我々に与えられるのは、我々が世界に対して持つイメージが聖なるものであるときであり、というのも、聖なるものはみな詩的であり、詩的なものはみな聖なるものだからである[142]。

このように、労働によって事物化し、分断させられた世界のなかで、諸事物の限界を否定し、「聖なるもの」＝「失われた内奥性」を回復するための原動力を、バタイユもまた、宗教の起源とされる詩の能力に進んで見て取ろうとするのである。労働＝行動の秩序が支配する世界の様相の転覆と、行動以前の内奥的な生への回帰のモメントを詩がもし形作るのであれば、そのとき詩は（詩人は）新しい世界のなかで、「マイナー」なものとして「余白」に位置することをやめるはずである。しかしながら、バタイユがブレイクを通して詩の本質的な宗教性を抽出してくるのは、ブレイクの時代から現代までに通底する、詩の本質の歴史的な喪失状況を明るみに出すことにもっぱら向けられている。以下の引用を参照してみよう。

詩が伝承によって与えられた神話を表現するときには、それは自律したものではなく、おのれのうちに至高性を持たない。[…]詩が一人の幻視者の自律した作品である場合には、それは束の間の幻影を示し出すのだが、そうした幻影にはひとを説得する力はなく、詩人にとってしか真なる意味を持たない。それゆえ、自律した詩とは、一見すると神話を創り出すようであっても、とどのつまりは神話の不在でしかない。

実際、我々が生きているこの世界はもはや、新しい神話を生み出すことはなく、神話の土台を詩が形作るかに見えても、信仰の対象とならないのであれば、結局は空虚を開示するだけである。[…]ブレイクの逆説とは、宗教の本質を詩の本質に帰着させておきながら、それと同時に、無力さゆえに、詩はそれ自体において、自由さと至高な価値とを両立させられないことを明らかにしたことである。それはつまり、詩は本当には、詩であるのと同時に宗教であることはできない、ということである。詩が指し示しているのは、詩がそうあるべきであったはずの宗教の、不在である。それは宗教なのだが、愛しい存在の思い出と同じようなもので、不在というあり得なさ(l'impossible)にひとを目覚めさせるのだ。それはおそらく至高だが、対象への欲望としてであって、対象の所有としてではない。詩が自らの帝国の広大さを主張するのももっともだが、我々がその広大さに眺め入るのも、捉えがたいまやかしの作用だとただちに心得るのでなければ受け入れられない。それは詩の帝国ではなく、むしろ、詩の無力である。(143)

詩が神話として、つまり、宗教の本質をなす「至高な価値」として機能し、世界の様態を変革する(「詩の帝国」を現実に築き上げる)手段となるためには、伝承によって引き継がれた神話からは独立した新しさを持ち、そうして自ら至高性を体現しなければならず、それと同時に、その自律性が人々に共通して受容され、信仰の対象とならなければいけない。「我々が生きているこの世界」と幅広くまとめられる、ヨーロッパ近代の社会状況にあっては、詩人の自由な幻視が人々に交感され、結集を導くことがもはやないので、詩は、神話を生み出す力、宗教を生み出す力としてありながら、正確には、そうあることにおいて、神話の不在、宗教の不在をかえって人々に指し示すものとなっている。詩が主張する「帝国」の「広大さ」は、ただそうした「広大さ」の失地としてのみ、現実に影を落とすのである。本書のこれまでの論述を顧みるなら、「詩の帝国」は、「宗教の世界、悲劇と内的葛藤の世界」を選択的共同体によって現実化するものである、かつての「悲劇の帝国」に重なるものであり[144]、ここでもまた、その現代における不可能性が「神話の不在」という言葉で表現されている[145]。この不可能性は、バタイユにとって、自らが主導した聖性の共同体の試みの挫折を経て、身を切る経験として感得されたはずのものなのだが、それは早くも、ブレイクの認識のうちに看取されるのである。思い返したいのは、「神話の不在」がそれでもなお、「またひとつの神話」、「唯一真なる神話」だとされ、あるいはまた、愛しい存在の不在が「嗚咽の真実」の煌めきを失われた交流に与えるとされてきたことである[146]。詩の、神話あるいは宗教としての「無力」が顕在化した現代が、神話と宗教の不在によって特徴づけられるのだとしても、そうした不在という「あり得なさ」に目覚めた人間は、今まで以上に開けた視界を手にし、もって、詩の失われた力を空虚のうちに見通す可能性に辿り着くのではないだろうか。このような仮説のもとに、先を読み進めていこう。

　バタイユは、「人間に、悪への恐怖と縁を切るのではなく、眼差しをそらす代わりに、明晰な眼差しを向けることを提案した」という『天国と地獄の結婚』（一七九〇—一七九三年）[147]、また、「彼の目に映る悪である、エネルギーの——暴力の——噴出」を表現する「雑詩集」のいくつかの詩連を引用しながら[148]、ブレイクの詩作品の特性を、「至高な暴力」が人間にとって意味するものである「悪」の一貫した表現に見出す。それでいて、「悪」の表現が善の価値を覆すものとはなり得ない事実を、人間の総体を規定する条件として、ブレイクの作品にも次のように指摘する。

肯定された**悪**の意味とは、自由の肯定であるが、**悪**の自由とはまた、自由の否定でもある。この矛盾は我々の能力を越えるものであって、ウィリアム・ブレイクの能力を越えなかったわけがどうしてあるだろう。反抗者ブレイクは、大革命を民衆の力と呼んだ。だが、彼は、力の盲目的な爆発を称揚していたのだ（盲目的な要素は、神的なものが意味する過剰に応じていると彼には思われたのだが）[149]。

悪が既成の道徳秩序からの自由でありうるのは、それが、道徳秩序から乖離する運動を構成しているかぎりであり、悪自体がひとつの秩序として肯定されるに至れば、その自由の根は絶たれてしまう。こうした認識は、後半部に示される通り、ブレイクのフランス革命に対する態度に演繹されている。バタイユはことに、革命後の恐怖政治を題材とした詩篇「ヨーロッパ」（一七九四年）の数行に着目しながら[150]、「詩的でない言葉では表現し得ない、こうした死の眩暈とその輝きからは、何も引き出してくることはできない。推論的言述では決まり文句を弄するのが関の山だ」と述べ[151]、悪の表象としてのその詩的卓越性が推論的意味に還元される可能性を否定したのちに、以下のように主張する。

歴史が人間を整頓する契機において、このような惑乱が、その無限の意味にもかかわらず、束の間の、現実の動きとは無縁な閃光以上の効力を持つことは、何をもってしてもあり得ない。けれども、この閃光は、素朴な矛盾を越えて、瞬間のうちに、それらの現実の運動を、すべての時代の深みにおいて一致させるのである。この閃光は、革命的なものでなく、瞬間の煌めきの唐突さを持たないのであれば、現在の暗がりを越えて何かに応答することはないだろう。だがそれは、世界を変える革命の特性としてある厳格さに搦め捕られるわけにはいかないのだ[152]。

冒頭に読み取れるように、バタイユは、恐怖政治を含むフランス革命を、ヘーゲル的な歴史の進展の契機（人間総体の次元での自己意識の進展の契機）と理解している。そのなかで生じた激甚な暴力と死についての詩的表象は、革命が有する既成の秩序への突発的な反抗という無動機性を、時代を越えた訴求力の源泉としながらも、世界変革という目的の実現に沿うことを要求する革命の「厳格さ」には服し得ず、したがって、歴史の現実の進展には関わりを持ち得ない。だが、そうあることによって、それは、革命が惹起した目的性を免れる瞬間的なエネルギーの発露を、時代の限定を外れた「すべての時代の深み」とのつながりにおいて描き出す力を持つのである。詩が普遍的な真実を開示するものであるためには、革命のダイナミズムに依拠するにせよ、行動を至上命題とする革命の性格からは自由でなければならないのだ。バタイユは論の最終部で、詩人ブレイクの生を、序言で述べた「再び見出された少年時代」という文学の定義との関連において、こう言い表す。

> ウィリアム・ブレイクの途方もない無関心と子どもらしさ、あり得ないことのなかでも不安のなかでも大胆さを失わない彼の自由闊達さ。彼にあっては、そうしたすべてが、より純真だった年頃の表現なのであり、すべてが、失われた純真さへの回帰の証である。彼がキリスト教徒であったという逆説でさえ、示しているのは次のようなことだ。すなわち、彼は、対立するものの両極において、ふたつの手で、すべての時代の移り変わりを摑んでいたただ一人の者だったのである。[153]

ブレイクの第一の形容に用いられている「無関心（indifférence）」という語が、「無感動（apathie）」との意味の近さにおいて、パートナーを否定するサド作品の登場人物の姿勢に、また、「至上の放蕩者」と「至上の神秘家」とが共通して示す感覚的喜悦への姿勢に、そして最後に、歴史の終焉の先取りとしてのエロティシズムに対する意識に当てはめられていたことは記憶に新しい[154]。「この意識は、現代に深い無関心を、非歴史的な判断の『無感動』を導入する」。ブレイクにおける行動＝歴史への「無関心」は、歴史の終焉以後に可能になるだろう、「すべての時代の深み」にある非歴史的な真実についての意識を同時代のうちに導入するのであり、それゆれブレイクは、ことさらに「賢者（sage）」と名指されもする。だが、「無関心」はまた、同時代における彼の立場を子どもの「マイナー」さのうちに留めずにはおかず、その「英知（sagesse）」は「狂気に近いもの」という立場でしかあり得ないのである[155]。そして、ブレイクの「自由闊達さ」、彼が取り戻す「純真さ」とは、キリスト教徒としての悪への眼差しを通して、さきの引用部の言葉でいえば、そうした悪＝「力の盲目的な爆発」に「神的なものが意味する過剰」を見出すことのできる視座によって可能になるのである。「反抗者ブレイク」が、善と悪という「対立するものの両極」を、「天国」と「地獄」とを反抗において維持したことで、いずれか一方の価値を目指した行動の制約のもとでは捉えられない、子どもの純真さとしての悪の真理が開かれたのである。バタイユの考えでは、新たな価値の創出には行き着かないこうした小児的な反抗こそ、無力な宗教となった詩の本質に他ならない。「ミルトンについて語りながら、ブレイクは、彼は『すべての詩人と同じく、それと知らずに悪魔たちに与していた』と述べた。詩の純粋さを持つ宗教、詩の要請を有する宗教はもはや、悪魔以上の力を持たず、この力が詩の純然たる本質なのである。望んだところで、詩は何も建設できない。詩は破壊し、反抗によってのみ真実となる」[156]。こうして、価値を創出できない詩＝文学の無力は、既成の価値の枠内での純然たる反抗（革命による権力奪取を目指さない反抗）という、目的を持たない純真な真実性に結びつけられるのである。

「おのれ自身に対する不断の反抗」を構成する自然法則に観念論への反駁の根拠を見た「アカデミックな馬」にはじまり[157]、「支配を振るう観念論に対する恥知らずな反抗」であるグノーシス主義を唯物論と連繋させた「低い唯物論とグノーシス主義」[158]、父と息子の主題における、「否定の否定」という「生きられる経験」によって革命を基礎づけた「ヘーゲル弁証法の基礎の批判」[159]、さらには、全体主義による抑圧下での「意識の不幸」に基づく、「反抗する労働者たちの革命に対する心底からの決意」を語った「国家の問題」等に顕著なように[160]、「反抗」はかつて、既存のヒエラルキーを現実に逆転（renversement）する企図と不可分につながれていた。「反抗」のこうした現実的効力がこれほどまで否認されるに至ったことは[161]、本書第二章以降で論及してきた戦後のバタイユの様々な思想変容、とりわけ『呪われた部分』に示される、個の事物化の徹底をもたらす共産主義への危惧が大きな要因をなすだろう。新たに強調される「反抗」の小児的特性が、もっぱら文学の営為に割り当てられることに着目するなら、そうしたバタイユの言辞には、アルベール・カミュの『反抗的人間』（*L'homme révolté*）（一九五一年）が被ったブルトンによる断罪と、続くフランシス・ジャンソンならびにサルトルによる断罪とを目の当たりにして、一貫してカミュ擁護の論陣を張るなかで精錬された思索の直接的な現れを見て取ることが可能だろう。[162]『クリティック』第五五号（一九五一年一二月）所収の論考「反抗の時代」は、『反抗的人間』のロートレアモン論を主たる根拠として、カミュの「最悪の保守主義」と「最悪の体制順応主義」[163]とをあげつらったブルトンに対し、反駁を提示するものである。そこでは、「アルベール・カミュにとっても、シュルレアリスムにとっても、反抗のうちに、人間がおのれの運命を十全に引き受ける根本的運動を見出すことが問題なのである」として、[164]「反抗」の主題をめぐる「彼らの意見の最終的な符合」が指摘され、[165]感情的な反応に基づくブルトンの早まった非難が慨嘆される。[166]加えて、この論考の最終節では、詩および文学と反抗との本質的な結びつきが、次のように積極的に主張されている。

［…］我々の時代の詩――そして文学――には、ひとつの意味しかない。それらは、我々の生に至高な躍動を与えることに、憑かれているのだ。まさにそのために、詩と文学は、かくも絶え間なく、反抗に結ばれているのである（とはいえ、カミュの語る文学と詩は、「政治参加した（engagés）」作家たちの努力――感動的であろうとなかろうと――とは多くの場合無縁である）。問題なのは、現実の世界の限界を否定することであって、それらの限界は、あまりに多くの場合、詩においてこそ意味が与えられる至高性を、詩である至高性を汚しているのだ。[167]

のちにブレイク論でも反復される、外的世界の限界（「事物たちの限界」）を否定するという詩の能力と関連づけられた反抗の観念は、一見するとここでは、詩の無条件の至高性（マイナーなものではない至高性）を根拠づけるものであるかにも読める。だが、別の箇所でバタイユは、「反抗とは人間において、至高であろうとする意志である」という定義を示しながらも、至高性が有罪性を免れ得ないことを、サン＝ジュスト（一七六七―一七九四年）に関するカミュの記述を踏まえながら、以下のように指摘する。

至高性は、その本質において有罪であり、ある意味でそれは、有罪性そのものだとさえ言えるだろう。カミュはこのことを熟知しており、サン＝ジュストの次の言葉を想起させている。「誰も、罪なくして君臨することはできない（Nul ne peut régner innocemment.）」。君臨を、統治［支配］（gouverner）という大まかな意味で理解すれば、これは曖昧である。だが、至高性は、その神的で荘厳な性質がそれ自体において、反抗と同様に、法を越えて存在しているという点で、犯罪のうちにある。「サン＝ジュストは（…）すべての王は反逆者である（…）という公理を据える」。［…］「すべての王は有罪であり、一人の人間が王たらんと望んだ事実により、死を定められる」とカミュは言う。同様に、近代の反逆者も犯罪のうちにある。彼は殺すが、その犯罪によって、今度は自分が死を定められることに同意する。彼は、「死ぬことを、ひとつの生によってひとつの生を償うことを受け入れる」。人間にとって、あらゆる至高性、あらゆる反抗は呪われているのだ[168]。

ブレイクが描いたような、恐怖政治の血塗られたイメージをロベスピエールと並んで体現する人物であるサン＝ジュストが、一七九二年一一月一三日に国民公会で行った処女演説は、ルイ一六世の裁判実施と、その死刑判決への流れを決定づけるほどの影響力を行使したことで知られる[169]。引用されたふたつの発言は[170]、バタイユが読むカミュにあっては、国王の主権の有罪性というよりもむしろ、至高性の有罪性を指し示すものとして捉えられる。カミュはこう述べている。「問題となっているのは、法ではなくて、神学なのだ。王の犯罪は、同時に、至上の秩序に対する罪である。［…］キリストとても、罪人たちを赦すことはできても、偽の神々に赦しを与えることはできない[171]」。つまり、王は、至上なるものを侵犯することから自らの主権を引き出すのだが、侵犯行為の至高な有罪性のために、主権を保つことなく、死をもって裁かれなくてはならないのである。上記のようなカミュの指摘は、実際には、王が「偽の神々」と言われることから窺えるように、「人民の主権が［真に］『神聖なもの』である」というサン＝ジュストの観点を踏まえたものなのだが[172]、バタイユにとってそれは、至高性全般の定立不可能性を言い述べるものなのである。そして、反抗の至高な有罪性を、サン＝ジュストは、自ら反逆者として誠実に引き受けた。彼は、国王にとって死に値した至高性＝

反逆の有罪性が、国王を処断した自らにとっても、等しく死に値することを是認したのである。[173] とはいえ、このように至高性と反抗の「呪い」が真摯に担われるのは、通例ではない。バタイユは次のように言う。

〔…〕至高者は、おのれの権力の真実を完全に裏切り、おのれの至高な起源を、暴力との原初の共犯性を、何ひとつとどめない、ということがありうる。そうなれば、彼は別陣営に移るのだ。彼は、自らの用いる力と威光とを手段に還元する。賭けから身を退き、統治し［支配し］（*gouverne*）、君臨するのを止める（au lieu de régner）。ひたすら私の利益のためだけに統治することさえありうるのだ。爾後、彼は至高なものをもはや何も（名を除いて）持たず、利益のシステムをどの方向であれ越え出るものを何も持たない[174]〔…〕。

至高者が至高性の由来である反抗の有罪性を否認し、権力の座に拘泥してそれを私物化する「裏切り」の事態は、「君臨」から「統治（支配）」への変質として説明される。この変質は、「至高」から「主権」へ、「至高者」から「君主」への移行が死の裁きなしに定着してしまった状態である。本書の観点からは、『文学と悪』の序言において、「ついに再び見出された少年時代」である文学に関して、「だが、少年時代が支配［統治］をするならば、それに真実があるだろうか？（Mais l'enfance qui *gouvernerait* aurait-elle une vérité ?）」という反語が用いられることになる先触れをここに見て取ることができよう[175]。文学と詩、また詩人が有する反抗者としての至高性、子どもとしての至高性は、反抗と至高性の定義そのものにおいて、支配的な価値を構成してしまえば裏切られずにはいないのだ。そしてバタイユは、一見すると逆説的なことに、カミュの「反抗的人間」が備える「節度（mesure）」に、反抗を真摯に遂行しようとする意志を見て取ろうとする。

だが、人間の生を高揚させるそれらの無節度な運動と結ばれたこの抗議は、もはや無節度のなかでは行われない。「反抗的人間」は、労働を考慮に入れてよいことを心得ており、生のすべてを労働の要求に服した歯車装置（un système de rouages）にするのでなければ構わない、と考えるのだ。そして、打ち倒した権力の後継をもはや望まないのも、彼における節度の効果なのである[176]。

[…]

私にはとりわけ、反抗的人間が自ら立ち向かった者たちの後を継ぐことを主張すれば、反抗のなかで与えられた価値を必ずや危機にさらしてしまうということを理解すべきときであるように思われる。[…]節度の意志が、空しい扇動を凌いで、「反抗の運動と、他者の意志を無理矢理従わせようとする逆の傾向とを引き離す」ことができないと、誰が前もって断言できよう[177]。

かくしてバタイユは、「現実の世界の限界を否定すること」を本質とする、「絶え間なく反抗に結ばれた」文学と詩に、労働を考慮する「節度」を認めてまで、支配権を行使しない「マイナー」の立場に留まることを主張するのであり、こうした観点からすれば、文学と詩が「『政治参加した』作家たちの努力[…]とは多くの場合無縁である」と見なされるのは当然の成り行きであろう[178]。実際、バタイユの論述の矛先は、カミュと論難者ブルトンの「符合」を指摘する構成からして、ブルトンよりはむしろ、反抗を革命による権力奪取の手段と見なす、アンガージュマンの文学者たちに向けられているように思われる。このことは、続くジャンソン＝サルトルとカミュとの論争に際したバタイユの姿勢において鮮明になる。

『レ・タン・モデルヌ』誌を舞台として行われた一連の応酬[179]以後の、一九五二年一二月に『クリティック』第六七号に掲載された論考「『反抗的人間』事件」でバタイユは、ジャンソン＝サルトルによるカミュ批判を次のように評定する。「[…]『レ・タン・モデルヌ』の立役者たちは、行動するために書き、進行中の歴史のなかで役割を果たそうと思うままに決意しており、この世界で最も重要なのは、人間の運命を決定することだと信じているので、アルベール・カミュが彼らの意図にきちんと応えないと言って非難するのだ。それは彼らの権利である。彼らが正しいとさえ思える。[…]だが、『レ・タン・モデルヌ』の面々は、そうした精神の反応が、いずれにせよ、時期をとうに逸しているのを忘れているのだ[180]」。文学を通じて行動の歴史への参画を志すサルトルたちにアナクロニズムが見て取られる根拠をなすのは、戦後バタイユの歴史的現在をめぐる危機意識を凝縮したような、以下の認識である。

私は、サルトルやジャンソンほどに、不遇な人たちの苦しみがこの世界において他の何よりも重要性を持つという原則を確信していない。私がそうした原則を信じないとしても、まさに不遇な人たちのおかげで、いつの日か、それを十分に知ることになるのだろうとは分かっている。けれども、さしあたっては、彼らの苦しみはもはや、唯一のものではないように思うのだ。戦争の脅威が、人類全体を絶望的な状況に置いてしまったのだから。特権者たちもこのたびは安全な場所にはおらず、我々をかくも節度なく窮地に追い込んでいるのは、特権者たちの利害ではなくて、歴史なのだ。〔…〕歴史自体のうちに、抑圧よりも大きな悪が存在することは、一目瞭然ではないか？　我々のいるこの世界において、反抗を導くのはもはや、ブルジョワ支配によって抑圧された人々に割り当てられた運命ばかりではない。吐き気を催すまでに我々の反抗心を駆り立てるのは、歴史が非情にも、人類を自殺に追い込んでいることなのだ[181]。

現代が破局的世界戦争の危機に直面しているという見解は、明らかに、アメリカとソヴィエトの緊張がエスカレートするなかで、未曾有に蓄積されたエネルギーの過剰が暴発の瀬戸際に瀕しているという、『呪われた部分』で提示された深い憂慮を反映したものであろう。搾取者と被搾取者の区別なく、人類全体が核戦争による破滅の手前にある状況下で、階級闘争の歴史的進展のみを是として行動することは、ただ時期を逸したものであるばかりか、そうした歴史的進展への寄与を通して――それはソヴィエトの影響力の拡大と不可分であるだろう――、戦争をことさらに招き寄せる結果にもつながりかねないのである。「『レ・タン・モデルヌ』は歴史に与することを選ぶ。政治思想としては、伝統的なマルクス主義の立場に満足し、それに忠実ではないとして、ジャンソンはカミュを非難する。〔…〕行動と歴史が破壊するのは、創造するためだ。〔…〕だが、破壊される財産の総量は、最後には度外れな額になるかもしれないのだ。カミュが『レ・タン・モデルヌ』の安心に突きつけているのは、起こっていることに対する思慮深い恐れである」[182]。行動の歴史そのものが、「度外れな［節度のない］（démesuré）」破壊への歩みを今まさに進めつつあるのだとすれば、求められるのは、革命によってブルジョワ支配に取って代わる権力を確立し、そうして人類を破滅の瀬戸際にいっそう追いやることではなく、破滅的な捌け口に向かう歴史そのものへの反抗を試みることである。「カミュは歴史に反抗している。繰り返して言うが、この立場は維持しがたいものだ。彼は自分を理解しないひとたちに褒めそやされ、分かって欲しいひとたちに憎まれる羽目に陥っている。［…］だが、彼は粘り抜かねばならないのだ。なぜなら、今日、歴史の行き過ぎ［無節度］（démesure）ほど反抗を誘うものはないのだから」[183]。『エロティシズムの歴史』の「エピローグ」における用語法に基づけば、世界戦争という歴史の誤謬を回避するには、エロティシズムの全面的な意識化という、「本来の意味での歴史」からすれば「尻切れとんぼの終焉」を迎え入れることが求められるはずであった[184]。カミュの立場に見出される、歴史の「行き過ぎ＝無節度」への反抗の基礎をなすのが、反抗において立ち向かった相手の権力を後継しないという「節度」でしかないというのもまた、行動の見地からはいたって「尻切れとんぼ」な結論であると言わざるを得ない。「どのようにして歴史に反抗するというのか？　それは、聞き手なくして語る羽目になるということであり、砂漠の石に教えを説くこと、あるいは、ひどく曖昧な言辞を供することだ。つまりは、平和主義者の笑うべき嘆き声の焼き直しだ！」[185]しかしながら、こうした「維持しがたい」仕方で歴史の進展への寄与を拒絶し続けるというのが、この段階では唯一誠実な、革命の便に資さない反抗のあり方なのである。そして、そのように理解された反抗にこそ、行動が生み出した「現実の世界の限界」を否定する営為である、文学と詩の可能性は結ばれているのである。

以上の考察から浮かび上がる、歴史への反抗の維持しがたさと、「行動の必然性」[186]を前にした文学＝詩の権利のなさとの特質の共通性に着目しながら、『文学と悪』のカフカ論に、最後に目を向けてみることにしよう。この論考は、第二次世界大戦後まもなく、共産党系の週刊誌である『アクション［行動］』誌が実施した、「カフカを焚書にするべきか」というアンケートへの言及から始められる。バタイユは、「おのれの本を燃やしたいという欲望に駆られて生き、少なくとも死んだ」カフカの意志ゆえに、作者自身がこのアンケートに賛同の回答を行うことを推定し[187]、その作品を、「火にかけるための書物、事実、燃やし損なわれている物品であり、そこにあるのは消滅するためである」とまで評する[188]。こうして、共産主義者たちが（『行動』が）設定した問いを、敢えて正当なものとして考察していくのである[189]。バタイユが注目するのは、カフカの読書と文学活動を認めなかった、事業家の父とのよく知られている軋轢の関係である。「読むことの犯罪に引き続き、成年になってからは、書くことの犯罪が現れる。文学活動が問題にされたとき、周囲の態度、とりわけ父親の態度は、読書が問題になったときと同じ指弾に溢れていた。〔…〕『僕は座ったままで、前と同じように、家族の方に頭を屈めました…、でも、実際には僕は、今しがた、一撃で身内から締め出されてしまったのです…』[190]」。強調されるのは、それほどの無理解と蔑視を受けたのにもかかわらず、カフカが、文学に携わる自らの存在を父親に承認してもらう望みを持ち続けたということである。

> カフカの性格のうちで風変わりなのは、父親が彼を理解し、彼の読書、長じてからは、文学活動の子どもらしさを大事にし、子どもの頃から自分の存在の本質だと、個性だと思い込んでいるものを、唯一堅固な存在である、大人たちの社会の外に締め出さずにいてくれるのを何よりも望んでいたということである。父親は彼にとって権威者であり、その関心が向けられるのは、有用な行動の価値に限られていた。父親は、現在時の生が従属させられている、目的の優位の象徴だったのであり、大部分の大人たちは、それに固執している。幼稚なことに、カフカは、世の真正な作家と同様、相反する、現在の欲望の優位のもとで生きていたのだった[191]。

未来時における目的の実現のために現在時における享受を犠牲にする、「有用な行動」以外の価値を認めない父親への承認欲求は、「現在の欲望の優位」という文学者としての真正性を、とどのつまりは、「大人たちの社会」にとっての幼稚さを放棄するのでなければ叶うはずがない。それゆえカフカは、本人に届けられずにしまった父親宛の手紙のなかで、父親を前にした「果てしない罪責感」を語り[192]、それを、『審判』（一九一四—一五年執筆）末尾でのヨーゼフ・Kの、死後にも残り続けるような恥辱の感情に重ねたうえで、自分の作品を「わざと長く引き延ばした、あなたへの別れの言葉」と総括しさえする[193]。だが、バタイユは、カフカ自身の言葉に反し、その作品と生をあくまで、父親との決別の不在によって特徴づけようとするのである。「カフカは、自分の作品を全体で、『父親の勢力圏外への脱走の誘惑』と題したいと考えていた。このことを取り違えてはならない。カフカは、本当に逃げ出したいなどとは決して思っていなかった。彼が望んでいたのは、父親の勢力圏内で、ただし、除け者として生きることだったのである」[194]。こうした「除け者」というあり方は、子どもとして承認されたいという二律背反への拘泥の結果として、以下のように説明を加えられる。

ただたんに、彼を認める可能性がまるでない権威（というのも、彼は、譲歩しないことをためらいなく決意していたのだから）に認めてもらうつもりだっただけでなく、カフカには、この権威を打ち負かす気も、それに敵対する気さえもなかったのである。カフカは、彼から生きる手段を取り上げるはずの父親に敵対するのを望まず、自分が大人になり、父親になるのを望まなかった。父親の社会に入り込み、おのれの権利を十全に満たそうと、彼なりの流儀で死に至る闘争を繰り広げていたのだが、ひとつの条件、つまり、今のままの無責任な子どもであり続けるという条件抜きでは、彼は成功を受け入れなかっただろう[195]。

子どもであり続ける権利を確保することが、そうした権利を認めない大人を打倒することに行き着くなら、それは、子ども自身が新しい権威に、「大人」になることであって、おのれが求めてきた権利を進んで否定する結果となるだろう。それゆえ、権利はヘーゲル的な承認をめぐる「死に至る闘争」を通じて求められるのにもかかわらず、闘争は決して、革命という主従の立場の逆転に帰結することはない。それどころか、カミュにおいて「節度」とともになおも維持される、反抗の能動性すら窺われないのである。このような「闘争」のなかでは、大人の権威は揺るぎ得ず、カフカはその権威のもとで「除け者」としてある以外は望むべくもない[196]。カフカによって遂行される、子どもであり続ける権利、すなわち、文学の権利を満たすための闘いは、結局はカミュの言う「反抗」以上に「尻切れとんぼ」な結末をしか持ち得ないように思える。ところが、カミュが「節度」によって、反抗した相手の権力を継ぐのを望まず、さらには、生の労働への従属と一部共存する反抗のあり方を是認し、「生のすべてを労働の要求に服した歯車装置（un système de rouages）にするのでなければ構わない」として[197]、いわば、その「尻切れとんぼ」な様態を敢えて肯定するのとは対照的に、カフカにあっては、闘争を完徹しようとする意志が際立っているのである。カフカは、労働者傷害保険協会職員という「事務仕事の責め苦[198]」と文学活動とを穏便に両立させることができたのにもかかわらず、バタイユの考えでは、労働に関する価値を拒絶し、もっぱら文学的価値を実現することに自らの生を捧げたのだ。

［…］甲斐のない労働の歯車（les rouages du travail ingrat）のうちにおのれを否定し、自分を見失ってしまわないでも、少なくとも義務感を持ってそれを着実にこなしていくことが彼にはできたのだ。それでも彼は、自分の作品の登場人物が持つ抑えがたい気まぐれを、彼らの子どもらしさを、案じるべき無頓着を、スキャンダラスな振る舞いと、彼らの姿勢のあからさまな虚構性を選んだのである。要するに彼は、理由を欠き、意味が整っていないひとつの世界の実存が至高な実存であり続け、死を招き寄せるかぎりではじめて可能になるような実存であり続けることを望んだのだ。

［…］彼は、気まぐれの真理、その真正さが、死に至る病と混乱を避けがたくするのを感じていた[199]。

文学作品のなかでのみ可能になる、「気まぐれ」や「子どもらしさ」、「無頓着」などいった、現在時における享受を労働に優先させるあり方を現実に確保しようとする選択は、労働が支配する世界にあっては、いっさいの正当性のなさゆえに、死に至るほどの困憊をもたらす行いである[200]。バタイユは、ブランショ『火の部分』（*La part du feu*）（一九四九年）のなかのカフカ論（「カフカと文学」）の文章を引きつつ、「権利は［…］行動に属するものだが、『芸術（気まぐれ）は行動に対して権利を有さない』」と述べたのちに[201]、カフカによる権利を求める闘争を、さきの引用部とつながる表現を用いながら、次のように、大人たちとの闘争によってではなく、大人たちとの闘争の拒絶によって、自らを死地に赴かせる経験として浮かび上がらせる。

カフカの物言わぬ絶望的な力とは、彼に生きる手段を与えない権威に異議申し立てをしようとは思わず、権威を前にして対抗の動きを始めるなどというありふれた過ちから離れていることである。もし彼が最後に勝利者となれば、強制を拒んでいた者が、今度は自ら、自分にとっても他者にとっても、おのれが立ち向かった者、強制の責を負う者の同類となってしまう。子どもじみた生、至高で計算のない気まぐれは、勝利のあとには生き残れはしない。［…］間違いなく、冷酷な敵を打ち倒すために闘わないというのは最も骨の折れる行いであり、それは死に身をさらすことである。おのれを裏切らずして耐え抜くためには、ためらいのない、厳しく苦悩に満ちた闘争を進めていかねばならない。それが、この常軌を逸した純粋さを守るための、唯一のチャンスなのだ。(202)

カミュが「節度」によって確保しようとする「反抗」の至高性を、カフカは、権威に反抗せずに自分の生き方を守るための「闘争」を通じて保持しようとする。それは、自分の生きる手段を奪う者からの否定という、勝ち目がない以上、死をもたらすことになる引き裂きに身をさらす「闘争」なのである。こうした論旨の先にバタイユが注目するのが、「ある友人の生活態度のことで父親と口論し、ついには絶望して自殺してしまう若い男の物語」(203)と要約される作品『判決』（一九一二年）である。(204)橋の欄干に摑まりながら、両親への確かな愛を言い遺し、転落する主人公ゲオルク・ベンデマンの描写に続く、「この瞬間、橋の上には文字通り、人々の狂ったような往来があった」という最後のフレーズに、カフカは「激しい射精」をイメージしていたことを述懐しているのだが、これをひとつの手がかりとして、(205)バタイユは、前述のような「闘争」が辿り着く死と絶頂との一致を以下のように分析する。

ゲオルク・ベンデマンの死は、その分身であるカフカにとって、至福を意味するものだった。すなわち、自発的な死刑判決は、彼をそそのかしていた無節度（démesure）の延長だったのだが、最後に父親に愛と敬意とを示すことで、苦悶を取り除いたのである。深い敬愛と、この敬愛への断固とした違反とを一致させるのに、他の手立てはなかったのだ。至高性にはこうした対価が伴うのであり、それは死ぬ権利をしか我が物にできない。それは決して行動することができず、行動のみが持つ権利を要求することが決してできない(206)［…］。

バタイユはこの引用部の少しあとで、「［…］欄干が乗り越えられるときの跳躍は、気まぐれな少年時代のそれだ」という指摘を行うのだが(207)、ベンデマンを突発的な自殺に走らせたのは、カフカ自身が唯一の価値とした、「気まぐれ」や「子どもらしさ」、「無頓着」として現れる、現在時の享受への意志である。ここでは、それは「無節度」と言い表され、自身を抑圧する父親に対して持つ敬愛への「断固とした違反」に結びつけられている。しかしながら同時に、父親に対する敬愛も止むに止まれぬものなのであり、この相克は「苦悶」を高めざるを得ないが、その極まりにおいて自らを進んで死罪に処すことで、相克の瞬間的にして最終的な解消という、比類のない絶頂と「至福」が訪れるのである。おのれの「子どもじみた生、至高で計算のない気まぐれ」を守り抜くための「闘争」は、行動の権利という、勝ち目がなく、勝ってもならない相手との闘いが宿命づける自発的な死を通じて、おのれの権利の不在を「死ぬ権利」へと転換して、行動が支配する世界に差し向ける手立てを得る。少なくとも、権利を持たない者が「死ぬ権利」を行使することだけは、行動によっても防がれ得ないのである。

この論考が、「カフカを焚書にするべきか」という共産主義者からの問いに対する、本人の首肯を証明するためのものであったことを思い起こそう。「オーストリア封建制の時代遅れの世界(208)」で資本家として事業を営んでいた父親と共産主義とは、一見すると齟齬があるようにも思える。だが、『呪われた部分』でカルヴァン主義の発展形態として共産主義が捉えられたように、父の属する「気まぐれの価値をいっさい認めず、子どもらしさが容認されるのは少年時代に限られ、その範囲では愛されるにしても原理においては糾弾される、労働の厳しい競合関係が予告された環境(209)」は、労働＝行動の価値の優位において、共産主義社会にその先鋭を見るものなのである。「ただ理性のみを尊重し、奢侈で無益な生と子どもらしさが日の目を見るような非理性的価値には隠れた個人的利益をしか見ないひとつの党派」である共産主義は、(210)「その原理において、カフカが意味するものの完全な否定であり、その反対物(211)」なのだ。したがって、ベンデマンと、その「分身」であると言われたカフカによる、子どもらしい自らの抹消、そして自らの文学作品の抹消は、死後数十年の時を経て、「行動」を奉じる共産主義からなされようとした断罪に対する、カフカ自身の応答、さらには、「再び見出された少年時代」としての文学全体の応答を構成するものとなる。それは、カミュが「節度」とともに遂行する歴史への「反抗」とは別の、カフカの「無節度」にバタイユが新たに見出した、歴史との「闘争」の唯一無二の形式なのである。それはもはや、「反抗」とは呼べない(212)。「節度」ある「反抗」が、行動に与する作家たちから、歴史からの乖離という無責任を糾弾されたことを目撃したのち、バタイユは、カフカにおける「反抗」の不在を、歴史によって屈させられることのありえない抵抗の可能性として提起するに至ったのだ。カフカ論の最後には、次のようにある。

［…］彼がそうあるところのものは、何ものでもなく、有為な活動によって断罪されるかぎりで存在するものであり、有為な活動の拒否でしかない。それゆえ、カフカはおのれを否定する権威に深く頭を垂れるが、とはいえ、彼の頭の垂れ方は、肯定を叫ぶのよりも荒々しいのだ。彼が頭を垂れるのは、愛しながら、死にゆきながら、そして、愛と死の沈黙を相手に対決させながらであり、相手は彼を屈させることができないだろう。というのも、愛と死にもかかわらず、屈しはしないはずの無こそ、至高な仕方で、彼がそうあるものだからである(213)。

カフカが体現する、文学という子どもらしさは、「有為な活動」、つまり、行動の観点からすると、「何ものでもない」。だが、行動によって無益さを断罪され、のみならず、その断罪を進んで受け入れ、死によって自らの責を負うことで、行動の価値にいっさい抵抗することなく、それでいて、行動に何ひとつ譲らずに、消滅する権利を行使した存在として、おのれの欠落を世界に意識化させることが可能になる。断罪の引き受けと自死を通じた、「何ものでもない（qui n'est rien）」ものから、「無（le *rien*）」への実体的な転位において、行動の世界に自らの不在の存在を示し出すことが、「愛と死の沈黙」を手段とした、行動への文学の「対決」のあり方なのだ。『文学と悪』「序言」が記す通り、「結局は、文学は自らの有罪を認めなくてはならなかった」のだが[214]、行動によるそうした判決こそ、文学に、行動に対立する唯一の力にして、行動が決して取り下げさせることのできない、「死ぬ権利」を付与するのである。カフカは焚書にされてこそ、カフカを焚書にした世界に、自らが描いた至高な気まぐれの価値を、失われたものとして告知するのだ[215]。

「詩が指し示しているのは、詩がそうあるべきであったはずの宗教の、不在である。それは宗教なのだが、愛しい存在の思い出と同じようなもので、不在というあり得なさにひとを目覚めさせるのだ[216]」。宗教という現実世界への通路が失われた事実を意識化させる、詩＝文学の役割は、現代に至って、おのれ自身の喪失の受諾を通じ、現実世界への最後の通路を紡ぎ出すことに向けられる。詩＝文学という「再び見出された少年時代」が、かつては「反抗者」ブレイクのあり方を可能にしたとしても、行動や歴史の名のもとでの審判が、文学者によってすら断定的に発せられる状況にあっては、許されるのはただ、死を通じて、現在時が優位に立つ生の「あり得なさ」を、語られた語の消滅において語ることばかりなのだ。そして、こうした文学の最後の力は、行動の歴史が開始する以前の内奥性への回帰を、内的経験や消尽、エロティシズムや至高性といった諸々の主題に即して探索し続ける、バタイユ自身の語りにも望まれているはずである。歴史が「尻切れとんぼ」な終焉に行き着かず、「非情にも人類を自殺に追い込む」とすれば[217]、「もしも世界が頑として破裂することに拘る」のであれば、「我々はその権利を認める唯一の者たちとなるだろう[218]」。こうしてバタイユは歴史に頭を垂れる。しかしながら、その事実は同時に、バタイユに「空しく語ったという権利」を付与するものでもある[219]。そうなれば、沈黙に追い込まれた語りの空しさは、廃墟と化した現実のうちに、ようやく不在の見通しを開くものとなるだろう。「残るのはただ、広大な、愛された、悲惨な空虚だけである。神話の不在はおそらくこの地表であり、私の足下で確固としているが、おそらくは、じきにこの地表も崩れ去る」。「そして今日、神話は死に、あるいは死にゆくのだから、それを通して我々は、それが生きているとき以上に開けた視界を手にしている」[220]。世界戦争が避けられずに終わった未来をも見据えるバタイユの語りの空しさを、その「空虚」を、文学と詩の無力に重ねながら、こうした「神話の不在」、「宗教の不在」を最後に、「文学の不在」に置き換えなければならない。バタイユは『文学と悪』「序言」で述べている。「文学とは交流である。〔…〕悪の認識における共犯が、強烈な交流の基礎をなす」[221]。だが、裁きのあとの喪失の予感こそ、ブランショの言う「書物の匿名性」を、燃え尽きた書物のイメージのうちに完成し、いかなる場所にあることも許されない「不在の共同体」、「共同体を持たない者たちの共同体」の後味を、文学の交流に、束の間の「共犯」に与えるのではないだろうか[222]。

結論

本書全体を顧みれば、第二次世界大戦の前後に分けて考察した、バタイユにおける行動の論理と文学の主題は、「社会学研究会」時代の論考「魔法使いの弟子」に明示された、「科学の人間」「虚構の人間」「行動の人間」に「分離」した実存をいかにして再統合するか、という問いに貫かれていると言える。[1]『ドキュマン』の反観念主義から、「ヘーゲル弁証法の基礎の批判」の労働者革命論、「国家の問題」以降の反ファシズム論においては、下位の存在による上位の存在の「逆転」が、自然科学や精神分析学、社会学といった科学と、ヘーゲル弁証法とを用いて必然化される。既存の価値秩序や社会秩序を覆すための、情動に基づく行動の発生が学知によって論理化され、そうした論理の幅広い共有を拠り所にして、現実の行動に身を投じることの歴史的な意義が確保されようとする。「科学」と「行動」とをひとつにつなげることによって、実存と社会とを変革することが目論まれるのである。その目論見は、雑誌『アセファル』でのニーチェ的な時間観念への根本的依拠を経て、「社会学研究会」に至り、「神話」というかたちで「虚構」の可能性をも自らのものとすることを志す。正確な知識に基づいて構築された神話を行動に移し、「悲劇」が人間に対して及ぼす支配力を多数による承認へと差し向けることに、ファシズムの脅威を眼前にするなかでの、実存と社会の変革への切迫した希望が託されたのである。だが、戦争による活動の終焉と、共同体の回復不可能な解体により、この希望は決定的に潰える。「科学」と「虚構」と「行動」とが一体となり、「実存の全体性」が取り戻され、悲劇の世界が現実に到来することはもはやありえないという確信が、「神話の不在」という揺るぎない認識を形作る。「実存の全体性」は、今や「内奥性」という言葉で表現し直され、その探求があらためて、「科学」から「行動」への道を通って試みられる。新たに生じた、米ソの終末的世界戦争の回避という至上命題のもと、全般経済学による獲得と消費をめぐる歴史的分析から、生活水準の世界的安定を達成するための行動の必然性が論理化される。行動が失わせた内奥性を、行動を通じて取り戻すための、遥かなる歴史的道程の成立である。しかしながら、この道程は、最後に行動が消滅することを要求する。かたや、東西に二分して現れる行動への意志は、その意志に拘るあまり、世界を消滅させる方向に進んでいる。こうしたなかで生じるのが、「虚構」から「行動」への道の探索である。行動の歴史が終焉を迎えた際の人間の意識を文学によって予告し、行動の世界に行動の最終的な欠落を、つまりは「内奥性」の立ち現れを承認させることが問題となる。文学が示し出すのは行動の死であり、行動はそれを拒む。だからこそ、行動の死は、文学の死を通じて、その拒み得ぬ不在のうちに現前させるほかはない。「神話の不在」は「神話の不在の神話」となり、文学の不在は「愛と死にもかかわらず、屈しはしないはずの無」の文学となり、「科学」から「行動」への道を経た内奥性回復の未来を、欠落のうちに行動へ予示するのである。このような展望こそ、行動がもっぱら破局に突き進むと見えた歴史状況のなかで、それを正しく終焉に導くために、バタイユが保持しようとした最後の可能性なのだ。

　文学が行動に対して行使する力を「死ぬ権利」として本書が抽出するとき、表現の近接性から、ブランショの論考「文学と死への権利（« la littérature et le droit à la mort »）」が否応なく想起されることだろう。事実、バタイユは『文学と悪』のカフカ論で、上記論考と併せて『火の部分』に収められた論考「カフカと文学」から、行動に対する芸術の「権利」のなさを指摘する箇所を引いてきており(2)、ブランショの思索との濃密な連関が窺われるのである。ブランショのこの重要な論考とバタイユの文学論とに想定しうる、そうした連関を、結論部に来て安易に論じ立てることは避けなければならない。とはいえ、バタイユ思想の研究である本書が、バタイユ思想の特性が際立つ範囲でそれを取り扱うことは許されるだろう。ブランショは次のように、文学を、「死」を遡る「実存」の探求と結びつけている。

> 神を見るものは死ぬ。言葉において、言葉に生命を与えるものが死ぬ。言葉とはこうした死の生命であり、「死を担い、死のうちに自らを維持する生」である。驚くべき力だ。だが、何かがかつてはそこにあり、今はもうない。何かが消えてしまった。どうすれば、それをまた見つけられるだろう、どうすれば、前にあったものへ振り返ることができるだろう、私の力はみな、それを後にあるものにすることが本質なのに。文学の言語とは、文学に先立つこの契機の探求である。普通、文学はそれを実存と名づける［…］[3]。

ヘーゲルへの参照に基づいて提起される[4]、言葉によって失われた「実存」への言葉による回帰の探求という文学の定義を、失われた「少年時代」と重なり合う、失われた「内奥性」=「実存」への回帰というバタイユによる文学の定義と結びつけて捉えることは、少なくとも不可能ではないだろう。ブランショが問題にしている死とは、言語の概念化の作用がもたらす個別的実存の死についてであり、これをバタイユは自らの文学論のなかで明示的に考察してはいない。とはいえ、言語化を免れる内的経験=交流の言語を通じた探求を、言語以前、世界の分節化以前の内奥性の言語を通じた探求として読むことには、十分な妥当性があるだろう。そのうえで、ブランショにとって遡るべき死とはまた、決して到達可能なものではないことを銘記しなくてはならない。「［…］実存は、人間の唯一真なる不安である。それはエマニュエル・レヴィナスが見事に示したことだ。実存は、人間を恐怖させる。死がそれに終止符を打つかもしれないからではなく、それが死を排除するからであり、死のもとでなおも存在するからなのだ。実存は不在の底にある現存であり、すべての日が昇っては沈む、逃れられない光である[5]」。言うまでもなく、主張されているのは、死が実際に訪れないということではなく、死が生者にとって、死として経験されることの不可能性である。「私が生きているかぎり、私は死すべき人間だが、死ぬときには人間ではなくなるので、死すべき存在ではなくなり、私はもう死ぬことができない。そして、予測される死が私を恐怖させるのは、死をあるがままのものとして見ているからなのだ。つまり、もはや死ではなく、死ぬことの不可能性として」[6]。よく知られているこれらの数行を敢えて引用したのは、ブランショがそうした死の不可能性の表現をことさらカフカに見て取ることが、本書の結論にとって重要だからだ。死を「ひとが辿り着けない大きな城」として描くことで、カフカは、「我々が置かれている状況の、現在時の事実を再び捉えようとした。彼は文学に、そうした状況を描出する手段としてだけでなく、そうした状況に出口を見つける手段としても、最良のものを見たのである」[7]。したがって、言語による「実存」の探求である文学とは、そのままのかたちで、「存在や観念となるために事物が無化され、破壊される、そうした不在」の探求、「実存が自分自身から切り離され、意味のあるものにされる」ように働く、「死」という「不在」の探求に他ならないのである[8]。ところで、死によって、個別性の限定を外れた「意味」が実存に生み出されるのであるからには、文学に要請されているのは、死による継続であり、そのかぎりでは、死の不可能性であると言ってよいだろう。このことは、カフカの『判決』に関連して、『火の部分』の冒頭の論考「カフカを読むこと」のうちに、次のように示されている。

それら［カフカの物語］はまた、希望を最も悲劇的な仕方で苛む物語でもあるのだが、それは、希望が死を宣告されるからではなく、死を宣告されるに至らないからである。［…］息子が父親の不当にして反駁不能な判決に応じ、父親への揺るがぬ愛を言い述べながら、川に身を投げるのだけでは十分ではない。この死が、奇妙な最後のフレーズによって、実存の継続（continuation）と結びつくのでなければならない。「この瞬間、橋の上には文字通り、人々の狂ったような往来があった」。カフカ自身、このフレーズの象徴的な価値を、正確な生理学的意味を断言していた[9]。

かくして、文学のなかの死は、射精という生理を通じて、生命の伝達につなぎ合わせられる。「カフカの作品は、消えるために行った空しい努力によって、見事に輝く」のである[10]。

明示しておかねばならないが、ブランショが『判決』の最終行に見出す「継続」が、そこにバタイユが見出す「死ぬ権利」と対立するわけではない[11]。事態はむしろ逆であり、バタイユが「死ぬ権利」の行使の先に見定めた、「愛と死にもかかわらず、屈しはしないはずの無」の存在、不在として残存し続けるものの存在を、ブランショは端的に言い表したと評価できるはずである。そもそも、「実存主義から経済学の優位へ」[12]においてバタイユは、ランボーとゴッホ、キルケゴールを例に取りながら、「感情の強烈さが作品を魅力的なものにするのだが、それはまた、作者の壊滅を約束することによって、普遍を基礎づけているのである」と述べ、個として死ぬことによる普遍への移行、つまりは継続（永続）を、芸術作品に当てはめていたのだった[13]。ともあれ、バタイユの言う死がそこで、作品のなかでの死ではなく、「作者の壊滅」であることを見過ごしてはならない。取り上げられているのは、「あまりの緊迫ゆえに、生きながらえることのできない精神」たちなのである[14]。『失われた時を求めて』は、「作品による作者の殺害」を表すものとして、自らの手で決定稿を出版できずにしまったプルースト本人の死に至る過程に重ねられたし[15]、ゲオルク・ベンデマンは、カフカの「分身」として、書き手の運命を予告する存在になる[16]。バタイユが文学に見据えるのは、ただたんに、作品が作者という主体を、その無力において、作品との関係内で死に至らしめることだけでなく、現実に死に至らしめることによって、作品の意義を悲劇のうちに継続させる可能性なのだ。そうした可能性の極致が、無抵抗の死を自ら選んだベンデマン＝カフカであり、さらには、その先に展望される、焚書にされたカフカ、すなわち、作品の死による継続である。これこそ、本書が「文学の不在」と形容した事態である。

そして、作者の死と作品との上記のような関係に、バタイユ自身もまた、等しく取り込まれていることを指摘できるだろう。本書を締めくくるにあたり、バタイユが最晩年に友人のレリスに宛てた手紙を参照してみるのも、そうした観点からは興味深いように思われる。その手紙のなかでバタイユは、かつての秘密結社「アセファル」の活動の内実を、結社に不参加であったレリスに伝える希望を明らかにしている。枢要な部分を抜粋してみよう。

友人の一人が中国から帰ってきたので（ジャック・パンパノーのことを多分君は聞いたことがあるだろう）、「アセファル」という名に結ばれた、常軌を逸した試みの、少なくとも遠い帰結を検討する気になっているのだ。ところで君は、せめて肝心なことについては、知らせておく義務があると思っている一人だ。また始めようなどとはいささかも考えていないが、実のところ、この錯乱した企てには、私自身それとの隔たりを痛感しているにもかかわらず、何かしら滅び得ぬものがあると気づかずにはいられないのだ。[17]

バタイユは同じ時期、こちらは結社の参加者であった、パトリック・ワルドベルグとジョルジュ・アンブロジーノに対しても同趣旨の手紙を送っており、アンブロジーノへは（その手紙の写しが送られているワルドベルグへも）「かつて私たちが一緒に考えたことの続きをやりたいと思っている」と明言していて、[18] 吉田裕が指摘するように、「失敗した試みをやり直したいという願望」が生涯の黄昏に実際に立ち現れたことを想定してもよいかもしれない。[19] だが、文学の死ぬ権利を行動に差し向けたのちに再び現れた、行動への夢、失われた時への回帰の夢は、「何かしら滅び得ぬもの（quelque chose qui n’a pu mourir）」を宿していたにしても、二年後の彼自身の死によって、決定的に潰えてしまうだろう。これらの手紙が現代の読み手にとって、「この書物でもっとも印象的な箇所の一つ」でありうるのは、[20] そこに記されたバタイユの希望、正確にはその挫折を、死が普遍へと移行させたからだ、と言うこともできるだろう。こうしてバタイユは、死に至る文学の運動を自ら完遂する。その帰結はまさしく、歴史のうちに残されたのである。

あとがき

本書は、二〇一四年三月に東京大学大学院総合文化研究科地域文化研究専攻に提出した博士論文をもとにしたものである。序論では、「非合理的なものの純粋な擁護者という従来のバタイユ像を新たにする」というねらいを大きく掲げたが、こうしたねらいを思い描き、歩みを進める過程で、数多くの先行研究を導きの糸としたことはもちろんである。私の力不足ゆえに、引用にまで至れなかったものもあるが、できるかぎり書誌で名を挙げさせていただいた。先達の助けを得て、右のねらいに一歩でも多く近づけたことを願うばかりである。そして、今後読者のみなさまのご叱正を賜り、さらなる研鑽のための力としたいという身勝手な希望を持つことを、どうかお許しいただきたい。

博士論文としての審査に際しては、東京大学大学院総合文化研究科の鈴木啓二先生、増田一夫先生、森山工先生、同名誉教授の湯浅博雄先生、明治大学大学院教養デザイン研究科の岩野卓司先生のご査読をいただいた。

湯浅先生は、私がバタイユと向き合うきっかけを与えてくださった恩師である。それまでも、『眼球譚』や『マダム・エドワルダ』といった小説作品には個人的に触れていたかと思うのだが、先生の「フランス思想テクスト分析」と題された授業でバタイユの「ヘーゲル、死と供犠」の原典講読を経験したことが、私の進路を決定づけることとなった。バタイユのなかでも難解かつ精緻な論理を駆使したこのテクストに、最初に丁寧に接したことが、本書の問題意識の淵源にある。その後、現在まで公私ともに温かなご指導を賜っていることは、幸せだとしか言いようがない。

岩野先生に初めてお会いしたのは、「バタイユ・ブランショ研究会」の席上であったかと思う。一介の学部生であった私に、優しく真摯に接してくださった。その後はバタイユに関係する翻訳などのお仕事のお声がけまでくださり、厳しさも交えて指導を気に掛けてくださっていることが本当に有難い。

増田先生からは、勿体ない温情を一貫してかけていただいている。学部時代、不明だった私は、当時「哲学」に対して抱えていた距離感を処理できずに、もしかすると増田先生に対してもそれを示していたかもしれない。そのような私を鷹揚に迎え入れ、穏やかにご指導くださり、日々の事柄まで気に掛け続けてくださっている。寛大なお心遣いにどれほど救われたか分からない。

森山先生は、近しさと厳格さとを強く兼ね備えた態度で接してくださった。平素は軽妙にこちらを受け入れてくださり、授業の場ではフランス語の読みを峻厳に問い質され、論文審査においては痛烈なご指摘をくださった。そして、痛烈なご指摘のあとにはご配慮のお便りをくださった。鍛えていただいたことを痛感している。

指導教員である鈴木先生には、学部進学から一五年以上が経つ現在まで、細やかで親身なご指導をいただき続けている。修士論文の審査のおり、私の論文が外に閉じているという批判がなされたのに対して、一言、「そうは思いません」と断言してくださったことは、忘れ得ない思い出である。修士課程までは繰り返し丁寧にフォローをくださり、博士課程進学後は私に任せてくださる部分が多くなった。努力や成果に対しては、いつでも最大限の賛辞をかけてくださった。本当に感謝の表しようがない。不肖の弟子ではあるが、本書を公にすることで少しでもご恩に報いられればと願っている。

所属専攻では、論文指導にかぎらず、授業や研究室での会話などを通じて、多くの先生方からご指導をいただいた。池上俊一先生、石井洋二郎先生、工藤庸子先生、原和之先生、吉岡知哉先生のご指南を受けられたことは、私にとって極めて貴重なことであった。また、三年間のフランス留学中には、エヴリーヌ・グロスマン先生、クリストフ・ビダン先生に多大なお世話をいただいた。

私が専攻の場に溶け込むことができたのは、環境作りを担ってくださった先輩方のおかげである。とりわけ、山上浩嗣氏、高桑和巳氏、南玲子氏、阿部崇氏、鈴木順子氏、坂本さやか氏、佐藤朋子氏には面倒をみていただいた。また、磯忍氏、郷原佳以氏、西山達也氏、森元庸介氏、横山義志氏、大森晋輔氏、三枝大修氏には、立場の近い先輩として、研究会等の場でその知見に密接に触れさせていただき、学ばせていただいた。そして、竹本研史氏、塚島真実氏、堤裕策氏、渡名喜庸哲氏、中田健太郎氏、野崎夏生氏、藤岡俊博氏といった、ごく近しい先輩や友人たちとの切磋琢磨や日々の交流なしには、私は存在し得ていない。衷心より感謝する。

本書は、第七回東京大学南原繁記念出版賞の受賞作として刊行いただく誉れを得た。ご選考をくださった先生方、東京大学出版会のみなさまに深く御礼申し上げる。中島隆博先生からは、「『静かな革命』のマニフェストにもなりうる作品」という、恐れ多い、心の奮い立つご講評をいただいた。ご期待を旨に、さらなる研鑽に努めて参りたい。編集作業にあたっては、東京大学出版会の斉藤美潮氏より懇切なお取り扱いをいただいた。感謝申し上げる。また、刊行に向けた作業を温かく見守り、励ましてくださった、東京大学大学院「多文化共生・統合人間学プログラム」の村松真理子先生、梶谷真司先生、林少陽先生をはじめとした先生方や同僚の方々、早稲田大学社会科学部の笠羽映子先生に深謝申し上げる。藤岡俊博氏は、第三回東京大学南原繁記念出版賞受賞者として、本賞に応募するきっかけを私に与えてくれた。私が大学に入ってはじめて言葉を交わした人物であり、それ以来の畏友である。重ねて感謝する。

このあとがきを書きながら、実に拙い我が身とはいえ、比類のない師と友人たちに恵まれ、様々な方々のお力添えをいただけてきたことだけは、誇れるような気がしている。最後に、うだつが上がらない私を支え続けてくれた家族と、愛する妻への感謝を記したい。

中島隆博	共生のプラクシス 国家と宗教	A5	五〇〇〇円
石井洋二郎	異郷の誘惑 旅するフランス作家たち	四六	三二〇〇円
藤岡俊博	レヴィナスと「場所」の倫理	A5	六五〇〇円
工藤庸子	評伝 スタール夫人と近代ヨーロッパ フランス革命とナポレオン独裁を生きぬいた自由主義の母	A5	六五〇〇円
田中純	都市の詩学 場所の記憶と徴候	A5	三八〇〇円
竹峰義和	〈救済〉のメーディウム ベンヤミン、アドルノ、クルーゲ	四六	五九〇〇円

ここに表示された価格は本体価格です．御購入の
際には消費税が加算されますので御了承下さい．

著者略歴

1981年生まれ.

2014年　東京大学大学院総合文化研究科地域文化研究専攻博士課程修了. 博士（学術）.

現　在　東京大学大学院総合文化研究科特任助教, 早稲田大学社会科学部非常勤講師.
20世紀フランス文学・思想専攻.

主要訳書

ドゥニ・オリエ『ジョルジュ・バタイユの反建築――コンコルド広場占拠』（岩野卓司・神田浩一・福島勲・丸山真幸・長井文・大西雅一郎との共訳, 水声社, 2015年）.

ジョルジュ・バタイユ

行動の論理と文学

2018年3月23日　初　版

［検印廃止］

著　者　石川　学《いしかわまなぶ》

発行所　一般財団法人　東京大学出版会

代表者　吉見俊哉

153-0041　東京都目黒区駒場4-5-29

http://www.utp.or.jp/

電話　03-6407-1069　Fax　03-6407-1991

振替　00160-6-59964

印刷所　研究社印刷株式会社

製本所　誠製本株式会社

© 2018　Manabu Ishikawa

ISBN 978-4-13-016036-0　Printed in Japan

JCOPY 〈㈳出版者著作権管理機構 委託出版物〉

本書の無断複写は著作権法上での例外を除き禁じられています. 複写される場合は, そのつど事前に, ㈳出版者著作権管理機構（電話 03-3513-6969, FAX 03-3513-6979, e-mail: info@jcopy.or.jp）の許諾を得てください.

人名索引

ま　行

や　行

ら　行

わ　行

事項索引

あ 行

悪（mal） 16, 17, 22, 24, 168, 208–211, 225
『アセファル』［雑誌］（*Acéphale*） 4, 7, 57, 60, 62, 64–67, 109, 168, 193, 227
アセファル［結社］（Acéphale） 65, 66, 89, 119, 227, 231, 232
あるもの（ce qui est） 105, 124, 127, 141–143
生きられる経験（expérience vécue） 32, 34–37, 47, 60, 107, 211
意識と無意識との綜合（synthèse du conscient et de l'inconscient） 104, 105, 109, 127
異質学（hétérologie） 4, 7, 42–44, 47–49, 67, 101, 120
異質性、異質的（hétérogénéité, hétérogène） 39–45, 47, 49, 64, 65
永劫回帰（éternel retour, retour éternel） 60–62, 68, 70, 71, 82, 88, 96–98, 193
英知（sagesse） 122, 184, 185, 203, 204, 210
エロティシズム（érotisme） 83, 118, 155, 197–200, 202, 203, 205, 206, 210, 217, 224
嗚咽の真実（vérité d'un sanglot） 188, 189, 195, 208

か 行

賭け（jeu, jouer） 95, 96, 98, 100, 101, 103, 106, 214
観念主義、観念論（idéalisme） 5, 7, 12–14, 18–25, 27, 48, 134, 158, 211, 227
逆転（renversement, renverser） 7, 15, 17, 21, 23–27, 29, 36, 47–50, 61, 69–71, 97, 129, 145, 152, 155, 199, 211, 219, 227
供犠（sacrifice） 8, 62, 65, 88, 115, 119, 133, 141, 143, 144, 158, 164–166, 174, 175, 178, 181, 183, 184, 186, 197
『クリティック』（*Critique*） 98, 110, 114, 120, 212
企て（projet） 161, 162, 164, 169, 184, 185, 187
軍隊の帝国（empire des armes） 2, 4, 85, 87–89, 95, 112, 113
賢者（sage） 184, 185, 203, 210
恋人たち、愛しい存在（amants, être aimé） 79–81, 188–190, 193–197, 207, 208, 224
好運（chance） 5, 8, 74, 95, 130, 131, 155, 161, 182, 194
交流（communication） 8, 130, 144, 159, 161–163, 165, 188, 189, 191, 195, 198, 200, 208, 225, 229
コントル＝アタック（Contre-Attaque） 2, 3, 7, 49–54, 56, 119

さ 行

再認（reconnaissance, reconnaître） 169, 189, 190, 193
自己意識（conscience de soi / Selbstbewusstsein） 29, 38, 122, 132, 139–141, 144, 146, 147, 151–154, 195, 202, 203, 209
至高，至高性（souverain, souveraineté） 99, 115, 116, 130, 131, 147, 151, 153, 154, 174, 183–187, 190, 197, 201, 205, 207, 208, 212–214, 220, 221, 223, 224
死ぬ権利（droit de mourir） 9, 20, 204, 222, 224, 228, 231, 232
社会学研究会（Collège de sociologie） 3, 4, 6, 7, 12, 65, 67, 76–78, 80, 83, 88, 89, 95, 106, 107, 109, 111, 119, 134, 195, 227
『社会批評』（*La critique sociale*） 7, 26, 27, 36, 39, 49, 60, 64, 132
瞬間（instant） 60, 61, 67, 70, 97–100, 127–130, 141–144, 151–154, 182, 192, 193, 199, 209, 210
消尽（consumation） 127, 132, 133, 138, 139, 141, 143–145, 147, 150, 154, 182, 195, 203, 224
承認（reconnaissance, reconnaître / Anerkennung） 4, 7, 29, 62, 65, 69, 73–76, 80, 84–89, 106, 107, 109, 140, 198, 218, 219, 227, 228

少年時代（enfance）204, 205, 210, 214, 222–224, 229
消費（dépense）87, 128–130, 132–135, 137, 138, 140, 141, 143, 149, 151, 152, 155, 164, 228
勝利の感情（sentiment de triomphe） 171–174, 176, 177, 181
神的感覚（théopathie, théopathique） 193, 201
神話（mythe）51, 58, 68, 81–84, 88, 89, 94, 95, 102, 109, 111, 117–119, 131, 141, 142, 158, 184, 194–197, 201, 207, 208, 224, 227
神話の不在（absence de mythe）8, 118, 119, 158, 207, 208, 224, 225, 228
推論的言述（discours）8, 9, 47, 48, 124, 125, 131, 159–165, 177, 181–187, 191, 196, 197, 209
聖社会学（sociologie sacrée）7, 66, 75, 76, 92, 107, 116
絶対知（savoir absolu / absolute Wissen） 108, 109, 116, 121, 124, 131, 177, 181, 182, 187
節度，無節度（mesure, démesure）214–217, 219–223
全一者（tout） 121
全体性（totalité）6, 27, 77, 78, 80–84, 87, 110, 132, 154, 227, 228
選択的共同体（communauté élective）86, 88, 89, 95, 113, 119, 158, 208
全般経済学（économie générale）5, 8, 100, 121, 130–134, 139, 141, 147, 153–155, 158, 162, 228

た 行

対立物の一致（identité des contraires / coincidentia oppositorum）13, 44, 45, 67
脱自（extase）1, 5, 62–64, 80, 87, 88, 96, 104, 108, 113, 116, 117, 135, 142, 159, 170, 177, 189
超＝ファシスト、超＝ファシズム（sur-fasciste, sur-fascisme）3, 7, 49, 52–54
使い途のない否定性（négativité sans emploi） 72–76, 78, 109, 140
転覆（subversion, subvertir）45–49, 51, 60, 64, 101, 135, 140, 165
同質性，同質的（homogénéité, homogène） 39–43, 45–49
『ドキュマン』（*Documents*）3, 6, 12, 13, 18, 26, 27, 36, 47–49, 69, 106, 134, 158, 227

な 行

内奥，内奥性（intime, intimité）5, 6, 8, 81, 92, 113, 124–128, 130, 131, 133, 141–144, 146–148, 151–155, 162, 163, 172, 182, 187–190, 192, 193, 195, 202, 203, 206, 224, 228, 229
内的経験（expérience intérieure）5, 6, 8, 104, 105, 108, 109, 116–118, 121, 124, 130, 154, 155, 158–164, 170, 174–178, 181, 185, 187, 191, 192, 224, 229
二次的な共同体（communauté seconde） 112, 113
認識不可能（なもの）（inconnaissable） 108, 109, 117, 131, 164, 166, 168, 169, 171, 177, 181, 182
ノスタルジー（nostalgie）62, 63, 70, 112, 142

は 行

反抗（révolte）15, 16, 21–24, 27, 36, 38, 122, 199, 209, 211–217, 219–221, 223, 224
低い唯物論（bas matérialisme）3, 7, 18, 22, 23, 27, 36, 48
悲劇（tragédie, tragique）4, 61–64, 68, 70, 71, 73, 79, 81, 82, 85–89, 95, 98, 113, 135, 138, 142, 183, 188, 189, 193, 208, 227, 230, 231
悲劇の帝国（empire de la tragédie）3–5, 7, 76, 85–87, 89, 92, 95, 112, 113, 119, 158, 208
非＝知（non-savoir） 108, 117, 121, 177, 182, 187
否定（négation, nier）19–21, 24, 27, 33–35, 37, 39, 48, 60, 72, 121–123, 129, 140, 144, 145, 148, 149, 162, 164, 194, 198–202, 206, 209, 212, 215, 217, 221, 223
否定性（négativité）32, 72–74, 107, 108, 110, 183–185
否定の否定（négation de la négation）33–36, 48, 60, 135, 144, 200, 202, 211
秘密結社（société secrète）65, 66, 83–88, 90,

113, 231
法悦（ravissement）5, 60, 61, 65, 96, 97, 104, 117, 130, 146, 175, 176, 201
ポエジー　8, 164, 166, 172–175, 186

ま 行

マーシャル・プラン（le plan Marshall）　150, 153, 195
民主共産主義サークル（Cercle communiste démocratique）27, 49
無意志的回想（réminiscence）9, 168, 169, 173, 175, 189–191, 195
無感動（apathie）6, 200–203, 210
無神学（athéologie, athéologique）5, 8, 9, 110, 117, 118, 154, 187, 188, 193, 201
無力（impuissance, impuissant）8, 158, 175, 176, 182–187, 195, 197, 204, 207, 208, 211, 225, 231

ら 行

歴史の終焉（fin de l'histoire）71–73, 75, 76, 88, 144, 199, 200, 202, 203, 210
労働（travail）30, 33, 56, 77, 115, 122, 129, 140–147, 152, 155, 184, 195, 197, 202, 206, 210, 214, 215, 220, 222

書誌一覧

I バタイユの著作

La part maudite précédé de *La notion de dépense*, introduction de Jean Piel, Paris, Les Éditions de Minuit, 1967.

Œuvres complètes de Georges Bataille, Paris, Gallimard, t. I–XII, 1970–1988 :

t. I (1970) : « Premiers écrits, 1922–1940 : *Histoire de l'œil* / *L'Anus solaire* / *Sacrifices* / Articles / Présentation de Michel Foucault »

t. II (1970) : « Écrits posthumes, 1922–1940 »

t. III (1971) : « Œuvres littéraires : *Madame Edwarda* / *Le Petit* / *L'Archangélique* / *L'Impossible* / *La Scissiparité* / *L'Abbé C.* / *L'Être indifférencié n'est rien* / *Le Bleu du ciel* »

t. IV (1971) : « Œuvres littéraires posthumes : Poèmes / *Le Mort* / *Julie* / *La Maison brûlée* / *La Tombe de Louis XXX* / *Divinus Deus* / Ébauches »

t. V (1973) : « *La Somme Athéologique*, I : *L'Expérience intérieure* / *Méthode de méditation* / *Post-scriptum 1953* / *Le Coupable* / *L'Alleluiah* »

t. VI (1973) : « *La Somme Athéologique*, II : *Sur Nietzsche* / *Mémorandum* / Annexes »

t. VII (1976) : « *L'Économie à la mesure de l'univers* / *La Part maudite* / *La Limite de l'utile* (Fragments) / *Théorie de la religion* / Conférences 1947–1948 / Annexes »

t. VIII (1976) : « *L'Histoire de l'érotisme* / *Le Surréalisme au jour le jour* / Conférences 1951–1953 / *La Souveraineté* / Annexes »

t. IX (1979) : « *Lascaux* ou *La Naissance de l'art* / *Manet* / *La Littérature et le mal* / Annexes »

t. X (1987) : « *L'Érotisme* / *Le Procès de Gilles de Rais* / *Les Larmes d'Éros* »

t. XI (1988) : « Articles I, 1944–1949 »

t. XII (1988) : « Articles II, 1950–1961 »

Romans et Récits, préface de Denis Hollier, édition publiée sous la direction de Jean-François Louette avec la collaboration de Gille Ernst, Marina Galletti, Cécile Moscovitz, Gille Philippe et Emmanuel Tibloux, Paris, Gallimard, « Bibliothèque de la Pléiade », 2004.

La structure psychologique du fascisme, postface de Michel Surya, Paris, Lignes, 2009.

La notion de dépense, postface de Francis Marmande, Paris, Lignes, 2011.

La valeur d'usage de D.A.F. de Sade, postface de Mathilde Girard, Paris, Lignes, 2015.

La limite de l'utile, préface de Mathilde Girard, Paris, Lignes, 2016.

○日本語訳（主要なもの．著作集は一括のうえで巻号順．それ以外は刊行順）
『ジョルジュ・バタイユ著作集』全 15 巻，二見書房，1971–1996 年：
第 1 巻：『眼球譚　太陽肛門／供犠／松毬の眼』生田耕作訳，1971 年．
第 2 巻：『不可能なもの』生田耕作訳，1975 年．
第 3 巻：『C 神父』若林真訳，1971 年．
第 4 巻：『死者／空の青み』伊東守男訳，1971 年．
第 5 巻：『聖なる神――三部作』生田耕作訳，1996 年．
第 6 巻：『呪われた部分』生田耕作訳，1973 年．
第 7 巻：『エロティシズム』澁澤龍彦訳，1973 年．
第 8 巻：『ジル・ド・レ論――悪の論理』伊東守男訳，1969 年．
第 9 巻：『ラスコーの壁画』出口裕弘訳，1975 年．
第 10 巻：『沈黙の絵画――マネ論』宮川淳訳，1972 年．
第 11 巻：『ドキュマン』片山正樹訳，1974 年．
第 12 巻：『言葉とエロス――作家論 1』山本功／古屋健三訳，1971 年．
第 13 巻：『詩と聖性――作家論 2』山本功／古屋健三訳，1971 年．
第 14 巻：『戦争／政治／実存――社会科学論集 1』山本功訳，1972 年．
第 15 巻：『神秘／芸術／科学――社会科学論集 2』山本功訳，1973 年．

『有罪者』出口裕弘訳，現代思潮社，1966 年．

『マダム・エドワルダ』生田耕作訳，角川文庫，1976 年．

『至高性』湯浅博雄／中地義和／酒井健訳，人文書院，1990 年．

『ニーチェについて』酒井健訳，現代思潮社，1992 年．

『エロスの涙』樋口裕一訳，トレヴィル，1995 年．

『青空』天沢退二郎訳，晶文社クラシックス，1998 年．

『内的体験』出口裕弘訳，平凡社ライブラリー，1998 年．

『文学と悪』山本功訳，ちくま学芸文庫，1998 年．

『［新訂増補］非―知　閉じざる思考』西谷修訳，平凡社ライブラリー，1999 年．

『エロスの涙』森本和夫訳，ちくま学芸文庫，2001 年．

『宗教の理論』湯浅博雄訳，ちくま学芸文庫，2002 年．

『眼球譚〔初稿〕』生田耕作訳，河出文庫，2003 年．

『呪われた部分　有用性の限界』中山元訳，ちくま学芸文庫，2003 年．

『エロティシズム』酒井健訳，ちくま学芸文庫，2004 年．

『空の青み』伊藤守男訳，河出文庫，2004 年．

『ランスの大聖堂』酒井健訳，ちくま学芸文庫，2005 年．

『マダム・エドワルダ／目玉の話』中条省平訳，光文社古典新訳文庫，2006 年．

『純然たる幸福』酒井健編訳，ちくま学芸文庫，2009 年．

『エロティシズムの歴史』湯浅博雄／中地義和訳，ちくま学芸文庫，2011 年．

『ニーチェ覚書』酒井健訳，ちくま学芸文庫，2012 年.
『『死者』とその周辺』吉田裕訳，書肆山田，2014 年.
『ドキュマン』江澤健一郎訳，河出文庫，2014 年.
『ヒロシマの人々の物語』酒井健訳，景文館書店，2015 年.
『魔法使いの弟子』酒井健訳，景文館書店，2015 年.
『マネ』江澤健一郎訳，月曜社，2016 年.
『有罪者　無神学大全』江澤健一郎訳，河出文庫，2017 年.

『パイデイア』第 8 号，「ジョルジュ・バタイユ」，竹内書店，1970 年 8 月．［4 点の翻訳を所収］
『ユリイカ』第 5 巻第 4 号，「バタイユ」，青土社，1973 年 4 月．［2 点の翻訳を所収］
『ユリイカ』第 18 巻第 2 号，「ジョルジュ・バタイユ」，青土社，1986 年 2 月．［6 点の翻訳を所収］
清水徹／出口裕弘編『バタイユの世界』第 3 版，青土社，1995 年．［9 点の翻訳を所収］
『ユリイカ』第 29 巻第 9 号，「バタイユ　生誕 100 年記念特集」，青土社，1997 年 7 月．［5 点の翻訳を所収］
吉田裕『ニーチェの誘惑　バタイユはニーチェをどう読んだか』，書肆山田，1996 年．［8 点の翻訳を所収］
――『異質学の試み　バタイユ・マテリアリスト I』，書肆山田，2001 年．［5 点の翻訳を所収］
――『物質の政治学　バタイユ・マテリアリスト II』，書肆山田，2001 年．［12 点の翻訳を所収］
――『聖女たち　バタイユの遺稿から』，書肆山田，2002 年．［3 点の翻訳を所収］
『水声通信』第 30 号，「ジョルジュ・バタイユ」，水声社，2009 年 8 月．［2 点の翻訳を所収］
『水声通信』第 34 号，「『社会批評』のジョルジュ・バタイユ」，水声社，2011 年 1 月．［4 点の翻訳を所収］
『別冊水声通信　バタイユとその友たち』，水声社，2014 年 7 月．［8 点の翻訳を所収］

II　書簡集・発言集・インタヴュー等（刊行順）

Lettres à Roger Caillois, 4 août 1935–4 février 1959, présentées et annotées par Jean-Pierre Le Bouler, préface de Francis Marmande, Romillé, Éditions Folle Avoine, 1987.
Choix de lettres, 1917–1962, édition établie, présentée et annotée par Michel Surya, Paris, Gallimard, 1997.
Georges Bataille, une liberté souveraine. Textes, entretiens, témoignages, hommages, documents, édition établie et présentée par Michel Surya, Paris, Fourbis, 1997 (nouvelle édition, Tours, Farrago, 2000).

Georges Bataille / Michel Leiris, Échanges et correspondances, édition établie et annotée par Louis Yvert, postface de Bernard Noël, Paris, Gallimard, 2004.

Discussion sur le péché, présentation de Michel Leiris, Fécamp, Lignes, 2010.［「討論　罪について」恒川邦夫訳，清水徹／出口裕弘編『バタイユの世界』第 3 版，青土社，1995 年，511–572 ページ］

À en-tête de Critique. *Correspondance entre Georges Bataille et Éric Weil (1946–1951)*, édition établie, présentée et annotée par Sylvie Patron, Paris, Lignes, 2014.

Marguerite Duras, « Bataille, Feydeau et Dieu »（entretien, 1957）, *Outside. Papiers d'un jour*, Paris, Gallimard, « Folio », 1995, p. 25–33.［「バタイユ，フェドーと神」，『アウトサイド』所収，佐藤和生訳，晶文社，1999 年，183–192 ページ］

Madeleine Chapsal, « Georges Bataille »（entretien, 1961）, *Les écrivains en personne*, Paris, UGE, « 10 / 18 », 1973, p. 22–33.［「ジョルジュ・バタイユとの対話」西谷修訳，『水声通信』第 30 号所収，水声社，2009 年，22–35 ページ］

III　雑誌の再版・活動資料等（オリジナルの刊行順ないし執筆順）

Documents［1929–1931］, préface de Denis Hollier, Paris, Jean-Michel Place, t. I–II, 1991.

La critique sociale［1931–1934］, prologue de Boris Souvarine, Paris, Édition de la Différence, 1983.

« Contre-Attaque ». Union de lutte des intellectuels révolutionnaires. Les Cahiers *et les autres documents octobre 1935–mai 1936*, préface de Michel Surya, Paris, Ypsilon, 2013.

Acéphale［1936–1939］, préface de Michel Camus, Paris, Jean-Michel Place, 1980.［『無頭人《アセファル》』兼子正勝／中沢信一／鈴木創士訳，現代思潮新社，1999 年］

Le collège de sociologie 1937–1939, textes de Georges Bataille et *al*. présentés par Denis Hollier, Paris, Gallimard, 1979（nouvelle édition, « Folio », 1995）.［『聖社会学　パリ「社会学研究会」の行動／言語のドキュマン』兼子正勝／中沢信一／西谷修訳，工作舎，1987 年（旧版の翻訳）］

L'apprenti sorcier, textes, lettres et documents（1932–1939）rassemblés, présentés et annotés par Marina Galletti, Paris, Édition de la Différence, 1999.［『聖なる陰謀　アセファル資料集』吉田裕／江澤健一郎／神田浩一／古永真一／細貝健司訳，ちくま学芸文庫，2006 年（部分訳）］

IV　バタイユ研究

1　単著

ARNAUD, Alain - EWCOFFON-LAFARGE, Gisèle, *Bataille*, Paris, Seuil, 1991.

ARNOULD-BLOOMFIELD, Élisabeth, *Georges Bataille, la terreur et les lettres*, Presses universitaires de Septentrion, Villeneuve d'Ascq, 2009.

AUDOIN, Philippe, *Sur Georges Bataille*, Paris / Cognac, Actual / Le Temps qu'il fait, 1987.

BESNIER, Jean-Michel, *La politique de l'impossible. L'intellectuel entre révolte et engagement*, Paris, Édition de la Découverte, 1989 (nouvelle édition, Nantes, Éditions nouvelles Cécile Defaut, 2014).

——, *Éloge de l'irrespect et autres écrits sur Georges Bataille,* Paris, Descartes & Cie, 1998.

BIZET, François, *Une communication sans échange. Georges Bataille critique de Jean Genet*, Genève, Droz, 2007.

BLANCHOT, Maurice, *La communauté inavouable*, Paris, Les Éditions de Minuit, 1983.［『明かしえぬ共同体』西谷修訳，ちくま学芸文庫，1997 年］

BUVIK, Per, *L'identité des contraires. Sur Georges Bataille et le christianisme*, Paris, Éditions du Sandre, 2011.

CELS, Jacques, *L'exigence poétique de Georges Bataille*, Bruxelles, De Boeck, 1989.

CHATAIN, Jacques, *Georges Bataille*, Paris, Seghers, 1973.

CORNILLE, Jean-Louis, *Bataille conservateur. Emprunts intimes d'un bibliothécaire*, Paris, L'Harmattan, 2004.

DIDI-HUBERMAN, Georges, *La ressemblance informe ou le gai savoir visuel selon Georges Bataille*, Paris, Macula, 1995.

DURANÇON, Jean, *Georges Bataille*, Paris, Gallimard, « Idées », 1976.

ERNST, Gilles, *Georges Bataille, analyse du récit de mort*, Paris, PUF, 1993.

FITCH, Brian T., *Monde à l'envers, texte réversible. La fiction de Georges Bataille*, Paris, Lettres modernes, 1982.

FRANCO, Lina, *Georges Bataille, le corps fictionnel*, Paris, L'Harmattan, 2004.

GANDON, Francis, *Sémiotique et négativité*, Paris, Didier-Érudition, 1986.

GAUTHIER, Mona, *La Jouissance prise aux mots ou la sublimation chez Georges Bataille*, Montréal, L'Harmattan, 1996.

HAMANO, Koichiro, *Georges Bataille. La perte, le don et l'écriture*, Dijon, EUD, 2004.

HEIMONET, Jean-Michel, *Le mal à l'œuvre. Georges Bataille et l'écriture du sacrifice*, Marseille, Éditions Parenthèses, 1986.

——, *Négativité et communication*, Paris, Jean-Michel Place, 1990.

——, *Politique de l'écriture, Bataille / Derrida*, Paris, Jean-Michel Place, 1990.

——, *Pourquoi Bataille ? Trajets intellectuels et politiques d'une négativité au chômage*, Paris, Éditions Kimé, 2000.

HOLLIER, Denis, *La prise de la Concorde. Essais sur Georges Bataille*, Paris, Gallimard, 1974 (nouvelle édition, 1993).［『ジョルジュ・バタイユの反建築　コンコルド広場占拠』岩野卓司／神田浩一／福島勲／丸山真幸／長井文／石川学／大西雅一郎訳，水声社，2015 年］

——, *Les dépossédés*, Paris, Les Éditions de Minuit, 1993.
HOSOGAI, Kenji, *Totalité en excès. Georges Bataille, l'accord impossible entre le fini et l'infini*, Tokyo, Presses universitaires de Keio, 2007.
JORON, Philippe, *La vie improductive. Georges Bataille et l'hétérologie sociologique*, Montpellier, Presses universitaires de la Méditerranée, 2009.
LALA, Marie-Christine, *Georges Bataille, poète du réel*, Oxford, Berne, Berlin, Bruxelles, Francfort-sur-le-Main, New York, Vienne, Peter Lang, 2010.
LEIRIS, Michel, *À propos de Georges Bataille*, Paris, Fourbis, 1988.
LESSANA, Marie-Magdeleine, *De Borel à Blanchot, une joyeuse chance, Georges Bataille*, présentation de *Histoire de l'œil* et *Madame Edwarda*, illustrés par André Masson, Hans Bellmer et Jean Fautrier, Paris, Pauvert, 2001.
LIMOUSIN, Christian, *Bataille*, Paris, Éditions Universitaires, 1974.
LOUVRIER, Pascal, *Georges Bataille, la fascination du mal*, Monaco, Édition du Rocher, 2008.
MANCHEV, Boyan, *L'altération du monde. Pour une esthétique radicale*, Paris, Lignes, 2009.
MARMANDE, Francis, *Georges Bataille politique*, Lyon, PUL, 1985.
——, *L'indifférence des ruines, variations sur l'écriture du* Bleu du ciel, Marseille, Éditions Parenthèses, 1985.
——, *Le pur bonheur, Georges Bataille*, Fécamp, Lignes, 2011.
MAYNÉ, Gilles, *Georges Bataille, l'érotisme et l'écriture*, Paris, Descartes & Cie, 2003.
MONG-HY, Cédric, *Bataille cosmique. Georges Bataille : du système de la nature à la nature de la culture*, Paris, Lignes, 2012.
NANCY, Jean-Luc, *La communauté désœuvrée* (1986, 1990, 1999), Paris, Christian Bourgois, 1999.［『無為の共同体』西谷修／安原伸一朗訳，以文社，2001 年］
PAPANIKOLAOU, Andreas, *Georges Bataille : Érotisme, imaginaire politique et hétérologie*, Paris, Éditions Praelego, 2009.
PERNIOLA, Mario, *L'instant éternel. Bataille et la pensée de marginalité*, Paris, Librairie des Méridiens, 1982.
PRÉVOST, Pierre, *Pierre Prévost rencontre Georges Bataille*, Paris, Jean-Michel Place, 1987.
——, *Georges Bataille et René Guénon. L'expérience souveraine*, Paris, Jean-Michel Place, 1992.
RELLA, Franco - MATI, Susanna, *Georges Bataille, philosophe*, Paris, Mimesis France, 2010.
RENARD, Jean-Claude, *L'« Expérience intérieure » de Georges Bataille, ou la négation du Mystère*, Paris, Seuil, 1987.
SANTI, Sylvain, *Georges Bataille, à l'extrémité fuyante de la poésie*, Amsterdam -

New York, Rodopi, 2007.
SASSO, Robert, *Georges Bataille, le système du non-savoir. Une ontologie du jeu*, Paris, Les Éditions de Minuit, 1978.
SICHÈRE, Bernard, *Pour Bataille. Être, chance, souveraineté*, Paris, Gallimard, 2006.
SURYA, Michel, *Georges Bataille, la mort à l'œuvre* (1987, 1992), Paris, Gallimard, « Tel », 2012. [『G・バタイユ伝　上・下』西谷修・中沢信一・川竹英克訳，河出書房新社，1991 年]
――, *Sainteté de Bataille*, Paris, Éditions de l'Éclat, 2012.
TEIXEIRA, Vincent, *Georges Bataille, la part de l'art. La peinture du non-savoir*, Paris, L'Harmattan, 1997.
WARIN, François, *Nietzsche et Bataille, la parodie à l'infini*, Paris, PUF, 1994.

岩野卓司『ジョルジュ・バタイユ　神秘経験をめぐる思想の限界と新たな可能性』，水声社，2010 年.
江澤健一郎『ジョルジュ・バタイユの《不定形》の美学』，水声社，2005 年.
――『バタイユ　呪われた思想家』，河出書房新社，2013 年.
酒井健『バタイユ　そのパトスとタナトス』，現代思潮社，1996 年.
――『バタイユ入門』，ちくま新書，1996 年.
――『バタイユ　聖性の探求者』，人文書院，2001 年.
――『バタイユ　魅惑する思想』，白水社，2005 年.
――『バタイユ』，青土社，2009 年.
――『夜の哲学　バタイユから生の深淵へ』，青土社，2016 年.
桜井哲夫『「戦間期」の思想家たち　レヴィ＝ストロース・ブルトン・バタイユ』，平凡社新書，2004 年.
福島勲『バタイユと文学空間』，水声社，2011 年.
古永真一『ジョルジュ・バタイユ　供犠のヴィジョン』，早稲田大学出版部，2010 年.
湯浅博雄『未知なるもの＝他なるもの　ランボー・バタイユ・小林秀雄をめぐって』，哲学書房，1988 年.
――『他者と共同体』，未來社，1999 年.
――『聖なるものと「永遠回帰」』，ちくま学芸文庫，2004 年.
――『バタイユ　消尽』，講談社学術文庫，2006 年.
吉田裕『バタイユの迷宮』，書肆山田，2007 年.
――『バタイユ　聖なるものから現在へ』，名古屋大学出版会，2012 年.
和田康『歴史と瞬間　ジョルジュ・バタイユにおける時間思想の研究』，溪水社，2004 年.

2　論文集

Bataille, dir. par Philippe Sollers, Paris, UGE, « 10/18 », 1973.
Écrits d'ailleurs. Georges Bataille et les ethnologues, dir. par Dominique Lecoq et

Jean-Luc Lory, Paris, Éditions de la Maison des Sciences de l'Homme, 1987.
Georges Bataille : actes du colloque international d'Amsterdam (21 & 22 juin 1985), dir. par Jan Versteek, Amsterdam, Rodopi, 1987.
Georges Bataille, il politico e il sacro, dir. par Jacqueline Risset, Napoli, Liguori Editore, 1987.
Cahiers Georges Bataille, n° 1, « Georges Bataille et la pensée allemande », dir. par Dominique Lecoq, Paris, Association des Amis de Georges Bataille, 1991.
Georges Bataille et la fiction, dir. par Henk Hillenaar et Jan Versteek, Amsterdam, Rodopi, 1992.
Georges Bataille après tout, dir. par Denis Hollier, Paris, Belin, 1995.
Bataille-Leiris. L'intenable assentiment au monde, dir. par Francis Marmande, Paris, Belin, 1999.
L'histoire-Bataille. L'écriture de l'histoire dans l'œuvre de Georges Bataille, dir. par Laurent Ferri et Christophe Gauthier, Paris, École nationale des Chartes, 2006.
Sexe et Texte, autour de Georges Bataille, dir. par Jean-François Louette et Françoise Rouffiat, Lyon, PUL, 2007.
Georges Bataille interdisciplinaire. Autour de la Somme athéologique, dir. par Martin Cloutier et François Nault, Montréal, Triptyque, 2009.
Cahiers Bataille, n° 1, Meurcourt, Éditions les Cahiers, 2011.
Georges Bataille, cinquante ans après, dir. par Gilles Ernst et Jean-François Louette, Nantes, Éditions nouvelles Cécile Defaut, 2013.
Cahiers Bataille, n° 2, Meurcourt, Éditions les Cahiers, 2014.
Cahiers Bataille, n° 3, Meurcourt, Éditions les Cahiers, 2016.

3　雑誌特集号

La Ciguë, n° 1, « Hommage à Georges Bataille », 1958.
Critique, n° 195–196, « Hommage à Georges Bataille », 1963.
L'Arc, n° 32, « Georges Bataille », 1967.
Textures, n° 6, « Politique de Bataille », 1970.
L'Arc, n° 44, « Bataille », 1972.
Magazine littéraire, n° 243, « Georges Bataille. La littérature, l'érotisme et la mort », 1987.
Revue des sciences humaines, n° 206, « Georges Bataille », 1987.
Yale French Studies, n° 78, « On Bataille », 1990.
Textuel, n° 30, « Exigence de Bataille, présence de Leiris », 1996.
Les Temps moderne, n° 602, « Georges Bataille », 1998–1999.
Lignes, n° 1, « Sartre-Bataille », 2000.
Lignes, n° 17, « Nouvelles lectures de Georges Bataille », 2005.
Littérature, n° 152, « Georges Bataille écrivain », 2008.

Revue des deux mondes, « Dans l'œil de Georges Bataille », mai 2012.
Critique, n° 788–789, « Georges Bataille, d'un monde à l'autre », 2013.

『現代思想』第 10 巻第 2 号,「バタイユ」, 青土社, 1982 年 2 月.
『言語と文化』第 10 号,「欲望と表現　2012　バタイユ没後　50 年　ポスト・バタイユ思想の展開」, 法政大学言語・文化センター, 2013 年 2 月.
（和雑誌については「I　バタイユの著作」に掲載したものは割愛）

4　論文

ABEL, Lionel, « Georges Bataille et la répétition de Nietzsche »（1946）, trad. de l'anglais par Jean Wahl, *Deucalion*, n° 2, 1947, p. 143–150.
BAUDRY, Jean-Louis, « Bataille et l'expérience intérieure », *Tel quel*, n° 55, 1973, p. 63–76.
——, « Bataille ou le Temps récusé », *Revue des sciences humaines*, n° 206, 1987, p. 9–41.
BESNIER, Jean-Michel, « Bataille : Le système（de l'）impossible », *Esprit*, n° 38, 1980, p. 148–164.
——, « La démocratie et les limites de la rationalité »（1995）, *Éloge de l'irrespect et autres écrits sur Georges Bataille*, Paris, Descartes & Cie, 1998, p. 67–81.
BIDENT, Christophe, « Pour en finir avec le "surfascisme" », *Textuel*, n° 30, 1996, p. 19–35.
BLANCHOT, Maurice, « L'expérience intérieure », *Faux-Pas*, Paris, Gallimard, 1943, p. 51–56.
——, « Le récit et le scandale », *Le livre à venir*（1959）, Paris, Gallimard, « Folio », 1999, p. 260–262.［「物語とスキャンダル」,『来るべき書物』所収, 粟津則雄訳, 筑摩書房, 1989 年, 273–276 ページ］
——, « L'expérience-limite », *L'entretien infini*（1969）, Paris, Gallimard, 1977, p. 300–342.［「限界－経験」湯浅博雄／大森晋輔訳,『終わりなき対話 II　限界－経験』所収, 湯浅博雄／岩野卓司／上田和彦／大森晋輔／西山達也／西山雄二訳, 筑摩書房, 2017 年, 231–287 ページ.］
——, « L'amitié », *L'amitié*, Paris, Gallimard, 1971, p. 326–330.
CELS, Jacques, « Bataille ou l'Antithèse déflorée », *Marginales*, n° 172, 1976, p. 21–26.
CHEVASSUS-MARCHIONNI, Valérie, « Bataille et la psychanalyse. L'itinéraire singulier d'une "expérience intérieure" », in *Georges Bataille interdisciplinaire. Autour de la Somme athéologique*, dir. par Martin Cloutier et François Nault, Montréal, Triptyque, 2009, p. 51–64.
DEBARY, Octave / TELLIER, Arnaud, « Le tournant ontologique de la sociologie », *Les Temps modernes*, n° 602, 1998–1999, p. 168–180.
DERRIDA, Jacques, « De l'économie restreinte à l'économie générale, un hégélianisme

sans réserve », *L'écriture et la différence* (1967), Paris, Seuil, « Points », 1979, p. 369–407. [「限定経済から一般経済へ――留保なきヘーゲル主義」谷口博史訳，『エクリチュールと差異』所収，合田正人／谷口博史訳，法政大学出版局，2013 年，505–564 ページ]

DUBIEF, Henri, « Témoignage sur Contre-Attaque », *Textures*, n° 6, 1970, p. 52–60.

DURAS, Marguerite, « À propos de Georges Bataille » (1958), *Outside*, Paris, Gallimard, « Folio », 1995, p. 34–36.

ERNST, Gilles, « La mort comme sujet du récit : *DIANUS*, de Georges Bataille », in *La mort dans le texte*, dir. par Gilles Ernst, Lyon, PUL, 1988, p. 179–192.

——, « Georges Bataille : position des "reflets" (ou l'impossible biographie) », *Revue des sciences humaines*, n° 224, 1991, p. 105–125.

——, « Bataille et la tradition de la mort en "nature" », *Travaux de littérature*, t. IV, Paris, Klincksieck, 1991, p. 281–297.

——, « *Le coupable*, livre de Georges Bataille », *Travaux de littérature*, t. VIII, Paris, 1995, Klincksieck, p. 427–442.

——, « Georges Bataille, ou les "Cabanes dans le désert" », *Travaux de littérature*, t. XII, Paris, Klincksieck, 1999, p. 185–196.

FAYE, Jean-Pierre, « Changer la mort, Sade et le politique », *Obliques*, n° 12–13, 1977, p. 47–57.

FINAS, Lucette, « Bataille, Proust : la danse devant l'arche. L'objection du triomphe », *La nouvelle revue française*, n° 580, 2007, p. 32–51.

FOREST, Philippe, « De l'absence de mythe », in *Georges Bataille, cinquante ans après*, dir. par Gilles Ernst et Jean-François Louette, Nantes, Éditions nouvelles Cécile Defaut, 2013, p. 125–138.

FOURNY, Jean-François, « À propos de la querelle Breton-Bataille », *Revue d'histoire littéraire de la France*, vol. 84, n° 3, 1984, p. 432–438.

GALLETTI, Marina, « Autour de la société secrète Acéphale. Lettres inédites de Bataille à Carrouges », *Revue des deux mondes*, mai 2012, p. 125–129.

GAUTHIER, Christophe, « *Documents* : de l'usage érudit à l'image muette », in *L'histoire-Bataille. L'écriture de l'histoire dans l'œuvre de Georges Bataille*, dir. par Laurent Ferri et Christophe Gauthier, Paris, École nationale des Chartes, 2006, p. 55–69.

GIRARD, Mathilde, « Le philosophe ne danse pas, il pense. », *Chimères*, n° 64, 2007, p. 56–77.

GUILLAUME, Marc, « La part mal dite de l'économie », in *Bataille-Leiris. L'intenable assentiment au monde*, dir. par Francis Marmande, Paris, Belin, 1999, p. 189–201.

HAMANO, Koichiro, « Bataille lecteur de Camus », in *Georges Bataille, cinquante ans après*, dir. par Gilles Ernst et Jean-François Louette, Nantes, Éditions nouvelles Cécile Defaut, 2013, p. 139–158.

HOLLIER, Denis, « Le matérialisme dualiste de Georges Bataille », *Tel quel*, nº 25, 1966, p. 35–47.［「ジョルジュ・バタイユの二元論的唯物論」門間広明訳，『水声通信』第 30 号所収，水声社，2009 年，78–98 ページ］
——, « La tache aveugle », *L'Éphémère*, nº 3, 1967, p. 8–13.
——, « Le savoir formel », *Tel quel*, nº 34, 1968, p. 18–20.
——, « Le dispositif Hegel / Nietzsche dans la bibliothèque de Bataille », *L'Arc*, nº 38, 1969, p. 35–47.
——, « De l'au-delà de Hegel à l'absence de Nietzsche », in *Bataille*, dir. par Philippe Sollers, Paris, UGE, « 10/18 », 1973, p. 75–96.
——, « La nuit américaine », *Poétique*, nº 22, 1975, p. 227–243.
——, « La tombe de Bataille »（1986）, *Les dépossédés*, Paris, Les Éditions de Minuit, 1993, p. 73–99.
——, « De l'équivoque entre littérature et politique »（1991）, *Les dépossédés*, Paris, Les Éditions de Minuit, 1993, p. 109–130.
——, « L'inénarrable. Les vases non-communicants », in *Georges Bataille après tout*, dir. par Denis Hollier, Paris, Belin, 1995, p. 271–281.
JAY, Martin, « Limites de l'expérience-limite. Bataille et Foucault », trad. par Irène Bonzy, in *Georges Bataille après tout*, dir. par Denis Hollier, Paris, Belin, 1995, p. 35–59.
KLOSSOWSKI, Pierre, « L'expérience de la Mort de Dieu chez Nietzsche, et la nostalgie d'une expérience authentique chez Georges Bataille », *Sade mon prochain*, Paris, Seuil, 1947, p. 155–183.［「ニーチェにおける神の死の体験およびジョルジュ・バタイユにおける本来的体験への郷愁」，『わが隣人サド』所収，豊崎光一訳，晶文社，1969 年，191–210 ページ］
KRISTEVA, Julia, « Bataille solaire, ou le Textes coupable », *Histoires d'amour*, Paris, Denoël, 1983, p. 341–346.
LALA, Marie-Christine, « Bataille et Breton : le malentendu considérable », in *Surréalisme et philosophie*, Paris, Centre Georges Pompidou, 1992, p. 49–61.
LE BOULER, Jean-Pierre, « Du temps de *Contre-Attaque*. L'enquête sur les milices（un inédit de Georges Bataille）», *Cahiers Georges Bataille*, nº 1, 1991, p. 127–140.
LECOQ, Dominique, « *Documents, Achéphale, Critique* : Bataille autour des revues », in *Georges Bataille : actes du colloque international d'Amsterdam (21 & 22 juin 1985)*, dir. par Jan Versteek, Amsterdam, Rodopi, 1987, p. 117–130.
——, « Itinéraires du non-savoir », in *Cahiers Georges Bataille*, nº 1, 1991, p. 69–77.
LEIRIS, Michel, « De Bataille l'impossible à l'impossible "Documents" », *Critique*, nº 195–196, 1963, p. 685–693.
LOUETTE, Jean-François, « Existence, dépense : Bataille, Sartre », *Les Temps modernes*, nº 602, 1998–1999, p. 16–36.

——, « Bataille ou les portraits sans aveu », in *Portraits de l'écrivain contemporain*, dir. par Jean-François Louette et Roger-Yves Roche, Paris, Champ Vallon, 2003, p. 73–97.

MARCEL, Jean-Christophe, « Bataille et Mauss : un dialogue de sourds ? », *Les Temps modernes*, nº 602, 1998–1999, p. 92–108.

MARMANDE, Francis, « Le pas de deux », in *Lectures de Sartre*, dir. par Claude Burgelin, Lyon, PUL, 1986. p. 255–261.

——, « Georges Bataille : La main qui meurt », in *L'écriture et ses doubles*, Paris, CNRS, 1991, p. 137–173.

——, « Le monde est un jeu », in Georges Bataille, *La notion de dépense*, Paris, Lignes, 2011, p. 37–73.

MAUBON, Catherine, « *Documents* : la part de l'ethnographie », *Les Temps modernes*, nº 602, 1998–1999, p. 48–65.

MÉTRAUX, Alfred, « Rencontre avec les ethnologues », *Critique*, nº 195–196, 1963, p. 677–684.

MORÉ, Marcel, « Georges Bataille en présence de la mort » (1963), *La foudre de Dieu*, Gallimard, 1969. p. 210–215.

——, « "Georges Bataille" et la mort de Laure » (1964), in *Écrits de Laure*, texte établi par Jérôme Peignot et le collectif *Change*, Paris, Pauvert, 1997, p. 283–287.

NAGAI, Aya, « L'Expérience intérieure en tant que dépassement du christianisme. À propos de *La Somme athéologique* de Georges Bataille », *Bulletin d'études de langue et littérature françaises*, nº 17, 2008, p. 149–160.

OTTINGER, Didier, « Isolateur et court-circuit. *Documents* ou l'apprentissage surréaliste de la dialectique », *Les Temps modernes*, nº 602, 1998–1999, p. 66–77.

PIEL, Jean, « Bataille et le monde : de "La notion de dépense" à "La part maudite" », *Critique*, nº 195–196, 1963, p. 721–733.

PIERROT, Jean, « Georges Bataille et la politique (1928–1939) », in *Histoire et littérature, les écrivains et la politique*, Paris, PUF, 1977, p. 139–160.

PRADEAU, Jean-François, « Bataille : l'expérience extatique », *Magazine littéraire*, nº 298, 1992, p. 94–96.

QUENEAU, Raymond, « Premières confrontations avec Hegel », *Critique*, nº 195–196, 1963, p. 694–700.

RICHIR, Marc, « La fin de l'histoire. Notes préliminaires sur la pensée politique de Georges Bataille », *Textures*, nº 6, 1970, p. 31–47.

RICHMAN, Michèle, « La signification de la revue *Critique* dans l'œuvre de Bataille », in *Georges Bataille : actes du colloque international d'Amsterdam (21 et 22 juin 1985)*, dir. par Jan Versteek, Amsterdam, Rodopi, 1987, p. 131–146.

RIEUSSET, Isabelle, « Le Collège de sociologie : Georges Bataille et la question du mythe, de l'ethnologie à l'anthropologie : un décentrement épistémologique »,

in *Écrits d'ailleurs. Georges Bataille et les ethnologues*, dir. par Dominique Lecoq et Jean-Luc Lory, Paris, Éditions de la Maison des Sciences de l'Homme, 1987, p. 119–138.

RISSET, Jacqueline, « Haine de la poésie », *Georges Bataille après tout*, dir. par Denis Hollier, Paris, Belin, 1995, p. 147–160.

ROUDINESCO, Élisabeth, « Bataille entre Freud et Lacan : une expérience cachée », in *Georges Bataille après tout*, dir. par Denis Hollier, Paris, Belin, 1995, p. 191–212.

SANTI, Sylvain, « Georges Bataille, la poésie à l'extrémité fuyante de soi–même », *Les Temps modernes*, n° 626, 2003–2004, p. 23–47.

SARTRE, Jean-Paul, « Un nouveau mystique »（1943）, *Situations, I*, Paris, Gallimard, 2004, p. 133–174.［「新しい神秘家」清水徹訳，『哲学・言語論集』所収，鈴木道彦他訳，人文書院，2001 年，20–72 ページ］

SASSO, Robert, « Hegel-Bataille, ou l'enjeu philosophique », *Les Études philosophiques*, n° 33, 1978, p. 465–479.

SEEBAG, Georges, « Breton, Bataille et la guerre d'Espagne », in *Cahiers Bataille*, n° 1, 2011, p. 133–154.

SICHÈRE, Bernard, « Bataille, Proust et le mal », *Les Temps modernes*, n° 602, 1998–1999, p. 189–198.

SOLLERS, Philippe, « Le toit. Essai de lecture systématique », *Tel quel*, n° 29, 1967, p. 25–45.［「屋根——体系的解読の試み（1）」岩崎力訳，清水徹／出口裕弘編『バタイユの世界』第 3 版所収，青土社，1995 年．123–167 ページ］

STEINMETZ, Jean-Luc, « Un poète par défaut », *Promesse*, n° 22, 1968, p. 39–50.

SURYA, Michel, « L'arbitraire, après tout », *L'imprécation littéraire*, Tour, Farrago, 1999, p. 59–79.

——, « L'idiotie de Bataille（ou la passion paradoxale de la raison）», *Humanimalités. Matériologies, 3*, Paris, Éditions Léo Scheer, 2004, p. 17–48.

TAFFOREAU, Jean-Pierre, « L'excès（sur Georges Bataille）», in *L'angoisse, perspectives philosophiques - perspectives psychanalytiques*, Strasbourg, PUS, 1990, p. 119–148.

THÉVENIEAU, Yves, « Procédés de Georges Bataille », in *Georges Bataille et la fiction*, dir. par Henk Hillenaar et Jan Versteeg, Amsterdam, Rodopi, 1992, p. 37–48.

TIBLOUX, Emmanuel, « Le tournant du théâtre. *Numance* 1937 ou "les symboles qui commandent les émotions" », *Les Temps modernes*, n° 602, 1998, p. 121–131.

——, « Georges Bataille, la vie à l'œuvre. "L'apéritif catégorique" ou comment rendre sensible l'intensité de la vie affective », *L'Infini*, n° 73, 2001, p. 49–63.

VIVÈS, Vincent, « Anarchipel — poésie et désordre philosophique », *Littérature*, n° 152, 2008, p. 47–63.

WALDBERG, Patrick, « Acéphalogramme », *Magazine littéraire*, n° 331, 1995 ; repris in Georges Bataille, *L'Apprenti sorcier*, Paris, Édition de la Différence, 1999, p. 584–598.［『聖なる陰謀　アセファル資料集』吉田裕／江澤健一郎／神田浩一／古永真一／細貝健司訳，ちくま学芸文庫，2006 年，456–475 ページ］

井岡詩子「文学における『子ども』らしさと至高性　バタイユのニーチェ論とカフカ論の比較を通して」，『表象』第 9 号所収，表象文化論学会，2015 年，197–212 ページ．

石井洋二郎「欲望の経済学　ジョルジュ・バタイユ」，『フランス的思考』所収，中公新書，2010 年，153–180 ページ．

市川崇「異質なものとその運命　ジョルジュ・バタイユの『ファシズムの心理構造』に見る『異質性』の概念の起源とその射程について」，『藝文研究』第 89 巻所収，慶應義塾大学藝文学会，2005 年，142（175）–169（148）ページ．

——「神秘主義の失墜　社会学研究会の活動に見るバタイユの政治姿勢について」，『藝文研究』第 91 巻第 3 号所収，慶應義塾大学藝文学会，2006 年，90（239）–116（213）ページ．

——「シュル・ファシズムとネオ・ソシアリズム　バタイユ，ドリュー（1）」，『藝文研究』第 101 巻第 2 号所収，慶應義塾大学藝文学会，2011 年，81（176）–101（156）ページ．

——「シュル・ファシズムとネオ・ソシアリズム　バタイユ，ドリュー（2）」，『藝文研究』第 103 巻所収，慶應義塾大学藝文学会，2012 年，100（163）–113（150）ページ．

岩野卓司「プルーストと供犠　バタイユ流『失われた時を求めて』の解釈について」，『言語文化』第 32 号所収，明治学院大学言語文化研究所，2015 年，95–113 ページ．

大森晋輔「クロソウスキーにおけるバタイユ　『神の死』をめぐって」，『東京藝術大学音楽学部紀要』第 40 号所収，2014 年，11–29 ページ．

岡本太郎「わが友——ジョルジュ・バタイユ」，『岡本太郎の本 1　呪術誕生』所収，みすず書房，1998 年，200–204 ページ．

神田浩一「書くことの不可能性という可能性　バタイユにおける自己喪失と書く行為」，『仏語仏文学研究』第 34 号所収，東京大学仏語仏文学研究会，2007 年，123–144 ページ．

長井文「『ドキュマン』におけるバタイユの sousréalisme　人間の根源を目指して」，『仏語仏文学研究』第 29 号所収，東京大学仏語仏文学研究会，2004 年，127–146 ページ．

——「『二つの現実の接近』をめぐって　未来派，シュルレアリスム，ジョルジュ・バタイユ」，『仏語仏文学研究』第 33 号所収，東京大学仏語仏文学研究会，2006 年，143–159 ページ．

——「好運の光景としての戦争　『無神学大全』の日記的断章の意味」，『仏語仏文学研究』第 35 号所収，東京大学仏語仏文学研究会，2007 年，217–233 ページ．

西谷修「言説の怪物——『アカデミックな馬』読解」,『離脱と移動——バタイユ・ブランショ・デュラス』所収，せりか書房，1997年，247–267ページ.
福島勲「神話の可能性，供犠の必然性　バタイユ『魔法使いの弟子』における共同体の設計図」,『仏語仏文学研究』第27号所収，東京大学仏語仏文学研究会，2003年，159–177ページ.
——「『無目的＝非－意味」化の意味　バタイユの思想的特徴とその射程をめぐる一考察」,『仏語仏文学研究』第29号所収，東京大学仏語仏文学研究会，2004年，169–197ページ.
——「ひとりひとりの死の場面で　バタイユの死の概念に見られる個別性」,『死生学研究』第8号所収，東京大学グローバルCOEプログラム「死生学の展開と組織化」，2006年，503–518ページ.
丸山真幸「冷戦初期におけるジョルジュ・バタイユの平和思想」,『クヴァドランテ』第12／13号所収，東京外国語大学海外事情研究所，2011年，117–126ページ.
——「社会学およびシュルレアリスムの道徳的意味　モヌロとバタイユがすれちがうところ」,『言語社会』第10号所収，一橋大学大学院言語社会研究科，2016年，199–213ページ.
——「非常事態にあるシュルレアリスム（あるいはバタイユによる詩の擁護）」,『津田塾大学紀要』第49号所収，津田塾大学紀要委員会，2017年，177–195ページ.
湯浅博雄「バタイユと模擬性＝虚構性」,『立命館哲学』第24号所収，立命館大学，2013年，1–28ページ.

V　その他の参照テクスト

ADAMOWICZ, Elza, « Matière ou métamorphose : Dali et Picasso », *Ceci n'est pas un tableau. Les écrits surréalistes sur l'art*, Lausanne, L'Age d'Homme, 2004, p. 143–175.
AGAMBEN, Giorgio, *L'ouvert, de l'homme et de l'animal*, trad. de l'italien par Joël Gayraud, Paris, Rivages, 2002. [『開かれ　人間と動物』岡田温司／多賀健太郎訳，平凡社ライブラリー，2011年]
ASSOUN, Paul-Laurent, *Freud et Nietzsche* (1980), Paris, PUF, « Quadrige », 1998.
AZOUVI, François, *La gloire de Bergson, essai sur le magistère philosophique*, Paris, Gallimard, 2007.
BAUDRILLARD, Jean, *L'échange symbolique et la mort*, Paris, Gallimard, 1976. [『象徴交換と死』今村仁司／塚原史訳，ちくま学芸文庫，1992年]
BLAKE, William, *Poetry and Prose*, edited by G. Keynes, Londres, Nonesuch Press, 1948.
BLANCHOT, Maurice, *Faux-Pas*, Paris, Gallimard, 1943. [『踏みはずし』粟津則雄訳，筑摩書房，1987年]
——, *La part du feu*, Paris, Gallimard, 1949. [『焔の文学［完本］』重信常喜・橋口守

人訳，紀伊國屋書店，1997 年］
——, *Lautréamont et Sade*, Paris, Les Éditions de Minuit, 1949.［『ロートレアモンとサド』小浜俊郎訳，国文社，1973 年］
——, *L'espace littéraire*, Paris, Gallimard, 1955（« Folio », 1988）.［『文学空間』粟津則雄／出口裕弘訳，現代思潮社，1962 年］
——, *L'entretien infini*, Paris, Gallimard, 1969.［『終わりなき対話 I　複数性の言葉（エクリチュールの言葉）』湯浅博雄／上田和彦／郷原佳以訳，筑摩書房，2016 年／『終わりなき対話 II　限界－経験』湯浅博雄／岩野卓司／上田和彦／大森晋輔／西山達也／西山雄二訳，筑摩書房，2017 年］
——, *L'amitié*, Paris, Gallimard, 1971.
BRÉHIER, Émile, *Histoire de la philosophie allemande*, Paris, Payot, 1921.
BRETON, André, « Première exposition Dali »（1929）, *Point du jour*, *Œuvres complètes*, t. II, Paris, Gallimard, « Bibliothèque de la Pléiade », 1992, p. 307–309.［「第一回ダリ展」，『黎明』生田耕作／田村俶訳，『アンドレ・ブルトン集成第 6 巻』所収，巖谷國士／生田耕作／田村俶訳，人文書院，1974 年，255–258 ページ］
——, *Second manifeste du surréalisme*（1930）, *Œuvres complètes*, t. I, 1988, Paris, Gallimard, « Bibliothèque de la Pléiade », p. 775–833.［『シュルレアリスム第二宣言』生田耕作訳，『アンドレ・ブルトン集成第 5 巻』所収，生田耕作／田淵晋也訳，人文書院，1970 年，57–123 ページ］
——, « Sucre jaune »（1951）, *Œuvres complètes*, t. III, 1999, Paris, Gallimard, « Bibliothèque de la Pléiade », p. 911–913.［「黄色い砂糖」，『野をひらく鍵』，『アンドレ・ブルトン集成第 6 巻』所収，粟津則雄訳，人文書院，1971 年，385–389 ページ］
CAILLOIS, Roger, *L'homme et le sacré*（1939, 1950, 1963）, Paris, Gallimard, « Folio », 1988.［『人間と聖なるもの』塚原史／吉本素子／小幡一雄／中村典子／森永直幹訳，せりか書房，1994 年］
——, « Entretien avec Gilles Lapouge », *La Quinzaine littéraire*, nº 97, 16–30 juin 1970, p. 6–8 ; repris in *Le Collège de sociologie*, éd. par Denis Hollier, Paris, Gallimard, « Folio », 1995, p. 67–68.［『聖社会学　パリ「社会学研究会」の行動／言語のドキュマン』兼子正勝／中沢信一／西谷修訳，工作舎，1987 年，155–156 ページ］
CAMUS, Albert, *L'homme révolté*（1951）, *Œuvres complètes*, t. III, Paris, Gallimard, « Bibliothèque de la Pléiade », 2008, p. 61–324.［『反抗的人間』（『カミュ全集』第 6 巻）佐藤朔／白井浩司訳，新潮社，1973 年］
CARROUGES, Michel, *Franz Kafka*, Paris, Labergerie, 1949.
CHESTOV, Léon, *L'idée de bien chez Tolstoï et Nietzsche*, trad. du russe par Tatiana Beresovski-Chestov et Georges Bataille, Paris, Éditions du Siècle, 1925.［『善の哲学　トルストイとニーチェ』植野修司訳，雄渾社，1967 年（ロシア語原典の

翻訳)]
——, *La philosophie de la tragédie, Dostoïevski et Nietzsche* (1926), trad. du russe par Boris de Schloezer, Paris, Flammarion, 1992. [『悲劇の哲学　ドストイェフスキーとニーチェ』近田友一訳, 現代思潮社, 1968 年 (ロシア語原典の翻訳)]
——, *Kierkegaard et la philosophie existentielle*, trad. du russe par Tatiana Rageot et Boris de Schloezer, Paris, Vrin, 1998.
DURKHEIM, Émile, *Les règles de la méthode sociologique*, Paris, Champ Flammarion, 1999. [『社会学的方法の規準』宮島喬訳, 岩波文庫, 1978 年]
——, *Les formes élémentaires de la vie religieuse*, Paris, PUF, 2003. [『宗教生活の原初形態　上・下』古野清人訳, 岩波文庫, 1975 年]
——, *Sociologie et philosophie*, Paris, PUF, 2004. [『社会学と哲学』佐々木交賢訳, 恒星社厚生閣, 1985 年]
——, *Le suicide*, Paris, PUF, 2007. [『自殺論』宮島喬訳, 中公文庫, 1985 年]
ELIADE, Mircea, *Le sacré et le profane*, Paris, Gallimard, 1979. [『聖と俗　宗教的なるものの本質について』風間敏夫訳, 法政大学出版局, 1969 年]
——, *Le mythe de l'éternel retour, archétype et répétition* (1949), Paris, Gallimard, « Idées », 1985. [『永遠回帰の神話——祖型と反復』堀一郎訳, 未來社, 1963 年 (1954 年公刊の英訳版からの翻訳)]
FREUD, Sigmund, *Psychopathologie de la vie quotidienne*, trad. de l'allemand par Samuel Jankélévitch, Payot & Rivages, « Petite Bibliothèque Payot », 2001. [『日常生活の精神病理学』(『フロイト全集』第 7 巻) 高田珠樹訳, 岩波書店, 2007 年 (ドイツ語原典の翻訳)]
GUÉRIN, Daniel, *Ni Dieu ni Maître. Anthologie de l'anarchisme*, t. I, Paris, François Maspero, 1972. [『神もなく主人もなく　アナキズム・アンソロジー I』長谷川進訳, 河出書房新社, 1973 年]
GURVITCH, Georges, *Les tendances actuelles de la philosophie allemande, E. Husserl, M. Scheler, E. Lask, N. Hartmann, M. Heidegger*, Paris, Vrin, 1930.
HABERMAS, Jürgen, *Le discours philosophique de la modernité, douze conférences*, trad. de l'allemand par Christian Bouchindhomme et Rainer Rochlitz, Paris, Gallimard, 1988. [『近代の哲学的ディスクルス　1・2』三島憲一／轡田収／木前利秋／大貫敦子訳, 岩波書店, 1999 年 (ドイツ語原典からの翻訳)]
HARTMANN, Nicolaï, « Hegel et le problème de la dialectique du réel », trad. par M. R.-L. Klee, in *Études sur Hegel* (publication de la *Revue de Métaphysique et de Morale*), Paris, Armand Colin, 1931, p. 9–40.
HEGEL, G. W. F, *La Phénoménologie de l'Esprit*, trad. de l'allemand par Jean Hyppolite, t. I–II, Paris, Aubier-Montaigne, 1939/1941. [『精神現象学』長谷川宏訳, 作品社, 1998 年 (ドイツ語原典の翻訳)]
HEIDEGGER, Martin, *Lettre sur l'humanisme*, trad. de l'allemand par Roger Munier, Paris, Aubier-Montaigne, 1983. [『ヒューマニズムについて　パリのジャン・

ボーフレに宛てた書簡』渡邊二郎訳，ちくま学芸文庫，1997 年（ドイツ語原典の翻訳）］
——, *Être et temps*, trad. de l'allemand par François Vazin, Paris, Gallimard, 1986.［『存在と時間　上・下』細谷貞雄訳，ちくま学芸文庫，1994 年（ドイツ語原典の翻訳）］

HERTZ, Robert, « Prééminence de la main droite »（1907）, *Mélanges de sociologie religieuse et de folklore*, Paris, Félix Alcan, 1928.［ロベール・エルツ『右手の優越』吉田禎吾／内藤莞爾／板橋作美訳，ちくま学芸文庫，2001 年］

HUSSERL, Edmund, *Méditations cartésiennes, introduction à la phénoménologie*, trad. de l'allemand par Gabrielle Peiffer et Emmanuel Levinas, Paris, Vrin, 1992.［『デカルト的省察』浜渦辰二訳，岩波文庫，2001 年（ドイツ語原典の翻訳）］

JANICAUD, Dominique, *Heidegger en France*, t. I–II, Paris, Hachette, « Pluriel », 2005.

JASPERS, Karl, *Nietzsche, introduction à sa philosophie*, trad. de l'allemand par Henri Niel, Paris, Gallimard, « Tel », 1978.［『ニーチェ』（『ヤスパース選集第 18・19 巻』）草薙正夫訳，理想社，1966–1967 年（ドイツ語原典の翻訳）］

KAFKA, Franz, *Journal intime*, suivi de *Esquisse d'une Autobiographie*, *Considération sur le Péché*, *Méditations*, trad. par Pierre Klossowski, Paris, Grasset, 1949［『日記』（『カフカ全集』第 7 巻）谷口茂訳，新潮社，1981 年（ドイツ語原典の翻訳）］

KLOSSOWSKI, Pierre, « Karl LŒWITH, *NIETZSCHES PHILOSOPHIE DER EWIGEN WIEDERKUNFT DES GLEICHEN*. — Berlin, 1935 », *Acéphale*, n° 2, janvier 1937 ; repris in *Acéphale*, Paris, Jean-Michel Place, 1995（réimpression）, p. 29–32.［『無頭人《アセファル》』兼子正勝／中沢信一／鈴木創士訳，現代思潮新社，1999 年，103–113 ページ］
——, « Entre Marx et Fourier », *Le Monde*, 31 mai 1969, supplément au n° 7582（page spéciale consacrée à Walter Benjamin）; repris in *Le Collège de sociologie*, éd. par Denis Hollier, Paris, Gallimard, « Folio », 1995, p. 883–885.［「マルクスとフーリエのあいだ」中沢信一訳，『聖社会学　パリ「社会学研究会」の行動／言語のドキュマン』所収，兼子正勝／中沢信一／西谷修訳，工作舎，1987 年，565–566 ページ］

KOJÈVE, Alexandre, *Introduction à la lecture de Hegel*, Paris, Gallimard, « Tel », 1992.［『ヘーゲル読解入門　『精神現象学』を読む』上妻精／今野雅方訳，国文社，1987 年］

LABARRIÈRE, Pierre-Jean / JARCZYK, Gwendoline, *De Kojève à Hegel, 150 ans de pensée hégélienne en France*, Paris, Albin Michel, 1996.

LALANDE, André, *Vocabulaire technique et critique de la philosophie*, Paris, PUF, 9e édition, 1962.

LAURE, *Écrits de Laure*, Paris, Pauvert, 1977.

LEVINAS, Emmanuel, *Quelques réflexions sur la philosophie de l'hitlérisme* (1934), suivi d'un essai de Miguel Abensour, Paris, Payot & Rivages, « Rivages poche / petite bibliothèque », 1997.［「ヒトラー主義哲学に関する若干の考察」，『レヴィナス・コレクション』所収，合田正人編訳，ちくま学芸文庫，1999 年，91–107 ページ］
——, « L'autre dans Proust », *Deucalion*, n° 2, 1947, p. 117–123.［「プルーストにおける他者」，『固有名』所収，合田正人訳，みすず書房，1994 年，156–165 ページ］
——, *De l'existence à l'existant* (1947/1978), 2e éd. augmentée, Paris, Vrin, 2004.［『実存から実存者へ』西谷修訳，講談社学術文庫，1996 年］
LÖWITH, Karl, *Nietzsche, philosophie de l'éternel retour du même*, trad. de l'allemand par Anne-Sophie Astrup, Paris, Hachette, « Pluriel », 1998.［『ニーチェの哲学』柴田治三郎訳，岩波書店，1960 年（ドイツ語原典の翻訳）］
MAUSS, Marcel, *Sociologie et anthropologie*, Paris, PUF, 2004.［『社会学と人類学 1・2』有地亨／伊藤昌司／山口俊夫訳，弘文堂，1973・1976 年］
——, *Essai sur le don*, Paris, PUF, 2007.［『贈与論 他二篇』森山工訳，岩波文庫，2014 年］
MONNOYER, Jean-Maurice, *Le peintre et son démon. Entretiens avec Pierre Klossowski*, Paris, Flammarion, 1985.
NIETZSCHE, Friedrich (Frédéric), *Le gai Savoir (« La gaya Scienza »)*, trad. par Henri Albert, Paris, Mercure de France, 1901.［フリードリッヒ・ニーチェ『悦ばしき知識』（『ニーチェ全集』第 8 巻）信太正三訳，ちくま学芸文庫，1993 年（ドイツ語原典の翻訳）］
PÉTREMENT, Simone, *La vie de Simone Weil, avec les lettres et d'autres textes inédits de Simone Weil* (1973), Paris, Fayard, 1997.［『詳伝　シモーヌ・ヴェイユ』杉山毅・田辺保訳，勁草書房，全 2 巻，2002 年］
PINTO, Louis, *Les neveux de Zarathoustra, la réception de Nietzsche en France*, Paris, Seuil, 1995.
PROUST, Marcel, *À la recherche du temps perdu*, Paris, Gallimard, « Bibliothèque de la Pléiade », t. I–IV, 1987–1989.［『失われた時を求めて』鈴木道彦訳，集英社文庫ヘリテージシリーズ，全 13 巻，2006–2007 年］
REICH, Wilhelm, *La psychologie de masse du fascisme*, trad. de l'anglais par Pierre Kamnitzer, Paris, Payot & Rivages, 1998.［『ファシズムの大衆心理　上・下』平田武靖訳，せりか書房，1986 年（ドイツ語原典の翻訳）］
RIDIER, Jacques Le, *Nietzsche en France, de la fin du XIXe siècle au temps présent*, Paris, PUF, 1999.
ROUDINESCO, Élisabeth, *La bataille de cent ans, histoire de la psychanalyse en France*, t. I–II, Paris, Seuil, 1986.
SAINT-JUST, Antoine-Louis de, *Œuvres complètes*, Paris, Gallimard, « Folio », 2004.

SARTRE, Jean-Paul, « Denis de Rougemont : “L’amour et l’occident » (1939), *Situation, I*, Paris, Gallimard, 2004, p. 57–64. [「ドニ・ド・ルージュモン『愛と西欧』」清水徹訳, 『シチュアシオン I 評論集』所収, 佐藤朔他訳, 人文書院, 1965年, 53–60ページ]

THIRION, André, *Révolutionnaires sans révolution*, Paris Robert Laffont, 1972.

TODD, Olivier, *Albert Camus, une vie*, Paris, Gallimard, « Folio », 1999 (nouvelle édition). [『アルベール・カミュ ある一生 上・下』有田英也／稲田晴年訳, 毎日新聞社, 2001年]

WAHL, Jean, *Le malheur de la conscience dans la philosophie de Hegel* (1929), Paris, PUF, 1951.

Boris Souvarine et la Critique sociale, dir. par Anne Roche, Paris, Édition de la Découverte, 1990.

Le grand Robert de la langue française, Paris, Dictionnaire le Robert, 10e édition, 2001.

Petit Larousse des jeux, Paris Larousse, 2005.

Cahiers Laure, Meurcourt, Éditions les Cahiers, 2013.

Le trésor de la langue française informatisé : http://atilf.atilf.fr/

アリストテレース『詩学』松本仁助／岡道男訳, 『アリストテレース『詩学』・ホラーティウス『詩論』所収, 岩波文庫, 1997年, 7–222ページ.

池内紀／若林恵『カフカ事典』, 三省堂, 2003年.

岡本太郎「自伝抄」(1976年), 『岡本太郎の本1 呪術誕生』所収, みすず書房, 1998年, 205–247ページ.

岡谷公二「引き裂かれた旅人 民族学者アルフレッド・メトローの場合」, 『新潮』第101巻第7号所収, 2004年7月, 197–248ページ.

フランツ・カフカ『カフカ小説全集』(全6巻) 池内紀訳, 白水社, 2000–2002年.

剣持久木『記憶の中のファシズム 「火の十字団」とフランス現代史』, 講談社選書メチエ, 2008年.

アンリ・ジャンメール『ディオニューソス——バッコス崇拝の歴史』小林真紀子／福田素子／松村一男／前田寿彦訳, 言叢社, 1991年.

ミゲル・デ・セルヴァンテス「ヌマンシアの包囲」牛島信明訳, 『スペイン黄金世紀演劇集』所収, 牛島信明編訳, 名古屋大学出版会, 2003年, 24–70ページ.

丹下和彦『ギリシア悲劇 人間の深奥を見る』, 中公新書, 2008年.

中田健太郎「理論の見る夢 オートマティスムの歴史」, 『思想』第1062号所収, 岩波書店, 2012年10月, 26–59ページ.

永田実『マーシャル・プラン 自由世界の命綱』, 中公新書, 1990年.

フリードリッヒ・ニーチェ『善悪の彼岸 道徳の系譜』(『ニーチェ全集』第11巻) 信太正三訳, ちくま学芸文庫, 1993年.

――『この人を見よ　自伝集』（『ニーチェ全集』第 15 巻）川原栄峰訳，ちくま学芸文庫，1994 年．

マルティン・ハイデッガー『形而上学とは何か（増訂版）』（『ハイデッガー選集』第 1 巻）大江精志郎訳，理想社，1961 年．

藤岡俊博『レヴィナスと「場所」の倫理』，東京大学出版会，2014 年．

ウィリアム・ブレイク『ブレイク全著作』（全 2 巻）梅津濟美訳，名古屋大学出版会，1989 年．

ヨーゼフ・ブロイアー／ジークムント・フロイト『ヒステリー研究　上・下』金関猛訳，ちくま学芸文庫，2004 年．

ジークムント・フロイト『1919–22 年：不気味なもの／快原理の彼岸／集団心理学』（『フロイト全集』第 17 巻）須藤訓任／藤野寛訳，岩波書店，2006 年．

G・W・F・ヘーゲル『大論理学　上巻の一』（『ヘーゲル全集』6a）武市健人訳，岩波書店，1956 年．

――『自然哲学』長谷川宏訳，作品社，2005 年．

カール・ヤスパース『ニーチェとキリスト教』（『ヤスパース選集』第 11 巻）橋本文夫訳，理想社，1965 年．

八巻和彦「解説――豊饒なる逆説」，ニコラウス・クザーヌス『学識ある無知について』所収，山田桂三訳，平凡社ライブラリー，1994 年，310–317 ページ．

山口誠一『ニーチェとヘーゲル　ディオニュソス哲学の地下通路』，法政大学出版局，2010 年．

湯浅博雄『反復論序説』，未來社，1996 年．


岩野卓司編『共にあることの哲学　フランス現代思想が問う〈共同体の危険と希望〉1 理論編』，書肆心水，2016 年．

柴田三千雄／樺山紘一／福井憲彦編『世界歴史大系　フランス史 2』，山川出版社，1996 年．

註

序　論

（1） Georges Bataille, *Méthode de méditation, Œuvres complètes*, t. V, Paris, Gallimard, 1973, p. 218．強調はバタイユによる．

（2） ジャン＝フランソワ・ルエット「プレイヤッド版『小説と物語』編集夜話」濱野耕一郎訳，『水声通信』第30号所収（「特集　ジョルジュ・バタイユ」），2009年5・6月，197ページ．

（3） Cf. Georges Bataille, *La littérature et le mal*, t. IX, 1979, p. 201–202．なお，バタイユ研究の近年の重要な成果のひとつである，*Georges Bataille, cinquante ans après*, dir. par Gilles Ernst et Jean François Louette, Nantes, Édition Cécile Défaut, 2013 の裏表紙には，バタイユのこの表現を承けた，次のような文言が見られる．「[…] バタイユにとって文学そのものである，こうしたセイレーンの歌を鳴り響かせなければならない．この歌のなかでは，魅惑と恐怖とが混じり合う」（強調は原文）．言うまでもなく，こうした背表紙の文言は研究書そのものの傾向とは区別されなければならないが（当該研究書所収の論文は本書でも参照する．なお，編者の一人はルエットである），バタイユの文学観の神秘的なイメージが違和感なく流布している現状を浮かび上がらせているようにも思われる．

（4） « “Contre-Attaque” Union de lutte des intellectuels révolutionnaires », O. C., t. I, 1970, p. 382.

（5） Georges Bataille, « Enquête sur les milices. La prise du pouvoir et les partis », in Jean-Pierre Le Bouler, « Du temps de *Contre-Attaque*. L’enquête sur les milices（un inédit de Georges Bataille）», in *Cahiers Georges Bataille*, n° 1, dir. par Dominique Lecoq, Paris, Association des Amis de Georges Bataille, 1991, p. 131．強調はバタイユによる．

（6） « La note adressée par les surréalistes à la presse », in Georges Bataille, « Notes », O. C., t. I, *op. cit.*, p. 672–673.

（7） Cf. Michel Leiris, « Lettre à Georges Bataille（le 3 juilllet 1939）», in Denis Hollier（éd.）, *Le collège de sociologie*, Paris, Gallimard, « Folio », 1995, p. 819–821 ; Georges Bataille, « Lettre à Roger Caillois（le 20 juillet 1939）», in Denis Hollier（éd.）, *Le collège de sociologie*, *op. cit.*, p. 833–839.

（8） Georges Bataille, « Le cheval académique », O. C., t. I, *op. cit.*, p. 162.

（9） Georges Bataille, « Matérialisme », O. C., t. I, *op. cit.*, p.179–180.

（10） Cf. Georges Bataille, « Le bas matérialisme et la gnose », O. C., t. I, *op. cit.*, p. 220–226.

（11） Georges Bataille, « La structure psychologique du fascisme », O. C., t. I, *op. cit.*, p. 371.

（12） *Ibid*. 強調は引用者.

（13） Cf. Georges Bataille, « Nietzsche et les fascistes », O. C., t. I, *op. cit.*, p. 447–465.

（14） Cf. Georges Bataille, « Chronique niezschéenne », O. C., t. I, *op. cit.*, p. 477–490.

（15） Cf. Georges Bataille, « Attraction et répulsion. II. La structure sociale », in Denis

Hollier (éd.), *Le collège de sociologie*, *op. cit.*, p. 144–168.

(16) ヘーゲル哲学に依拠したこの観念の詳細については，本書第 1 章第 6 節および第 7 節で検討する．

(17) Georges Bataille, *L'expérience intérieure* (1943, 1954), O. C., t. V, *op. cit.*, p. 15. 強調はバタイユによる．

(18) Georges Bataille, « Le "Jeu lugubre" », O. C., t. I, *op. cit.*, p. 212, 214.

(19) Georges Bataille, « De l'existentialisme au primat de l'économie », O. C., t. XI, 1988, p. 306. 強調はバタイユによる．

(20) Georges Bataille, *L'histoire de l'érotisme*, O. C., t. VIII, 1976, p. 163.

(21) Georges Bataille, *La littérature et le mal*, O. C., t. IX, *op. cit.*, p. 172. 強調はバタイユによる．

(22) Cf. Georges Bataille, « L'apprenti sorcier », in Denis Hollier (éd.), *Le collège de sociologie*, *op. cit.*, p. 313–315.

第 1 章　武器としての論理

第 1 節　「逆転」への序章 ――『ドキュマン』誌時代の反観念主義

(1) 創刊の経緯と，路線転換をめぐる発行者との軋轢については，以下の記述を参照．Michel Surya, *Georges Bataille, la mort à l'œuvre* (1987, 1992), Paris, Gallimard, « Tel », 2012, p. 140–143. 国立図書館賞牌部職員であるバタイユが寄稿していた美術・考古学学術誌『アレチューズ』(*Aréthuse*) の主宰者であり，『ドキュマン』の発起人であるピエール・デスペゼルは，バタイユに対し，1929 年 4 月の時点ですでに，「これまでに私が見た様子だと，あなたがこの雑誌に選んだタイトルは，あなたの精神状態に対するドキュマン［資料］を与えてくれるという意味でしか正当ではありません．それは大したことですが，万事十分なわけではありません」と懸念を示している (Pierre d'Espézel, « Lettre à Georges Bataille (le 15 avril 1929) », cité par Surya, *Georges Bataille, la mort à l'œuvre*, *op. cit.*, p. 142–143). 他方，バタイユの友人で，編集に加わっていたミシェル・レリスは，「バタイユが――頑固な田舎者で，何もしていないように見えても，自分の考えをあきらめはしない――手の内を明かすことを決心するのには，第 4 号まで待たねばならなかった」としている (Michel Leiris, « De Bataille l'impossible à l'impossible "Documents" », *Critique*, n° 195–196, 1963, p. 690). この第 4 号から，見出しの「学説，考古学，美術，民族誌学」が，「考古学，美術，民族誌学，雑録 (Variétés)」に置き換えられた．また，以下の研究は，『ドキュマン』というタイトルの選択に，1929 年 1 月にリュシアン・フェーヴルとマルク・ブロックによって創刊された雑誌『アナール』(『社会経済史年報』(*Annales d'histoire économique et sociale*)) が主導した，資料を問いに付すことを通じて歴史学を刷新する企図からの方法論上の影響を推測している．「この言葉［ドキュマン］を選んだことにこそ――レリスによれば，使えるもののなかで最も無個性的だったからということだが，この正当化に甘んじるわけにはいかない――，『アナール』誌を，より正確には，雑誌の企てを成熟させた，方法論的な討議を参照した事実を見て取るのが妥当だと私には思われる．古文書学校の卒業生であるバタイユはもちろん，歴史学が自らを刷新する原動力になそうとしていた，資料の検討に通暁していた」(Catherine Maubon, « *Documents* : la part de l'ethnographie », *Les Temps modernes*, n° 602, 1998–1999, p. 51–52).

(2) Cf. Michel Surya, *Georges Bataille, la mort à l'œuvre*, *op. cit.*, p. 139.

(3) バタイユの意向により，ミシェル・レリス，ジョルジュ・ランブール，マルセル・グリオール，ロジェ・ヴィトラック，ロベール・デスノス，ジャック＝アンドレ・ボワファールら，シュルレアリスムからの脱退者が編集に携わった．彼らが他の学術的執筆者とのあいだにもたらした緊張を跡づけたものとして，上述のシュリヤによる伝記のほか，以下を参照．Dominique Lecoq, « *Documents, Achéphale, Critique* : Bataille autour des revues », in *Georges Bataille : actes du colloque international d'Amsterdam* (*21 et 22 juin 1985*), dir. par Jan Versteeg, Amsterdam, Rodopi, 1987, p. 117–130. 表題が示す通り，この研究は，『ドキュマン』に加え，『アセファル』，『クリティック』というふたつの雑誌の発刊をめぐるバタイユの企図を結びつけて論じたものであり，全体を通して興味深い．

(4) 本書では，idéalisme や idéaliste という語に関し，観念や観念的なものに対する志向を幅広く指すものとして，「観念主義」の訳語を採用するが，物質的なものに対する観念の優位を見て取る哲学的思弁をとくに指す場合には，文脈に応じて「観念論」の訳語を当てることがある．また，matérialisme や matérialiste に関しては，idéalisme / idéaliste の対義語として用いられる場合，「物質主義」の訳語が採られることが多いが，本書では，「実利主義」という意味での物質主義との区別を明確にする必要性と，バタイユがこれらの語を用いる際に，多かれ少なかれマルクス主義的な含意を込めていることとに鑑み，バタイユ自身の主張を指すものとしては，「唯物論」の訳語を採用する．

(5) 最も明確な事例として，第 7 号（1929 年 12 月）所収の，同名のダリの作品を論じた「痛ましき遊戯」では，「詩のたいへんな不能ぶり（la grande impuissance poétique）」，「隷属した高貴さ，間抜けな観念主義（cette noblesse servile, cet idéalisme idiot）」が批判されるなかで，ブルトンが同年の第 1 回ダリ展展覧会カタログの序文（1929 年 11 月）に記した「キンメリア（Cimméries）」「宝の土地（terres des trésors）」といった言葉が，詩の現実離れした性格を表すものとして，出典が示されないながらもこれ見よがしに引用されている．Cf. Georges Bataille, « Le "Jeu lugubre" », O. C., t. I, 1970, p. 211–216. なお，上記の序文では，ブルトンが『ドキュマン』誌に対して，「衣魚（mites）」「勝ち誇る『文献調査』（« documentation » triomphante）」などといった皮肉を書き連ねており（cf. André Breton, « Première exposition Dali », *Point du jour, Œuvres complètes*, t. II, Paris, Gallimard, « Bibliothèque de la Pléiade », 1992, p. 307），バタイユによる同序文への当て擦りには，そうした皮肉への意趣返しの意図があると思われる．ダリをめぐる両者の諍いの経緯を跡づけたものとしては，以下を参照．Elza Adamowicz, « Matière ou métamorphose : Dali et Picasso », *Ceci n'est pas un tableau. Les écrits surréalistes sur l'art*, Lausanne, L'Age d'Homme, 2004, p. 143–159.

(6) Georges Bataille, « Figure humaine », O. C., t. I, *op. cit.*, p. 183, en note. 強調はバタイユによる．なお，通常，「対立物の一致」という術語に関して第一に想起されるのは，ニコラウス・クザーヌスの coincidentia oppositorum であるが，この観念にヘーゲル弁証法の先駆を見る指摘がしばしば提起される．以下の記述を参照．八巻和彦「解説――豊饒なる逆説」，ニコラウス・クザーヌス『学識ある無知について』所収，山田桂三訳，平凡社ライブラリー，1994 年，314 ページ．「対立物の一致」についてのヘーゲル自身の記述としては，たとえば『大論理学』第 2 版の序文に，以下のようにある．「[…] 大事なことは，言語の中で思惟規定が名詞や動詞の上に表わされ，それが対象的形式に打ち出されるということである．ドイツ語はこの点では他の近世語に比べて多くの長所をもっている．のみならず，その語の多くはそれぞれ異な

る意味をもつのみでなく，更に反対の意味をももつという特性を具えているのであって，その点でそこに言語の思弁的精神さえも認められるのである．こういうような語にぶっつかり，思弁の所産であって悟性にとっては矛盾と思われるような反対の一致（die Vereinigung Entgegengesetzter）を，反対の意味をもつ一語として，素朴な形ではあれ，すでに辞書の中に発見するということは，たしかに思惟にとって一つの喜びである．それ故に哲学は，ここでは一般に特別な術語を必要としない」（G・W・F・ヘーゲル『大論理学　上巻の一』（『ヘーゲル全集』6a）武市健人訳，岩波書店，1956 年，8–9 ページ．旧字体を新字体に改めた）．訳者の武市は「反対の一致」に coincidentia oppositorum と付記しており，ヘーゲルのこの語にクザーヌスへの参照を見て取っている．

(7)　Georges Bataille, « Figure humaine », art. cit., p. 183–184.

(8)　*Ibid*., p. 183, en note.

(9)　*Ibid*., p. 184．ただし，そうした「現代科学」の業績の具体的内容は明示されていない．

(10)　*Ibid*.

(11)　*Ibid*．ここで念頭におかれているヘーゲルの議論は，『エンツュクロペディー』第 2 部（『自然哲学』）第 250 節の，「概念の支配が抽象的にしかつらぬかれず，個々の部分の形成が外的条件に左右されるのは，自然の『無力』を示すものである」という記述と，その注解にあたる，「自然が無力である以上，自然哲学にも限界があるわけで，自然界の偶然な要素をきちんと把握すべきだ，いや，きちんと構成すべきだ，演繹すべきだ，と概念に要求するのは，見当外れもはなはだしい」という記述であると思われる（G・W・F・ヘーゲル『自然哲学』長谷川宏訳，作品社，2005 年，40–41 ページ．この訳文では「不出来」は「無力」と訳されている）．1932 年に公刊される，レイモン・クノーとの共著論文「ヘーゲル弁証法の基礎の批判」においては，「観念を現実化することについての自然の無力が，哲学に対する限界を設置した」というヘーゲルの引用が，「『エンツュクロペディー』第 250 節，補遺（*Encyclopédie*, § 250, appendice）」と書誌情報を示した仕方で行われている（Georges Bataille et Raymond Queneau, « La critique des fondements de la dialectique hégélienne », O. C., t. I, *op. cit*., p. 279）．

(12)　Georges Bataille, « Figure humaine », art. cit., p. 184．強調はバタイユによる．

(13)　André Breton, *Second manifeste du surréalisme, Œuvres complètes*, t. I, « Bibliothèque de la Pléiade », 1988, p. 825.

(14)　*Ibid*., p. 826．強調はブルトンによる．「いかなる体系にも野獣のごとく敵対する」という表現は，バタイユがツァラに向けた批判のなかの，「実際，いかなる体系にも野獣のごとく敵対するという断固とした決意が，体系的なものを持つのを目にすることなど決してないだろう」という文章から引かれたものである（Georges Bataille, « Figure humaine », art. cit., p. 183, en note）．

(15)　Georges Bataille, « Le cheval académique », art. cit., p. 162.

(16)　*Ibid*.

(17)　*Ibid*., p. 163.

(18)　西谷修は次のように，「アカデミックな馬」における「自然現象と文化現象」の「混同」に，通常の論理に則っては言い表すことのできない，理性と言語を逸脱した事態を表現しようとする積極的な意志を見て取っているが，本書は，「文化現象」にあくまで科学的必然性を付与しようとするバタイユの企図を重視するものである．「この言説［『アカデミックな馬』の言説］を不透明にしている奇妙な逸脱は，逸脱によっ

てしかおのれを表現しえない言語の外（決して言語に還元されえず，いいかえれば概念化することができず，言語はとりあえずという形でしかそれを表現代行できないという意味で）にあるものの固有の表出なのである．この文章は，理性的な表現を批判し，『人間の夜』の表出への積極的な評価を，説得をめざした論理的なしかたで提出しているわけではない．『客観的判断』という慎ましい装いで後者の優位の『必然性』が導き出されてはいるが，『客観性』は人間的尺度と展望とを逸脱して，正当な論理がふまえるべき階層（自然現象と文化現象）を混同し，荒唐無稽というのでなければナンセンスな展開によって，あらかじめ言説の語る部分は無力になっている．それはあたかも，内奥の擾乱という嵐の海にしたたかゆさぶられた理性が，もちまえの制禦の力を失い，不安で暴力的な酔いのなかのまどろみのうちに語り出すうわごとであるかのようだ」（西谷修「言説の怪物――『アカデミックな馬』読解」，『離脱と移動――バタイユ・ブランショ・デュラス』所収，せりか書房，1997年，259–260ページ）．

（19） Georges Bataille, « Architecture », O. C., t. I, *op. cit*., p. 172.

（20） *Ibid*.

（21） *Ibid*.

（22） *Ibid*., p. 171–172．なお，以下の研究は，バタイユのみならず，『ドキュマン』誌全体の特性を，民族学を中心とした科学的知見によって従来の美術史を覆す企図に見て取っている．Christophe Gauthier, « *Documents* : de l'usage érudit à l'image muette », in *L'histoire-Bataille*. *L'écriture de l'histoire dans l'œuvre de Georges Bataille*, Paris, École nationale des Chartes, 2006, p. 55–69.

（23） Georges Bataille, « Le langage des fleurs », O. C., t. I, *op. cit*., p. 177–178.

（24） *Ibid*., p. 177.

（25） *Ibid*.

（26） *Ibid*．強調はバタイユによる．

（27） Georges Bataille, « Le gros orteil », O. C., t. I, *op. cit*., p. 200．強調はバタイユによる．

（28） *Ibid*.

（29） *Ibid*.

（30） *Ibid*., p. 200–201．強調はバタイユによる．

（31） *Ibid*., p. 203．強調はバタイユによる．

（32） *Ibid*., p. 203–204．強調はバタイユによる．

（33） *Ibid*., p. 204.

（34） 『ドキュマン』第2年次の発行号については，出版月の記載がなく，全集版の註でも記載が省略されている．過誤を避けるため，本書でも出版年のみを表示する．

（35） Georges Bataille, « Matérialisme », art. cit., p. 179–180．強調はバタイユによる．

（36） Georges Bataille, « Le bas matérialisme et la gnose », art. cit., p. 224.

（37） *Ibid*., p. 220．強調はバタイユによる．

（38） バタイユが当時，ヘーゲル的な「否定」をどのように理解していたかについては，ヘーゲルの著作への実際の参照がなされない以上，その筆致から推し量ることしかできないのだが，この論考の執筆時点でバタイユが読んでいた可能性のある，ジャン・ヴァール『ヘーゲル哲学における意識の不幸』（1929年）のなかには，たとえば以下のような記述が見られる．「だが，懐疑的な意識が絶えず自分で自分を否定する，ということがすべてなのではない．懐疑的な意識は，精神の諸力の働きと運動の意識化であり，思考というこの絶対的否定性の意識化なのである．もっとも，絶対的否定性は，不幸な意識のなかでしかおのれを十全に覚ることはないだろうが，それこそ

が，『精神現象学』全体のバネをなしているのである．なぜなら，『精神現象学』は，自らのうちに感覚される分離を埋め合わせていこうとする，意識の努力の叙述だからだ．否定の契機がこの歴史のうちには暗黙に存在していて，それは，諸辞項の一方が他方との関わりにおいてのみ実在しており，ついには他方そのものである，という帰結を導いたのだが，それと，媒介の観念，また時間の観念という，この三つの観念がヘーゲル弁証法の根底にあるものなのであり，それらがここで，意識の白日のもとに現れるのである」（Jean Wahl, *Le malheur de la conscience dans la philosophie de Hegel*（1929）, Paris, PUF, 1951, p. 121）．バタイユは，1932 年 11 月に『社会批評』誌第 6 号に発表したレイモン・クノーとの共著の書評のなかで，同書に好意的に言及しており（cf. Georges Bataille et Raymond Queneau, « REVUE PHILOSOPHIQUE（Nos 11–12. Nov.-Déc. 1931）», O. C., t. I, *op. cit.*, p. 299–300），1933 年 9 月の論考「国家の問題」（『社会批評』誌第 9 号）での参照が窺われるなど，バタイユのヘーゲル解釈への影響の大きさが想定される．

（39） Georges Bataille, « Le bas matérialisme et la gnose », art. cit., p. 220–221．強調はバタイユによる．

（40） *Ibid.*, p. 221, en note．強調はバタイユによる．

（41） 本書 13 ページで引用（cf. Georges Bataille, « Figure humaine », art. cit., p. 183）．後半部は以下．*Ibid.*, p. 184．直後には，「演説者の鼻に蠅が止まるのを，いわゆる自我と形而上学全体との論理的矛盾に還元することはできない」という言及も見られる（*ibid*．強調はバタイユによる）．

（42） 本書 14 ページで引用（cf. *ibid.*）．

（43） 本書 15 ページで引用．「人間の生に特有であるかに見えるあらゆる逆転は，こうした交互に繰り返される反抗の一様相でしかないだろう」（Georges Bataille, « Le cheval académique », art. cit., p. 163）．

（44） とはいえ，「破壊」や「逆転」を導く要素として「矛盾」のみを重視する観点は，次のように避けられている．「他方で，矛盾を摂理として扱うようなことは，もはや問題とならなかった．それはたんに，物質的現実の発展の数ある特性のうちのひとつとなったのだ」（Georges Bataille, « Le bas matérialisme et la gnose », art. cit., p. 221, en note）．

（45） 前述のヴァールの著作で，『精神現象学』の本質的プロセスが，まさにこうした「意識の逆転」に見て取られていることからの影響を考慮してよいかもしれない．ヴァールの記述は以下．「意識の二元性のようなものが存在するのだ．意識はただちに，意識がそのような様相のもとに定義されたばかりのものの反対物なのである．こうした意識の逆転は，この逆転そのもののうちで自らを補完しようとする努力と並んで，『精神現象学』の本質的プロセスとなることだろう」（Jean Wahl, *Le malheur de la conscience dans la philosophie de Hegel*, *op. cit.*, p. 121）．

（46） Georges Bataille, « Le bas matérialisme et la gnose », art. cit., p. 222.

（47） *Ibid.*, p. 223．強調はバタイユによる．

（48） *Ibid.*, p. 224．強調は引用者．

（49） *Ibid.*, p. 224–225．強調はバタイユによる．

（50） 「低い唯物論とグノーシス主義」の既出の引用部を参照．「それゆえ，ヘーゲル的な観念論が弁証法的唯物論に取って代わられたときには（それは，諸々の価値の完全な逆転によって果たされたのであり，思考の担っていた役割が物質に与えられたのである），物質は抽象ではなく，矛盾の源だったのだ」（*ibid.*, p. 221, en note）．

（51） ディディエ・オッタンジェは，ブルトンが『シュルレアリスム第二宣言』のな

かでバタイユに下した，「世界において最も下劣なもの，最も意気阻喪させるもの，最も腐敗したものをしか重視したくないと公言する」（André Breton, *Second manifeste du surréalisme*, *op. cit.*, p. 824）という評価に応答する仕方で，『ドキュマン』におけるバタイユの営為を，観念や真理という高次の価値に低次なものを対抗させる弁証法的な気遣いによって特徴づけている．「1929 年の時点ですでにブルトンが粗描していた，『世界において最も下劣なもの，最も意気阻喪させるもの，最も腐敗したものをしか重視したくないと公言する』バタイユのカリカチュアとは反対に，『ドキュマン』支配人の著作が示しているのは，真正に弁証法的な気遣いであり，この気遣いゆえに，彼は，低いもの，下劣なものを，観念的に構築された形態，論理的に確立された真理に抗する闘いへとつねに動員するのである」（Didier Ottinger, « Isolateur et court-circuit. *Documents* ou l'apprentissage surréaliste de la dialectique », *Les Temps modernes*, nº 602, *op. cit.*, p. 75．なお，『シュルレアリスム第二宣言』が 1929 年刊とされているのは，著作として 1930 年に出版された版ではなく，1929 年 12 月に『シュルレアリスム革命』第 12 号に掲載された旧版を参照していることを意味する）．本書が着目する，『ドキュマン』時代のバタイユのヘーゲル哲学をめぐる理解の変遷を視野に収めるものではないが，上記の指摘はことに，「低い唯物論」の特性を浮かび上がらせるものとして読むときに有用である．

（52） Georges Bataille, « Les écarts de la nature », O. C., t. I, *op. cit.*, p. 229．強調はバタイユによる．

（53） *Ibid.*, p. 230.

（54） *Ibid.*

（55） この論考の末尾では，「形態による哲学的弁証法の表現」の事例として，セルゲイ・エイゼンシュテインのモンタージュ映画「戦艦ポチョムキン」が挙げられている．Cf. *ibid.*

（56） レイモン・クノーは，「花言葉」，「人間の姿」，「低い唯物論とグノーシス主義」に一貫する，反ヘーゲル主義に基づくヘーゲル的観点としての「一種の自然の弁証法（une sorte de dialectique de la nature）」の存在を指摘している．クノーの指摘はあくまで，この時期のバタイユの思索の反ヘーゲル的性格を際立たせようとするものであり，ヘーゲル哲学に対する「還元の体系（système de réduction）」というバタイユの批判が重視され，さらには，「低い唯物論とグノーシス主義」における，自我と理性が低いものに従属することの主張に，「一種の弁証法的反ヘーゲル主義（une sorte d'anti-hégélianisme dialectique）」が見て取られている．ただし，『ドキュマン』でのヘーゲルについての最後の言及として紹介される「自然の逸脱」に関しては，そこで論じられている形態の弁証法に，「たんなる怪物性の『還元』ではないような『自然の弁証法』（cette "dialectique de la nature" qui ne serait pas seulement une "réduction" des monstruosités）」が感得されているが，考察はなされていない．Cf. Raymond Queneau, « Premières confrontations avec Hegel », *Critique*, nº 195–196, *op. cit.*, p. 694–697.

（57） Georges Bataille, « Le "Jeu lugubre" », art. cit., p. 211.

（58） *Ibid.*, p. 213–214.

（59） Georges Bataille, « Architecture », art. cit., p. 171.

（60） Georges Bataille, « Le "Jeu lugubre" », art. cit., p. 212–213.

第 2 節　『社会批評』誌の時代（1）――「ヘーゲル弁証法の基礎の批判」

（61） 以下，スヴァーリンの経歴についてはとりわけ以下の記述を参照．Michel Surya,

« “Le premier désaveuglé” », *Georges Bataille, la mort à l'œuvre*, *op. cit*., p. 187–195.

(62) そのことを示す一例として，シュルレアリストたちは，1927 年 1 月のフランス共産党入党に先立ち，スヴァーリンのもとに出向いて，事の是非に対する見解を尋ねたという．党を除名された自分は見解を述べる立場にない，というのがスヴァーリンの返答だった．Cf. *ibid*., p. 194.

(63) なお，この論考は，1955 年に出版された雑誌『ドゥカリオン［デウカリオン］』のヘーゲル研究特集号に再録されており，公表から 23 年を経てなお，執筆者自身が重要性の認識を抱いていたことが窺われる（*Deucalion*, n° 5, 1955, p. 45–59）．バタイユのヘーゲル解釈が論題とされる際には，アレクサンドル・コジェーヴが高等研究院で 1933 年から 39 年にかけて行った『精神現象学』講義からの影響が第一に指摘され（バタイユは，彼を「十度も引き裂き，粉砕し，打ち殺した」その講義（Georges Bataille, « Notes » de *Sur Nietzsche*, O. C., t. VI, 1973, p. 416）に 34 年 1 月以降，39 年 5 月の最終回まで出席した），それ以前の時期についてはしばしば，「おそらくは性急な読解」（Michel Surya, *Georges Bataille, la mort à l'œuvre*, *op. cit*., p. 221）などといった否定的な評価が下されるのだが，『社会批評』掲載のこの論考が，コジェーヴによる講義の圧倒的なインパクトののちも，必ずしも棄却されるものではなかったことはより注目されてよい．

(64) 共著者クノーの証言による．Cf. Raymond Queneau, « Premières confrontations avec Hegel », art. cit., p. 697.

(65) Georges Bataille et Raymond Queneau, « La critique des fondements de la dialectique hégélienne », art. cit., p. 280.

(66) *Ibid*., p. 277–278. 強調はバタイユによる．

(67) *Ibid*., p. 277.

(68) Nicolaï Hartmann, « Hegel et le problème de la dialectique du réel », trad. par M. R.-L. Klee, *Études sur Hegel*（publication de la *Revue de Métaphysique et de Morale*）, Paris, Armand Colin, 1931, p. 34 ; cité par Bataille et Queneau, « La critique des fondements de la dialectique hégélienne », art. cit., p. 278.

(69) G・W・F・ヘーゲル『精神現象学』B「自己意識」，第 4 章「自己確信の真理」，A「自己意識の自立性と非自立性　支配と隷属」を参照．前出のヴァールの著作には，たとえば以下のような説明がある．「ふたつの意識の闘争．主人の意識と奴隷［従僕］の意識は，一方と他方とが立場を交換するのであり，それはあたかも，知覚の対立項どうしが，続いて悟性の対立項どうしがそのようにしたのと同じであって，その結果，奴隷はおのれの労働によって，主人の主人となるのであり，かつて主人が奴隷の主人であったのよりも真なる仕方でそうなのである［…］」（Jean Wahl, *Le malheur de la conscience dans la philosophie de Hegel*, *op. cit*., p. 119–120）．

(70) Nicolaï Hartmann, « Hegel et le problème de la dialectique du réel », art. cit., p. 32.

(71) *Ibid*., p. 33.

(72) *Ibid*., p. 34.

(73) *Ibid*., p. 34–35.

(74) この部分の執筆にはクノーが関与したようである．Cf. Raymond Queneau, « Premières confrontations avec Hegel », art. cit., p. 697.

(75) Georges Bataille et Raymond Queneau, « La critique des fondements de la dialectique hégélienne », art. cit., p. 287.

(76) *Ibid*., p. 287–288. 強調は原文.

(77) *Ibid*., p. 281.
(78) Nicolaï Hartmann, « Hegel et le problème de la dialectique du réel », art. cit., p. 38–39. 強調はハルトマンによる.
(79) *Ibid*., p. 39.
(80) Georges Bataille et Raymond Queneau, « La critique des fondements de la dialectique hégélienne », art. cit., p. 288–289. 強調は原文.
(81) *Ibid*., p. 289–290. 強調は引用者.

第3節 『社会批評』誌の時代(2)—— 全体主義と対決するための理論構築の試み

(82) Georges Bataille, « Le problème de l'État », O. C., t. I, *op. cit*., p. 332. 強調はバタイユによる.
(83) *Ibid*., p. 334.
(84) *Ibid*., p. 333. 強調はバタイユによる.
(85) G・W・F・ヘーゲル『精神現象学』長谷川宏訳, 作品社, 1998年, 145–158ページ. なお,「国家の問題」は, コジェーヴの講義に参加する以前のバタイユが『精神現象学』の内容に直接 (他者の研究を参照せずに) 言及した希少なテクストであるが, ミシェル・シュリヤは, バタイユの国立図書館での書籍貸出記録 (ガリマール版全集の第12巻に収録. Cf. « Emprunts de Georges Bataille à la Bibliothèque nationale (1922–1950) », O. C., t. XII, 1988, p. 549–627) をもとに, バタイユが『精神現象学』に実際に接したのはコジェーヴ講義に参加して以降のことだと主張している (cf. Michel Surya, *Georges Bataille, la mort à l'œuvre*, *op. cit*., p. 221). これが事実の通りなら, バタイユの知識は, 主題に鑑みても, すでに言及したヴァールの『ヘーゲル哲学における意識の不幸』(1929年) に多く依拠していると考えられる (同書には,『精神現象学』の「不幸な意識」に関する記述部分のヴァールによる仏訳が載せられている (cf. Jean Wahl, *Le malheur de la conscience dans la philosophie de Hegel* (1929), *op. cit*., p. 195–200)). 貸出記録における『精神現象学』の初出は1934年12月であり (cf. « Emprunts de Georges Bataille à la bibliothèque nationale », art. cit., p. 598. ドイツ語原典. 著作全体の仏訳は, 1939年 (第1巻) と41年 (第2巻) とにジャン・イポリットによって初めて公刊), シュリヤの推測の蓋然性が高いことは確かである. とはいえ, 貸出記録のみを根拠に, 初読の時期を断定することまでは難しい.
(86) Georges Bataille, « Le problème de l'État », art. cit., p. 334–336. 強調はバタイユによる. なお,「神もなく主人もなく (Ni Dieu ni maîtres)」は, アナキストたちが広く用いた標語であり, 通常 maître は単数形で綴られる. 標語の普及に係る歴史的経緯については, 以下の簡潔な記述を参照. Daniel Guérin, *Ni Dieu ni Maître. Anthologie de l'anarchisme*, t. I, Paris, François Maspero, 1972, p. 4–5.
(87) 以下などを参照.「内部で分裂した不幸な意識は, 存在の矛盾をかかえつつ一つの意識として存在するのだから, 一方の意識のうちにつねに他方をも意識せざるをえず, したがって, 勝利をおさめて安定した統一へと至るかに思えたとたんに, どちらからもはじきだされる. それが本当に自分へと還っていき, 自分と和解するに至れば, 生命力ゆたかに現実世界を生きる精神の姿が示されることになるので, 不幸な意識のもとでも, すでに, 二重化された意識が単一不可分の意識であることはとらえられているのだ (G・W・F・ヘーゲル『精神現象学』, 前掲書, 146ページ. ヴァールによる仏訳では195ページ)」.
(88) Georges Bataille, « Le problème de l'État », art. cit., p. 334.

(89) Georges Bataille, « La structure psychologique du fascisme », O. C., t. I, *op. cit.*, p. 340. 強調はバタイユによる.
(90) *Ibid*. 強調はバタイユによる.
(91) *Ibid*., en note. 強調はバタイユによる.
(92) *Ibid*., p. 344. 強調はバタイユによる.
(93) *Ibid*., p. 343–344. 強調はバタイユによる.
(94) *Ibid*., p. 344–345. 強調はバタイユによる.
(95) Georges Bataille, « À propos de Krafft-Ebing », O. C., t. I, *op. cit*., p. 293.
(96) 「異質学 (hétérologie)」という言葉が実際に用いられるのは，この論考においてではなく，1932 年から 33 年頃に執筆されたと推測されるテクスト「D・A・F・ドゥ・サドの使用価値」においてである．そのなかでバタイユは，異質学の特性を次のように記述する．「異質学が異質性の問いを科学的に検討する，と言うとき，異質学は，そうした言い回しの通常の意味で，異質的なものの科学であると言いたいわけではない．異質的なものは，まさに断固とした仕方で，定義上同質的な要素にのみ適用可能な，科学的認識の射程の外部に位置するのである．何よりもまず，異質学は，いかなる同質的な世界の表象にも，つまり，いかなる哲学的な体系にも対立する」(Georges Bataille, « La valeur d'usage de D. A. F. de Sade (I) », O. C., t. II, 1970, p. 62)．「異質学」と，「同質的な世界の表象」である科学とのこうした懸隔にもかかわらず，あくまで「異質性の問いを科学的に検討する」という「言い回し」が維持されていることの意味を重視するのが，本書の意図である．また，先年初めて公刊された，30 年代に執筆されたと推測される，端的に「異質学の定義」と題されたテクストでは，その冒頭において，「異質学とは，異質的なものについての科学，すなわち，排除される部分についての (少なくとも，そうした部分を作り出す排除の様式についての) 科学である」と，明確な定義が与えられている (Georges Bataille, « Définition de l'hétérologie », texte établi et présenté par Marina Galletti, *Cahiers Bataille*, nº 1, 2011, p. 231. 強調はバタイユによる)．ドゥニ・オリエは，「そもそもからして，科学は異質的な要素をそのようなものとして認識することができないのだ」という，本書でも引用した「ファシズムの心理構造」の一節等を参照しながら，「異質学は，科学がおのれの約束事を尊重するのを止めるときからはじまる．それは，科学が知りたくないことについての科学，知の及ばないことについての科学である．エピステモロジー的な残滓についての科学である」と評している (Denis Hollier, « De l'équivoque entre littérature et politique » (1991), *Les dépossédés*, Paris, Les Éditions de Minuit, 1993, p. 127)．
(97) 「しかしながら，取り上げられているのは，相対的に重要なまとまりのうちの一断片でしかなく，つまりは多くの欠落があり，とりわけ，方法についてのいかなる検討も欠いている [⋯]」(Georges Bataille, « La structure psychologique du fascisme », art. cit., p. 339)．
(98) *Ibid*., p. 339, en note.
(99) *Ibid*., p. 347. 強調はバタイユによる.
(100) Cf. *Ibid*.
(101) クノーは端的に，「バタイユは異質的なものについて大いに考察し，ことさらに同質的な著作を書く」と評している (Raymond Queneau, « Premières confrontations avec Hegel », art. cit., p. 700)．なお，エリザベト・ルディネスコは，「ファシズムの心理構造」の論理が，フロイト『集団心理学と自我の分析』(1921 年．仏訳は 1924 年) から受けている影響を重視しつつ (同書は「心理構造」の脚註で言及されている)，

バタイユの持つデュルケム社会学の観点が，その考察をフロイト以上にヴィルヘルム・ライヒ『ファシズムの大衆心理』(1933年）の考察に近接させたことを主張している（cf. Élisabeth Roudinesco, « Bataille entre Freud et Lacan : une expérience cachée », in *Georges Bataille après tout*, dir. par Denis Hollier, Paris, Belin, 1995, p. 194–197).

(102) この論考でバタイユは，ドイツのナチズムとイタリアのファシズムの双方を区別なく「ファシズム」と呼んでいる．本書も便宜上その用語法に従う．

(103) Georges Bataille, « La structure psychologique du fascisme », art. cit., p. 348. 強調はバタイユによる．

(104) *Ibid.*, p. 349.

(105) *Ibid.*, p. 350. 強調はバタイユによる．

(106) Georges Bataille, « Figure humaine », art. cit., p. 183. 強調はバタイユによる．本書13ページを参照．

(107) Georges Bataille, « La structure psychologique du fascisme », art. cit., p. 363–364. 強調はバタイユによる．

(108) *Ibid.*, p. 367.

(109) Cf. *ibid.*, p. 368–369.

(110) Cf. *ibid.*, p. 370.

(111) *Ibid.*, p. 371. 強調は引用者．

(112) *Ibid.*, p. 368.

(113) 語のレヴェルにおける意味の近接も明らかである．『トレゾール仏語辞典』によれば，renverserが「上部が下部になるように物を置くこと，前とは逆の位置に置くこと」を第一義とするのに対し，subvertirは「制度や既成秩序，社会通念を覆し，逆転させる［renverser］こと」と定義されている．以下のWebサイトを参照．*Le trésor de la langue française informatisé* : http://atilf.atilf.fr/tlf.htm

(114) Emmanuel Tibloux, « Georges Bataille, la vie à l'œuvre. "L'apéritif catégorique" ou comment rendre sensible l'intensité de la vie affective », *L'Infini*, n° 73, 2001, p. 54. ただし，「逆転」の図式が明示的に現れる著作としてティブルーが挙げているのは，『内的経験』(1943年)，『呪われた部分』(1948年)，『マダム・エドワルダ』(1941年．フィクション作品）の3点であり，『ドキュマン』時代の論考への言及はほとんどなされていない．

(115) *Ibid.*, p. 55. 強調はティブルーによる．

(116) 本文中では明示されていないが，付された脚註に「ファシズムの心理構造」の書誌情報が載せられている．Cf. *ibid.*, en note.

(117) 後に見るように，バタイユ本人の用語法においては，主として哲学的言述に当てはめられる「推論的言述」と科学的言述とには区別が存在しており，この区別は戦後のバタイユにとって重要性を持つものとなるが（当該の主題に関しては，本書のとりわけ第2章第4節を参照），ここではティブルーの用語法に従い，「推論的言述」を，広く科学と哲学とに共通する，理性的認識に関わる言述の意味で取り扱う．

(118) このような論旨は，「ファシズムの心理構造」に限って言えば，マルク・リシールがティブルーに先立って，学問的「転覆」の政治的な意味を強調した仕方で提起しているものである．リシールは，「ファシズムの心理構造」におけるバタイユの企図を，「同時代の（30年代の）社会の社会学とでも言うべきものを展開」し，「この社会学に基づきながら，政治的提案を構成する」ことだと規定し，本書が前段落で引用した，同論考の最終部を論じるにあたって，それを次のように，「科学」や「伝統的な

形而上学的言述」の「転覆」と結びつけている.「危険な提案だ！ とある人々は言うだろう，彼らにとっては，『科学』は――どのようなものであれ――，情動的な能力の『蒙昧主義』と彼らが呼ぶものに対する防護柵に留まり続けるのだ．ある類いの『正統派』マルクス主義者たちはおそらく，この『理論』を『幻惑的』と形容するのをためらわないだろう．事実，それは，ファシズムを作りなすものの水準と類似した水準に位置しているように見えるのだ，ファシズムに対する一種の『解毒剤［対抗毒］』となるものを，ある種のやり方で抽出しようと試みるかぎりで．解毒剤［対抗毒］がそれ自体毒でないかどうかは，確かではない．ここには，プラトンのテクストにすでに浸透していた，パルマコンの危険な『両価性』が再び見出されるのであり，その体系的な抽出は，伝統的な形而上学的言述［推論的言述］を転覆する．おそらく，まさにこの点にこそ，あらゆる正統派が拒絶するだろう，このテクストの転覆的な力が存しているのだ」（Marc Richir, « La fin de l'histoire. Notes préliminaires sur la pensée politique de Georges Bataille », *Textures*, n° 6, 1970, p. 40 ; p. 46．強調はリシールによる）.

（119） Emmanuel Tibloux, « Georges Bataille, la vie à l'œuvre. "L'apéritif catégorique" ou comment rendre sensible l'intensité de la vie affective », art. cit., p. 56–57．強調はティブルーによる．なお，引用符で括られている部分は，1927年に執筆された『松毬の眼』（*L'œil pinéal*）からの引用である.

第4節 「コントル＝アタック」と「超＝ファシズム」

（120） シュルレアリストでは，ブルトンのほか，ポール・エリュアールとバンジャマン・ペレが，バタイユと交流の深い人物としては，ジョルジュ・アンブロジーノやピエール・クロソウスキーらが名を連ねた．メンバーであったアンリ・デュビエフ（当該の宣言書には署名なし）の証言によれば，加入者の総数は50名から70名に及んだという．Cf. Henri Dubief, « Témoignage sur Contre-Attaque », *Textures*, n° 6, *op. cit.*, p. 53．クロソウスキーは「コントル＝アタック」を，「1935年における，アンドレ・ブルトンのグループとジョルジュ・バタイユのグループの束の間の合体」と性格づけている（Pierre Klossowski, « Entre Marx et Fourier », *Le Monde*, 31 mai 1969, supplément au n° 7582（page spéciale consacrée à Walter Benjamin）, repris in Denis Hollier（éd.）, *Le collège de sociologie*, Paris, Gallimard, « Folio », 1995, p. 884）.

（121） « "Contre-Attaque" Union de lutte des intellectuels révolutionnaires », O. C., t. I, *op. cit.*, p. 379.

（122） *Ibid.*, p. 382．強調は原文.

（123） *Ibid.*, p. 379.

（124） *Ibid.*, p. 382.

（125） Michel Surya, *Georges Bataille, la mort à l'œuvre*, *op. cit.*, p. 256.

（126） このテクストは，1936年5月に『コントル＝アタック手帖』第1号に掲載されることになる．内容については後述.

（127） このパンフレットが作成されたのは，フランスでの人民戦線内閣発足（1936年6月）以前であり，人民戦線派が民主的に権力の座に着きうるか否かは予断を許さない状況であった.

（128） « Les Cahiers de "Contre-Attaque" », O. C., t. I, *op. cit.*, p. 385．強調は原文.

（129） *Ibid.*, p. 392．強調は原文.

（130） « TRAVAILLEURS, VOUS ÊTES TRAHIS ! », O. C., t. I, *op. cit.*, p. 400．強調はバタイユによる.

(131) *Ibid.*, p. 400–401．強調はバタイユによる．アルベール・サローは急進社会党出身の当時のフランス首相，モーリス・トレーズはフランス共産党書記長，フランソワ・ドゥ・ラ・ロックは右翼団体「クロワ・ドゥ・フー」（火の十字団）の指導者．

(132) Cf. Michel Surya, *Georges Bataille, la mort à l'œuvre*, *op. cit.*, p. 259．なお，このビラには，共産主義者たちによる「反ファシズムの十字軍（une croisade antifasciste）」を批判するくだりがあり，同一の表現が見られる「コントル＝アタック手帖」出版予告文がバタイユ個人の強い影響化で作成された文書であることを窺わせる．Cf. « TRAVAILLEURS, VOUS ÊTES TRAHIS ! », art. cit., p. 399.

(133) ミシェル・シュリヤは，バタイユの専行に先立つ，「運動の威光を占有しようとするブルトンの身勝手さ」をふたつの事例を挙げて論じ，グループ解体の原因を，グループの思想的立場と行動の決定権を握っていたバタイユおよび「バタイユ派（batailliens）」とシュルレアリストたちとの主導権争いに見ている．Cf. Michel Surya, *Georges Bataille, la mort à l'œuvre*, *op. cit.*, p. 258–260.

(134) バタイユ全集の編者の指摘による．Cf. « Notes », O. C., t. I, *op. cit.*, p. 672.

(135) Cf. Henri Dubief, « Témoignage sur Contre-Attaque », art. cit., p. 57 ; Michel Surya, *Georges Bataille, la mort à l'œuvre*, *op. cit.*, p. 260.

(136) Jean Dautry, « Sous le feu des canons français… », in Georges Bataille, O. C., t. I, *op. cit.*, p. 398．強調はドトリーによる．

(137) シュルレアリストたちの絶縁状の主要部分を以下に抜粋する．「『コントル＝アタック』グループへのシュルレアリストの加盟者総員は，当該グループの解体を確認するに及んで，喜びの意を表する．グループ内部では，いわゆる『超＝ファシスト的』傾向が表面化しており，その純粋にファシスト的性格がますます見紛いようのないものとなっていた．総員は，『コントル＝アタック』の名で今後も出されるかもしれないあらゆる出版物（『コントル＝アタック手帖』第 1 号などがそうだが，これには続刊はないだろう）に係る文責を，あらかじめ否認する」（« La note adressée par les surréalistes à la presse », in Georges Bataille, « Notes », O. C., t. I, *op. cit.*, p. 672–673）．なお，ドトリーのビラへの 20 人の署名者には，ブルトンをはじめとしたシュルレアリストたちも含まれている．

(138) Georges Bataille, « Front Populaire dans la rue », O. C., t. I, *op. cit.*, p. 409.

(139) Georges Bataille, « Vers la révolution réelle », O. C., t. I, *op. cit.*, p. 421–422.

(140) このテクストは未公刊だが，ジャン＝ピエール・ル・ブーレールの手によって発掘された．Georges Bataille, « Enquête sur les milices. La prise du pouvoir et les partis », in Jean-Pierre Le Bouler, « Du temps de *Contre-Attaque*. L'enquête sur les milices（un inédit de Georges Bataille）», art. cit., p. 130–131．強調はバタイユによる．同論文でブーレールは，「ファシズムに対して引きこもって身を守るよりも，大衆を硬直化した労働者組織の枠組みから自由に動員し，ファシズムに打ち勝つことが重要だったのだ」という科白に集約されるアンリ・デュビエフの述懐に，バタイユの主張の「最良の注釈」を見出し，暗黙裏にそれを擁護している（Henri Dubief, « Témoignage sur Contre-Attaque », art. cit., p. 56–57 ; cité par Le Bouler, « Du temps de *Contre-Attaque*. L'enquête sur les milices（un inédit de Georges Bataille）», art. cit., p. 137）．

(141) たとえばジャン・ピエロは，「超ファシズム」という非難を「一定の根拠がないわけではない（non sans un certain fondement）」としながら，バタイユの主張を批判的に検討している（Jean Pierrot, « Georges Bataille et la politique（1928–1939）», in *Histoire et Littérature*. *Les écrivains et la politique*, publié avec le concours de

CNRS, Paris, PUF, 1977, p. 152–155）．バタイユ自身が「コントル＝アタック」での自らの目論見をファシズム的と見なし，あるいはそう見なされうるものに気づき，政治活動から身を退いたとする見解も繰り返されている（cf. Martin Jay, « Limites de l'expérience-limite. Bataille et Foucault », trad. par Irène Bonzy, in *Georges Bataille après tout*, *op. cit.*, p. 47 ; Jean-Michel Besnier, « La démocratie et les limites de la rationalité »（1995）, *Éloge de l'irrespect et autres écrits sur Georges Bataille*, Paris, Descartes & Cie, 1998, p. 80）．

（142） Christophe Bident, « Pour en finir avec le "surfascisme" », *Textuel*, nº 30, 1996, p. 35.

（143） *Ibid.*, p. 26．強調はビダンによる．

（144） すでに引用した「現実の革命に向けて」の以下の文面を参照．「〈敵によって作り出された武器を我がものとする術を知らなくてはならない〉」「被搾取者をいっそう縛りつけるために鍛錬された［ファシズムの］武器を，彼らの解放に向けて役立てる術を知らねばならない」．

（145） Georges Bataille, « Front Populaire dans la rue », art. cit., p. 409–410.

（146） *Ibid.*, p. 410．強調は引用者．

（147） 歴史研究の領域では，ラ・ロックの指揮したこの活動組織をファシズム団体とする見解は，第二次世界大戦後間もない時期から概ね否定されてきたが，1990 年代に至って，少なくない数の研究者から疑義が呈された．現在においても論争は決着を見ていないが，「クロワ・ドゥ・フー」の思想と行動を，イタリアやドイツの全体主義と同等に位置づけることには無理があるとする見解が再び主流となりつつあるようである．詳細は以下を参照．剣持久木『記憶の中のファシズム――「火の十字団」とフランス現代史』，講談社選書メチエ，2008 年．

（148） Georges Bataille, « Front Populaire dans la rue », art. cit., p. 411．強調は引用者．

（149） 「同志諸君（CAMARADES）」という論考冒頭の呼びかけも，そうした印象を生む要素となっている．Cf. *ibid.*, p. 402.

第 5 節　空間から時間へ ―― 雑誌『アセファル』におけるファシズム論の新展開

（150） Georges Bataille, « La conjuration sacrée », O. C., t. I, *op. cit.*, p. 443–445.

（151） acéphale は「頭のない（sans tête）」を意味する形容詞，ないしは実詞である．

（152） Georges Bataille, « Nietzsche et les fascistes », O. C., t. I, *op. cit.*, p. 451.

（153） *Ibid.*, p. 461．強調はバタイユによる．

（154） *Ibid.*, p. 462–463．強調はバタイユによる．

（155） フリードリッヒ・ニーチェ『悦ばしき知識』（『ニーチェ全集』第 8 巻）信太正三訳，ちくま学芸文庫，1993 年，445 ページ．強調はニーチェによる．なお，「ニーチェとファシストたち」のなかでバタイユは，ニーチェの引用に際して，ドイツ語原典（グロースオクターフ版）とアンリ・アルベールによる仏訳を併用している．アルベールの仏訳は以下の通り．« Nous autres enfants de l'avenir, comment *saurions*-nous être chez nous dans cet aujourd'hui ! Nous sommes hostiles à tout idéal qui pourrait encore trouver un refuge, un "chez soi", en ce temps de transition fragile et écroulé ; [...] Nous ne "conservons" rien, nous ne voulons revenir à aucun passé [...] »（Frédéric Nietzsche, *Le gai Savoir*（« *La gaya Scienza* »）, trad. par Henri Albert, Paris, Mercure de France, 1901, p. 374）．

（156） 『悦ばしき知識』の同じ節で，ニーチェは人種主義を次のように端的に棄却し

ている.「われら祖国なき者，このわれわれは，『近代人』としてその人種や血統の点ではあまりにも多様であり混淆している．したがって，今日ドイツにおいてドイツ的心術の表徴として誇示されるところの，しかもこの『歴史的感覚』の国民にあっては二重に欺瞞かつ不都合と感じられるところの，あのまやかしの人種的自己礼賛と淫蕩に，加わる気持ちになど到底なれそうもないのだ」(『悦ばしき知識』，前掲書，448ページ．ただし表記を一部変更した)．

(157) patrie［祖国］のラテン語語源である patria は，père［父親］のラテン語語源である pater から派生した．

(158) Georges Bataille et Raymond Queneau, « La critique des fondements de la dialectique hégélienne », art. cit., p. 288–289. 強調は原文．

(159) Georges Bataille, « Héraclite — Texte de Nietzsche », O. C., t. I, *op. cit.*, p. 466.

(160) Georges Bataille, « Propositions », O. C., t. I, *op. cit.*, p. 467.

(161)「ヘラクレイトス――ニーチェのテクスト」の草稿の書き出し部分からの引用（Georges Bataille, « Notes » de « Héraclite — Texte de Nietzsche », O. C., t. I, *op. cit.*, p. 678）．公刊されたヴァージョンでは，この部分は削除されている．

(162) ルイ・パントは，バタイユのニーチェに対する関心が，「悲劇の哲学」を代表する思想家レフ・シェストフのニーチェ理解を経由して確かなものとなった旨を推測している（cf. Louis Pinto, *Les neveux de Zarathoustra. La réception de Nietzsche en France*, Paris, Seuil, 1995, p. 111）．パントはその著書で，「アセファル」時代のバタイユの論考を分析しておらず，推測の厳密性には留保が必要だが，バタイユは 20 代の頃にシェストフから直接哲学の手ほどきを受けており（シェストフの作品についての論文を準備してもいたという．二人の交流の詳細については以下を参照．Michel Surya, « TRISTI EST ANIMA MEA USQUE AD MORTEM », *Georges Bataille, la mort à l'œuvre*, *op. cit.*, p. 76–83），さらには，「アセファル」でバタイユと活動を共にしていたピエール・クロソウスキーが，この時期におけるシェストフからの強い影響を証言しているため（cf. Jean-Maurice Monnoyer, *Le peintre et son démon. Entretiens avec Pierre Klossowski*, Paris, Flammarion, 1985, p. 177），具体的な検証が望まれる主題である．バタイユのシェストフ受容を考察した先行研究としては，以下が参考になる．Michel Surya, « L'arbitraire, après tout (Léon Chestov, Georges Bataille) », *L'imprécation littéraire*, Tours, Farrago, 1999, p. 59–79.

(163) Georges Bataille, « Propositions », art. cit., p. 470–471. 強調はバタイユによる．

(164) *Ibid.*, p. 467. 強調は引用者．

(165) *Ibid.*, p. 470. 強調はバタイユによる．

(166) Georges Bataille, « Chronique nietzschéenne », O. C., t. I, *op. cit.*, p. 478.

(167) *Ibid.*

(168) *Ibid.*, p. 481.

(169) *Ibid.*, p. 482.

(170) *Ibid.* 強調はバタイユによる．

(171) 紀元前二世紀に，小スキピオ旗下のローマ軍に攻められたスペインの都市ヌマンシアが全滅した史実に題を取った作品．ローマ軍による包囲が進むなか，敗北を悟った住民たち全員が自死を決行する場面を描いて終わる．以下の邦訳を参照．ミゲル・デ・セルヴァンテス『ヌマンシアの包囲』牛島信明訳，『スペイン黄金世紀演劇集』所収，牛島信明編訳，名古屋大学出版会，2003 年，24–70 ページ．

(172) Georges Bataille, « Chronique nietzschéenne », art. cit., p. 486. 強調は引用者．

(173) *Ibid.*, p. 488. バタイユの『ヌマンシア』に関する思索をスペイン戦争をめぐる

思索と関連づけて概観したものとして，以下の研究がある．Georges Sebbag, « Breton, Bataille et la guerre d'Espagne », *Cahiers Bataille*, n° 1, *op. cit*., p. 133–154.

（174） Georges Bataille, « Chronique nietzschéenne », art. cit., p. 488.

（175） *Ibid*., p. 489．強調はバタイユによる．

（176） エマニュエル・ティブルーは，演劇作品としての『ヌマンシア』に対するバタイユの着目が，『内的経験』（1943 年）以降の「演劇化（dramatisation）」に関する考察の端緒をなすものとして，「美学的な思索の観点」からは非常に豊饒なものであったと評価する一方，ファシズムへの対決という「政治的な思索の観点」からは，その非現実性において限界をさらけだしていると主張する（Emmanuel Tibloux, « Le tournant du théâtre. *Numance* 1937 ou "les symboles qui commandent les émotions" », *Les Temps modernes*, n° 602, *op. cit*., p. 128–130）．他方，マリナ・ガレッティは，「死が『人間の共同の活動の根本的目的である』」という，「いかなるプロパガンダの対象にもなりえない真理」を『ヌマンシア』の表象から引き出す姿勢に，「政治の審級と宗教的次元の交錯」を見て取っている（Marina Galletti, « Autour de la société secrète Acéphale. Lettres inédites de Bataille à Carrouges », *Revue des deux mondes*, mai 2012, p. 126．バタイユの著作の引用部分の強調はバタイユによる）．

（177） 長年にわたって詳細が不明であった，バタイユの主宰したこの宗教的秘密結社の活動は，当時メンバーが執筆していた様々なメモや書簡をマリナ・ガレッティが収集・公刊したことにより，具体的研究の端緒が開かれた．Cf. Georges Bataille, *L'apprenti sorcier*, textes, lettres et documents（1932–1939）rassemblés, présentés et annotés par Marina Galletti, Paris, Éditions de la Différence, 1999, p. 301–570．活動の実際については，1995 年に『マガジン・リテレール』誌に掲載され，同書に再録されたパトリック・ワルドベルグによる回想が迫真的なものとして興味深い（Patrick Waldberg, « Acéphalogramme », *Magazine littéraire*, n° 331, 1995 ; repris in Georges Bataille, *L'apprenti sorcier*, *op. cit*., p. 584–598）．人身供犠の発案については，定かなことは未だ不明だが，ワルドベルグの証言によれば，最後の集会の際にバタイユが自らの供犠を提案したことが，少なくとも事実としてあるようだ．以下を参照．「森の中央での最後の集会のとき，私たちは 4 人だけで，バタイユは厳かな様子で残りの 3 人に，自分を死に処してくれるよう求めた．この供犠が神話の礎となり，共同体の存続が確かなものとなるように，ということだった．この好意は受け取りを拒まれた．数ヶ月のちには本物の戦争が荒れ狂い，残り得た希望を一掃した」（*ibid*., p. 597）．

（178） Georges Bataille, « Propositions », art. cit., p. 467.

（179） Cf. Georges Bataille, « À propos de Krafft-Ebing », art. cit., p. 293．本書 42 ページを参照．

第 6 節　「社会学研究会」の活動（1）―― 社会学の歴史的意味

（180） Georges Bataille, « Notice autobiographique », O. C, t. VII, 1976, p. 461．なお，当該文中には，「社会学研究会」の設立が「1936 年 3 月」とあるが，「1937 年 3 月」の誤り．

（181） 以下，「社会学研究会」に係る歴史的経緯については，関連資料の編者であるドゥニ・オリエの指摘と，ミシェル・シュリヤのバタイユ伝における同研究会関連部分の記述とを参照した．Cf. Denis Hollier（éd.）, *Le collège de sociologie*, *op. cit*. ; Michel Surya, « Sociologie sacrée », *Georges Bataille, la mort à l'œuvre*, *op. cit*., p. 302–314.

（182） « Déclaration sur la fondation d'un Collège de Sociologie », in Denis Hollier

(éd.), *Le collège de sociologie*, *op. cit*., p. 26–27. 強調は原文. なお,「社会学研究会」は独自の会誌を持たなかったため, 同会における参加者の思索は, 各種雑誌に発表された論考と, オリエの編集した資料（主として発表原稿や覚書）から把握する必要がある. 以下, 同会関連資料は, 全集版に収録されているものも含め, すべてオリエの校訂版から引用を行う.

（183） *Ibid*., p. 27.

（184） *Ibid*. 強調は原文.

（185） *Ibid*., p. 17. 強調は引用者.

（186） *Ibid*., p. 27.

（187） オリエは, さきに引用した原註における,「まずは（*tout d'abord*）」という後続の事象を想定させる副詞表現に着目し, それに,「研究会の『実践的』野心と, 集団的表象の『行動主義的』性質と定義されたものを我がものとし, 活用しようとする意図の, この宣言文における唯一の痕跡」を見て取っている（Denis Hollier (éd.), *Le collège de sociologie*, *op. cit*., p. 17–18, en note. 強調はオリエによる）.

（188） デュルケム『宗教生活の原初形態』, レヴィ＝ブリュル『未開心性』, ユベール／モース『呪術の一般理論素描』等が参照されている.

（189） 論考冒頭の, 分析方法に関する考察の欠如を嘆く一行に付された註には, 以下の文面が見られる.「本論文の主要な欠陥が明らかにこの点にあり, フランス社会学と現代ドイツ哲学（現象学）, また精神分析学に馴染みのない人々を驚かせ, ショックを与えてしまうことは必至だろう」（Georges Bataille, « La structure psychologique du fascisme », art. cit., p. 339, en note）. この部分に引き続き, 採用した「心理学的方法」が「あらゆる抽象化への訴えかけを排除したもの」であるとの自負が示されるのである.

（190） Georges Bataille, « Chronique nietzschéenne », art. cit., p. 477. 強調はバタイユによる.

（191） Pierre Klossowski, « Karl LŒWITH, *NIETZSCHES PHILOSOPHIE DER EWIGEN WIEDERKUNFT DES GLEICHEN*. — Berlin, 1935 », *Acéphale*, n° 2, janvier 1937 ; repris in *Acéphale*, Paris, Jean-Michel Place, 1995 (réimpression), p. 29. 強調はクロソウスキーによる.

（192） *Ibid*., p. 31.

（193） *Ibid*. 強調はクロソウスキーによる.

（194） Georges Bataille, « Chronique nietzschéenne », art. cit., p. 481. 本書 62–63 ページを参照.

（195） Georges Bataille, « L'obélisque », O. C., t. I, *op. cit*., p. 504.

（196） *Ibid*., p. 504. 強調はバタイユによる.

（197） *Ibid*. 強調はバタイユによる.

（198） *Ibid*., p. 505. なお, バタイユは, 第 2 次世界大戦開始直後に書かれた『有罪者』（1944 年）第 1 章「友愛」（1939 年 9 月–1940 年 3 月）のなかで, 再びこのオベリスクに言及するが, そこでは,「二重にたわんだヘーゲル的建造物の偉大さ」が指摘される. コンコルド広場に立つオベリスクをマドレーヌ教会から臨むとき, ガブリエル宮殿の列柱の合間から, 対岸のブルボン宮殿を突き抜けてアンヴァリッドの金色のドームに重なる尖塔が眼に映るのだが, バタイユはそれに, ブルボン王朝とナポレオンとが身をさらした「栄光, 災厄, 沈黙」の体現を,「一民族がそこで演じた悲劇」の体現を見て取るのである（コンコルド広場はルイ 16 世処刑の舞台であり, アンヴァリッドはナポレオンの墓所である）（cf. Georges Bataille, « L'amitié », *Le coupable*,

O. C., t. V, 1973, p. 254）．時間の「進入除け」であるべき建造物が，時間＝悲劇を表現するものへと転化するという論点は，後述するように，論考「オベリスク」と共通のものである．ちなみに，日本語訳『有罪者』の訳註では，オベリスクとその周囲の建造物に関する簡明な紹介がなされており，それによると，オベリスクは「エジプトの副王ムハンマッド・アリがシャルル 10 世に献じたもの」で，パリに到着したのが七月王政下の 1833 年．「ルクソール（かつてのテーベ）の神殿の廃墟から移したもので，三千年あまり昔のもの」とのことである．以下を参照．『有罪者』出口裕弘訳，現代思潮社，1966 年，336–337 ページ．

（199） Georges Bataille, « L'obélisque », art. cit., p. 505.

（200） *Ibid.*, p. 504（titre d'un paragraphe）.

（201） *Ibid.*, p. 505.

（202） *Ibid.*, p. 506.

（203） *Ibid.*

（204） *Ibid.* 強調はバタイユによる．

（205） *Ibid.*, p. 507.

（206） *Ibid.*

（207） *Ibid.*, p. 508.

（208） *Ibid.*, p. 509.

（209） Cf. *ibid.*

（210） *Ibid.* 強調はバタイユによる．なお，本書では，souveraineté が実体的権力（あるいはそれを持つ存在）を指す場合には，「至上権」ないし「主権」の訳語を，そうした権力の由来をなす至上な性質そのものを指す場合には，「至高性」の訳語をそれぞれ採用する．

（211） *Ibid.*, p. 509–510.

（212） *Ibid.*, p. 510．ニーチェの引用は，『この人を見よ』のなかの『ツァラトゥストラはこう語った』に宛てられた章からのものである．

（213） この段落が含まれている節は「〈スールレイのピラミッド〉」（LA PYRAMIDE DE SURLEJ）と題されている．Cf. *ibid.*

（214） この発表については，カイヨワがジル・ラプージュとの対談のなかで，次のように回想している．「彼［コジェーヴ］は『社会学研究会』で一度，ヘーゲルについての講演をしてさえくれました．この講演を聴いて，私たちはみな茫然としました．コジェーヴの知的能力の高さと，彼の結論とに同じく打たれたのです．ヘーゲルが語った馬上の人物のことを思い出してみてください，歴史と哲学の終結をしるしづけるという．ヘーゲルにとってはこの人物はナポレオンでした．ところがどうでしょう！その日コジェーヴは，ヘーゲルは物事を正しく見ていたが，時期を 1 世紀間違えた，ということを私たちに教えたのです．歴史の終焉の人物は，ナポレオンではなく，スターリンだと」（Roger Caillois, « Entretien avec Gilles Lapouge », *La Quinzaine littéraire*, nº 97, 16–30 juin 1970, p. 7 ; repris in Denis Hollier（éd）, *Le collège de sociologie*, *op. cit.*, p. 67–68）.

（215） この手紙はのちに，『有罪者』の「補遺」に収められて公刊された（Georges Bataille, « Lettre à X., chargé d'un cours sur Hegel… », *Le coupable*, *op. cit.*, p. 369–371）．ただしこの版は，発見された草稿とは少なくない異同がある．本節では，全集版の註における異同の指示をもとにオリエが再構成した，当時実際に書かれたものにより近いと考えられる版を使用する．

（216） Georges Bataille, « Lettre à X., chargé d'un cours sur Hegel… », in Denis Hollier

(éd.), *Le collège de sociologie*, *op. cit*., p. 75–76.

(217)　たとえばコジェーヴからの以下の 2 点の引用を参照.「**同一性**と**否定性**とは，本源的で普遍的なふたつの存在論的カテゴリーである．**同一性**のおかげで，どのような存在も同一の存在にとどまり，永遠に自己同一的で，他者たちと異なっている．[…] だが，**否定性**のおかげで，同一的存在は，自分自身との同一性を否定するか廃棄するかして，自分ではない他者に，さらには自分自身の対立物になることができる．[…]／(開示された) 具体的存在は，**同一性**であるのと同時に**否定性**でもある．したがって，それは**所与の＝静的＝存在** (Sein) や**空間**や**自然**であるばかりではなく，**生成** (Werden) や**時間**，**歴史**である」(Alexandre Kojève, « La dialectique du réel et la méthode phénoménologique chez Hegel (Texte intégral des Conférences 6 à 9 du Cours de l'année 1934–1935) », *Introduction à la lecture de Hegel* (1947), Paris, Gallimard, « Tel », 2003, p. 473–475．強調はコジェーヴによる)．「自由が，夢想や主観的錯覚と別のものであるならば，それは客観的現実性 (Wirklichkeit) のうちに組み込まれなくてはならないが，そうありうるのは，現実のうちで，現実に対して働く行動として自らを実現することによってのみである．だが，行動が自由なものであるなら，それは，どのようなものであれ，現実的所与のいわば自動的な結果であってはならない．つまり，行動は，所与から独立したものでなければならないのであるが，それも，所与に作用を及ぼすのとまったく同時に，所与と一体化しながらでなければならない．行動が自らを実現し，そのようにして，おのれ自身がひとつの所与になるかぎりで，そうなのである．ところで，ヘーゲルはいみじくも，独立におけるこの連係と，連係におけるこの独立とが，所与の否定がなされる場合にのみ生じることを理解していた．つまり，**自由＝行動＝否定性**ということである．だが，行動が所与の現実を否定するがゆえに，それから独立しているのであれば，行動は自らを実現するなかで，この所与との関係において，本質的に新しい何かを創造していることになる．自由が現実のうちに維持され，現実に持続するためには，絶えず所与から新しいものを創造しなくてはならないのだ．しかるに，真に創造的な変化，すなわち，現在による過去のたんなる延長ではない未来の具現化が，**歴史**と呼ばれるのである．つまり，**自由＝否定性＝行動＝歴史**ということである」(*ibid*., p. 482–483．強調はコジェーヴによる)．

(218)　以下の 2 点の引用などを参照.「**精神** (つまり，**存在**の開示された**全体性**) は，その生成において，必然的に二重になるとヘーゲルは言う．それは，一方で**個人的自我** (Selbst)，すなわち**時間**であり，他方で**静的＝存在** (Sein)，すなわち**空間**である．[…] 本来の意味での**人間**，つまり，一にして同質的な空間的**存在**に対立する**人間**，ヘーゲルが「Selbst」「**個人的自我**」と呼ぶ，自由な歴史的個人は，必然的に**誤謬**であって，**真理**ではない，と言わねばならない．なぜなら，**存在**と合致することのない**思惟**は，誤ったものだからである．それゆえ，人間特有の誤謬が絶対的な**学**の真理へと最終的に変容したとき，**人間**は**人間**として実存することを止め，**歴史**は終わる」(Alexandre Kojève, « Interprétation de la 3e partie du chapitre VIII (suite et fin) (Douzième conférence du cours de l'année 1938–1939) », *Introduction à la lecture de Hegel*, *op. cit*., p. 430–432．強調はコジェーヴによる)．／「**歴史**の目的，その最終項――それは，**『絶対概念』，すなわち『学』**である．ヘーゲルが言うには，この**学**において**人間**は，おのれの時間的，あるいは『一回的』実存を，すなわち，**自然**と対照をなす，真に人間的な実存を弁証法的に＝廃棄し，自ら**広がり** (Ausdehnung)，ないし**空間**となる．なぜなら，『論理学』において，**人間**は**世界**ないし**存在**を認識するのに留めるのだが，その認識が真なるものであれば，**人間**は**世界**と，つまりは**存在**と，

すなわち，永遠的もしくは非時間的な**空間**と合致するからである．だが，**学**において，**学**によって，**人間**は，この自らの広がりを，その**外面化**（Entäusserung）をも等しく廃棄し，「一回的」ないし時間的なままに，すなわち，人間特有の状態にとどまるとヘーゲルは付け加える．**人間**は Selbst のまま，**個人的自我**のままである．だが，すぐあとでヘーゲルが言うように，**人間**は**内面化においてのみ**［Er-innerung］，自らの歴史的過去の**包括的記憶**においてのみ，それを通じてのみ**個人的自我**のままなのであり，そうした**記憶**が『**体系**』の**第一部**を，つまり，『精神現象学』を形作っているのである」（*ibid*., p. 440．強調はコジェーヴによる）．

（219） Georges Bataille, « Lettre à X., chargé d'un cours sur Hegel… », art. cit., p. 77–78. 強調はバタイユによる．

（220） 引用文中の「承認（reconnaître, reconnaissance）」とは，ヘーゲルの術語 Anerkennung の仏訳である．ヘーゲルは，人間の自己意識が成立する条件を，所与としての自己を超越することに見て取り，その契機が，「他者の欲望」「他者の自我」という，自己にとって存在しないものを欲望する経験にあるとする．事物そのものではなく，他者が欲望する事物を自らの意のままにしようとすることが，人間の人間性を規定するのであり，それは次のように，「承認」の欲望として現れる．「ある事物を人間的に欲望する人間は，事物を独占するためというより，その事物に対する［…］自らの権利を他者に承認させるために，事物の所有者として自らを承認させるために行動する．そして，これは結局，他者に対する自らの優位を他者に承認させることを目指しているのである．このような**承認**（Anerkennung）への**欲望**だけが，そうした**欲望**から生じる**行動**だけが，生物学的なものではない，人間的な**自我**を創り出し，実現し，開示するのである」（Alexandre Kojève, « Résumé des six premiers chapitres de la *Phénoménologie de l'esprit*（Texte intégral des trois premières conférences du Cours de l'année scolaire 1937–1938）», *Introduction à la lecture de Hegel*, *op. cit*., p. 169. 強調はコジェーヴによる）．このようにして，人間は，互いに相手の承認を求める自己同士の「生死を賭けた闘争（lutte pour la vie et la mort）」へと入り込み，死を怖れずに闘った勝者である「主人（maître）」と，死を怖れたがゆえに従属を選んだ「奴隷（esclave）」とに分岐する（後者はしばしば，「従僕（serviteur）」とも訳される．たとえば本章第 2 節で扱ったハルトマンの事例を参照）．承認という非生物学的な目的のための闘争と，主人の本能の満足という観念的な（自己のものではない）目的のための奴隷の「労働（travail）」という，ふたつの「行動」が人間的な歴史を構成するのである．そして，こうした観点からは，歴史の終焉は次のように語られる．「**人間**が生まれ，**歴史**が始まったのは，一人の**主人**と一人の**奴隷**とを誕生せしめた，最初の闘争とともにである．すなわち――その始まりにおいて――**人間**はつねに**主人**であるか**奴隷**である．そして，真なる**人間**は，**主人**と**奴隷**が存在するところにしか存在しない．（少なくとも，人間的であるためには，二者でなければならない．）世界史，つまり人間同士の相互作用と，人間の**自然**に対する相互作用の歴史は，戦士たる**主人たち**と労働者たる**奴隷たち**の相互作用の歴史である．したがって，**主人**と**奴隷**の相違が，対立がなくなるときに，**歴史**は停止する．そのとき**主人**は，もう**奴隷**を持たないがゆえに，**主人**であることを止めるだろうし，**奴隷**は，もう**主人**を持たないがゆえに，**奴隷**であることを止め，さらには，**奴隷**を持たないがゆえに，再び**主人**となることもないだろう」（*ibid*., p. 172．強調はコジェーヴによる）．

（221） Georges Bataille, « Lettre à X., chargé d'un cours sur Hegel… », art. cit., p. 79–80. 強調は引用者．

（222） ただし，ここでは，かつての上下の対立軸に代わって，左右の対立軸（「歪んだ

聖性＝左の聖性 (sacré *gauche*)」) による聖性の解釈が行われていることが興味深い．こうした観点は，ロベール・エルツの『右手の優越』(1907 年) を起源とし，マルセル・グラネの「中国における右と左」(1933 年) において深化させられたものであり，バタイユ，レリス，カイヨワといった「社会学研究会」の主要なメンバーに，重要な解釈格子として受け継がれた．以下の指摘を参照．Denis Hollier (éd.), *Le collège de sociologie*, *op. cit*., p. 105, en note．バタイユは，研究会での自身の発表において，「左と右というふたつの領域，言い方を変えれば，不浄なものと清浄なもの，あるいはまた，不吉なものと吉なものというふたつの領域に必然的に分断される，この［聖なる］領域」について考察している (Georges Bataille, « Attraction et répulsion. II. La structure sociale », samedi 5 février 1938, in Denis Hollier (éd.), *Le collège de sociologie*, *op. cit*., p. 162)．また，「社会学研究会」ならびに結社「アセファル」の参加者であった岡本太郎は，「社会学研究会」の中心課題を，次のように，「『右の神聖』と『左の神聖』」の「弁証法」であったと回顧している．「ここ［コレージュ・ド・ソシオロジー］で彼［バタイユ］を中心として提出された課題は "神聖の社会学"．／『右の神聖と左の神聖』その弁証法である．右の神聖は既成勢力であり，公認された諸権威である．ブルジョア的な道徳，無効になった宗教，すべてがこれだ．／それをおかすものが左の神聖である．だから右にとって，左の神聖は常に破壊者，犯罪者，加害者だ．／右の神聖はおかされるものとしてある．否定される条件において神聖なのである．だからわれわれの意志は左の神聖としてそれをうち倒さなければならない．ニーチェの "神は死んだ" は第一の命題であった．しかし空虚な残滓は現実のいたるところに残っている．／徹底的な否定は絶対的な肯定を前提とする．われわれ自身によって新しい神 (神聖) が創造されなければならない．それはたしかに過去に絶望し，現代に裏切られた当時の若い世代が情熱をもってぶつかり，解決しなければならないギリギリの課題であった」(岡本太郎「わが友――ジョルジュ・バタイユ」，『岡本太郎の本 1　呪術誕生』所収，みすず書房，1998 年，201–202 ページ．強調は岡本による)．

(223)　前註に挙げた発表のなかで，バタイユは，嫌悪を誘う聖性を認識するにあたっての無意識的なものの意識化のプロセスの必要性を強調し，そうした意識化＝「承認」を可能にした「科学的次元の方法」である，「未開民族の社会学と精神分析学」の功績を，意識に把握される現象に対する意識的考究である「現象学」との比較において，次のように指摘する．「我々の実存の中核が実際にそうであるところのものを承認する行為は，人間の発展において，決定的な行為であると私は考えます．言い方を変えれば，自分にとって恐ろしいもの，最も強い嫌悪を催させるものに，自分が運命づけられ，結びつけられているのを承認することほど，人間にとって重要なことはないと思うのです．［…］／私の試みは，無意識的であったものの開示が可能であることを前提としており，定義上，無意識は，現象学的な描写にとっては望むべくもないものなのです．そこに近づくのは，科学的次元の方法によってのみ可能でした．その方法はよく知られています．未開民族の社会学と精神分析学とがそれです［…］」(Georges Bataille, « Attraction et répulsion. II. La structure sociale », art. cit., p. 147–149)．こうした見地に基づき，嫌悪と無意識的な抑圧との関係は次のように明示的に述べられる．「実際，反発や嫌悪と，精神分析学が抑圧と呼ぶものとのあいだには，疑いの余地なく密接な結びつきが存在するのです」(*ibid*., p. 161)．

(224)　Georges Bataille, « Lettre à X., chargé d'un cours sur Hegel… », art. cit., p. 80．強調はバタイユによる．

(225)　*Ibid*., p. 81.

第7節　「社会学研究会」の活動(2)――「悲劇の帝国」の建設に向けて

(226)　「社会学研究会のために」では，バタイユ，レリス，カイヨワの順に論考が掲載されており，オリエはそれらを「社会学研究会」の「マニフェストの価値を持つ3つの試論」と評価した（Denis Hollier (éd.), *Le collège de sociologie*, *op. cit.*, p. 294）．なお，全体の序文をカイヨワが執筆している（Roger Caillois, « Introduction », in « Pour un Collège de Sociologie », in Denis Hollier (éd.), *Le collège de sociologie*, *op. cit.*, p. 295–301）．

(227)　Georges Bataille, « L'apprenti sorcier », in Denis Hollier (éd.), *Le collège de sociologie*, *op. cit.*, p. 306.

(228)　*Ibid.*, p. 306–307.

(229)　*Ibid.*, p. 313.

(230)　*Ibid.*, p. 307．強調はバタイユによる．

(231)　*Ibid.*, p. 309.

(232)　*Ibid.*, p. 311．強調はバタイユによる．

(233)　*Ibid.*, p. 313.

(234)　*Ibid.*, p. 302, en note.

(235)　*Ibid.*, p. 313.

(236)　*Ibid.*, p. 314.

(237)　*Ibid.*, p. 314–315．強調はバタイユによる．

(238)　ここでは，「記憶（souvenir）」という語に，ヘーゲル＝コジェーヴ的なコノテーションを，すなわち，歴史の終焉における，人間の個別性の内面化＝記憶化（Er-innerung）という事態への参照を読み取ることが可能だと思われる（前節でのコジェーヴの引用を参照．「**人間は内面化においてのみ**［Er-innerung］，自らの歴史的過去の**包括的記憶**においてのみ，それを通じてのみ**個人的自我**のままなのであり，そうした**記憶**が『**体系**』の**第一部**を，つまり，『精神現象学』を形作っているのである」）．ヘーゲル＝コジェーヴ的な，個別的実存の埋没のモメントとしての内面化＝記憶化を，バタイユは全体的実存に対して当てはめているのである．

(239)　Georges Bataille, « L'apprenti sorcier », art. cit., p. 317.

(240)　*Ibid*. 強調はバタイユによる．

(241)　*Ibid.*, p. 316.

(242)　*Ibid.*, p. 317.

(243)　*Ibid.*, p. 318–319．強調はバタイユによる．

(244)　*Ibid.*, p. 321．強調はバタイユによる．

(245)　*Ibid.*, p. 322–323．強調はバタイユによる．

(246)　「儀礼によって生きられる神話」という説明が見られる（*ibid.*, p. 323）．

(247)　*Ibid.*, p. 324.

(248)　ふたつの引用は，前出のクロソウスキーの書評からのものである．ただし強調は引用者による．本書68ページを参照.

(249)　Georges Bataille, « L'apprenti sorcier », art. cit., p. 325．強調はバタイユによる．

(250)　ゲーテの詩『魔法使いの弟子』（*Der Zauberlehrling*）を参照．これを元にしたポール・デュカスによる同名の交響詩も高名である．

(251)　Roger Caillois, *Approches de l'imaginaire*, Paris, Gallimard, 1974, p. 58 ; cité par Hollier, *Le collège de sociologie*, p. 303.

(252) Georges Bataille, « L'apprenti sorcier », art. cit., p. 325.

(253) イザベル・リューセは，「社会学研究会」におけるバタイユの神話に対する問題意識を，（過去世界の）知から（現在の）行動への移行を導く方法の探求，という点に集約させ，それを，神話をめぐる「エピステモロジックな省察」という言葉で表現している．以下の引用等を参照．「ジョルジュ・バタイユは，民族学者たちを，とりわけマルセル・モースを忠実に受け取るのだ．神話が，現働化するなかでのみ，生き生きとしたものとして自らを現すのであれば，モース本人の言葉で言えば，呪術において『知ることはできること』なのであれば，神話を研究する者に提起されるのは，その知を実際に現働化すること，現実態への移行によって，知を乗り越えることの問いである．この問題にジョルジュ・バタイユはふたつの仕方で取りかかった．ひとつは秘密結社「アセファル」における純粋な経験であるが，こちらのほうは目的を果たさなかった．もうひとつがエピステモロジックな省察であり，ジョルジュ・バタイユはその源泉をマルセル・モースに見ていたのだが，こちらはそのいまだアクチュアルな射程のゆえに，我々の注意を引きつけてしかるべきものである」（Isabelle Rieusset, « Le Collège de sociologie : Georges Bataille et la question du mythe, de l'ethnologie à l'anthropologie : un décentrement épistémologique », *Écrits d'ailleurs. Georges Bataille et les ethnologues*, dir. par Dominique Lecoq et Jean-Luc Lory, Paris, Éditions de la Maison des Sciences de l'Homme, 1987, p. 126）．なお，モースの引用は，『呪術の一般理論素描』からのものである．

(254) Georges Bataille, « L'apprenti sorcier », art. cit., p. 325–326.

(255) 実際にはこの発表はカイヨワが行う予定だったもので，病欠したカイヨワのテクスト（メモ）のバタイユによる代読と，その大幅な補足とを内容とするものである．以下，バタイユの補足部分は，カイヨワのテクストに対する注記として書誌情報を示す．

(256) Georges Bataille, « Notes », in Roger Caillois, « Confréries, ordres, sociétés secrètes, églises », in Denis Hollier (éd.), *Le collège de sociologie*, *op. cit*., p. 223．強調はバタイユによる．

(257) *Ibid*., p. 224.

(258) *Ibid*., p. 225．強調はバタイユによる．

(259) *Ibid*., p. 226.

(260) *Ibid*. 強調はバタイユによる．

(261) *Ibid*., p. 228–229．強調はバタイユによる．

(262) *Ibid*., p. 240–241．強調はバタイユによる．

(263) *Ibid*., p. 240．強調はバタイユによる．

(264) ドミニク・クンツ・ヴェスターホフは，バタイユの「社会学研究会」関連の複数の資料を気ままに行き交いながら，バタイユと研究会の目論見を，ファシズム（ナチズム）に対抗する社会的行動を導くような，「イメージ」の創出に見て取っている．以下の引用を参照．「『研究会』の『聖社会学』は，この共同体のイメージを打ち立てようと努めることになるが，そのイメージは，戦争を目前に控えるなかで，『有効な権力』が有する，分析的であると同時に遂行的な価値を備えるはずのものであった．『魔法使いの弟子』でバタイユは，作家が悦に入る虚構の『イメージ』の空しさを次のように告発するのだが（『空想のイメージにおいては，すべてが見せかけである』），それは，イメージを社会的行動に役立てることによって，『真実のものとする』ためなのである．［…］／『政治的な悲劇が演じられる劇場の（…）イメージと活力に富んだ描写』を目指すことで，『研究会』は，ナチズムを前にしてそれら自身イメージを作

りなす力を持つような社会的表象を打ち立てようと努力する．そうした表象の人類学的な働きが日の目を見れば，集団的賛同の力学に，『作業が明るみに出す諸々の表象の，必然的に伝染的で行動主義的な性質』に則った仕方で，再び推進力が与えられるだろう」(Dominique Kunz Westerhoff, « Face au nazisme. *Faire image* », *Critique*, nº 788–789, 2013, p. 33–35．バタイユの文章の引用部分の強調はバタイユ，それ以外の強調はヴェスターホフによる)．

(265) Georges Bataille, « Notes », in Roger Caillois, « Confréries, ordres, sociétés secrètes, églises », art. cit., p. 243.

(266) 以下の記述を参照した．アンリ・ジャンメール『ディオニューソス　バッコス崇拝の歴史』小林真紀子／福田素子／松村一男／前田寿彦訳，言叢社，1991年 (とりわけ第5章「マイナス的行動」，217–306ページ)．

(267) 「ともあれ悲劇は即興の作からはじまった．――同様に喜劇ももともと即興の作であった．すなわち，悲劇はディーテュラムボスの音頭取りから，喜劇はいまも多くのポリスに風習として残っている陽物崇拝歌の音頭取りからはじまったのである」(アリストテレース『詩学』松本仁助／岡道男訳，『アリストテレース『詩学』・ホラーティウス『詩論』』所収，岩波文庫，1997年，30ページ)．ただし，アリストテレスはディオニュソス信仰の悲劇に対する影響については一切考慮していない．ジャンメールの前掲書第6章「ディーテュランボス (聖なる輪舞)」(307–374ページ) および第7章「ティアソス (信徒団) と演劇の起源」(377–462ページ)，また，丹下和彦『ギリシア悲劇　人間の深奥を見る』，中公新書，2008年，3–5ページも合わせて参照．アテネでは悲劇の上演は，ディオニュソスの祭のなかでも最も規模の大きい3月の大ディオニュシア祭の行事として，ディオニュソス神殿内の神域にあるディオニュソス劇場で行われた．バタイユは，1937年夏に『ギリシアへの旅』誌第7号に執筆した論考「母＝悲劇」で，ディオニュソスについて，「それを祝う祭が悲劇のスペクタクルとなったこの神は，酩酊とワインの神であるばかりではなく，錯乱した理性の神であった」と述べている (Georges Bataille, « La Mère-Tragédie », O. C., t. I, p. 493)．

(268) このような思索の源がニーチェであることは明確である．『この人を見よ』において，「ディテュランボスの発明者」，さらには，「十字架にかけられし者に敵対するディオニュソス」を自称するニーチェは，次のように，ディオニュソス的悲劇時代の再来を預言している．「この本には一つの巨大な希望が語られている．どう考えてみても私には音楽のディオニュソス的未来というものへの希望を引っこめねばならぬ理由は見つからない．百年先のことを考えてみよう，そして二千年にわたった反自然と人間冒瀆とに対する私の暗殺計画が成功した場合を仮定してみよう．その時には，すべての使命の中の最大の使命たる人類の高揚的陶冶をいっ手に引き受けるとともに，もちろん，退化したものどもと寄生虫的なものどもを容赦なく絶滅してしまうかの生の新しい党派が，再び地上においてかつての生の過剰を可能ならしめ，そこからまたディオニュソス的状態が再び生い立ってくるに違いない．私は一つの悲劇的時代が来ることを約束する．生に向かって然りと肯定する最高の芸術，すなわち悲劇が再び生まれるであろう」(フリードリッヒ・ニーチェ『この人を見よ』川原栄峰訳，『この人を見よ　自伝集』(『ニーチェ全集第15巻』) 所収，ちくま学芸文庫，1994年，99–100，144，185ページ．強調はニーチェによる)．他方，バタイユ自身の文脈からは離れることになるが，『精神現象学』の序文における，絶対者の真理の記述に，ディオニュソス的なものに対するヘーゲルの志向の表れを指摘した以下の研究は，思想史的見地から興味深い．「[…] ニーチェからすればドイツ精神の権化ともいうべき

ヘーゲルの著述にも，ディオニュソス的なものについての言及がある．とりわけ，絶対者の心理の比喩として，ディオニュソス崇拝に由来する比喩表現を用いていることは，重要である．なぜならば，ヘーゲルは，概念表現で示されない思索の地下通路を，比喩表現で示しているようにも見えるからである．『真なるものは，乱痴気騒ぎの（bacchantisch）陶酔であって，それに与るかぎり，誰も酩酊しない人はいない．そして，そのなかの或る人が，〔その陶酔から〕離れても，すぐに〔その陶酔に〕溶け込んでしまうので，その陶酔は，透明で単純な安らぎでもある』（*Phän*. S. 35）．ここで，ヘーゲルは絶対者の現実的真理の契機ともなる否定的なものの生成消滅を，『乱痴気騒ぎの陶酔』と表現する．『乱痴気騒ぎの（bacchantisch）』はディオニュソスのローマ名であるバッコス（Bacchus）に由来する．そして，ヘーゲルがディオニュソス崇拝を伴うエレウシスの密儀宗教に強い関心を持っていたことも周知のことである」（山口誠一『ニーチェとヘーゲル——ディオニュソス哲学の地下通路』，法政大学出版局，2010 年，13 ページ．ヘーゲルの引用文中で訳文を補っているのは原著者）．

（269） Charles Ficat, « Un soir au Collège de sociologie », *Revue des deux mondes*, mai 2012, p. 136．なお，続けてフィカも言及するように，「社会学研究会」の名称を提案したのはジュール・モヌロである．

（270） やや先のことになるが，1946 年に上梓される，ジュール・モヌロ『社会的事実はものではない』（1945 年）の書評のなかでバタイユは，当該の『ツァラトゥストラはこう語った』の一節をあらためて引用し，それをまさしく，帰属集団と選択的共同体（「二次的な共同体」と言われる）との対立を示し出す言述として評価している．「『我々の高貴さが，後ろをではなく，外を眼差すものとなって欲しいものだ．君たちは，あらゆる祖国から，あらゆる父親たちと祖先たちの国から追われるだろう．君たちは，自分の子どもたちの国を愛するのだ．君たちは，父親たちの子どもであることを，自分の子どもたちに償わなければならない』．［…］これ以上はっきりと，二次的な共同体を，実際上の帰属に対立させることはできないだろう」（Georges Bataille, « Le sens moral de la sociologie »（1946）, O. C., t. XI, 1988, p. 63–64．強調はバタイユによる）．

（271） この発表で，「軍隊の帝国」がファシズム国家を指すものであることは，次の引用部などから明確である．「たとえ軍隊の支配が——ファシストの支配が，ということですが——今日到達している境界線を超えて拡大するとしても［…］」（Georges Bataille, « Notes », in Roger Caillois, « Confréries, ordres, sociétés secrètes, églises », art. cit., p. 227）．

（272） 以下のテクストとオリエによる解説などを参照．Michel Leiris, « Lettre à Georges Bataille（le 3 juilllet 1939）», in Denis Hollier（éd.）, *Le collège de sociologie*, *op. cit*., p. 819–821 ; Georges Bataille, « Lettre à Roger Caillois（le 20 juillet 1939）», in Denis Hollier（éd.）, *Le collège de sociologie*, *op. cit*., p. 833–839.

（273） 秘密結社「アセファル」の最後の集会も 1939 年 7 月のことであった．註 177 で引用したワルドベルグの証言にあるように，この集会に参加したのは 4 人のみであり，見解の相違による結社の分断が，戦争によって決定的なものになったというのが実情である．ワルドベルグのテクスト，ならびに，ガレッティの収集した資料集の邦訳に付された解説を参照（吉田裕「解説　結社アセファルをめぐって」，ジョルジュ・バタイユ　マリナ・ガレッティ編『聖なる陰謀　アセファル資料集』所収，吉田裕／江澤健一郎／神田浩一／古永真一／細貝健司訳，ちくま学芸文庫，2006 年，477–500 ページ）．

（274） 岡本太郎「わが友——ジョルジュ・バタイユ」，前掲論文，202–203 ページ．

第2章　防具としての論理

第1節　戦争と神経症 ―― 第2次世界大戦後の思索へのイントロダクション

(1)　バタイユは，同年4月までパリ，4月から10月までは，パリ近郊でフォンテーヌブローに程近いサモワ＝シュル＝セーヌに居住していた（シュリヤによる伝記の旧版（第2版）に収められた年表を参照．Michel Surya, *Georges Bataille, la mort à l'œuvre*, Paris, Gallimard, 2e édition, 1992, p. 659–661．以下，この旧版を参照する際にはその旨を明記する．指示のない場合は新版の参照である）．連合軍のノルマンディ上陸開始は6月6日，パリ解放は8月25日である．

(2)　Georges Bataille, *Sur Nietzsche*, O. C., t. VI, *op. cit.*, p. 141–142．強調はバタイユによる．

(3)　コチュベイは当時，サモワの隣町ボワ＝ル＝ロワに居住していた．二人の出会いは前年6月，当時のバタイユの居住先だったヴェズレーでのことである．48年に娘ジュリが生まれ，51年に結婚．前出のシュリヤによる年表を参照（Michel Surya, *Georges Bataille, la mort à l'œuvre*, 2e édition, *op. cit.*, p. 659–661, 669 et 672）．コチュベイとの恋愛は，「日記（1944年2–8月）」の主要な題材をなしているが，バタイユが「夢幻の夜（nuit féerique）」と呼ぶ一夜の啓示的経験の描写は，ニーチェによる「永劫回帰」の啓示の描写との濃密な親和性を窺わせるものとして興味深い．以下にその一部を引用する．「帰り道は一人で，岩山の頂に登った．／事物の世界に必然性はないという考え，脱自がこの世界に相応しているという考え（脱自が神に相応するのでも，事物が数学的必然性に相応するのでもなく）がはじめて私に現れた――そして私を大地から持ち上げた．／岩山の頂で，激しい風に煽られながら，私は服を脱いだ（暑かった．私はシャツとズボンだけだった）．風は雲を散り散りにし，そうして雲は月明かりのなかに崩れていった．月光に照らされた巨大な森．私は…の方に振り向いた，期待しながら…（裸でいることには何の意味もない．私は服を着た）．存在たちは（愛しい存在と，私自身は），ゆっくりと死のなかに失われてゆき，風が解体する雲に似る．もう二度とない（*jamais plus*）…．私は愛した（*J'aimai*），Kの表情を．風が解体する雲のように，私は叫び声もあげず脱自のうちに入り込んだ．それは動きを止めたがゆえに，いっそう澄み切っていた」（Georges Bataille, *Sur Nietzsche*, *op. cit.*, p. 126．強調はバタイユによる）．

(4)　『有罪者』のための下書き帳のひとつからの引用．原稿には，1939年9月14日という日付と，ロールの墓を訪問した翌日に書かれた旨の記載がある．バタイユのロールに対する感情の強さを窺わせる当該箇所を，以下により広く引用する．「苦悩，恐怖，悲嘆，錯乱，オルギア，熱狂，そして死が，ロールと私の分かち合った，日々の糧だったのであり，この糧は私に，恐ろしい，しかし計り知れない喜びの記憶を残している．それが，諸事物の限界を超え出ようと渇する愛の取ったかたちだったのであり，とはいえ，私たちは二人で，実現し得ぬ幸福の瞬間に，幾度達したことだろう，星の煌めく夜に，流れる小川に．…の森で，夜の帳が落ち，彼女は黙って私の隣を歩いていて，私を見ない彼女を私は眺めていた，心のいっとう底知れぬ動きに応えて生がもたらすものに，かつてここまで確信を抱いたことがあっただろうか．闇のなか，自分の運命が隣を進んでいくのを私は眺めていた，それをどれほどはっきり見分けたのかは，言葉では言い表せない．ロールがどれほど美しかったのかも言い表せない，彼女の未完の美しさは，熱く不確かな運命の移りゆくイメージだったのだ．これと似た幾つもの夜のまばゆい透明さもまた，言葉には尽くせない」（Georges Bataille,

« Notes » de *Le coupable*, O. C., t. V, *op. cit.*, p. 501）．シュリヤは，「魔法使いの弟子」における恋人たちの共同性についての記述に，ロールとの現実の恋愛関係に対する考えの直接の反映を見て取っている（cf. Michel Surya, *Georges Bataille, la mort à l'œuvre*, *op. cit.*, p. 295–296）．なお，バタイユはレリスと共同で，『聖なるもの』（*Le sacré*）（1939 年）と『ある少女の物語』（*Histoire d'une petite fille*）（1943 年）という 2 冊のロールの遺稿集をまとめている．これらの作品は，その他の断片的な遺稿や書簡と合わせ，以下に収録されている．Cf. Laure, *Écrits de Laure*, texte établi par J. Peignot et le collectif Change, Paris, Pauvert, 1977．近年は論文集が上梓されるなど，研究の機運も盛り上がりつつある．Cf. *Cahiers Laure*, nº 1, Meurcourt, Éditions les Cahiers, 2013.

（5） ちなみに，サモワ＝シュル＝セーヌでの滞在中，バタイユは結核のために，フォンテーヌブローで人工気胸による治療を受けていた（cf. Michel Surya, *Georges Bataille, la mort à l'œuvre*, *op. cit.*, p. 404）．

（6） イヴ・テヴニョーは，バタイユの「物語（récits）」の大半がカフカの本に「似ている」と主張しつつ，その根拠として，『ニーチェについて』という「物語」の主要な登場人物が，（『審判』のヨーゼフ・K や『城』の K と同じく）K と呼ばれていることを挙げ，この K に，ロールを含む複数の女性の「参照の交差」を見て取っている（Yves Thévenieau, « Procédés de Georges Bataille », in *Georges Bataille et la fiction*, dir. par Henk Hillenaar et Jan Versteeg, Amsterdam, Rodopi, 1992, p. 39）．人物名の表記の共通性から作品の類似を帰結できるかどうかには留保の余地があり（ただし，バタイユの文学をめぐる思索にカフカが及ぼした影響は甚大であり，主題としての重要性には異論の余地はない．バタイユのカフカ理解については，本書第 3 章第 4 節で検討する），史実を踏まえれば一番に K の候補に挙げられるはずのコチュベイへの言及がないことも訝しいが，「日記」として提出されているものにフィクショナルな「物語」の実践を見て取る視座は，虚構を通じた認識の伝達に対する，戦後バタイユの積極的意志（本章を起点に主として第 3 章で考察する）を探り当てるのに資するように思われる．

（7） 前出の『有罪者』の下書き帳では，墓所でのロールの記憶の再現がもたらした絶望が，次のように語られている．「だが，ロールの墓は植物に覆われ，なぜかは分からないが，漆黒のただひとつの広がりを作っていた．その前に辿り着くと，私は自分の腕のうちで苦しみにとらわれ，もう何も分からなかった．そのとき私は，自分がひっそりとふたつに分かれて，彼女を抱き締めているかのように感じた．手が自分の周りを惑い，私は彼女に触れ，彼女の香りをかいだように思った．途轍もない喜びが広がり，ちょうどあたかも，突然にお互いを見つけ出したときのようだった．ふたつの存在を隔てていた壁が崩れ落ちたときのようだった．そこで私に，自分がまた自分に戻るという考えが，自分の重苦しい必要事に押しとどめられるという考えが浮かび，うめき声を挙げて彼女に許しを乞わずにはいられなかった．私は涙にくれ，もう何をすればよいか分からなかった．彼女を失い直すことがよく分かっていたからだ．自分がこれからなろうとしているもの，たとえば，書いているときの自分のこと，さらにはもっと悪いもののことを思い浮かべて，私は堪え難い恥辱にとらわれた」（Georges Bataille, « Notes » de *Le coupable*, art. cit., p. 500．強調はバタイユによる）．

（8） Georges Bataille, *Sur Nietzsche*, *op. cit.*, p. 143．強調はバタイユによる．

（9） *Ibid*.

（10） *Ibid.*, p. 158–159．強調はバタイユによる．

（11） 『ニーチェについて』では，ニーチェの病跡研究についての具体的な言及はなさ

れていないが，後年に書かれた書評のなかで，バタイユは，「ニーチェの能力をいささかも損なうことのなかったパラノイア的気質と，彼を崩壊させた病気とを区別する」ジョルジュ・コディノの「医学的研究」を肯定的に評価している（Georges Bataille, « Nietzsche »（1951）, O. C., t. XII, 1988, p. 84）.

（12） 引用部の前段には次のような指摘が見られる．「最悪なものに対するニーチェの素朴さ，自然さ，快活さは，彼において深淵が受動的に存在していたことに由来する．それゆえ，重々しく緊迫した法悦がなかったのである」（Georges Bataille, *Sur Nietzsche*, *op. cit.*, p. 158）.

（13） *Ibid.*, p. 23. 強調はバタイユによる．

（14） フランソワ・ヴァランは，前出の『ニーチェについて』「序言」におけるバタイユの永劫回帰理解に着目し，それを次のように敷衍している．「永劫回帰はかくして，目的への従属から自由になった世界はもはや正当化される［…］必要さえない，ということを我々に示し出すための，ひとつの企て，試み，仮説，ないしは虚構のようなものとして（Ein Versuch［試み，努力，企て］，とニーチェは言う）現れる．いずれの瞬間においても，瞬間は成し遂げられ，完了し，終局に至っている．各々の瞬間が最後の瞬間であり，それぞれが自身のうちに，世界の最終性を宿している．それは再来する無垢であって，ニーチェが生成の無垢と呼んだものである」（François Warin, *Nietzsche et Bataille, la parodie à l'infini*, Paris, PUF, 1994, p. 188）．明快な説明であり，本書の視座からすれば，時間の観念と結びついたバタイユの「永劫回帰」理解が『アセファル』時代から一貫していることを浮かび上がらせるのに資するが，この論文では『ニーチェについて』の神経症論との結びつきについては考察がなされていない．

（15） たとえば『道徳の系譜』の「第 2 論文」の冒頭では，以下のような主張がなされている．「忘却がおのれ自身における一つの力，強壮な健康の一形式をなすほかならぬこの必然的に健忘な動物が，ところが今やそれとは反対の一能力を，ある場合には健忘を取りはずす助けとなるあの記憶という一能力を育て上げるに至った．――ある場合とはすなわち，約束しなければならないというときのことである」（フリードリッヒ・ニーチェ『道徳の系譜』信太正三訳，『善悪の彼岸　道徳の系譜』（『ニーチェ全集第 11 巻』）所収，ちくま学芸文庫，1993 年，424 ページ）．引用部に引き続き，記憶の能力が「責任」の観念を生じさせ，そのことから人間が「良心の疚しさ」を抱くに至る近代の歴史的過程が論じられたのち，「良心の疚しさは一つの病気である．これには何の疑いもない」という言明がなされる（同書，469 ページ）．

（16） 以下などを参照．「［…］可塑的な力，『再生させ治癒させる』力の過剰こそが，健康を特徴づけるのであり，エネルギーのある種の慢性的更新を可能にするのである．それとは逆に，ルサンチマンの病理学には，局所的な過充当が，つまり記憶の過剰発達がある．［…］／ニーチェがルサンチマンに関して理論化した内容が，フロイトが神経症そのものに関して当初から理論化していた内容と異ならない，という印象を持つことは禁じ難い．［…］／フロイトとブロイアーがヒステリー症状を解読し，その病因を提示するのに用いた基礎概念は，除反応（Abreagieren）である．［…］すなわち，それ［『ヒステリー研究』］が論証しようとしていたのは，『ヒステリー患者が苦しんでいるものの大部分は，無意志的記憶［無意志的回想］（Reminiszenzen）』だということである．ところで，生きられた出来事が病因性の無意志的記憶になるかどうかを決めるのは，主体がその出来事に結びついた情動を解放する除反応のプロセス如何に，厳密にかかっている．［…］／反応が妨げられたときにはじめて，その病的な運命の可能性が開かれる．『この反応が妨げられたとき，情動は記憶に固着したままにな

る』．［…］神経症者においては，「病因をなす表象が…まったく生々しいままに，また，つねに感情に満ちたものとして維持される」［…］．［…］ニーチェの言うルサンチマンの非＝忘却［Nicht-Vergessen］は，フロイトの言うヒステリーの無意志的記憶［Reminiszenze］と源泉を同じくしている．除反応のプロセスを不可能にする，根本的な機能不全がそれである」（Paul-Laurent Assoun, *Freud et Nietzsche*（1980）, Paris, PUF, « Quadrige », 1998, p. 247–250．強調はアスーンによる）．

（17）『クリティック』（*Critique*）（1946 年 –）はバタイユが創刊した雑誌であり，戦後のバタイユが論考を発表する主要な媒体となる．発刊とその後の経緯（翌 47 年にジャーナリストの選ぶ最優秀雑誌賞を受賞）については，以下を参照．Michel Surya, *Georges Bataille, la mort à l'œuvre*, *op. cit.*, p. 425–433．また，『クリティック』という小論のコンスタントな発表媒体が存在したことの，バタイユ思想における意義を考察したものとして，以下を参照．Michèle Richman, « La signification de la revue *Critique* dans l'œuvre de Bataille », *Georges Bataille : actes du colloque international d'Amsterdam*（*21 et 22 juin 1985*）, *op. cit.*, p. 131–146.

（18）Georges Bataille, « À propos de récits d'habitants d'Hiroshima », O. C., t. XI, *op. cit.*, p. 184–185．強調はバタイユによる．この論考は，アメリカのジャーナリスト，ジョン・ハーシーによる，原子爆弾投下後の広島のルポルタージュ『広島』（1946 年）の書評という体裁のもとに執筆されたものである．なお，前段における，ニーチェの「永劫回帰」についての言及は以下の通り．「極限的な不幸と脱自とが入り交じった状態へと，『永劫回帰』の観念はニーチェを投げ入れるのだが，それを把握することははじめは難しい．［…］これほど完全な賭けへの投入において，脱自を避けられないものにし，それを閃光のように解き放ち，想像を絶した心神喪失を光に変えるのは，あらゆる希望の廃滅である（希望はここで否定的に捉えられ，猶予に過ぎないものとなっている）」（*ibid.*, p. 184）．

（19）*Ibid.*, p. 185–186.

（20）*Ibid.*, p. 181.

（21）*Ibid.*, p. 187.

（22）*Ibid.*

第 2 節　精神分析学への不満

（23）Cf. Michel Surya, « Le curé de Torcy », *Georges Bataille, la mort à l'œuvre*, *op. cit.*, p. 119–122．引用した言葉は，カミーユ・ドース博士のものである（*ibid.*, p. 119）．また，シュリヤは小説『C 神父』（1950 年）のなかの次の科白を，バタイユ個人の伝記的事実と結びつけている．「私が苦しんでいるのは——ごくわずかだが——私を病人呼ばわりした彼らの気の小ささである」（Georges Bataille, *L'Abbé C*, O. C., t. III, 1971, p. 346 ; cité par Surya, *Georges Bataille, la mort à l'œuvre*, *op. cit.*, p. 119）．

（24）Madeleine Chapsal, « Georges Bataille »（entretien, 1961）, *Les écrivains en personne*, Paris, UGE, « 10/18 », 1973, p. 26.

（25）シャプサルとの対談では，この経緯は次のようにまとめられている．「［…］私の書いたはじめての本を，［…］私は精神分析を受けなければ書けなかったのです，ええ，そうして，そこから抜け出すのでなければ．そういう仕方で解放されることでようやく，書くことができたと言えるでしょうね」（*ibid.*）．この直前にバタイユは，「私の最初の本は，エロティックな本でした…」と述べており，当該の著作が，ロード・オーシュ（Lord Auch）の偽名で出版されていた『眼球譚』を指すことが仄めかされている．また，シュリヤは，ボレルによる分析の内実を推測しつつ，それがバタイユ

に及ぼした影響を，『眼球譚』の執筆との関係で，次のように主張している．「この分析はしたがって，概ね次のようなものだっただろう．ボレルの側では，ものを書くように促す．バタイユの側で書いたものは，応答として一連のイメージを生み出し，今度はそれが，分析の手がかりの封を解く．それらの手がかりは，著作に新しい光を投げかけただろうし，この光を頼りに，著作は完成に導かれただろう．［…］『眼球譚』を書き終えてバタイユは，それがいかなる想像の産物からなるのか，また，自分ではその時まで分からなかった道筋を通って，場を変えた遅ればせの告白の題材をどのように引き出してきたのかを，分析の力を借りて知ったのである．つまり，この物語の作者は，アドリアン・ボレルがいなければそう信じたかもしれないほどには，語り手から遠い存在ではないということを」（Michel Surya, *Georges Bataille, la mort à l'œuvre*, *op. cit.*, p. 121–122）．

（26）「ファシズムの心理構造」の既出の引用部を参照（Georges Bataille, « La structure psychologique du fascisme », art. cit., p. 371）．

（27）バタイユの分析治療経験が後年の「内的経験」（l'expérience intérieure）の思想に及ぼした影響を重視し，跡づけようとしたものとして，以下の研究がある．Cf. Valérie Chevassus-Marchionni, « Bataille et la psychanalyse : l'itinéraire singulier d'une “expérience intérieure” », in *Georges Bataille interdisciplinaire*. *Autour de la* Somme athéologique, éd. par Martin Cloutier et François Nault, Montréal, Triptyque, 2009, p. 51–64．分析治療と「内的経験」との関わりについては，本節でも，バタイユ個人の経験からは独立させた仕方で考察する．

（28）Georges Bataille, « La psychanalyse », O. C., t. XI, *op. cit.*, p. 317.

（29）*Ibid.*, p. 317–318.

（30）*Ibid.*, p. 318.

（31）*Ibid.*

（32）「クラフト＝エビングについて」（1932年）の既出の引用部を参照（Georges Bataille, « À propos de Krafft-Ebing », art. cit., p. 293）．

（33）Georges Bataille, « La psychanalyse », art. cit., p. 319.

（34）*Ibid.*

（35）*Ibid.*

（36）*Ibid.*, p. 320.

（37）「理論は，バタイユが突然の失神の指標とした，不可能なものの可能性を現実にもたらすのでなければ，何ものでもないのであり，治療において『意識と無意識との綜合』が形作る，『分析が突如として効力を持つようになる瞬間』の最中に，内的経験へとひとを開くのはその可能性である」（Dominique Lecoq, « Itinéraires du non-savoir », in *Cahiers Georges Bataille*, t. I, *op. cit.*, p. 76．強調はルコックによる）．なお，ルコックは言及していないが，「不可能なものの可能性」という表現は，当該書評の後続部分で無意識の意識化が論じられるなかで，実際に使用されている表現である．以下を参照．「フィユー氏はある流行に従順である．彼は，『実存の次元に関する』ものである『意識化』について語る．『無意識の要素は…実存的に意識的なものとならねばならない』とも．こうした用語には手短に済むという利点があるが，不可能なものの可能性のようにしておそらくまずは定義されるはずのものを明らかにすることはできない」（Georges Bataille, « La psychanalyse », art. cit., p. 320）．ここで「ある流行」と述べられているものは，existence や existentiellement という語の使用が俎上に載せられていることから，実存主義（existentialisme）であると考えられる．バタイユの実存主義理解については，本章第4節で検討する．

(38) Georges Bataille, *L'expérience intérieure* (1943, 1954), O. C., t. V, *op. cit.*, p. 15. 強調はバタイユによる.

(39) *Ibid.*, p. 16.

(40) *Ibid.*, p. 21.

(41) 以下を参照.「ある行為や動機が意識的でないと言うとき，それは，意識のなかで何ものにも表象されないということではない．弁別的な意識を持っていないということである．[…] どの無意識的要素にも，意識の何らかの形態が対応しているのであり，この形態がいかほども識別されないということはありそうもない．そう考えれば，完全に無関係なメカニズムのように機能する無意識の観念を導入するというのは，いかにもおかしなことである」(Georges Bataille, « La psychanalyse », art. cit., p. 320).

(42) *Ibid.*, p. 321.

(43) 具体例は枚挙に暇がないが，端的なものとしてまずは以下を参照.「言語が指し示すのは事物のみであり，ただ言語の否定だけが，あるもの (ce *qui est*) の限界の不在へと開く [···]」(Georges Bataille, « Le pur bonheur » (1958), O. C., t. XII, *op. cit.*, p. 481. 強調はバタイユによる).

(44) Georges Bataille, « De l'existentialisme au primat de l'économie », O. C., t. XI, *op. cit.*, p. 293, en note. 強調はバタイユによる．この論考では，レヴィナスの『実存から実存者へ』が主要な考察対象となっており，上記引用部では，「この状況はレヴィナスのある [*il y a*] の状況であり，ブランショの [『謎の男トマ』(1941 年) における] [···] 文章が完全な表現を与えたものである」との主張がなされる (*ibid*. 強調はバタイユによる)．続く箇所では，「レヴィナスの思想は，[···] ブランショのそれとも，私のそれとも異なるものではない」とも述べられており (*ibid.*)，バタイユが朋友のモーリス・ブランショに加えて，レヴィナスに看取していた思想的連続性を明示する言及として重要である．この論考については後に詳しく検討する．ロベール・サソは，上記引用部への着目に基づき，バタイユの「あるもの」を，レヴィナスの「ある」の「反響のようなもの」と評価している (Robert Sasso, *Georges Bataille, le système du non-savoir. Une ontologie du jeu*, Paris, Les Éditions de Minuit, 1978, p. 91, en note. 強調はサソによる)．なお，「実存主義から経済学への優位」の『クリティック』第 19 号掲載版については，バタイユの手で修正が加えられた原稿が残っており，全集は修正後のヴァージョンを本文に収録し，『クリティック』に発表されたオリジナルは註に示すという対応を行っている．本書で後者を参照する場合には，書誌情報を « Notes » と表記する．

(45) Georges Bataille, « Attraction et répulsion. II. La structure sociale », art. cit., p. 148–149. 強調はバタイユによる.

(46) ヘーゲル『精神現象学』の旧題である (Wissenschaft der Erfahrung des Bewusstseins)．なお，オリエは，当該の発表原稿に付した註のなかで，ここで現象学という語は「ヘーゲル的な意味とまったく同じくらい，フッサール的な意味で」理解されなくてはならないとし，「ファシズムの心理構造」でバタイユが，「フランス社会学」と「精神分析学」に加え，「現代ドイツ哲学 (現象学)」との連続性のうちに自らの研究を位置づけたことへの参照を促している (Denis Hollier (éd.), *Le collège de sociologie*, *op. cit.*, p. 147, en note)．しかしながら，この発表で現象学の事例として触れられるのはヘーゲル哲学のみであり，「現代ドイツ哲学」としての現象学がどの程度意識されていたかを判断するのは難しい．ちなみに，バタイユの国立図書館における書籍貸し出し記録には，1931 年から 1934 年にかけて，フッサール『デカルト的省察——

現象学入門』（*Méditations cartésiennes : introduction à la phénoménologie*, trad. par Gabrielle Peiffer et Emmanuel Levinas），レヴィナス『フッサール現象学における直観の理論』（*La théorie de l'intuition dans la phénoménologie de Husserl*），『現象学年報』（*Jahrbuch für Philosophie und phänomenologische Forschung*）（マルティン・ハイデッガーの『存在と時間』が掲載された第8巻（1927年）を含む）といった書題が見られる（cf. « Emprunts de Georges Bataille à la bibliothèque nationale（1922–1950）», *op. cit.*, p. 581–594）．ハイデッガーに関しては，「名前がまだ，ギュルヴィッチのある本［『ドイツ哲学の今日の傾向――E. フッサール，M. シェーラー，E. ラスク，N. ハルトマン，M. ハイデッガー』（*Les tendances actuelles de la philosophie allemande : E. Husserl – M. Scheler – E. Lask – N. Hartmann – M. Heidegger*）（1930年）］のなかでしかフランスの読者には知られていなかった」1930年に，『形而上学とは何か』の仏訳をアンリ・コルバンに読まされ，「魅惑」を感じたことを，バタイユ自身がのちに証言している（cf. Georges Bataille, « L'existentialisme »（1950），O. C., t. XII, *op. cit.*, p. 11）．戦後のバタイユは，ハイデッガーに時折簡潔に言及し，重要性を踏まえたうえでの批判を提示するようになる．この主題については折りに触れて言及する．また，バタイユの（とりわけ「内的経験」をめぐる）思索を同時代の現象学（フッサールやハイデッガー，メルロー＝ポンティなど）との比較において捉えようとした研究として，以下を挙げておく．Boyan Manchev, « Surcritique de l'expérience sensible. Phénoménologie et onto-aisthétique », *L'altération du monde. Pour une esthétique radicale*, Paris, Lignes, 2009, p. 147–190.

（47） ふたつの科学のこうした連結は，扱う対象の連結として，端的に次のように語られている．「実際，反発や嫌悪と，精神分析学が抑圧と呼ぶものとのあいだには，疑いの余地なく密接な結びつきが存在するのです」（Georges Bataille, « Attraction et répulsion. II. La structure sociale », art. cit., p. 161）．

（48） Georges Bataille, *L'expérience intérieure*, *op. cit.*, p. 56．強調はバタイユによる．

（49） 『内的経験』ではヘーゲルの出典は示されていないが，のちの「実存主義から経済学の優位へ」で同じ言及がなされる際には，次のような簡潔な説明がある．「［…］ヘーゲルはキルケゴールと同じく，絶対理念を前にした主観性の拒絶を体験したのだ．だが，ヘーゲルが拒絶したといっても，問題だったのは概念的な対立だと，得てして考えられがちである．逆なのだ．このことは，哲学的テクストからではなく，友人宛の手紙から窺われるもので，そこでヘーゲルは，2年のあいだ気が狂ってしまうと思っていたことを打ち明けている．その理由は，彼自身のうちで，個としてあることを放棄しなくてはならなくなった必然性である［…］」（Georges Bataille, « De l'existentialisme au primat de l'économie », art. cit., p. 286）．

（50） Georges Bataille, « Attraction et répulsion. II. La structure sociale », art. cit., p. 151–152．強調はバタイユによる．

（51） 以下のコジェーヴの文章が，後述のバタイユの絶対知理解との対比において重要である．「ヘーゲルは，思うに，ひとが自己に対して抱いている認識，したがって，一般に抱いている認識が，全体的で，乗り越え不可能で，変更不可能なものであるか否か，すなわち，普遍的かつ決定的に有効であるか否か，つまりは，絶対的に真であるか否かという問いに対し，ひとつの答えを（答えそのものをとは言っていない）見つけた最初の人物である．この答えは，彼によれば，認識，あるいは知の円環性によって与えられる．**賢者の『絶対知』**は円環的であり，円環的な知はどれもが（そもそもそれは，ただひとつしか可能でないのだが）**賢者の『絶対知』**である．／どのような問いを立てようが，ひとは遅かろうと早かろうと，その程度に応じた長さの一連

の答えと問いの繰り返しのあとに，**賢者**が有する**円環的な知**の内側にあるひとつの問いに辿り着く．この問いから出発し，論理的に前進していくなら，ひとは必然的に，出発点に辿り着くのだ．かくして，可能な問いと答えのいっさいを汲み尽くしてしまったことをひとは知る．あるいは，言い方を変えれば，ひとは全体的な答えを獲得したのである．つまり，**円環的な知**の各部分は，この**知**の総体を答えとして持っており，この知は――円環的であるのだから――あらゆる**知**の総体である．／周知のように，ヘーゲルは，自らの知が円環的であり，円環性は絶対的な，すなわち，完全で，普遍的で，決定的な（あるいは『永遠の』）真理の，必要にして十分な条件であることを確言したのだった」（Alexandre Kojève, « Deuxième conférence du cours de l'année scolaire 1938–1939 », *Introduction à la lecture de Hegel*, *op. cit.*, p. 287–288．強調はコジェーヴによる）．

（52）「経験は，最後に客体と主体の融合に到達し，主体だったものは非＝知に，客体だったものは未知なるものになる」（Georges Bataille, *L'expérience intérieure*, *op. cit.*, p. 21）．

（53）*Ibid.*, p. 127．強調はバタイユによる．

（54）*Ibid.*, p. 127–128．強調はバタイユによる．ミシェル・シュリヤは，「私の知っていることはなぜ存在しなければならないのか（pourquoi faut-il qu'il y ait *ce que je sais* ?）」というこの問いに，コルバン訳のハイデッガー『形而上学とは何か』のなかで，「形而上学の根本的問い（*question* fondamentale *de la métaphysique*）」と述べられている，「要するに，なぜ無よりもむしろ，実存するものが存在するのか」（*Pourquoi, somme toute, y a-t-il de l'existant plutôt que rien ?*）という問いの「反響」を感知している（Michel Surya, « L'idiotie de Bataille (ou la passion paradoxale de la raison) », *Humanimalités. Matériologies, 3*, Paris, Éditions Léo Scheer, 2004, p. 20．強調はシュリヤによる）．

（55）このような観点は，無論，ヘーゲル哲学の正当な解釈をなすものと言うより，バタイユ思想におけるその特異な立ち位置を示すものである．ジャック・デリダがバタイユのヘーゲル読解への細心な注目をもとに，その思想の「留保なきヘーゲル主義（hegelianisme sans réserve）」を指摘したことはよく知られている．以下，否定性の引き受けに関する，ヘーゲルとバタイユの相違に言及した説得的な箇所を部分的に抜粋する．「ヘーゲル主義には盲点があり，その周囲に意味の表象が繰り広げられるのだが，それは，破壊，抹消，死，供犠が，あまりに取り返しのつかない消費を，あまりに根源的な――留保のない，とここで言わねばならない――否定性を形作るがゆえに，それらをある過程や体系のなかで否定性として規定することがもはやできなくなるような，そうした点なのである．そこでは，過程も体系ももはや存在しないのだ．[…] 絶対的な消費の留保のなさを『抽象的否定性』と名づけることによって，ヘーゲルは，自分が否定性のかたちで明るみに出したまさにそのものに，慌ただしくも盲いでしまった．慌ただしくも，意味の真面目さと知の安心に向かってしまった．[…] したがって，ヘーゲルを極限まで留保なく追いかけ，彼自身に逆らってヘーゲルの正しさを示し，彼が行ったあまりに良心的な解釈から彼の発見を引きはがさなければならない．[…] つまり，ひとはヘーゲル自身の解釈を――ヘーゲルに逆らって――再解釈することができる．これこそバタイユが行うことなのだ」（Jacques Derrida, « De l'économie restreinte à l'économie générale » (1967), *L'écriture et la différence*, Paris, Seuil, « Points », 1979, p. 380–382．強調はデリダによる）．

（56）ジャン＝ピエール・タフォローは，絶対知の模倣というバタイユの所作の演劇的な性格を，次のように強調している．「バタイユは，意識と**絶対的なもの**との対立，

ヘーゲルの体系の内部にあるそうした対立を再現し，あるいは模倣するのだが，それは，『劇化する』ことによって，対立を幻想のうちで上演することによってなのである．絶対**知**を模倣する自己自身，さらには，ヘーゲルの役柄を演じる自己――ジョルジュ・バタイユ彼自身である――の，演劇的で劇的な状況に身を置こうではないか」（Jean-Pierre Tafforeau, « L'excès（sur Georges Bataille）», in *L'angoisse, perspectives philosophiques - perspectives psychanalytiques*, Strasbourg, PUS, 1990, p. 135．強調はタフォローによる）．

第3節　社会学から無神学へ

（57）Georges Bataille, « Le sens moral de la sociologie », art. cit., p. 59．すでに言及したように，モヌロは「社会学研究会」の名称の考案者であり，また，「社会学研究会の設立に関する声明」（1937年7月）の署名者の一人である（ただし，「研究会」の活動にはほとんど関わっていない）．なお，tendances を「性向」と訳出したのは，人間の心理傾向に関わるものとしての，この語の「主観的」な意味合いにバタイユが言及しているためである．以下を参照．「『社会学的性向』という名において含意されている，主観的な配意」（*ibid.*, p. 60）．

（58）*Ibid.*, p. 56.

（59）*Ibid.*, p. 56–57.

（60）*Ibid.*, p. 57.

（61）*Ibid.*

（62）*Ibid.*, p. 57–58.

（63）*Ibid.*, p. 58．なお，デュルケムの没年は1917年である．

（64）シュリヤが作成した年表の記述を参照．Cf. Michel Surya, *Georges Bataille, la mort à l'œuvre*, 2e édition, *op. cit.*, p. 623．バタイユのモースへの関心にメトローが与えた影響については，メトロー自身の次のような証言がある．「この2度目の出会いの際には，私は古文書学校を辞めてしまっていて，マルセル・モースの講義に出席していた．南アメリカを専門とする民族学者になりたいと，彼［バタイユ］には話した．モースについての話もしたと思うが，彼は名前しか知らなかった．この時から，私たちは離れられない間柄になった」（Alfred Métraux, « Rencontre avec les ethnologues », *Critique*, no 195–196, *op. cit.*, p. 677–678）．

（65）Georges Bataille, « Le sens moral de la sociologie », art. cit., p. 58–59.

（66）本書87ページで引用．Cf. Georges Bataille, « Notes », in Roger Caillois, « Confréries, ordres, sociétés secrètes, églises », art. cit., p. 222–229, 236–244.

（67）Cf. Michel Leiris, « Lettre à Georges Bataille（le 3 juillet 1939）», art. cit., p. 819–821 ; Georges Bataille, « Lettre à Roger Caillois（le 20 juillet 1939）», art. cit., p. 833–839.

（68）本書87ページで引用．Cf. Georges Bataille, « Notes », in Roger Caillois, « Confréries, ordres, sociétés secrètes, églises », art. cit., p. 243.

（69）Michel Leiris, « Lettre à Georges Bataille（le 3 juillet 1939）», art. cit., p. 820–821.

（70）Georges Bataille, « Le sens moral de la sociologie », art. cit., p. 63.

（71）以下の記述を参照．「モヌロが帰属という名で定義しているものは，要するに，社会の基礎である．すなわちそれは，血縁と地縁の共同体である．社会というものはみな，ひとつの帰属を規定するのだが，この実際上の帰属は，同胞たちと社会的紐帯を打ち立てたいという人々の欲望をつねに汲み尽くすわけではない」（*ibid.*, p. 62）．

（72）以下を参照．「もし荒々しく清新で，足先から頭まで不作法で，隷属的な構成を

能くしない宗教組織が存在していれば，武装した祖国という金銭的必要性が見え見えのイメージのほかにも愛すべきものが，生きるに値するものが，死ぬに値するものがあるのだということを，人間は学ぶ——そして忘れずにいる——ことがまだできるはずです！［…］選択的共同体は，ただたんに，社会学が研究対象とする組織の一形態であるわけではありません．それはまた，自分たちの権力を他人に認めさせる必要性を感じた者たちに与えられた手段でもあるのです．［…］悲劇の人間が属する帝国は，選択的共同体を手段にして実現されるのであり，さらに言えば，それによってしか実現されないのです」（Georges Bataille, « Notes », in Roger Caillois, « Confréries, ordres, sociétés secrètes, églises », art. cit., p. 228–229．本書 86 ページで引用）．

（73） 第 1 章第 7 節の註 270 でも引用したように，この論考でバタイユはまさしく，「実際上の帰属」と「二次的な共同体」との対立を示すのに，『ツァラトゥストラはこう語った』の当該の一節を参照している．以下にその部分を再録する．「『我々の高貴さが，後ろをではなく，外を眼差すものとなって欲しいものだ．君たちは，あらゆる祖国から，あらゆる父親たちと祖先たちの国から追われるだろう．君たちは，自分の子どもたちの国を愛するのだ．君たちは，父親たちの子どもであることを，自分の子どもたちに償わなければならない』．［…］これ以上はっきりと，二次的な共同体を，実際上の帰属に対立させることはできないだろう」（Georges Bataille, « Le sens moral de la sociologie », art. cit., p. 63–64．強調はバタイユによる）．

（74） *Ibid*., p. 64．強調はバタイユによる．なお，ジャン＝クリストフ・マルセルは，『社会的事実はものではない』というモヌロの著作のタイトルが，デュルケム『社会学的方法の規準』（*Les règles de la méthode sociologique*）（1894 年）のなかの，「社会的事実をものとして扱う」という表明に対する「公然たる反論」であることを指摘したうえで，デュルケムの主旨は「社会的事実を個の意識の外部に実在する事実として考察することが重要」であると示すことにあり，そうした観点から「集合表象という概念への訴えかけ」が生じるのであって，「モヌロの選んだタイトルからは，この著者がデュルケム思想の解釈において間違いを犯していることを想定できる」と主張する．続けてマルセルは，「社会的事実がものとは見なされ得ず，重要なひとつの意味を誰にとっても避けがたく持つのであり，とりわけ社会学者にとってはそう」であることをモヌロとともに肯うバタイユを引用したうえで，「要するに，デュルケム，次いでモースは，決定要因がもっぱら社会学的なものだと考え，心理的要因をすべて無視していた点で間違っていた」という判断を，モヌロとバタイユとが下したものとして推定する．「無意識のうちにもうひとつの隠れた現実を発見し，社会的なものを説明すること．これこそ，バタイユがすでに，彼なりの仕方で提案していたことではないか」というのが，この論考が最終的に提出するテーゼである．Jean-Christophe Marcel, « Bataille et Mauss : un dialogue de sourds ? », *Les Temps modernes*, n° 602, *op. cit*., p. 104, en note, p. 105 et p. 108.

（75） アンドレ・ラランドによる moral の以下の定義を参照．「（論理的ないしは知的，ときに形而上的の対義語として）行動と感情に関わるもの」（André Lalande, art. « moral », *Vocabulaire technique et critique de la philosophie*, Paris, PUF, 9e édition, 1962, p. 653）．『グラン・ロベール仏語辞典』もラランドのこの定義を採用している（cf. Art. « moral », *Le Grand Robert de la langue française*, Paris, Dictionnaires Le Robert, 10e édition, 2001, p. 1638）．なお，以下の研究は，バタイユがこの論考で moral に付与している意味を理解する一助になるものとして，『ニーチェについて』のなかの，「倫理は，我々に自分自身を賭けに投じるよう持ちかけるかぎりで意義を持つ」（Georges Bataille, *Sur Nietzsche*, *op. cit*., p. 50．強調はバタイユによる）とい

う一文を引いている．Octave Debary et Arnaud Tellier, « Le tournant ontologique de la sociologie », *Les Temps modernes*, n° 602, *op. cit.*, p. 171–172.

(76) この論考は，ガストン・ブートゥール『社会学史』(*Histoire de la sociologie*)（1950年）を扱った書評の前段に，社会学全般に対する考察として置かれている（cf. Georges Bataille, « Sociologie », O. C., t. XII, *op. cit.*, p. 29–32）.

(77) *Ibid.*, p. 29．強調はバタイユによる．

(78) 「デュルケムの学説の［…］核心は，以下のふたつの命題にあるように思われる．――社会は，各部分の総和とは異なる，ひとつの全体である．――宗教，より正確に言うと，聖なるものは，社会という全体の紐帯，すなわちその構成要素である」(Georges Bataille, « Le sens moral de la sociologie », art. cit., p. 65).

(79) 「彼［デュルケム］は，『宗教の原初形態』［原文ママ］のなかで，聖なるものを社会的なものと定義している．彼は，聖なるもののうちに，社会の全体と個の総和とを区別する，それ以上のものを見たのである」(Georges Bataille, « Sociologie », art. cit., p. 31．強調はバタイユによる)．『宗教の原初形態』は『宗教生活の原初形態』(*Les formes élémentaires de la vie religieuse*)（1912年）の誤りないし略記であろう．

(80) *Ibid*．強調はバタイユによる．

(81) 「したがって，道具の（また，規則の）場合のように，明確な結果を目指して作り出されたのではない，普遍的な制度を研究することが可能である．供犠や至高性，祝祭等々といった，聖なるものに等しく関わる制度がそれに当たる」(*ibid.*, p. 31–32．強調はバタイユによる).

(82) *Ibid.*, p. 32．強調はバタイユによる．

(83) *Ibid*.

(84) *Ibid*.

(85) 本書104ページを参照.

(86) たとえば，バタイユは偽ディオニシウス・アレオパギタの，「あらゆる知的活動を内奥で停止させることによって，言語を絶した光との内奥における融合のうちに入り込む者たちは，神を否定辞によってしか語らない」という『神名論』の一節などを参照したうえで，次のように，客体として定立され得なくなった神（「未知なるもの」）との一体化の経験を語っている．「脱自における『幻視』や『御言葉』，その他のありがちな『慰安』に関しては，十字架の聖ヨハネは，敵意とまではいかなくても，少なくとも留保を示している．経験は彼にとって，形態と様態を持たない神を直観的に把握することにおいてしか意味を持たないのだ．聖テレサもまた，つまるところは『知的幻視』にしか価値を置いていない．同じように，私は，神が形態と様態を持たなかろうとも（その『知的』な幻視であって，感覚的なものでなかろうとも），その直観的把握を，未知なるものについてのより暗い把握へと我々を誘う運動のなかでの一停止と見なす．未知なるものとは，もはやいかなる点でも，不在と区別されない現存なのだ」(Georges Bataille, *L'expérience intérieure*, *op. cit.*, p. 16–17．強調はバタイユによる)．「内的経験」の，キリスト教神秘主義とのこうした連続性に重点的に光を当てたものとして，以下の研究を参照．Jean-Claude Renard, *L'« Expérience intérieure » de Georges Bataille, ou la négation du Mystère*, Paris, Seuil, 1987．また，この研究を土台に，あらためて「内的経験」を論じた以下の論文も参考になる．Per Buvik, « La lecture de *L'Expérience intérieure* par Jean-Claude Renard », *L'identité des contraires. Sur Georges Bataille et le christianisme*, Paris, Édition du Sandre, 2011, p. 65–77．ところで，モーリス・ブランショは『明かしえぬ共同体』のなかで，バタイユを「合一（communion）」や「融合（fusion）」という言葉で示される神秘神学的

な恍惚体験の探求者とする見方に留保を付し，個の解消を「内在」という個に優越する新たな価値に置き換える姿勢からバタイユを切り離している．「決して失念してはならないことは，バタイユにとって重要なのが，すべてを（さらにはおのれ自身を）忘却する法悦状態であるというよりも，不充足であり，なおかつこの不充足を放棄できない実存を賭けに投じ，それ自体の外に置くことによって浮かび上がる労多き歩み，超越性の通常の形態とともに内在性をも破壊する運動のほうだということである」（Maurice Blanchot, *La communauté inavouable*, Paris Les Éditions de Minuit, 1983, p. 19．強調は引用者）．この点に関しては，同書の訳者である西谷修による以下の指摘が説得的であるように思われる．「[…] ブランショ自身がロールの影響だとして否定的に言及しているように，バタイユの〈共同体〉の記述にはもっと主体の哲学の発想に近いものがあり，ブランショが端的に言い切るよりも〈コミュニケーション〉は〈コミュニオン（合一）〉に近く，同化とか内在といった表現に近い印象を与える記述も少なくはない [...]．従って，ブランショの見解はブランショの読みだが，この読みはバタイユをその個人的歴史的制約（神秘体験，ヘーゲルの解体，デリダに『留保なしのヘーゲル主義』を語ることを可能にさせたもの）から解放しバタイユ自身の探求の意味を際限なく肯定し切るものだと言うことができるだろう」（「ブランショと共同体――あとがきに代えて」，モーリス・ブランショ『明かしえぬ共同体』西谷修訳，ちくま学芸文庫，1997 年，187–188 ページ）．実際，神秘家の経験とのつながりのもとに提起された「内的経験」という呼称を，バタイユ自身がのちに相対化するに至っても，そうした経験の「超越性」から「内在性」への移りゆきとしての性格は，以下のように明記されている．「私はもはや，内的経験（あるいは神秘的経験）ではなく，串刺し刑（*pal*）という言葉を用いたい．[…] 一杯の紅茶をあるがままのものとして――神の（超越性の），つまらないもの（直接的なもの，内在性）への落下として――捉えるや否や，それは串刺し刑となる」（Georges Bataille, *Sur Nietzsche*, *op. cit.*, p. 78–79．強調はバタイユによる）．「一杯の紅茶」が指し示すのは，『失われた時を求めて』でプルーストが描く無意志的回想の経験であり，それをバタイユは，「内的経験」ないし「串刺し刑」の特権的瞬間と見なしているのだが，この主題については本書第 3 章で詳述する．

(87)　「経験は，最後に客体と主体の融合に到達し，主体だったものは非＝知に，客体だったものは未知なるものになる」（Georges Bataille, *L'expérience intérieure*, *op. cit.*, p. 21）．本書第 2 章第 2 節註 52 で引用．

(88)　以下を参照．「我々が完全に裸にされるのは，いかさまなしに，未知なるものへと進むかぎりにおいてである．未知の取り分こそが，神の――あるいは詩的なものの――経験に偉大な権威を授けるのだ．だが，未知なるものは，最後には分割なき帝国を要求する」（*ibid.*, p. 17）．

(89)　1950 年（論考「社会学」の発表と同年）に，ガリマール社から『内的経験』，『有罪者』，『ニーチェについて』の再版の提案がなされたとき，バタイユはそれらを『無神学大全』（*Somme athéologique*）の総題のもとにまとめる計画を示した．その際の構想では，第 1 巻が『内的経験／瞑想の方法／無神学研究』（*L'expérience intérieure*, *Méthode de méditation* et *Études d'athéologie*），第 2 巻が『広島のニーチェ的世界／ニーチェについて／メモランダム』（*Le monde nietzschéen d'Hiroshima*, *Sur Nietzsche* et *Mémorandum*），第 3 巻が『有罪者／ハレルヤ／ある秘密結社の歴史』（*Le coupable*, *L'alleluiah* et *Histoire d'une société secrète*）という構成になる予定だった．1954 年には，『内的経験』が『瞑想の方法』（1947 年）と「追伸　1953 年」（« Post-scriptum 1953 »）を増補して『無神学大全』第 1 巻として再版され，第 2 巻『有罪者』，第 3

巻『ニーチェについて』，第 4 巻『純然たる幸福』（*Le pur bonheur*），第 5 巻『非＝知の未完の体系』（*Le système inachevé du non-savoir*）の公刊が予告されるが，第 4 巻と第 5 巻については出版に至らなかった．詳細は以下等を参照．Michel Surya, *Georges Bataille, la mort à l'œuvre*, *op. cit*., p. 480.

（90）「それ［神話］は，実存に悲劇の情動を伝え，実存の聖なる内奥を手の届くものにするのである」（Georges Bataille, « L'apprenti sorcier », art. cit., p. 322．強調は引用者）．本書 81 ページで引用．

（91） Georges Bataille, « Sociologie », art. cit., p. 32．強調はバタイユによる．

（92） Georges Bataille, « L'apprenti sorcier », art. cit., p. 322．強調はバタイユによる．本書 81 ページで引用．

（93）「心を乱させる愛や恥知らずな好色の愛であろうが，神への愛であろうが，我々のまわりには至る所に，自分に似た存在へと向けられる欲望があったのだ．エロティシズムは我々のまわりでたいへんに荒々しく，非常な力で心を酔わせる――要するに，その深淵は，我々においてかくも深い――ので，それにかたちと熱とを借り受けていないような至上の瞬間というものは存在しないのである．我々のうちの誰が，神秘の王国の扉を押し破ることを夢見ないだろう，誰が，「死なないことで死にゆく」自分を，愛することで自らを焼き尽くし，滅ぼす自分を想像しないだろう．［…］我々は，愛のなかにしか極限の失神を思い至らない．思うに，この対価を払ってはじめて，私は可能なことの極限に行き着くのだ」（Georges Bataille, *L'expérience intérieure*, *op. cit*., p. 140）．

（94）『内的経験』には，以下のような記述がある．「実存は通常交流し，似た者たちとの出会いにおいて，おのれの自己自身性から脱出する．一者からもう一者への交流（エロティックな）があり，一者から複数の他者への交流（聖なる，演劇的な）がある」（*ibid*., p. 135）．なお，引用部から理解できるように，バタイユは「交流（communication）」という語を，自己の個別的主体性を喪失する経験である「内的経験」と重ね合わせている．端的な例として以下を参照．「『自分自身』とは，世界から切り離された主体ではなく，交流の場であり，主体と客体の融合の場である」（*ibid*., p. 21．ここで「自分自身」とは，「自分自身だったもの」「自分自身だと考えられていたもの」の意である）．本書でも，断りがない場合には，「交流」を以後そうした意味で用いる．

（95） Georges Bataille, « L'absence de mythe », O. C., t. XI, *op. cit*., p. 236．強調はバタイユによる．「夜もまたひとつの太陽である」は，『ツァラトゥストラはこう語った』第 4 部 10 からの引用．同じ引用が『内的経験』のエピグラフにも用いられている．

（96） フィリップ・フォレストは，「神話の不在の神話」の思考に，かつての共同体の試みに対するバタイユの「自己批判」を見ている．「1947 年には，［…］バタイユは自己批判に身をさらしている．神話の不可能性を宣言しながら［…］，彼は，『アセファル』時代の宣言が前面に押し出していた企図そのものに再び背を向けるのであり，それらの宣言はかつて，新しい宗教を打ち立て，生を神話に戻す必要性を訴えかけていたのだった」（Philippe Forest, « De l'absence de mythe », in *Georges Bataille, cinquante ans après*, dir. par Gilles Ernst et Jean-François Louette, Nantes, Éditions nouvelles Cécile Defaut, 2013, p. 132）．

（97） 本書では，バタイユの「神話の不在の神話」を議論の中心軸に据えた，ジャン＝リュック・ナンシー『無為の共同体』の第 2 部「中断された神話」について，その射程のバタイユ研究の枠組みに収まらない広大さゆえに，内容の詳細に立ち入ること

はできないのだが，ナンシーの用語で言う「神話の中断」がもたらす「神話的情熱に匹敵する『情熱』」に関する記述部分を以下に挙げておく．「したがって，『神話の不在の神話』――中断された共同体に応答するものだ――は，それ自体が別の神話，否定的な神話（または神話の陰画）なのではなく，神話の中断を本質とするかぎりでのみ，そうした神話なのである．それは，神話ではない．神話の中断の神話は存在しないからだ．けれども，神話の中断は，神話的情熱に匹敵する『情熱』の可能性を浮かび上がらせるのであり，そうした情熱は，しかし，神話的情熱が宙づりになることで猛威を振るうのである．バタイユの言う，『意識的な』，『明晰な』情熱である［…］」（Jean-Luc Nancy, « Le mythe interrompu », *La communauté désœuvrée*（1986, 1990 et 1999）, Paris, Christian Bourgois, 1999, p. 153）．

（98）　そもそも，本書105ページで引用した，「『私は何も知らない，まったく何も．私はあるものを認識できない．私は迷い込んだままだ，あるものを既知のものに結びつけられないまま，未知のなかに』．『内的経験』は，全体がこうした状況の表現である」（Georges Bataille, « De l'existentialisme au primat de l'économie », art. cit., p. 293, en note）というバタイユの主張は，サルトルが論文「新しい神秘家」（1943年）のなかで，『内的経験』に引用されているブランショ『謎の男トマ』の，「彼はひとつの対象のように見ていた，彼の目を見えなくさせていたものを」という文章を，「非＝知の実体化（substantification du non-savoir）」という，バタイユとブランショに共通の「詐欺（supercherie）」の証拠だと指摘していることへの反論であった（*ibid*. なお，「非＝知を実体化している（il substantifie le non-savoir）」も「詐欺」もサルトルの表現だが，後者の言葉が直接宛てられているのは，『謎の男トマ』の別の箇所の引用に対してである．もっとも，上記箇所の引用もサルトルは行っている．Cf. Jean-Paul Sartre, « Un nouveau mystique », *Situations, I*（1947）, Paris, Gallimard, 2004, p. 169–171．以下の研究の以下のページは，「新しい神秘家」が提起する批判を，『内的経験』の記述と実際に対照することにより，二者の思想の差異を浮かび上がらせようとしたものである．Mathild Girard, « Le philosophe ne danse pas, il pense », *Chimères*, n° 64, 2007, p. 56–62．「踊る」ひとバタイユと，「考える」ひとサルトルの対比を具体的に跡づけることが，この研究の主旨である）．サルトルは同じ論文で，「デュルケムやレヴィ＝ブリュルやブーグレなどといった社会学者たちが，前世紀の終わり頃，世俗的道徳の基礎を打ち立てようと，無駄な努力をした者たちだというのは偶然だろうか．彼らの挫折を最も無念に思う証人であるバタイユ氏が，彼らの社会的なものに対する解釈を受け継ぎ，それを乗り越え，また，自分の個人的な目的に適用するために，彼らから『聖なるもの』の観念をくすね盗ったことは偶然だろうか．だが，正確に言えば，社会学者は社会学と同化する術を持たないだろう［…］．［…］無益にもバタイユ氏は，自分が組み立てた機械と同化しようと試みるのだが，彼は外にとどまったままだ．デュルケムとともに，ヘーゲルとともに，父なる神とともに」（Jean-Paul Sartre, « Un nouveau mystique », art. cit., p. 154）として，バタイユによる社会学を手段とした「聖なるもの」の回復の企図を揶揄していたのだった．一方でサルトルは，同じく『シチュアシオン　I』に収められることになる論考「ドゥニ・ドゥ・ルージュモン：『愛と西洋』」（1939年）において，この著作を論じながら，同時代における神話への関心の高まりを以下のように揶揄してもいた．「彼ら［ドゥ・ルージュモンとカイヨワ］は，［…］自分たちが同じ仕方で，神話を普遍的な情動反応の表現であると同時に，個の歴史的状況の象徴的な生産物と考えていることでは意見を同じくするだろう．こうした神話の観念は，もっとも，それ自体が時代の産物であって，ソレル以来，たいへんな流行となっているものである．少し前に，20世紀

のための神話を懇請したのは，ジャン＝リシャール・ブロックではなかったか？ アンドレ・マルローは，ローレンスの翻訳のために書いた序文のなかで，まさしく愛の神話について語っていたのではなかったか？ これらの著者たちの口ぶりを真似ていると，今日神話の神話というものが存在し，それ自体，社会学的研究の対象になるべきではないかと危惧されるほどである」(Jean-Paul Sartre, « Denis de Rougemont : “L’amour et l’occident” », *Situation, I*, *op. cit*., p. 58–59. 強調は引用者)．バタイユの「神話の不在の神話」は，無いはずのものの実体化という，「内的経験」に向けられた批判を掠める仕方で，「神話の神話」が不可能になった時勢における，最後の神話の可能性として，バタイユがサルトルに送り返すものであるとも考えられるのである．

(99) こうした共同体の試みに，シュルレアリスムへの対抗組織としての『ドキュマン』グループ，また，スヴァーリンが主宰者でありながら，革命への観点をめぐってバタイユが真逆の方向性を示し，なおかつ「同志たちに取り巻かれていた」という，「民主共産主義サークル」(バタイユによるサークル加入の勧誘を受けて，シモーヌ・ヴェイユがサークル全体に返した断りの手紙を参照．Cf. Simone Pétrement, *La vie de Simone Weil, avec des lettres et d’autres textes inédits de Simone Weil* (1973), Paris, Fayard, 1997, p. 306–307. ヴェイユによれば，バタイユにとって革命は，「非理性的なものの勝利」，「カタストロフィー」，「本能，とりわけ，普通なら病的だと考えられている本能の解放」であった (*ibid*., p. 306)) を，遡って数え上げることもできるだろう．さらに，ドイツ占領下の 1941 年秋から 1943 年 3 月まで開かれた「ソクラテス研究会 (Collège socratique)」(執筆中の『内的経験』の読書とそれについての討論を主として行う，友人たちとの会合であった．Cf. Michel Surya, *Georges Bataille, la mort à l’œuvre*, *op. cit*., p. 364–366) をそこに加えるのも妥当だろう．「ソクラテス研究会」の主要な参加者だったブランショは，この会の企図を，「共同体の試み，実現することのあり得ないこの試みの，最後の痙攣」と評している (Maurice Blanchot, *La communauté inavouable*, *op. cit*., p. 35)．

(100) ブランショの以下の指摘を参照．「ジョルジュ・バタイユは，10 年以上ものあいだ，思考においても現実においても，共同体の要請を実現するべく試みたのちに，またしても孤独へと立ち戻ったわけではなく (いずれにせよ孤独ではあるのだが，分け持たれた孤独のなかでである)，不在の共同体に，いつでも共同体の不在へと変化しうる，そうした共同体に身をさらしたのである」(Maurice Blanchot, *La communauté inavouable*, *op. cit*., p. 12–13)．

(101) 『内的経験』の再版に合わせて増補が計画されたテクストに関する，1952 年 1 月 23 日付のメモより引用．「とりわけ共同体の不在について見直し，否定的共同体，すなわち，共同体を持たない者たちの共同体という考えを強調すること」(Georges Bataille, « Notes », O. C., t. V, *op. cit*., p. 483)．ブランショは，上記の「不在の共同体」に対するバタイユの観点の集約を，この表現に見て取っている (「誰に差し向けられるのでもない書物の匿名性は，未知なるものとの関係を通じて，ジョルジュ・バタイユが『否定的共同体，すなわち，共同体を持たない者たちの共同体』と (少なくとも一度は) 呼ぶことになるものを打ち立てるのである」(Maurice Blanchot, *La communauté inavouable*, *op. cit*., p. 45)．「否定的共同体」は，バタイユの共同体論に当てられた同書第 1 部のタイトルでもある)．引用部にも窺われるように，ブランショからすれば，こうした「否定的共同体」は，バタイユにおいて，書物を媒介とした「文学的共同体」として実現されるのである．

第 4 節　哲学から科学へ —— 実存主義と経済学

(102)　Georges Bataille, « La méchanceté du langage », O. C., t. XI, *op. cit.*, p. 388. 強調はバタイユによる．本節以降，バタイユの poésie に対する見解を頻繁に取り上げることとなる．本書ではこの語を主として「詩」と訳出するが，詩的な言語表現を規定する特質がことさらに意味されている場合には，「ポエジー」の訳語を宛てる．

(103)　第 1 章第 6 節の註 189 で引用した通り，論考冒頭の，分析方法に関する考察の欠如を嘆く一行に付された註には，以下の文面が見られる．「本論文の主要な欠陥が明らかにこの点にあり，フランス社会学と現代ドイツ哲学（現象学），また精神分析学に馴染みのない人々を驚かせ，ショックを与えてしまうことは必至だろう」(Georges Bataille, « La structure psychologique du fascisme », art. cit., p. 339, en note).

(104)　本書 107–108 ページの記述を参照．

(105)　たとえば，『内的経験』の「全一者」をめぐる豊富な記述のうち，以下の引用部を参照．ここでは，「全一者」を目指す主体が，交流に至りながら，それから再び引き離される過程が説明されている．「私が純粋な経験と呼ぶ経験の図式をもう一度提示しておきたい．まずはじめに，私は知の極限に辿り着く（たとえば，私は絶対知を模倣する．やり方は重要ではないが，それは知を望む精神の無限の努力を必要とする）．そのとき私は，自分が何も知らないということを知る．自己自身として，私は（知によって）全一者になろうとし，そして不安のなかに落ち込むのだ．[…] 自己自身として，知によって私は全一者になろうとする，つまり，交流し，おのれを失い，それでもなお，自己自身のままであろうとする．交流に関しては，それが生じる前に，主体（自己，自己自身）と客体（全体が把握されるのでない以上，部分的に不確定なもの）とが定立される．主体は客体を独占し，それを所有しようとする [⋯] けれども，おのれを失うことしかできないのだ．知ろうとする意志の非＝意味が不意に現れる．それは，あらゆる可能なことの非＝意味であり，自己自身に対し，おのれを失い，おのれとともに知を失いゆくのだということを知らしめる．自己自身が，知ろうとし，また自己自身であろうとする意志に固執するかぎり，不安が持続するが，もし自己自身がおのれを放棄し，自己自身とともに知を放棄するならば，もしこの放棄のなかで，おのれを非＝知に捧げるならば，法悦が始まる．法悦のなかで，私の実存は，ひとつの意味をまたも見出すのだが，この意味はただちに自己自身と関わりを持ち，私の法悦となり，自己自身である私の所有物となって，全一者であろうとする私の意志を満足させる．そこから抜け出るや否や，交流は，私自身の喪失は止み，私は自己放棄を止めて，そこにとどまる，ただし，今までにない知識とともに」(Georges Bataille, *L'expérience intérieure*, *op. cit.*, p. 67–68. 強調はバタイユによる).

(106)　Georges Bataille, « De l'existentialisme au primat de l'économie », art. cit., p. 286. 第 2 章第 2 節の註 49 で引用．

(107)　以下の引用部も併せて参照．「[…] もはや，彼，個別的存在，彼がそうであったところの個ではなく，普遍的な**理念**となり，いわば神的な空虚のうちに落ち込むこと——要するに，神になること，それも，死なねばならず，死を望みながら——の必然性を頭に思い描き，気が狂ってしまうとヘーゲルは感じたのだ」(*ibid*. 強調はバタイユによる).

(108)　この点に関し，本書は，既出の『内的経験』の記述（「想像するに，ヘーゲルは極限に触れたのだ．彼はまだ若く，気が狂ってしまうと思った．彼が体系を練り上げたのは，そこから逃げ出すためだったとさえ私は考えている（どのような類いの征服

も，おそらくは，脅威から逃げ出す人間の所業である）．[…] 自分を損なう前に，おそらく彼は極限に触れたのであり，懇願を知ったのだ．記憶が彼を垣間見られた深淵に連れ戻すが，それは深淵を無効化するためだ！ 体系とは無効化である」（Georges Bataille, *L'expérience intérieure*, *op. cit.*, p. 56））と，生涯の終わりにヘーゲルが「同じ講義を繰り返し，カードで遊んでいた」ことに言及する「実存主義から経済学の優位へ」の記述（Georges Bataille, « De l'existentialisme au primat de l'économie », art. cit., p. 282）とを，戦前のコジェーヴ宛ての手紙で述べられた，「ヘーゲルの閉じた体系」への反駁の意図のもとに一括りにする以下の研究とは異なる考察を行う．Robert Sasso, « Bataille-Hegel, ou l'enjeu philosophique », in *Les Études philosophiques*, nº 33, 1979, p. 475.

（109） Georges Bataille, « De l'existentialisme au primat de l'économie », art. cit., p. 282．強調はバタイユによる．

（110） *Ibid.*, p. 286.

（111） *Ibid.* 強調はバタイユによる．

（112） *Ibid.*, p. 286–287．強調はバタイユによる．

（113） *Ibid.*, p. 287．ここでバタイユはヴァールの『「実存主義」小史』（*Petite histoire de « l'existentialisme »*）（1947 年）から事例を引いてきている．

（114） *Ibid.*, p. 287–288.

（115） *Ibid.*, p. 288.

（116） *Ibid.*, p. 283．強調はバタイユによる．周知のように，ハイデッガーは『ヒューマニズム書簡』（1947 年）で，「実存は本質に先立つ」を標語とするサルトルの実存主義を批判している．バタイユも『クリティック』誌に掲載された版では，「実存主義という語に対するハイデッガーの反感は周知である．彼は，真正なものへの気遣いによって，キルケゴールの原初の運動に応えているとしても，存在を研究することでそこから遠ざかっている．たとえ彼が，ヤスパースと同じく，『実存の哲学者』という名を認めなくてもである．彼は，自分を『存在の哲学者』と名乗っているのだ」という註を付していたが（Georges Bataille, « Notes » de « De l'existentialisme au primat de l'économie », O. C., t. XI, *op. cit.*, p. 573），修正版では削除されている．哲学的探求が主眼に置かれるゆえに，キルケゴール的な「実存者」からの乖離が生じることへの視点が，ハイデッガー自身が実存主義に示した異議に触れるまでもなく，「実存者について語りながら人間たち全般について語る」実存主義とハイデッガーの区別を認めないという選択をバタイユになさしめたとも言えるだろう．

（117） Georges Bataille, « De l'existentialisme au primat de l'économie », art. cit., p. 284．引用部の直前で，「学者然（professoral）」という言葉はことさらサルトルに対して向けられているが（*ibid.*），それは，前註で触れた，存在の研究を目的とするハイデッガーの，キルケゴールの真正性からの乖離を指摘する際にも，次のように用いられている．「ハイデッガーにおいては，キルケゴールの叫ばれる狂気じみた激情に対応するものは，はっきりとは見受けられない．彼のなかでの真正さとは，真正なものへの意識，あるいは，希少な真正なる瞬間へのノスタルジーなのであって，真正なものの認識へと捧げられた，学者然とした研究の生がそれを跡づけているのだ」（*ibid.*, p. 285．強調はバタイユによる）．『クリティック』版では，当該部に続く箇所で，こうした認識への執心に，ハイデッガーの「ヒトラー主義」への加担の要因が見て取られている（修正版では削除）．「この生は，途轍もない情熱によって支配されているようには思われない．だとすれば，真正なものからヒトラー主義への，必然的ではないが，あり得る移りゆきは，驚くにはあたらない」（Georges Bataille,

« Notes » de « De l'existentialisme au primat de l'économie », art. cit., p. 575. 強調はバタイユによる). なお, バタイユは「ハイデッガー批判 (ファシズムの一哲学の批判)」(LA CRITIQUE DE HEIDEGGER (CRITIQUE D'UNE PHILOSOPHIE DU FASCISME)) と題した4枚のメモ書きを残しているが, その記述からは, 批判の内実までは窺われない (cf. *ibid.*, p. 573–574). ハイデッガーを認識偏重とする指摘は, 戦後のバタイユが折に触れて提起するものであり, たとえば『内的経験』では,「内的経験を認識に従属させることも可能だった. ハイデッガーの存在論がそうしているように」という言及が見られるほか (Georges Bataille, *L'expérience intérieure*, *op. cit.*, p. 19),『瞑想の方法』では, 自身の記述とハイデッガーのそれとの「類似」と「顕著な相違」とを取り上げるなかで,「ハイデッガーの公刊された著作は, 私の見るかぎり, 一杯のアルコールというよりもむしろ, その製造所である (製造の手引書でしかないとさえ言える). それは学者然とした仕事であり, その従属した方法は, 成果に密着している. 逆に, 私の観点から重要なのは, 剝離であって, 私が教えるものは (本当であれば…), 酔いであって哲学ではない. 私は哲学者ではなく聖人であり, おそらくは狂人だ」(Georges Bataille, *Méthode de méditation*, O. C., t. V, *op. cit.*, p. 217–218, en note. 強調はバタイユによる) と主張される. 最後の一文は, バタイユ思想を表す標語のようなものとして, しばしば (文脈にとらわれずに) 引用されてきたものである. バタイユとハイデッガーの客観的な (どちらかの立場に与さない) 思想比較を行ったものとして, それぞれのニーチェ理解に着目した以下の研究を挙げておく. Susanna Mati, « Philosophe future, ou Somme Athéologique. II », in Franco Rella/Susanna Mati, *Georges Bataille, philosophe*, Paris, Mimesis France, 2010, p. 67–82.

(118) バタイユは, 次のように, レヴィナスと「フランス実存主義」, また旧師ハイデッガーとの相違にも触れている.「ある意味では (この表現が, サルトルとシモーヌ・ドゥ・ボーヴォワール, メルロー＝ポンティに代表される連帯集団を指すとして), エマニュエル・レヴィナスは『フランス実存主義』の外側に位置している. 彼の哲学は, サルトルのそれとはほとんど関係がない. 長いあいだドイツに捕虜として収監されていたため, レヴィナスは, 自分の本を完成させる前に,『存在と無』を読むことさえ適わなかった. けれども, 彼はフランスにハイデッガーの思索を知らしめた先駆者たちの一人であり, その教えを引き継ぎながらも, その思索に自分自身の思索を対立させながら結びつけているのである」(Georges Bataille, « De l'existentialisme au primat de l'économie », art. cit., p. 290).

(119) *Ibid.*, p. 291.

(120) *Ibid.*, p. 291–292. 強調はバタイユによる.

(121) *Ibid.*, p. 292. 強調はバタイユによる.

(122) ただし, バタイユは, レヴィナスにおける個と普遍との関わりの考察に歴史的な視座がないことを, 名を挙げてはいないものの, ヘーゲルとの対比において, 次のように批判している.「[…] レヴィナスは, 普遍的なものの個別的なものとの現実的な結びつきに関心を寄せるのだが, あたかもそれが, 実存から実存者への静的な関係のうちに, 一度かぎりで与えられるようにしてである. 彼は, この関係から生じる逆転と引き裂きとを考察していない. 基体化の可能性を, その歴史とは無関係に気にかけているのだ. 仕事の困難は明確である. 動物もそれ自体, 実存のうちなる実存者であり, 現代人がそれから切り離されるのは, 主観性の多種多様な形態の継起的出現を通してなのである. だが, 歴史的資料への依拠は, 現代の実存主義の方法とは程遠いものであり, 現代の実存主義は, 現在時の主観性の考察に意図して閉じこもってい

る」(*ibid*., p. 289–290).

(123) *Ibid*., p. 293, en note. 本書第2章第2節の註44で引用.

(124) サルトルの伝えている,「『内的経験』は『謎の男トマ』の翻訳にして正確な注釈である」というアルベール・カミュの指摘をバタイユがどのように捉えたかは不明だが (Jean-Paul Sartre, « Un nouveau mystique », art. cit., p. 170, en note), ミシェル・シュリヤは「これらふたつの本のどちらかをカミュは読んでいなかったのではないか」として, 妥当性に疑問を呈している (Michel Surya, *Georges Bataille, la mort à l'œuvre*, *op. cit*., p. 360).

(125) Georges Bataille, « De l'existentialisme au primat de l'économie », art. cit., p. 293–294. 強調はバタイユによる.

(126) *Ibid*., p. 283.

(127) ハイデッガーへの言及箇所に次の表現が見られる.「ハイデッガーを支配していたのはおそらく, 存在を (存在であって実存ではない) 推論的言述によって (哲学の言語によって) 開示しようという, 知的な欲望だったように思われる」(*ibid*., p. 285).

(128) *Ibid*. ただし, バタイユの主張の主眼は, 現代の実存主義が, そうした新しさにもかかわらず, 結局は「人間たち全般」を語っているがゆえに, (「窒息させられた実存の叫び」を挙げた) キルケゴールの立場から見て,「ひとつの妥協」だということである (*ibid*.).

(129) *Ibid*., p. 295. バタイユは, レヴィナスが「融即」をデュルケムの「聖なるもの」との比較において導入する姿勢の客観性を評価している. 以下, バタイユが引くレヴィナスの記述の一部を訳出する.「デュルケムにおいて, 聖なるものが, それが引き起こす感情によって, 俗なる存在と対照をなすとしても, それらの感情は, 客体を前にした主体の感情にとどまっている. (…) レヴィ=ブリュルにおいては, 事情はまったく異なる. 神秘的融即は, プラトン的な類概念への分有とは根本から区別されるものであり, そのなかでは諸項の同一性が失われるのだ. (…) 一項から他項への融即は, 属詞の共有にあるのではなく, 一項が他項なのである. 存在する主体によって統御されている各項の個人的な実存は, この個人的性格を失い, 不分明な基底へと立ち返る. 一方の実存が他方を包み込み, まさにそのことによって, もはや一方の実存ではない. 我々はこの実存のうちに, あるを見分ける」(Emmanuel Levinas, *De l'existence à l'existant*, Paris, Vrin, 2004, p. 98–99 : cité par Bataille, « De l'existentialisme au primat de l'économie », art. cit., p. 295–296. 強調はレヴィナスによる). なお, 文中の (…) はバタイユによる省略箇所である.

(130) Georges Bataille, « De l'existentialisme au primat de l'économie », art. cit., p. 296. 強調はバタイユによる.

(131) *Ibid*. 強調はバタイユによる.

(132) *Ibid*.

(133) *Ibid*., p. 296–297.

(134) ジャン=フランソワ・ルエットは, バタイユのこうした実存主義批判を, ことさらサルトルに対して向けられたものとして, 次のように論じている.「サルトルの実存主義は, 言葉にし得ないものと内奥性のための作法を, それらのための言語を見出さなかったことで, 衰えるだろう. バタイユにとって, この逆説的な言葉は,『詩の形式において』しかあり得ないのだが, その一方で, サルトルは認識と感情の流露とのあいだで,『認識=感情の流露』のなかで, 道に迷ってしまったのだろう. ／この点において, バタイユが1943年にサルトルから向けられた批判, すなわち [...] 科

学主義的な態度——認識の証——と，実存主義的な態度——感情の流露の劇——とのあいだで逡巡しているという批判を，いかに的確に送り返しているかを指摘できよう…」(Jean-François Louette, « Existence, dépense : Bataille, Sartre », *Les Temps modernes*, nº 602, *op. cit.*, p. 31)．「1943 年にサルトルから向けられた批判」とは，「新しい神秘家」のなかの以下の部分などを指す．「[…] バタイユ氏は科学者でも哲学者でもないが，不幸なことに，科学と哲学の半端な知識を持っている．我々はただちに，彼が自分で気づかずにおのれのうちに共存させ，互いに邪魔をし合っている，ふたつの別々の知的態度に突き当たるだろう．すなわち，実存主義的な態度と，より良い呼び方がないのでこう呼ぶのだが，科学主義的な態度とにである．周知のように，科学主義こそが，ニーチェの言わんとすることを訳の分からないものにし，それを変転についての幼稚な見解へとねじ曲げ，人間の条件についての彼の理解を覆い隠したのだった．バタイユ氏の思索全体を狂わせようとしているのもまた，科学主義に他ならない．[…] 科学は，[…] 我々が泥から生まれたなどと言いはしない．それはただたんに，泥について語るだけだ．バタイユ氏が科学主義者なのは，科学が実際に言うのよりはるかに多くのことを，科学に言わせているからである」(Jean-Paul Sartre, « Un nouveau mystique », art. cit., p. 146)．「実存主義から経済学の優位へ」のレヴィナスに関する記述が，サルトルへの直接的な返報であるかどうかは判断を措くにしても，実存主義の立場から「科学主義」を批判するサルトルに対してなされた思想的返報を，この論考でのバタイユによる「科学」の選択に読み取ることは妥当だろう．

(135) この分析は，「ある」を表現するための「形式的な効果の経路」のひとつとして，その正確性を，「融即」観念の借用と併せて評価されている．Cf. Georges Bataille, « De l'existentialisme au primat de l'économie », art. cit., p. 296．次に見るように，「存在の『物質性』」の分析は，「現代絵画 (peinture moderne)」に関する考察のなかで行われる．

(136) *Ibid.*, p. 295．レヴィナスの引用部の強調はレヴィナス．バタイユの文章の強調は引用者．

(137) *Ibid.*, p. 301–302．強調はバタイユによる．

(138) *Ibid.*, p. 299．本書では，économie を文脈に応じて「経済学」と「経済」とに訳し分ける．両方の意味を併せ持つ場合には，広く「経済」の訳語を取る．

(139) Cf. Georges Bataille, « La psychanalyse », art. cit., p. 319．本書 104 ページで引用．

(140) Emmanuel Levinas, *De l'existence à l'existant*, *op. cit.*, p. 111 ; cité par Bataille, « De l'existentialisme au primat de l'économie », art. cit., p. 298.

(141) Georges Bataille, « De l'existentialisme au primat de l'économie », art. cit., p. 299．引用符から明らかなように，「瞬間はひとつのまとまりからなるのではなく，分節化されている」というのは，レヴィナス自身の表現である (Emmanuel Levinas, *De l'existence à l'existant*, *op. cit.*, p. 17)．

(142) Georges Bataille, « De l'existentialisme au primat de l'économie », art. cit., p. 299．他には，「瞬間は存在しない」とするサルトルの名も挙げられている．

(143) *Ibid.*

(144) *Ibid.* 強調はバタイユによる．

(145) *Ibid.*

(146) *Ibid.*, p. 300．強調はバタイユによる．

(147) 以下を参照．「[…] 動物的な活動は，あるときはエネルギーの獲得であり，あるときはエネルギーの消費である」(*ibid.*, p. 299)．

(148) *Ibid*., p. 302. 強調はバタイユによる.

(149) 前註での引用部の数行先に，非生産的消費としての芸術（ここでは絵画）に関して，「実存者から実存へ向かう伝播的運動としての，絵画の本質的要素」という表現が用いられている（*ibid*., p. 303. 強調はバタイユによる）. おそらく，「実存主義から経済学の優位へ」（« De l'existentialisme au primat de l'économie »）という論考のタイトルもまた，レヴィナスの書題を意識したものであろう.

(150) *Ibid*., p. 306. 強調はバタイユによる.

(151) 「経済学の全般的な観点（la perspective *générale* de l'économie）」や「全般経済学（l'économie générale）」など，バタイユの経済学的な企図を形容するのに用いられる鍵語である général という形容詞に関し，本書では一貫して「全般」という訳語を宛てる. この語は「普遍」や「一般」と訳されるのが通例だが，引用部に見られるような，主体の定立から主体の崩壊に至る運動の総体を視野に収めようとする試みの，部分に限定されない性格，また，経済的事象に密着した次元では，「全般経済学（伝統的経済学とは別のものであり，後者は生産の領域に限定されている）」（*ibid*., p. 303. 強調はバタイユによる）という主張に見て取れる，生産への限定を外して消費に向かう動きをも捉えようとする総体的性格を表現するためには，「個」や「特殊」の対義語であり，時間の観念から切り離された常態的な妥当性を意味しうる「普遍」，ないし，「通常」や「平凡」といった意味を持ちうる「一般」という訳語に比べ，「全般」がより瑕疵が少ないと判断した.

(152) *Ibid*., p. 297. 強調はバタイユによる.

第5節　世界戦争と自己意識 —— 全般経済学の実践

(153) 執筆に関する経緯については，各著作に関する全集版の註記をそれぞれ参照. Cf. « Notes » de *La part maudite*. *Essai d'économie générale I LA CONSUMATION*, O. C., t. VII, *op. cit*., p. 470–471 ; « Notes » de *L'histoire de l'érotisme*, O. C., t. VIII, 1976, p. 523 ; « Notes » de *La souveraineté*, O. C., t. VIII, *op. cit*., p. 592–593. 『エロティシズムの歴史』は 1950 年から 1951 年にかけて執筆されたのちに完成を断念されたが，1953 年から 1954 年に新しく書き直され，この新版は『エロティシズム』として 1957 年に公刊された. 『至高性』は 1953 年から少なくとも 1954 年夏まで執筆されたのち，完成を断念された. ただし，両著作とも部分的には『クリティック』『ボッテーゲ・オスクーレ』『モンド・ヌーヴォー——パリュ』等の雑誌に発表されている.

(154) Cf. Georges Bataille, *La part maudite* précédé de *La notion de dépense*. Introduction de Jean Piel, Paris, Les Éditions de Minuit, 1967. この版は，現在でも体裁を新たにして流通している.

(155) Georges Bataille, « La notion de dépense », O. C., t. I, *op. cit*., p. 305. 強調はバタイユによる.

(156) 『呪われた部分』の冒頭にも以下の表現がある. 「[…]『生産的消費』と『非生産的消費』の観念は，私の著作のすべての展開において，根本的意義を持つ」（Georges Bataille, *La part maudite*. *Essai d'économie générale I LA CONSUMATION*, *op. cit*., p. 22）. 以下，日本語の場合と同様に，フランス語でもこの著作を *La part maudite* と表記する.

(157) *Ibid*., p. 19.

(158) Georges Bataille, « Notes » de « La notion de dépense », O. C., t. I, *op. cit*., p. 663.

（159） Georges Bataille, « La notion de dépense », art. cit., p. 307. 強調はバタイユによる.

（160） Cf. Georges Bataille, « Le “Jeu lugubre” », art. cit., p. 211–216. 本書第 1 章第 1 節の註 5 で引用.

（161） Cf. Georges Bataille, « L’apprenti sorcier », art. cit., p. 309. 本書第 1 章第 7 節で引用. 77–78 ページ.

（162） 近接した時期（1932 年から 1933 年頃）に執筆されたと推測される,「D・A・F・ドゥ・サドの使用価値」において, 次のような詩の批判がなされていることとの対比も興味深い.「詩はほとんどいつも, 所有の巨大な歴史的体系に翻弄されていた. そして, 詩が自律的な仕方で発展しうるそのかぎりにおいても, そうした自律性は詩を, 世界を完全に詩的なものとして構想する道へと誘うのであり, この道は決まって, 何らかの審美的同質性に行き着くのである. それが作用させる異質的な要素の, 実践上の非現実性は, 実のところ, 異質性が持続するのに不可欠な条件である. こうした非現実性が, 上位の現実のようにしてただちに形作られ, 下位の卑俗な現実を排除する（あるいは貶める）使命を担った瞬間から, 詩は諸事物の尺度の役割に還元され, その代わりに, 最悪な卑俗性が, 排泄物としての価値をいや増していくのである」（Georges Bataille, « La valeur d’usage de D. A. F. de Sade (I) », art. cit., p. 62）.

（163） Georges Bataille, « La notion de dépense », art. cit., p. 308.

（164）「消費の観念」の思索にモースの著作が及ぼした影響はしばしば指摘されるが, まとまった記述があるものとして, リーニュ社版の『消費の観念』に付されたフランシス・マルマンドの後書きを参照. Cf. Francis Marmande, « Le monde est un jeu », in Georges Bataille, *La notion de dépense*, Paris, Lignes, 2011, p. 37–73. また,『贈与論』におけるポトラッチに関する記述が全般経済学の構想の端緒となったことを, バタイユ自身,『呪われた部分』のなかで次のように強調している.「『贈与論』を読んだことが, 今日私が成果を公にしている研究の起源であることをここで明示してもよいだろうか. まずはじめに, ポトラッチについての考察によって私は, 全般経済学の諸法則を定式化するべく導かれたのだ」（Georges Bataille, *La part maudite*, *op. cit.*, p. 71, en note. 強調はバタイユによる）.

（165） Georges Bataille, « La notion de dépense », art. cit., p. 311.

（166） *Ibid.*, p. 313–314.

（167） *Ibid.*, p. 314–315.

（168） *Ibid.*, p. 315.

（169） *Ibid.*, p. 317.

（170） *Ibid.*, p. 317–318.

（171） *Ibid.*, p. 318. 強調はバタイユによる.

（172） バタイユの友人にして,『クリティック』誌の主要な執筆者の一人であり, バタイユの没後, 同誌の編集長を引き継ぐことになるジャン・ピエルも,「消費の観念」の状況的な性格を指摘している. ピエルはとりわけ, 論考が発表された『社会批評』誌と, その近縁に形成されていた「民主共産主義サークル」の極左主義的な思想環境からの影響を重視している.「[…] この『消費の観念』が, 後に続くはずのものの先触れとして現れるにせよ, それはまた, その精錬を司った状況, それが構想された環境, それが公刊されることになる雑誌の傾向そのものの刻印を強く受けてもいる.『社会批評』の共同執筆者たちは, 大部分が『民主共産主義サークル』のメンバーであり, このサークルは, ジャック・バロンやミシェル・レリス, レイモン・クノーといった詩人や作家たちのほかに, 極左の反体制運動の活動家たちを糾合していて, 彼

らは『党』とは絶縁していたとはいえ，マルクス主義理論の素養をいまだ焼き付けられていたのである［…］．［…］何はともあれ，この点に，『消費の観念』の，状況に応じたもの（circonstanciels）と考えてよい側面があり，それについて，バタイユがのちに採用するいくつかの見解との不一致を指摘するのはたやすいことだろう」（Jean Piel, « Bataille et le monde : de la “Notion de dépense” à “La part maudite” », *Critique*, nº 195–196, *op. cit.*, p. 727–728）．

（173） Georges Bataille, *La part maudite*, *op. cit.*, p. 105–106.

（174） 「生命有機体は，エネルギーの働きが地表において決定づける状況のうちで，生命維持に必要である以上のエネルギーを一般に身に受ける．過剰なエネルギー（富）は，あるシステムの（たとえばある有機体の）成長に使用されうる．もしも，システムがそれ以上成長できなかったり，過剰の全体を成長が吸収できなかったりした場合には，望むと望まざるとにかかわらず，［…］それを利益なしに失い，消費することがどうしても必要である」（*Ibid.*, p. 29）．こうした過剰エネルギーの源泉は，太陽エネルギーに見出される．「太陽エネルギーが，生の溢れんばかりの発展の原理なのである．我々の富の源泉と本質とは，太陽の放射のなかで与えられるのであり，太陽は代償なしにエネルギーを——富を——分け与える．太陽は与え，決して受け取らない．人間がこのことを感じ取ったのは，天体物理学がそうした絶え間のない濫費を測定する遥か以前のことであった」（*ibid.*, p. 35）．

（175） *Ibid.*, p. 31.

（176） この二面性については，「闘牛を見物しようと膨大な群衆が集まったが，それが催される闘牛場が小さすぎる」という「喩え（une image）」を用いてなされている説明が参考になる．「群衆は闘牛場になだれ込むのが何よりの望みなのだが，とはいえ全員がそこに入ることはできない．大勢が外で待たなければならない．同様に，生のすべての可能性が際限なく果たされることはあり得ないのであって，それは，空間によって限界づけられている．群衆の入場が，闘牛場の座席数によって限界づけられているのと同じである．／圧力の第一の効果は，闘牛場の座席数の増加ということになるだろう．［…］だが，座席の不足はもうひとつの効果を持ちうる．入り口で争いが起こることがあり得るのである．死者が出れば，座席数に対する人数の超過は減少するだろう．この効果は，第一のものとは逆の方向に作用する．圧力は，あるときは，今までにない空間の開拓をもたらし，あるときは，使用可能なスペースに対して超過している諸可能性の廃滅をもたらす．あとの方の効果の作用は，自然界において，極めて多様な形態のもとに現れる．／もっとも顕著なものは死だ」（*ibid.*, p. 38–39）．

（177） *Ibid.*, p. 32–33.

（178） *Ibid.*, p. 44．強調はバタイユによる．

（179） *Ibid.*, p. 46.

（180） *Ibid.*, p. 46–47．強調はバタイユによる．

（181） このことを濱野耕一郎も強調している．「だが，『呪われた部分』は，ただたんに科学的な，経済学的，ないし政治学的な本であるだけではない．『政治経済学の著作』としてはたいへん奇妙なことに，バタイユは，実のところ，『自己意識』を最終的な目的として提起するのである．［…］『呪われた部分』においても，『宗教の理論』においても，科学（歴史学，民族学，民族誌学，また社会学）によって提供される『歴史的資料』への依拠が絶えず行われるのにもかかわらず，バタイユの主要な参照先は，したがって，ヘーゲルの思想なのである」（Koichiro Hamano, *Georges Bataille. La perte, le don et l'écriture*, Dijon, EUD, 2004, p. 205–207）．なお，濱野は続く部分で，「ヘーゲルの思想」が，コジェーヴの解釈したそれであることに念を押してい

る．

(182) 以下，ヘーゲルについては，『精神現象学』「B. 自己意識 IV. 自己確信の真理」を参照．「[感覚的確信と] かわって登場するのが，以前には生じたことのないような，確信と真理が一致するといった事態である．確信そのものが意識の対象となり，意識そのものが意識にとっての真理となるのだ．[…] 対象それ自体のありようを『概念』と名づけ，対象の他に対するありようを『対象』と名づけるとすれば，明らかに，『それ自体』と『他に対する存在』とは同じものである．『それ自体』といわれるものは意識であり，それ自体にむきあう他も意識なのだから．対象それ自体と，他にたいする対象のありかたとが同一であることが意識に自覚されていて，自我は自己意識という関係の内容であるとともに，関係そのものなのだ．自我はむきあう自分にたいしても自我そのものであり，むきあう自分へと身を乗り出していくが，むこうにある自分もまた自我そのものなのである」(G・W・F・ヘーゲル『精神現象学』，前掲書，120–121 ページ)．

(183) 「[…] 自己意識は，自立した生命としてあらわれる他の存在をなきものにすることによって，はじめて自分の存在を確信する．それが『欲望』の働きである．他の存在をなきものにできるという確信の上に立って，自己意識はなきものにされるのが他の存在の本当のありかただと考え，自立した対象をなきものにすることによって，自分の確信が客観的にも確証された真の確信だと見なすのである．／このような欲望の充足のなかで，しかし，自己意識は自分の対象が自立したものであることを思い知らされる．欲望と，欲望の充足のうちに得られる自己確信は，対象をなきものにすることなしにはなりたたないから，自分以外の対象を前提とし，それに条件づけられてはじめて存在するものだといわねばならない．したがって，自己意識は，対象を否定するという関係のなかで，対象をなきものにすることができず，むしろ，欲望を再生産すると同時に，対象をも再生産することになる．つまり，実は自己意識以外のものにこそ欲望の本質はあって，この経験を通して欲望の真相が自己意識に見えてくるのだ．が，同時にまた，自己意識が絶対の自立性を獲得するには，対象をなきものとするほかはなく，そういう形で本当の充足が生じてこなければならない．となると，自立した対象を相手に充足を得ようとすれば，対象自身がみずからを否定してくれるような，そういう関係をつくりだすほかはない．つまり，対象自身がみずから否定の力をもつものとして，自己否定の行為に出，他にたいしてみずからを開いてくれるのでなければならない．そして，みずから否定の働きをなし，同時にその働きのなかで自立しているものといえば，それは意識に他ならない」(同書，126–127 ページ)．

(184) 同書，127 ページ．

(185) 同書，129 ページ．

(186) 「自己意識の純粋な抽象運動として自他の行為があらわれるとき，それぞれは，自分の対象としてのありかたを純粋に否定できることを，つまり，特定のなにかにも執着しなければ，一般的ななにかにも，いや，生命にも執着しないでいられることを，示さねばならない．[…] 二つの自己意識の関係は，生死をめぐる闘争によって自他の存在を実証するもの，と定義される．双方がこうしたたたかいに踏みこまねばならないのは，自分が自立した存在だという確信を，自他のもとで真理にまで高めなければならないからである．そして，生命を賭けることによってしか自由は確証されないし，自己意識にとって，ただ生きていること，生きてその日その日を暮らすことが大切なのではなく，浮かんでは消えていくような日々の暮らしのその核心をなす一貫したもの——純粋な自立性 (自主性)——こそが大切だということも，生命を賭けることなしには確証されないのである」(同書，132 ページ)．

(187)「最初の経験の結果,『われ』という単純な統一体が打ちこわされる. そして, そこに登場してくるのが, 純粋な自己意識と, 純粋に自立はせず他と関係する意識——物の形をとって存在する意識——である. そのいずれもが意識にとっては本質的である. が, さしあたりこの二つは上下関係のもとに対立していて, 統一へと還っていく道筋はまだ示されてはいないから, 二つの対立する意識形態として存在せざるをえない. 一方が自主性を本質とする自立した意識であり, 他方が生命——他にたいする存在——を本質とする従属した意識である. 前者が『主人』であり, 後者が『奴隷』である」(同書, 133–134 ページ).

(188) こうした主人と奴隷の関わりを, 人間の歴史を構成する弁証法として明確に提示したのは, とりわけコジェーヴである.「人間とは自己**意識**である. それは, 自己についての意識であり, 自己の人間的現実と人間的尊厳についての意識であって, この点においてこそ, 人間は動物と本質的に異なっている. 動物は, たんなる自己**感情**の段階を超えることがないのだ」という記述で始まる『ヘーゲル読解入門』冒頭の「序に代えて」は (Alexandre Kojève, *Introduction à la lecture de Hegel*, *op. cit*., p. 11. 強調はコジェーヴによる),『精神現象学』「B. 自己意識 IV. 自己確信の真理」の導入部および第 1 の章「A. 自己意識の自立性と非自立性——支配と隷属」の注釈に宛てられているが, そこには以下の言及が見られる.「人間が自らの生成以外のものではなく, 空間のなかでのその人間的な存在が, 時間のなかでのその存在, あるいは時間としてのその存在であり, 開示された人間的現実が世界史に他ならないとすれば, この歴史は, **支配**と**隷属**の相互作用の歴史でなければならない. 歴史的『弁証法』とは, **主人**と**奴隷**の『弁証法』である. だが,『定立』と『反定立』の対立が,『綜合』による和解のなかでしか意味を持たず, 語の強い意味での歴史が必然的に終局を持ち, 生成する人間は生成した人間において頂点に至らねばならず, **欲望**は充足に達さねばならず, 人間についての学が, 決定的かつ普遍的に妥当する真理の価値を備えねばならないとすれば——**主人**と**奴隷**の相互作用は, 最終的に,『弁証法的揚棄』に到達しなくてはならない」(*ibid*., p. 16. 強調はコジェーヴによる).

(189)「[…] 奴隷は, 否定の力を及ぼすとはいっても, 物をなくしてしまうわけにはいかず, 物を加工するにとどまる. これにたいして, 奴隷を介して物と関係する主人は, 物をそっくりそのまま否定することが可能で, 主人は満足感をもって物を消費する. [⋯] 主人は自主自立の本質にかなった存在であり, 物にこだわることなく純粋な否定力をふるい, この関係のなかでは純粋で本質的な行為者としてふるまうが, これに反して, 奴隷は自主性のない非本質的な行為者なのである. が, 奴隷による主人の承認は本当の承認とはいえないので, 本当の承認といえるには, 主人が相手にたいしてすることを自分にたいしてもおこない, さらには, 奴隷が自分にたいしておこなうことを相手にたいしてもおこなわねばならないのだ. [⋯] 主人の自己実現と思える関係のうちに生じてくるのは, 独立自存の意識とはまったく別のもの——自主性も自立性もない意識——である. [⋯] とすると, 独立自存の意識の真理は奴隷の意識であることになる. [⋯] 欲望とは対象を全面的に否定し, もって, まじりけのない自己感情を確保するものである. が, それゆえにまたそこでの満足感はやがて消えるほかないので, 欲望には対象が存在しつづけるという側面が欠けているのだ. これに反して, 労働とは欲望を抑制し, 物の消滅にまで突きすすまず, 物の形成へとむかうものである. [⋯] 物を否定しつつ形をととのえる行為というこの中間項は, 同時に, 意識の個性と純粋な自主・自立性の発現の場でもあって, 意識は労働するなかで自分の外にある持続の場へと出ていくのだ. こうして, 労働する意識は, 物の独立を自分自身の独立ととらえることになるのである. ／物の形成は, 従属する意識の純粋な自

立性が存在の形をとる，という肯定的な意義をもつだけでなく，恐怖という第一の要素を打ち消す，という否定の働きももっている．物を形成するに際しては，自分の自主・自立的な否定力は，当面する物の形を打ちこわす，という過程を経て対象化されるのだが，この否定される対象こそまさしく奴隷を恐怖に陥れた外的な力なのだから．いまや奴隷はこの外的な力を破壊し，みずからが否定の力をもつものとして持続の場に位置を占め，自主・自立の存在としての自覚をもつのだ．[…] 物の形は外界に打ちだされるが，といって，意識と別ものなのではなく，形こそが意識の自主・自立性の真のすがたなのだ．かくて，一見他律的にしか見えない労働のなかでこそ，意識は，自分の力で自分を再発見するという主体的な力を発揮するのだ」（G・W・F・ヘーゲル『精神現象学』，前掲書，134–138 ページ）．

(190) Georges Bataille, *L'expérience intérieure*, *op. cit.*, p. 128, en note．強調はバタイユによる．なお，続く部分では，本書のさきの註で引用した，コジェーヴ『ヘーゲル読解入門』の「序に代えて」の部分が参考文献として挙げられている（cf. *ibid.*）．

(191) 本書 128–129 ページを参照．

(192)「儀礼が取り戻すのは，供犠執行者が犠牲者に内奥から融即する事態であり，これは，奴隷としての使用が終止符を打ってしまったものだ．労働に従属し，他者の所有物となった奴隷は，農耕に用いられる動物と同じ資格で，ひとつの物である．虜囚の労働を使用している者は，彼を同類と結びつけている紐帯を断ち切る．使用者が彼を売り払う時も遠くない．だが，所有者は，この所有物をたんにひとつの物に，商品にするだけではない．奴隷という他者そのものを物にする人間は，同時に，自分自身の内奥の存在から離れざるを得ず，自分自身に物の限界を課さずにはいないのだ」（Georges Bataille, *La part maudite*, *op. cit.*, p. 61．強調はバタイユによる）．奴隷を使用することによる，使用者の事物化への観点は，『精神現象学』の理路にははっきりと現れていないものである．

(193) *Ibid.*, p. 62．強調はバタイユによる．

(194) 本書のとりわけ 124–126 ページを参照．

(195) 上記の引用部に続く箇所には以下のようにある．「宗教は，その長い努力であり，苦悩に満ちた探求である．問題となっているのはつねに，現実の次元から，事物の貧しさから引きはがし，神的な次元へと差し戻すことである [...]」（Georges Bataille, *La part maudite*, *op. cit.*, p. 62．強調はバタイユによる）．

(196) 本書 62–63 ページを参照．

(197) Georges Bataille, *La part maudite*, *op. cit.*, p. 126–127．強調はバタイユによる．

(198) *Ibid.*, p. 63．強調はバタイユによる．

(199) Georges Bataille, « De l'existentialisme au primat de l'économie », art. cit., p. 300．強調はバタイユによる．

(200) この企図に資するものとして，バタイユは，リチャード・ヘンリー・トーニーの『宗教と資本主義の興隆』（*Religion and the Rise of Capitalisme*）（1926 年．バタイユが挙げているのは 1947 年刊の第 2 版）をしばしば参照している．

(201) Georges Bataille, *La part maudite*, *op. cit.*, p. 112–113.

(202) *Ibid.*, p. 115.

(203) *Ibid.*, p. 116.

(204) *Ibid.*

(205) *Ibid.*, p. 117.

(206) *Ibid.*

(207) *Ibid.*, p. 119.

(208) *Ibid*.
(209) *Ibid*., p. 122.
(210) *Ibid*., p. 123. 強調はバタイユによる.
(211) *Ibid*., p. 123.
(212) *Ibid*., p. 123–124. 強調はバタイユによる.
(213) *Ibid*., p. 124. 強調はバタイユによる.
(214) *Ibid*. 強調はバタイユによる.
(215) *Ibid*. 強調はバタイユによる.
(216) *Ibid*., p 124–125. 強調はバタイユによる.
(217) *Ibid*., p. 128. 強調はバタイユによる.
(218) *Ibid*., p. 129. 強調はバタイユによる.
(219) *Ibid*. 強調はバタイユによる.
(220) *Ibid*., p. 130. 強調はバタイユによる.
(221) *Ibid*., p. 131. 強調はバタイユによる.
(222) *Ibid*.
(223) *Ibid*., p. 125.
(224) *Ibid*., p. 131. 強調はバタイユによる.
(225) *Ibid*., p. 129. 強調はバタイユによる.
(226) *Ibid*., p. 135. 強調はバタイユによる.
(227) *Ibid*., p. 139–140. 強調はバタイユによる. ここでソヴィエト軍が,「地上最強」, すなわち, 最強の陸軍を備えていることの指摘は, 第2次世界大戦中のスターリングラード攻防戦においてドイツ軍を撃破した史実を承けていると思われる. バタイユは別の箇所で, 元ソヴィエトの共産党員・技師であり, 大戦中にアメリカに政治亡命したヴィクトル・クラフチェンコの自伝『私は自由を選ぶ』(*I choose freedom*)(1946年. バタイユが引いているのは1947年出版の仏訳版)の一節を, 次のように評している.「[…] 赤軍はドイツ国防軍を壊滅させた. おそらくは, アメリカの武器貸与のおかげだ. しかし, 驚くべき言葉がクラフチェンコの口から漏れる.『その後, それも, スターリングラード戦のあとになって, アメリカの武器と補給物資が我々のもとに大量に届き始めた』. つまり, 戦争を決定づける戦いでものを言ったのは, ロシアの装備であり, 産業的努力の結果だったのだ」(*ibid*., p. 153). 一方で, ソヴィエト軍の優越性が敢えて「地上」に限定されていることには, のちにあらためて見るように, 当時唯一原子爆弾の保有と使用を実現していた, アメリカ軍の総合的優位との対比の視点が存在している. なお, 引用部では, ソヴィエト共産主義がアジアに及ぼした動揺についても言及されているが, 中華人民共和国の建国は1949年10月1日であり,『呪われた部分』が上梓された同年2月の時点では, 国共内戦における共産党軍の優勢が顕著となりつつあった.
(228) *Ibid*., p. 146.
(229) *Ibid*.
(230) *Ibid*., p. 149.
(231) *Ibid*., p. 150.
(232) *Ibid*., p. 159.
(233) *Ibid*., p. 161. この直前の箇所では, 米ソ戦争が, 過剰生産を抱え込むアメリカの側から踏み切られる可能性が次のように示唆されている.「根本的に言って, 戦争の危険が到来するのは過剰生産の側からである. ただ戦争だけが, 輸出が困難で, 他の排出口が開かれていない場合には, 余剰産業の顧客となりうるのである」(*ibid*. 強

調はバタイユによる）.

（234） *Ibid*., p. 162.

（235） *Ibid*.

（236） *Ibid*., p. 163．マーシャル・プランに基づくヨーロッパへの援助の総額は，1948年4月3日から1951年6月30日まで（以後も援助は継続されるが，マーシャル・プランではなく，相互安全保障法の枠内での防衛目的の援助に移行する）のあいだで，贈与と借款を合わせて，総額102億6000万ドルに達した．以下を参照．永田実『マーシャル・プラン　自由世界の命綱』，中公新書，1990年，128ページ．

（237） Georges Bataille, *La part maudite*, *op. cit*., p. 162.

（238） 対外援助を通じた対ソ封じ込めの意図は，マーシャル・プランが発表されるおよそ3ヶ月前の1947年3月12日にトルーマンが行った演説（いわゆる「トルーマン・ドクトリン」）にはっきりと示される．そのなかでトルーマンは，ソヴィエトの脅威拡大を念頭に，「全体主義の種は，貧窮と欠乏の中に培われる」として，ギリシア，トルコに対する，1948年6月末までの総額4億ドルの援助を議会に要請した．以下の記述を参照．永田実『マーシャル・プラン　自由世界の命綱』，前掲書，27ページ．

（239） Georges Bataille, *La part maudite*, *op. cit*., p. 172.

（240） *Ibid*., p. 176．強調はバタイユによる．

（241） *Ibid*., p. 175．強調はバタイユによる．

（242） *Ibid*., p. 177．強調はバタイユによる．

（243） *Ibid*．強調はバタイユによる．

（244） *Ibid*., p. 178–179．強調はバタイユによる．

（245） Georges Bataille, « À propos de récits d'habitants d'Hiroshima », art. cit., p. 186–187．強調はバタイユによる．戦中から戦後にかけて，アメリカから欧州へはすでに莫大の援助がなされていたとはいえ（戦争終結からトルーマン・ドクトリンまでの期間で約200億ドルとの推計がある．対象はソヴィエトおよび東欧，また国際機関を含む．以下を参照．永田実『マーシャル・プラン　自由世界の命綱』，前掲書，31ページ），この論考の記述が，1947年6月5日のマーシャル・プランの公表に先立つものであることには，バタイユの「先見の明」を指摘してもよいだろう．

（246） Cf. Georges Bataille, *La part maudite*, *op. cit*., p. 46–47．本書139ページで引用．

（247） Jean Piel, « Bataille et le monde : de "La notion de dépense " à "La part maudite" », art. cit., p. 732.

（248） この「申告」は，さきの註で挙げた『私は自由を選ぶ』でではなく，反米的策謀の調査を担当する議員団を前にした証言においてなされたものである（cf. Georges Bataille, *La part maudite*, *op. cit*., p. 153）．

（249） *Ibid*., p. 160．なお，ソヴィエト初の核実験は，『呪われた部分』上梓の約半年後の，1949年8月29日である．バタイユの原子爆弾に対する危惧には，無論，「広島の住民たちの物語について」で明確化した，被爆地の悲惨に対する問題意識が背景にあるだろうが，それと同時に，「コントル＝アタック」以降，バタイユの主導する活動に一貫して行動を共にしてきた（秘密結社「アセファル」を含む）友人の原子物理学者ジョルジュ・アンブロジーノからの影響を想定してよいだろう．アンブロジーノは，『クリティック』誌上で，原子物理学関連の論文を複数公にしているのみならず（cf. Georges Ambrosino, « La structure de l'atome : le noyau selon Louis de Broglie », *Critique*, n° 1, juin 1946, p. 91–96 ; « L'explosion atomique », *Critique*, n°s 3–4,

août-septembre 1946, p. 325–338 ; « Le rayonnement cosmique et l'expérience scientifique », *Critique*, n° 5, octobre 1946, p. 458–462)．バタイユ自身，『呪われた部分』の序言の最後に付した註において，この著作の「枢要な部分がアンブロジーノの業績でもある」と述べ，感謝の意を表するとともに，「X 線研究所主任研究員」としての「原子力研究」の仕事が彼を，「全般経済学の研究」から遠ざけることを嘆いてもいるのである（Georges Bataille, *La part maudite*, *op. cit.*, p. 23, en note）．両者のあいだに交わされた書簡などを主要な手がかりとして，『呪われた部分』でのバタイユの理路にアンブロジーノが与えた影響を検証し，それを起点に，バタイユの思索における，熱力学や宇宙論，環境学といった，自然科学の背景知識の所在を探ろうとする重要な研究として，以下を参照．Cédric Mong-Hy, « D'Ambrosino à Bataille. De l'homme de science à la science de l'homme », *Bataille cosmique. Georges Bataille : du système de la nature à la nature de la culture*, Paris, Lignes, 2012, p. 15–55.

（250） Georges Bataille, *La part maudite*, *op. cit.*, p. 175–176．強調はバタイユによる．

（251） Georges Bataille, « À propos de récits d'habitants d'Hiroshima », art. cit., p. 183.

（252） *Ibid*.

（253） Cf. *ibid*., p. 185．本書 99 ページで引用．

（254） Cf. *ibid*., p. 187．本書 100 ページで引用．

（255） 『呪われた部分』の最終節は，いみじくも，「財産の最終目的の自覚と『自己意識』」と題されている（Georges Bataille, *La part maudite*, *op. cit.*, p. 177．強調は引用者）．

（256） Denis Hollier, « L'inénarrable. Les vases non-communicants », in *Georges Bataille après tout*, *op. cit.*, p. 271.

第 3 章　文学と無力への意志

（1） Cf. Georges Bataille, « Le "Jeu lugubre" », art. cit., p. 212, 214．本書第 1 章第 1 節註 5 で引用．

（2） 公刊されなかったシュルレアリスム批判のふたつの論考から，明確な事例を挙げておく．「ブルトン氏の乱雑な頭には，何ものも詩の形態においてしか入っていくことがないのは遺憾と言うべきである．ブルトン氏の実存は，すべてが純粋に文学的であり，卑俗で陰鬱な，あるいは平板な出来事が彼の周りに引き起こす事柄から，顔を背けさせるのだ［…］」（Georges Bataille, « La "vieille taupe" et le préfixe *sur* dans les mots *surhomme* et *surréaliste* »（1931 ?）, O. C., t. II, *op. cit.*, p. 105．強調はバタイユによる）．／「詩はほとんどいつも，所有の巨大な歴史的体系に翻弄されていた．そして，詩が自律的な仕方で発展しうるそのかぎりにおいても，そうした自律性は詩を，世界を完全に詩的なものとして構想する道へと誘うのであり，この道は決まって，何らかの審美的同質性に行き着くのである．それが作用させる異質的な要素は，実践に関しては非現実的である［…］」（Georges Bataille, « La valeur d'usage de D. A. F. de Sade », art. cit., p. 62）．

第 1 節　経験の語りと詩(1) —— ふたつの供犠をめぐって

（3） Georges Bataille, *L'expérience intérieure*, *op. cit.*, p. 24–25．強調はバタイユによる．

（4） 内奥の経験を記述する手段として，哲学的言語＝推論的言述と科学の言語とを対比し，後者に優越を見る姿勢は，本書第 2 章第 4 節で扱った「実存主義から経済学の優位へ」で示されるほか，戦前の「社会学研究会」における発表のなかで，「無意

識から意識への移行」をめぐって現象学に対する精神分析学の優位が主張された際にも現れているが (cf. Georges Bataille, « Attraction et répulsion. II. La structure sociale », art. cit., p. 147–149. 本書106ページで引用),『内的経験』ではそうした論の様相は前面化してこないばかりか, 両者の区別の (一時的な) 撤廃を窺わせるような言及が見られる. たとえば以下を参照.「[…] 世界の実存は, いかなる仕方でも, 理解不可能であることを止めはしない. 科学による (より一般に, 推論的認識による) どのような説明も, それに治療法をもたらすことはできないだろう」(Georges Bataille, *L'expérience intérieure*, *op. cit.*, p. 124. 強調は引用者). 区別のこうした不在は, 内的経験が, 既存のあらゆる権威の否定をなす唯一の権威として提起されていることによると考えられる. この点については以下を参照.「内的経験は, 原理を教義 (倫理的態度) のうちにも, 科学のうちにも (知は, 内的経験の目的でも起源でもあり得ない), 精神を豊かにする状況の研究 (美学的, 実験的態度) のうちにも持つことができず, それ自体のほかに, 気遣いや目的を持つことができない. 内的経験へと自分を開きながら, 私はその価値を, 権威を定立した. 以後, 私は, 他の価値と権威を持つことができない. 権威と価値とは, 方法の厳密さを, 共同体の存在を前提とする. ／[…] 経験は, その他の価値, その他の権威の否定なのだから, それは肯定的な実存を持ち, それ自身, 肯定的な仕方で価値となり, 権威ともなる」(*ibid.*, p. 19. 強調はバタイユによる). 他の権威を否定する権威のこうした肯定的性格は, バタイユによって,「経験の権威における逆説. 問いへの投入に立脚しているこの経験は, 権威を問いに付すものである. 肯定的な問いへの投入である, 人間の権威は, 自分自身を問いに付すこととして定義される」という論理を通して問題化されるが, それには,「経験はそれ自体が権威である (ただし, 権威はおのれの罪の報いを受ける) という原理」が答えとして与えられる (*ibid.*). バタイユによれば, こうした内的経験の「権威」をめぐる「原理」を彼に提示したのがブランショであり, このことは繰り返し強調される (cf. *ibid.*; *ibid.*, p. 67).

(5) *Ibid.*, p. 28. 強調はバタイユによる.

(6) *Ibid.*, p. 51.

(7) *Ibid.*, p. 75. 強調はバタイユによる.

(8) 「企ては, ただたんに, 行動にかかずらわされた, 行動に必要な実存様式であるだけではない. それは, 逆説的な時間のなかの存在方式である. すなわちそれは, 実存のもっとあとへの延期である」(*ibid.*, p. 59. 強調はバタイユによる).

(9) 「経験の本性は […], 企てとしては存在し得ない, ということである. […] 私は次のような見解に辿り着く. 内的経験は行動の反対物である. それ以上ではない」(*ibid.*).

(10) 「企ての観念への敵対――これはこの本のなかで本質的な部分を担う――は, 私のなかで欠くべからざるものなので, この序論に関して詳細なプランを書き上げながら, 私はそれを守ることができない. […] ／私はこの点に関して, 論述を中断しても, 是非とも弁解をしておきたい. 私はそうしなければならないのだ, 全体の同質性を保証できないのだから」(*ibid.*, p. 18).

(11) 「私はここでも論述の流れを中断する. 理由は挙げない (いくつもあり, 一致している). さしあたり, 本質が浮かび上がるような覚え書きを, 脈略よりも, 意図によりよく応じるかたちで提示するのにとどめる」(*ibid.*, p. 29).

(12) 「私が代わる代わる追いかけていく人物たちについては語るまい. […] 私の語る内的経験との関係では, 彼らが意味を持つのは, 私の不調和を完成させるという点においてのみである. ／もう嫌だ, 私はうめく, ／もう耐えられない／私の牢獄には. ／

私は言う／辛い思いで．／語たちには息が詰まる，／放っておいてくれ，／放してくれ，／私が渇しているのは／別のことなのだ．／私は死を望む／認めたくなどない／語たちのこの支配を，／[…]」(*ibid*., p. 71).

(13) 以下の読解等を参照．「のちに『無神学大全』の書題のもとにまとめられる戦時のテクストはみな，エクリチュールの告白によって [...]，絶えず中断され，穴を穿たれ，解体されているテクストである．[...] パロディ化された『神学大全』はもはや，一続きの序文，日記，自伝的断章の雑多な寄せ集めでしかなく，そこで語り＝推論的言述の主体は，**不可能なもの**の責め苦に会い，賭けに投じられるのである」(François Warin, *Nietzsche et Bataille. La parodie à l'infini*, *op. cit*., p. 184．強調はヴァランによる)．

(14) Georges Bataille, *L'expérience intérieure*, *op. cit*., p. 18.

(15) *Ibid*., p. 35.

(16) *Ibid*.

(17) *Ibid*., p. 63–64.

(18) 「人間の目的に達するためには，ある段階で，運命を甘受するのではなく，それを支配することが必要である．その反対が，詩的無気力，受動的態度，決断を下す男性的反応への嫌悪である．それは，文学的な零落だ（麗しきペシミズムだ）．[...] 極限に近づくには，詩への憎悪ではなく，詩の女っぽさへの憎悪が条件となる（決断の不在，詩人は女だ，作り話が，語が彼女を強姦する）．私は，詩に，起こりうることの経験を対置する」(*ibid*., p. 53)．ここでは，バタイユのジェンダー意識の検証には立ち入らない．

(19) *Ibid*., p. 158.

(20) *Ibid*., p. 156–157．強調はバタイユによる．

(21) Cf. Georges Bataille, « La notion de dépense », art. cit., p. 307．本書 133 ページで引用．

(22) Georges Bataille, « Notes » de « La notion de dépense », O. C., t. I, *op. cit*., p. 663.

(23) Georges Bataille, *L'expérience intérieure*, *op. cit*., p. 114.

(24) Cf. Georges Bataille, « La notion de dépense », art. cit., p. 307.

(25) Cf. Georges Bataille, *L'expérience intérieure*, *op. cit*., p. 158．強調は引用者．

(26) 既出の以下の引用を参照．「第三者，同胞，私に働きかける読者，それは推論的言述だ．さらに言おう．読者とは推論的言述だ，私において語るのは読者であり，読者が私において，彼に差し向けられた推論的言述を生き生きしたものに保つのだ」(cf. *ibid*., p. 75)．

(27) *Ibid*., p. 170.

(28) *Ibid*.

(29) *Ibid*., p. 158．この『千夜一夜物語』の喩えには，『失われた時を求めて』の語り手が，『囚われの女』のなかで，ヴァントゥイユの音楽を同じく『千夜一夜物語』に喩えていることとの連関を見て取る指摘がある．Cf. Jean-Louis Cornille, *Bataille conservateur. Emprunts intimes d'un bibliothécaire*, Paris, L'Harmattan, 2004, p. 59, en note．この場所にかぎらず，『失われた時を求めて』には，『千夜一夜物語』への言及がたびたび現れる．

(30) Georges Bataille, *L'expérience intérieure*, *op. cit*., p. 159．プルーストの引用部の強調はプルーストによる．

(31) 上記の引用部に明らかなように，バタイユは『失われた時を求めて』の語り手をプルースト自身と同一の存在と見なしているため，本書も両者に特段の区別を設け

ないこととする.

(32) Marcel Proust, *La prisonnière, À la recherche du temps perdu*, t. III, Paris, Gallimard, « Bibliothèque de la Pléiade », 1988, p. 583 ; cité par Bataille, *L'expérience intérieure*, *op. cit.*, p. 159.

(33) Marcel Proust, *La prisonnière, À la recherche du temps perdu*, t. III, *op. cit.*, p. 888 ; cité par Bataille, *L'expérience intérieure*, *op. cit.*, p. 160. 強調はプルーストによる.

(34) Georges Bataille, *L'expérience intérieure*, *op. cit.*, p. 161.

(35) プルースト作品の詩的性格に対するバタイユのこうした考察は，1947年に『ドゥカリオン』第2号に掲載されたレヴィナスの小論「プルーストのなかの他者」(1976年に『固有名』(*Noms propres*) に再録) の次のような考察と，密接に通じ合っている.「[…] 認識の成功は，他者の隣接を，その近さをまさしく廃絶してしまうだろう. 近さは同一化よりも劣ったものであるどころか，それが社会的実存の全領域をまさしく開き，我々の友情と愛の経験の過剰をすべて迸らせ，我々の同一的な実存の既決性に，未決なもののあらゆる可能性をもたらすのである. ／マルセルはアルベルティーヌを愛してはいない. もし愛が他者との融合であり，他人の美点を前にした一存在の脱自であり，あるいは心穏やかな所有だとするなら. 明日には，退屈なこの若い女と彼は別れるだろう. 長らく計画していた旅行に出るだろう. マルセルの愛の物語は，愛の揺らぎなさそのものを問いに付そうとするかに見える，数々の告白が裏地をなしている. だが，この非＝愛がまさしく愛なのであり，把捉不可能なものとの闘いが所有であり，アルベルティーヌの不在が彼女の現存なのである. ／[…] プルーストの最も奥深い教え——ただし，詩が教えを含んでいるとしての話だが——の本質は，現実を，永久に他なるものであり続けるものとの関係のうちに，不在としての他者，神秘としての他者との関係のうちに位置づけたことにあり，この関係を**『私』**の内奥性そのもののうちに再び見出したことにある [...]」(Emmanuel Levinas, « L'autre dans Proust », *Deucalion*, n° 2, p. 122–123. 強調はレヴィナスによる). 対象の把捉不可能性と愛とのつながりをプルーストの「詩＝ポエジー」に見て取る視点の共通性は，対象の「不在」から存在を (「現存」を) 紡ぎ出すという，第2次世界大戦以後のバタイユにとって本質的な視点がレヴィナスと共通する可能性をも窺わせる点で，さらに興味深い.

(36) Georges Bataille, *L'expérience intérieure*, *op. cit.*, p. 158–159.

(37) *Ibid.*, p. 161.

(38) Marcel Proust, *Le temps retrouvé, À la recherche du temps perdu*, t. IV, Paris, Gallimard, « Bibliothèque de la Pléiade », 1989, p. 451 ; cité par Bataille, *L'expérience intérieure*, *op. cit.*, p. 161.

(39) Georges Bataille, *L'expérience intérieure*, *op. cit.*, p. 162–163. 強調はバタイユによる.

(40) Cf. *Ibid.*, p. 59. 強調はバタイユによる.

(41) *Ibid.*

(42) *Ibid.*, p. 164–165.

(43) *Ibid.*, p. 165.

(44) Marcel Proust, *À l'ombre des jeunes filles en fleurs, À la recherche du temps perdu*, t. II, Paris, Gallimard, « Bibliothèque de la Pléiade », 1988, p. 79 ; cité par Bataille, *L'expérience intérieure*, *op. cit.*, p. 168.

(45) Georges Bataille, *L'expérience intérieure*, *op. cit.*, p. 168.

(46)　ジャン＝ルイ・ボードリーは，「充足の不在は，作品最終部の勝利の感情よりも深いものではないだろうか」というバタイユの一文を引きつつ，それに，『失われた時を求めて』のいわば誤読を次のように見て取っている．「だが，二つの『瞬間』は，正確には重ねることのできないものである．一方は，宙づりのままであり，前兆に過ぎず，おそらくは決してそれ以上はっきりすることのない兆し［…］の直観でしかないが，他方は，無意志的回想の矢継ぎ早の継起が花火の爆ぜ音のうちに啓示の勝利を顕示し，現在の感覚と，そのときまで忘れられていた過去の瞬間とのあいだに実現される関係によって，作品の構想に，エクリチュールの——エクリチュールとしての立場の——真実に，そして，エクリチュールに捧げられた領域に，記憶の勝利を招き入れるのである」（Jean-Louis Baudry, « Bataille ou le Temps récusé », *Revue des sciences humaines*, nº 206, 1987, p. 33）．ボードリーのこの論考は，『内的経験』のプルースト論におけるバタイユの読みを，瞬間の特権化と時間の捨象とによって特徴づけようとするものであり，本書はそれと見解を異にする．以下の引用も併せて参照．「［…］バタイユは，『内的経験』の『マルセル・プルーストに関する脱線』において，無意志的回想の瞬間的性格を，無意志的記憶の純粋に現在的な効果を特権化しようと執心し，時間の側面を顧みないのだが，にもかかわらず，この側面は，プルースト作品の主題と構成とに本質的に結びついているのである」（*ibid*., p. 31）．

(47)　Georges Bataille, *L'expérience intérieure*, *op. cit*., p. 168–169.

(48)　*Ibid*., p. 168.

(49)　「［…］すでにこれほどまで遠くに下っているこの過去を，いつまでも自分につなぎとめておくだけの力が私にまだあるとは思われない．それゆえ，もしも作品を完成させられるくらいの期間，その力が私に残されているとすれば，私はまずその作品に，人間たちをかくも大きなひとつの場所を占める存在として描かずにはいないだろう，たとえそれが，彼らを怪物に似せてしまうのだとしても．空間のなかで人間たちに割り当てられた場所はあまりにも狭いが，人間たちは，歳月のなかに沈み込んだ巨人のように，いくつもの時代に同時に触れ，そしてそれらは互いにかくもかけ離れて生きられ，あいだには数多くの日々が入り込んだのだから，人間の場所は逆に，際限なく延びているのだ——**時**のなかに」（Marcel Proust, *Le temps retrouvé*, *À la recherche du temps perdu*, t. IV, *op. cit*., p. 625）．バタイユはこの部分を直接引用してはいない．

(50)　バタイユのプルースト理解を特徴づける，経験の表象をめぐるこうした失敗から成功への転位を指摘したのは，ベルナール・シシェールである．以下の引用を参照．「バタイユはプルーストに，彼を詩人となすところのひとつの『内的経験』の真正さを認め，そしてこの内的経験を，自分自身の経験とまったく同じく，静かなる喪失と認識によるごまかしの支配とのあいだのおそらく終わることのありえない揺れ動きのうちに位置づける．このことはバタイユを，逆説的にも再び，彼がプルーストの失敗と考えるもの（プルーストにおける，この『立ち現れ』の経験を支配しようとする意図の失敗）のうちに，その歩みの比類のない成功を位置づけるよう差し向けるのである」（Bernard Sichère, « Bataille, Proust et le mal », *Les Temps modernes*, nº 602, *op. cit*., p. 193）．ここでシシェールは，プルーストの「失敗」が現在と過去を不断にずらしていく時間の流れによってもたらされる，という論点を明確に提示してはいないのだが，自らの経験を「支配」する，すなわち言葉によって定着しようとする試みの挫折に『失われた時を求めて』のポエジーの可能性を見て取ろうとするバタイユの姿勢に論及するものとして，重要である．

(51)　Georges Bataille, *L'expérience intérieure*, *op. cit*., p. 174.

(52) *Ibid.*, p. 175.

(53) バタイユによる引用の一部を以下に抜粋する.「[…] 悲しみが起こるたびに私たちに与えられる肉体の苦痛を受け入れ，それがもたらす精神の認識を手に入れよう．私たちの身体がばらばらになっていくのにまかせよう，そこから放たれる新たな小片が，今度は明晰な，読むことのできるものとして私たちの作品に付け加わり，より天分のある人たちならば必要としない苦しみと引き換えに，それを仕上げ，感情が私たちの生を粉々にするのに応じて，それをいっそう確固としたものにするのだから」(Marcel Proust, *Le temps retrouvé*, *À la recherche du temps perdu*, t. IV, *op. cit.*, p. 485 ; cité par Bataille, *L'expérience intérieure*, *op. cit.*, p. 174–175).

(54) 周知のように，『失われた時を求めて』のうち，『囚われの女』，『逃げ去る女』，『見出された時』の 3 巻は，未定稿としてプルーストの死後に出版された.

(55) 「勝利の感情」の探索と，それが行き着く「最終的な充足の不在」を『内的経験』のプルースト論の核心として扱った論考に次のものがあるが，バタイユの主張を時の定着という勝利を求めるプルーストに対する純粋な批判として読むものであり（譲歩つきでだが，「不当な言いがかり（mauvaise querelle）」という表現も見られる），「作者の供犠」までを射程に入れた，プルーストのポエジーに対するバタイユの着目を明かすには至っていない．Lucette Finas, « Bataille, Proust : la danse devant l'arche. L'objection du triomphe », *La nouvelle revue française*, n° 580, 2007, p. 32–51.

(56) Georges Bataille, *L'expérience intérieure*, *op. cit.*, p. 171–172.

第 2 節　経験の語りと詩(2) —— それぞれの無力に向けて

(57) Georges Bataille, *L'expérience intérieure*, *op. cit.*, p. 11．強調は引用者.

(58) *Ibid.*, p. 127–128．強調はバタイユによる.

(59) *Ibid.*, p. 9–10.

(60) Cf. *ibid.*, p. 18．本書 161 ページで引用.

(61) このタイトルは，『アエネイス』のなかで，トロイヤ王アンキセスが，若くして死んだマルケルスの墓のために花の献呈を求めた言葉より取られたものである．以下の指摘を参照．Gilles Ernst, *Georges Bataille, analyse du récit de mort*, Paris, PUF, 1993, p. 50．また以下にも同様の指摘がある．ジョルジュ・バタイユ『内的体験』出口裕弘訳，「訳注」，平凡社ライブラリー，1998 年，449 ページ.

(62) 引用部と併せ，以下に詩の全文の和訳を示す.「天空の一番の高みで，／天使たち，彼らの声が聞こえる，私を称えている.／私は，太陽の下，さまよう蟻だ，／小さく黒いのだ，丸い石ころがひとつ／私にぶつかる，／私を押しつぶす／死んでしまった，／空のなかで／太陽は荒れ狂う，／彼は盲にする，／私は叫ぶ／「彼は踏み切るまい」／彼は踏み切る.／私は誰／「私」ではない　違う　違う／そうではなく　砂漠　夜　無辺／それが私／それは何／砂漠　無辺　夜　獣／速く　虚無　永久に／そして何も知らなかった／**死**／応答／夢想したたる海綿／それは太陽の／私を沈めよ／もう知らなくて良いように／この涙のほかは.／星／私はそれ／おお　死よ／雷鳴の星／私の死を告げる狂った鐘.／詩／勇敢ではない／だが甘美さ／歓喜の耳／雌羊の声がわめく／その先へ行けその先へ／消えた松明」(Georges Bataille, *L'expérience intérieure*, *op. cit.*, p. 185–188．強調はバタイユによる).

(63) サンティの指摘は，この詩の解釈全般に大いに参考になるものであるので，以下に枢要な部分を挙げる.「甘美なだけのポエジーに属する詩作品を越えていかなければならないのであって，それらは，消費が要請する暴力と勇気とには無縁なままなのである．バタイユはここで，詩への憎悪が意味するものを，ただたんに想起させる

以上のことを行っているように思われる．語が複数形であることから窺われるのは，その標的にされているのが，先行する詩作品，期待された暴力にいまだ届いておらず，したがって乗り越えが必要なはずの，それらの詩作品であるということである．最初の数行で触れられる甘美さと歓喜とは，突如として雌羊のわめき声によって破られるが，この声は実のところ，夜の奥深くにもう一歩入り込むように，『消えた松明』という，最初の詩作品が我々を至らしめた境界を越え出るように命じるのである」(Sylvain Santi, « Georges Bataille. La poésie à l'extrémité fuyante de soi-même », *Les Temps modernes*, n° 626, 2003–2004, p. 40–41).

(64) Georges Bataille, *L'expérience intérieure*, *op. cit*., p. 189.

(65) jouer à la main chaude という表現は，恐怖政治時代，断頭台に上ることを意味する隠語であったが，その際の，うしろ手に縛られた死刑囚の姿勢からこの遊びが思いつかれたようである．以下を参照．*Petit Larousse des Jeux*, Paris, Larousse, 2005, p. 602．ルールの説明も同書に詳しい．

(66) Sylvain Santi, « Georges Bataille. La poésie à l'extrémité fuyante de soi-même », art. cit., p. 31．強調はサンティによる．

(67) ジャックリーヌ・リセは，バタイユの詩作品全般に対して次のような指摘を行っている．「バタイユの詩作品はしばしば，その『不十分』で取るに足らない特質によって，ひとを苛立たせる――あたかも作者は，ページのなかの断ち切られた空間を，ア・プリオリに，歪んだ，不安定な仕方で活用しているかのようであり，あたかも，ありのままの感情の噴出を短い数行に切り分ける決意さえあれば，表現を成し遂げるのに，目的に達するのに十分だとでも考えているかのようだ．[…] 実のところ，美的な結果とは別に，というのもそれはバタイユにとってほとんど重要でないからなのだが，こうしたアプローチにおいて求められているのは，現代詩とそれが持つ可能性の最も強力な直観のひとつである，失語症としての詩なのである」(Jacquline Risset, « Haine de la poésie », in *Georges Bataille après tout*, *op. cit*., p. 159–160)．なお，同様の不十分さの指摘は，すでに以下でもなされている．Cf. Jean-Luc Steinmetz, « Georges Bataille : un poète par défaut », *Promesse*, n° 22, 1968, p. 47．バタイユの作品の「不十分」さは，リセの見るような表現の拙速さというより，その推論的言述との結びつきにおいて，読者に意味を了解させてしまうがゆえに，詩を求める読者を「苛立たせる」のではないだろうか．「失語症としての詩」がもたらす言語の不在は，こうした観点からも，推論的言述の過剰と対応しているように思われる．

(68) 同章同節のとりわけ 124–131 ページを参照．

(69) Cf. Georges Bataille, « De l'existentialisme au primat de l'économie », art. cit., p. 297．本書 131 ページで引用．

(70) Georges Bataille, « Hegel, la mort et le sacrifice », O. C., t. XII, *op. cit*., p. 330–331．続く『精神現象学』の引用部の訳を以下に掲げる．「死とは――この非現実性をそう呼びたければ――，存在する事象のうちで最も恐ろしいものであり，死の所業を制止することは，最大の力を必要とする．無力な美は悟性を憎む，なぜなら，悟性が美に要求するのは，美のなし得ないことだからである．ところで，**精神**の生とは，死を前にして怖じ気づき，破壊から身を守る生ではなく，死に耐え，死のうちに自らを保つ生である．精神が自らの真理を得るのは，おのれを絶対的引き裂きのうちに見出すことによってなのである．精神がこの (並外れた) 力であるのは，**否定的なもの**から身をそらす，**肯定的なもの**であることによってではない．何らかの事物について，これは何物でもないとか (これは) 偽物だなどと言い，(そうして) その事物を清算し

て，そこからまた別の何らかの事物に移っていくときとは話が違うのである．そうではなく，**精神**がこの力であるのは，**否定的なもの**を真っ正面から見詰め，（そして）そのもとに留まるかぎりにおいてなのである．この長らくの停留が，否定的なものを，所与の＝**存在**に移し換える魔法の力なのである」（G. W. F. Hegel, *Phénoménologie de l'esprit*, cité par Bataille, « Hegel, la mort et le sacrifice », art. cit., p. 331．強調はヘーゲルによる）．

（71） Georges Bataille, « Hegel, la mort et le sacrifice », art. cit., p. 331–332．強調はバタイユによる．

（72） *Ibid*., p. 333．強調はバタイユによる．

（73） *Ibid*．強調はバタイユによる．

（74） 「自分自身の否定性によって人間は殺されるのだが，以後，その人間にとっては何も存在しないことになる．死は創造的だが，死についての意識――死の驚くべき魔術についての意識――を死ぬ前に感じ取るのでなければ，この人間にとって，生きているあいだには，あたかも死は到達しないはずのものということになってしまうだろう．来たるべき死は，この人間に，人間的な性格を与えることができないだろう」（*ibid*., p. 336–337．強調はバタイユによる）．

（75） 「実のところ，ヘーゲルの問題は，供犠の行動のなかに与えられている．供犠においては，一方で，死は何よりも，肉体的な存在を襲う．だが他方，供犠においてこそ，まさしく『死が人間的な生を生きる』のである．供犠こそがまさに，ヘーゲルの要請に応じるものだとさえ言わねばならないだろう」（*ibid*., p. 335）．

（76） 「スペクタクル，あるいは一般に，表象の必要性［…］それらが繰り返されなければ，我々は死に対して，動物が一見そうであるのと同じように，無縁で，無知なままに留まるかもしれない」（*ibid*., p. 337．強調はバタイユによる）．

（77） *Ibid*．強調はバタイユによる．

（78） *Ibid*.

（79） *Ibid*., p. 342–343．強調はバタイユによる．

（80） *Ibid*., p. 343．強調はバタイユによる．

（81） *Ibid*., p. 343–344．強調はバタイユによる．

（82） Cf. Georges Bataille, *L'expérience intérieure*, *op. cit*., p. 56．本書 107 ページで引用．

（83） Georges Bataille, *Le coupable*, *op. cit*., p. 351.

（84） Cf. Georges Bataille, *L'expérience intérieure*, *op. cit*., p. 11．強調は引用者．本書 176 ページで引用．

（85） Georges Bataille, « Hegel, la mort et le sacrifice », art. cit., p. 343 : « *Impuissance* du sage à parvenir à la souveraineté à partir du discours »．強調は引用者．

（86） *Ibid*., p 344–345.

（87） Georges Bataille, *L'expérience intérieure*, *op. cit*., p. 173.

（88） ヴァンサン・ヴィヴェスは，既知のものから未知のイメージを創り出す詩がその創造を既知のものに依存していることを，「一方の手が差し出すものを，もう一方の手が放さない」と表現した『内的経験』の一節（cf. *ibid*., p. 170）を引きながら，そうした詩の二律背反を，弁証法的綜合の契機に読み替えようとする．「詩は何よりもまず，弁証法的な価値を持つ．言語の領域への参与としては，自らが打ち立てようとするものそれ自体になる可能性としてのおのれを詩は否認する．異議提起の運動，侵犯の運動そのものとしては，意識的な理解の対象物が裸になり，脱自に至る行為を詩は実現する」．そして，この指摘の直後に続く，「詩――元の姿に戻す災禍」（« Poésie :

ravage réparateur »）という節では（ただし，バタイユが『失われた時を求めて』に宛てたこの言葉の具体的検討はなされていない），「意識の乱脈であり，解体であるはずの至高性が考察され得るのは，意識との親和性においてのみであり，あらゆる事項で両者が対立しているように見えたとしても，そうなのである．そして，この二つの対立物を共存させるのが，詩に与えられた役割なのだ」として，詩を，至高性と意識，つまり推論的言述との不可欠な媒介物に位置づけている．本書の論旨，とりわけ，推論的言述の完成が（あるいは過剰＝失敗が）詩を経由して至高性への道を開く，という論点とのつながりはないものの，推論的言述（ヴィヴェスは「哲学」と呼ぶ）と詩とが，至高性を意識化する経路として結びつきうることを主張した研究として興味深い．Vincent Vivès, « Anarchipel — poésie et désordre philosophique », *Littérature*, nº 152, 2008, p. 61–62.

（89） Cf. Georges Bataille, *La part maudite*, *op. cit.*, p. 125．強調はバタイユによる．本書 147 ページで引用．

（90） Cf. Georges Bataille, *L'expérience intérieure*, *op. cit.*, p. 35．本書 162 ページで引用．

（91） Georges Bataille, « Hegel, la mort et le sacrifice », art. cit., p. 328–329．強調はバタイユによる．

第 3 節　文学と無神学 —— その歴史的意味

（92） Georges Bataille, *Sur Nietzsche*, *op. cit.*, p. 70．強調はバタイユによる．

（93） *Ibid.*, p. 69–70．強調はバタイユによる．

（94） フロイトは「既視」の現象を「偽りの再認（fausse reconnaissance）」と呼び，それを「無意識の欲望（désir inconscient）」の現れと定義している．Cf. Sigmund Freud, *Psychopathologie de la vie quotidienne*, trad. de l'allemand par Samuel Jankélévitch, Payot & Rivages, « Petite Bibliothèque Payot », 2001, p. 334.

（95） 本書第 2 章第 1 節の註 7 で引用した，ロールの墓所における記憶の再現を語ったバタイユの記述は，こうした 2 種類の交流の断絶がもたらす，それぞれの至高性が重なり合う様態を示す具体例として読むことができるように思われる．以下，主要な部分を再録する．「そのとき私は，自分がひっそりとふたつに分かれて，彼女を抱き締めているかのように感じた．手が自分の周りを惑い，私は彼女に触れ，彼女の香りをかいだように思った．途轍もない喜びが広がり，ちょうどあたかも，突然にお互いを見つけ出したときのようだった．ふたつの存在を隔てていた壁が崩れ落ちたときのようだった．そこで私に，自分がまた自分に戻るという考えが，自分の重苦しい必要事に押しとどめられるという考えが浮かび，うめき声を挙げて彼女に許しを乞わずにはいられなかった．私は涙にくれ，もう何をすればよいか分からなかった．彼女を失い直すことがよく分かっていたからだ．自分がこれからなろうとしているもの，たとえば，書いているときの自分のこと，さらにはもっと悪いもののことを思い浮かべて，私は堪え難い恥辱にとらわれた」（Georges Bataille, « Notes » de *Le coupable*, art. cit., p. 500．強調はバタイユによる）．対象を把捉しようとする抱擁の最中に現れた，「自分の重苦しい必要ごとに押しとどめられる」という存在の習慣は，ロールを「失い直す」ことを余儀なくさせたが，「涙にくれ」たバタイユの筆致には，確かに，彼自身が「嗚咽の真実」と呼ぶ強度をこの再度の喪失の経験に与える力が存しているのではないだろうか．

（96） Georges Bataille, *Sur Nietzsche*, *op. cit.*, p. 71.

（97） *Ibid.*, p. 72.

(98) *Ibid*., p. 78. 強調はバタイユによる. 本書第 2 章第 3 節の註 86 で引用.
(99) *Ibid*., p. 79–80. 強調はバタイユによる.
(100) 『内的経験』のプルースト論に瞬間の特権化と時間の捨象とを見出す, 前出のボードリーの論考は, 『ニーチェについて』でのプルースト的経験と神秘家の経験の結びつけに関しても, 次のように手厳しく論評する.「プルーストにおける瞬間と脱自との関係を何よりも強調し, 記憶と時間とを追い払ってしまうのと同じ仕方で, プルーストにとって書く行為が, 彼の欲望のなかで, 生の成り立ちのなかで, そして作品の構成のなかで有していた重要性を, バタイユは無視している」(Jean-Louis Baudry, « Bataille ou le Temps récusé », art. cit., p. 35).
(101) 「好運は落下 (échéance) と同じ語源を持つ (*cadentia*). 好運とは, 偶然に舞い込むもの, 落ち来るものである (もともとは好運か不運かの区別はない). それは偶発事であり, 賽子の落下である. ／このことから, 次のようなふざけた考えが浮かぶ. 私は超キリスト教を提案するのだ！／事物についてのこのしがない着眼にあっては, 落下し神から切り離されるのは, もはや人間ではなく, 神自身である (こう言ってよければ, 全体性である)」(Georges Bataille, *Sur Nietzsche*, *op. cit*., p. 85. 強調はバタイユによる).
(102) ジル・エルンストは, バタイユの『無神学大全』の構想に, キリスト教のなかでもまさしく『神学大全』のトマス・アクィナスに対する反駁の企図を見て取っている. 以下の引用を参照.「新しい集成 [『無神学大全』] は, 明らかに, 聖トマス・アクィナスの『神学大全』(1266–1274 年) をパスティーシュし, あるいはパロディ化するのではなく, 字義通りそれに反論することを望んでいる. シュルレアリストたちは, 1924 年に, トマス・アクィナスを『実証主義』の辱めを与えられた陣営に分類していた (そこではアナトール・フランスが同じ不幸を託っていた). 非難は新しいものではなかったが, バタイユのそれはいっそう新しく, より正確でもあった. [...] 第一動者にして, 最後の動者である神の実存の自然における証拠を順序立てて列挙し, この実存の論理的帰結を証明しながら [...], トマス・アクィナスは, キリスト教を合理化し, 神を概念へと変貌させた. 啓示に従って御言葉は受肉したのだったが, トマス主義は, 御言葉に優れて構造化された身体を与えたのみならず, それをたいそう優れて言語化したがために, 道に迷わせてしまったのだ. それと同時に, 分析や定式化に抗う人間のもうひとつの様相が失われた. 弁神論でも弁人論でもなく (実際, 19 世紀の理性主義が行ったような, 神の人間による置き換えは問題とならない), 『無神学』は, 固有の立場で, 『神』という言葉にし得ぬものの内在的な現存のもうひとつの名に対して, 概念的でない, 純粋に実験的な, 言葉によって絶えず繰り返され, それでいて決して理論化されることのないアプローチをなすことを提案するのである」(Gilles Ernst, « *Le Coupable*, livre de Georges Bataille », in *Travaux de littérature*, t. VIII, Paris, Klincksieck, 1995, p. 439).
(103) 「ヘラクレイトス——ニーチェのテクスト」における『悦ばしき知識』第 125 節の引用部を参照 (cf. Georges Bataille, « Héraclite — Texte de Nietzsche », art. cit., p. 466).
(104) Cf. Georges Bataille, « Chronique nietzschéenne », art. cit., p. 477. 本書 67–68 ページを参照.
(105) 「彼のなかでは, 回帰の無限の反響はひとつの意味を持っていた. 所与の恐怖の無限の受け入れ, 無限の受け入れというよりも, いかなる努力も先立っていない受け入れという意味である. ／努力がないということ！」(Georges Bataille, *Sur Nietzsche*, *op. cit*., p. 158–159. 本書 96 ページで引用). この特質は次のように, プルーストの

経験をも規定するものとして，「神的感覚」の経験総体の特質に位置づけられている．「同じ努力の不在——同じ苦痛に先立たれており，苦痛は浸食し，孤立させる——がプルーストの生にも存している．努力の不在も苦痛も，彼が到達した状態には等しく不可欠だったのだ．[…] 同じ受動性，努力の不在——そして苦痛の浸食——が，神的感覚の状態の元になっている——そのなかでは，神的な超越性が解体するのだ」（*ibid.*, p. 159．強調はバタイユによる）．

（106）「私が望むのは，未知なるものへの愛——それは神秘主義の伝統に由来する——のなかで，我々が超越性を追い払って，たいそう偉大な単純さに到達し，その偉大さのあまり，この未知なるものへの愛が地上の愛へと結びつく——地上の愛を無限に反響させながら——ということなのである」（*Ibid.*, p. 86．強調はバタイユによる）．この引用部では，神によって覆い隠された「未知なるもの」への愛と，個人的な愛の経験とが明確につなぎ合わされていることが，後に見るように，重要である．

（107） *Ibid.*, p. 87．強調はバタイユによる．

（108） *Ibid*.

（109） *Ibid.*, p. 88．強調はバタイユによる．

（110） 本書第 1 章第 7 節，とりわけ 81–82 ページを参照．

（111）「神話は，芸術や科学や政治では満足できない者たちの手に今でも委ねられている．愛は，それだけでひとつの世界を作り上げるが，その世界を取り巻くものには手をつけない．[…] 神話だけが，ひとつひとつの試練によって打ちのめされてしまった者に，人々の結集する共同体へと拡大する充溢の残像を思い出させるのだ．[…] 神話は，祝祭の騒乱のなかで民衆が顕示する意志の合致によって生きた人間的現実とならなければ，虚構だろう．神話はおそらく作り話だが，民衆がそれを踊り，それを作動させ，またそれが民衆の生き生きとした真実をなすことに鑑みれば，虚構の対極に位置するものなのである」（Georges Bataille, « L'apprenti sorcier », art. cit., p. 322–323．強調はバタイユによる．本書 81 ページで引用）．

（112）「最初の労働が事物の世界を基礎づけたのであり，それに幅広く対応しているのが古代人たちの世俗世界である．事物の世界が定立されて以来，人間は，自らこの世界の事物のひとつになったのであって，少なくとも，労働している時間にはそうである．この零落からこそ，あらゆる時代の人間は逃れようとしたのだ．奇怪な神話や残酷な儀礼のうちで，人間は当初から，失われた内奥性を求めていたのである」（Georges Bataille, *La part maudite*, *op. cit.*, p. 62．強調はバタイユによる．本書 141 ページで引用）．

（113） 本書第 2 章第 5 節，とりわけ 151–152 ページを参照．

（114） Georges Bataille, *L'histoire de l'érotisme*, *op. cit.*, p. 141–143．強調はバタイユによる．

（115） 論考「神話の不在」の上梓は 1947 年である．

（116） Cf. Georges Bataille, « Hegel, la mort et le sacrifice », art. cit., p. 342–343．本書 184 ページで引用．

（117） Cf. *Ibid.*, p. 342．強調はバタイユによる．

（118） Georges Bataille, *L'histoire de l'érotisme*, *op. cit.*, p. 149.

（119） *Ibid.*, p. 149–151．強調はバタイユによる．

（120） バタイユは，サドを獄中に置くことになった様々の行状と，彼が作品内で描く登場人物たちの行状とをはっきりと区別している．「[…] サドの性格について我々が知っていることからすれば，彼の性格と，彼の描く卑劣な登場人物の性格とは，根底から異なっている（彼は義妹を愛し，人道主義的な政治活動に関わった経歴を持ち，

監獄の窓からギロチンが落ちるのを見て恐怖にすくんだ．加えれば，書くことへの彼の気遣いは相当なもので，原稿の紛失に際して『血の涙』をこぼしたほどだった）」（*ibid*., p. 151）．

（121） *Ibid*., p. 66–67．強調はバタイユによる．

（122） Alexandre Kojève, *Introduction à la lecture de Hegel*, *op. cit*, p. 434–435．強調はコジェーヴによる．バタイユは後年の論文「ヘーゲル，人間と歴史」（『モンド・ヌーヴォー――パリュ』誌第96号所収，1956年1月）において，コジェーヴの当該箇所を引用して論じている（cf. Georges Bataille, « Hegel, l'homme et l'histoire », O. C., t. XII, *op. cit*., p. 360–361）．

（123） Georges Bataille, *L'histoire de l'érotisme*, *op. cit*., p. 67.

（124） 「[…] エロティックな世界の本質とは，ただエネルギーの消費であるだけではなく，極限まで推し進められた否定である．あるいは，そう言ってよければ，エネルギーの消費はそれ自体，必然的にこうした否定である．サドはこの至上の瞬間を『無感動』と呼び表した．モーリス・ブランショは次のように言う．『無感動は，至高であることを選び取った人間に適用される，否定の精神である．それはいわば，エネルギーの原因にして，原理である』」（*ibid*., p. 153）．

（125） *Ibid*., p. 154.

（126） *Ibid*.

（127） *Ibid*.

（128） *Ibid*., p. 156–157.

（129） こうした論点は，デリダの次の指摘と共鳴するものである．「バタイユの無神学はまた，無＝目的論であり，無終末論でもある．彼の推論的言述においてさえ [...]，この無神学は，それでいて否定神学の道に沿って進んでいくのではない．そうした道はバタイユを魅惑せずにはいなかったが，それはおそらくまだ，拒絶されるあらゆる賓辞の彼方に，さらには『存在の彼方に』すら，一個の『超＝本質性』を留保していた．存在者のカテゴリーの彼方に，至上の存在者と，破壊し得ぬ意味とを留保していたのである．おそらくは，だが．というのも，我々がここで触れているのは，西洋の思考における推論的言述の限界であり，かつ，そのこのうえない大胆さであるからだ．距離と近さとが互いに異ならないことを示すこともできるだろう」（Jacques Derrida, « De l'économie restreinte à l'économie générale », art. cit., p. 398–399）．

（130） Georges Bataille, *L'histoire de l'érotisme*, *op. cit*., p. 156．当該部の直前では，サドの描く登場人物によるいっさいの否定が，否定者自身にも及ばざるを得ないことを指摘した，ブランショの記述が引用されている．

（131） *Ibid*., p. 163．強調はバタイユによる．

（132） 過剰エネルギーの消費という観点からの，エロティシズムと戦争との関係については，同じく「エピローグ」の以下を参照．「そうした捌け口 [生存に必要な分量を越えて使用可能なエネルギーが持つ捌け口] とは，主として，エロティシズムであり，奢侈品であり（その価値は，エネルギーの次元では，労働時間に換算して計測可能である），娯楽であって，それらは祝祭の欠片である．他方では，労働も捌け口であって，それは何らかの仕方で，我々が意のままにする生産の総量を増大させる．最後の捌け口が，戦争である…．／[…] 我々はしたがって，以下の事実を原則として提起しなければならない．エロティシズム的な目的に使用可能な部分を自ら制限してしまうほどに大規模な労働が我々にもたらすはずの過剰エネルギーの総量は，遅かれ早かれ，破局的戦争において消費されることになるだろう」（*ibid*., p. 161–162）．

（133） *Ibid*., p. 164.

(134)「政治的闘争に参画している人々は，エロティシズムの真実に膝を屈することは決してあり得ないだろう．エロティシズム的な活動はつねに，彼らの闘いに投じられている力を犠牲にする仕方で行われるのである．[…] 我々は緊張緩和［デタント］によるしか何も期待できないし，緊張緩和において，外より来たる英知の声が聴かれるはずなのだ．無論，このような英知はひとつの挑戦である．だが，世界が必要としている鎮静を提案することで世界に挑戦せずになど，どのようにしていられようか」(*ibid.*).

(135) Cf. *Ibid.*, p. 141．本書 196 ページで引用.

(136) Cf. *Ibid.*, p. 151．強調はバタイユによる．本書 198 ページで引用.

(137) *Ibid.*, p. 165．強調は引用者.

第 4 節　権利の不在から死ぬ権利へ

(138) ただし，著作を構成する諸々の作家についての各論考は，『クリティック』誌を中心とした媒体に初稿が発表されている．以下にその書誌情報を，『文学と悪』での記載順に掲げる．« Emily Brontë et le mal », *Critique*, nº 117, février 1957 ; « Baudelaire “mis à nu”, l’analyse de Sartre et l’essence de la poésie », *Critique*, nº 1–2, janvier-février 1947 ; « Préface » de Jule Michelet, *La sorcière*, Paris, Éditions des Quatre Vents, 1946 ; « William Blake ou la vérité du mal », *Critique*, nº 28/30, septemble/novembre 1948 ; « Le secret de Sade », *Critique*, nº 15–17, août/septembre/octobre 1947 ; « La vérité et la justice », *Critique*, nº 62, juillet 1952 ; « Franz Kafka devant la critique communiste », *Critique*, nº 41, octobre 1950 ; « Jean-Paul Sartre et l’impossible révolte de Jean Genet », *Critique*, nº 65–66, octobre/novembre 1952．ただし，再録にあたっては加筆修正がなされている.

(139) Georges Bataille, *La littérature et le mal*, O. C., t. IX, 1979, p. 172．強調はバタイユによる.

(140) *Ibid.*, p. 223.

(141) William Blake, « All religions are one », *Poetry and Prose*, edited by G. Keynes, Londres, Nonesuch Press, 1948, p. 148–149 ; cité et traduit par Bataille, *La littérature et le mal*, *op. cit.*, p. 225–226．強調はブレイクによる.

(142) Georges Bataille, *La littérature et le mal*, *op. cit.*, p. 226．強調はバタイユによる.

(143) *Ibid.*, p. 227.

(144)「社会学研究会」での発表におけるバタイユの言辞をあらためて参照．Cf. Georges Bataille, « Notes », in Roger Caillois, « Confréries, ordres, sociétés secrètes, églises », art. cit., p. 223, 228–229．強調はバタイユによる．本書 85 ページに引用.

(145) 論考「神話の不在」を参照．Cf. Georges Bataille, « L’absence de mythe », art. cit., p. 236．本書 118–119 ページに引用.

(146)『ニーチェについて』の記述を参照．Cf. Georges Bataille, *Sur Nietzsche*, *op. cit.*, p. 70．本書 188 ページで引用.

(147) Georges Bataille, *La littérature et le mal*, *op. cit.*, p. 231．強調はバタイユによる．なお，この『天国と地獄の結婚』については，NRF 誌に掲載された翻訳を死の床のロールが求め，彼女の死後，バタイユがそれらのページを冊子から引き剝がして遺体のうえに供えた逸話を，マルセル・モレが伝えている．遺体の置かれたバタイユの家では，司祭による葬儀ミサを挙げたいロールの母たち親族と，それを断固として拒否するバタイユとが，モレを仲立ちに応酬し合いつつ，直接は一切言葉を交わさな

いまま対立していた．だが，上記のバタイユの行動ののちに，母がやはりモレを仲介してバタイユに抱擁を求め，両者は棺のうえで抱き合ったという．Cf. Marcel Moré, « Georges Bataille en présence de la mort »（1963）, *La foudre de Dieu*, Paris, Gallimard, 1969, p. 211–212.

（148） Georges Bataille, *La littérature et le mal*, *op. cit.*, p. 232. 強調はバタイユによる．なお，「雑詩集」の原語は，Poèmes mélangés である．

（149） *Ibid.*, p. 234. 強調はバタイユによる．

（150） バタイユによる引用部の和訳を以下に掲げる．「（…）彼の憤怒の閃光が赤きフランスのブドウ畑に現れる．／太陽は火炎の輝きに光り立つ！／凄まじき恐怖が辺り一面に沸き起こり，／血の滴る赤き車輪の黄金の荷車に荒々しく運ばれる／獅子たちは怒りに満ちた尾で空を打ち付ける！／虎たちは獲物にのし掛かり深紅の血潮をなめる（…）」（William Blake, « Europe », *Poetry and Prose*, *op. cit.*, p. 219 ; cité et traduit par Bataille, *La littérature et le mal*, *op. cit.*, p. 236）.

（151） Georges Bataille, *La littérature et le mal*, *op. cit.*, p. 236.

（152） *Ibid.*, p. 236–237.

（153） *Ibid.*, p. 237.

（154） Cf. Georges Bataille, *L'histoire de l'érotisme*, *op. cit.*, p. 149, 157 et 163. 本書198, 201, 202 ページを参照.

（155）「この賢者は，その英知は狂気に近く，［…］『理解し』，膝を屈し，勝利をあきらめる者たちの謙虚さを持たなかった」（Georges Bataille, *La littérature et le mal*, *op. cit.*, p. 237）.

（156） *Ibid.*, p. 227.

（157） Cf. Georges Bataille, « Le cheval académique », art. cit., p. 162. 本書 15 ページで引用.

（158） Cf. Georges Bataille, « Le bas matérialisme et la gnose », art. cit., p. 224. 本書22 ページで引用.

（159） Cf. Georges Bataille et Raymond Queneau, « La critique des fondements de la dialectique hégélienne », art. cit., p. 287–290. 本書 32 ページで引用.

（160） Cf. Georges Bataille, « Le problème de l'État », p. 334. 本書 38 ページで引用.

（161） ただし，バタイユの「逆転」に対する志向そのものがなくなったわけではないことは，とりわけ「歴史の終焉」をめぐる議論において明らかである．『エロティシズムの歴史』には以下の記述があった．「実際，自然は，反抗の精神が所与として拒絶したのだったのだが，そのようなものとして現れるのを止めるや否や，それを拒絶した精神自体が，自然を以後，もはや所与とは見なさなくなる［…］．その反対物，すなわち禁止をこそ，今や精神は所与と見なすのだ．禁止とは，精神が当初，おのれの自然への従属を否定するために，自ら膝を屈したものだというのに．一見すると，この『同盟関係の逆転』（renversement des alliances）は，おそらく筋を追いがたいものだろうが，エロティシズムの根本的な二面性は，否定と回帰という二重の運動の全体を捉えなければ，理解ができないのである」（Georges Bataille, *L'histoire de l'érotisme*, *op. cit.*, p. 66. 本書 199 ページに引用）．銘記するべきは，そうした「逆転」が新しい支配関係の定立に（つまり，空間的な上下関係の逆転に）結びつかないという点である．

（162） カミュの提起する「反抗」の観念へのバタイユの関心は，1945 年の「反抗への註記」（« Remarque sur la révolte »）の上梓にまで遡る．この小論を読んだバタイユは，カミュ宛の私信のなかで，「完全な同意」を伝えているのである（Georges

Bataille, « Lettre à Albert Camus (le 3 juillet 1945) » ; cité par Olivier Todd, *Albert Camus, une vie*, Paris, Gallimard, « Folio », 1996, p. 1116). なお，以下の論考の指摘を参照した．Koichiro Hamano, « Bataille lecteur de Camus », in *Georges Bataille, cinquante ans après*, *op. cit.*, p. 139–140．この論考は，バタイユとカミュの反抗をめぐる思索の重なりと懸隔とを，幅広いコーパスを対象として検証することを試みた重要な研究であるが，本書では「反抗」の主題を，もっぱら文学をめぐる思索との関わりで掘り下げることとする．

(163) André Breton, « Sucre jaune », *Œuvres complètes*, t. III, Paris, Gallimard, « Bibliothèque de la Pléiade », 1999, p. 912 ; cité par Bataille, « Le temps de la révolte », O. C., t. XII, *op. cit.*, p. 157.

(164) Georges Bataille, « Le temps de la révolte », art. cit., p. 151.

(165) *Ibid.*, p. 155.

(166) 以下を参照.「ロートレアモンの作品に対する不感症が，ブルトンにとっては道徳的な卑俗さの証拠に思えたのだが，そう受け止めさせた激情の動きをブルトンがこらえることができていれば，シュルレアリスムの実験は最初の意図と反応を偶然にもカミュと同じくしており，それゆえに，実験が応じた深い要請を明確で異論の余地のないものにする手段をカミュが図らずももたらしてくれたことに，彼はかえって気が付いたはずだ」(*ibid.*).

(167) *Ibid.*, p. 168．強調はバタイユによる．

(168) *Ibid.*, p. 164.

(169) 王政廃止前の 1791 年憲法に，国王の身体の不可侵性が規定されていたことから，裁判実施の適法性が国民公会においても問題視されたのだが，当該のサン＝ジュストの演説，ならびに，12 月 3 日にロベスピエールが行った演説において，個人としてのルイ 16 世ではなく，国王という身分，また王政という制度そのものが共和制と両立し得ない犯罪性を持つのであり，したがって，いずれの価値に与するのかを選択しなければならない，という論拠が形成され，以後の裁判の流れが決定づけられた．以下の記述を参照．柴田三千雄／樺山紘一／福井憲彦編『世界歴史大系　フランス史　2』，山川出版社，1996 年，372–373 ページ．

(170) なお，カミュとバタイユが「誰も，罪なくして君臨することはできない (Nul ne peut régner innocemment.)」と引いている文章は，同義ながら，サン＝ジュストの原文では「ひとは罪なくして君臨できはしない (*On ne peut point régner innocemment*)」である (Antoine-Louis de Saint-Just, « Discours sur le jugement de Louis XVI », prononcé à la Convention nationale le 13 novembre 1793, *Œuvres complètes*, Paris, Gallimard, « Folio », 2004, p. 480．強調はサン＝ジュストによる).

(171) Albert Camus, *L'homme révolté*, *Œuvres complètes*, t. III, Paris, Gallimard, « Bibliothèque de la Pléiade », 2008, p. 162.

(172) *Ibid.*, p. 161.

(173) バタイユはここで，サン＝ジュストが王の殺害の有罪性を自発的に引き受けたことを強調しているが (「近代の反逆者 (le révolté moderne)」という語は，サン＝ジュストの思想を敷衍したカミュの記述の直後に定冠詞付きで提示されており，文章上サン＝ジュストを指しているように取れる)，続いて引用される，「彼は『死ぬことを，ひとつの生によって，ひとつの生を償うことを受け入れる』」という一節は，カミュの原文では，アレクサンドル 3 世の弟であるセルゲイ大公を爆殺したエスエルの活動家・詩人イワン・カリャーエフに宛てられたものである (cf. *ibid.*, p. 209)．ただし，カミュもまた，サン＝ジュストが一般意志の遵守を絶対視するがゆえに，おの

れの死を自ら要請するに至ることを指摘している．たとえば以下を参照．「長らく以前から，サン＝ジュストは実際，彼の要請が自身に対して全面的で留保のない献身を求めていることを予感していたのであり，世界のうちで革命をなす者，『善をなす者』が眠れるのは墓のなかでだけだと自ら言っていた」．／「彼はそのとき［ロベスピエールの弁護演説で］，前もって，一般意志の，つまり議会の決定を承認していた．彼は諸原則への愛のために［…］死に赴くことを受け入れていた」（*ibid*., p. 170–171）．また，「誰も罪なくして君臨することはできない」という言葉に付された註には次のようにある．「サン＝ジュストがこの言葉を口にしたとき，彼はすでに自分自身についての話をしていることをまだ知らなかった」（*ibid*., p. 161, en note）．

（174） Georges Bataille, « Le temps de la révolte », art. cit., p. 166．強調はバタイユによる．

（175） Georges Bataille, *La littérature et le mal*, *op. cit*., p. 172．強調は引用者．本書 204 ページで引用．

（176） Georges Bataille, « Le temps de la révolte », art. cit., p. 167–168．強調はバタイユによる．

（177） *Ibid*., p. 169．強調はバタイユによる．

（178） Cf. *Ibid*., p. 168．本書 212 ページで引用．

（179） 関連するテクストの書誌情報は以下．Francis Jeanson, « Albert Camus ou l'âme révoltée », *Les Temps modernes*, nº 79, mai 1952, p. 2070–2090 ; Albert Camus, « Lettre au directeur des Temps modernes », *Les Temps modernes*, nº 82, août 1952, p. 316–333 ; Jean-Paul Sartre, « Réponse à Albert Camus », *ibid*., p. 334–353 ; Francis Jeanson, « Pour tout vous dire… », *ibid*., p. 354–383.

（180） Georges Bataille, « L'affaire de "L'Homme révolté" », O. C., t. XII, *op. cit*., p. 231.

（181） *Ibid*., p. 233．強調はバタイユによる．

（182） *Ibid*., p. 234．強調はバタイユによる．

（183） *Ibid*., p. 234–235．強調はバタイユによる．

（184） Cf. Georges Bataille, *L'histoire de l'érotisme*, *op. cit*., p. 164．本書 203 ページで引用．

（185） Georges Bataille, « L'affaire de "L'Homme révolté" », art. cit., p. 233.

（186） Cf. Georges Bataille, *La littérature et le mal*, *op. cit*., p. 172．本書 204 ページで引用．

（187） *Ibid*., p. 271．ここで言う「おのれの本を燃やしたいという欲望」とは，直接には，カフカが死に際して，作品の焼却処分を友人のマックス・ブロートに依頼した事実を承けている（cf. *Ibid*.）．

（188） *Ibid*. 強調はバタイユによる．

（189） 「［…］カフカを焚書にするという考えは――一種の挑発として言われたものではあれ――共産主義者たちの精神においては論理的なものだったのだ．この想像上の炎は，カフカの書物を正しく理解する助けにさえなる［…］」（*ibid*.）．

（190） *Ibid*., p. 275．カフカの言葉は Michel Carrouges, *Franz Kafka*, Labergerie, 1949, p. 83 からの孫引きである．

（191） Georges Bataille, *La littérature et le mal*, *op. cit*., p. 275．強調はバタイユによる．

（192） *Ibid*., p. 276.

（193） Franz Kafka, *Journal intime*, suivi de *Esquisse d'une Autobiographie*, *Considé-*

ration sur le Péché, *Méditations*, introduction et traduction par Pierre Klossowski, Paris, Grasset, 1949, p. 49 ; cité par Bataille, *La littérature et le mal*, *op. cit.*, p. 276.

(194) Georges Bataille, *La littérature et le mal*, *op. cit.*, p. 276. 強調はバタイユによる.

(195) *Ibid.*, p. 277. 強調はバタイユによる.

(196) マチルド・ジラールは,『文学と悪』のカフカ論の同じ箇所を引用したうえで,その論旨を「拒否する少年時代の肯定(cette affirmation de l'enfance du refus)」という表現で集約し,そうした姿勢を,サルトル,また哲学者全般の姿勢に対立させながら,バタイユ自身の内的経験の目論見(さらにはそれを記述する目論見)に当てはめている.以下を参照.「私の意図は,[…]拒否する少年時代のこうした肯定に拘ることにあり,そのために,こうした肯定が,オイディプス的主体化と関係を持たず,革命的でもないような対立の(アンチの)関係[…]について喚起している内容に,眼を向けたいのである.[…]/精神分析学の召喚するオイディプスが,主体化を,個体化を対立の試練にかける(父を殺すこと…)とすれば,アンチ＝オイディプスは,主体化なき対立を思考するよう促すのであり,しかも,脱主体化の運動を通して,その運動のなかで,そうするのである.このような促しは,計画として,新たな企てとして価値を持つことはあり得ず,これこそまさに,サルトルとバタイユの衝突の複雑さを作りなすものなのであって,バタイユは,ひとつの経験を,規定することなく描述しようとするのである.内的経験は,伝達可能な経験ではなく,主体化のプロセスですらない.それ以上に,逆らいながらそれでいて自己を主体化しない,子どもの実験に似た実験なのである.こうした実験が今日,思想の領野でそれ以上問題とされていないことは,驚きに値する」(Mathilde Girard, « Le philosophe ne danse pas, il pense », art. cit., p. 76–77. 強調はジラールによる).

(197) Cf. Georges Bataille, « Le temps de la révolte », art. cit., p. 167. 強調はバタイユによる.本書 214–215 ページで引用.

(198) Georges Bataille, *La littérature et le mal*, *op. cit.*, p. 275.

(199) *Ibid.*, p. 278.

(200) カフカは,自身の命を奪うことになる結核を,「招き寄せた病」と呼んだという.以下を参照.池内紀/若林恵『カフカ事典』,三省堂,2003 年,44 ページ.

(201) Georges Bataille, *La littérature et le mal*, *op. cit.*, p. 278. なお,ブランショの原文は,「芸術は行動を前にして権利を有さない」である(Maurice Blanchot, « Kafka et la littérature », *La part du feu*, Paris, Gallimard, 1949, p. 33).

(202) Georges Bataille, *La littérature et le mal*, *op. cit.*, p. 278–279.

(203) 前掲のミシェル・カルージュの著作からバタイユが引いている表現である.Michel Carrouges, *Franz Kafka*, *op. cit.*, p. 27–28 ; cité par Bataille, *La littérature et le mal*, *op. cit.*, p. 281.

(204) バタイユの挙げている小説最終部の和訳を以下に掲げる.「彼はドアを飛び出して,路面電車の線路を走り抜け,否応なく川へと突き進んだ.そして早くも欄干に,飢えた者が食べ物を求めるようにしがみついていた.彼は柵を跳び越えたが,その優れた体操選手の身のこなしは若き日の彼のもので,かつては両親の自慢の種だった.もう一時のあいだ,彼は弱っていく片手で身を支え,格子のあいだからバスが近づいてくるのを待ちわびた.その騒音は,彼が落ちる音をたやすく包み隠すだろう.彼は小さく呼びかけた.『大切なお父さん,お母さん,それでも僕は,いつだってあなた方を愛していました!』そして空虚のなかに落ちていった./この瞬間,橋の上には文字通り,人々の狂ったような往来があった」(Franz Kafka, *Le verdict*, cité par

Bataille, *La littérature et le mal*, *op. cit.*, p. 281).

(205) マックス・ブロートに向けられた当該のカフカの言葉はカルージュの前掲書からの引用. Michel Carrouges, *Franz Kafka*, *op. cit.*, p. 103 ; cité par Bataille, *La littérature et le mal*, *op. cit.*, p. 281–282.

(206) Georges Bataille, *La littérature et la mal*, *op. cit.*, p. 282.

(207) *Ibid.*, p. 284.

(208) *Ibid.*, p. 277. カフカ家の暮らしていたプラハは, 1918 年までオーストリア＝ハンガリー帝国領で, 1918 年から 1992 年までチェコスロヴァキア領. チェコスロヴァキアは 1948 年から 1990 年まで社会主義体制であった. なお, カフカの没年は 1924 年である.

(209) *Ibid.*

(210) *Ibid.*

(211) *Ibid.*, p. 286.

(212) 権力への反抗の意志を描かない『城』(1922 年執筆) から, それでもなお反抗の兆しを引き出し, もって, 共産主義者による「反革命」という批判に応えようとするカルージュに対して, バタイユは端的に, 「『城』においては, 反抗の観念自体が取り下げられている」と述べている (*ibid.*, p. 285).

(213) *Ibid.*, p. 286. 強調はバタイユによる.

(214) Cf. *Ibid.*, p. 172. 本書 204 ページで引用.

(215) ドゥニ・オリエは, 『文学と悪』のカフカ論を考察しつつ, 自身を排除するであろう共産主義社会がカフカの願いに適うものであったとして, そうした願望を, 共産主義の到来を望む現代文学全般の立場に敷衍して当てはめている. 「[…] 共産主義社会は, カフカのような作家の密かな願望に応えるものだろう. カフカは徹底して, 生きる権利を彼に認めないような社会を, いつでも望んでいたはずなのだ. ／カフカの事例は, 共産主義社会の到来を希望する現代文学の動きに関わるものとして, バタイユの目には象徴的なものだった. 彼らがそうした希望を持つのは, 共産主義社会が, 自らに状況を生じさせる危険を冒さなくてよい唯一の社会, 約束の地に帰り着かないことを保証する唯一の社会だからなのだ. こうした図式が, 『文学と悪』を構成する各研究全体に統一性を与えている. 文学とは, 再び見出された少年時代なのだが, それは同時に, 自らの有罪を認めなくてはならないのだ. [...] こうした罪ある少年時代こそ, 成人した少年時代と呼べるだろうし, 文学がおのれを同一視するものなのである. その喜びは弁護し得ない. だが, それを断罪したところで, あきらめさせることはできない [...]. 有罪者は, 悔い改めないのだ」(Denis Hollier, « La tombe de Bataille » (1986), *Les dépossédés*, Paris, Les Éditions de Minuit, 1993, p. 93–94). カフカ, ならびに現代文学が, 自らを排除する社会を意識して望んでいると言え得るかには疑問の余地があり (少なくともカフカ＝ベンデマンにとっては, 排除されることと承認を求めることの相克の先に自死という解決策があり, 排除だけではその立場は成立し得ない), また, 行動に与さないあり方を, 『文学と悪』の用語法では「成人した (majeur)」と表現できないはずであるものの, カフカに極を見る文学の有罪性の悔い改めなさ, 本書の言葉で言う, 「死ぬ権利」の否定し得なさに言及するものとして, 上記の指摘は重要である.

(216) Cf. Georges Bataille, *La littérature et la mal*, *op. cit.*, p. 227. 本書 207 ページで引用.

(217) Cf. Georges Bataille, « L'affaire de "L'Homme révolté" », art. cit., p. 233. 本書 216 ページで引用.

(218) Cf. Georges Bataille, *L'histoire de l'érotisme*, *op. cit*., p. 165. 本書 203–204 ページで引用.

(219) Cf. *Ibid*.

(220) Cf. Georges Bataille, « L'absence de mythe », art. cit., p. 236. 本書 118–119 ページで引用.

(221) Georges Bataille, *La littérature et le mal*, *op. cit*., p. 171–172. 強調はバタイユによる.

(222) 「誰に差し向けられるのでもない書物の匿名性は，未知なるものとの関係を通じて，ジョルジュ・バタイユが『否定的共同体，すなわち，共同体を持たない者たちの共同体』と（少なくとも一度は）呼ぶことになるものを打ち立てるのである」（Maurice Blanchot, *La communauté inavouable*, *op. cit*., p. 45. 本書第 2 章第 3 節註 101 で引用）.

結　論

(1) Cf. Georges Bataille, « L'apprenti sorcier », art. cit., p. 313.

(2) Cf. Georges Bataille, *La littérature et le mal*, *op. cit*., p. 278.

(3) Maurice Blanchot, « La littérature et le droit à la mort », *La part du feu*, *op. cit*., p. 316. 強調はブランショによる.

(4) 引用符で囲まれている「死を担い，死のうちに自らを維持する生」は，イポリット訳『精神現象学』「序文」のなかの，「死を前にして恐怖に後ずさり，破壊から無傷なままに身を守る生ではなく，死を担い，死そのもののうちに自らを維持する生こそが，精神の生である」という一節（バタイユが「ヘーゲル，死と供犠」で引いていたのと同じ箇所）を受けている（G. W. F. Hegel, *La phénoménologie de l'esprit*, t. I, trad. par Jean Hyppolite, Paris, Aubier Montaigne, 1939, p. 29）.

(5) Maurice Blanchot, « La littérature et le droit à la mort », art. cit., p. 324.

(6) *Ibid*., p. 325.

(7) *Ibid*., p. 325–326.

(8) *Ibid*., p. 330.

(9) Maurice Blanchot, « Lecture de Kafka », *La part du feu*, *op. cit*., p. 18.

(10) *Ibid*., p. 19.

(11) Cf. Georges Bataille, *La littérature et le mal*, *op. cit*., p. 282.

(12) Cf. *Ibid*., p. 286.

(13) Georges Bataille, « De l'existentialisme au primat de l'économie », art. cit., p. 288.

(14) *Ibid*., p. 287. ゴッホとランボーは 37 歳，キルケゴールは 42 歳で没した.

(15) Cf. Georges Bataille, *L'expérience intérieure*, *op. cit*., p. 174.

(16) Cf. Georges Bataille, *La littérature et le mal*, *op. cit*., p. 282.

(17) Georges Bataille, « Lettre à Michel Leiris（le 28 octobre 1960）», *L'apprenti sorcier*, *op. cit*., p. 575–576. 強調はバタイユによる.

(18) Georges Bataille, « Lettre à Georges Ambrosino », in « Lettre à Patrick Waldberg（le 28 octobre 1960）», *L'apprenti sorcier*, *op. cit*., p. 574.

(19) 吉田裕「解説　結社アセファルをめぐって」，前掲論文，500 ページ.

(20) 同上.

二〇一八年一月

石川 学